曲亭馬琴の世界

The World of Kyokutei Bakin : Gesaku and its Environs

戯　作　と　そ　の　周　縁

板坂則子　*ITASAKA Noriko*

笠間書院

妹かりに䘺《あお》着る夜也　ほととぎす

曲亭馬琴賛、鈴木牧之画、「杜鵑図」（天保三年）　架蔵

小　序

生来、本が好きで、いつまでも続く物語を読んでいたかった。卒業論文で曲亭馬琴の読本『夢想兵衛胡蝶物語』を採り上げたのは、日本のもっとも長い古典作品が馬琴の『南総里見八犬伝』だと教えられたからである。さすがに『八犬伝』に一年間で取り組むほどの勇気はなく、図書館に和本が備わっていた『夢想兵衛』を選んだ。毎日、主人公・夢想兵衛が物語中で開陳する和漢古典に由来する知識の出典を探索し、「奇想の国巡り」という物語の型や、各国での出来事に盛り込まれたエピソードの系列を戯作の中に追い、提出期を迎えた。分厚い卒業論文となりはしたものの、満足度ははなはだ低い。むしろ、馬琴の示した知識の膨大さの前に完敗し、觔斗雲を空の果てまでもと飛ばしたのに、気が付けば釈迦の掌の中にすっぽりと収まっていたという孫悟空まがいの悲愴な気持ちに落ちこんでいた。さらに振り返れば、幼い頃から親しんだのは外国文学が主で、あまりに日本古典の知識が不足していることに気づき、愕然とするばかりであった。まずは馬琴著作の基礎的な知識が必要だと骨身に染みた。

菲才な身にもかかわらず、私は戯作研究の師にまことに恵まれた。鈴木重三先生には、馬琴の読本をテキストに挿絵の重要さや書誌の取り方をご指導いただき、本を見ることの怖さを教えていただいた。故木村三四吾先生からは、私家版の御著書に示される研究の精密さに鞭打たれ、柴田光彦先生には、『八犬伝』稿本をはじめ、書簡や日記など、判読不能に陥ると駆け込んで御教示を受けた。浜田啓介先生には、戯作研究の姿勢を教諭いただいた。そして何より、故向井信夫先生の御恩は忘れられない。先生のお部屋にびっしりと並んだ、草双紙と読本を中心とする和本の壁と、何を伺ってもすぐに必要とする書をさっと取りだして下さった先生のお姿は、今も眼前に焼き付いている。先生は江戸期の書物を何よりも愛し、その大切な戯作類を、必要な人には惜しげもなく見せて下さる方であり、馬琴の読本や草双紙を長期間に亘って貸し出し続けて下さった。地方の大学に奉職し、長距離通勤を余儀なくされていた身が馬琴の著作を博捜できたのは、ひとえに向井先生のお蔭である。いまだ草双紙研究がほとんど手を付けられてなかった時代に、馬琴の合巻の中に使われる役者似顔絵の見方を手ほどき下さり、馬琴の合巻を読み終わる度に、私の役者の推定が合っているかどうか、はらはらしながら先生のお顔を見守ったものである。手元に和書を置き、長い年月を掛けて馬琴作品を読んでいくことができたのは、何よりも我が身の好運であったと思う。

馬琴の読本と合巻を少しずつ読んで行く過程で、私の馬琴作品への興味の在り方が変わってきた。『夢想兵衛』を例に取るならば、物語の中で溢れんばかりに出典を付けて説かれる知識が、夢想兵衛という主人公の深い知性を示すものとはならず、「生ものしり」としての側面を出すに過ぎないという、馬琴読本の構造の不思議さに打たれたのである。私にとってのこの物語の魅力は、談義本の系統を引く夢想兵衛の饒舌よりもむしろ、子どもたちだけの国の不気味さや、扇子を手に躍る「大浮木」のような、奇妙な馬琴の発想に在ることを思い知らされた。馬琴の作品世界は異様な想像力に満ち、それでいて作中でもっぱら「人の徳」を語るという懸隔の甚だしさは、その二重構造の故に興味深かった。作品世界の主人公よりも、かれらを生み出した戯作者・曲亭馬琴という人物の不思議さに惹かれるのである。馬琴はどのような人物で、どのように戯作を作り出していったのか、そしてそれは何故なのか、そんなことが私の興味の対象となっていった。

このようなわけで、本書では、一つの作品を内側から丁寧に読み込み、読者、又は時代に依る読みの可能性を探る手法は採っていない。戯作の外側、たとえば板本や稿本から作品の創作過程を辿り、馬琴作品に多く見られる手法を探り、馬琴の潜在意識の中にある発想の型を見出すことから、曲亭馬琴という戯作者の不思議に迫ることを目的としている。そしてその馬琴が生み出す戯作が社会の中でどのように読まれたのか、つまり、馬琴の目指した「士太夫の読書」と異なる「娯楽としての読書」は、実際にはどのように存在したのかを考え、馬琴が読書史の中で果たした役割を見ることを目指したものである。

すなわち第一章は、馬琴の短編合巻で徹底して用いられた「役者似顔絵」の使用という手法を通して、馬琴の短編合巻の創作方法を見ていった。これによって草双紙における画像と文章の総合研究を目指し、化政期合巻の世界の特徴を探ったものである。第二章は、読本の中で『占夢南柯後記』と『南総里見八犬伝』の二作に絞り、主に板本と稿本を研究対象に、馬琴がどのように作品をまとめ上げていったかを丹念に追った。『占夢南柯後記』では、貴重な稿本を長期間に亘って手元に置かせていただくことで、馬琴の創作手法を細かく辿ることができた。『八犬伝』については、物語の構造を馬琴が作品中に示した文から読み解き、また作品の執筆過程を追うことに重点を置き、馬琴にとっての本書の意味を追求した。第三章の「馬琴戯作における想像力の原型」は、本書の中核を担う論として書き下ろしたものである。草双紙と読本の中に見られる馬琴の戯作創作の基本となる型を捉え、それらがすべて家族という閉ざされた人間関係に関わるものであることを考察した。さらにその源が、おそらくは瀧澤家における馬琴の位置にあること、また馬琴の中にある男性性と女性性の問題に行き着くであろうことを提示した。第四章は、馬琴が複雑な感情を持つ女性読者に対して、戯作はどのような対応を行ってきたかを探った。つまり読者論であるが、戯作の登場で「娯楽としての読書」が定着する中で、「読書」が社会の中でどのように扱われてきたのかを辿り、後期戯作の主要読者となる女性を対象とするために、馬琴がどのような策を採っていったかを示した。この「女性読者」の問題は、そのまま現代における「サブカルチャー」の読者論に繋がるものと確信する。

馬琴の戯作世界を読み解く作業を続ける中で、曲亭馬琴という戯作者への興味は、私の中でさらに大きくなった。それは当初、江戸後期の戯作者の中で孤高の姿勢を持ち、異端と思えた馬琴が、その後の日本、特に戦後期に発達する大衆文化《サブカルチャー》の系譜の中に置くと、何の違和感もなく、その源泉としての姿を見せていくことの不思議の故である。今日、アニメやマンガの世界で、『八犬伝』を彷彿とさせる、此世の外なる絆で結ばれた仲間たちの旅の話はあまりに多い。また女性向けのサブカルチャー作品の中にも馬琴戯作の末裔があまた見られる。馬琴の持つ、時を越えた発想の魅力に囚われざるを得ない。馬琴の与えた夢を追い続けたいと思う。

さりながら、大学に勤める身としては、近年の教育現場の多忙さは、我が身の学生時代からは想像もしなかった段階に達している。ことに数年前から「国際間のネットワーク利用共同授業」なるものに関わり、新しい知的刺激を受ける幸せを得たものの、研究者として机の前に座るゆとりがなくなってしまった。その中で、本書をまとめる時間を得たのは、勤務校の専修大学から二〇〇八年度に一年間の長期国内研究員としての研修期間を得た故であり、また刊行に際して専修大学図書刊行助成を受けることもできた。一年間の時間を与えてくれた院生や学生たちも含めて、心から御礼を申し上げたい。

今年、故向井信夫先生の蔵書が専修大学図書館に移譲された。現在、向井コレクションの四千作近い戯作類の整理が続いているが、その和本の中にいると、向井先生が今にも手を伸ばして、一冊の和書を手渡して下さるような幻影を見る。感慨無量である。

二〇〇九年十月

目次

第二章　馬琴読本——板本と稿本から見た物語の創造

凡　例

・馬琴作品は、「黄表紙」「合巻」「読本」の三ジャンルに付いては全作品に刊行順に通し番号を振ったが、その番号は本書全体で共通している。
・書名は、馬琴以外の著作に付いては、判読しにくいものに振り仮名を振った。
・馬琴著作は、巻末の「曲亭馬琴著作年表」に全作品を記し、読みを現代仮名遣いで付けたので参照されたい。なお、この年表では、上段の事蹟欄に馬琴の身辺記事および序跋類を備える関連作品や非刊行著作を、下段には刊行作品を改題や後摺本なども含めて、巻冊、画工と版元記載を付して入れた。
・各丁の裏・表表示は、（　）内においては数字と「オ」「ウ」で示した。たとえば「20ウ」は「二十丁表」の意である。
・本書は原著からの引用部分などに、人権に関わる用語の使用されている場合があるが、学術論文としての性格から原本のままで用いた。ご理解を賜りたい。

図　版

本書には、ほぼ二百に上る図版を用いた。貴重な資料の掲載をお許しいただいた向井純一様、渡辺陽様を始め、以下の各所蔵機関に心から御礼申し上げます。

東京大学附属総合図書館　京都大学図書館　国立国会図書館
早稲田大学図書館　明治大学附属図書館　神奈川県立歴史博物館
天理大学附属天理図書館　都立中央図書館　千葉市美術館
学習院大学国文学研究室　東洋文庫　出光美術館

その他、掲載許可をいただいた各出版社にも感謝いたします。

なお本書は刊行に際し、平成21年度　専修大学図書刊行助成を受けた。

第一章

馬琴合巻

――化政期合巻と役者似顔絵

1　化政期合巻の世界――馬琴合巻と役者似顔絵

近世後期の大衆文学を代表する草双紙は、常に芝居との繋がりを持ち続けていた。なかでも合巻と称されるようになってから、芝居は草双紙の奥深くにまで侵蝕し、戯作の新しい世界が創られていった。合巻における芝居の取り込みは、草創期の体裁を整える過程で既に、口絵や絵題簽における役者似顔絵の使用という形でなされていた（注1）が、役者似顔絵を用いた主人公の画像という方法はやがてその領域を広め、錦絵の美麗な表紙は元より、すべての絵図が役者の似顔絵に埋められていくようになる。しかし、芝居と合巻の関係は、実の所、そこに留まっていたわけでない。化政期の短編合巻の世界は、弱小の大衆文学の一端として等閑に付されることが多いが、その発刊数においてはそれまでに見られぬ巨大な領域を占めていた。それを閑却しておくのは、この役者似顔絵という、すぐれて趣味的なものを読み解いていくことの困難さに拠るものかと思う。本稿では、曲亭馬琴の短編合巻を通じて、その役者似顔絵のもつ意味を論じ、ひいては化政期短編合巻の位置について提唱してみたい。

なお、各合巻の書名の前に付けた番号は馬琴の全合巻に刊行年順に振ったもので、本書で扱う馬琴合巻すべてに共通する。各合巻については、初出時のみに画師名と刊行年を（　）内に記し、次出では必要に応じて刊行年のみを示す。本稿では馬琴合巻とその作中に似顔絵を使われた役者を多く扱うが、見やすさのため、合巻書名と役者名を太字で表記しておく。

曲亭馬琴と歌舞伎芝居との関わりは、それほど深かったわけではない。したがって、その蜜月期もあまり長期に亘るものではなかった。寛政の末年から文化の初期に掛けて『戯子名所図会』に始まる一連の劇書が著されるが(注2)、文化の中頃、『夢想兵衛胡蝶物語』(文化七年[一八一〇])が刊行される頃には、表立っての興味は読本を中心に置かれ、馬琴は意識的に芝居から乖離していく。

けれどもこの表面的な芝居からの離反の陰で、合巻においては、馬琴は化政期を通じて芝居と緊密な関係を保ち続けていたのである。合巻には、広く「世界」と「趣向」の双方に、芝居に取材したものが多い。さらに、これらは戯作の中に韜晦されることなく、主人公の名も多くは芝居に重なり、命名に因んだ原拠となる芝居の中での該当人物の命運を、合巻の中でもそのまま負っていく。たとえば**45**『**籠二成竹取物語**』(春扇画、文政三年[一八二〇])では、構成の中に『竹取物語』や雀となった藤原実方の説話を用いているが、その主筋は「伽羅先代萩」に依り、登場人物もその世界から多量に採用されている、という具合である。

合巻は挿絵の前に、その構想の段階で既に芝居に親昵していた。たとえば**39**『**百物語長者万燈**』(春亭画、文化十四年[一八一七])では、芝居から採られた登場人物たちが、「このところ真の闇　五人だんまりの立まはりなればことば書きなし」といったように詞書を軽視し、戯作の本筋を押し退けて一場を引き回しさえしているのである。

そして役者似顔絵という手法は、それら芝居と戯作との癒着の上に、さらなる趣向として目論まれたものであった。

合巻における役者似顔の見分け方は多く経験と勘に頼り、避けて通られることが多く、いまだ詳しく言及されたものを見ない。そこでやや細かく事例を紹介しておく。なお、役者の名跡は多く年代によって異なっていくので本来は合巻の刊行年に合わせたものを用いるべきであるが、本稿では合巻における役者似顔絵使用の意味を問うために、便宜上、各役者を代表的な一つの名跡を以て記しておく。

一般に、似顔を用いられた役者名の判別は、似顔そのものに頼る場合と、その役者を象徴する標章《マーク》に助けられる場合とがある。この役者固有の標章《マーク》は、たとえば市川団十郎の場合、

「三升の紋」、「鯉」、「福の字」、「牡丹」、「蔦菱」、「鶴」など

岩井半四郎では、

「丁子車」、「かきつばた」、「三ツ扇」、「扇蝶」など

松本幸四郎であれば、

「銀杏」、「四ツ花菱」、「幸四郎格子」など

というように、家の紋を中心に、好みの模様や印を衣装に取り込むことに依って示される。

たとえば、図1の**4**『**不老門化粧若水**』（国貞画、文化四年［一八〇七］）（注3）、は、似顔そのものと同時に記された標章《マーク》に依って、右から、

柴舟のさぶ＝五代松本幸四郎（「花菱」の紋）、

塩釜＝瀬川路之助（「菊蝶」の紋）、

薄雲＝瀬川路考（「菊蝶」の紋）、

図1　『不老門化粧若水』（国立国会図書館蔵）
3ウ4オ、国貞画、文化四年刊

春霞＝栄三郎（後の三代尾上菊五郎、「四つ輪」の羽織模様）、
美男かつら＝沢村源之助（「観世水」の羽織模様と「環菊」の着物模様）、
潤肌香＝三代坂東三津五郎（「花かつみ」の羽織模様）、
増鏡＝五代岩井半四郎（「丁子車」の紋）

と、判別できる。

対して、図2の**20**『**傾城道中双陸**』（春扇画、文化九年［一八一二］）の中心となる二人は、右が三代菊五郎、左が三代三津五郎であるが、共に象徴するものは描かれず、似顔絵だけに頼ることとなる。

図3の**30**『**比翼紋目黒色揚**』（豊国画、文化十二年［一八一五］）は、右が二代助高屋高助、左は二代関三十郎であるが、これも似顔絵のみに依る。なお、この図の他の人物は非似顔絵で描かれている。

図4の**67**『**代夜待白女辻占**』（国貞画、天保元年［一八三〇］）は、

左が三代三津五郎（「花かつみ」と「花菱」の模様）、
中央は嵐冠十郎（似顔絵のみ）、
左は岩井紫若（衣装の「い〇井」の字）

と、解読することができる。

ところで、この四例は馬琴の合巻から時代順に、図1を例外に、画師を違えて撰んでいる。図1が例外なのは、これが本来、伽羅油屋の景物本といった女性向けの特殊な作のため、作中に「路考に似たる薄雲」というような種明しがされ、役者の似顔絵そのものを呼び物として、異例に分かりやすく役者が描き分けられているからである。一般には、図2以下のような描き方がなされていた。すなわち画師によって、また時代によって似顔絵の様相が変化していくのであるが、通常、時代が下るに従い、似顔絵が分かりやすいように顔がより大きく強調され、

浮世絵界での描写法の流行にそって、人物が猫背気味に描かれていくのである。また、画師による力量の差も大きく、描き方や施された標章《マーク》から似顔絵であることは判っても、役者名が判別できない場合も散見する。馬琴はこのような役者似顔絵を、自らの合巻にどのように用いたのだろうか。

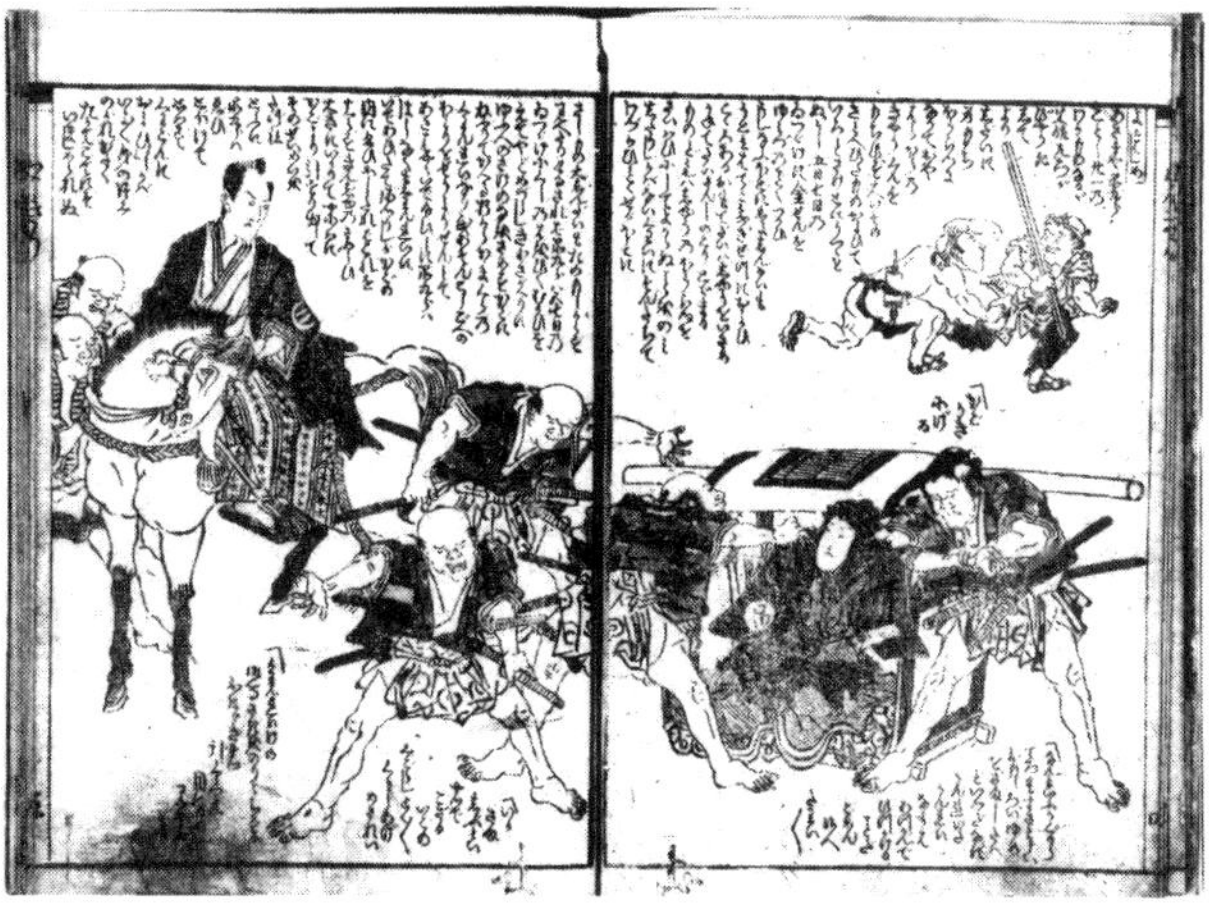

図２　『傾城道中双陸』（都立中央図書館加賀文庫蔵）
４ウ５オ、春扇画、文化九年刊

図３　『比翼紋目黒色揚』（向井家蔵）
３ウ４オ、豊国画、文化十二年刊

表１「役者似顔絵使用の馬琴合巻一覧」と**表２「役者似顔絵不使用の馬琴合巻一覧」**は、馬琴合巻における役者似顔絵使用の有無、および使用状況をまとめたものである。

表１（10頁）は上から、全合巻に付けた通し番号を「№」に、合巻の書名を「題名」に、以下、「刊年」、「画師」を記し、「注」として役者似顔絵の使い方の特徴等を示している。さらにその下には、どの役者の似顔絵が

図４　『代夜待白女辻占』（向井家氏）
３ウ４オ、国貞画、天保元年刊

図５　『鳥籠山鸚鵡助剣』（向井家蔵）
17ウ18オ、美丸画、文化九年刊

用いられているかを、代表的な役者別に具体的に細かく示し、左端にその役者が似顔絵を描かれた作品総数を置いた。さらに下端の「その他の役者」には、上記以外の役者名を入れてある。表中の役者の呼称は前述のようにその年代の名跡に依らず、便宜上、一番通りが良いと思われる名前で示し、二代以降は○中に代数を入れた。なお、この**表1**に挙げた作品は、すべて短編合巻である。すなわち合巻の作中で、その登場人物に役者似顔絵が当てられた作品は長編合巻には見られず、短編合巻のみに見られる特徴なのである。

表2（15頁）は、**表1**に倣い、「№」「題名」「刊年」「画師」を入れ、その後に「短・長編の別」を入れ、さらに「注」で、本文ではなく、表紙の一部のみに役者似顔絵の使用が認められるものを注記した。このように**表2**には、初期の短編合巻と、後期の長編合巻の全作が載る。そして長編合巻では、本文部分での役者似顔絵は認められず、一部の表紙のみに似顔絵が用いられているのである。

ところでこの表であるが、画師によっては似顔絵の苦手な者も関わっており、老齢化その他の事情で、似顔絵らしいことは推定できても役者の決定がしにくい場合も多い。それらは「?」を付けて示してある。このような例として**23**『**鳥籠山鸚鵡助剣**』（美丸画、文化九年［一八一二］、図5）を掲げておく。

また、口絵と本文とで役者が交替する例も見受けられる。たとえば、**53**『**諸時雨紅葉合傘**』（豊国画、文政六年［一八二三］）では、口絵での「はつ」を粂三郎（図6）、「その」を半四郎（図7）という配役が、本文（図8）では逆の配役に入れ替わっている。さらに本文中でも、役者が丁によって変わる場合も見られる。これはたとえば**28**『**駅路鈴与作春駒**』（国貞画、文化十一年［一八一四］）で、「坂之進」役は初め三津五郎、のち助高屋高助に変わるといった具合である。また描き方によって変化する場合（たとえば粂三郎と紫若に、しばしばこの現象が見られる）もあり、役者似顔絵と非似顔絵とが同一登場人物で混在する場合、端役では役者名が推定できない等、様々な理由により、完全な表にはなりにくいことを付言しておく。

表1　役者似顔絵使用の馬琴合巻一覧

No	題名	刊年	画師	注	嵐冠十郎	市川蝦十郎	市川団十郎⑦	岩井粂三郎②	岩井紫若	岩井半四郎⑤	荻野伊三郎	尾上菊五郎③	沢村源之助	沢村四郎五郎②	沢村田之助②	助高屋高助②	瀬川菊之丞⑤	瀬川路之助	関三十郎②	中村歌右衛門③	坂東三津右衛門	坂東三津五郎③	松本幸四郎⑤	その他の役者
4	不老門化粧若水	文化4	国貞	万屋の景物本						○		○	○					○				○	○	男女蔵・富三郎②・雄次郎②・路考・松緑
6	歌舞伎伝介忠義話説	文化5	春亭	役者名指示の絵題簽使用						○			？					？				○	？	
9	小鍋丸手石入船	〃	豊国	口絵での使用なし、ごく一部似顔絵																			○	路考？
10	小女郎蜘蛛怨苧環	文化6	春亭	ごく一部似顔絵使用						？			○											路考
12	山中鹿介幼稚物語	〃	〃	口絵での使用なし、一名のみ似顔絵																			○	
13	敵討賽八丈	〃	国貞	主要人物の多くが似顔絵									○					○						音八②・松緑・仲蔵・国五郎
15	打也敵野寺鼓草	文化7	春扇	口絵での使用なし、一部似顔絵						？			○										？	路考？・三八・彦三郎③？
17	相馬内裏後雛棚	文化8	春扇	一部似顔絵使用			？						？											団十郎⑤
19	波葩桂夕潮	文化9	春扇	役者の判別困難									○					○						団十郎⑤
20	傾城道中双陸	〃	春扇							○		○	○		○			○	？			○		
21	行平鍋須磨酒宴	〃	春扇	口絵と本文とでは役者一部変化								○	○		○								○	工左衛門
22	千葉館世継雑談	〃	国貞・春亭	役者の判別困難			○			？		○	○											
23	鳥籠山鸚鵡助剣	〃	美丸	役者の判別困難								○	○					○					○	
24	敵討仇名物数奇	〃	春亭	口絵での使用なし						○				○								○	○	
25	敵討勝乗掛	文化10	春扇									○	○		○		○					○	○	
26	皿屋敷浮名染著	文化11	清峰	口絵と本文とでは役者一部変化						○		○	○		○							○	○	常世
27	巳鳴鐘男道成寺	〃	豊国			？	○			○						○						○	○	
28	駅路鈴与作春駒	〃	国貞	作中にて役者の入れ替わりあり			○			○		○		○	○	○						○	○	工左衛門
29	蘆名辻蹇児仇討	文化12	国丸	本文での非似顔多、役者の判別困難			○			○		○			○	○	○			○			○	松緑・常世
30	比翼紋目黒色揚	〃	豊国	非似顔絵も多い、役者の判別困難				？		○		○							○			○	○	
31	女護嶋恩愛俊寛	〃	国直	絵が下手で役者の判別困難			○			○										○		○		
32	赫奕竹節話説	〃	重信	ほとんど非似顔絵																○		○	○	
33	毬唄三人長兵衛	文化13	国貞				？			○		○			○							○	○	幸四郎④
34	月都大内鏡	〃	国丸				○					○			○		○					○	○	

※？は判定に疑問の残るもので、推定による。

	35	36	37	38	39	40	41	42	43	44	45	46	47	48	49	50	51	52	53	54	55	56	58	61	62	63	64	67
	達模様判官贔屓	伊与簀垂女純友	鶬山後日囀	盤州将棋合戦	百物語長者万燈	春海月玉取	雪調貢身代鉢木	弘法大師誓筆法	信田妖手白猿牽	安達原秋二色木	籠二成竹取物語	宮戸河三社網船	六三之文庫	女阿漕夜網太刀魚	月宵吉阿玉之池	照子池浮名写絵	膏油橋河原祭文	女夫織玉川晒布	諸時雨紅葉合傘	梅桜対姉妹	襲褄辻花染	童蒙話赤本事始	縁結文定紋	大和荘子蝶胥笄	姫万両長者鉢木	牽牛織女願糸竹	今戸土産女西行	代夜待白女辻占
	文化4	〃	〃	〃	〃	文政2	〃	文政3	〃	〃	〃	文政4	〃	文政5	〃	〃	文政6	〃	〃	文政7	〃	〃	文政8	文政9	〃	文政10	〃	天保元
	豊国	春扇	国貞	春扇	春亭	豊国	春扇	国貞	豊国	豊国	春扇	豊国	豊国	英泉	豊国	英泉	豊国	豊国	豊国	二代豊国？	二代豊国？	国貞	国貞	国貞	〃	国貞	国貞	国貞
役者毎の使用数		役者の判別困難		場面によって似顔不使用も混在		口絵のみ似顔絵使用				作中で役者の交替、二役あり	絵が下手で役者の判別困難	似顔絵の判別困難	丁によって似顔絵を不使用	表紙豊国（似顔絵）、本文は役者判別困難				口絵と本文とで役者の交替あり	口絵と本文、丁による役者の交替あり	表紙・口絵のみ似顔絵	表紙・口絵のみ似顔絵		口絵と本文とで役者の交替あり	口絵と本文、丁による役者の交替あり		口絵と本文とで役者の交替あり	丁による役者の交替あり	
8																		○	○		○	○			○	○	○	○
11	○		○	○	○	○	○			○		○				○	○											
34	○	○	○	○	○	○	○	○	○	○	○	○	○		○	○		○	○	○	○	○	○	○	○	○	○	○
19	○							○	○	○		○			○	○	○		○	○	○	○	○	○	○	○	○	○
6															○								○	○	○		○	○
39	○	○	○	○	○	○	○		○	○	○	○	○	○	○		○	○	○	○	○		○	○	○	○	○	○
7						○			○	○					○				○				○	○				
38	○	○			○	○	○	○	○	○	○	○	○	?	○	○	○	○	○	○	○	○	○	○	○	○	○	○
16				?																								
2															?									○				
14	○	○		○	○						○							?										
5	○																											?
26		?	○			○	○	○		○	?	○	○		○	○	○	○	○	○	○	○	○	○	○	○	○	○
6																												
21	○					○		○	○	○	?	○			○	○	○	○		○	○	○	○	○	○	○	○	
5													?									○						
4																							○	○	○	○		
39	○	○	○	○	○	○	○		○	○		○	○	○	○	○	○	○	○	○	○	○	○	○	○	○	○	○
40	○	○	○		○	○	○	○	○	○	○	○	○		○		○	○	○	○	○	○	○	○		○	○	
	松緑	八百蔵④	男女蔵	団之助③	八百蔵④				八百蔵④・大吉	彦三郎④		彦右衛門・大吉			大吉？・常世？	門之助③・大吉	彦右衛門		大吉	門之助③	常世	彦三郎③		門蔵	男女蔵	彦右衛門？		

表は一応の指標として考えていただきたい。

さて、この**表1**であるが、まず**17**『**相馬内裏後雛棚**』（春扇画、文化八年［一八一一］）と**20**『**傾城道中双陸**』（文化九年）の間に、一線を引くことができる。

それ以前、**4**『**不老門化粧若水**』は馬琴合巻での役者似顔絵使用の始まりであると共に、役者似顔絵の名手・歌川国貞の草双紙における初筆の作でもあった。この書は二年後の文化六年に『匂全伽羅柴舟』と改題再板されている。本書の好評は、国貞に草双紙界での将来の覇権を自負させたに違いない。文化五年［一八〇八］刊の**6**『**歌舞伎伝介忠義話説**』（春亭画）は、美麗な大型絵題簽に「かぶき伝介　坂東三津五郎」（上冊）、「いなか娘おゐな　岩井半四郎」（下冊）（上下題簽は図9）と役者名入りで役者似顔絵を載せているのみならず、全丁薄墨入

図6　『諸時雨紅葉合傘』（向井家蔵）
口絵3オ、豊国画、文政六年刊
※はつ：粂三郎

図7　『諸時雨紅葉合傘』（向井家蔵）
口絵3ウ、豊国画、文政六年刊
※その：半四郎

りの美本で、合巻での種々の試みの見られることで突出するこの年の中でも抜きん出た造りの本である。また翌六年刊の**12**『**山中鹿介幼稚物語**』（春亭・美丸画）は、表紙を袋綴じの錦絵摺り付け表紙にした新体裁で知られる（注4）。

図８　『諸時雨紅葉合傘』（向井家蔵）
29ウ30オ、豊国画、文政六年刊
※はつ：半四郎、その：粂三郎

図９　『歌舞伎伝介忠義話説』（都立中央図書館加賀文庫蔵）
絵題簽、春亭画、文化五年刊
※前編「歌舞妓傳介　坂東三津五郎」、後編「いなか娘おゐな　岩井半四郎」

文化の中頃、馬琴はこのように、合巻の内容や装丁上の試行を果敢に行ない、新進の着想を次々と打ち出していった。そして役者似顔絵が決定的な手法として定着していったのが、文化八、九年［一八一一、一二］頃である。すなわちこの文化の八、九年頃までが、馬琴の合巻における試行錯誤期といえよう。文化九年以降、馬琴の短編合巻は、役者似顔絵という手法から離れることはない。

そしてこの関係が崩れるのが**56**『**童蒙話赤本事始**』（文政七年）と**58**『**縁結文定紋**』（文政八年）の間で、この間に**表2**「**役者似顔絵不使用の馬琴合巻一覧**」中の**57**『**金毘羅船利生纜**』（英泉画、文政七［一八二四］～天保二年［一八三一］）が入る。

表2にはっきり表れるように、馬琴の場合、ごく一部の表紙（**68**『**新編金瓶梅**』の一集1、2表紙（国安画、天保二年［一八三一］、図10）他）を例外として、長編合巻の刊行からは役者似顔絵は見事に排除され、長編合巻の盛行に伴って似顔絵使用が衰退していくのである。しかしながら、それでも長編合巻の合間を縫って出された短編合巻には、やはりすべての作に役者似顔絵が使われている。

馬琴の短編合巻はこのように、役者似顔絵と常に密接に結びついていたといえる。

図10 『新編金瓶梅』（架蔵）
一集1、2表紙、国安画、天保二年刊
※第1冊は二代中村芝翫と二代岩井粂三郎、第2冊は三代尾上菊五郎と五代瀬川菊之丞

このことは、馬琴の読本における矜持の高さを知る者にとっては、意外なことなのではないだろうか。この時代、合巻の多くが役者似顔絵という手法を採用していた。けれどもすべての作がそうであったかというと決してそうとはいい切れず、大勢を占めていたというに留まる。その中で、馬琴はむしろ徹底的に役者似顔絵に依存していた戯作者として、浮かび上がってくるのである。そしてこの姿勢が、馬琴の合巻における人気作者としての位置を読み解くのに、大きな鍵を与えてくれるように思う。

表1、**2**から、画師についても一言しておこう。いうまでもなく、合巻（草双紙）は、「戯作者」と

表2　役者似顔絵不使用の馬琴合巻一覧

No.	題名	刊年	画師	短・長編の別	※注
1	敵討岬幽壑	文化 4	春亭	短編	
2	敵討鼓瀑布	〃	豊広	短編	
3	嶋村蟹水門仇討	〃	〃	短編	
5	敵討白鳥関	文化 5	〃	短編	
7	敵討児手柏	〃	豊国	短編	
8	敵討身代利名号	〃	北斎	短編	
11	釣鐘弥左衛門 奉賀助太刀	文化 6	豊広	短編	
14	松之月新刀明鑑	文化 7	春亭	短編	
16	姥桜女清玄	〃	〃	短編	
18	梅渋吉兵衛発心記	文化 8	春扇	短編	
57	金毘羅船利生纜	文政 7〜天保 2	英泉	長編	
59	傾城水滸伝	文政 8〜天保 6	国安・豊国	長編	
60	殺生石後日怪談	文政 8〜天保 4	豊国・国貞	長編	※ 1
65	漢楚賽擬選軍談	文政 12〜天保元	国安	長編	
66	風俗金魚伝	文政 12〜天保 3	国安	長編	※ 2
68	新編金瓶梅	天保 2〜弘化元	国安	長編	※ 3
69	千代褚良著聞集	天保 3〜天保 5	国安	長編	
70	女郎花五色石台	弘化元〜嘉永 3	後豊国	長編	

※ 1　表紙のみ、一部役者似顔絵の使用あり
※ 2　表紙のみ、一部役者似顔絵の使用あり
※ 3　一集表紙（初版）のみ、役者似顔絵を使用。再版では不使用となる。

「画師」双方の共同作業に負う所の大きい作品群である。馬琴の合巻には、十四名の画師が関わっている。作品数の多い順に、画師名と（ ）内に担当した作品数を記して並べてみる。

①歌川豊国（18作）、②歌川国貞（17作）、③勝川春扇（11作）、④勝川春亭（9作）、⑤溪斎英泉（4作）、⑤小川（北尾）美丸のち二世重政（4作）、⑤歌川豊広（4作）、⑤歌川国安（4作）、⑨歌川国丸（2作）、⑩歌川貞秀（1作）、⑩歌川国直（1作）、⑩鳥居清峰（1作）、⑩柳川重信（1作）、⑩葛飾北斎（1作）

なおこれらは単純な担当作品数であるので、長編担当の多い画師、たとえば国安などは、延べ作品数となるとこの順番とは大きく異なり、三番目に多くの作で筆を振るっていることになる。

これら十四人の画師のうち、役者似顔絵を一作も描いていないのは「豊広」「北斎」「国安」「貞秀」の四人である。そしてこの四人は、前二者が馬琴の初期合巻、後二者が後期合巻のみと、馬琴合巻での活躍期間が両極に区分される。つまり、**表2「役者似顔絵不使用の馬琴合巻一覧」**における、初期の試行錯誤期の短編合巻時代と、**57『金毘羅船利生纜』**以後の長編合巻時代に、はっきりと分かれるのである。彼らは、共に役者似顔絵の不得手な画師達であった。他にも「春亭」「春扇」「重信」などは似顔を描かないわけではなかったが、上手とはいいがたく、描かれた役者の判別に苦しむことも多い。また、かつて老練な実力を誇った豊国でも、長編合巻を描く頃には似顔の判別が出来ない程の腕の衰えを見せている。似顔絵使用の成否は何よりも、画師のこの方面に於ける力量に左右された。役者似顔絵で喝采を浴びることのできる画師は、まことに少なかったのである。

役者似顔絵の有無に関わらず、合巻向きの柔らかな線の絵を自在に描けた当代の人気者の「国貞」と、身軽で馬琴の意のままに動いた「英泉」を除いて、馬琴の合巻における画師の使い方には、似顔絵使用の有無によって偏りがみられる。短編合巻の役者似顔絵使用という方法は、「豊国」と「国貞」を筆頭とする役者似顔絵を得手とする画師との結びつきの偏重へと、馬琴を導いたのである。そのように考えると、合巻における役者似顔使用の嚆矢に名人の「国貞」と組んだことは、馬琴にとって以後の似顔絵使用に導く何よりの契機になったような気がしてならない。

では次に、馬琴が合巻の中で役者をどのように使っていったかを探っていこう。**表1「役者似顔絵使用の馬琴合巻一覧」**を見ていると、まず、時代によって役者の使用頻度に偏りが見受けられることに気付く。この表で常に一番人気を保っているのは松本幸四郎（40回）である。どのような作であっても、彼は鼻高の特異な容貌と相俟って抜群の存在感を持ち続ける。次いで坂東三津五郎（39回）と岩井半四郎（39回）が、その息の長さと共に目に付く。つまり化政期を代表する歌舞伎界の三人の大立者の三津五郎、半四郎、幸四郎が、やはり合巻の世界でも中心となって活躍していることになる。そして尾上菊五郎（38回）、市川団十郎（34回）の二人が、文化の後半期から活躍しだす。以上の五人が表に30回以上登場する役者である。すなわち芝居での人気がそのまま、合巻での登場回数と重なっているのである。

いま少し詳しく、役者の使い方を見ていこう。

合巻初期の文化九年［一八一二］頃迄は、主役を沢村源之助が取る事が多く、またその相手役には瀬川路之助が当てられる。たとえば**13『敵討賽八丈』**（国貞画、文化六年［一八〇九］）は、本来、文化五年刊行予定で書かれた作で、馬琴合巻で全丁に役者似顔絵が使用された初作となる記念すべき作である。筋立ては「恋娘昔八丈」とお妻・八郎兵衛ものに依り、主人公の才三郎とお妻は源之助・路之助コンビの似顔で描かれている。源之助は口元の歪みが印象的な若手の二枚目だが、路之助はあまり特徴のない容姿で、源之助と組むことによって光を放つようである。このふたりは複雑な性格も持たず、この時期の比較的単純な筋立ての合巻に合う善人の主人公の二人としての位置を保ち続けるかのようであったが、突如、姿を消す。これは文化九年［一八一二］の十一月二九日に路之助（三一歳）が、十二月八月に源之助（二九歳）がと、前後して亡くなった結果である。

その後、主役は三津五郎が取るが、それに新しく勢いを伸ばしてきた若手が加わっていく。こうして菊五郎と団十郎の時代が始まる。菊五郎の方が団十郎よりも重用されているのは、天明四年［一七八四］生まれの菊五郎が、寛政三年［一七九一］生まれの団十郎よりも、若干、活躍時期が早かったことの反映でもある。が、それ以上に、両者の芸質の違いもあるように思われる。団十郎は看板役者ではあるが、菊五郎には団十郎にできない芸の幅があった。女方もこなし、複雑な暗い役も当てられるのである。**33**『**毬唄三人長兵衛**』（国貞画、文化十三年［一八一六］）は巷間の毬唄に取材した三人長兵衛の趣向であるが、菊五郎は半四郎、沢村田之助の両女形と並んで女子の三つ子のひとり「おかな」役を受け持ち、女方として使われているのである。

そして彼ら立役の相手には、名女形の半四郎が常に第一位に位していた。相手役の年齢に関わらず、時には敵役も半四郎はこなした。息子の粂三郎、紫若の活躍期に入っても、大事なヒロインは半四郎の姿で描かれた。やがて姿の優しい瀬川菊之丞が多く登場するようになるが、合巻の筋立てが複雑化していった文政中期には、その複雑な女主人公の性格を負うにはやはり半四郎が最適だったのである。

表1では、主役と脇役の違いを付けていない。しかし多くの役者の中で主役を割り振られるのは、三津五郎、団十郎、菊五郎、半四郎の中から、そして対抗する敵役には幸四郎と大体決まっていた。さらに準主役として、菊之丞、粂三郎、関三十郎、紫若、田之助などの似顔絵で描かれた登場人物が絡む、というのがおおよその型となっており、この線は化政期を通じてほとんど崩れない。そしてこの似顔絵を割り振られた作中人物の重さは、それぞれの役者の実際の位付けに密接に呼応していた。

馬琴の短編合巻と重なる時期の役者細見として、ちなみに文化十五年つまり文政元年［一八一八］の『三階松』（立川焉馬作）と、文政十年［一八二七］の『三芝居役者細見』（五柳亭得升撰、国貞画）とを取り上げてみる。『三階松』の時点で既に、幸四郎、半四郎、三津五郎の三人の位置はそれぞれ「真上上吉」、「半白極上上吉」と、不動のものとなっている。さらに団十郎と菊五郎も価千両の「半極上上吉」と「大上上吉」と記され、九年後の『三芝居役者細見』でもほぼ踏襲されている。対してこの間、大幅にその位を上げたのが、菊之丞と粂三郎の両女形である。二人は共に「上上吉」の価八百両であったのが、「大上上吉」（菊之丞）に、「白至上上吉」（粂三郎）の価九百五十両へと、格上げされている。もちろん、二つの役者細見だけで単純に比較が成り立つものではない。しかし、役者細見等に見られる役者の位付けが合巻での役者の活躍度に比例していくことが、**表1**からもうべなわれよう。すなわち現実の歌舞伎芝居での活躍が、そのまま合巻での登場人物への割り振りに反映されているといえよう。たとえばこの**表1**での登場は、文政の初め頃から頻繁に登場しだす菊之丞は26作、粂三郎は19作が見つけられるが、作中での二人の似顔が付けられた登場人物の重要度も年を追って上がっていくのである。

『三芝居』には、役者の位付けの他に役柄も並記されている。そしてこの「幸四郎＝実悪」、「半四郎＝若女形」、「三津五郎＝実事」、「団十郎＝荒事」、「菊五郎＝実事」という大まかな役柄も、合巻での彼らの似顔を持つ登場人物の役柄とそのまま重なっている。というよりも更に細かく、評判記類などに残された各役者の得意の役柄の範疇で、馬琴合巻の作中人物に当て嵌められていたのである。

数人の役者を例に採って、馬琴合巻の中で、その役者が割り振られた登場人物の役柄を説明しよう。

まず五代目松本幸四郎は、周知のように化政期を代表する実悪の随一の名人であり、その鼻高と眼光の鋭さが目立つ特異な容貌と相俟って、似顔絵に誂え向きの役者といえる。馬琴の合巻では、悪役としての存在感の強さから、初期の役者似顔絵がほとんど用いられていない時期に於いても、時にはただ一人の似顔絵使用が見られるほど、頻繁に用いられている。役柄は終始、敵役に徹しており、それも規模が大きく格の高い、作全体を動かす実悪を割り振られることが多い。たとえば、**25『敵討勝乗掛』**（春扇画、文化十年［一八一三］）は、書名から推定できるように「伊賀越乗掛合羽」を世界として用いた作であるが、沢井又五郎が幸四郎似顔絵で描かれている。また**34『月都大内鏡』**（国丸画、文化十三年）では陶晴方、**45『籠二成竹取物語』**（文政三年［一八二〇］）では仁木弾正といった具合である。世界として歌舞伎狂言にあまり頼らず、登場人物に役柄に合った命名がなされている場合には、幸四郎の姿を持った登場人物は二九山《にくやま》悪太郎（**32『赫奕竹節話節』**重信画、文化十二年［一八一五］）、意地川《いぢかわ》悪右衛門（**43『信田妖手白猿牽』**豊国画、文政三年［一八二〇］）と、露骨なものになっていた。また実在の歌舞伎役者・幸四郎と同じように、幸四郎似顔絵で描かれた作中人物は実悪の男役だけでなく老女役も務める。たとえば**44『安達原秋二色木』**（豊国画、文政三年）では、悪人・南兵衛、実は安部宗任と、とぢめ、実は安部貞任の妻・衣手のち黒塚の鬼刀自といった複雑な男女の二役をこなしているのである。ちなみに本作での口絵においても幸四郎は男女を使い分けて、二回登場している。また、女役のみで登場している場合も、一つ家伝説を用いた**46『宮戸河三社網船』**（豊国画、文政四年）での老婆いほ役という具合に存在する。このように巨悪の権化として大活躍をする幸四郎であるが、万能であるかというと、その姿のいかつさから色悪はしていない。たとえば**55『襲褄辻花染』**（豊国画、文政七年［一八二四］）では、幸四郎は萩井家の悪家老・内栗典膳武連役を割り振られたものの、この悪家老はあまり活躍はせず、代わって菊五郎が色敵の手台野茂平として、悪の主役を取っている。また、彼に道化掛かった敵役や位の軽い悪役も委ねられなかったこと、勿論である。それらやや軽い敵役は、嵐冠十郎や市川蝦十郎に割り振られることとなる。さらに幸四郎の持ち役となっていた仁木弾正や幡随長兵衛は、馬琴合巻においてもやはり幸四郎が担当していたことを書き添えておく。

次いで五代目岩井半四郎に移る。半四郎は、「目千両」で知られた、たいへん愛敬のある、色気に富みおきゃんな役柄を得意とした若女方の名優である。文化元年［一八〇四］に娘方の上上半白吉と、幸四郎より心持ち遅れて出世したこの女形は、初期には**15**『**打也敵野寺鼓草**』（春扇画、文化七年）のヒロイン末野珠名のように、いじらしく善良かつ貞節な娘を務めている。しかし次第に個性を出し、**29**『**蘆名辻蹇児仇討**』（国丸画、文化十二年［一八一五］）では、赤松家の姫が忠臣の蘆名辻一角の娘・松咲として育ち、菊五郎似顔の補次郎に惚れ、彼の為に一角の秘蔵の系図を盗み出すといった恋に殉じる複雑な娘や、**67**『**代夜待白女辻占**』（天保元年［一八三〇］）では、不思議な辻占いの白女と仙術を操る玉枕姫の二役といった、作全体を支配する役割を担当している。事実、意気地を張る女やお転婆で男勝り、ひとくせある性格の女方となると、馬琴合巻ではこの半四郎の独擅場となっていた。任侠の年増、たとえば**35**『**達模様判官贔屓**』（豊国画、文化十四年［一八一七］）の局かたおか（「先代萩」の正岡役）や、悪婆、たとえば**43**『**信田妖手白猿牽**』（文政三年［一八二〇］）のおこん（はじめ意地川悪右衛門の妻のち信田庄司の後妻盗みに入った悪右衛門と力を併せて庄司を殺す）など、他の女形ではとても務まらぬ大役が、役者の実年齢にかかわらず、常に半四郎似顔絵で描かれていた。女形のみならず、これも実際の半四郎と同様に、若衆方も少し見られる。半四郎の当り役は、そのまま馬琴合巻の中でも用いられたのである。たとえば**30**『**比翼紋目黒色揚**』（文化十二年［一八一五］）の幡随長兵衛の後家の花水橋のお蝶、**58**『**縁結文定紋**』（文政八年［一八二五］）のお七や、正岡やおはつ、さらに若衆方としての一代の当り芸・白井権八。この白井権八はたとえば**33**『**毬唄三人長兵衛**』（文化十三年）の表紙に使われたのであるが、興味深いのは、この役は本文中には登場せず、宣伝用の効果を考えて半四郎の容姿が表紙に利用されたということなのである。

更に今一人、三代目坂東三津五郎を挙げる。彼は前二者に比すと、容貌にも役柄にも際だった特異点を持たず、素直な主人公役が多い。格の大きさが立役の中でひときわ優れ、実事の要として時代を越えて活躍し続けたのである。忠臣、忠僕として、物語の中心に位置することが多い。たとえば**27**『**巳鳴鐘男道成寺**』（豊国画、文化十一年［一八一四］）では安田庄司に仕える忠臣の折平役で、主人の敵討を志すものの、やがて幸四郎似顔絵の清媛夜又五郎に惨殺される。また**39『百物語長者万燈』**(文化十四年)では、世渡屋立五郎に仕える、その名も白鼠の信七という忠義の番頭となっている。三津五郎はその実年齢を作中にも反映し、文化期には和事師としての本領を発揮して、たとえば**33『毬唄三人長兵衛』**(文化十三年)での金井長兵衛役では田之助、菊五郎、半四郎似顔の三つ子の女子に次々と思いを掛けられる色男の主人公となっているのだが、やがて菊五郎、団十郎ら若手の擡頭によって、脇の実事師へ配役されることも多くなっていく。たとえば**51『膏油橋河原祭文』**(豊国画、文政六年[一八二三])での久松(粂三郎)の父・野崎久作役や、**63『牽牛織女願糸竹』**(国貞画、文政十年[一八二七])での椀屋久右衛門(菊五郎)の父・玖右衛門役といった具合である。それでも三津五郎が登場すると場面に締りができ、副主人公というよりも、大御所的な位置でその場を収めるのである。

このように中心的な三人をはじめ、役者のほとんどは細かく実際の役柄と対応した登場人物に当てられており、その当り役も多く合巻中に取り入れられている。たとえば七代目団十郎では、善良な忠臣の他に、妾を寵愛して奥方を無実の罪で追い出してしまう殿様役や荒獅子男之介のような荒事芸の役、世話事の六三、さらには文政期に入ると色悪も担当するといった具合である。すなわち、実在の役者本人の役柄と位付、時には当り役までもが、合巻の作中での登場人物の性格と重要性に深く関わっていくのである。

そこで、先に役者似顔絵を見分けるものとして、似顔そのものとその役者を象徴する標章《マーク》の二つを挙げたが、それに加えて役者の役柄、位付けが入ることになる。そしてこの役柄は、各役者それぞれにかなり固定していた。もちろん合巻によっては、たとえ幸四郎にせよ、「幸四郎に似た誰々」といったように無性格に使われる場合がないわけではないが、これらは少数の例外といってよかろう。この**表1「役者似顔絵使用の馬琴合巻一覧」**に名をあげた代表的な役者達の、馬琴合巻中で活躍する文化末から文政中期頃までの役柄を、ごく大雑把に述べておく。

〈嵐冠十郎〉親仁敵役で、便利な軽い脇役の悪役として重宝される。男役がほとんどであるが、例外として56『童蒙赤本事始』（文政七年〔一八二四〕）では、舌切り雀のおばあさん役も務める。

〈市川蝦十郎〉これも敵役で、幸四郎よりは軽く、脇を固める。冠十郎に比べて武張った役柄になることが多い。

〈岩井粂三郎〉若女方で、善良なういういしい役柄。大体が貞節な娘役であるが、時として久松や吉三郎といった弱々しい男役も務める。

〈岩井紫若〉粂三郎と紫若は、似顔絵だけで見ると、目が粂三郎は二重、紫若は一重といった違いだけで、あまり違いは見られない。この時期では役柄も似ているが、どちらかといえば紫若の方が影が薄くておとなしい娘役、粂三郎のほうが半四郎により近く愛敬に富む。

〈荻野伊三郎〉実事師。老人の分別ある捌き役が多い。

〈尾上菊五郎〉立役、実悪、女方、色悪と、なんでもこなせた名優であるが、化政期合巻では善良な忠臣や悪婆、色敵といった役柄が多い。つまり団十郎と似ているのだが、団十郎がやや荒い性格を演じるのに対して、菊五郎の方は世話的な味わいをより多く持っている。

〈沢村源之助〉二枚目の立役。りりしい和実師としての主人公役が多い。

〈沢村四郎五郎〉端敵。ただしやや重みがあり、幸四郎に近い役柄の脇となる。

〈沢村田之助〉娘役であるが、あまり性格ははっきりしていない。

〈助高屋高助〉立役の脇役。中・老年役。

〈瀬川菊之丞〉この年代では、善良で純情な若女方に終始している。

〈瀬川路之助〉初々しい娘役で、多く源之助と組んで登場する。

〈関三十郎〉和実の名人で脇をしっかりと固める。若・中年役。

〈坂東三津右衛門〉端敵で半道、つまり滑稽感のある悪役の脇役。

彼らの似顔絵を負った登場人物は、馬琴合巻のどの作品中でも、大体こういった役割を果している。そしてこれらの役柄は、既に述べたように、実際の彼ら自身の舞台の上での役柄を踏襲しているのであった。

馬琴合巻の中で役者似顔絵で描かれた登場人物達は、その容貌と共にその役柄や、時には得意の演目をも背負っていた。

しかしそれでは、合巻が現実の舞台をどの程度に反映していたのかというと、馬琴合巻に限るならば、皆無に近い。合巻の配役が総花的で、実際の小屋所属という制限を受ける芝居には望むべくもない豪華版となっていることはともかく、上演記録と照らし合わせて見る時、前年の評判となった舞台なりその配役なりを当て込んで作られたと断定できる作品を見出すことはできないようなのである。

また役者の動きにしても、同様のことがいえる。たとえば文化八年［一八一一］から十四年まで三津五郎と半四郎は不和となり、十四年の十一月興行でようやく和睦して同座しているが、**表1**にはそのような関係は少しも現れてこない。また団十郎と菊五郎も、文政五年［一八二二］に半四郎の仲裁で同座するまで、文政二年から疎遠になっているが、**表1**にはこれもまったく影響を与えていない。さらに作中に、江戸という都市で売り出される戯作という性格に合わせて、在江戸の役者を、下り役者をも含めて揃えようというような心配りも、見受けることはできない。文政三年［一八二〇］に、幸四郎、半四郎、三津五郎の花形役者三人は京坂へ旅立つが、それへの当て込みの言は、地の文は元より、地口無駄口を入れた科白にも見出せない。半四郎が文政五年に久方振りに江戸に戻り、条三郎、紫若と親子三人、晴れの三座立女方として出た興行への餞の言葉もない。**53**『**諸時雨紅**

葉合傘』（文政六年）に、「江戸からみつ五郎ものぼつたそうな　わしはしばゐを久しく見ねど、あの杜若と松之助はきついひやうばんじやないかいの」（13ウ14オ）とあるのが、直接の役者の動きを報じた例外といえるのであるが、そのことも**表1**に影響を与えているわけではないのである。

ところで、馬琴の役者似顔を採り入れた合巻では総花的なキャスティングが汲まれていると前述したが、実は、これは正確とは言い難いようである。馬琴合巻に登用された役者たちの中で、芝居番付等の位付けと比べるとき、唯一、中村歌右衛門の活躍の低さが目に付くのである。周知のようにこの三代目歌右衛門は三代目三津五郎と並ぶ名人で、時代・世話を問わず、立役の他に女形・敵役まで何でもこなせた役者である。けれども馬琴合巻のなかでは、**32『赫奕竹節話節』**（文化十二年［一八一五］）でこそ表紙に三津五郎と並ぶものの、たとえば**56『童蒙話赤本事始』**（文政七年［一八二四］）では団十郎の不良息子・田奴吉《たぬきち》の父・慳貧慳兵衛といった具合に、脇役、それも悪役が多く、計5作にしか使われていない。この現象は、蜀山人に代表される江戸っ子の上方役者である歌右衛門嫌いの投影かと思われるのである。その一方、三津五郎は重用される。たとえば**20『傾城道中双陸』**（文化九年［一八一二］）の中で三津五郎は管領成氏を務めるが、出場は図二の一場面だけで他にはその姿を現さない。三津五郎の起用は、その登場人物の身分の高さを象徴するための措置と推測されるのである。また本文中では登場しないにも関わらず、物語内容に重みを付ける為に口絵のみに姿が現われることも、たとえば**40『春海月玉取』**（豊国画、文政二年［一八一九］）での淡海公をはじめ、数例見られる。このことは半四郎も同様で、たとえば同じ**40『春海月玉取』**で三津五郎の相手として、やはり本文中には登場しない海女の姿を描かれているのである。

このように、馬琴合巻と実際の歌舞伎興行との関係は希薄というべく、そこに何らかの通人的な性格はまったく見出せない。馬琴合巻が用いた役者の属性は、万人に通じた人気役者の容貌と役者のおおまかな役柄、そして誰でもが周知の持ち役が時たま登場するに留まったと言える。また各役者の用い方も、江戸人を中心とした好みを積極的に取り入れ、常に人気役者を中心としたものに固定していたのであった。

以上を通じて、馬琴合巻の中で、役者似顔絵を使うことの意味を考えていこう。

まず、馬琴に限らず、合巻が役者似顔絵を用いたのは、読者層の嗜好に合わせた結果と言い得る。つまり合巻が女性たちを主な読者対象とした時、その作品の世界を芝居に求め、なおかつ役者を登場人物として用いることで、安易に読者の嗜好に応えることができたということである。

登場人物を描く時に役者の似顔絵を用いることは、大衆読み物としての要求を満たす簡便な手法であった。しかし、いくら馬琴が役者の人気だけをその容姿によって利用しようとしたところで、実際の役者としての彼らの属性を無視するわけにはいかない。やがて馬琴合巻は、役者の存在そのものに引き摺られるようになっていった。総花的であればある程、物語の主筋に合わなくとも使用せざるを得ない役者も出てくる。その結果、役者を中心とした、一見、不要な筋立てが挿入され、見せ場も考案される。時には故人であっても、役柄と風貌の必要性から、**33『毬唄三人長兵衛』**（文化十三年〔一八一六〕）での四代目幸四郎（揚羽長兵衛役）のように、取り込まれる例も出てくる。また合巻の顔見せの場としての口絵には、本文中での活躍があまりなくても、役名の大きな登場人物には大物の役者を振って、華やかさを競うようになる。

そして役者似顔絵にこだわりその路線を拡張していった時、合巻は、全体を貫く筋よりも各場面の趣向にこだわらざるを得なくなっていく。なぜなら、合巻の読みを辿る時、役者の似顔を与えられた登場人物は役柄も固定してくるため、すこし慣れた読者ならば、その登場人物の配役を見ただけで以後の大体の展開も推測できるからである。たとえば団十郎や菊五郎が色悪を演じた場合、「戻り」がある可能性が高いという覚悟をしなければならず、半四郎が田之助や菊之丞と並んで娘役をしているときには、半四郎の姿を振られた娘がいちばん起伏のある人生を送ることになる。いいかえれば、登場人物の似顔を見ることで結末の割れた話になり、代わって読者の興味は、いかにその役者の見せ場を活かしつつも意外な展開に出るかという、各場面の趣向立てに移る。その結果、馬琴合巻の世界は梗概の採りにくい、きわめて入り組んだ展開を採るようになっていくのである。

こうした状況の中で、物語を執筆する作者の権限に拘泥する馬琴にとり、役柄を固定された既存の役者達に筋立てでの主導権を奪われることへの鬱屈した思いが次第に募っていったことは、想像に難くない。たとえば**表1**の文政六、七年［一八二三、四］あたりから、馬琴の短編合巻の中で役者の使い方に変化が出てくる。たとえば**58『縁結文定紋』**（文政八年）は、半四郎の当り役「お染の七役」を取り込んだものかと思うが、半四郎、三津五郎ともに二役のみならず、役者が口絵と本文で変わる他、本文中でも丁によって、たとえば粂三郎と菊之丞、紫若と粂三郎というように目まぐるしく変わっていく。口絵では身分の高い重い役に大物役者が当たり、本文では当面の主人公をその時々で大物が担当するという、まことに場当り的な配役が組まれているのである。それまでに見られなかった程、二役や三役を務める者が多く出、場面によって役者が都合主義で似顔を変えていく。言い替えれば、役者の使い方に杜撰さが出てくるのである。

合巻の稿本段階での画師への似顔指定の問題は次項で扱うが、馬琴合巻で使用する似顔絵の役者名指定は、稿本上に細かく馬琴が指定する場合から、まったく指示が見られない場合まで種々あり、それぞれの画師の力量によって画師に委ねられる部分も変わっていったと思われる。自作の出来上りに人一倍の神経を用いた馬琴においてもそのような手法が容認される程に、役者似顔の使用は類型化された世界であった。しかしながら、この文政の後半期に見られる役者使用の手抜きは、この後、一貫して見受けられる現象であり、そこに馬琴自身の意志の在り方を認められよう。

この時期、馬琴合巻は細部の趣向を盛り込み過ぎ、六巻の結末部近く至ってなお登場人物が右往左往し、書き込まれた字は顕微鏡が欲しいほど細々となっていた。「あんまり筋が入りくんで三十丁には収まりかねるをやうやくに書きとりましたる、吉例かはらず、めでたし〳〵」（**64『今戸土産女西行』**（国貞画、文政十年［一八二七］、30ウ））といった書き入れが、最終丁に散見されるようになる。多すぎる場面の趣向立てが構成の破綻を呼び、役者本位に似顔絵を貫き通す努力を、馬琴と画師から奪っていったのではないだろうか。次々と展開する局面は当面の主人公の変遷をも意味する。趣向の細部への執着が、そもそも単純な役者似顔絵の世界を混乱に陥れ、取りあえずは場当り的な様相を呈していったのである。「毒をもつて毒をせいする、敵役が敵役をばらしてしまふは新しかんべい、趣向も筋もしつくしてお仕着せどほりじや嬉しがらねへ、ナント肝がつぶれるか」（**61『大飾荘子蝶胥笄』**（国貞画、文政九年［一八二六］、16オ））。役者自身の個性よりも、当面の物語の目まぐるしい展開に読者の興味は引き摺られていく。文政後期の馬琴合巻では、その場面々々の飾りとして、役者たちの、それも顔のみを強調した姿が、多すぎる詞書きと共に目眩を誘うように溢れていた。

そしてこのいわば役者離れの傾向は馬琴だけに見られるのではなく、合巻全体がそろそろ役者似顔絵使用の行き詰まりを見せていくのである。ちなみに、馬琴の短編合巻の最後の作となる**67『代夜待白女辻占』**（天保元年［一八三〇］）は、『醒世恒言』31「鄭節使立功神臂弓」を物語の枠として用いており、それまでの作品に比べて異色の筋立てとなっている。すべて町人の話で死ぬ人物が一人も出ず、極端な善人も悪人も登場しない。部分における趣向よりも全体の構想の面白さに重点を置いた本作では、その役者似顔絵の使い方も、役者の役柄よりも合巻の展開の方を重視したものとなっている。ここには久し振りに役者の二役も交替もない。馬琴はこの作を出すことにより、みずからの役者似顔絵との訣別を、はっきりと意識せざるを得なかったのではなかろうか。続く長編合巻の世界で、その筋立てが短編よりもかえって単純になり、従って詞書きの書体も大きく変わっていったのは、充分にうべなわれる現象であった。

化政期の合巻の世界は、どこを切っても馴染みの歌舞伎役者にぶつかる不思議な別天地である。そこでは、実際の舞台では決して望めない超豪華な顔ぶれの役者達が、常に華々しく活動していた。かれらはその容貌だけでなく、役柄も役名も既に馴染みのものを負っていた。かれらは閉じられた異次元空間の中で、あらかじめ定められた、それでいて常にどこか些少に新しい、運命に翻弄され尽くす数奇な人生を楽しんでいた。それは化政期という時代の終末期に呼応していたのかも知れない。迫り来る外の憂いを明日に延ばし、亡びゆく前の煌めきのような退廃めいた爛熟を楽しむ人々は、細部への拘わりを都会的な洒落の姿として捉えていたのであろう。

しかしそれでは馬琴の短編合巻の読者が、流行の最先端を走る江戸っ子たちばかりであったかというと、そうではないように私は思う。馬琴の短編合巻の特徴とは何なのであろうか。それは山東京伝や柳亭種彦ら、より芝居の世界に親しい戯作者の作品との比較にはっきりと現れる。京伝や種彦の合巻には、芝居の世界との直接の交渉があった。生身の役者達の投影が合巻の所々に顔を出し、芝居小屋での興行が直接、合巻内容に響く。馬琴のように筋の都合によって役者が変化するような不手際は見せず、舞台同様、一人の役者が早変わりや数役をこなすに留まる。すなわち馬琴は「物語」に拘わるが、京伝や種彦は「役者」を重視した。その結果、長編合巻の世界でも、種彦は役者を捨てることなく、かえってその世界にどっぷりと浸かり、『正本製』（文化十二～天保二年〔一八一五～三二〕）のような全編芝居仕立ての作を早々と生み出していた。種彦に代表される芝居の中に「遊ぶ」余裕、これこそ馬琴合巻に欠如していたものだった。かれらは、たとえば舞台の中へのみずからの登場を志し、役者似顔絵使用に際しても、この役者にこの役をさせたら如何かと、自在に作品の中で遊ぶ。それが時には筋立て以外の豊かな効果を生み出し、新鮮な興味が生じる。しかし、馬琴合巻にはそのような奥行きはなかった。筋立てに絡む夾雑物の存在を望まなかったし、また馬琴自身の生活が芝居と近いものではなかったので、現実に不可能なことだったのである。決して排他的瑣末主義にならず、現実の芝居の世界とは一線を画した世界、おそらくその一線を踏み越えられないところが、馬琴の芝居と関わる限界であった。しかし同時にそのことは、馬琴の短編合巻の評価を落とすことにはならないように思う。たとえ江戸に住んでいたとしても、すべての人間が芝居に日常的に通い、生身の役者の姿に頻繁に接することができたわけではない。合巻の読者層を形成する多くの女性たちにとり、役者たちの存在は、今日の芸能界よりはるかに遠い世界のものであった。まして江戸在住以外の人々にとっては、役者のイメージはその容姿と荒唐無稽な筋立ての中で見せる彼らの役柄以外に、何があったろう。馬琴合巻の世界は、特殊な仲間内の知識を要求せず、化政期の人々の誰でもが持った役者に対する素朴な虚構のイメージを用いた、開かれた娯楽の世界なのであった。

化政期合巻は、短期間にその盛りを終えた、読者と作者との馴れ合いの上に咲いたあだ花のような作品群なのかもしれない。しかしながら、この役者似顔絵を用い世界を芝居に頼ることの多かった短編合巻の執筆を通じ、またその限界を知ることで、馬琴は己れの本領を見届け、さらには読本で使用することになる多くの趣向立ての方法を身に付けていったのではないだろうか。

注1　鈴木重三「合巻の美術」（『絵本と浮世絵』美術出版社、1979）
注2　浜田啓介「滑稽本としての劇書」（『文教国文学』24、1989年12月）
注3　図は、『不老門化粧若水』の文化六年刊の改題再摺本『匂全伽羅柴舟』を用いた。
注4　同、注1

付記

本稿は、故向井信夫先生からの長年に亘る役者似顔絵の見方についての種々の御教示、ならびに資料提供によっています。心から感謝申し上げます。

2　馬琴著作の稿本に見る「役者」と「役柄」

曲亭馬琴の刊行された著作の稿本は、海外での所蔵や国内でも新しく収蔵された作品の公開などにより、今後もその数が増えることと思うが、個人蔵や数丁のみのものを除くと、現在、黄表紙二作、合巻十一作、読本六作の計十九作が、広く閲覧が公開されているかと思う。これを各売り出し別に数えてみると、のべ合巻二八、読本二一と、大幅に増加する。江戸期の戯作者としては、例外的に恵まれているといえよう。ことに脂の乗り切った文政の後半期以降の作が多い点、『南総里見八犬伝』の完成に功あった瀧澤家の嫁・路女の、馬琴没後の努力を感じずにはいられない。

その稿本であるが、付箋や書き直し箇所の極めて希少な、職業作家としての馬琴の面目躍如なものである。しかしそれでも、刊本に比して若干の相違が見受けられる場合があり、構想の発展や、書肆間の内訌らしきものも窺われる。また、筆工や画工宛ての半丁を費やしての書き方注文も見受けられるが、それらの多くは誤字・脱字をしないよう、読み易く、作者の意図通りに仕上げて欲しいとの内容で、くどい程の「お願い」が、馬琴の几帳面な性格をそのままに見せている。さらに執筆の日付が付されている所もあり、『南総里見八犬伝』では、これに書簡や日記類を加えて、細かい執筆記録が再現できる程である（注1）。馬琴による稿本への記載は墨書が多いが、馬琴稿本には、他の戯作者同様、口絵・挿絵を中心に、見返し・目録部分などに主に画工（画師）への朱筆指示が入っている。これらの注文は画師によってほとんどそのままに受け入れられているが、時として、刊行された板本では、図柄が異なっている場合や、馬琴の予想外の画師による描き込みが入り、作者の作品意図との間に齟齬を来すこともあった。けだし、馬琴の、画師の見識と力量を問う所以である。

これらの書き入れを見ると、馬琴は従来いわれているごとく、やはり「文章作家」(注2)といえようか。馬琴の関心は常に、本文と矛盾を生じないかという一点に集約されている。画像が文章を裏切らないように細心の注意を払い、画師を掌握しようとしているのである。近世戯作の持つ大衆性に鑑みた時、馬琴の考える「画像《イメージ》」に対する「文章《テキスト》」の圧倒的優位性には、いかほどかの無理を感じずにはいられない。しかし、その点にこそみずからの存在理由を見出した馬琴であれば、当然の姿勢であったのだろう。とはいうものの戯作において画像が必要条件である以上、作品はそれらをも含めての完成品でなければならない。馬琴は指揮者としての位置にこだわり続けた。

画師との関連で見るならば、馬琴は短編合巻において、登場人物に役者似顔絵を用いるという手法を率先して取り入れた戯作者であり、その経験を通じて、みずからの戯作世界の独自性を再認識していった創作家であった。いうまでもなく、この役者似顔絵という表現方法は、画師の協力なくしては成り立たないものである。そして戯作者・馬琴の事情を見るならば、短編合巻で役者似顔絵がさかんに採り入れられる文化の後半から文政期には、実は彼の芝居への関心は既に薄れていた。芝居にもはや熱中することのない戯作者の紡ぎ出す合巻の出来が、役者似顔絵を描く画師の力量に大きく掛かっていることは、馬琴自身が周知していたことであろう。

曲亭馬琴の作品上における芝居との関連を押さえておくと、それは表面的には寛政の末年から文化の初期にかけて集中的に現れる。まず寛政十一年［一七九九］の、名所図会に模すという凝った趣向の『戯子名所図会』（歌川豊国画）(注3)に始まり、翌十二年には巷間に広く馴染んでいた百人一首などの頭書様式を用いた『戯子卅六歌撰櫓色紙』（歌川豊国画、寛政十二年六月上旬稿、寛政十三年（享和元年、一八〇一）刊行予定であったが、未刊）の稿本が作られ、享和二年には役者の似顔絵に人相書を取り合わせた『俳優世二相點顔鏡』（東子樵客著、歌川豊国画）に序文「戯子世二相點顔鏡叙」を寄せている。この書は巻頭に「男女面之法指図解」、巻末に「秘伝血色見様之事」を載せるが、人相は当時の馬琴が興味を持つところであり、おそらくは本書全体が馬琴の創作であろう。さらに『劇場画史』（浪速蘆橘庵撰、馬琴著、享和二年十一月二七日稿、ただし未刊）人物部の像讃の狂詩の原稿も作っている。翌三年［一八〇三］には、絵入根本『役者浜真砂』（松好斎画）に序文「俳優浜之真砂序」を与え、その間を縫って自作の浄瑠璃も『化競丑満鐘』（北尾重政画、寛政十二年［一八〇〇］刊）、『雩雲の道行』（栄松斎長喜画、文化元年［一八〇四］刊）と、二作を出している。そして文化元年には、黄表紙『松株木三階奇談』（注4）で、正面から芝居を題材に採り上げてもいた。

しかし馬琴の劇場への傾斜はこのころから薄れ、文化の中頃、七年［一八一〇］刊『夢想兵衛胡蝶物語』（前編、歌川豊広画）の巻三「色慾国中品・下品」では、主人公・夢想兵衛の口を借りて芝居の登場人物の行動批判を行なわせるに到り、彼の本領である読本の世界も、芝居から乖離していく。ところで、この表だっての歌舞伎芝居との疎隔の蔭に、この時期の馬琴の著作生活の大半を占める合巻作品の作中では、芝居と戯作との更なる融合が図られ、主人公たちが芝居の世界を背負うばかりでなく、各丁の画面の中でそれらを演じる出演者までもが当代の人気役者の似顔で描かれ、さらにその動きも役者本人の役柄に制御されていくといった、不思議な趣味性のはなはだ強い特異な別天地が創造されていたのである。

戯作と芝居との関わりは、合巻に始まるものでは、勿論ない。草双紙がその発生から深く演劇と馴染んでいたことは、いまさらいうまでもない所である。「世界」と「趣向」のみならず、挿絵への似顔絵の取り込みも、既に黄表紙においてしばしば見受けられた（注5）。しかし、合巻の芝居との癒着は、これらとはまったく異なった次元のものであった。黄表紙では、作中に描かれた役者似顔絵の登場人物は、役者の持つ存在感を示すに留まり、その役者の役柄や個性によって物語の本筋を動かすことはない。いわば、作品の景物としての似顔絵使用に留まっていた。しかし化政期の短編合巻では、芝居そのものと同様に役者の個性を重視し、実際の役者の特性に合わせて、物語そのものも展開していったのである。この時、画師と作者の共同作業で作られる合巻において、既に芝居そのものに対する積極的な関心は薄れていたと思われる馬琴は、それぞれの役者指定にどの様に関与していたのであろうか。また、短編合巻の世界においてしか用いられない登場人物の役者似顔絵使用という手法であるが、果たして、その影響は短編合巻の範囲に留まるのであろうか。

本稿では、馬琴著作の稿本から、役者似顔絵使用という表現手段を通じた画師と戯作者・馬琴との関わり合い、そして馬琴という人物の内部に与えたこの手法の影響を探ってみたい。

なお、馬琴の稿本に加えられた画工や筆工に宛てた朱筆はその場面々々に応じて様々であるが、共通して見られるおおよその書き入れをまとめてみると、次のようなものとなろうか。

(墨の使い方)

「つや墨」「うす墨」「地墨」等の指定が、見返し、口絵を中心に見られる。

(枠の模様)

口絵の枠の模様指定である。「桜の花半りんつゝやりちがひに　はりこの犬此如ならへて御画キ」(『八犬伝』九輯巻七、目録)と模様の指示が入るものや、単に「わくもやう」(『朝夷巡嶋記』初輯巻一、口絵)とあるものなど様々であるが、枠模様についての書き込みを忘れることはほとんどなく、画師に細かい気配りを要求している。

（季節・場所）

「みせと奥の中のれん也　此へん家体引よろしく」（『女郎花五色石台』第一集、3オ、路代筆）と場所や、「時こうは六月中旬　夏いせう」（『八犬伝』四輯巻一、挿絵）と時節の指定が入るが、人物の衣裳と季節が一致するよう、特に注意を促している点が目立つ。この衣裳の季節指定は、くどい程に挿絵部分に何度も入れられていく。

（事物）

描く対象物の名称を、「しひの木」（『八犬伝』八輯巻三、挿絵）のように、あっさりと示している場合が多い。

（人物）

一般に、人物についての注文は事物に比して詳しい。人物名や職業の他に年齢が丹念に入れられ、物語と一致した年齢で描かれるように細心の注意が払われている。また人物の身に纏う衣裳も、季節や以前の登場場面と齟齬しないよう、常に画師の心配りを願っている。「うつくしくてけんのあるかほに御画キ」（『風俗金魚伝』上編巻四）というように、その属性で示すこともある。さらに合巻を中心として、その人物を芝居の役柄で説明、または規定する場合も見られる。特に化政期の短編合巻で役者似顔絵を使用したものには、役者名を具体的に馬琴自身が挙げて指定し、中には徹底を願って指定役者の一覧を画師用に付したものもある（『姫万両長者鉢木』）。

以下、これら馬琴著作の稿本中の、馬琴による画工や筆工に向けての注文書の中に見られる芝居関連の書き込みを、A「合巻」稿本と、B「読本」稿本に分けて採り上げ、それぞれ考察を加えていくこととする。

注1　8「『南総里見八犬伝』の執筆」の『八犬伝』執筆表を参照されたい。
注2　服部　仁「馬琴における読本の口絵・挿絵の位相」(『読本研究』第三輯上套、一九八九年六月)他
注3　台帳をよむ会編『馬琴の戯子名所図会をよむ』(園田学園女子大学近松研究所叢書、和泉書院、二〇〇一年)に翻刻と注釈がまとめられている。
注4　拙著『叢書江戸文庫33　馬琴草双紙集』(国書刊行会、一九九四年)中に翻刻と解説を収録。
注5　馬琴黄表紙で見れば、たとえばその初作『尽用而二分狂言』(寛政二年)において五代目団十郎他の似顔絵が使われている。

A　馬琴合巻の稿本に見る役者指定における画師との関わり

馬琴の合巻の中で、稿本が現存し広く公開されている作として、以下の十一作を採り上げる(注1)。記載は作品名を現存稿本の刊行年の順に並べ、（　）内に所蔵機関、次行に現存稿本の巻冊数を示した。さらに※を付けて、当該稿本の刊行された板本について、刊行年、画師、版元、刊行された巻冊を記した。短編合巻の場合は分冊状況も示し、長編合巻の場合は最終刊行年の状況、および完結と未完の別も提示した。なお合巻の頭に付した番号は馬琴合巻の全作品に刊行順に振ったもので、本書で扱う馬琴合巻すべてに共通する。

A　**2『敵討鼓瀑布』**（早稲田大学図書館蔵）
六巻二冊
※板本は文化四年［一八〇七］刊、歌川豊広画、仙鶴堂板、六巻二冊（前編・後編）

B　**8『敵討身代利名号』**（都立中央図書館加賀文庫蔵）
後編上は欠、五巻を合一綴
※板本は文化五年［一八〇八］刊、葛飾北斎画、仙鶴堂板、六巻二冊（前編・後編）

C　**26『皿屋敷浮名染著』**（天理大学附属天理図書館蔵）

六巻六冊
※板本は文化十一年［一八一四］刊、鳥居清峰画、仙鶴堂板、六巻二冊（上編・下編）

D

50『照子池浮名写絵』（国立国会図書館蔵）
六巻六冊合二綴
※板本は文政五年［一八二二］刊、渓斎英泉画（表紙は歌川国貞画）、錦森堂板、六巻三冊（上・中・下編）

E

58『縁結文定紋』（天理大学附属天理図書館蔵）
前編巻一の一冊のみ
※板本は文政八年［一八二五］刊、歌川国貞画、永寿堂板、六巻二冊（前・後編）

F

62『姫万両長者鉢木』（天理大学附属天理図書館蔵）
六巻六冊
※板本は文政九年［一八二六］刊、歌川国貞（前編三冊）・北尾（小川）美丸（後編三冊）画、錦森堂板、六巻三冊（上・中・下編）

G

59『傾城水滸伝』（東洋文庫蔵）
初〜二、四〜十一、十二上、十三上編（三編、十二編下が欠）。各編八巻を二巻ずつ合綴、各編四冊。総計四四冊

※板本は初編は文政九年〔一八二六〕刊、歌川豊国画、仙鶴堂板、八巻四冊
二編は文政九年刊、歌川国安画、仙鶴堂板、八巻四冊
四編は文政十一年〔一八二八〕刊、歌川国安画、仙鶴堂板、八巻二冊袋入
五編は文政十一年刊、歌川国安画、仙鶴堂板、八巻二冊袋入
六編は文政十二年〔一八二九〕刊、歌川国安画、仙鶴堂板、八巻二冊袋入
七編は文政十二年刊、歌川国安画、仙鶴堂板、八巻二冊袋入
八編は文政十二年刊、歌川国安画、仙鶴堂板、八巻二冊袋入
九編は天保元年〔一八三〇〕刊、歌川国安画、仙鶴堂板、八巻二冊袋入
十編は天保元年刊、歌川国安画、仙鶴堂板、八巻二冊袋入
十一編は天保二年〔一八三一〕刊、歌川国安画、仙鶴堂板、八巻二冊袋入
十二編上帙は天保三年〔一八三二〕刊、歌川国安画、仙鶴堂板、四巻二冊袋入
十二編下帙は天保三年刊、歌川国安画、仙鶴堂板、四巻二冊袋入
十三編上帙は天保六年〔一八三五〕刊、歌川貞秀画、仙鶴堂板、四巻二冊袋入
※なお、『傾城水滸伝』は十三編上帙までの刊行に終わり、未完

H

57『金毘羅船利生纜』（東洋文庫蔵）
六編、七編、各八巻を二巻ずつ合綴、各編四冊
※板本は六編は文政十二年〔一八二八〕刊、溪斎英泉画、甘泉堂板、八巻上下帙、各帙二冊
七編は天保元年〔一八三〇〕刊、溪斎英泉画、甘泉堂板、八巻上下帙、各帙二冊

※なお、『金毘羅船利生纜』は初～五編までは各六巻三冊
また、第八編（天保二年［一八三一］刊、溪斎英泉画、甘泉堂板、八巻四冊）までの刊行に終わり、未完

I

66『風俗金魚伝』（東洋文庫蔵）
上編八巻四冊。下編下八巻四冊
※板本は上編は文政十二年［一八二九］刊、歌川国安画、錦森堂板、八巻四冊
　下編下上（一・二）は天保三年［一八三二］刊、歌川国安画、錦森堂板、四巻二冊
なお間に、下編（二編）上（一・二）、天保元年［一八三〇］刊、歌川国安画、錦森堂板、四巻二冊
　下編上下（三・四）は天保二年［一八三一］刊、歌川国安画、錦森堂、四巻二冊、の刊行が入る
※『風俗金魚伝』は板本では下編下上までの刊行に終わる。すなわち、稿本の下編下の三・四冊（巻五～八）は草稿のみが現存している。いずれにせよ、物語は未完

J

68『新編金瓶梅』（早稲田大学図書館蔵）
七集巻七、八、九集巻一・二（注2）、十集八巻を合一綴
※板本は七集は天保十一年［一八四〇］刊、歌川国貞画、甘泉堂板、八巻四冊
　八集は天保十二年［一八四一］刊、歌川国貞画、甘泉堂板、八巻四冊
　九集は天保十三年［一八四二］刊、歌川国貞画、甘泉堂板、八巻四冊
　十集は弘化元年［一八四四］刊、歌川国貞（後豊国）画、甘泉堂板、八巻四冊
※なお『新編金瓶梅』はこの十集にて完結

K　70 **『女郎花五色石台』**（早稲田大学図書館蔵）

第一集八巻四冊を合一綴、第四集八巻四冊を合一綴

※板本は第一集が弘化元年〔一八四四〕刊、歌川国貞（後豊国）画、甘泉堂板、八巻四冊

第四集が嘉永三年〔一八五〇〕刊、歌川国貞（後豊国）画、甘泉堂板、八巻四冊

※なお、『女郎花五色石台』はこの第四集までの刊行に終わり、未完。また馬琴は嘉永元年〔一八四八〕十一月六日に没。すなわち第三、四集は没後出版

これらの内、A〜Fの六作は短編合巻、G〜Kの五作は長編合巻である。

各作品について簡単な解説を付しておく。まず短編合巻の方であるが、**A『敵討鼓瀑布』**は「富士浅間」の世界に登場人物名を借り、三人六部の、おそらくは巷説に取材した鼓の家の敵討譚(注3)。**B『敵討身代利名号』**は「身代り名号」の巷説に「亀山の敵討」の趣向を加味したもの。**C『皿屋敷浮名染著』**は「皿屋敷」を趣向として用い、**D『照子池浮名写絵』**は灰屋紹益と吉野大夫に着想した、蝿屋浄円の息子の袈裟次郎と雁金屋采女の敵討(注4)。**E『縁結文定紋』**は「八百屋お七」と「お千代半兵衛」、さらに**F『姫万両長者鉢木』**は「東金茂右衛門」の佐野次郎左衛門の八橋殺しと「鉢木」を用いている。次いで長編合巻は、周知の如く、土台となる部分を中国白話小説に取材している。すなわち**G『傾城水滸伝』**は『水滸伝』の、**H『金毘羅船利生纜』**は『西遊記』の、そして**I『風俗金魚伝』**は『金翹伝』の、**J『新編金瓶梅』**は『金瓶梅』の翻案作である。最後の**K『女郎花五色石台』**のみは、『五色石』に発端部を借りてはいるが、全体としてはむしろ亜流『水滸伝』の系譜である。単純に合巻に用いられた「世界」と「趣向」からみても、ＢＣＤＥＦ各作の歌舞伎芝居との関わりの深さ

が窺われよう。

また、板本での役者似顔絵の使用は、短編合巻のうち、初期のABは使用なし、残りのC〜Fには全面的に使用が見られる。長編合巻の五作には、本文部分での使用は認められない。しかしながらI『**風俗金魚伝**』とJ『**新編金瓶梅**』の表紙のみに一部、役者似顔絵が用いられている。稿本の現存部分で見るならば、『風俗金魚伝』表紙の上編一冊が二代目岩井粂三郎、二冊が三代目尾上菊五郎、三冊が五代目瀬川菊之丞、四冊が七代目市川団十郎、下編一冊が七代目団十郎、二冊が五代目岩井半四郎の役者似顔絵を用いているのであるが、表紙と袋の意匠は画工に任せられているため、馬琴稿本には、この部分の下絵類は附属していない。

まず、これらの稿本中に見られる、馬琴による画工や筆工に向けての書き入れを概観しておく。短編合巻A〜Fでは、役者似顔絵の採用以前の作と採用作の双方が現存することからなるべく詳細に記し、各巻(五丁)単位で記していく。長編合巻G〜Kは、その現存する分量は多い。しかし、本稿の目的である役者似顔を通じた画師と馬琴との関わりについては、この手法が長編合巻の作中で採用されていないことから、役者指定そのものという直接的な指示を稿本に見出すことができない。さらに各作品について既に稿本を資料に用いた論も出ていることから、役者似顔絵に関係するものを中心に記し、それ以外はごく大方を略記するに留めておく。以下、役者名および役柄に関する書き込みは太字で示す。なお、馬琴稿本における本文部分の書き入れは、ほぼ朱筆が用いられていることを補記しておく。

A　**2『敵討鼓瀑布』**

前編は、見返しに筆工への「ひつこうくどく御座候間あまり/きれ〴〵にならぬやう御書おさめ/可被下候小口見だし前へんと御しるし」、画師への「画の事／○御めんどうながらゑぐみずいぶんくどく御書可被下候」との注文書きがある。

本文部分の挿絵などへの書き入れは市之助に「廿三四」、音一郎に「十一才」、花形に「十八」と、人物の年齢指示や「いかだ」「あか子」の事物指示のみで、ほとんど朱筆書き入れの見られない稿本である。

後編はやはり見返しに筆工と画工への注意書きが入るが、その内容は前編のものと同様である。

本文部分での「二才」「十六才」などの年齢の書き入れの他は、「たき」「すいきたちのぼる」「まんざいの見たて」と事物の補助説明が入るが、やはり朱筆ははなはだ少ない。

B　**8『敵討身代利名号』**

見返しの図柄指定として中央下部に「からこ」とあるのみで、他に朱筆書き入れは見られない。

なお、口絵中の賛に貼り紙訂正があり、その下の文字は、「漠々余香著／草花森々柔／緑長桑麻塘／水満蛙成市／門巷春深燕／作家／右」（第一図右の藤坂実太郎）、「宋方／岳／農謡／田園／雑興」（第一図左の蜘塚治部九郎）と、内容が板本と一部異なっている。

C　**26『皿屋敷浮名染著』**

口絵部分に「わくもやう」、本文冒頭部分の枠に「たからつくしもやう」とある。他には、登場人物の年齢や属性が「とし十二」「わかしゆ」「とし十一」と入る（巻一）。巻二、三、五には朱筆は入らず、巻四本文部分（3ウ）に貼り紙で「刀持をらぬゆへもんくはぶき申候」、他に「小わし也」「大わし」と対象物の補足説明が入る。巻六には、やはり「かけたる皿」「さら十枚」との説明や、最終丁の登場人物の衣裳部分に「もやうたからつくし」と入るが、総じて書き入れはあまり見られず、役柄指定などはまったく入れられていない。

D　**50『照子池浮名写絵』**

巻一の口絵部分は、通常の枠に入る書き入れ「もやう」や、事物の説明「かみそり」、文字の細かい字形の注意などの他に、すべての人物に似顔絵を当てるべき役者名が、「**三津五郎**」「**粂三**」「**えび十郎**」「**団十郎**」（第一図）、「**三十郎**」「**為十郎**」「**中通り**たれにても」「**大吉**」「**門之介**」（第二図）、「**路考**」「**梅幸**」「**きくの丞**」「**きく五郎**」（第三図）と書き込まれている。

また裏見返しには「ひつこう様へ口上／一　御如才なきことながらわけて奉頼候　ひつこうくどく／候へとも文字はなるたけ大つぶに随分つめて間夕の／のびざる様に被成可被下候　とくト御見はからひ本文／なるたけキレ〳〵にならぬ様ニ奉願候　合じるしあまり／多キはよみにく丶御坐候　○ひつこうくどき処はずいぶん／文字大つぶに御書被成可被下候　あまりこまかなるは不宜候／一　にノ字をノ字のノ字抔のてにをは切レて上へあがらざる／様によみつぎ第一ニ御心かけ御認被成可被下候　ひらかな物の／細字のよみつぎわろきは甚よみにく丶御坐候　此義かたく／奉頼候　尤下はいかほど不様にても不苦候　よみつぎが第一也／一　画にさはらぬ様にうまく御書納め可被下候　細字ものに落字書そん多く候ては校合之節甚こまり候間御念入られ可被下候」と、筆工への注文が書かれている。

巻二も、見返しに「画工様へ／一　御如才なき事ながら御覧の通りひつこうくどく候間／やたい引抔は随分御略し下されひつこうゆつくりとかきおさ／まり候様奉頼候／ひつこう様へ／一　一ノ巻にしるしおき候通りひつこうなるたけ大つぶに／間夕のびざる様につめて御書キてにをは切レて上へ／あがらぬ／様によみつぎ第一に御心かけ御認可被下候／にノ字をの字抔上へあがりよみつぎわろきは／甚よみにく丶てわかりかね候／一　ひつこうくどき処とても別段細字になり候ては／不宜し候　どこまでもおなじつぶに御揃御書可被下候／なるたけ大つぶにつまり候ト下の不揃は不苦候／一　脱落無候様たび〳〵よみかへして御補ひ被遣可被下候」と、画工と筆工への長い注文書が記されている。この巻も人物には「**三津五郎**」「**三十郎**」「**久米三**」「**大吉**」などの役者名が細かく入り、他に「七才」「十二才」などの年齢や「やたい引はさつと被成ひつこうたつふりト御書せ可被下候」などの注意書きも書かれている。

巻三も、やはり見返しに、筆工と画工宛の書き入れが入る。筆工宛はこれまでと同様の内容であるが、画工へは「画工様／一　きぬ七は此処よりよほどとしばへに見え候様御画キ／可被下候／年齢四十四五才の人なるべし」と、具体的な絹七の年齢についての注意が入っている。この巻も細かい役者名の指示が「**えひ十郎**」「**三十郎**」などと入るが、悪者の図九郎には「**団十郎**」「**幸四郎**にてもよし」とあり、最終判断を画工に委ねている。

巻四も、細かい役者名の指示が「**きくの介**」「**えび十**」などと入る。また裏見返しには筆工への、大粒に、かつ読み継ぎを心掛けるなど、これまで同様の注意が書き込まれている。

巻五も、見返しにこれまで同様の筆工への注意書きが見られる。この巻でも登場人物に役者名の書き入れは入るものの、以前に比して少なくなっている。「道中の雨がけ」「此処ゆきふりしていに」と、画工への説明書き入れが二箇所見られる。

最後の巻六でも、見返しに筆工への注意書きが見られる。内容はこれまで同様であるが、最終巻ゆえの注意も「一　此巻惣むすび故ひつこういよ〳〵くどく御坐候　文字は／なるたけ大つぶに御書あひだをつめてのびぬ様に但／合印なるたけ多からぬ様に御書つゞけ可被下候」とあり、また「一　けさ次郎うねめ二人立の所ひつこう外々より大つぶに但／句とうはわかり候様朱にて入れおき候通り墨にて●此位に奉頼候」「一　万一ことば書おさまりかね候所あらば上へあげてわくの外へ御認可被下候」など、この時期の本文部分の多さを気にした書き入れが、全巻を通じてくどいほどに見られる。

登場人物にもこれまで同様に役者名が入れられ、他に「此所やたい引　此せうじ斗ニ被成可被下候」とある。

E　**58『縁結文定紋』**

見返しの画師名の箇所は、「弍陽斎豊国画」と書いた上に貼り紙で、「歌川国貞絵画」と訂正している。すなわち作成段階で画師が豊国から国貞に変化したようである。その他、見返しには「つやすみ」「此体に文字長く御書」「此くだり不残つやすみ」などの、指定や注意が見られる。

口絵部分では、「**立やく**」「**じつあく**」「**じつごとし**」「**かたきやく**」などの役柄が登場人物に入れられており、他に「松竹梅」「これもふみ」などの事物の指定や、枠に「もやう」という指示が入っている。本文部分では口絵同様に役柄指定の他、「四才女」「七才男」などの文言が見えるが、朱筆書き入れは少ない。

F　**62『姫万両長者鉢木』**

本稿本は補修済みではあるが、虫喰いの跡が多く、判読しにくい箇所がある。

巻一見返しには「ほそわくも地すみ」「こ、まで地すみ」「コレマデツヤスミ」「こ、も」「くも形ウススミ」と、墨の使い方が細かく指示されている。

口絵部分には、「**三津五郎**　とし三十余ニ」「**きく五郎**」「**くめ三**」「**紫若**」「**かたきやく中通り**たれにても」「**立やく**たれにても」「たれにても」「**三十郎**」「**半四郎**」「**団十郎**」などの役者名が登場人物に細かく入れられている。本文部分に入っても、「**上の立やく**たれにても少しやくあり」「**立やく**位なしたれにても」など、脇役の役者は画師に委ねられるが、「**半四郎**」「**立やく**　**三津五郎**」などの、中心人物の似顔絵となる役者指示が、やはり入れられている。その他、「四才女」「六才」などの年齢指示、「此所やたい引もちと御略して被下候」と、文章の多さから、道具立ては簡略にして欲しい、との指示も見られる。

裏見返しには、筆工への「一　ひつこうなるたけ大つぶに随分書つめててにをは（ムシ）／切レて上へはなれ不申様見（ムシ）け御書可被下候／一　ことばつきも左右にアキ地あらはなるたけ大つぶに／御書あき地なくは詞書は少しちいさくともよろしく候／（以下略）」と、描き方の注意が記されている。

巻二は「**三津五郎**　三十位の（ムシ）」「**三十郎**　四十位のつくりにて」「としごろ五十ちかきつくりにて」や「**菊之丞**」「**団十郎**」「**久米三**」「**半四郎**」など、役者名や年齢指定が入る。

巻三は、見返しに「つやすみ」「地すみ」「つけがな地すみ　その外つやすみ」などの、墨書の注意が入る。なお、画工名は、貼り紙の下は「国貞画」で、その上に「国貞画／国安画」と貼り紙修正されている。本文部分では、「とし十六」「こゝにては十五才」「こゝにてはとし四十余のつくりにて」「三十余のとしま」「十七八才」など年齢についての指示が記されるが、役柄や役者名の書き入れは見られない。

巻四は、朱筆書き入れなどの馬琴の指示は見られない。

巻五は、見返しに「此太字つやすみ」「つやすみつぶし」「此五行文字白ヌキ」などの、文字の墨色や描き方についての指示が見られる。本文部分では、「**三津五郎**」「**団十郎**」「**菊五郎**」「**紫若**」などの役者名が書き込まれ、「こゝらなるたけ御略しひつこうたつふりと御かゝせ可被下候」と終りが近づき、文章がより増えたことへの注意が感じられる。

巻六は、見返しに紙を添付して「画工様へ口上」が書かれているが、これについては後述する。その他、本文部分には、はじめの四丁表までには書き入れは見受けられないが、四丁裏に「かきね上斗　此所へもひつこう御かゝせ」とあり、終末部を控えて極端に多くなった本文分量をどのように収められるかとの危惧を抱いているようだが、事実、板本紙面ではまったくゆとりなく文字が溢れている。なお、巻六の朱筆書き入れはこの一例のみである。

ところで本作画師は、稿本と板本で表示が異なる。見返しで辿ると、巻一上冊見返しは稿本・板本ともに「歌川国貞絵画」、巻三中冊見返しは稿本では「国貞画／国安画」となるが、この部分は貼り紙の上に書かれており、その下には「国貞画」と一行に文字が書かれているのが透けて見え、それが板本では「国貞画／美丸画」と変わる。巻五下冊見返しは、稿本での「歌川国貞画」が、板本では「北尾美丸画」と変わる。また本文部分では、板本十五丁裏にある「前三冊　国貞画」が稿本には見られず、板本三十丁裏にある「後十五丁　美丸画」は稿本では「前三冊　国貞画／後三冊　国安画」と書かれているが、この「国安」部分は貼り紙で、本来はそこにも挿絵下書きが書かれており、後から加えられた部分である。

ちなみに画師に委ねられる板本表紙を見ると、巻一上冊は「馬琴作／国貞画」、巻三中冊が「国貞／美丸画」、巻五下冊が「馬琴作／美丸画」となっている。

G　59『傾城水滸伝』

初編は、歌川豊国画。見返しには「つやすみ」などの墨使いに関する指示、口絵部分には枠に「もやう見わたし対」「もやう」と画師に委ねる指令、その他「めのわらは」「双六ばん」と事物の指示や、「上のきぬは浄衣のかつぎにてひとへなり」「至てつよきあま也にうわにてはわろし」と、やや詳しい説明が入れられている。そして注目されるのは、「**かたきやく**」（立樹の局）「極うつくしくて**かたきやく**也」（椋橋の亀菊）と、人物によっては役者の役柄が書き込まれていることである。

本文部分では朱筆書き入れはほとんど見られないが、「びくに」「なついせう」「十四五才」「しほさば」などの簡単な指示の他に、「まきゑりつぱに」（巻一）、「此狼づぬけに甚大きくつぼねはひどくおそれあはてたる体に御画キ可被下候」「此うはばみめつほうに大きく」（巻二）、「こゝらに家来一人をれば猶よし　これは殿様也」（巻四）、「きん玉をけられてとびあがる所にいたしたく候」（巻六）、「此所今めかぬ様に御画キ可被下候」（巻七）などの、やや詳しい補足説明が見られる。

第二編であるが、ここから画師が歌川国安に代わる。見返し部分には「つやすみ」「地すみ」の墨使いの指示の他に、「さくしや名こゝらへ御書」（巻七）などのより細かい注意が入る。口絵部分には、「百八女の内」「百八女の外」「百八人の外　美男子」と水滸伝の百八豪傑に当たるかどうかの指示の他に、やはりこの二編でも「**中のかたきやく**　百八人の外」（富安紬大夫）、「八百（ママ）女の外　**かたきやく**」（陸船）、「百八女の外　**かたきやく**」（岩莫）、「百八女の外　**かたきやく**」（偽綾梭赤尾）、「百八人の外　**しつごとし　中通り**」（真琴屋真介）、「百八女の外　**しつごと師**にて役なし」（樹邨の大刀自）、「**中のかたきやく**」（戸蔭土九郎）、「**中のかたきやく**　いつでも百八人の外」（足高蟢平）と、ほとんどの登場人物に画師の便宜を図って役柄が書き込まれているのである。

本文部分では、「竹はゝき」、「女」「とし五十位」などの簡単な事物指示や年齢の目安が時に書かれるが、書き入れは少ない。また、「やたい引なるたけ略してひつこうたつふりと御かゝせ可被下候」（巻三）、「此木はなくてもよし　ひつこうたつふりと御かゝせ」（巻四）、「さげかみに被成可被下候」（巻六）などのやや長い説明も入るが、総じて朱筆はほとんど見られない。なお「やたい引なるたけ略し筆工たつふりと御かゝせ可被下候」（巻七）とか、「名つぼのわくあまり大キなるも好み不申候」（巻八裏見返し）と、筆工への具体的な注意が目に付き、巻八見返しには、この部分が桜戸伝の結びとなることから内容を盛り込み過ぎてはいるが、画工には「いそぎ候ても御なぐりなき様にいの」ること、筆工には大つぶに文字を書き、合印があまり多くならないよう、てにをはが途中で切れて上部に行かないようにして欲しい旨が、一面を用いて書き込まれている。

第三編は、東洋文庫には現存しない。

第四編は、表紙の上に、馬琴の手になる袋図の草稿が貼り付けられている（巻一、巻五）。見返しには、通例通りに「つやすみ」などの墨使いの指示、口絵部分は、枠に「もやうくもにらいもん」などの具体的な枠模様が指示され、他に「武家ふうに」（安它子）、「大わかしゅ」（義太吉）、「かのこ入り　人からよく」（春雨の大葉子）と、人物の様相が示されているが、役者の役柄が援用されることはない。本文部分では、一箇所、巻八に「十八才　大わかしゆ」と入るのみで、馬琴の書き入れはまことに少ない。

第五編以下、袋図の馬琴草稿は備わらない。馬琴書き入れは、他編同様に見返し部分には「つやすみ」などの墨使いや、枠の「もやう四方へ」など、口絵部分では枠に「もやう」、人物には「よき男に　たん物小もん入」（金蓮助）、「女」（園喜代）と、記されるのみである。

本文部分では、巻七に「けたる所也　ふみするゐたる所にあらず」とあるが、この編も馬琴の朱筆は少ない。

第六編は、見返し・序文ともに馬琴の書き入れは見られない。口絵部分でも枠に「もやう」と入るのみである。

本文部分には「これゟ末三丁は時こう四月ころ也」（巻二）とあるものの、この編にも馬琴の画工・筆工へ向けての書き入れはまことに少ない。しかしながら本編では巻六見返しに付箋が付けられ、「此横しまさむ風の両人ゟ当初の／眼代諸役人江多くおくりものを／をくりしかば以下略之」と墨書されている。また次の頁にも同じく付箋が付けられ、「此弐三丁斯る文談相改絵柄も／百両壱包如何之事／絵柄文談直し為見可申事」、次の頁にも付箋「此くたり再稿」とある。これらは、物語中の眼代に大金百両を送る場面が役人への賄賂に通じ、禁忌に触れるという改名主・和田源七からの申し入れがあり、それによって馬琴が稿本に修正を入れたことを示しており、巻六では冒頭の数丁に小さいながらも多くの貼り紙訂正が入れられている。『傾城水滸伝』にはこの他、検閲に抵触、もしくはそのおそれが云々された箇所がいくつか存し、稿本段階での修正を余儀なくされた所もこの箇所のみに留まらず、この時期の出版活動の情勢を伝えている。しかしこの一件については佐藤悟氏が既に詳述されており(注5)、本稿ではこの件をはじめ、検閲に関する修正については採り上げない。

第七編は、見返し部分にも墨遣いの注意などは入れられていない。口絵では枠に「もやう　玉」「もやう　かたつむりに竹」と模様指示の他に、「うつくしく　大わかしゆ」（望月桂之介）とのみある。

本文部分では、「とものしもべ」「供の下女　うつくしくてはわろし」「あるじ」（巻一）、「仏が岳とまりからす夕くれのけしき」「かれをはな」など（巻二）、「青ぶち」（馬）（巻五六）、「白馬」「たびすがた」（巻七）などが見られる。また巻三の裏見返しには、「国安様へ申候／此半丁は四の口の半丁トつゞき／絵也　その御心得にて御画キ可被下候」など、巻が変わっても見開きの続き絵柄となることへの注意が喚起されている。

第八編は、見返し、口絵部分での、画工・筆工へ向けての朱筆書き入れは見られない。

本文部分では、「これゟなついせう」（巻五）、「なついせう」「なくてもよし」（夏火鉢）、「なつ火はちに」（巻六）、「なついせう」「自《じ》みやくをとる所」（巻七）、「なついせう」「それ御らうじ」「大棗かくのごとくに」（巻八）などが見られる。

第九編は、見返しには画工・筆工向けの朱筆書き入れは見られない。口絵部分には、枠に「もやうくわうりんちどり」「もやう」、他に「竹のくまで」「まき物もつ」と補助説明が入る。本文部分では、「いつれもなついせう」「あうみの湖水」（巻一）、「いつれもなついせう」「くず水」「すいくわ」（巻二）、「末までなついせう」「此所見わたし三十六人あり　へらさぬやうに御画キ」（巻三）、「いづれもさげおび」「いずれもしきのかたひら　さげおび」（巻四）などと書き込まれている。

第十編は、見返し部分は「間ヲアケテ」と、巻三に筆工への書き方注意が載る。口絵部分では、「しかのこ」「大わかしゆにてうつくしく」（蒼海原胡沙丸）とある。

本文部分では、「りつはにてはわろし」（巻五）、「あひづのとうろう」「むかふの二人とたゝかつてゐる所に御画キ」「これはなはにつまつきたるところ」（巻七）などとある。

巻四裏見返しには、筆工への「一　筆工甚くどく候へどもなるたけ大つぶにして書つめ／一　てにはよみつぎ如揃御心得／一　本文の間へ詞書はさまらぬ様に御書／一　合印あまり多く出来ぬ様に御書／一　よほどはなれたる合印ははこをして御書／一　おさまりかね候ば詞書は一段ちひさく御書／一　すべて合巻は字のうめ様第一に御坐候事」と、過剰に多い本文をいかにすれば見やすく処理できるかを考えた、馬琴の切なる願文が書かれている。

なお巻六冒頭には、「水滸伝十篇下帙四冊」に始まる改名主の回覧書類が添付されているが、これについては佐藤悟氏の論考が備わるので（注5）、本稿では採り上げない。

第十一編は、見返し部分には馬琴の指示は見られない。口絵では枠に「もやう」、登場人物の衣裳に「龍のもやう」「彪《ヒヤウ》のもやう」「虎のもやう」と入る。本文部分には、「もやうくさすりちらし」（巻五）、「もやういなつま」「わかしゆ」（巻六）、「三才くらい　男子」（巻七）と、書き入れは少ない。

第十二編は、上帙四巻のみ存する。

見返しには書き入れは見られず、口絵には枠に「もやう」、その他「もやう木のは」、「むち二本　むちと見ゆるやうに」「これは大将なり　はらまきかいとりはしより　人がらよく」（双鞭芍薬）とある。本文部分には、書き入れは見られないようである。

第十三編も、上帙四巻のみ存する。なお、この編では、画師がそれまでの歌川国安から歌川貞秀に代わる。この変化は巻二の見返しに「馬琴編演」「貞秀絵画」とあり、板本十三編上帙に付く巻末広告中にも「初編豊国画以下十二編迄国安画／十三編ヨリ貞秀画　第十四編十五編／引つゞき近日出板」とあるのだが、巻一、二の表紙には双方、いまだ「歌川国安画」とあり、急に画師が交替したらしい事情を見せている。

十三編の見返しには、書き込みはない。口絵部分では、例によって枠に「もやう」、そして注目されるのは、「此五人の奴はにつらにてもくるしからず　やりしあひのたて　これにかゝはらずによろしく御画キ」（奴）「さげおび　惣もやうかさねつき　かたびら　さけおびにて」（韓藍）「あやめ」、「**じつあく**　これは第七へんに出たる人物也　七へんヲ見合せて御画キ」（茂孝）「**じつことし**　とし五十位」（真金井味噌太夫）と、役者の役柄による指示が入れられていることである。

本文部分では、「ふろしきつゝみ　さゝりんだうのもんあり」「此つゝみはしまにしてもんなし」（巻二）、「白馬」（巻三、四）とある。

H　57『金毘羅船利生纜』

第六編は、見返し部分の書き入れはない。口絵部分では、枠に「もやう　但し間をくろくする事御無用　ほりあげて見くるしく候」「もやう」「もやう（水紋の図）此ふう合に」「もやう　たけのは」と枠模様の指示、その他「もゝ」、「此人物いつれも日本ふうをすこしまぜて」（餉送賎婦、麓邨老翁）「右同様　これにてはあまり此方の通りにてわろし」（山脚村老媼）、「わかく美男子」（黄袍老怪）「うつくしく」（沈魚公主）と入る。

本文部分では、「ほりものよろしく御画キ」（巻一）、「葉如此に（葉の図）」「此みき打折たる所にてはわろし内たふしたるところ也」（巻二）、「極うつくしく」「もやう雲龍」（巻七）、「いしたゝみなしに筆工たつふりと御かゝせ」「此はしらはなくてもよし」「もやう雲龍」「もやううろこ　かたみの所へ龍を画きてもよし」「このわくほそく御引」（最終丁の作者名部分）（巻八）と、朱筆書き込みがされている。

第七編も、見返し部分での書き入れはない。口絵では枠に「もやう」、他に「狐」、「いとまきなしにわかねてもちたる所に御かき」「左にも今一人女鬼御画キ」「ばせを扇」「心火」（睡眠老媽）、と書き入れられている。

本文部分では、「天上の神将」「石になりし所」「しやく神」「きつゝき」（巻三）、「土地の神」「山の神」（巻四）、「白字に御書」（洞の文字）（巻五）との書き入れが見られる。

I 66『風俗金魚伝』

上編（八巻四冊）は、見返し部分での指示はない。口絵部分では枠に「もやう　モに金魚」「もやう　すゝき」「もやう　ちりもみぢ」「もやう　水によし」「もやう　くさはな」と模様内容の指定が書かれ、その他「三人おなじかほに御画キ」（三人の魚子）、「もゝの花」「これも**かたきやく**」（計井）と、一人には役柄による描き方も示されている。

本文部分では、「とし四十余」「とし五十余」「極うつくしく　とし十八」「とし十五」（巻一）、「二才やらうにて　とし十七」「美男にて　としはたち」「なついせう」「此大はちは夏なれはなきがよし」（巻二）、「なついせう」「廻とはなしてゐる所」「引とむかはせ　うしろをむかせて御画可被下候」「とし三十五六」「とし五十位」（巻三）、「此五丁不残なつ衣せう」「とし十三」「とし十五」「なつかつは」「なつかつぱ但しかつぱは両人共なくてもよし」（巻四）、「すだれびやうぶ」「これもふゆ衣せう」「ふゆいせう」「**かたきやく**」「をとこぶりよき**かたきやく**」（巻五）等と書き込まれている。

なお、巻三裏見返しには、「とびらも一処に奉願候」との墨書がある。

また巻七に、改名主・和田源七の手になる大型の付箋が添付されているが、これについては佐藤悟氏の論考（注5）を参照いただきたい。

下編下（八巻四冊）は、巻一と巻三の見返し部分には指示は入っていない。口絵部分では枠に「もやう」、その他「おおかみ」「五十才ほど」と入るものの、書き入れは少ない。

本文部分でも「たんさく十枚斗」「八才」と、巻三に少し書き込まれているのみで、板本として刊行されなかった巻五以降は、巻五と巻七の見返し部分に「つやすみ」「外題はつけかななしに可被下候」とあるのみで、以下の本文部分には朱筆書き込みは見られない。画工と筆工に渡される前に、刊行が断念されたのであろう。

J 68『新編金瓶梅』

七集（巻七・八）は、馬琴の視力が衰え、文字がやや読みにくくなっている。見返しには「ゆきむし」「雪」（巻七）とあり、本文部分では巻七には書き入れはなく、巻八に「すゝめ」「すゝめおほくとまらせる」「けい十郎ひろそで小袖五まいほとかさね着てゐるところ　車の内どんすのふとん入　しくつないたしめしごき」と見開き頁に入っているのみである。

九集（巻一・二）は、文字がより読みにくい。見返し部分は備わらず、序文から始まる。絵柄は太い線でおおよその輪郭が示されるのみであり、口絵部分には「わくもやう」などの他に、「ふんたいの上に硯りあり机の内にかやう出ル」「半元服左りに玉をもつ右にかいけんをもつかたはだおぬぐ」（千早）、「もん菊水」「赤羽合（ママ）竹かさ箱ちやうちんヲ持」（奴隷蔦平）、「もめん長羽合下駄大小をさしちやの眼のからかさをさす」（志貴実一郎）、「けんしゆつけいこの所　出たち下に同し」（川北一郎）、「めんほうを掛たすきはかまのもゝたちを取しないをもつ」（山路檀作）、「七十貫目」「やつし大小をさし石をさし上る図」（宇津七郎）、「やつし大小ヲさしたはらをさす図」（安見二郎）、「くわんしよ姿うちかけさけ髪ほうほう〳〵まひひあふきヲ持」（女官琴柱）、「ともさふらひつき上下　名なし」「桜の花ヲ持」（伴当）、「あみかさ」「かみこ新内ふしのほんヲ持　門つけのてい」（西啓）、「つき〳〵の小袖三味せんヲひく門つけのてい」（金蓮）と、細かく描くべき内容が提示されている。

本文部分でも同様で、太い線で輪郭が描かれ、補助説明が「こてすねあて半てん大小」（他は略）のように入れられている。

裏見返しには、この稿本が稿了となった六月八日の日付で、嫁のお路の字で、以下の画工宛ての口上が書き込まれている。

画工様え口上

一作者旧冬ゟ老眼益衰当春ゟ書候事も画キ候事も少しも致難候間筆工は女わらへに代筆申付綴り立候得共画わりは代筆致候者無之候間無是非人物之形斗さぐり書に致朱にて注文書を致させ置候間本文ともに御熟覧之上人物にて宜敷御画キ成可被下候校合も女童に読セ耳にて校合致候間格別目多入申候跡二冊も稿本引続キ出来致候間御くり合被成当年は画写も早く御出来成可被下候彫はやく上り候へは冬に至り校合の都合宜敷候間此段分て奉頼候

六月八日

十集（八巻）は、お路の口述筆記となっており、見返しから一丁表まで入る序文は、全面改稿した紙面が貼付されているが、これについては本稿では触れない。

朱筆書き入れは本文部分には見られず、挿図部分に、画工に向けて細かく入っている。たとえば口絵部分では、「くさりかたひらこてすねあてちやうちんとじつてをもつ」（直木真平）、「年十四五才　すみかづらはでなるうら付上下じつてをくはへもゝだちをとらんとする所」（大原夢松）という具合に、詳細に描写内容が示されている。本文部分でも、たとえば「たけ松けい十おれんをしかさね　おりなはをもてしはらんとして血をきつと見てゐる所」（板本4ウ部分のたけ松）というように特に巻一、二の巻に多く入れられ、巻三からは上部欄外にまとめて書き込まれているところも多い。これらの朱筆書き入れはだんだん少なくなり、板本巻六（26ウ27オ相当部分）からはあまり見られなくなる。なお、これらの内容は細かい内容補助であり、本稿にかかわる芝居関連のものは見られないことから、その概略を記すに留めた。

K　**70**『**女郎花五色石台**』

本作の稿本は馬琴失明後のもので、路女代筆。本文部分のみならず、挿絵もお路の手になる下絵が描かれており、絵柄についての朱筆書き込みが、見返し、口絵、本文部分のすべてに見られる。

第一集は、見返し部分は、第一冊（巻一、二）は序文で書き入れがなく、他は「おみなべし」「ひつじの水入」（第二冊）、「なでしこ」「今土焼きのめだか鉢」（第三冊）、「きく」「わらづと」と、朱筆内容は具体的である。第一冊の口絵部分では、「さくらをるえた」「すいふくべ」「といし」「しらさや二つ」「なべ」「大ばち」とあるのみで、あっさりしている。本文部分の挿絵には、「此所鎌倉の営中にて手すりある長らうか」「此所あんしゆつのゐんかは也家体によろしく御画キ」などの長めの説明の他は、「おみなへし」「人足」「年五十位」などの短い指示が入っている。注目されるのは、巻二に「**しづ事し**」（のり実）の指示が見られることである。なお、この見開き頁の他の朱筆書き入れは、「近習年より　位なし」「おく女中」「よろひ」「よろひしつ」。また第二冊（巻三）にも、「この人年三十余　**しづ事師**　前に出たる**しつ事**のりさねの心持あるへし　但しのび姿」とあるが、この見開き頁の他の書き入れは「さいふ」「かたゐの姿」で、その他の人物に役者の役柄が使われているわけではない。また巻末に朱筆で人物などの書き入れ場所を示した付箋も付くが、その内容については省く。

第四集は、馬琴没後出版であり、朱筆書き入れの数は少ない。第一冊（巻一、二）は、見返しから一丁表までの序文には書き入れはないが、注目されるのは口絵部分では、「**実悪**」「狸の皮」「伏鈴」「刀」（見開き第一面）、「**敵役**」が女性の須磨前以外の三人（獅子口虎九郎、暴海鯱六、湯上閉東次）にすべて入り（見開き第二面）、「鳥かご」「香ろ」「すゝめ」「**敵役**」（箕浦入道西純、見開き第三面）と、役柄による指示がすべての面に見られることである。本文部分では、巻一は「石」と一箇所、巻二には二箇所「**敵役**」（13ウ14オ）、「**実悪**」（19ウ20オ）という役柄による人物の指示があるのが、朱筆書き入れのすべてである。巻三では、見返しの絵柄に「うちわの絵　月にこふもり」「きゝやう」「うゐ木はちきゝやう」と事物説明が、本文部分には「火のたま」「さで」とあるのみで、巻四では見返しに「さゞん花」「大こん」「すいせん」「ぼん」との事物説明、本文部分には「川」「深山」「草庵」と、半丁に三つの書き入れが見られるのみである。

以上、稿本における役者名・役柄の指示がＡＢＣＨＪには見られず、ＥＧＩＫの4作には大まかな「役柄」指定が、ＤＦの2作には細かい「役者名」による指定が入れられていることになる。これらを纏めたものが**表1「馬琴合巻稿本における役者関連の書き入れ」**である。**表1**は、上から各稿本のアルファベット「記号」と、馬琴合巻の「№」、稿本「書名」と「刊年」、「短編・長編」の別、さらに稿本における「役者似顔絵関連の指示」、そして板本で似顔絵が用いられているか否か、下端に板本における「画師」名を並べている。

表1に明らかなように、馬琴は草双紙の中で、役者似顔の使用という手法を捨てて物語の展開に重心を置く長編合巻時代になっても、芝居関連の発想をなくしたわけではなかった。殊に馬琴の長編合巻の初筆であり、短編合巻と並んで刊行され続けながら、後の長編合巻時代へと馬琴を導いた馬琴草双紙最大の当たり作**G**『**傾城水滸**

表1 馬琴合巻稿本における役者関連の書き入れ

記号	№	書名	刊年	短編 長編	役者似顔絵関連の指示	板本の似顔絵	板本画師
A	2	敵討鼓瀑布	文化四	短編	なし	なし	豊広
B	8	敵討身代利名号	文化五	短編	なし	なし	北斎
C	26	皿屋敷浮名染著	文化十一	短編	なし	あり	清峰
D	50	照子池浮名写絵	文政五	短編	役者名による指定あり	あり	英泉
E	58	縁結文定紋（ただし、7丁分）	文政八	短編	かたき役・実事師・実悪・立役	あり	国貞
F	62	姫万両長者鉢木	文政九	短編	役者名による指定あり	あり	国貞（前編）
					役者名による指定あり	あり	美丸（後編）
G	59	傾城水滸伝 初〜9、11、12上、13上編	文政九〜天保六	長編	かたき役	なし	豊国（初編）
					かたき役・実事師	なし	国安（1〜12下編）
					実悪・実事師	なし	貞秀（13編上）
H	57	金比羅船利生纜 6・7編	文政十二〜天保元	長編	なし	なし	英泉
I	66	風俗金魚伝 上編・下編上・下	文政十二〜天保元、三	長編	かたき役	なし	国安
J	68	新編金瓶梅7、9集上	天保十一〜十三	長編	なし	なし	国貞
K	70	女郎花五色石台1、4集	弘化四、嘉永三	長編	実事師・実悪・かたき役	なし	国貞

伝』では、その全作を通じて、画師に対して「役柄」による指示が時に見られるのである。そしてこの書き込みが例外とはいえないことが、**I**『**風俗金魚伝**』や**K**『**女郎花五色石台**』によって示されている。このことは草双紙の登場人物の類型化の問題を越えて、馬琴個人に与えた役者似顔絵使用の影響の大きさを物語っているといえよう。

次に、板本の中で役者似顔絵を用いている短編合巻四作（CDEF）の中で、主要な登場人物として口絵に描かれた登場人物名、稿本に入れられた役者似顔に関する朱筆指示、さらに板本の中で似顔絵を使用されている役者名を示し、それぞれの作の稿本と板本の対応する部分を各一図、参考図版として掲げておく。

C　**26**『**皿屋敷浮名染著**』（鳥井清峰画）

登場人物名	稿本『皿屋敷浮名染著』（図1）	板本『皿屋敷浮名染著』（図2）
皿山鉄山		五代目　松本幸四郎
満潮		五代目　岩井半四郎
野村戸四郎		初代　沢村源之助
雄波		三代目　小佐川常世
阿北		二代目　沢村田之助
与野多太郎		三代目　坂東三津五郎

図１　稿本『皿屋敷浮名染著』（天理大学附属天理図書館蔵）
朱筆書き込みなし

図２　板本『皿屋敷浮名染著』１ウ２オ（向井家蔵）
半四郎（満潮）、幸四郎（皿山鉄山）

D　50『照子池浮名写絵』（渓斎英泉画）

登場人物名	稿本『照子池浮名写絵』（図3）	板本『照子池浮名写絵』（図4）
蝿矢浄園	三津五郎	三代目　坂東三津五郎
梭井	久米三	二代目　岩井粂三郎
塚見九郎次	えび十郎	初代　市川蝦十郎
木莵引図九郎	団十郎	七代目　市川団十郎
夏織屋絹七	三十郎	二代目　関三十郎
池内	為十郎	三代目　浅尾為十郎
辛平	中通りたれにても	未詳
斧柄	大吉	初代　中村大吉
蝿屋福三郎	門之介	四代目　市川門之助
乙女	路考	五代目　瀬川菊之丞
無名次	梅幸	三代目　尾上菊五郎
采女	きくの丞	五代目　瀬川菊之丞
蝿屋袈裟次郎	きく五郎	三代目　尾上菊五郎

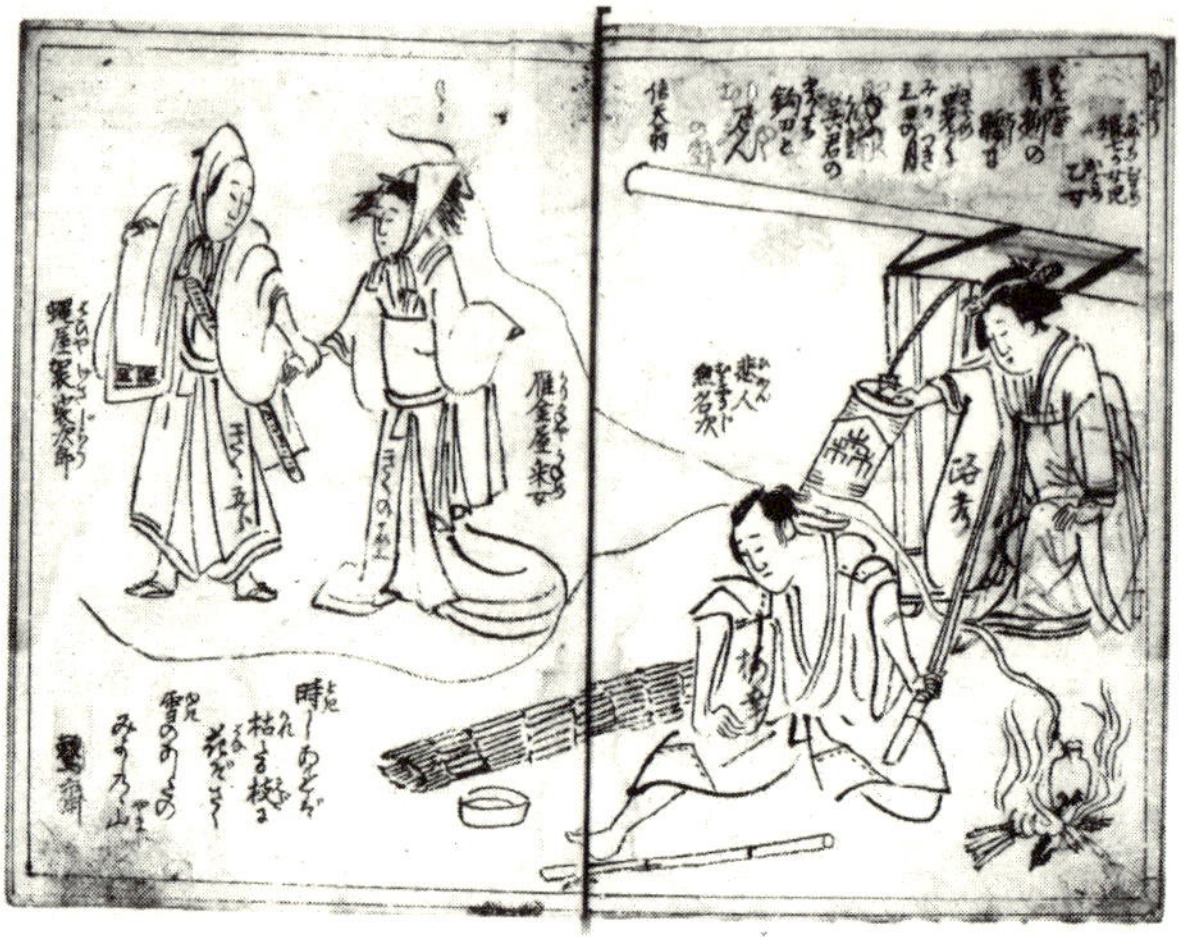

図３　稿本『照子池浮名写絵』（国立国会図書館蔵）
きく五郎（蝿屋袈裟次郎）、きくの丞（雁金屋采女）、梅幸（非人無名次）、路考（乙女）

図４　板本『照子池浮名写絵』３ウ４オ（向井家蔵）
菊五郎（蝿屋袈裟次郎と非人無名次の二役）、菊之丞（雁金屋采女と乙女の二役）

E 58『縁結文定紋』（歌川国貞画）

登場人物名	稿本『縁結文定紋』（図5）	板本『縁結文定紋』（図6）
結城判官氏則	立やく	三代目　坂東三津五郎
室の方		未詳
八島の前		五代目　岩井半四郎
小山兵衛為則	じつあく	五代目　松本幸四郎
矢織糸弥太	立やく	二代目　関三十郎
仲葉		五代目　岩井半四郎
吉三郎		初代　岩井紫若
阿七		二代目　岩井粂三郎
判兵衛		三代目　坂東三津五郎
八百屋旧兵衛	じつごとし	二代目　関三十郎
弁長	かたきやく	未詳
坊主吉三	かたきやく	三代目　尾上菊五郎
阿杉		五代目　岩井半四郎
加麻屋碱兵衛	かたきやく	未詳
土左衛門殿吉	立やく	七代目　市川団十郎
阿篗	かたきやく	三代目　尾上菊五郎

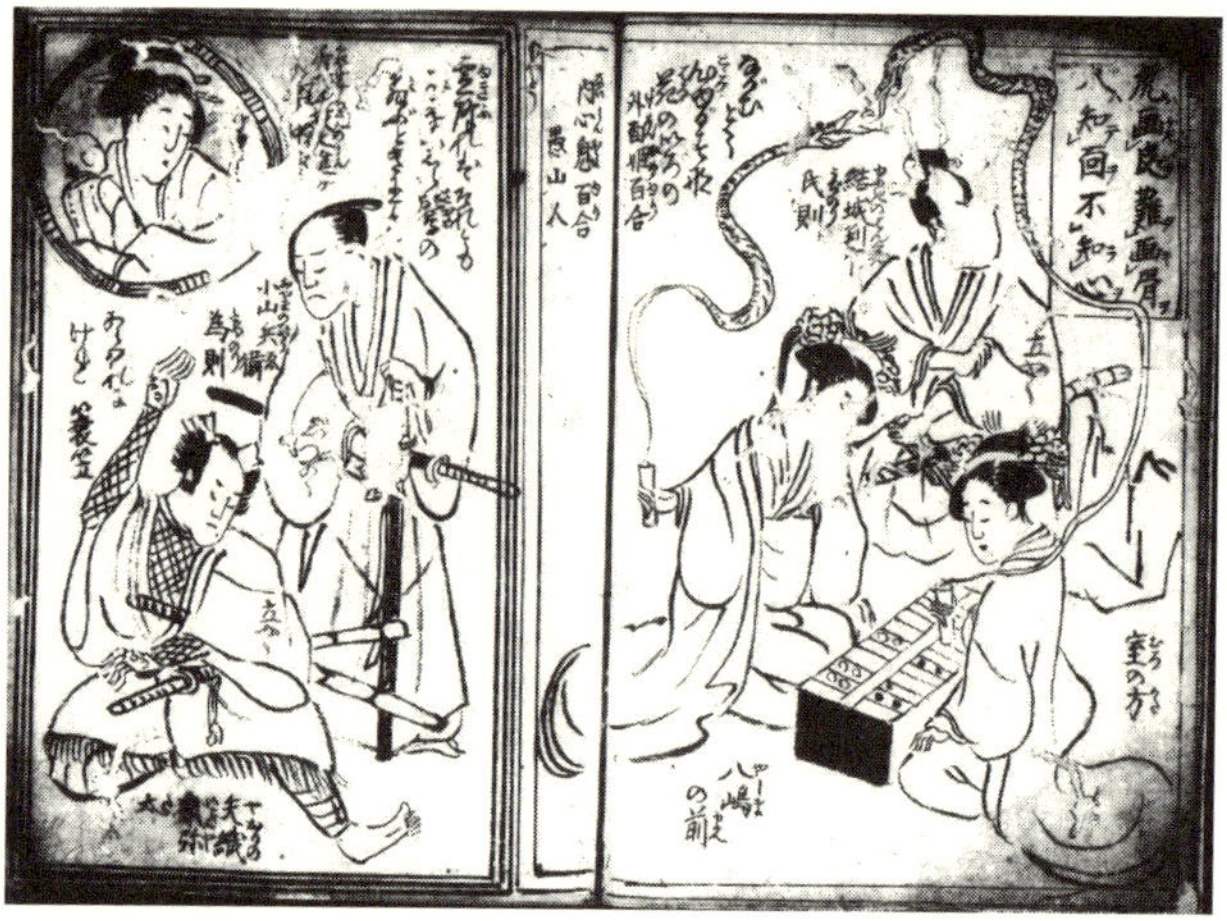

図５　稿本『縁結文定紋』（天理大学附属天理図書館蔵）
立やく（矢織糸弥太）、じつあく（小山兵衛為則）、立やく（結城判官氏則）

図６　板本『縁結文定紋』１ウ２オ（向井家蔵）
三十郎（矢織糸弥太）、幸四郎（小山兵衛為則）、半四郎（八島の前）、三津五郎（結城判官氏則）

F　62『姫万両長者鉢木』（歌川国貞・北尾美丸画）

登場人物名	稿本『姫万両長者鉢木』（図7）	板本『姫万両長者鉢木』（図8）
北条早雲寺長氏入道	三津五郎	三代目　坂東三津五郎
小桜	きくの丞	五代目　瀬川菊之丞
狭野次郎左衛門常命	きく五郎	三代目　尾上菊五郎
八橋	くめ三	二代目　岩井粂三郎
山梔御前	紫若	初代　岩井紫若
朽松隼助	かたきやく　中通りたれにても	初代　坂東三津右衛門
神崎渡六	立やく　たれにても	初代　市川男女蔵
万両姫	たれにても	未詳
鐵銭市	かたきやく　中通りたれにても	初代　嵐冠十郎
蟻竹主馬進惟政	三十郎	二代目　関三十郎
深雪	半四郎	五代目　岩井半四郎
狭野源東吾常景	団十郎	七代目　市川団十郎

なお**62**『**姫万両長者鉢木**』稿本では、更に巻六見返しに「画工様へ口上」として注意書きがあり、

雪の段二丁やたい引なるたけ御略し
かきねも上斗にて下は見きり
ひつこう御かゝせ可被下候

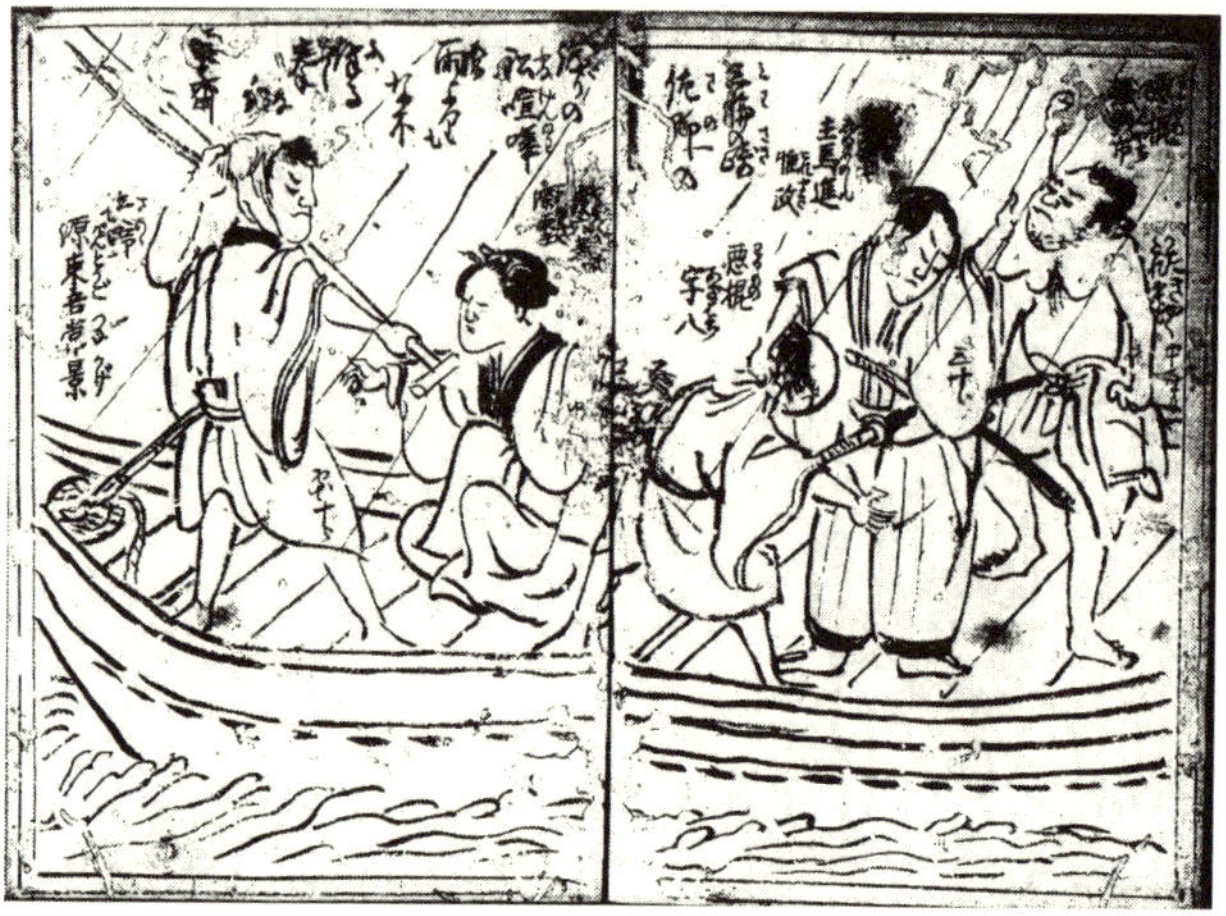

図7　稿本『姫万両長者鉢木』（天理大学附属天理図書館蔵）
団十郎（狭野源東吾常景）、半四郎（深雪）、三十郎（蟻竹主馬進惟政）、かたきやく中通りたれにても（鉄銭市）

図8　板本『姫万両長者鉢木』3ウ4オ（向井家蔵）
団十郎（狭野源東吾常景）、半四郎（深雪）、三十郎（蟻竹主馬進惟政）、冠十郎（鉄銭市）

一　さのゝ次郎左右衛門は**きく五郎**につら
一　あり竹主馬の進は三**十郎**〃
一　さのゝ源東五は**団十郎**〃
一　みゆきは**半四郎**〃
一　小さくらは**菊之丞**〃
一　北条早雲は三**津五郎**〃
　外にはじめて出る万両ひめは**久米三郎**御画キ

と、再三の念が押されている。

　このように、稿本に示された馬琴の役者指示は、そのまま画師に受け容れられる。殊に名前が示されている場合には、馬琴の指示に反して異なる役者が描かれることはない。これは役者の役柄が、物語の展開の中でその登場人物に合わせていることから、必要不可欠な措置であった。また馬琴の入れた朱筆が、役者名ではなく役柄による指示であっても、たとえばE**58**『**縁結文定紋**』では、「**立やく**」と指示された善側の主人公「さの平、のち土左衛門伝吉」に華のある**団十郎**を当て、「**かたきやく**」と指示された悪人の坊主吉三に演技力のある**菊五郎**を当て、さらにその母の悪女・阿篗にも女方もこなした**菊五郎**を一人二役で用いるなど、物語の構想に当てて細心の工夫を凝らして配役が組まれているのである。画師・国貞と戯作者・馬琴のぴたりと寄り添った製作過程が窺われよう。また同時にこれらの配役を見れば、いかに化政期の短編合巻が豪華役者を揃えた夢の競演を織りなすことに腐心していたかも、如実に窺われる。馬琴の指定も、時に細かい神経を見せている。D**50**『**照子池浮名写絵**』の最終口絵は、見開き丁に**菊之丞**と**菊五郎**がそれぞれ二役を見せている。これは主人公の後の姿を共に現しているのであるが、馬琴は「**路考**」と「**菊之丞**」、「**菊五郎**」と「**梅幸**」と、俳名を用いて役者名を書き分けて、画師に示しているのである（図3、図4を参照）。また、作者馬琴のみならず、各々の画師も役者を揃えるための工夫をしていた。たとえば、Ｄ**50**『**照子池浮名写絵**』の口絵には珍しく**半四郎**が出ないが、代わって十一丁裏に乙女（**菊之丞**）の付添いの女中として、**半四郎**がちょっと顔を出している。ここは稿本には何の指定もなく、また端役であるので、画師自身が工夫して書き添えた愛敬と考えてよいであろう。化政期合巻にはこのように、馬琴と画師の力を合わせた、現実には望むべくもない夢の饗宴が繰り広げられていた。

さて、それでは役者似顔絵を必要条件とした化政期の短編合巻において、馬琴は画師による使い分けを、どのようにしていたのであろうか。

馬琴の合巻には、画師として十四人が関わっ

表2　馬琴合巻における画師

画師	短編合巻			長編合巻		合巻総合のべ作数
	担当数	似顔絵使用作数	似顔絵使用率	担当数	のべ作数	
歌川豊国	17	16	94.1%	1	2	19
歌川国貞	14	14	100.0%	3	15	29
勝川春扇	11	9	81.8%	0	0	11
勝川春亭	9	6	66.7%	0	0	9
北尾美丸	3	3	100.0%	1	1	4
歌川国丸	2	2	100.0%	0	0	2
渓斎英泉	2	2	100.0%	2	11	13
歌川国直	1	1	100.0%	0	0	1
鳥居清峰	1	1	100.0%	0	0	1
歌川豊広	4	0	0.0%	0	0	4
葛飾北斎	1	0	0.0%	0	0	1
柳川重信	1	0	0.0%	0	0	1
歌川貞秀	0	0		1	2	2
歌川国安	0	0		4	23	23

ている。**表2「馬琴合巻における画師」**は、各々の画師と役者似顔絵との関係を表したものである。表は左からまず「画師」名を掲げ、次いで担当した合巻を「短編合巻」と「長編合巻」に分け、「短編合巻」の場合はその中での「役者似顔絵」を用いた作品数、および「似顔絵使用率」を、「長編合巻」の場合は長期の刊行になるので売り出し回数を掛けて「のべ作品数」を示し、さらに右端に「合巻総数のべ作数」として、短編合巻数と長編ののべ作数を足した数を記した。なお画師は、役者似顔絵を用いた合巻作品数の多い順に、並べている。

これらの画師の中で、作数のみならず力量においても役者似顔絵に傑出しているのは、豊国と国貞である。国貞は、馬琴とのコンビで文化四年［一八〇七］に、草双紙での初筆を採っている。この**4**『不老門化粧若水』は伽羅油屋の景物本であるが、この年の作としては珍しく、全編役者似顔絵を用いたもので人気を呼び、後の化政期合巻における芝居との融合へ向けて一つの触発剤となったと思われる作である。また豊国は、いうまでもなく役者絵に巧みな浮世絵画壇の重鎮であり、馬琴の合巻においても、その力を遺憾なく発揮している。その他に春扇、春亭、美丸らが続くが、その力の差は大きく、物語の主要人物であっても役者の判別自身が危うくなってくる。数において豊かであった化政期の短編合巻も、その画面の担い手は案外と少なかったのである。というよりも、少数の画師にしか、役者似顔絵を自在に描きこなすことはできなかった。そのためか、馬琴の短編合巻には、口絵のみ役者似顔絵を用いたものや、丁によって役者が代わっているものなど、不徹底な作品も少なからず見うけられるのである。

馬琴の稿本に見られる、役者似顔絵に関する朱筆指示のいくつかの型は、少なからぬ部分が、画師への馬琴の信頼度に関わっていたのだろうと思う。たとえばC**26**『**皿屋敷浮名染著**』の清峰は、芝居とは切り放せない鳥居の五代目である。家の芸として、馬琴とは比較にならぬ程に役者に馴染んでいた清峰に対し、馬琴は役者指定を控えたのではないだろうか。さらに役者絵に定評のある国貞に対しても、E**56**『**縁結文定紋**』のように、おおざっぱな役柄指定のみで、役者選定の裁量を画師に委ねたのではないだろうか。もっともこのE**56**『**縁結文定紋**』は、稿本の初期段階では画師として豊国を予定したようであるが、豊国も国貞同様に役者絵の巧者であったことはいうまでもない。対して英泉は、馬琴にとって便利な画師ではあっても、役者絵に堪能とは言えない。D**50**『**照子池浮名写絵**』に、馬琴の細かい役者指示の入った所以と考えられよう。そして残ったF**62**『**姫万両長者鉢木**』であるが、ここに見られる周到な役者指示は、国貞ではなく、役者絵に馴染みのないもう一人の画師への配慮だったのではないだろうか。F**62**『**姫万両長者鉢木**』は、前編国貞・後編美丸で刊行されているが、稿本段階では前編国貞、そして後編は国安が予定されていた。国安は、馬琴合巻では長編のみに手を染めており、従って馬琴と組んで役者似顔絵を描いたことのない、美人画を得意とした画師であった。実の所、このF**62**『**姫万両長者鉢木**』は、更にその前段階では、全編、国貞が筆を執ることになっていたらしい。なぜなら、前・中・後編の三個の稿本見返しをよく見ると、そこには本来、国貞の名前しか見られないからである。「国貞と馬琴」のコンビでの売り出しを目論んだものが、その弟子の国安、さらには取り分けた評判作も持たない美丸へと、画師が意に添わぬ方向へと移ろっていく中で付せられたのが、巻六見返しの馬琴からの「画工様へ口上」だったと思われるのである。

役者絵に得意の画師の場合、馬琴は、役者配当のかなりの部分を画師に委ねていた。似顔絵を使われる役者の役柄が作品上でもそのまま活かされるという、化政期の短編合巻の特徴に鑑みるとき、一見、このことはかなりの冒険を意味しているように思われる。しかし、それが充分に日常的に行なわれる程、この世界は類型化の様相を呈していたのである。多くは世に知られた芝居の世界とどこか似通った種々の残酷かつ奇抜な趣向を駆使して、迷路の如く入り組んだ、馴染みの合巻の異次元空間が誕生する。登場人物の姿で描かれる役者は、画師が考えあぐねるまでもなく、自然と幾人かの人気役者に割り振られていった。画師自身の裁量権も、意外に少なかったのかも知れない。
しかしながら、それでも人気役者の使い方で、その話は作者の意図を裏切って、なんとも奇妙な方向へと進んでしまう。実は、E**56**『**縁結文定紋**』は、その画師の裁量が作者の期待を裏切った例のように、私には思われている。この作は、馬琴の数多い合巻の中でも、目立って役者の遊びが見られる作品なのである。ここでは、**三津五郎**・二役、**半四郎**・三役、**三十郎**・二役、**幸四郎**・二役と、役者が次々と役を入れ替わっている。口絵と本文とで役者が変わるという馬琴合巻にしばしば見られる混乱の他に、当面の主人公に看板役者が変わっていくという、まるで実際の舞台を見ているような錯綜した世界が広がり、戯作の筋を凌駕して、めくるめく役者の饗宴が展開する。馬琴は化政期の短編合巻の中に、我が身に添ぐわぬ空気を色濃く感じとったのではないだろうか。ここに私は、馬琴の長編合編を志す切実な必要性を感じるのである。

最後に、長編合巻の稿本に見られる、役柄による画師への朱筆指示について述べておくと、これは、初期においては、短編合巻の影響が色濃いのではあるまいか。人物画において、性格が役柄という方法で伝達されれば、画師にとって、これ程に便利な言葉はなかったのではあるまいか。反面、馬琴の創作法でいえば、長編合巻の世界を構想していても、当初は、そのような方法で人物造形が試みられていた、ということもできよう。しかし、長編合巻の内容が芝居と離れ、読本界での第一人者としての地位が確定していくなかで、馬琴の役柄指定を通しての画師とのコミュニケーションは意識的に忌避されていく。物語展開の主軸が挿絵ではなく本文部分によって支えられたいと願う時、馬琴は「役柄」で通じる世界を否定せざるを得ない。その馬琴が、最晩年の作で、没後にも刊行が続いた唯一の作であるK**70**『**女郎花五色石台**』で久方振りに役柄を使用しているのは、馬琴の意図を越えて、彼の失明と路女代筆の結果と考えられる。大衆の嗜好を代表する芝居との決別は、戯作界の孤独な領袖を目指す馬琴にとり、当然、選択されねばならない道であったかも知れないが、それを徹底させるのは見かけよりはるかに難しかったのではなかろうか。視覚を奪われた戯作者にとって、画師とのコミュニケーションは、江戸人ならば誰でも馴染んでいた役柄に頼るのが、やはりもっとも信頼できたのであろう。もっとも、その役柄も「**かたき役**」「**実悪**」を中心とした悪人面に偏っている。「戯作」が勧善懲悪を世界観の根底に持つ限り、善悪の錯乱はもっとも忌むべきものである。その為に馬琴が画師に注文した手法は、見かけとしての悪人性を徹底させることであり、そのためには「役柄」を指定するのが、何よりも簡便な方法だったのである。芝居はそれほど、江戸人、そして馬琴の体に染み着いている。

注1　個人蔵や未公開作品などは、調査対象から外している。
注2　七集巻七・八と九集巻一・二は「稀書複製会叢書」（１９２４年12月刊）として複製が出されていたが、二〇〇〇年に早稲田大学に所蔵された。早稲田大学近世貴重本研究会（雲英末雄、伊藤善隆、二又淳）「新収『新編金瓶梅』稿本影印」（『早稲田大学図書館紀要49号』、２００２年３月）に影印・解説が載る。
注3　拙稿「曲亭馬琴の短編合巻（二）」（『群馬大学教育学部紀要　人文・社会科学編　第37巻』１９８８年３月）に解説と翻刻を掲載。
注4　拙著『叢書江戸文庫33　馬琴草双紙集』（国書刊行会、１９９４年刊）中に翻刻と解説を収録。
注5　佐藤悟「合巻の検閲」（『江戸文学 16』ぺりかん社、１９９６年10月）。

B　馬琴読本の稿本に見る「役柄」

馬琴の生涯に著した読本は全四一作あり、その中で『椿説弓張月』（文化四〜八年［一八〇七〜一一］刊）以後に出された長編読本は、『南総里見八犬伝』（全九輯を一〇六回に亘って刊行、文化十一〜天保十三年［一八一四〜一八四二］刊）を筆頭に、『朝夷巡嶋記』（全六編、文化十二〜文政十年［一八一五〜二七］刊）、『近世説美少年録』（全三輯、文政十二〜天保三年［一八二九〜三二］刊）、『新局玉石童子訓』（全六版、『近世説美少年録』の後編、弘化二〜嘉永元年［一八四五〜四八］刊）、『開巻驚奇侠客伝』（全四集、天保三〜六［一八三二〜三五］年）と、六作に上る。まさに膨大な作品数なのであるが、それらの読本の作中人物が役者の似顔絵を以て描かれた作は、芝居に素材や趣向を採り内容的に草双紙に通う文化期のごく少数の例外を除いては、見られない。草双紙と読本の読者対象の違いがこのようなところに表れるわけであるが、それでは創作の過程に、それらは関与することはなかったのであろうか。本稿では、現存する馬琴読本の稿本に見られる芝居関連の書き入れについて、考察を加えていく。これら読本の稿本は、長編読本においては売り出し毎に所蔵機関が異なる場合があり、役者似顔絵に関する書き入れも、年代による偏りが見られる。そこで合巻とは異なり、それぞれの読本の各刊行を単位として扱うこととする。

馬琴読本の稿本は、現在、公共の機関で公開されているものとして(注1)、以下の二二個（刊行単位、作品数では六作）を採り上げる。記載は、合巻稿本同様に、作品名を現存稿本の刊行年の順に並べ、（　）内に所蔵機関、次行に現存稿本の巻冊数を示した。さらに※を付けて、当該稿本の刊行された板本について、刊行年、画師、版元、刊行された巻冊を記した。なお読本の頭に付した番号は馬琴読本の全作品に刊行順に振ったもので、本書で扱う馬琴読本すべてに共通する。

A　**12『敵討誰也行燈』**（天理大学附属天理図書館蔵）

上巻二篇一冊

※板本は文化三年［一八〇六］刊、歌川豊国画、双鶴堂板、二巻二冊

B　**21『雲妙間雨夜月』**（天理大学附属天理図書館蔵）

巻二のみ（21丁）

※板本は文化五年［一八〇八］刊、歌川豊広画、柏栄堂板、五巻五冊

C　**30『昔語質屋庫』**（ニューヨーク公共図書館・スペンサーコレクション蔵）

巻一〜巻五の計五巻五冊

※板本は文化七年［一八一〇］刊、勝川春亭画、文金堂板、五巻五冊

D　**37『朝夷巡嶋記』**初編（天理大学附属天理図書館蔵）

巻一〜巻五の計五巻五冊

※板本は文化十二年［一八一五］刊、歌川豊広画、文金堂板、五巻五冊

E　**37『朝夷巡嶋記』**二編（天理大学附属天理図書館蔵）

巻一～巻五の計五巻五冊
※板本は文化十四年［一八一七］刊、歌川豊広画、文金堂板、五巻五冊

F

37『朝夷巡嶋記』　三編（天理大学附属天理図書館蔵）
巻一～巻五の計五巻五冊
※板本は文政二年［一八一九］刊、歌川豊広画、文金堂板、五巻五冊

G

36『南総里見八犬伝』　四輯（巻一は故人蔵の複製本による、巻三、四は都立中央図書館加賀文庫蔵）
巻一、三、四の計三巻三冊
※板本は文政三年［一八二〇］刊、柳川重信画、山青堂板、四巻四冊

H

37『朝夷巡嶋記』　四編（天理大学附属天理図書館蔵）
巻一～巻五の計五巻五冊
※板本は文政四年［一八二一］刊、歌川豊広画、文金堂板、五巻五冊

I

36『南総里見八犬伝』　八輯上（早稲田大学図書館蔵）
巻一～巻四下の計四巻五冊
※板本は天保三年［一八三二］刊、柳川重信画、文渓堂板、四巻五冊

J

36『南総里見八犬伝』八輯下（早稲田大学図書館蔵）

巻五一の一巻のみ

※板本は天保四年［一八三三］刊、柳川重信画、文渓堂板、三巻五冊

K

36『南総里見八犬伝』九輯上（国立国会図書館蔵）

巻一～巻六の計六巻六冊

※板本は天保六年［一八三五］刊、二世柳川重信画、文渓堂板、六巻六冊

L

36『南総里見八犬伝』九輯中（早稲田大学図書館蔵）

巻七、巻十、巻十二上、下の計三巻四冊

※板本は天保七年［一八三六］刊、二世柳川重信画、文渓堂板、六巻七冊

M

36『南総里見八犬伝』九輯下上（早稲田大学図書館蔵）

巻十三ノ十四、巻十八の計三巻二冊

※板本は天保八年［一八三七］刊、二世柳川重信画、文渓堂板、五巻五冊

N

36『南総里見八犬伝』九輯下中（早稲田大学図書館蔵）

巻十九、巻二一の計二巻二冊

※板本は天保九年［一八三八］刊、二世柳川重信画、文渓堂板、五巻五冊

O

36『**南総里見八犬伝**』九輯下下甲（早稲田大学図書館蔵）

巻二六、巻二七、巻二八の計三巻三冊

※板本は天保九年［一八三八］刊、二世柳川重信・溪斎英泉画、文溪堂板、五巻五冊

P

36『**南総里見八犬伝**』九輯下下乙上（早稲田大学図書館蔵）

巻二九、巻三十、巻三一、巻三二の計四巻四冊

※板本は天保十一年［一八四〇］刊、二世柳川重信・歌川貞秀画、文溪堂板、四巻五冊

Q

36『**南総里見八犬伝**』九輯下下乙中（早稲田大学図書館蔵）

巻三三、巻三四上、巻三四下、巻三五上、巻三五下の計三巻五冊。

※板本は天保十一年［一八四〇］刊、歌川貞秀画、文溪堂板、三巻五冊

R

36『**南総里見八犬伝**』九輯下下上（天理大学附属天理図書館蔵）

巻三六、巻三九、巻四十の計三巻三冊

※板本は天保十二年［一八四一］刊、二世柳川重信・溪斎英泉画、文溪堂板、五巻五冊

S

36『**南総里見八犬伝**』九輯下下中（早稲田大学図書館蔵）

巻四一、巻四二上、巻四二下、巻四三ノ四四の計四巻四冊

※板本は天保十二年［一八四一］刊、二世柳川重信画、文渓堂板、五巻五冊

T
36『**南総里見八犬伝**』九輯下下下（早稲田大学図書館蔵）
巻四六、巻四七上、巻四七下、巻四八の計三巻四冊。
※板本は天保十三年［一八四二］刊、二世柳川重信・溪斎英泉画、文渓堂板、四巻五冊

U
36『**南総里見八犬伝**』九輯下下下結局（早稲田大学図書館蔵）
巻五十、巻五一、五三上の計三巻三冊
※板本は天保十三年［一八四二］刊、二世柳川重信・溪斎英泉画、文渓堂板、四巻五冊

V
41『**新局玉石童子訓**』第七版（早稲田大学図書館蔵）
第七版巻之一（巻三一）の一冊十八丁のみ
※草稿のみがお路の筆によって残るが、未刊行。この後の草稿については未詳

現存稿本の打ち明けを見ると、初期の草双紙との中間的形態を試みた中型読本が一作（A）、みずからの資質を探る時期の短編読本が二作（B、C）、そして戯作者としての馬琴の真骨頂を示す**37**『**朝夷巡嶋記**』と**36**『**南総里見八犬伝**』の二作の長編読本、さらに最晩年の未刊行に終わった**41**『**新局玉石童子訓**』となる。期せずして、馬琴の様々な面を照らすにふさわしい多様性を見せているといえよう。

馬琴読本の稿本に見られる、馬琴による画工・筆工宛ての書き込みを、役者や役柄関係のものを中心に記すが、役者名および役柄は太字で示しておく。

A　**12『敵討誰也行燈』**　上巻

本作では、役者や役柄に関わる書き入れが多く見られる。

口絵ではまず「わに蔵はとしわかけれどかほのかゝり**松介**が川井又五郎のやうなおもむきと支度候」（癩《なり》のわに蔵）と、実悪と怪談で知られる名優尾上松助（初代松緑）の名が挙げられている。また「とし十九才　**じつごとし**」（さくま富次郎）と役者の役柄による描き方の指定がされている。

本文部分での挿絵には、「**かたきやく**」（しもべ権兵衛、14ウ15オ）、「三十斗　**かたきやく**」（さのゝたら左衛門、14ウ15オ）、「**かたきやく**のおとこだて」（うめぼりの小五郎兵衛、29ウ30オ）と、三ケ所で役柄を用いた画工への書き込みが見られる。

また巻頭に画工への口上が載るが、「画は下書に拘らず思ひいつはいこれはいちばん当世風のうがちに御かき可被下候」とある。

B　**21『雲妙間雨夜月』**

巻二の一冊のみが現存するので、口絵等は備わらない。また挿絵部分でも、役者・役柄関係の書き込みは見られない。

C　**30『昔語質屋庫』**

役者名および役柄などの、芝居関連の書き入れは見られない。

D

37『**朝夷巡嶋記**』初編

丁寧な補修が施されているが虫喰いの多い稿本で、文字の判読困難なところが多い。

口絵部分では、「此二人いづれも**じつごとし**也」（範頼朝臣、江三二広光）とあるのが目に付くが、他には「つやすみ入てはいかゝ」「くろ馬つやすみにてはいかゞ」などの墨使い、「かさね羽折もやうはでに」「此むすめみこのすがたに御かき被（ムシ）可被下候」（友鶴）などの描き方や、「とし十八九　大わかしゆ」「とし十七八うつくしく」などの年齢と人物の属性など、馬琴稿本に共通して見られる指示が大まかに記されている。

挿絵では、巻一、二には役柄を用いた書き入れはないが、巻三に三図ある挿絵の中で、第一図で「うつての大将**かたきやく**」「（ムシ）立はらまき**しつことし**」、第三図で「此五人いつれも**かたきやく**也」と、またもや役者の役柄を用いた人物像の説明がなされている。他には「のりよりおくかた」「両人ともくひをうたるゝ」「かた衣は御無用此如成可被下候」「いづれも二十日ばかりの長髪」などの説明が入り、「八月下旬」「とし五十位」などの季節と年齢指示も見られる。

E

37『**朝夷巡嶋記**』二編

口絵、挿絵ともに、役柄関係の言葉を用いた書き入れはない。

「わるものゝのすみか也」「わるものゝかしら也」（巻三挿絵）などと、通常の言辞が使われている。

F

37『**朝夷巡嶋記**』三編

口絵には役者関係の書き入れは見られないが、巻四の挿絵一に久方ぶりに役柄による指示が、「時なつが家来**かたきやく**」（矢塚達六）と、見られる。この図の他の書き込みは、「惣大将」「とし五十位」「うろにはたを立てもよし　地とり思召次第」（足利よし兼）、「物かしら　とし三十五六」（ぬか他重正）、「とし三十位」「大せうぶん　是はしのぶの庄司が家来　主の名代也」（城戸守あき）、「副将軍　とし廿四五」（時夏）、他に「軍兵大せい」「時こう十月　いくさ評定」と、かなり丁寧な書き込みが行われている。巻四の他の挿絵では、たとえば「とし廿五六　大たて物」（挿絵二）など、通常の言葉で人物造形が指示されている。

G　**36『南総里見八犬伝』**　四輯

巻一の口絵は半丁単位で場面が描かれているが、その第二図に「**じつあく**」（山林房八郎）、「**じつあく**」（修験道観得）と、二人の描き方が役柄を用いて書き込まれている。また第六図では「**かたき役**」（簸上社平）、「**じつあく**」（新織帆大夫）とある。他の人物についての書き込みは「とし十九　わかく御かき」（沼藺）、「ひだりのこぶしにぎらせて」（大八）、「大としま」（妙真）といった具合である。

挿絵部分でも巻一の第三図に「年五十位　山伏　**じつあく**」と、やはり修験道観得に入れられている。ちなみに同図に出る念玉の方は「とし五十位　山伏　じんひんよく」と書き込まれている。この第三図の他の書き込みは「とし廿才」「タケ五尺九寸　尻にぼたんのやうなあざアリ　かゝれずはなくともよし」（小文吾）、「とし廿二才」「タケ五尺八寸」（ふさ八郎）や、「時こうは六月中旬　夏衣いせつ　ゐなかのよりすまふ　只一日のちよつとしたる相撲也」等。

巻三、四には役柄等の書き込みは見られない。

H　**37『朝夷巡嶋記』**　四編

口絵、挿絵ともに、役柄等の書き込みは見られない。「ぞくの大せう」（巻一挿絵）、「とし十七八　すみまへかみ大わかしゆ也」（巻二挿絵）などのように地位や風俗で人物が示されている。

I　**36『南総里見八犬伝』**　八輯上

役柄など、芝居関連の馬琴の書き込みは見られない。

口絵の枠模様が細かく入る他は、「すわらせて立てはわろし」（巻二）、「此やりは両かけもちに直して御画キ」（巻四上）など、事物の名称や実質的な描き方が端的に示されている。

J　**36『南総里見八犬伝』**　八輯下

この巻五も、八輯上の巻一〜巻四下まで同様に、役柄などの書き込みはない。

やはり見返しや口絵の枠模様が「もやう　紅毛からくさ　手本別にあり見合せて」（見返し）などと細かく入り、挿絵では「もやうさゝのはに鈴」などと入るが、たとえば板本の挿絵三（19ウ20オ）では「うすゝみつぶしふきほかし」と稿本で馬琴の指示が入れられているのが、板本では地墨のみとなるなど、構図の違いも含めて、画工の描いた挿絵との間に少々齟齬が見られる。

K　**36『南総里見八犬伝』**　九輯上

芝居関連の朱筆書き込みは、見られない。

「いぬさくら　葉なしに」（巻二）などと事物が簡潔に示され、例外的に「此巻三枚夜分つゞき候間　此処のちやうちんぼんぼりは御隠被成候　画くニ無及候」（板本ではこの指示が守られ、提灯ぼんぼりは描かれていない）と巻四挿絵三にあるが、書き込みは全般的に少ない。

L　**36『南総里見八犬伝』**　九輯中

役柄など芝居関連の書き込みは見られない。

「伏姫うす墨にて入」（巻七）、「白字ヒゲだいもく」（巻十二下）など、画工への指示はあっさりしている。一方、筆耕に向けて、文字の納め方についての注意書きが入るのが目に付く。

M　**36『南総里見八犬伝』**　九輯下上

芝居関連の朱筆書き込みはない。

挿絵中には、「盗賊左右へわけて前後ゟ（ムシ）たるやうに壹人は如此にあとゟ引とらへたる処に御描キ」（巻十三ノ十四、挿絵一に付箋を貼付）などと比較的長い指示も見られる。

N　**36『南総里見八犬伝』**　九輯下中

役柄などの書き込みは見られない。

概して書き込みはあっさりしているが、巻十九の挿絵一では「此もとよりの落馬の体　八輯に出たるよりつらが落馬とおなじありさまにならぬ様に御画　大角馬のあしを棒にてうちくだきて人馬もろ共にたふるゝ処也」など、欄外に場面説明がなされている。

O　36『**南総里見八犬伝**』九輯下下甲

芝居関連の馬琴による書き込みは見られない。「朱書のをとこはうすゝみになる也」（巻二七、挿絵二）、「おん出入のかん札」（巻二八、挿絵一）など、書き込みは総じて簡潔、かつ少ない。

P　36『**南総里見八犬伝**』九輯下下乙上

『南総里見八犬伝』稿本はこの辺りから、馬琴の視力の低下により少しずつ字が大きめになり、挿図の下絵も線が粗くなる傾向が見られる。そして久方ぶりに、役柄を用いた人物描写の指示が見られる。まず口絵に、「エキロノ鈴　**じつこと師**」（秋篠将曹広当、4ウ）、「**かたきやく**」（大杖入道稔物）、「ぢんはをり　**かたきやく**」（根古下厚四郎鴟宗）、「**かたきやく**」（老松湖大夫惟一、以上5オ）、「のしめ　**かたきやく**」（根角谷中二麗廉）、「**かたきやく**」（箕田馭蘭二円通、以上5ウ）、「**じつことし**　とし三十ヨ」（小才二）、「**じつことし**　とし廿七八」（世智介、以上6ウ）、「**じつことし**　としわかく」（千代丸図書介豊俊）、「**じつことし**　とし四十ヨ」（下河辺荘司行包、以上7オ）と、「雪姫」「一休和尚」「義政公」を除くすべての口絵登場人物に役柄が書き込まれているのである。

挿絵部分を見ると、「れんぜんあしげ」「さすまた」「ぢんはおり」（巻三〇　挿絵一）、「てつほう」「まく」「かきあげのざだい」「十三才」（巻三二）など、通常の短い事物指示の書き込みが多いが、巻三二には又、「とし五十位　**じつあく**」（あき定）、「とし四十位　**じつあく**」（たかさね）、「老人　**じつあく**」（のりしげ）と、挿絵一に集中して登場人物の三名がすべて役柄を書き込まれている。

Q　**36『南総里見八犬伝』**　九輯下下乙中

馬琴の視力の衰えは変わらず、本文部分にはそれほどの影響は見られないが、挿図の下絵には少しずつ支障が及んでいる。見返し、目録部分には、通常通りに「つやずみ」指定や枠模様が指示されているが、口絵部分では、枠内に入る朱筆の他に、欄外中央部に場面説明が各丁毎に墨書で記されている。「就介十三才　たびすがた　よろしく御画キ　つぼをもつ／人魚うつくしく」（6ウ欄外中央部の墨書）、「**じつあく**」（武田左京亮信隆、7オ枠内の朱筆）、「のふたか四十余　**じつあく**　はらまき小手すねあて足はかまにてもよろし／まし松十一才　○雁しやめん状をくわへたる処　あしへつなき見せてもよろし／雁はわくの外へ」（7オ欄外中央部の墨書）、「**じつ事**」（東峰萌三春高）、「**かたきやく**」（天畠餅九郎）、「**じつ事**」（小湊目堅宗、以上7ウ枠内の朱筆）、「さくわんもゑ三は**じつごとし**　てつほうととりなはをもち／もち九郎は二三枚めの**かたきやく**　どてら也（以下略）」（7ウ欄外中央部の墨書）、「**じつ事**」（鮹船貝六郎繁足）、「**かたきやく**」（朝時技太郎、以上8オ枠内の朱筆）、「かひ六は**じつごとし**／えた太郎は二三まいめの**かたきやく**」（8オ欄外中央部の墨書）、「桐油赤かつぱ　**かたきやく**」（仁田山晋六武佐）、「**じつあく**」（大石源左衛門尉憲儀、以上8ウ枠内の朱筆）、「のりかたとし三十位**じつあく**／しん六はのりかたの家来也　とし三十位　**かたきやく**」（8ウ欄外中央部の墨書）、「はこひめ十六七　うつくしく／くさ四郎は**じつことし**　とし四十位」（9オ欄外中央部の墨書）と、安西就介、人魚、十一才のまし松、はこ姫を除く登場人物は皆、役柄を以て画工への補助説明が行われているのである。

本文部分の挿絵では、「**かたきやく**　しのびのもの」（巻三四下挿絵三）と、木の枝上に姿の見えるもち九郎に役柄が書き込まれているが、他は「つくぼうさすまた」「こしおび」（巻三五）など短い指示が入り、時に欄外に補助説明も記されている。

R　**36**『**南総里見八犬伝**』　九輯下下上

馬琴の視力低下は進み、巻三六では半紙型読本の定型として半丁に十一行書きで綴られていた稿本が、巻三九（巻三七、三八は欠）からは罫を引いた用紙に二行に一行書となり、行も乱れがちとなっていく。

役柄による書き込みがこの下下上輯でも引き続き行われ、口絵部分では「とし四十余　**じつごとし**」（大樟村主俊故）、「とし三十余　**実事**」（盾持傔杖朝経、以上8ウ）、「**かたきやく**」（上水和四郎束三）、「**かたきやく**」（赤熊如牛太猛勢、以上9オ）、「としわかく　**実事師**」（印東小六明相）「**じつことし**」（荒川太郎一郎清英、以上9ウ）、「**じつごと**」（継橋綿四郎喬梁）、「**実事師**」（真間井樅二郎秋季、以上10ウ）と、「とし三十余」と書き込まれる小幡木工頭東良と白石城介重勝、「としわかく」の木曽三介季元と「処女のすがた　うつくしく」の狐龍精石以外の登場人物は、すべて画工に役柄による指示が与えられている。

本文部分の挿絵には、たとえば欄外に書かれた「ゐのしゝのきばへたいまつをむすびつけたる所」（巻三九）などの補助説明や、「大将とし十二」（巻四十）などとあるが、芝居関係の言辞は書き込まれていない。

S　**36**『**南総里見八犬伝**』　九輯下下中

馬琴の視力の衰えは甚だしく、罫を引いた用紙の中で文字が時に列を乱している。目録の後、口絵部分の前の半丁に、画工と筆工宛の一文が墨書されているが、その画工宛の文は、

　画稿様《ママ》え口状
此節老眼殊之外かすみ画は一向に不出来候間一つ一つに／わけ書ヲ委敷印置候間得と御覧成注文のことく／相違無宜敷御画キ可被下候

と、お路の手らしい文字によって書かれている。

口絵部分では、「きしや五郎／年三十くらい**中通り**／の**じつあく**也ものゝ／くすがたにてやり／ヲ持」（二四的寄舎五郎）、「だん五郎／年三十ぐらい／**中通り**の**はんどう**／袖なきよろひヲ／きてあくらヲ／かき刀のやき／ばヲ見て居る／ところまなこ／まるくひげ多／く御画キ」（須々利檀五郎、共に14ウ欄外に墨書）と、二人に役柄を用いての書き込みが見られる。なおこの書き込みもお路の手になる。

挿絵部分には、「大あな」「しん兵衛　人馬とも」（巻四二上）などの朱筆が入るが、馬琴の文字は乱れている。巻四三ノ四四になると、挿絵には、馬琴の下絵に路女の手による補助説明が入れられている。いずれにせよ、本文の挿絵部分には、芝居関連の語を用いた書き入れは見られない。

T　**36**『**南総里見八犬伝**』　九輯下下下

馬琴の視力低下により執筆不能の事態を迎え、巻四六の三十丁裏からお路の口述筆記となっている。挿絵部分には画師による画が貼り込まれており(注2)、馬琴による画工向けの書き入れは見られない。

U　**36**『**南総里見八犬伝**』　九輯下下下結局

完結輯の稿本であるが、前輯同様に挿絵部分には画師による画が貼り込まれ、したがって馬琴書き入れもない。

V　**41**『**新局玉石童子訓**』　第七版

草稿のみ残り、馬琴の逝去により未刊行に終わったものであるが、本文部分は路女の口述筆記によって整然と書き認められ、朱筆や書き込みは見られない。

二図入る挿絵にのみ朱筆が見られるので、書き込み部分をすべて翻字しておく。

挿絵一は「此処百姓家ノ体よろしく」「おかゝ染戸より酒を買ひに出る体よろしく」（以上、上部欄外）、「五十位　前編に此人あり」（宿六）「四十才位」（おかか）。

挿絵二は「此処山中ノ体　本文御見合可被下候」「此朱之介はだか馬にいだき付て居る　尤馬のはづな切レて飛出したる体　次の本文よく〳〵見合（ヤブレ）下候」（以上、上部欄外）、「わる者」（団七）（「娘二拾才位」（おもり）「わる者　着物と帯をはいでかゝへる」（脛九郎）「かんさし　わる者」（加対太）「けんそなる山道」。

なお、芝居関係の言辞は見られない。


以上の結果を表に纏めたのが、**表三「馬琴読本稿本における役者関連の書き入れ」**である。この表で見ると、登場する画師は合巻作品にも筆を染めている豊国、英泉、春亭、重信、貞秀の他に、役者画の苦手な豊広、そして二世重信が入るが、馬琴の役者関連の書き入れに、画師によって異なる注意が払われた形跡は見られない。むしろ、時代による変化が大きい。すなわち、馬琴の役柄に依る画組の指示は、文政の初期までと、天保の末からの、両極に分かれている。そしてこの二者は、性格のまったく異なるものとして捉えられるのである。

まず、文政初期までに散発的に見られる役者の役柄の書き込みは、この時期の合巻における役者似顔絵使用の影響と、認めざるを得ないものであろう。馬琴の場合、読本においては、大衆性を本質として持つ合巻からの乖離を志した為、意識的に芝居を排除する方向性を求めたと思われるが、文政初期までは、それでも人物を役柄に依って現わすことを時に肯んじていたのである。そしてここで興味を引くのは、A12**『敵討誰也行燈』**に役柄のみならず**「松助」**の個人名が上げられていることである。読本で役者名が具体的に想定されているのは、公開さ

表3　馬琴読本稿本における役者関連の書き入れ

※（　）内はのべ使用数、太字は役者名

記号	№.	書名	刊年	板本画師	役者関係の指示
A	12	敵討誰也行燈　上巻	文化三	豊国	松介（1）、敵役（3）、実事（師）（1）
B	21	雲妙間雨夜月	文化五	豊広	ナシ
C	30	昔語質屋庫	文化七	春亭	ナシ
D	37	朝夷巡嶋記　初編	文化十二	豊広	実事師（2）・敵役（2）
E	37	朝夷巡嶋記　二編	文化十四	豊広	ナシ
F	37	朝夷巡嶋記　三編	文政二	豊広	敵役（1）
G	36	南総里見八犬伝　四輯	文政三	重信	実悪（4）、敵役（1）
H	37	朝夷巡嶋記　四編	文政四	豊広	ナシ
I	36	南総里見八犬伝　八輯上	天保三	重信	ナシ
J	36	南総里見八犬伝　八輯下	天保四	重信	ナシ
K	36	南総里見八犬伝　九輯上	天保六	二世重信	ナシ
L	36	南総里見八犬伝　九輯中	天保七	二世重信	ナシ
M	36	南総里見八犬伝　九輯下上	天保八	二世重信	ナシ
N	36	南総里見八犬伝　九輯下中	天保九	二世重信	ナシ
O	36	南総里見八犬伝　九輯下下甲	天保十一	二世重信・英泉	ナシ
P	36	南総里見八犬伝　九輯下下乙上	天保十一	二世重信・貞秀	実事（師）（7）、敵役（5）
Q	36	南総里見八犬伝　九輯下々乙中	天保十一	貞秀	実悪（4）、実事（師）（6）、敵役（7）
R	36	南総里見八犬伝　九輯下下上	天保十二	二世重信・英泉	実事（師）（5）、敵役（2）
S	36	南総里見八犬伝　九輯下下中	天保十二	二世重信	実悪（1）、半道（1）
T	36	南総里見八犬伝　九輯下下下	天保十三	二世重信・英泉	ナシ
U	36	南総里見八犬伝　九輯下下下結局	天保十三	二世重信・英泉	ナシ
V	41	新局玉石童子訓　第七版	嘉永元（稿）	※未刊行	ナシ

れていない『占夢南柯後記』稿本の一例を除いては、管見の限り、ここだけなのである（注3）。A**12**『**敵討誰也行燈**』は、主に文化の初頭から五年［一八〇八］に掛けて作られた、馬琴の八作の中型読本の中に位置している。中型読本とは中本サイズで作られた読本であり、中本サイズが草双紙をはじめ大衆小説の定型と見られていたことから、半紙本サイズを定型とする通常の読本よりも簡便でやや格の落ちるものとして捉えられ、読本と合巻の中間形態を狙ったものといえよう。この故か、馬琴は稿本の口絵一（図9）の欄外に、前述のように「画は下書に拘らず思ひいつはいこれはいちばん当世風のうがちに御かき可被下候」と書き込んだ。「当世風」、すなわち流行に乗るための工夫が、画工に要求されているのである。その結果は、どうなったのであろう。実は板本では、この画面は一変する。既に高木元氏の指摘が備わるが（注4）、この書き込みは板本当該箇所（図10）では、稿本で書かれた「第五編八橋婚礼図」ではなく、まったく図柄の変わった「第四編狭野次郎左衛門殺鰐図」となっているのである。高木氏の指摘（注4）によれば、本図は二年後に刊行された振鷺亭の読本『千代嚢媛七変化物語』（文化五年刊）巻五の挿絵（蹄斎北馬画）に酷似するという。ちなみに馬琴の作品の場合、稿本と板本で絵柄そのものが変わる箇所は極めて少ない。画師は稿本の細部の描き方は変えても、構図そのものは馬琴の意図を活かして忠実に再現されるのが通常である。すなわちこのA**12**『**敵討誰也行燈**』口絵一では、異常な事態が発生したと思われる。何が起こったのであろう。推測によるしかないが、私はここで画師が豊国である事に注目したい。役者絵の得手な豊国は、稿本の書き込みに従って、初代**尾上松介**の似顔絵そのものを描いたのではないだろうか。そしてその事が馬琴の逆鱗に触れ、まったく新たな構図に差し替えられたと想像するのである。

この推測を支えるのは、G**36**『**南総里見八犬伝**』四輯巻一稿本の存在である。四輯は、著名な「芳流閣上の戦い」に繋がる輯である。物語は、芳流閣の屋根から利根川に落ち小舟で流された信乃と見八が、行徳に流れ着いて小文吾の家に匿われるものの、追手の追求が迫る中で信乃は重い破傷風に罹る。小文吾の義弟・房八は悪人を装いわざと小文吾の手に掛かるが、その際に、小文吾の妹で房八の妻・沼藺も死に、夫婦の血は瀕死の信乃を救う。しかし二人の幼い息子・親兵衛も又、その騒ぎの中で息絶えている。人々の周章の最中に修験道念玉と観得が現れ、実は、大と里見家の臣・蜑崎照文である事を明かし、人々は伏姫の因縁を初めて知る。親兵衛はかくして親の自死の故を負い、犬士として復活するという、それぞれの犬士譚が伏姫譚に結び付けられ、物語の基本構

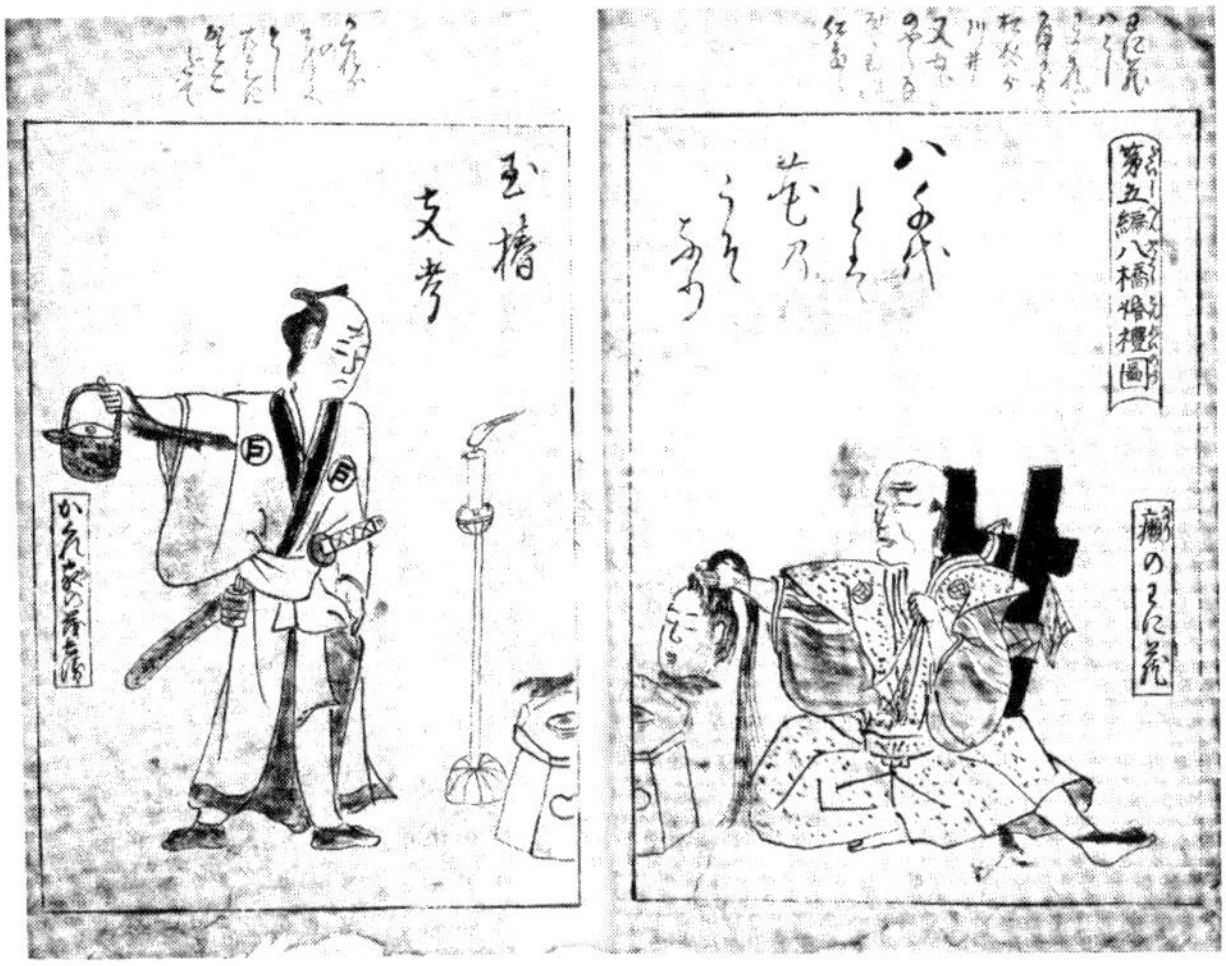

図９　稿本『敵討誰也行燈』上巻１ウ２オ（天理大学附属天理図書館蔵

「わに蔵はとしわかけれどかほのかゝり松介が川井又五郎のやうなおもむきと支度候」（癩のわに蔵）

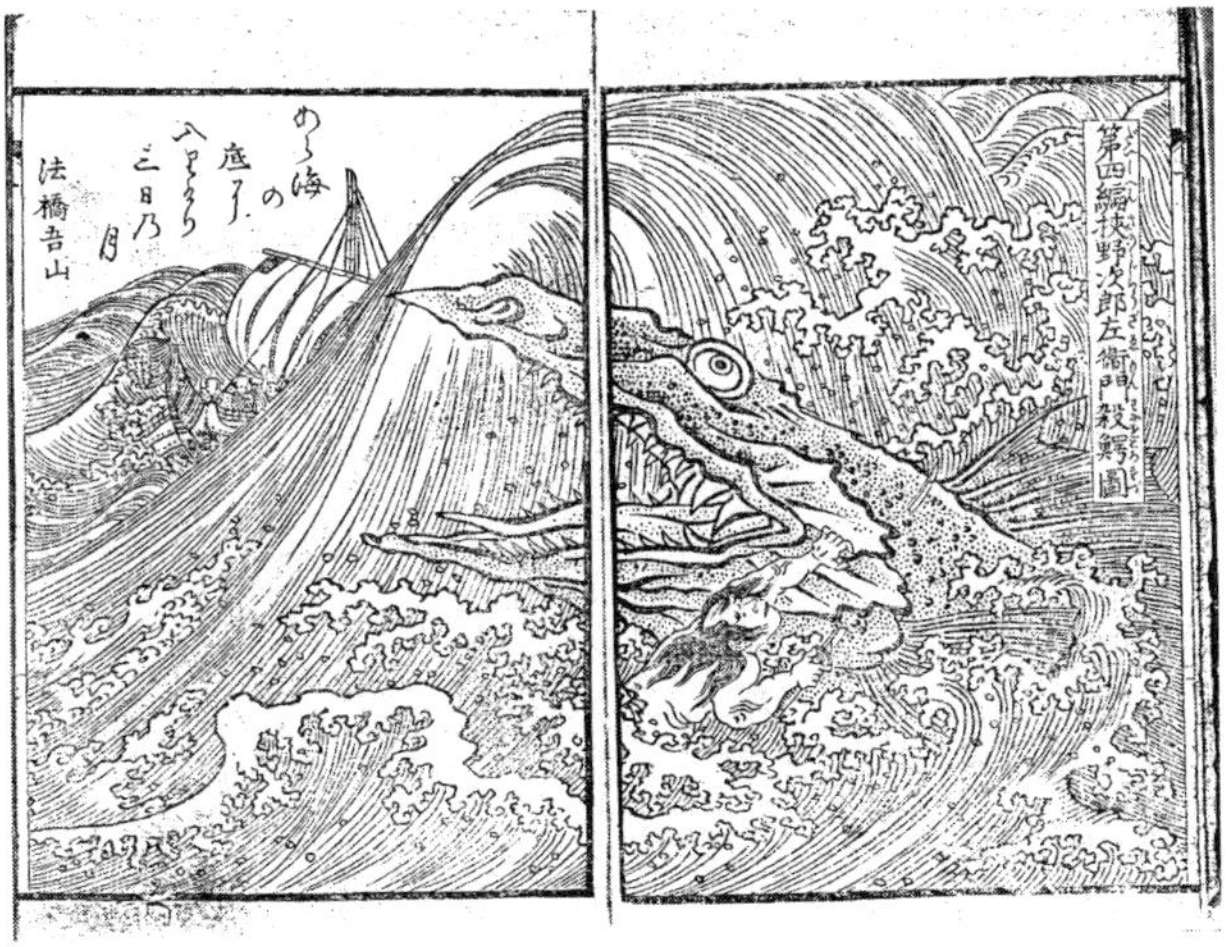

図10　板本『敵討誰也行燈』上巻１ウ２オ（向井家蔵）
「第四編狭野次郎左衛門殺鰐図」

造が示される重要な輯なのである。そしてこの口絵中に「**じつあく**」と「**かたき役**」の文字が、朱筆で書き込まれているのである。「**じつあく**」と描き方を指示された人物は、親兵衛の親でこの輯の主役である房八郎と、犬士達の後見役とも言える蟇崎照文の仮の姿である修験者観得である（図11）。このことは何を意味するのか。「**実悪**」すなわち「主役級に重い悪」を負わされた人物は、やがて物語のクライマックスで読者の予想を裏切り、親兵衛の輝きの元となる血と涙にまみれた悲劇に一場を染め、読者を物語の主筋に引き戻す役割を担っていた。稿本口絵に施された「**実悪**」の指令は、彼等の物語中の役割ではなくその外見のみを示し、展開の意外性から読者を興奮のカタルシスに巻き込む為の装置を命じていたのである。馬琴は「役柄」を画工に指示しながらも、役者似顔絵を用いた合巻とは異なり、その役柄を負う人物にはもはや人物像として役柄に縛らせてはいない。むしろ悪人の外観を描くことで、創作主体である馬琴は、読者を、物語展開の中でより深く幾重にもたたみ込まれた複雑な世界へと誘い込んでいるのである。読本においては、「役柄」は馬琴の手の中の単純な道具にすぎない。物語の構想はひとえに創作者たる馬琴に委ねられているのであり、画師の描く世界も、馬琴の構想の中に封じ込められている。

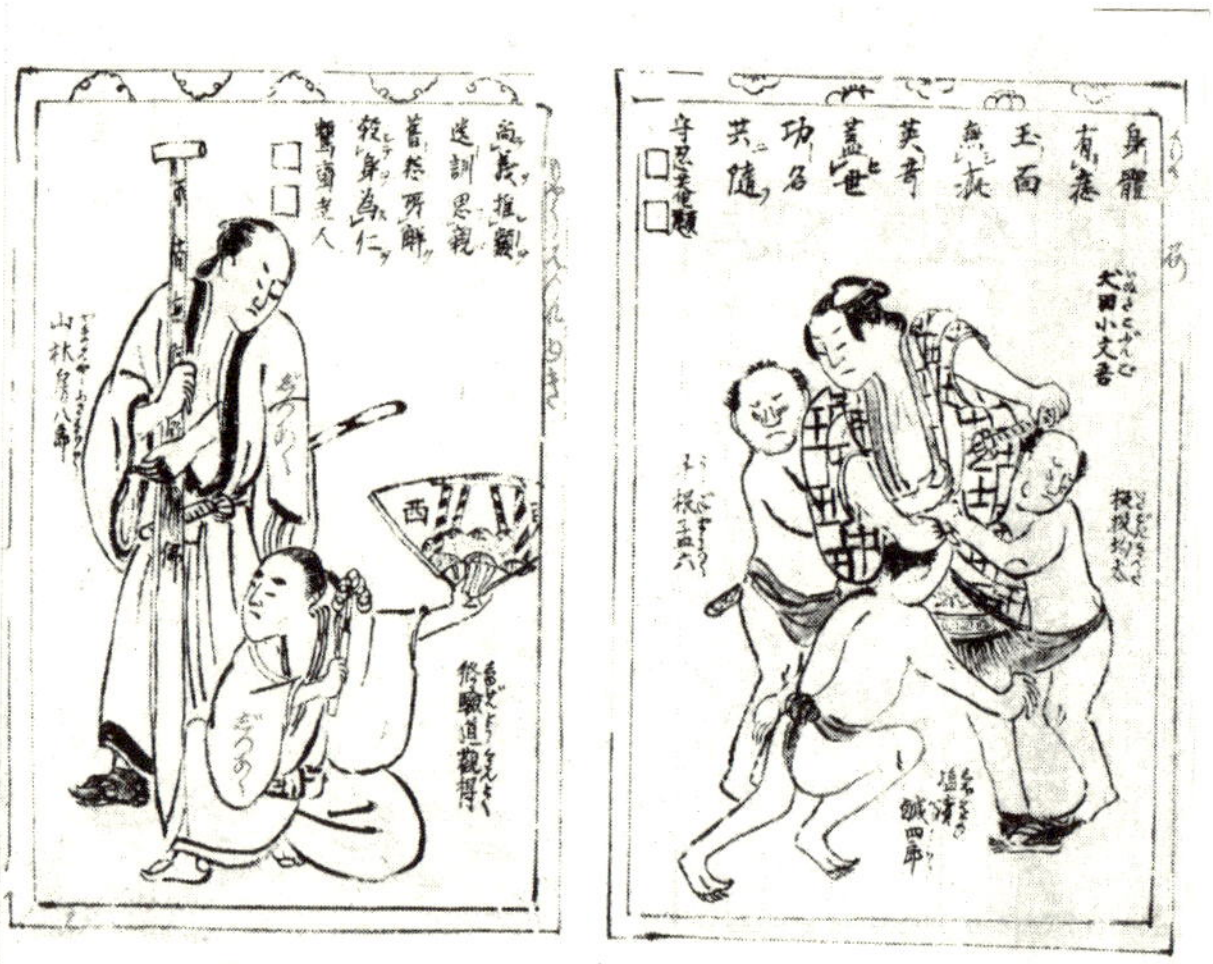

図11　稿本『南総里見八犬伝』四輯　巻一３ウ４オ（複刻日本古典文学館　日本古典文学会、一九七一年刊）
「じつあく」（山林房八郎）「じつあく」（修験道観得）

A12『**敵討誰也行燈**』で、もしも豊国が「**松介**」の似顔絵そのものを「癩のわに蔵」に用いるなら、それは物語中の「わに蔵」が、役者・**松介**の演技の質を彷彿とさせる役回りでなければならなくなり、馬琴にとって許されることではなかったろう。馬琴にとっての「役柄」はもはや内容のない、人物の外見を示すだけの単純な手段に過ぎないと思われるのである。

では、天保十一年〔一八四〇〕以降の『南総里見八犬伝』に久方振りで見られる役柄の書き込みは、何なのであろうか。これは、きわめて単純な理由に拠って惹起された現象といい得る。**P「九輯下下乙上」**は、馬琴の視力低下が顕著にその跡を示し出す最初の稿本なのであり、**S「九輯下下乙中」**（図12）では、読本稿本の中でもっとも多くの「役柄」指示が書き込まれている。そして二年後の天保十三年〔一八四二〕刊の**T「九輯下下下」**以降、役柄が、というよりは画組自身に何の注文も見られなくなるのは、馬琴が失明によって、もはや自身で筆を採れなくなったからに相違ない。36『南総里見八犬伝』稿本が瀧澤家の嫁である寡婦・路女による口述筆記に採って代わられるのは、**T「九輯下下下」**の初巻、巻四六の途中からであった。

さて、それでは36『南総里見八犬伝』九輯のP〜S

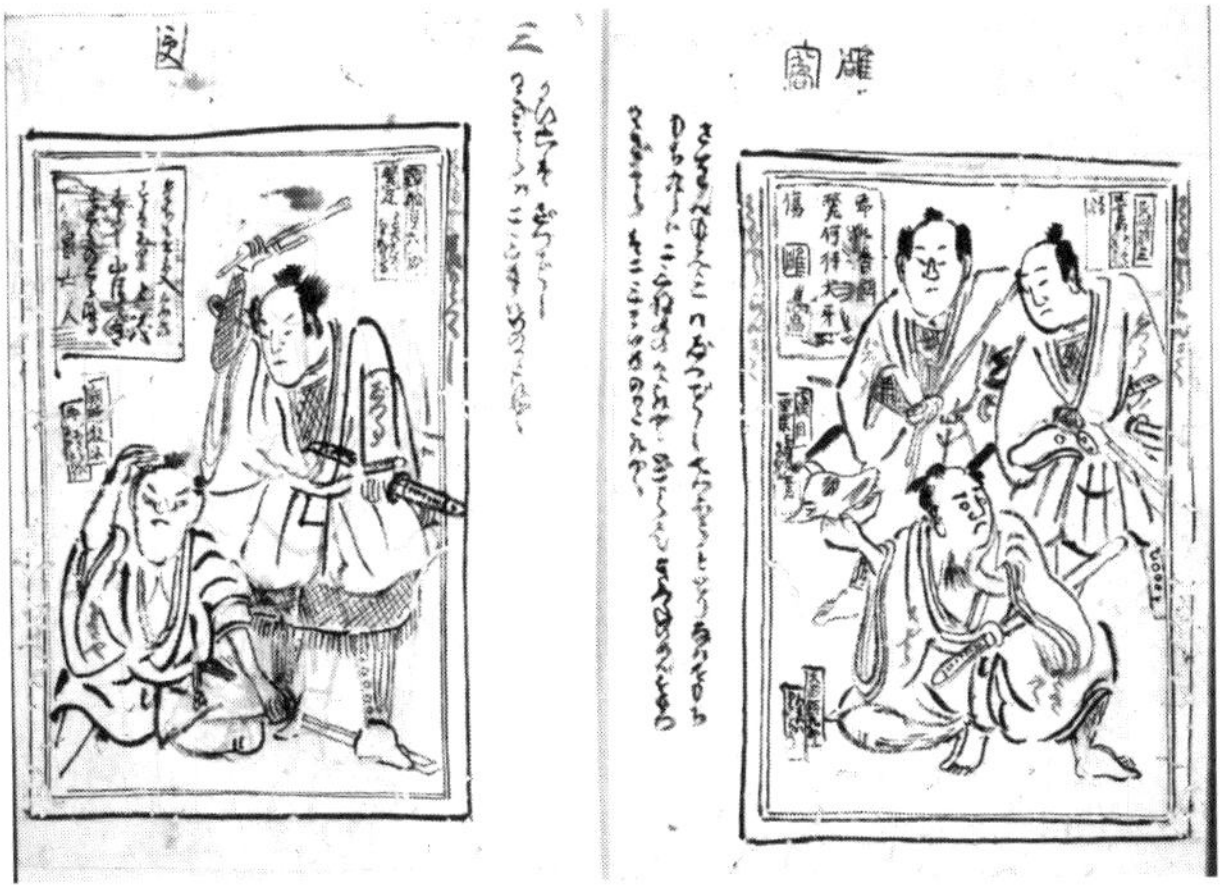
図12　稿本『南総里見八犬伝』九輯下下乙中　巻三三7ウ8オ（早稲田大学図書館蔵）
「じつ事」（鮹船貝六郎繁足）「かたきやく」（朝時技太郎）「じつ事」（東峰萌三　春高）「かたきやく」（天岳餅九郎）「じつ事」（小湊目堅宗）他

(巻二九〜巻四三ノ四四)にみられる数多くの役柄は、どのように物語中の登場人物に割り振られているのであろうか。36『南総里見八犬伝』九輯で馬琴が画師に役柄に依る絵柄指示を出したのはのべ三八回、三〇名の多きに及ぶ。内容は、「**実悪**」五名、「**敵役**」十名(うち「二三枚目の**敵役**」が二名)、「**実事(師)**」十四名、「**半道**」一名である。そしてその割り振りは、誠に単純極まりないものであった。「**実悪**」「**敵役**」の差は、身分の軽重によって使い分けられていたに過ぎない。このあたりでは、物語構想は対管領戦という複雑な大戦を前に、多くの新たな作中人物の登場を必要としていた。視力を失いつつあった老作家が、畢生の大作の完成をひたすら目指した時、画師への意志の疎通の為に、もっとも簡便な方法は、かつて読本においては捨て去った「役柄」に依る人物設定であった、ということなのであろう。

このことは、一見、短編合巻と長編合巻の稿本における「役柄」指定の様相に似ている。役者似顔を離れた長編合巻の**I**『**風俗金魚伝**』や**K**『**女郎花五色石台**』で使われていたのも、やはり「**実事師**」「**実悪**」であり、「**敵役**」であった。しかしその内実を見るならば、両者はまったく異質のものである。長編合巻では、「**敵役**」の指示の出された人物は、物語上の行動も「**敵役**」に規定される。しかし読本の世界では、もはやそれは物語の中の、その人物の容貌を示す従属的なものにすぎない。物語は意外の展開が仕組まれることもあり、それは創作者・馬琴の手の内にあった。既に死期の近い馬琴が、嫁・お路に口述筆記で書き取らせた**V**『**新局玉石童子訓**』の挿絵部分には、もはや「役柄」による指示はない。「**かたき役**」と書く代わりに、馬琴は路女に「わる者」と書かせている。この指示に、馬琴の矜持が透けて見えるのではないだろうか。

注1　若干の個人蔵を除いた。また、一部、複製によって公開されているものを含める。なお、この他に『勧善常世物語』稿本、

五巻二冊（文化二年、蹄斎北馬画、柏堂堂板）が『成簣堂善本目録』（１９３２年）に図版付きで掲載されているが、成簣堂文庫の収まるお茶の水図書館では、所在未確認とのことである。

注２　９「『南総里見八犬伝の書誌―初板本と稿本」を参照されたい。

注３　５「『占夢南柯後記』稿本にみる画師北斎と作者馬琴」を参照されたい。

注４　高木元「中本型読本の展開」（『江戸読本の研究　十九世紀小説様式攷』、ぺりかん社、１９９５年）中に中型読本、ならびに馬琴の八作の中型読本の解説が載る。

付記

早稲田大学図書館所蔵、および天理大学附属天理図書館所蔵の曲亭馬琴の稿本に関して、柴田光彦先生、故木村三四吾先生には種々の御教示をいただきました。深く御礼申し上げます。

3　馬琴合巻における似顔絵使用役者一覧

化政期の曲亭馬琴作の合巻には、登場人物の造形に多く役者似顔絵が使用されている。本稿は、このような馬琴合巻、ひいては化政期の合巻全般に通じる役者似顔絵使用の方法研究の資料として、馬琴の合巻において似顔絵を使用された役者名の一覧を志したものである。しかしながら、この方面での研究は基礎的なデータすら乏しく、現代の読者にとっては役者似顔絵を読み解くために画中に示された表徴《マーク》が解読不能の場合も多く、江戸期の戯作の読者が読み解いたであろうような細部に亘る解読を期し得ない。本稿の不備の点に付いては大方の示教をこいねがうところである。

馬琴の合巻は、短編合巻と長編合巻に大別できる。刊行時期で見るなら、初期から中期に掛けての短編合巻から、中期に始まり後期を占める長編合巻へと推移する。作品数のみで見るなら、短編合巻六二作に対して長編合巻八作と、圧倒的に短編合巻の優位が認められるが、読本『南総里見八犬伝』に心血を注ぎ、その執筆を生活の中心とする天保期に刊行された合巻は、長編が大勢を占めている。これら二種の合巻には、分量の多寡のみならず構想面に始まる根本的な違いが見られるが、その要因として役者似顔絵の使用の有無が大きく関わっていると、私は考える。役者似顔絵を負った登場人物は、挿絵や表紙にその姿を描かれるだけでなく、物語の展開そのものにも影響を与えられていたからである。そしてこの役者似顔絵という手法は、短編合巻の作中でのみ使われている。実に短編合巻の中で五二作、83・9％の高率で、作中の主要登場人物は実在する役者の姿を持たされているのである。対して長編合巻では、ごく一部の表紙に役者似顔絵の人物像が見られるのみであり、本文部分での使用は認められない。表紙に役者似顔絵が用いられたのは三作品と、一見少なからぬ数のようであるが、実はそれらはごく一部の表紙のみであり、例外的な存在に終わっている。本稿では、これら合巻における似顔絵の使用を短編合巻と長編合巻に分けて、刊年順に示しておく。また役者はその刊行年によって名跡が異なる場合が多いが、資料としての使いやすさを考え、本稿では記載役者名を一つの名跡で通す。

まず短編合巻では、役者似顔絵は全丁に亘って用いられている場合が多いが、時として口絵のみで、本文での使用が認められない場合（例：40『春海月玉取』）、表紙と本文とで役者が変わる場合（例：23『鳥籠山鸚鵡助剣』では表紙が田之助、本文では路之助）、口絵と本文、または本文中で役者が入れ替わる場合（例：44『安達原秋二色木』）などが見られる。また、役者の判別がしにくい作品もしばしばあるが、その多くは画師のこの方面での力量不足に依ると思われる。例えば31『女護嶋恩愛俊寛』では得手の歌川豊国の手になる表紙では、半四郎と団十郎が判然とするものの、不得手の歌川国直による本文部分になると、登場人物に付けられた表徴等から役者が微かに推定できるものもあるが、ほとんどは役者名が判別できない。本稿では原則として本文使用の役者名のみを掲げて表紙の役者提示は省略したが、表紙のみに登場の役者がいる事例など、必要に応じて、適宜、その合巻特有の事情を※以下に簡略に記しておく。

なお、役者は主要登場人物を中心とし、判別できる人物のみを記載する。馬琴の短編合巻では、名題役者以外は、描き方から役者似顔絵らしいことは推定できるものの、役者名が決定できない場合も少なからずある。このような場合、現存の馬琴の稿本には、役柄と「中通り」「誰にても」といった指示の入っている場合が多い。つまり、芝居に疎い生活を送っている当時の馬琴の意識では、中通りの役者は役者指定の外にある場合が多いようではあるが、他の柳亭種彦や山東京伝を含む化政期全般の短編合巻を解読する場合には、名題役者以外の役者名も必要になってこよう。今後、このような「中通り」の役者名の判明も望まれる。

次に長編合巻では、後摺本の表紙や袋に役者似顔絵を用いる場合（例：60『殺生石後日怪談』初編・後摺表紙）も見られるが、本稿では初版本の表紙に使われた役者名のみを記しておく。

なお、合巻の頭に付した番号は馬琴合巻の全作品に刊行順に振ったもので、本書で扱う馬琴合巻すべてに共通する。

〈短編合巻〉

4不老門化粧若水

文化四年［一八〇七］刊、国貞画、万屋板

※伽羅油屋万屋の景物本。すべて役者似顔絵使用。

柴舟……五代松本幸四郎
薄雲……瀬川路考
潤肌香……三代坂東三津五郎
紅製油……市川男女蔵
増鏡……五代岩井半四郎
塩釜……瀬川路之助
春霞……尾上栄三郎
美男かつら……沢村源之助
桂之介……沢村源之助
小町紅……五代岩井半四郎
枸杞煉……尾上松介
御所無類……二代瀬川富三郎
初音香……二代瀬川雄次郎

6歌舞伎伝介忠義説話

文化五年［一八〇八］刊、春亭画、洛藤舎板

※本文での役者使用はあまり判然とはしないが、強いて絵題簽から類推しておく。

歌舞妓傳介……三代坂東三津五郎？
おゐな……五代岩井半四郎？
土左衛門傳吉……沢村源之助？
今紫……瀬川路之助？
筋山鷸六……五代松本幸四郎？

※なお、絵題簽には前編「歌舞妓傳介／坂東三津五郎」、後

編「いなか娘おゐな／岩井半四郎」との記述がある。

9小鍋丸手石入船

文化五年刊、豊国画、仙鶴堂板

※口絵での役者似顔絵の使用なし。本文でも、ごく一部のみ役者似顔絵を使用。

甲良典膳……五代松本幸四郎

なしもと……瀬川路考？

10小女郎蜘蛛怨苧環

文化六年［一八〇九］刊、春亭画、仙鶴堂板

※ごく一部に役者似顔絵を使用。

卜部右金吾……沢村源之助

小田巻……瀬川路考

若竹……五代岩井半四郎？

12山中鹿介稚物語

文化六年刊、春亭・美丸画、洛藤舎板

※口絵での役者似顔絵の使用なし。登場人物中、一人物のみに役者似顔絵を使用。

山中牛之助……五代松本幸四郎

13敵討賽八丈

文化六年刊、国貞画、耕書堂板

※主要人物の多くが口絵・本文共に役者似顔絵を使用。

才三郎……沢村源之助

お妻……瀬川路之助

岩浪……尾上松助

丈八……二代嵐音八

儀蔵……松本国五郎

赤月一角……中村仲蔵

15打也敵野寺鼓草

文化七年［一八一〇］刊、春扇画、甘泉堂板

※口絵での役者似顔絵の使用なし。本文では一部に役者似顔絵を使用。しかし、沢村源之助以外の似顔ははなはだ判別しにくい。推定を挙げておく。

磯貝一馬……沢村源之助

末野嘉膳……三代坂東彦三郎？

川くま……瀬川路考？

橋原比九郎……五代松本幸四郎？

玉名……五代岩井半四郎？

17相馬内裏後雛棚

文化八年［一八一一］刊、春扇画、甘泉堂板

※一部に役者似顔絵使用。しかし、市川団十郎以外の似顔は

はなはだ判別しにくい。推定を挙げておく。
平廻忠門……五代市川団十郎
田原秀通……沢村源之助?
水棹……瀬川路考?
大屋満貞……市川男女蔵

19浪葩桂夕潮

文化九年［一八一二］刊、春扇画、甘泉堂板
※「早稲田大学所蔵合巻収覧稿（十七）」（『近世文芸　研究と評論　51号』一九九六年十一月）中の播本眞一氏による『浪葩桂夕潮』解説より、役者名を掲げておく。
伊勢嶋張次郎……沢村源之助
お伴……瀬川路之助

20傾城道中双陸

文化九年刊、春扇画、甘泉堂板
富士屋伊左衛門……沢村源之助
朝霧……二代沢村田之助
夕霧……五代岩井半四郎
浅間品九郎……三代尾上菊五郎
吉田屋喜左衛門……二代関三十郎?
吉田屋女房……瀬川路之助
管領成氏……三代坂東三津五郎

21行平鍋須磨酒宴

文化九年刊、春扇画、仙鶴堂板
※口絵と本文とでは、一部の役者が変更される。
松風鉦蔵……三代尾上菊五郎
村雨蓑吉……沢村源之助（口絵のみ）
岩浪典膳……五代松本幸四郎
白浜丁助……浅尾九左衛門
在原藻塩介……沢村源之助（本文）
こと……二代沢村田之助

22千葉館世継雑談

文化九年刊、国貞・春亭画、栄林堂板
※役者似顔絵を使用しているが、判別が難しい。
幕割治部之進満照……五代岩井半四郎?
千葉介自胤……沢村源之助
原小次郎……三代尾上菊五郎
片介……七代市川団十郎

23鳥籠山鸚鵡助剣

文化九年刊、美丸画、仙鶴堂板
※役者似顔絵を使用しているが、判別しにくい。
佐野次郎左衛門……沢村源之助

鸚鵡屋吉兵衛……三代尾上菊五郎
八ツ橋……瀬川路之助
富士沼鵜九郎……五代松本幸四郎

24 敵討仇名物数奇
文化九年刊、春亭画、仙鶴堂板
※口絵での役者似顔絵の使用なし。本文では四名のみが役者似顔絵を用いているが、これは「〜に似た」として役者名が各々に記してあり、特別な使い方をした作である。
番随院長兵衛……五代松本幸四郎
かた吉……二代沢村四郎五郎
出雲のお国……五代岩井半四郎
名古屋山三……三代坂東三津五郎

25 敵討勝乗掛
文化十年［一八一三］刊、春扇画、甘泉堂板
唐木政右衛門……三代坂東三津五郎
浮橋……五代瀬川菊之丞
二藍……二代沢村田之助
沢井又五郎……五代松本幸四郎
加田志津馬……沢村源之助
玉石武介……三代尾上菊五郎

26 皿屋敷浮名染著
文化十一年［一八一四］刊、清峰画、仙鶴堂板
※口絵と本文とで、一部に役者の入れ替わりあり。
野村戸四郎……沢村源之助
雌波のち満潮……五代岩井半四郎
雄波……口絵では小佐川常世、本文では三代尾上菊五郎
与野多太郎……三代坂東三津五郎
おきた……二代沢村田之助
皿山鉄山……五代松本幸四郎

27 巳鳴鐘男道成寺
文化十一年刊、豊国画、甘泉堂板
大館荒二郎義之……七代市川団十郎
清媛夜叉五郎……五代松本幸四郎
安田庄司……二代助高屋高助
安田良忠……五代岩井半四郎
折平……三代坂東三津五郎
河渡典膳……市川蝦十郎？

28 駅路鈴与作春駒
文化十一年刊、国貞画、栄林堂板
※本文中で役者の交替あり。
武村坂之進……三代坂東三津五郎、のち二代助高屋高助

達の与作……三代尾上菊五郎
いっ平……三代坂東三津五郎
小ゆき……五代岩井半四郎
達屋余所平……浅尾工左衛門？
おしげのち重の井……二代沢村田之助
鷺坂左内……七代市川団十郎
鷲塚雁太夫……二代沢村四郎五郎
八平二……五代松本幸四郎

29蘆名辻塞児仇討

文化十二年［一八一五］刊、国丸画、仙鶴堂板
※役者似顔絵を使用しているが、本文は非似顔絵の人物も多く、役者の判別もしにくい。
蘆名辻林彌……五代岩井半四郎
村咲……口絵では五代瀬川菊之丞、本文では五代岩井半四郎？
八重垣……三代小佐川常世
飯沼兵衛元晴……二代助高屋高助
補次郎……三代尾上菊五郎
保太郎……三代尾上菊五郎
夏草……二代沢村田之助
大社小二兵衛……二代関三十郎
岩箕太郎……五代松本幸四郎
鉄壁道人……尾上松緑
楠二郎正忠……七代市川団十郎
木石……五代瀬川菊之丞？

30比翼紋目黒色揚

文化十二年刊、豊国画、甘泉堂板
※役者似顔絵を使用しているが、非似顔絵の人物も多く、役者の判別もはなはだしにくい。
二見什左衛門……三代坂東三津五郎
岩倉……三代尾上菊五郎
紅白……五代岩井半四郎？
花水橋のお蝶……五代岩井半四郎
くちなは戸九郎……五代松本幸四郎
実作……二代関三十郎
平井権八……二代岩井粂三郎？

31女護嶋恩愛俊寛

文化十二年刊、国直画、文寿堂板
※表紙（豊国画）は五代岩井半四郎（前）と七代市川団十郎（後）。本文部分には役者似顔絵を使用しているものの、役者の判別が非常に困難。
衛士介元晴……三代坂東三津五郎
波田雪五郎長元……三代中村歌右衛門

32 赫奕媛竹節話節
文化十二年刊、重信画、栄林堂板
※表紙（三代坂東三津五郎（前）と中村歌右衛門（後））と、本文部分の登場人物のうち一人に役者似顔絵を使用しているが、他は非似顔絵かと推定しておく。
二九山悪太郎……五代松本幸四郎

33 毬唄三人長兵衛
文化十三年［一八一六］刊、国貞画、文寿堂板
上羽の長兵衛……故・四代松本幸四郎
おとり、のち、きぎす……五代岩井半四郎
おかの、のち、いろは……三代尾上菊五郎
おつる……二代沢村田之助
山市宇治馬……七代市川団十郎
毛虫の長兵衛……五代松本幸四郎
金井長兵衛……三代坂東三津五郎

34 月都大内鏡
文化十三年刊、国丸画、双鶴堂板
大内義隆……七代市川団十郎
大江音成……三代坂東三津五郎
長太郎……五代松本幸四郎
さなへ……二代沢村田之助
ほそわ……三代尾上菊五郎
あやめ……五代瀬川菊之丞

35 達模様判官贔屓
文化十四年［一八一七］刊、豊国画、仙鶴堂板
泉三郎忠衡……三代坂東三津五郎
藤原秀衡……二代助高屋高助
仁木達次郎直衡……五代松本幸四郎
左金吾判官義経……三代尾上菊五郎
高尾……二代岩井粂三郎
るい、じつは小女郎狐……二代沢村田之助
浮世渡平……市川蝦十郎
最上川稲蔵、じつは九郎狐……二代関三十郎
佐藤忠信のち荒獅子男之介……七代市川団十郎
かたおか……五代岩井半四郎
岩手……尾上松緑

36 伊与簀垂女純友
文化十四年刊、春扇画、甘泉堂板
※役者似顔絵を使用しているが、役者の判別がしにくい。
進藤六直盛……七代市川団十郎
巡礼の娘、じつは染糸……はじめ二代沢村田之助、のち

五代瀬川菊之丞？
源満仲……三代坂東三津五郎
橘やすちか……三代尾上菊五郎
上竹兵衛……四代市川八百蔵
伊賀寿次郎……五代松本幸四郎
伊豫旗姫……五代岩井半四郎

37鶴山後日囀
文化十四年刊、国貞画、文寿堂板
蓮姫……五代瀬川菊之丞
当麻中将丸……五代岩井半四郎
陵太郎守門……五代松本幸四郎
横萩判官くになり……市川男女蔵
戸坂弁藤太……市川蝦十郎
水江七郎……三代坂東三津五郎
鷲見小文治……七代市川団十郎
あぢさ井……五代瀬川菊之丞

38盤州将棋合戦
文化十四年刊、春扇画、甘泉堂板
※丁によって同一人物でも役者似顔絵と非似顔絵の場合とが見られ、また一人二役もしている。
成歩金介……七代市川団十郎

駒頭王将也……故・四代沢村宗十郎？
縦横飛車助挙利道……三代坂東三津五郎
金駒……口絵では三代市川団之助、本文では二代沢村田之助
銀の姫……五代岩井半四郎
於香……五代岩井半四郎
鎗の香車進直行……市川蝦十郎

39百物語長者万燈
文化十四年刊、春亭画、栄林堂板
世渡屋古莽……四代市川八百蔵
世渡屋立五郎……三代尾上菊五郎
白鼠の信七……三代坂東三津五郎
奈良坂ねぢゑもん……市川蝦十郎
蝮のま六……五代松本幸四郎
卯坂宇東次……七代市川団十郎
おけさ……五代岩井半四郎
よそほひ姫、じつは傾城よしの……二代沢村田之助

40春海月玉取
文政二年［一八一九］刊、豊国画、仙鶴堂板
※口絵のみに役者似顔絵を使用、本文は非似顔絵。
藤原淡海公……三代坂東三津五郎　※口絵にのみ登場

蜑・鳰鳥……五代岩井半四郎　※口絵にのみ登場
浦里苫之進秋行……二代荻野井三郎
蜑子のち玉子……五代瀬川菊之丞
苫二郎春風……三代尾上菊五郎
綱手船太夫長道……市川蝦十郎
綱手嶋五郎のち漁師浪六……七代市川団十郎
志渡判官藤季……二代関三十郎
鯵野大司玄連……五代松本幸四郎

41 雪調貢身代鉢木
文政二年刊、春扇画、甘泉堂板
将軍頼嗣……七代市川団十郎
三浦景村……五代松本幸四郎
珠衣……五代瀬川菊之丞
青砥左衛門藤綱……三代尾上菊五郎
狭野源左衛門常世……三代坂東三津五郎
白妙……五代岩井半四郎
狭野源東太経景……市川蝦十郎

42 弘法大師誓筆法
文政三年［一八二〇］刊、国貞画、錦森堂板
桜井小野進……二代関三十郎
お通……五代瀬川菊之丞

竹部弥膳……七代市川団十郎
闇坂治部五郎……五代松本幸四郎
刈根霜次郎……三代尾上菊五郎
小いそ……二代岩井粂三郎

43 信田妖手白猿牽
文政三年刊、豊国画、仙鶴堂板
おこん……五代岩井半四郎
意地川悪右衛門……五代松本幸四郎
信田庄司やすみち……二代関三十郎
信田殿兵衛……三代尾上菊五郎
奴よか平……七代市川団十郎
奴やか平……四代市川八百蔵
四国屋佐次兵衛……二代荻野井三郎
さか木……中村大吉
愛護野与二郎……三代坂東三津五郎
お旬……二代岩井粂三郎

44 安達原秋二色木
文政三年刊、豊国画、栄久堂板
※作中での役者の入れ替わり、および一人二役あり。
鵜黨二郎安方……三代坂東三津五郎
うきね……五代岩井半四郎

千代戸、じつは千代童丸……五代瀬川菊之丞、一部、三代尾上菊五郎
とぢめ、のち黒塚の鬼刀自……五代松本幸四郎
南兵衛、じつは阿部宗任……五代松本幸四郎
藤太郎包季……三代尾上菊五郎
源義家……二代関三十郎
平太夫国たへ……市川蝦十郎、一部、二代荻野井三郎
かんぢゃう兵衛直方……四代坂東彦三郎
鎌倉権五郎景政……七代市川団十郎
新羅義秀……二代岩井粂三郎

45籠二成竹取物語
文政三年刊、春扇画、甘泉堂板
※役者似顔絵を使用しているが、役者の判別が困難。
足利左金吾頼兼……三代尾上菊五郎
鶴とよ姫……二代沢村田之助
仁木弾正左衛門直のり……五代松本幸四郎
お雀……五代瀬川菊之丞?
まさ岡……五代岩井半四郎
角弥姫太郎、のち新田六郎義実……二代関三十郎?
荒獅子男之介……七代市川団十郎
はたたき……七代市川団十郎

46宮戸河三社網船
文政四年［一八二一］刊、豊国画、仙鶴堂板
※役者似顔絵を使用しているが、役者の判別が困難。
青田左衛門太夫持資のち道灌……三代坂東三津五郎
武成太郎……三代尾上菊五郎
みそら、じつは五節乙女……中村大吉? のち五代岩井半四郎
浜成次郎……二代関三十郎
磯成三郎……七代市川団十郎
寄貝……二代岩井粂三郎
長尾景春……市川蝦十郎
越幡四九郎……坂東彦右衛門
いはほ……五代松本幸四郎
かには姫、のち手枕……五代瀬川菊之丞
敷島の方……嵐亀之丞、のち中村大吉?

47六三之文車
文政四年刊、豊国画、甘泉堂板
※役者似顔絵を使用しているが、一部、丁によっては非似顔絵。
六三……七代市川団十郎
かしく……五代岩井半四郎
福品屋清兵衛、じつは北山嵯峨二郎……五代松本幸四郎

富屋福寿……三代中村歌右衛門？
玉梓……五代瀬川菊之丞
よし七……三代坂東三津五郎
池見粉二兵衛……三代尾上菊五郎

48女阿漕夜網太刀魚

文政五年［一八二二］刊、英泉画、甘泉堂板

※役者似顔絵使用らしいが、役者の判別は困難。ちなみに表紙（豊国画）は、菊五郎？（上）、五代岩井半四郎（中）、三代坂東三津五郎（下）

安達景盛……三代坂東三津五郎

49月宵吉阿玉之池

文政五年刊、豊国画、仙鶴堂板

豊島判官有盛……三代坂東三津五郎
桂の前……五代瀬川菊之丞
薬師丸、のち信盛……七代市川団十郎
立野……五代瀬川菊之丞
其品……中村大吉？
天津雲六……五代松本幸四郎
片国……三代小佐川常世？
二山四五郎……二代沢村四郎五郎？
草刈四十次郎……二代関三十郎
おねず……五代岩井半四郎
十月……岩井紫若
お玉……二代岩井粂三郎
出九郎……三代尾上菊五郎
荻野猪之七……二代荻野井三郎
みそら……二代岩井粂三郎

50照子池浮名写絵

文政五年刊、英泉画、錦森堂板

※五代岩井半四郎の似顔絵が主要登場人物としては使われていないが、11ウに一個所、乙女の付添いの下女として描かれている。

蝿屋浄円……三代坂東三津五郎
斧柄……中村大吉
袈裟次郎、のち無名次……三代尾上菊五郎
福三郎……三代市川門之助
夏織屋絹七……二代関三十郎
苧環、のち梭井……二代岩井粂三郎
機吉、のち木兎引図九郎……七代市川団十郎
乙女、のち采女……五代瀬川菊之丞
池内……三代浅尾為十郎
九郎次……市川蝦十郎

51膏油橋河原祭文
文政六年［一八二三］刊、豊国画、仙鶴堂板
吉水屋十五右衛門、のち油屋三五兵衛……二代関三十郎
お秋、のちお染……五代瀬川菊之丞
里杉片次郎、のち野崎久作……三代坂東三津五郎
つまの介、のち久松……二代岩井粂三郎
たつ木、のち斧柄……五代岩井半四郎
もみ次郎、のち土手の雛太郎……三代尾上菊五郎
芋他江五郎……市川蝦十郎
山家援四郎……五代松本幸四郎

52女夫織玉川晒布
文政六年刊、豊国画、永寿堂板
※口絵部分と本文部分とで役者の入れ替わりあり。
磯貝帙右衛門……三代坂東三津五郎
磯貝実太郎……三代尾上菊五郎
磯貝駒之助……三代尾上松助
瓜田久津作……二代関三十郎
小露、のち玉川……五代瀬川菊之丞
小鮎、のち小曝……口絵では五代岩井半四郎、本文では
　五代瀬川菊之丞
島川他兵衛……五代松本幸四郎
足立多之七……七代市川団十郎
山内主馬之介憲忠……七代市川団十郎
比田嗅七……嵐冠十郎？

53諸時雨紅葉合傘
文政六年刊、豊国画、甘泉堂板
※口絵部分と本文部分とで役者の入れ替わり、また丁によって役者が違う場合あり。
河北兵衛佐房安……七代市川団十郎
三保……中村大吉（9オでは変わる）
はつ、のち初藤……口絵では二代岩井粂三郎、本文では
　五代岩井半四郎
山路弾正左衛門直蔭……五代松本幸四郎
みくも……三代尾上菊五郎
京間丈九郎……嵐冠十郎
茜屋平左衛門……二代荻野井三郎
半七……三代坂東三津五郎
その……口絵では五代岩井半四郎、本文では二代岩井粂
　三郎
三勝……五代瀬川菊之丞

54梅桜対姉妹
文政七年［一八二四］刊、豊国画（二代？）、甘泉堂板
※口絵部分のみに役者似顔絵を使用し、本文部分では非似顔

絵か。なお、五代岩井半四郎は口絵には登場しないが、表紙（上）に使用、表紙（下）は七代市川団十郎。
尾坂治部進正嘉……二代関三十郎
園の介、のち千谷の袖介……三代尾上菊五郎
船坂加二郎正孝、のちかの七……七代市川団十郎
裏富士……三代市川門之助？
山嶋小東次、のち天田屋東六……三代坂東三津五郎
野梅……五代瀬川菊之丞
三国……二代岩井粂三郎
品野九郎平、じつは椎名九郎長範……五代松本幸四郎

55 襲褄辻花染
文政七年刊、豊国画（二代？）、永寿堂板
※表紙と口絵部分のみに役者似顔絵を使用し、本文部分では非似顔絵か。
萩井殿之助胤長……七代市川団十郎
大経寺主馬進則秋……三代坂東三津五郎
牧弥太以春……二代関三十郎
柿塚賛内景綱……三代坂東三津五郎
立石……三代小佐川常世
みつしほ、のち辻の阿賛……五代瀬川菊之丞
三杉不量軒墨應……嵐冠十郎
指神子誰袖、のちお袖……五代岩井半四郎
内栗典膳武連……五代松本幸四郎
手台野茂平……三代尾上菊五郎
垣衣姫……二代岩井粂三郎

56 童蒙話赤本事始
文政七年刊、国貞画、錦森堂板
正直正六……三代坂東三津五郎
卯左吉……三代尾上菊五郎
田奴吉……七代市川団十郎
阿狗……二代岩井粂三郎
蘆辺蟹二郎……四代坂東彦三郎
福富長者雀部物足……二代関三十郎
雀姫……五代瀬川菊之丞
木伝猿九郎……五代松本幸四郎
枉田……嵐冠十郎
慳貪慳兵衛……三代中村歌右衛門

58 縁結文定紋
文政八年［一八二五］刊、国貞画、永寿堂板
※口絵部分と本文部分での役者の入れ替わりあり。
結城判官氏則……三代坂東三津五郎
八島の前……五代岩井半四郎
なし野南八、のち加麻屋ブ兵衛……五代松本幸四郎

小山兵衛為則……はじめ五代松本幸四郎、のち不明
氏若丸、のち吉三郎……岩井紫若、一部、二代岩井粂三郎
矢折の糸弥太……二代関三十郎
小山次郎久則、のち八百屋旧兵衛……二代関三十郎
さの平、のち土左右衛門伝吉……七代市川団十郎
八百屋お七……五代岩井半四郎
坊主吉三……三代尾上菊五郎
お杉……口絵では五代岩井半四郎、本文では二代岩井粂三郎
判兵衛……三代坂東三津五郎
小いほ、のち阿千世……二代岩井粂三郎、一部、五代瀬川菊之丞
呉竹知恵の進……坂東三津右衛門
仲葉……五代岩井半四郎
実相上人……二代荻野井三郎

61大龢荘子蝶胥笄

文政九年［一八二六］刊、国貞画、甘泉堂板
※口絵部分と本文部分での役者の入れ替わりあり。

（一世）

耳の垢取長官……二代荻野井三郎
石蘭……口絵では岩井紫若だが、本文では姿は登場せず。
あげ羽……二代岩井粂三郎
かはびら子……五代岩井半四郎
歌田夢二郎……三代坂東三津五郎
見とりの十九郎、のち根返無中太、のち無介……五代松本幸四郎、一部、非似顔

（二世）

玉蔵白内……七代市川団十郎
横桐番九郎……大谷門蔵
越後介実時……二代関三十郎

（三世）

小蝶……五代瀬川菊之丞
花畑菜之助……三代尾上菊五郎
左近介宣時……非似顔、一部、二代関三十郎
夢之姫……口絵では五代岩井半四郎、本文では坂東三津右衛門
平左衛門尉頼綱……口絵では五代松本幸四郎、本文では二代沢村四郎五郎

62姫万両長者鉢木

文政九年刊、国貞・美丸画、錦森堂板
挾野次郎左衛門常命……三代尾上菊五郎
挾野源東吾常景……七代市川団十郎
鉢崎渡六……市川男女蔵

みゆき……五代岩井半四郎
若梅……岩井紫若
姫松……二代岩井粂三郎
小桜……五代瀬川菊之丞
北条早雲……三代坂東三津五郎
蟻竹主馬進惟政……二代関三十郎
朽松……坂東三津右衛門
鉄銭市……嵐冠十郎

63牽牛織女願糸竹
文政十年［一八二七］刊、国貞画、永寿堂板
※口絵部分と本文部分では、役者の入れ替わりあり。
椀屋玖右衛門……三代坂東三津五郎
白箸……二代岩井粂三郎
人の介、のち久右衛門……三代尾上菊五郎
宇留四郎……坂東彦右衛門？
皿七……二代関三十郎
するの、のち松山……五代岩井半四郎
盆太郎、のち浮塗盆太……七代市川団十郎
高杯……五代瀬川菊之丞
立乗駒之進……三代坂東三津五郎
宍鞍駱大夫……口絵では五代松本幸四郎、本文では嵐冠十郎
宍鞍駱九郎……口絵では嵐冠十郎、本文では五代松本幸四郎
どび六……坂東三津右衛門？
椋助……坂東三津右衛門

64今戸土産女西行
文政十一年［一八二八］刊、国貞画、錦森堂板
※本分部分での役者の入れ替わりあり。
佐藤兵衛門清憲……三代坂東三津五郎
泡雪……岩井紫若
吹雪、のち岐道……五代岩井半四郎
裏富士……五代瀬川菊之丞
接枝柑次……嵐冠十郎
林五郎成俊……二代関三十郎
鈴鳴唑九郎実好……七代市川団十郎
山梨外記太郎広友……五代松本幸四郎
優之助高幹……二代岩井粂三郎
柏木葉守時当……三代坂東三津五郎
八代判官広時……中村伝九郎、ときに嵐冠十郎
江口君二郎高元……三代尾上菊五郎

67代夜待白女辻占
天保元年［一八三〇］刊、国貞画、永寿堂板

邯田屋盧五郎……三代尾上菊五郎
玉枕姫……五代岩井半四郎
粟飯姫……二代岩井粂三郎
歌種三位覚高卿……三代坂東三津五郎
栄華屋夢助……故・二代助高屋高助？
根手松屋果報次……嵐冠十郎
鄲田屋生作……七代市川団十郎
白川……岩井紫若
夜船、あるいは魔之吉……五代瀬川菊之丞
代夜待辻占白女……五代岩井半四郎

〈長編合巻〉

60殺生石後日怪談（注1）
第五編外帙表紙
天保四年［一八三三］刊、表紙は国貞画、本文部分は国安画、錦耕堂板
二代岩井粂三郎……上冊
七代市川団十郎……中冊
二代沢村源之助……下冊
※第五編上帙は非役者似顔絵
※本作は文政八〜天保四年刊、第五編外帙まで刊行、未完。

66風俗金魚伝
初（上）編表紙
文政十二年［一八二九］刊、国安画、錦森堂板
二代岩井粂三郎……第一冊
三代尾上菊五郎……第二冊
五代瀬川菊之丞……第三冊
七代市川団十郎……第四冊
下上編上帙表紙
天保元年［一八三〇］刊、国安画、錦森堂板
七代市川団十郎……第一冊
五代岩井半四郎……第二冊
※下上編下帙二冊の表紙は非役者似顔絵
※本作は文政十二〜天保三年［一八二九〜三二］刊、初編、下上編上帙・下帙、下下編まで刊行、未完。

68新編金瓶梅（注2）
第一集表紙
天保二年［一八三一］刊、国安画、甘泉堂板
二代中村芝翫……第一冊
二代岩井粂三郎……第一冊
三代尾上菊五郎……第二冊
五代瀬川菊之丞……第二冊
二代坂東蓑助……第三冊

※本作は天保二～弘化元年［一八三一～四四］刊、初～第十集で完結。

初代岩井紫若……第三冊
七代市川団十郎……第四冊
八代市川団十郎……第四冊

注1　第五編表紙については、向井信夫「殺生石と山口屋」（『江戸文藝叢話』八木書店、１９９５年）に図版と解説が載る。
注2　初編表紙については、拙稿「書誌の窓から…（一）『新編金瓶梅』第一集～第二集」（『専修人文論集　62号』１９９８年３月）に図版と解説が載る。

第二章

馬琴読本

——板本と稿本から見た物語の創造

『占夢南柯後記』

4 『占夢南柯後記』の成立

I 『占夢南柯後記』稿本紹介

文化九年〔一八一二〕刊の曲亭馬琴の読本『占夢《ゆめあわせ》南柯《なんか》後記《こうき》』（八巻八冊、北斎画、木蘭堂板）は、文化五年〔一八〇八〕刊の『三七全伝南柯夢《さんしちぜんでんなんかのゆめ》』の続編として、公刊された。ちなみに『三七全伝南柯夢』は、『作者部類』においても、『椿説弓張月』『南総里見八犬伝』とならんで、彼の三大奇書と称せられている人気作である。この書の稿本が現存することは、つとに鈴木瑞枝氏によって紹介されている（注1）。馬琴著作の稿本は、『八犬伝』をはじめ約二十作程がその存在を知られているが、そのうち読本六作（注2）は皆、部分のみ残存し、一作全体の稿本が存しているものは、本作のみではないかと思う。それのみならず、本稿本はその保存状況がよく、ほとんど虫の跡などを見ず、馬琴の手元にあった状態もかくやと思われる程の美本である。その貴重な個人蔵の稿本を、御所蔵者の渡辺陽氏と仲介くださった鈴木瑞枝氏の御好意により、長期間にわたって調査させていただいた。本稿はその調査報告をかねて、そこから窺われる馬琴の読本の創作法を考えていこうとするものである。

本論に入る前に、まず『占夢南柯後記』の内容を紹介しておく。本作は前述のように『三七全伝南柯夢』の後を継ぐものであるが、一度完結した物語がその後の世界を継続して持てたわけではなく、二三年後、主人公の子供たち世代が中心となって展開していく。前作が「三勝半七」の世界であったものを、本作では「お花半七」を中心に据え、それぞれの登場人物は『三七全伝南柯夢』の物語を負いつつも、さらに複雑な血縁で繋がり合う。『占夢南柯後記』では、わずか三年の年月に起こった、この赤根一族を襲う数々の艱難が語られる。

馬琴読本の中でも複雑な人物関係と展開を見せるものであるため、煩雑ではあるが、各章名を（　）内に示しつつ粗筋を記しておく。また、登場人物の関係については、**表1「登場人物関係図」**を参照されたい。

『占夢南柯後記』梗概

表1　登場人物関係図

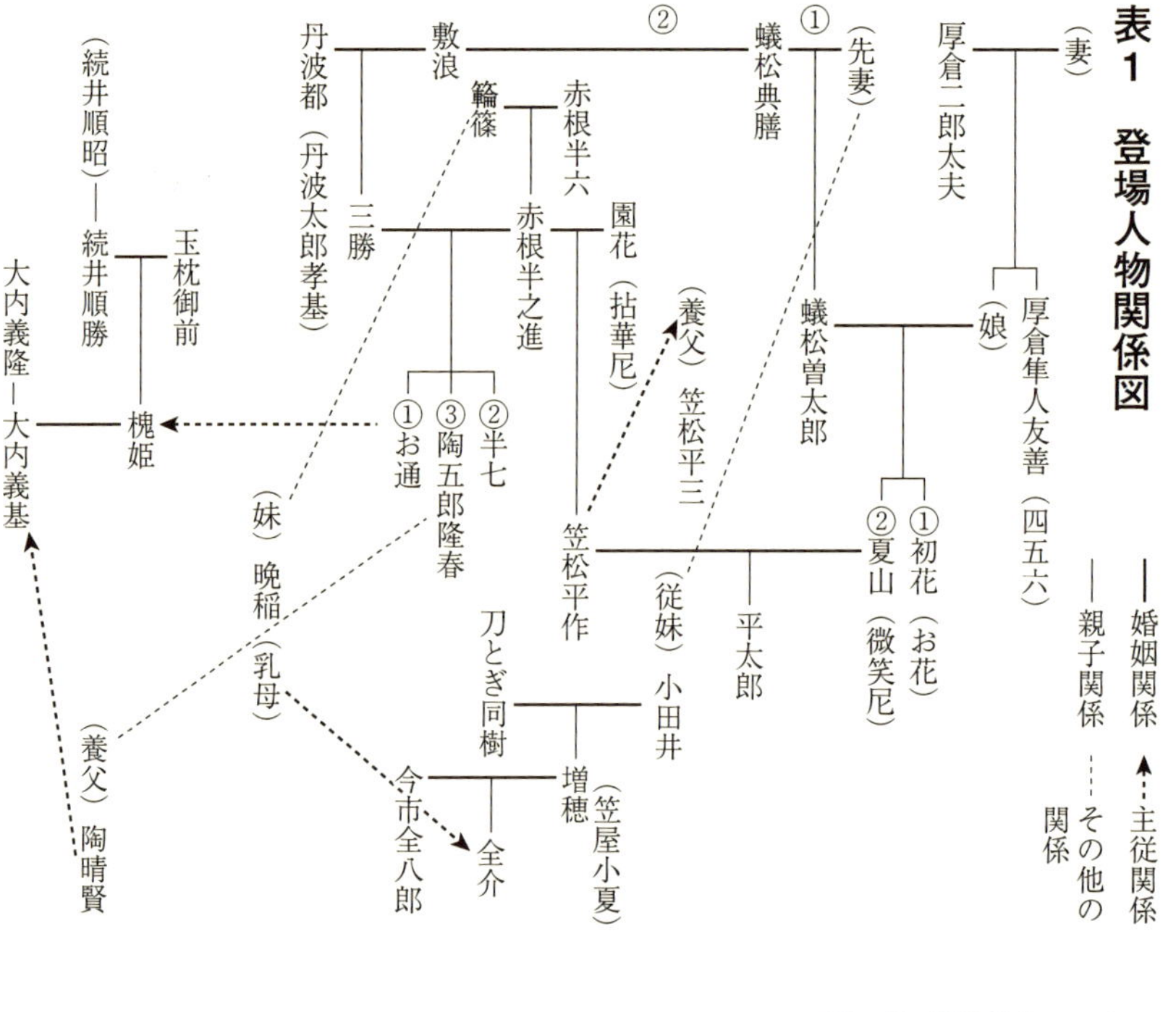

[前帙]

〈巻一〉

人物背景（『三七全伝南柯夢』以後の人々の消息）（南柯の接木）

赤根、蟻松両家の者一同が久方ぶりに揃い、浪速の法善寺で一族の盛大な法事がおこなわれる。（千日の夢後）

難波村の古道具屋の全介の母・晩稲《おしね》は、借金の督促を逃れるに術なく一人病床で苦悩していると、やって来た古鉄屋の四五六が位牌や仏具を言い訳に晩稲が死んだと騙り、借金取りを去らせる。と、それらは晩稲の見た夢であった。（詭偽の葬送）

〈巻二〉

帰って来た全介に晩稲は隠していた素性を語る。全介は故・今市全八郎と故・笠屋小夏との間に生まれた子で、晩稲は実の母ではなく乳母であった。全介は、赤根半之進を父の敵と知り、仇を討つ決意をする。（冬田の晩稲）

続井順勝《つついよりかつ》は、米谷山に収めた風流士《みやびお》の太刀を取り返そうと思い、赤根半之進に命じる。この命を受けた半之進は米谷山で切腹し、主君の災いを避けるつもりでいた。（遠山の夕霞）

〈巻三〉

米谷山への途次で、赤根半之進は病に苦しむ老婆を助けて駕籠に乗せ、自分は後から遅れて行く。老婆は晩稲で、途中、曲者が駕籠に鉄砲を打ち掛けてきた。（雨後の月魄）

鉄砲を打ち掛けた曲者は全介で、駕籠の中では晩稲が自害していた。晩稲は、実は赤根半六の妻・篰篠の妹であることを教えて死ぬ。（木末の点滴）

全介と四五六は、晩稲の遺骸を葬った後、米谷山へ行き、風流士の太刀を奪い取ろうとするが、魔風が吹き、風流士の太刀は西を差して飛び去る。（米谷の谺塚）

〈巻四〉

続井順勝は赤根半之進から風流士の太刀がなくなったことを聞いて怒り、半之進に風流士の太刀の探索を命じ、半之進の息子の半七を人質として、続井家の八海池の築島に閉じこめる。（池の中島の上）

半七は夜、池の弁財天にひそかに祈願に行く。思いがけず、そこには半七の許嫁の初花が、結願の為、やはりひそかに籠もっていた。二人は互いの身の上を語り合う。（池の中島の下）

そこへ玉枕御前が来る。半七と初花は密通の疑いを受け、助かりがたい命を玉枕御前に助けられて、小舟に乗って池から逃がされる。（浮名の孀夫）

[後帙]

〈巻五〉

続井順勝の決めた期限最終日、赤根半之進の家に園花と夏山が息子の平太郎を連れて来る。半之進の妻・三勝が二人を辱めて気まずい雰囲気となったところへ、順勝からの使者がやって来る。（秋雨の笠松の上）

使者は笠松平作で、すでに半之進の身代わりになろうと自らの腹を切っていた。続井順勝は平作を、半之進を許す使者に命じていたのだった。そこへ、周防での陶晴賢の謀反、順勝の娘で大内義隆の御台・槐《えんじゅ》姫の行方不明を伝える急使が来る。（秋雨の笠松の下）

〈巻六〉

夫婦となった半七・初花は行方不明の風流士の太刀を求めて周防へ赴くが、新関が据えられており、周防へ入れずに月日が経つ。ある日、二人は幼な子を連れた顔の爛れた二人の尼に出会い、彼女たちから通行手形を貰ってようやく関を越え、遠縁の刀屋同樹の許に匿われる。（羈旅の新関）

同樹は悪者で、欲心から二人を受け入れたのだった。同樹の妻・小田井は夫に似ず心正しい者で、尼となっていた。その庵には拈華と微笑という二人の尼が来て、小田井の没後、庵を継いでいた。同樹は悪計を思い付き、半七を養子として、初花の名をお花と変える。（晷の夏の花の上）

同樹の許には、孫の全介も四五六と共にひそかにやって来る。同樹は半七を、風流士の太刀を手に入れるにはお花と交換するしかないと騙し、お花を売り飛ばすため、迎えの者に化けた全介と四五六にお花を預ける。（晷の夏の花の下）

〈巻七〉

半七は同樹と共に風流士の太刀を受け取ろうと家を出るが、天神山の谷川で夜になり、同樹がその悪計をばらす。驚く半七を打擲する同樹に、後ろから切りつけたのは、槐姫に仕えていた半七の姉のお通だった。半七は槐姫とお通を連れて家へ戻る。（天神川の淙）

お通から、半七夫婦に関所手形を与えたのは尼となった初花と夏山であることなどを聞く。夜が明けて、村主の使いが半七を呼びに来る。（過去の庵主）

全介がやって来てお通に迫り、槐姫を討とうとする。帰って来た半七と全介は戦う。そこへ陶五郎が四五六、実は厚倉隼人を先導として来る。四五六は槐姫の首を取る。（槐樹の手斧）

〈巻八〉

半七とお通は拈華庵に向かう途中、はぐれる。半七はお花に巡り会う。（夜川の野航）

拈華庵では、雨乞いのための法筵を開いていた。助かった同樹が全介と共にやって来て半七を待ち伏せする。そこへ半七夫婦が到着する。打ち掛かった半七の刀を隼人が花桶で受けとめると、中から女の首が出てくる。驚く半七に全介が打ち掛かるが、お花がその切っ先を身を以て受ける。と、お花の姿は消えてしまう。隼人がすべてを物語る。隼人は父の配慮で、姿を隠していたのだった。隼人は陶五郎とひそかに計ってお花に事情を話し、槐姫の身代わりにお花の首を打って差し出していた。花桶の中の首は、槐姫の身代わりとなって死んだお花の首だった。（合歓の花桶）

庵の中から赤根半之進が出てきて、全介に、実は彼が続井順勝の子であることを告げる。順勝は、自らの名を告げずに、悪臣の今市全八郎の名を語ったのだった。順勝の命により、全介は続井小太郎順啓《よりのり》と名乗り、陶晴賢征伐の大将軍となる。槐姫も現れる。順啓は既に夢中で軍法や読書の知識などを授かっていた。大江家から、雨が降れば陶家討伐の軍を出すとの連絡が入る。お通の歌の徳によって雨が降り、その雨に打たれて、拈華尼・微笑尼の顔の爛れが消える。お通はこれより小野お通と呼ばれる。順啓を大将に、一同は出陣する。（柴樽の雨笠）

次いで『占夢南柯後記』稿本の紹介に移る。

まず書誌事項を掲げておく。貼紙訂正や切り継ぎ箇処を提示するために、見開き頁を単位として私に通し番号を振り（替表紙と遊紙を除く）、書誌事項にもその番号を併記した。以下はすべてその番号を用いており、「右」「左」は各右左半丁の部分を、その下の数字は行数を示す。

『占夢南柯後記』稿本書誌

八巻八冊（個人蔵）

縦二五糎×横十七糎（裏打あり）

各冊とも前後を替表紙で改装。

〈各巻内容〉

巻一　全三四丁（遊紙を入れると35丁）、前表紙欠。№1～35。
本文前の本来、前表紙が来る位置に遊紙一枚。
1左、2　漢序
3、4　序
5、6右　目録
6左、7　口絵
8、9右　年記、姓氏略目
9左～34右　本文、うち挿絵　二面（19、29）
35　原後表紙

巻二　全二六丁（遊紙を入れると27丁）、前表紙欠。№36～62。
本文前の本来、前表紙が来る位置に遊紙一枚。
36左～61右　本文、うち挿絵　三面（40、47、54）
62　原後表紙

巻三　全二六丁、ただし原前表紙の裏から本文、本文最終丁の26丁裏が原後表紙。№63～89。
遊紙なし。
63　原前表紙
64右～88左　本文、うち挿絵　五面（65、68、74、79、87）

89　原後表紙
巻四　全二八丁。No.90～118。
遊紙なし。
90　原前表紙
91左～115右　本文、うち挿絵　三面（99、103、110）
115左　木蘭堂欽白
116、117右　刊記
118　原後表紙
以上、第二篇　四巻四冊。
巻五　全二五丁、後表紙欠。No.119～144、ただし、No.144は白紙。
遊紙なし。
119　原前表紙
120左～121　序
122、123　口絵
124右　玄同陳人再識
124左～125右　附言
125右～143左　本文、うち挿絵　二面（129、139）

144　白紙（本文最終丁裏と替表紙の巻末見返し）

巻六　全二七丁。No.145～172。

遊紙なし。

145　原前表紙

146左～171左　本文、うち挿絵　三面（150、159、169）

172　原後表紙

巻七　全三〇丁、前表紙欠（遊紙を入れると31丁）。No.173～203。

本文前の本来、前表紙が来る位置に遊紙一枚。

173左～202右　本文、うち挿絵　四面（177、183、193、199）

203　原後表紙

巻八　全三三丁。No.204～237。

遊紙なし。

204　原前表紙

205左～236右　本文、うち挿絵　三面（208、219、234）

236左　刊記

237　原後表紙

以上、第三篇　四巻四冊。

〈前表紙の記載〉全て素紙の上に墨書。

(巻三)「三七全傳第二篇　馬琴著／占夢南柯後記三／第三巻　二十六張／松本平介／榎本平吉」63

(巻四)「三七全傳第二篇　馬琴著／占夢南柯後記四／第四巻　二十六張／前帙終／松本平介／榎本平吉」90

(巻五)「全八冊　馬琴著／占夢南柯後記《ゆめあはせなんかこうき》五(ルビ朱筆)／十一月十九日出ル／十二月十二日改濟／第五巻　二十五張／三七全傳第三篇　(朱筆)／後帙第一　(朱筆)／松本平介／榎本　平吉」120

(巻六)「全八冊　馬琴著／占夢南柯後記六／三七全傳第三篇　(朱筆)／後帙第二　(朱筆)／第六巻　廿六張／松本平介／榎本平吉」146

(巻八)「全八冊　馬琴著／占夢南柯後記八／三七全傳第三篇　(朱筆)／後帙第四　(朱筆)／第八巻　三十三張／松本平介／榎本平吉」205

〈奥書の記載〉後表紙の素紙の上に墨書。

(巻一)「文化八年辛未肆月／五日起藁／同月廿三日初巻／脱藁了／筆福硯壽大吉利市」35

(巻二)「文化八年辛未／七月四日稿了／筆福硯壽／大吉利市」62

(巻三)「文化八年辛未／八月十九日稿了／筆福硯寿／大吉利市」89

(巻四)「文化八年辛未／九月三日稿了／筆福硯壽／大吉利市」119

(巻六)「文化八年辛未／九月十五日藁了／筆福硯壽／大吉利市」173

(巻七)「文化八年辛未／九月廿三日脱藁／筆福硯壽／大吉利市」204

（巻八）「文化八年辛未／秋九月念九日／藁本満尾并／校了／筆福硯壽／大吉利市」238

〈刊記〉

（巻四）「文化八年辛未冬十一月／良節發販大吉利市／江戸書賈／江戸橋四日市　松本平介／深川森下町　榎本摠右衛門／榎本平吉」118

※奥付の他の部分は、剞劂の「橋本嘉兵衛」（板本では橋本加兵衛）以外、ほぼ板本に同。117、118

（巻八）「これゟ名許二丁／前帙のを用ふべし／この巻三十三丁迄下書ゟ／のびざる様御書おさめ／文化八年辛未十二月吉日發行／松本平介／榎本摠右衛門／榎本平吉」237

以上が、稿本のおおよその外見的状況である。しかしながら、稿本『占夢南柯後記』の特徴はその状態の良さのみにあるわけではなく、より子細に見ていくときに現れてくる膨大な切り継ぎ作業の痕跡にこそあるといえる。それのみならず、貼紙訂正の下を明らかにすることにより、この作の複雑な創作過程をも垣間見せてくれるのである。

II　稿本の切り継ぎおよび貼紙

馬琴はどのように、執筆作業を進めていたのだろうか。さいわい、彼には、同時代の他の戯作者に比して格段に豊富な、日記や書翰類、そして稿本そのものが残っている。それらから馬琴の日々の営みを辿ることができるのであるが、そこからは、創作の内的必然性に依って筆を執る今日の作家像とは全く異なる、職人としての著作業にいそしむ勤勉な日常が浮かび上がってくる（注3）。そして稿本には、その戯作者・馬琴の執筆作業の跡が生々しく刻印されているのである。

馬琴稿本では、貼紙訂正が多くみられるのが普通である。几帳面に小さな紙を地の紙に擦りこむように貼り込んだ上に馬琴の訂正文字が書かれているのであるが、それらは丁寧な作業の故に、一瞥しただけではほとんど何の訂正も加えられていないかのように見える。しかし子細に見れば、その訂正の貼紙は、稿本のほぼ全丁を覆っている。『占夢南柯後記』稿本にも数多くの貼紙訂正が見られるが、この『占夢南柯後記』稿本の貼紙訂正の多さ自体は、他の著作に比べて、決して異常なものではないと思う。

『占夢南柯後記』の執筆方法について、馬琴は次のような言葉を記している。

もろこし人《びと》の詩《し》を賦《ふ》し文《ぶん》を作《つく》るに。撿子《したかき》を左右《さゆう》の壁《かべ》に貼《ちやう》して。常住座臥《じやうぢうざぐわ》にこれを見。これを唫《ぎん》して。もし一字《いちじ》の損益《そんゑき》あるときは。必《かならず》これを改《あらた》むとなん。しかるに余《よ》が毎歳《としごと》の著編《ちよへん》は。只速《たゞすみやか》に成《なる》をもて利《り》とす。この故《ゆゑ》に絶《たえ》て一トたびも藁本《したかき》を更ず。はじめ五六日。まづ時代《じだい》を定《さだ》め。地名《ちめい》をト《ぼく》し。人名《じんめい》を撰《えら》み。許多《きよた》の脚色《きやくしき》を巧出《たくみいだ》し。しかして藻《そう》を綴《つゞ》るに。筆《ふで》は手《て》の動《うご》くに任《まか》し。文《ぶん》は意《ゐ》に出《いづ》るに任《まか》して。且《しばら》くも止《とゞま》らず。もし手尓《てに》遠波《をは》のうちかさなりたる。将愰脱《はたごだつ》あるときは。粘《のり》してこれを改《あらたむ》るのみ。

（『占夢南柯後記』巻五巻頭、玄同陳人再識）

管見の限り、この馬琴自身の言葉は『占夢南柯後記』のみならず、他の著作においても、そのまま諾われる。構想を練りに練って下書きの類を認めて後、おもむろに筆を取るようなことはせず、自らの筆力を頼りにいきなり紙に向ったことは、後の『南総里見八犬伝』執筆時と重なる時代の日記類からも、充分にうかがわれるのである。こうしてできた稿本の、地の文における貼紙訂正の下書が推定できる場合には、『占夢南柯後記』稿本も含めて、訂正以前と以後の文には内容的に大きな違いはなく、単なる文章の推敲過程を見せているのが大方のようである（稿本の貼紙訂正下の調査はほとんど不可能の状態ではあるが…）。対して、稿本『占夢南柯後記』には、他の稿本にはみられないような、明らかに出来上がった文を後から操作した、切り継ぎ箇処がみられる。さらに幸運なことに、調査段階でお預かりした稿本は、長期間の保存の間に糊の力が弱まってその貼紙が剝がれたり本来の位置を外れているものなども多く、訂正前の文字を章題の変化なども含めて確認することを得た（注4）。これらの結果、『占夢南柯後記』は、巻数の改変のための操作や執筆途中の構想の変化などを、かなり忠実に辿ることができるように思われるのである。

『占夢南柯後記』稿本における改変箇所や、板本との相違の見られるもののうち、単なる文章の推敲や位置の変化などはなるべく省いて、変化の大きい主立ったものを中心に通し番号を付けて掲げる。なお（　）内の数字は、前述の稿本の全見開きページに付けた通し番号である。

［巻二］

1　上部の目録名は貼紙の上に書いてあり、その下は「総目録《さうもくろく》／巻の一／柯夢《なんか》の接木《つぎほ》／千日《せんにち》の夢後《ゆめのあと》／詐偽《たばかり》の葬送《のべおくり》／巻の二／／・／／・／・（5右）／巻の三／・／／・／／巻の四／・／／・／／・／巻の五（5左）／・／／・／・／巻の六／・／／・　／・／全本六冊《ぜんほんろくさつ》／総目録 終《さうもくろくをはんぬ》（6右）」。ただし、5左端の「晷《ひかげ》の夏花《なつのはな》ノ上」「晷《ひかげ》の夏花《なつのはな》ノ下」の二行は貼紙訂正で、その下は「夜嵐 宿花《よあらしのやどのはな》ノ上」「夜嵐 宿花《よあらしのやどのはな》ノ下」（5〜6）〈**図版Aa**、**Ab**〉

2　右の姓氏略目中の貼紙訂正部分は「玉葉御前」→貼紙「玉枕御前《たまくらごぜん》」、さらに「玉葉御前」も貼紙の上に書かれており、その下は「挿頭の前」、他に笠松平「介」→笠松平「作」他、また「全介」は後からの書入れ。最

図版 ※必要に応じて、貼紙訂正や切り継ぎ箇所を実線で囲んで示す。

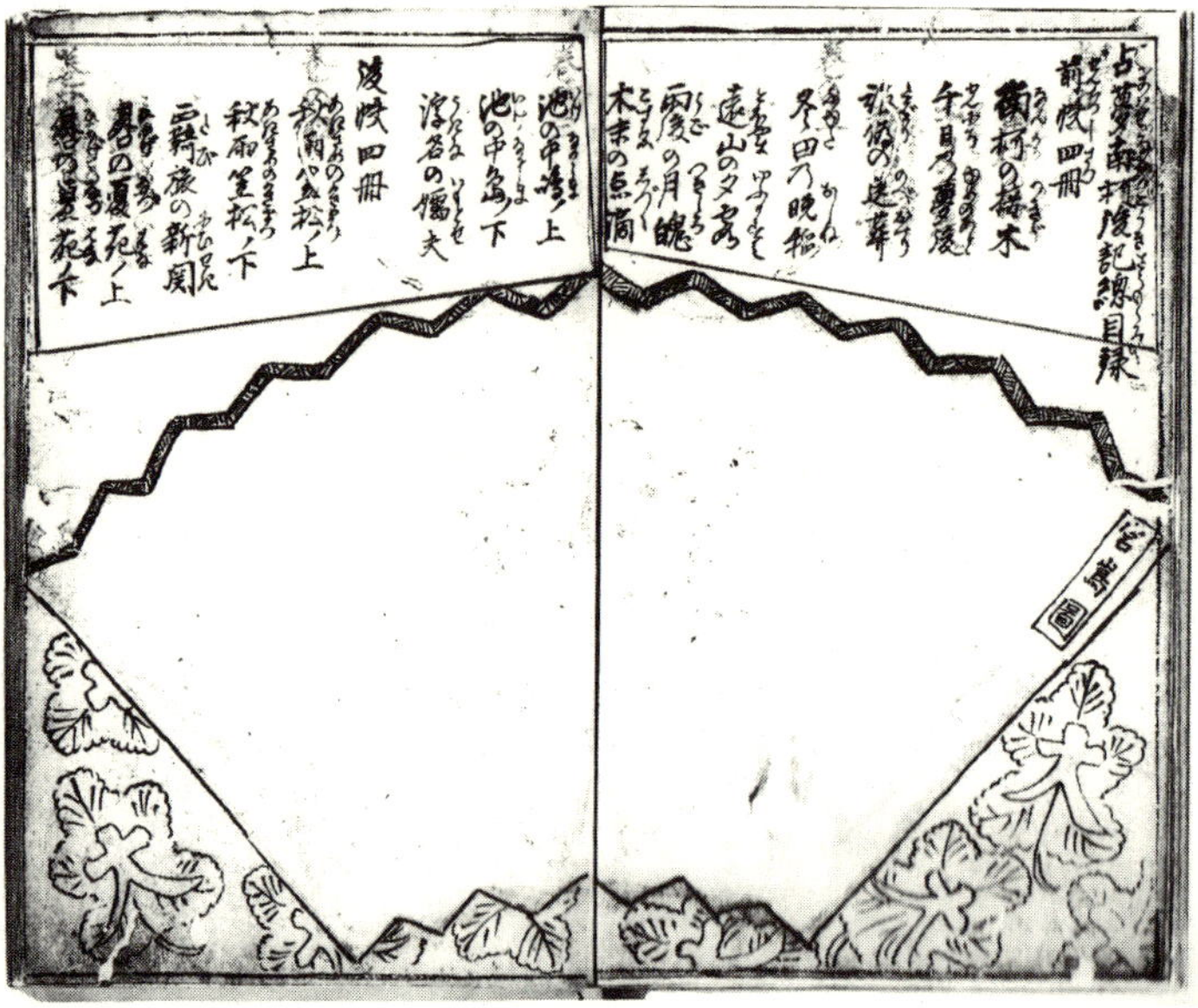

Aa 巻一、目録 5

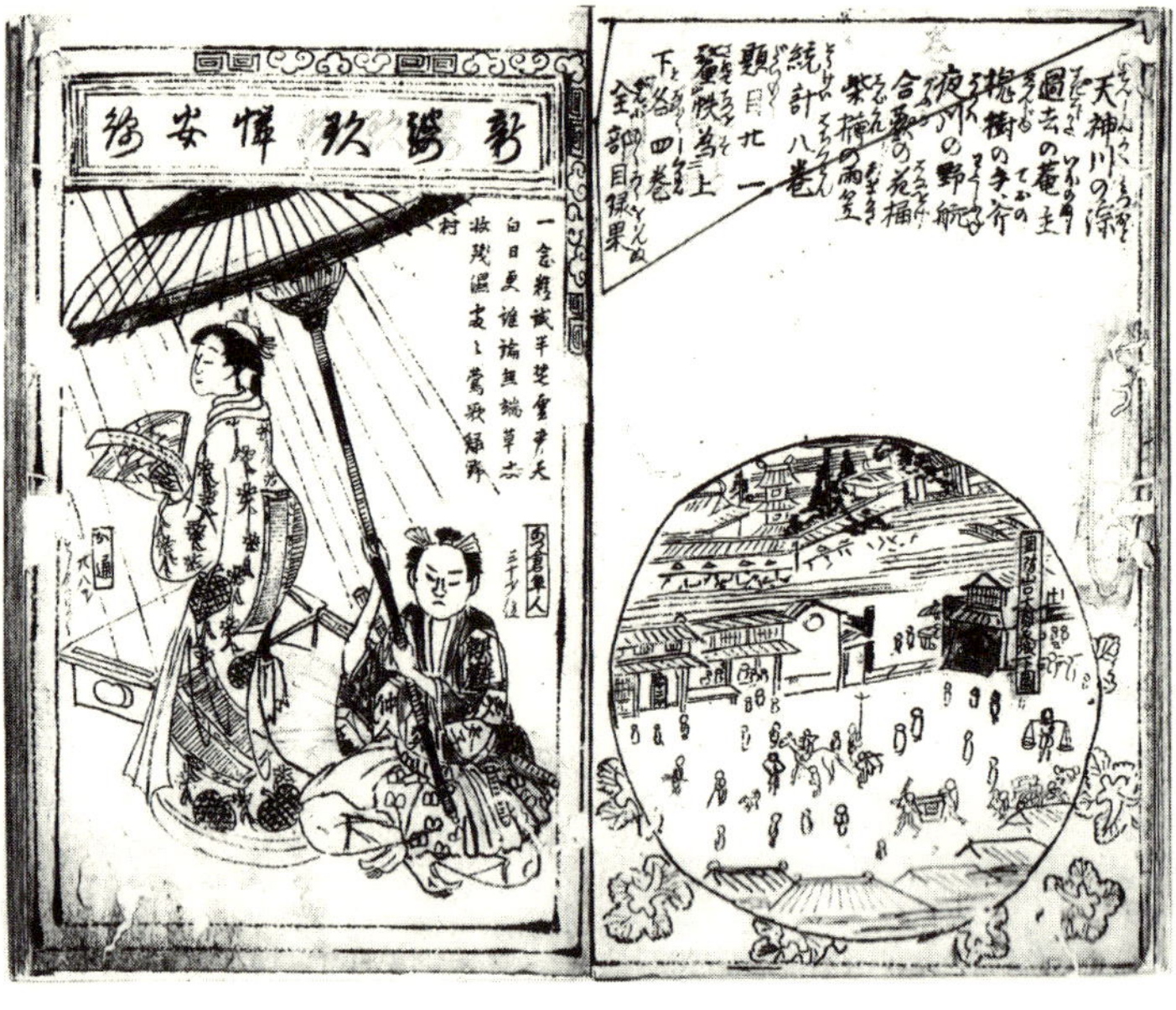

Ab 巻一、目録 6

終行の「陶権頭晴賢《すゐごんのかみはるかた》」は貼紙で、貼紙下は「泛〃の輩に至てはこゝに載せす篇に臨て自見る」とあり、「陶権頭晴賢」は、前の行の三人とともに、少々小さめの字で書いてあった。

左の章題は貼紙訂正で、「南柯《なんか》の夢迹《ゆめのあと》」（ルビ付き）→貼紙「南柯《なんか》の接木《つぎほ》」（9）〈**図版B**〉

3　3行目の上部にあった「事《こと》もあるべし」が、前の行の下部左側に不自然に付けられ、空いた一行分のスペースに新たに「千日《せんにち》の夢後《ゆめのあと》」という章題が入れられた。（13、3右）〈**図版C**〉

4　章題「詭譎の葬送」→「詭偽《たばかり》の葬送《のべおくり》」。□部が貼紙訂正、下はルビなし。（23右、後ろから2行目）

［巻二］

5　挿絵下部の文章に貼紙訂正多。6〜11行部分の貼紙の下は「すべき事ならねは只こもりゐて養育給ふに同樹ともは継父にて腹くろき性なれば人きけかしに囂しく罵り給ふに母御前はいとゞ面なさに心病して乳も出ず祖母さまのさま〳〵にいひこしらへて嬰児の乳母を求め給ひしかはこの年吾脩は刀屋へはじめて乳母に参りにきかくて」（ルビなし）→貼紙「うみおとし給へるに。男児《をのこ》なれど。恥《はぢ》かましく。世《よ》にしらすべき事ならねど。同樹《どうじゆ》どのは継父《まゝちゝ》にて。いと腹《はら》きたなき性《さが》にをはせば。人《ひと》きけかしに罵《のゝし》り給ふを。母御前《はゝごぜ》は面《おも》なしとて。心病《こゝろやま》して乳《［ムシ］》も出ず。祖母《ばゞ》さまのさま〳〵に。同樹《どうじゆ》どのをいひこしらへ。乳母《めのと》して嬰児《みどりこ》を養育《はぐゝま》せんと聞《きこ》えしかは。この年吾脩《としわなみ》は刀屋《かたなや》へ。はじめて乳母《めのと》に」（ルビ付き）（40）〈**図版D**〉

6　「遠山《とほやま》の夕霞《ゆふかすみ》」（章題）は、貼紙の上。貼紙下は「米谷の谺塚」（ルビなし）。（48左）〈**図版E**〉

7　図の左の貼紙は本来は右の章題「雨後《うご》の月魄《つきしろ》」（ルビ付き）の上に貼られたもの。2行目の下部「正是《まさにこれ》」から次の一行は字体が変わり、さらに貼紙の左右にかけて書いてある。また、4行目の上部「程に」は貼紙でその下は「この日」、さらにこれも貼紙で、その下は「その日」。なお「雨後《うご》の月魄《つきしろ》」の章題も貼紙で、その下は

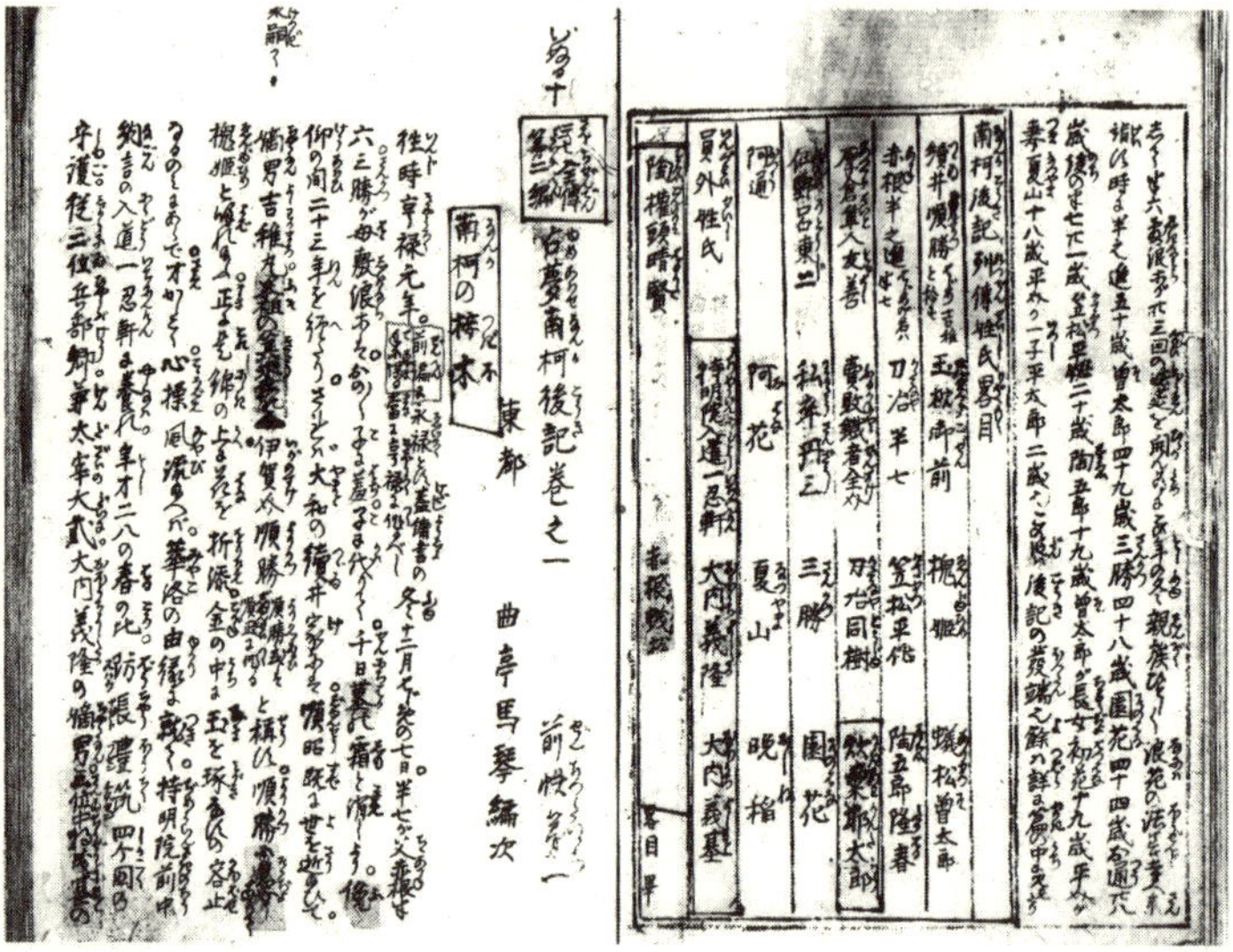

南柯後記目録

南柯後記巻之一

東都 曲亭馬琴編次

南柯の梓本

B 巻一、第一章・章題 9

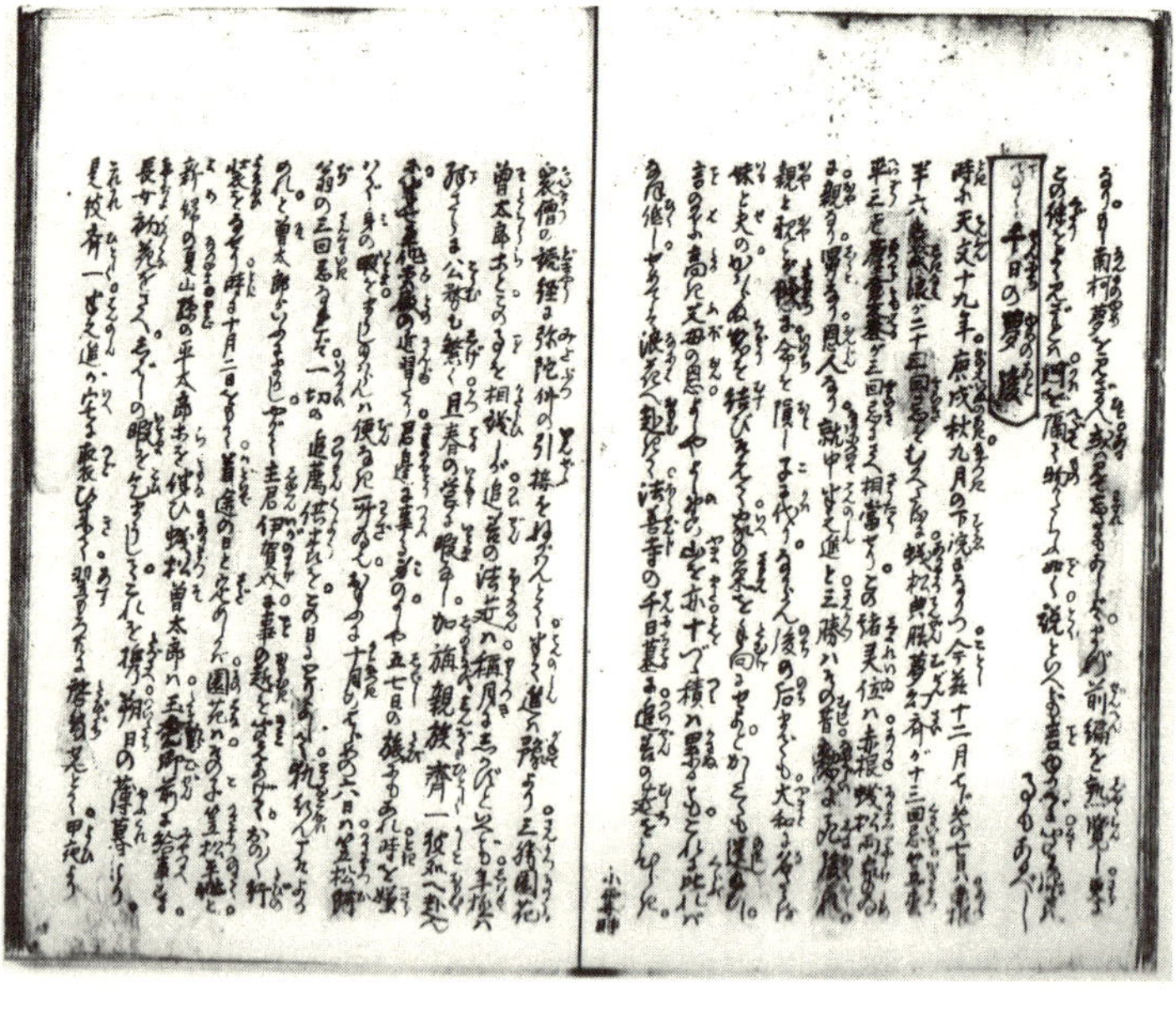

千日の夢 浪

C 巻一、第二章・章題 13

D　巻二、挿絵下の文章　40

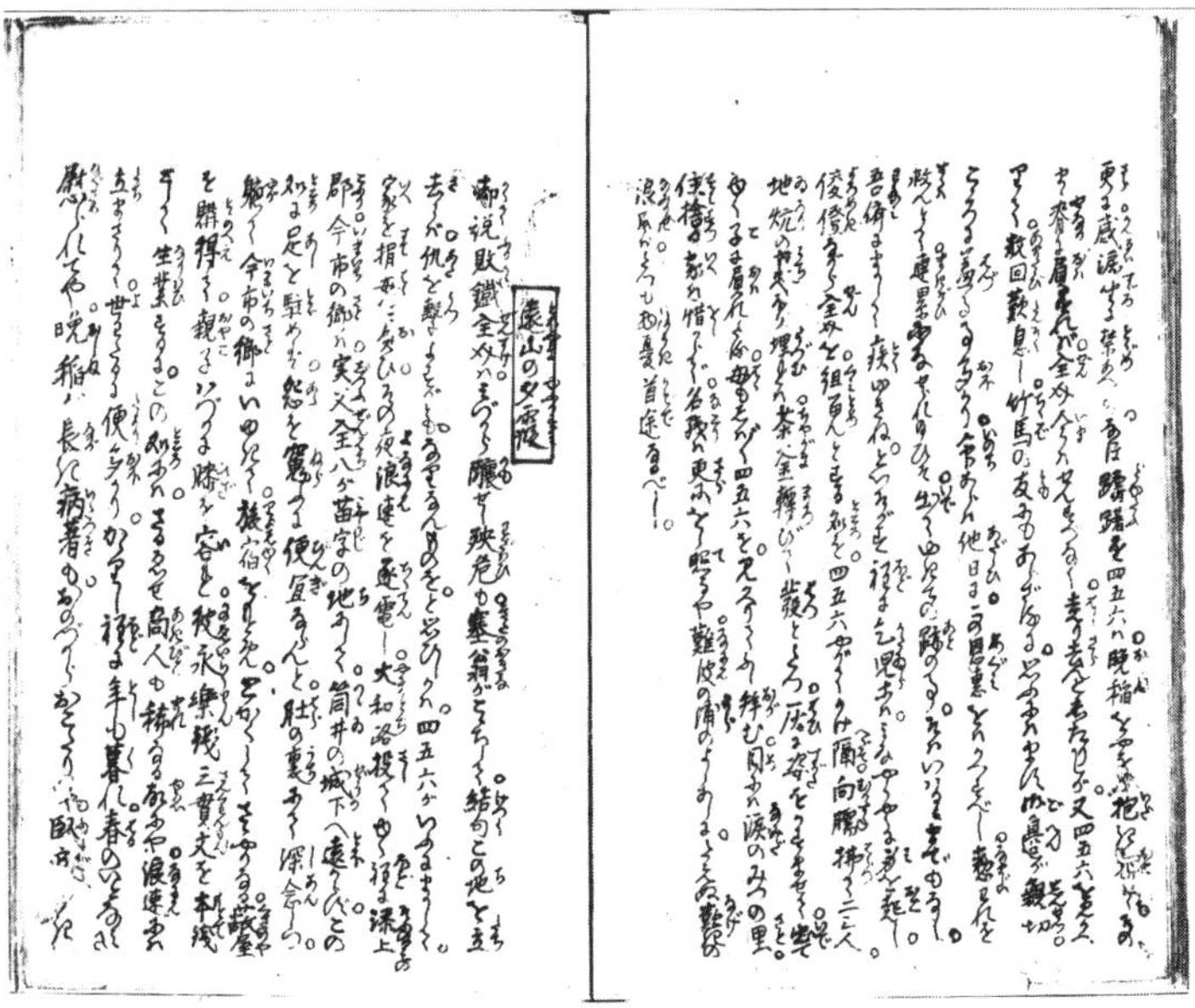

E　巻二、第五章・章題　48

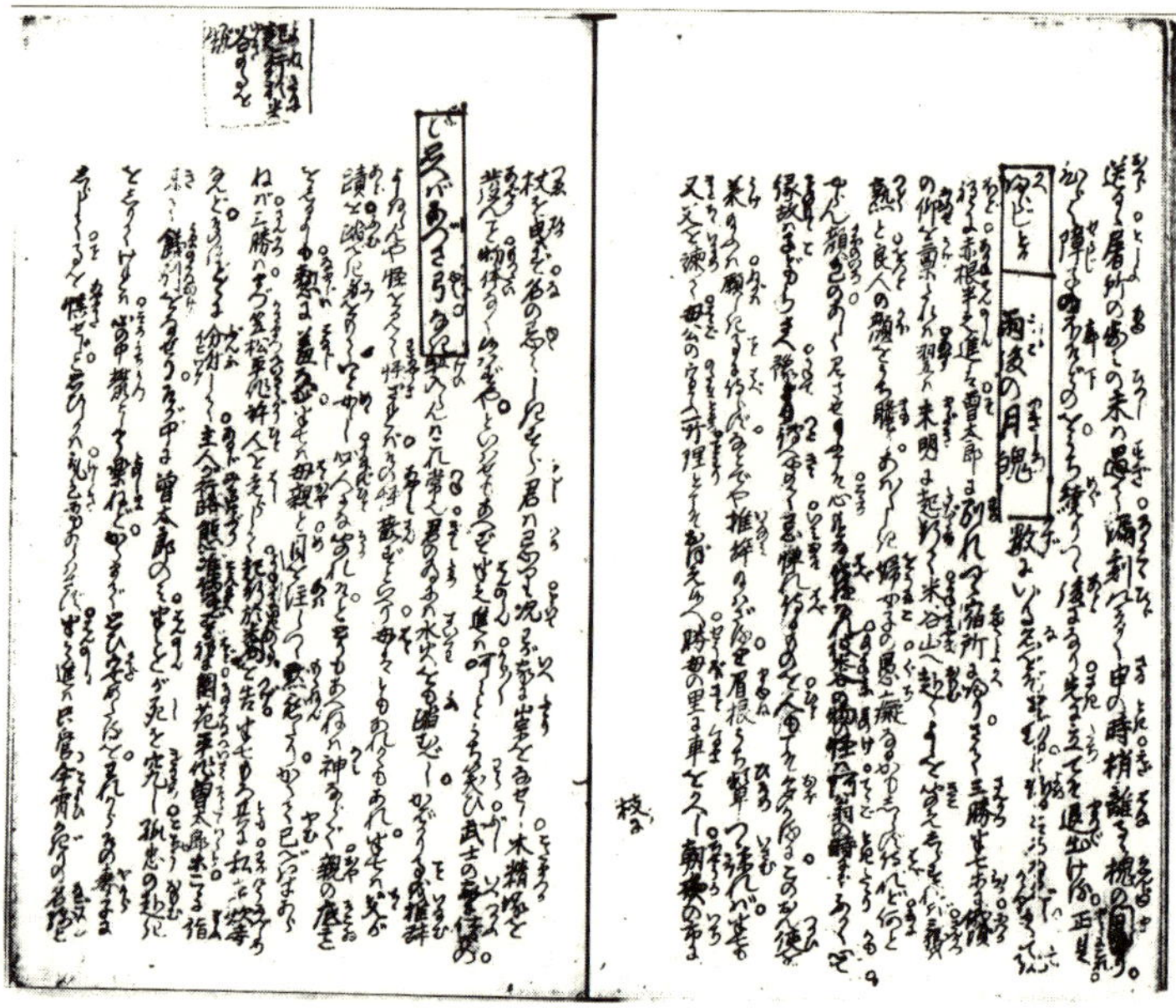

Fa　巻二巻末、巻三巻頭　60

「櫟下の道の露」（ルビなし）。（60）〈**図版Fa**〉

8　巻二巻末の文章の端は文字に添って切られている。（61）〈**図版Fb**〉

［巻三］

9　巻三は右始まりの変則的なかたちになっている。また右5行の途中から切り継いでおり、それ以前（巻三の冒頭部分）は書き足したもの。（64右1）〈**図版Fc**〉

10　右の左端行の貼紙訂正の下は「占夢南柯後記巻之二終」。左の1〜4行の貼紙訂正の下は「三七全傳／第二編／占夢《ゆめあはせ》南《なん》柯《か》後《こう》記《き》巻之三／東都　曲亭馬琴編次」「木末《こずゑ》の点滴《しつく》」（ルビ付き）。（70）〈**図版G**〉

11　左6行目で紙を縦一文字に継いでいる。継ぎ目のために章題のルビがごく一部切れている。（81）〈**図版H**〉

12　巻三本文の終わりで紙を縦一文字に継いでいる。左端に「占夢南柯後記巻之六終」とあるが、板本では「巻之三」となる。（88）〈**図版Ia**〉

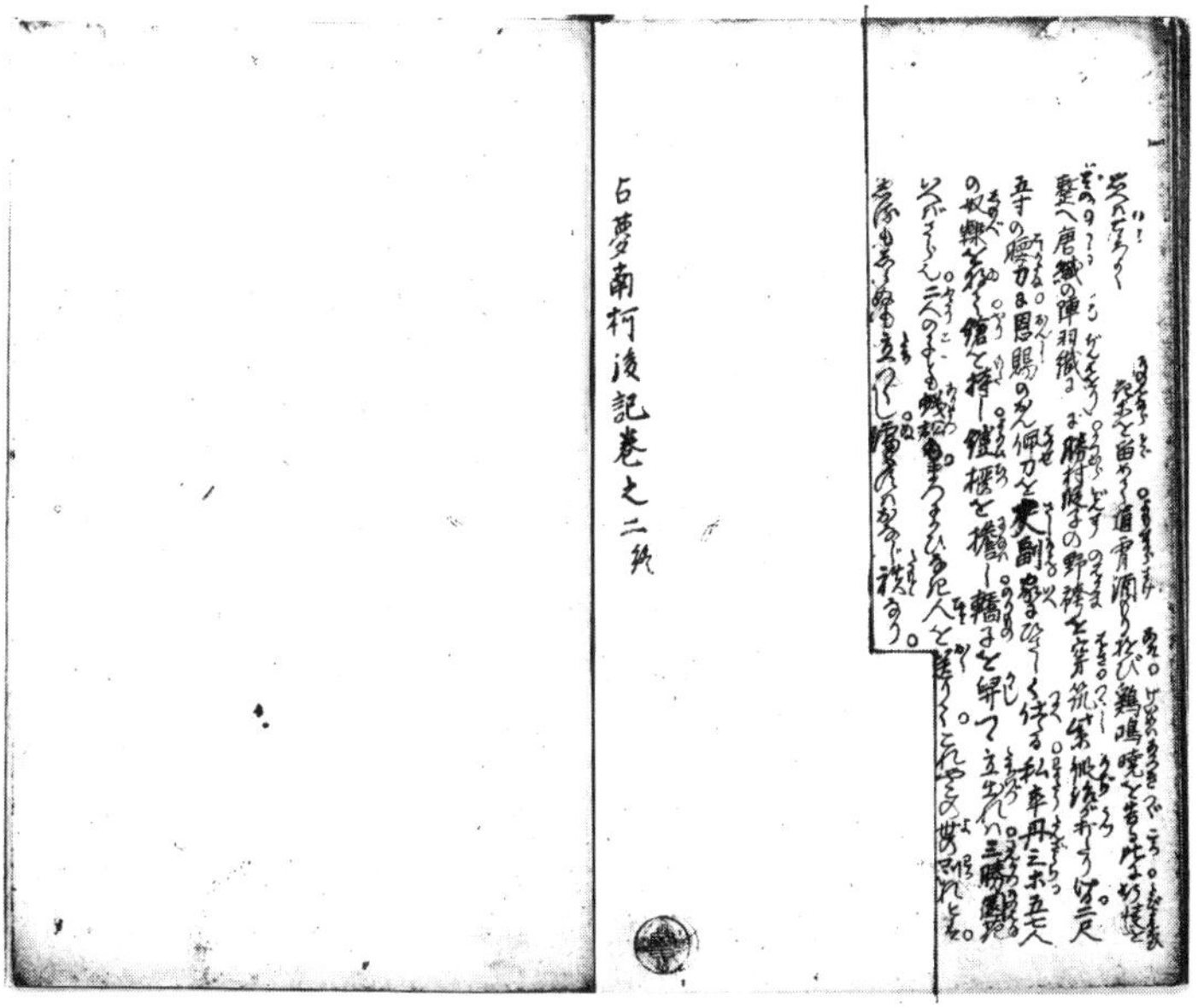

Fb 巻二巻末、巻三巻頭 61

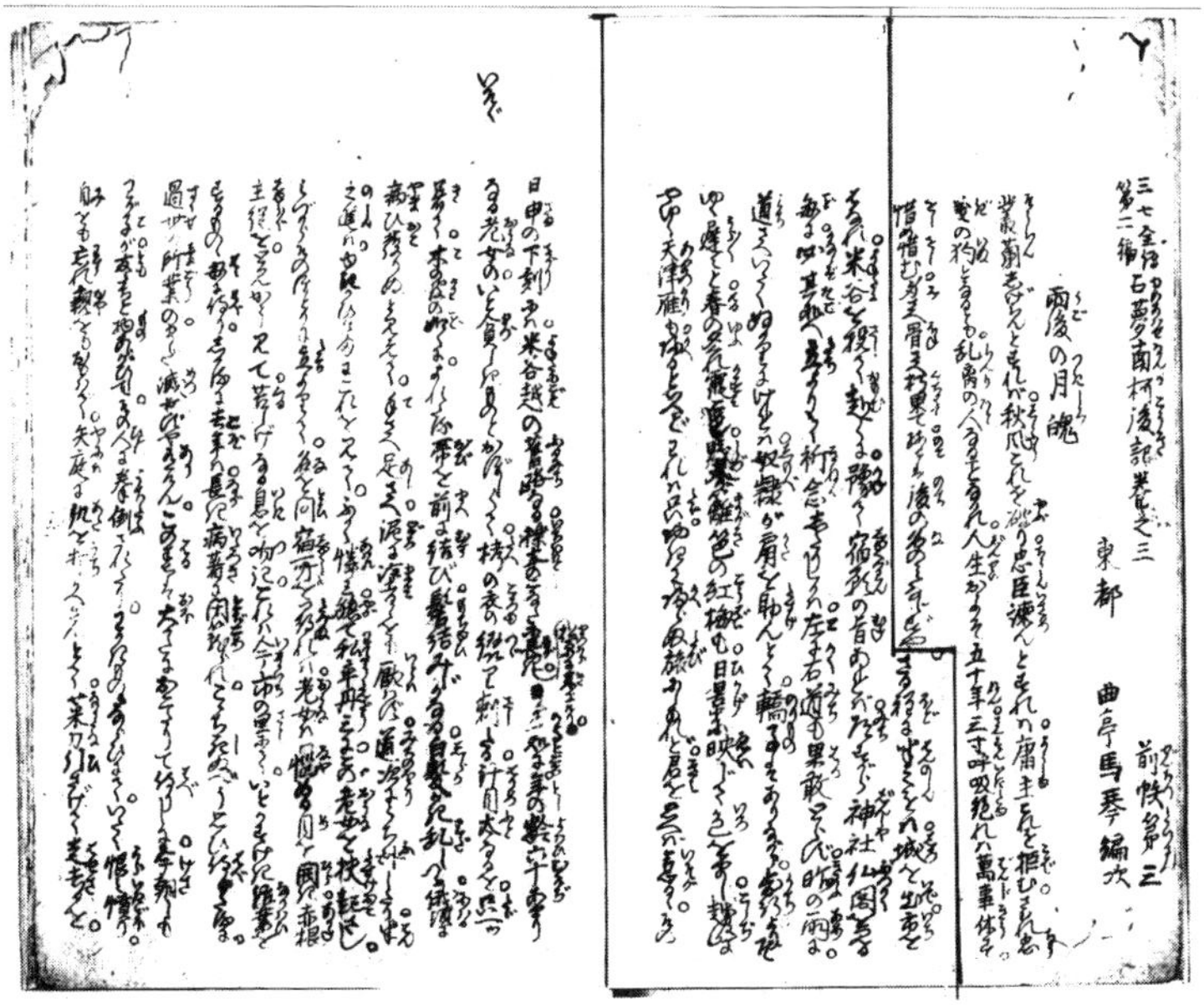

Fc 巻二巻末、巻三巻頭 64

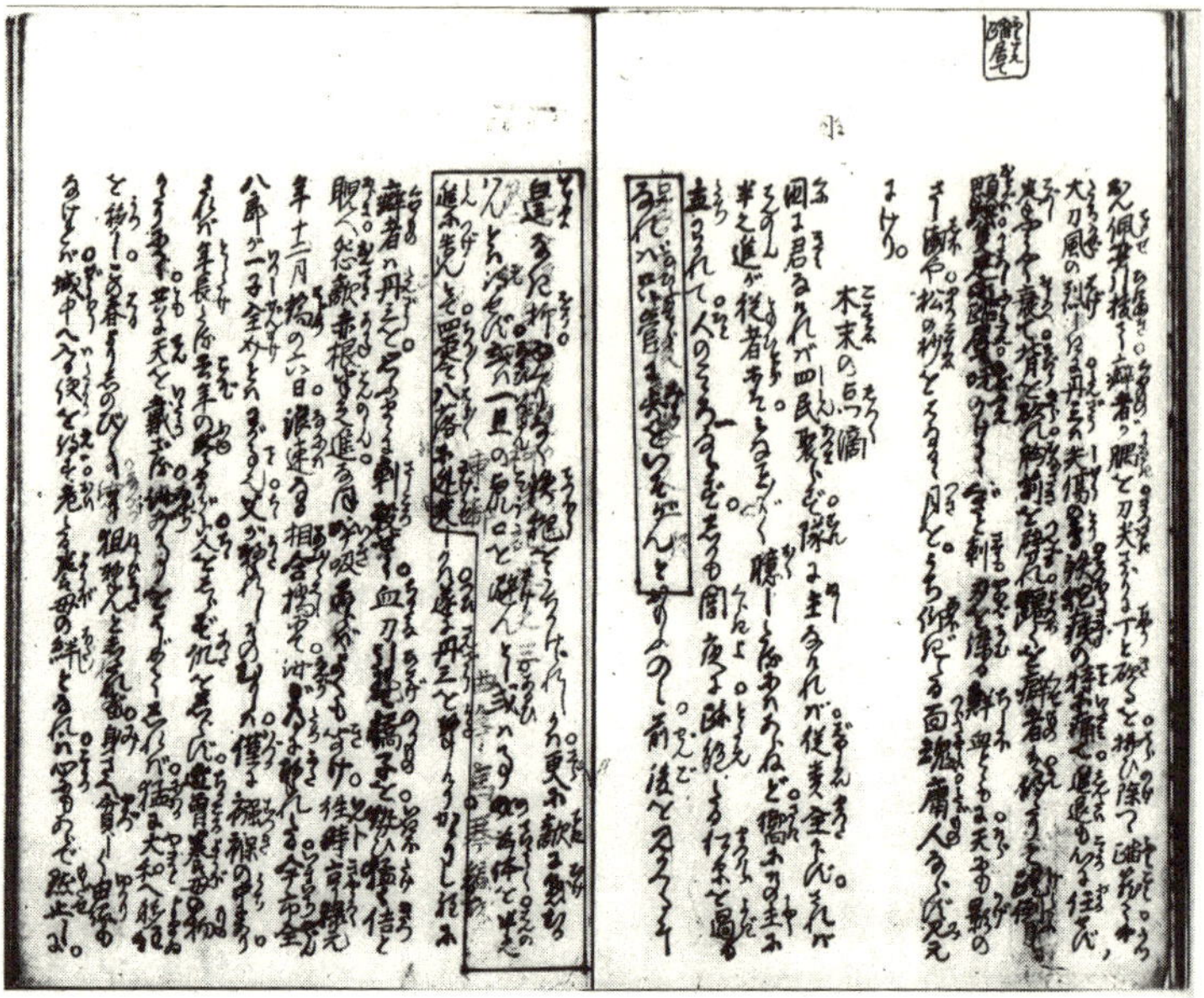

G　巻三、第七章・冒頭部　70

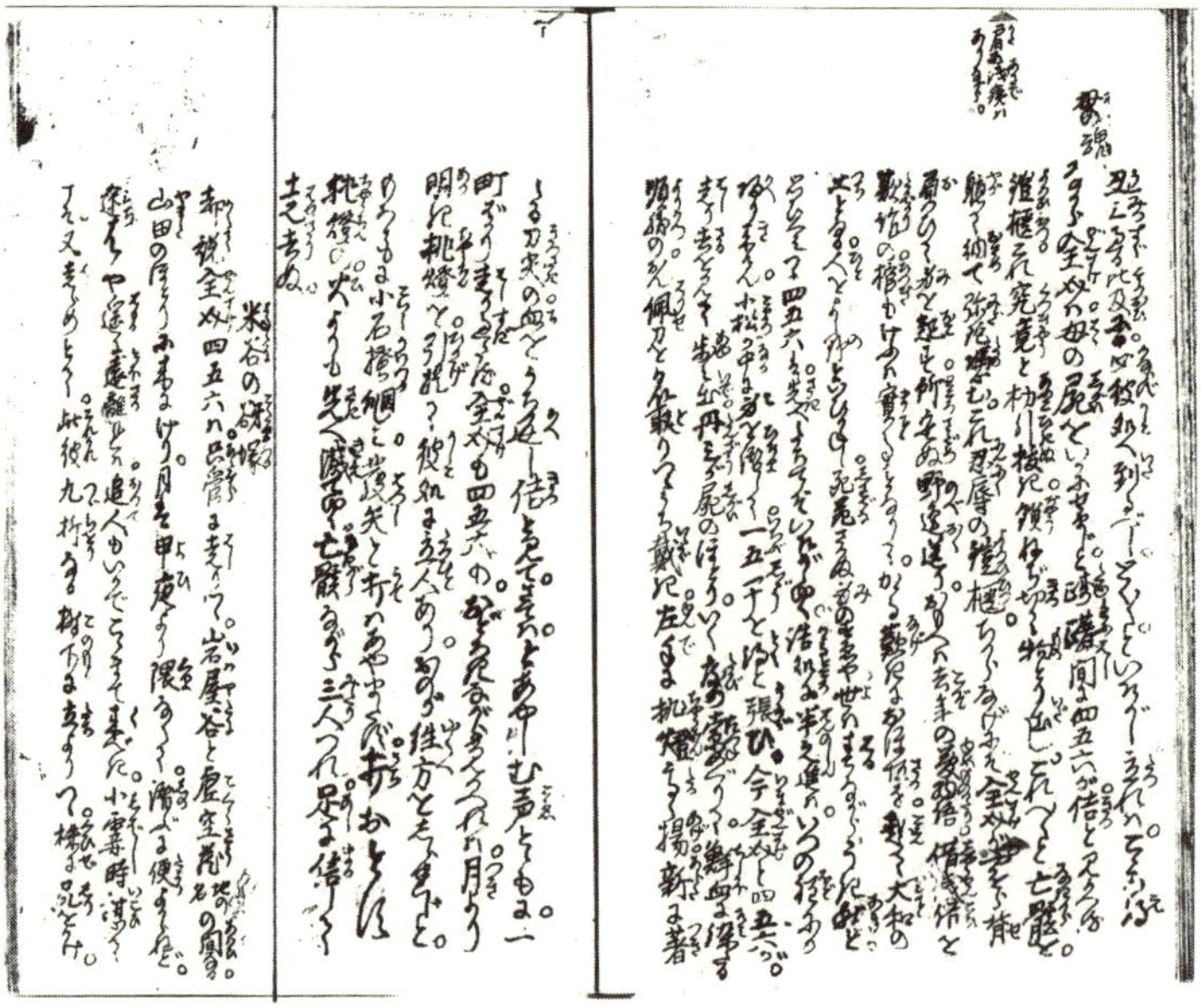

H　巻三、第八章・章題前　81

［巻四］

13　巻四巻頭は、字がやや粗い書き方で、貼紙訂正もない。（91）〈**図版Ib**〉

14　右は3行のみにて左部分との間の白地に「此間前後かきつゞけニなり申候」とあり。また左は、縦一文字の切り口は88と切り口が繋がる。その左横に白紙貼紙で文字を消しているが、その白紙の下は「池《いけ》の中嶋《なかしま》の上《しよう》」（ルビ付き）「君《きみ》が為《ため》。身を殺《ころ》しても忠臣《ちうしん》の。こゝろにあか」（ルビ付き）。なお章題の「池の中嶋の上」はさらに貼紙の上に書いてあり、その貼紙の下は「浮名の嬬夫」（ルビなし）。（92）〈**図版Ic**〉

15　右の最終行から左2行目までに入る巻末の漢詩は貼紙訂正のもの。その下は「占夢南柯後記巻之三終」（右）、「三七全伝／第二篇／占夢《ゆめあはせ》南柯《なんか》後記《こうき》巻之四」（ルビ付き）「東都　曲亭馬琴編次」（左）（101）〈**図版J**〉

16　右1行目で縦一文字に切った文を貼り、巻四本文を終わらせている。（115）〈**図版Ka**〉

17　刊年は「文化八年辛未冬十一月」となっており、貼紙訂正などはないが、板本では「文化九年壬申春正月」に変わる。（117）

［巻五］

18　右の「再識」は紙を後から貼り込んだもの。左の「附言」の丁は詰めて15行書き。なお板本では通常の11行書きとなる。（124）〈**図版Kb**〉

19　左2行目で縦一文字に紙を継いでいる。（125）〈**図版Kc**〉

20　左4行目と、6行目で縦に紙を切り継いでおり、間に章題「秋雨の笠松ノ下」（ルビなし）と、一行の半分の分量を一行分に延ばして書いた文字が入る。この半丁は13行書き。（130右）〈**図版L**〉

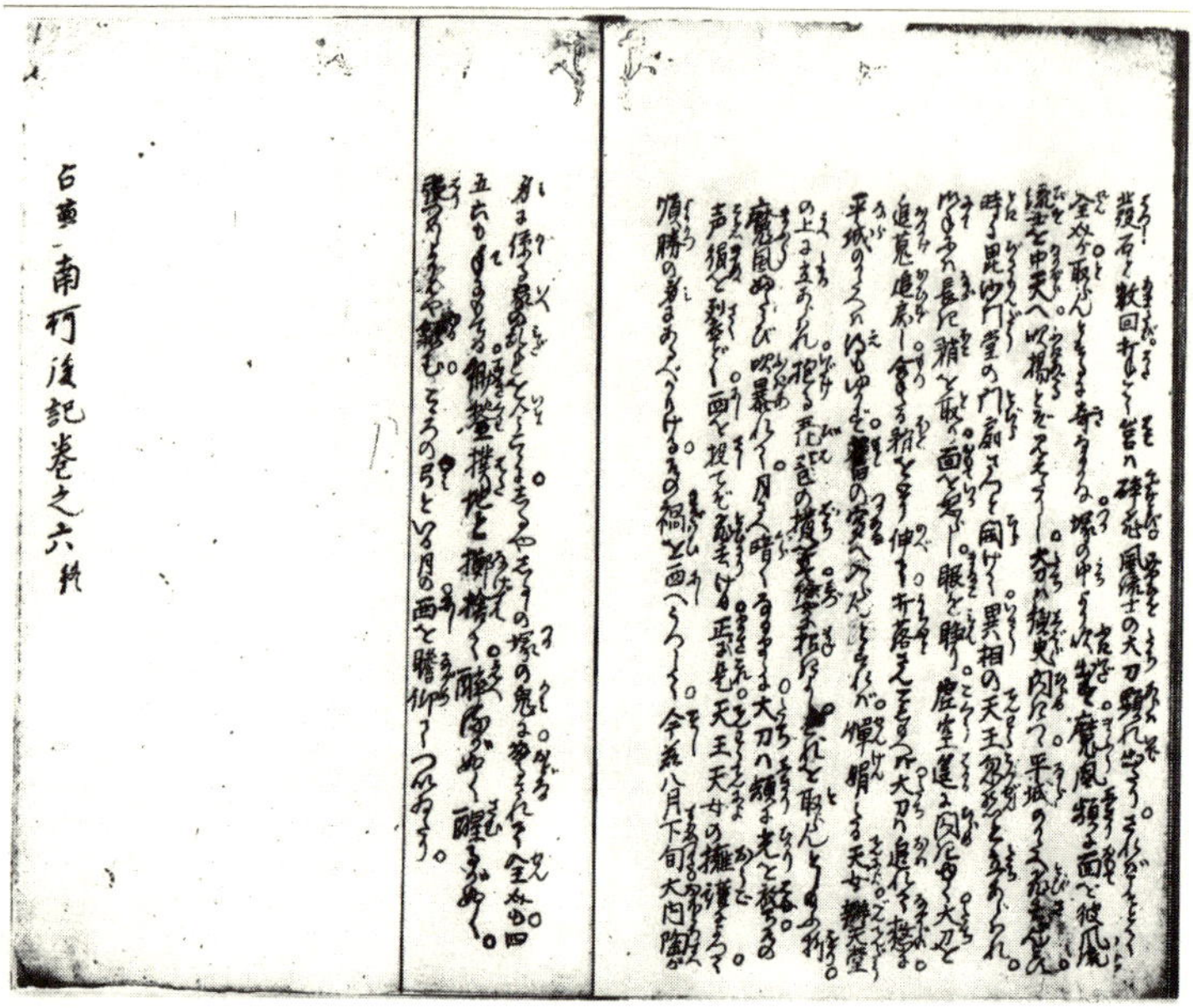

占夢南柯後記巻之六終

Ia 巻三巻末、巻四巻頭 88

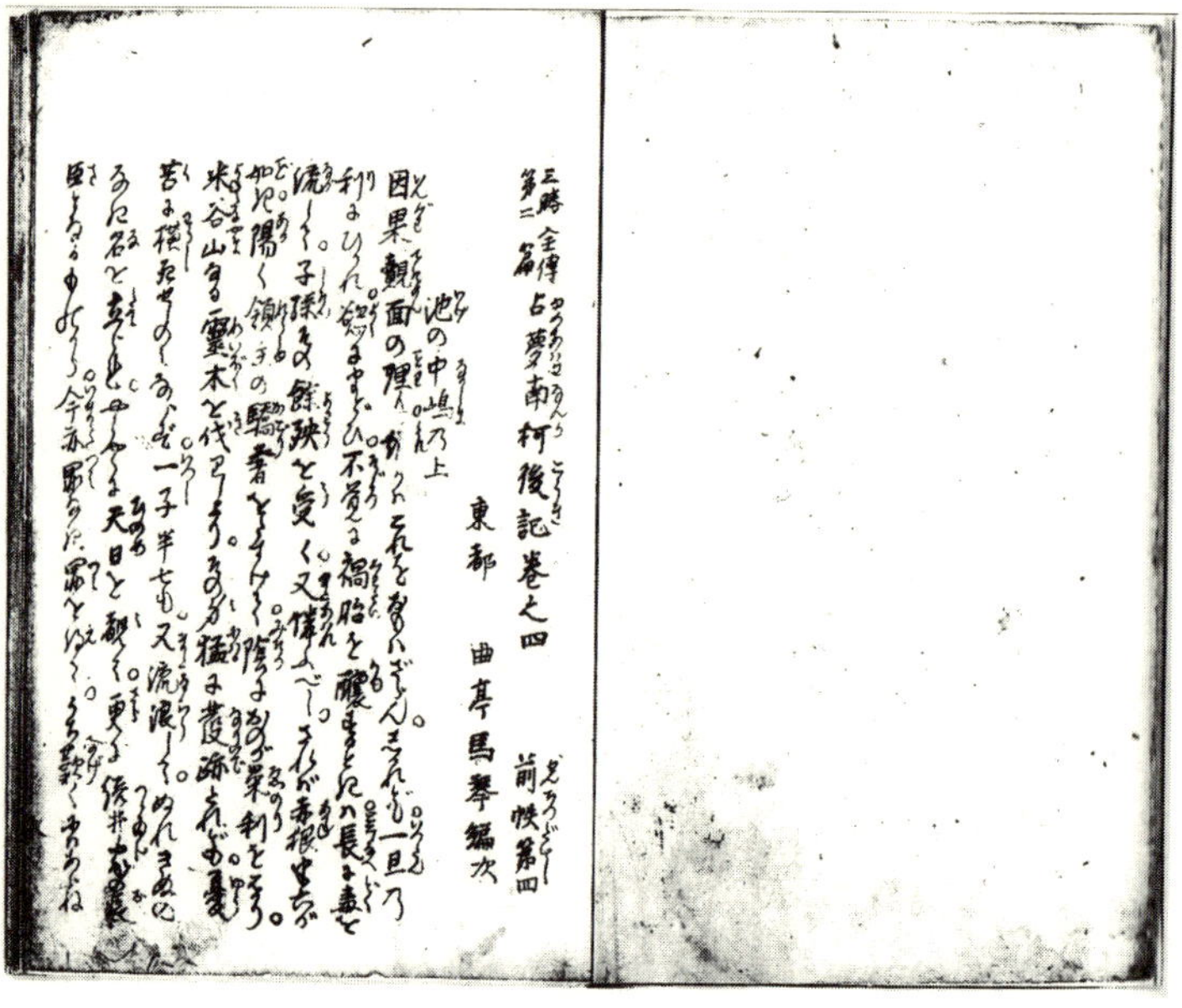

三晦第二篇 全伝 占夢南柯後記巻之四 前帙第四

東都 曲亭馬琴編次

Ib 巻三巻末、巻四巻頭 91

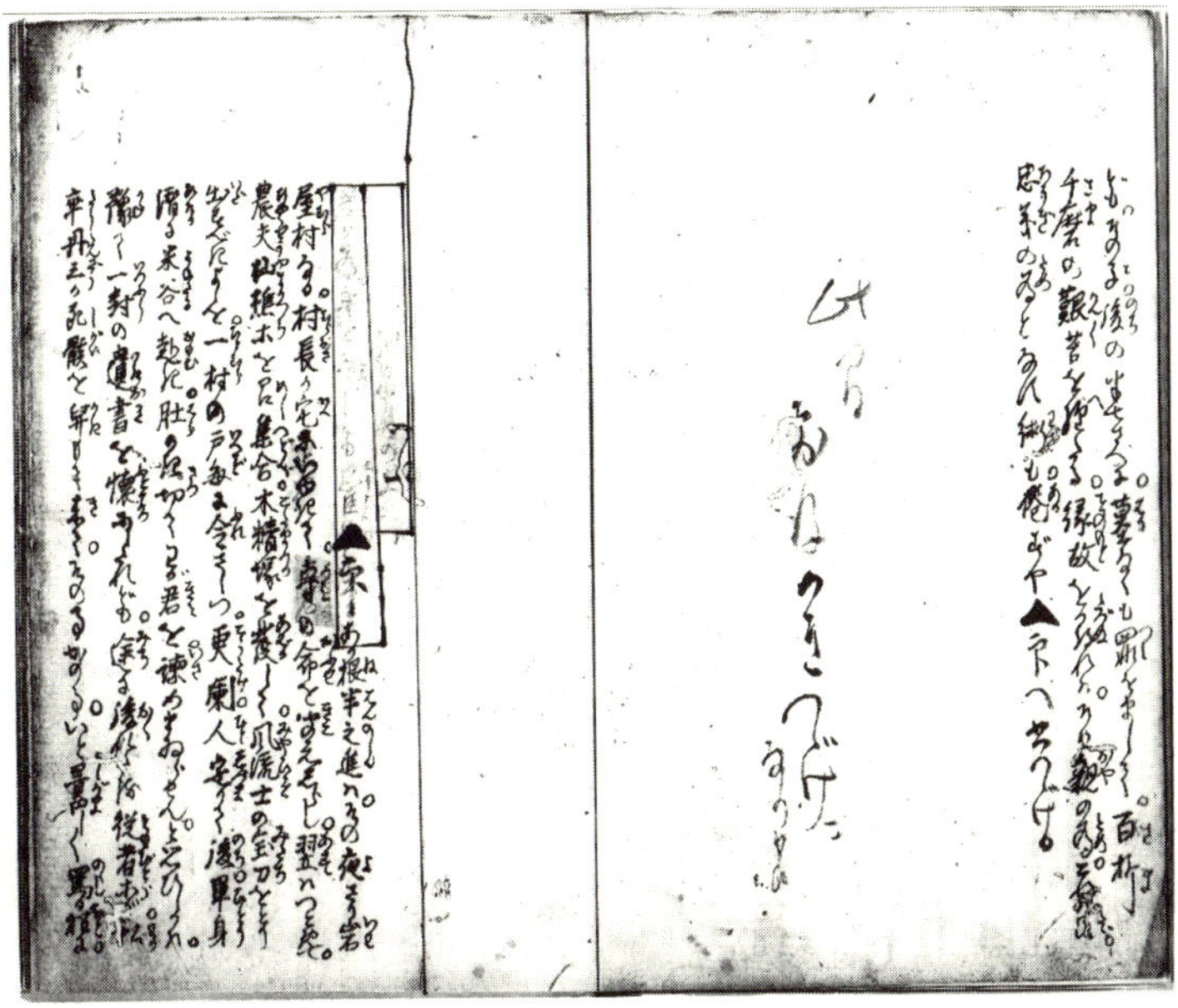

Ic　巻三巻末、巻四巻頭　92

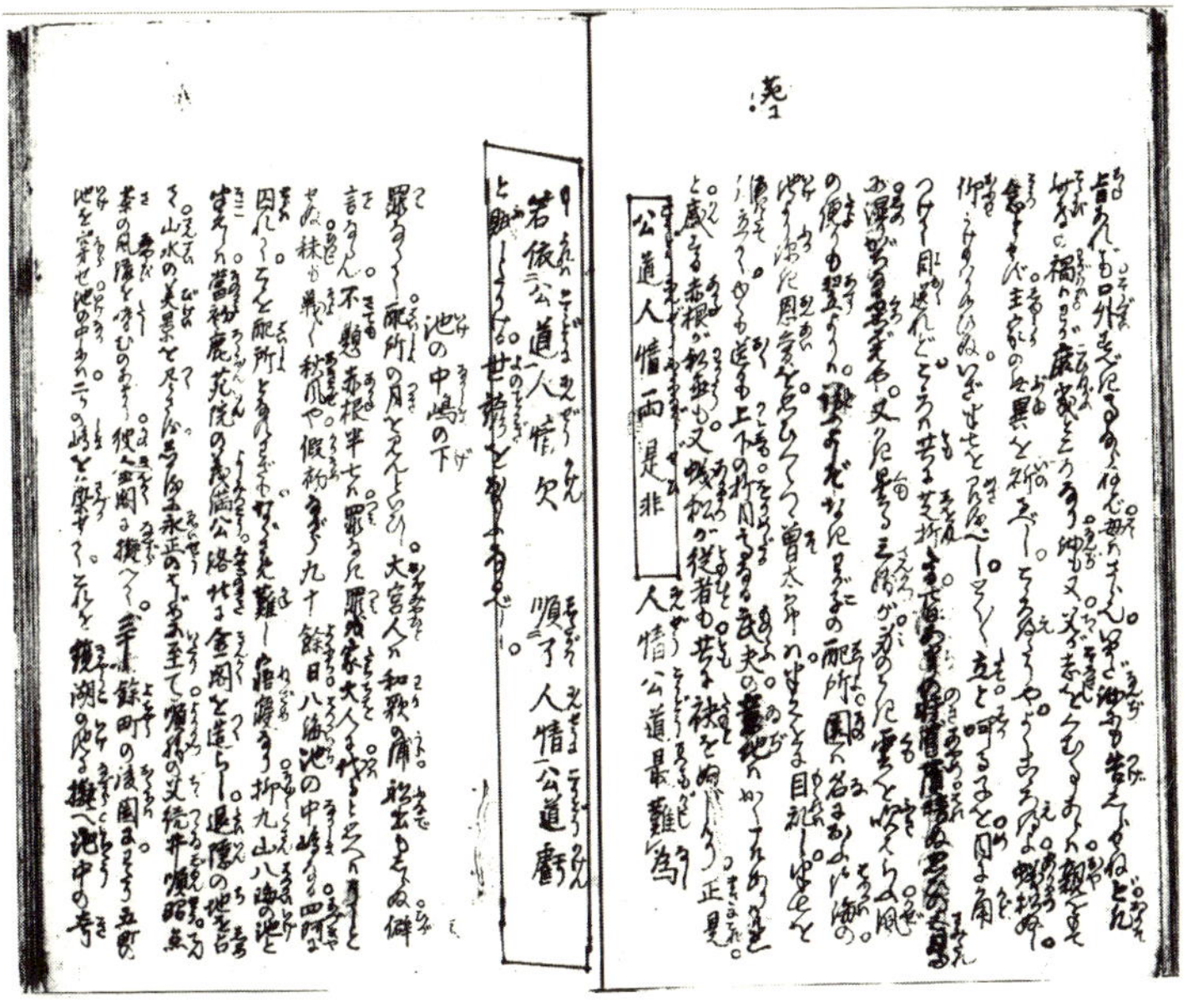

J　巻四、第九章・章末部　101

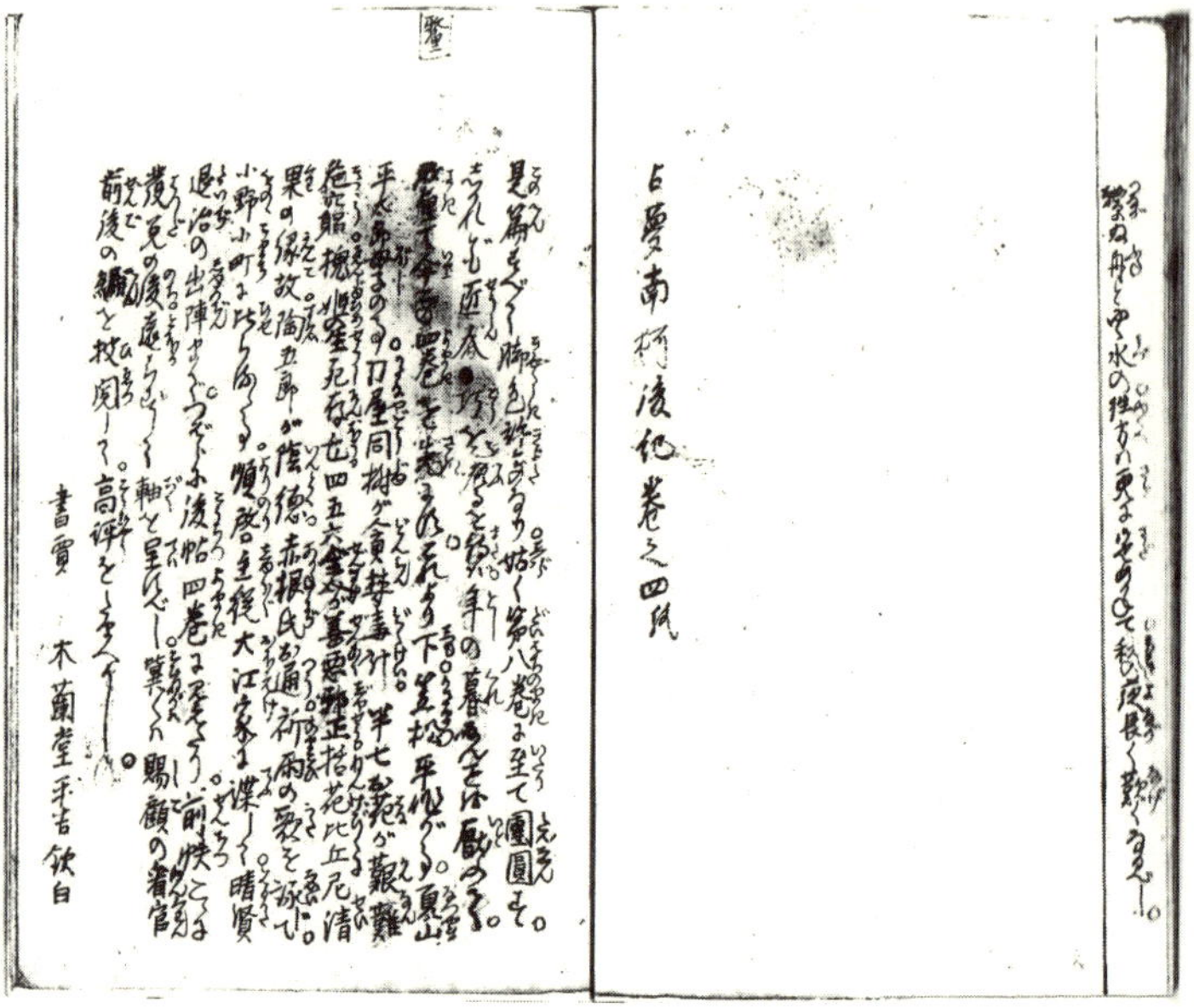

Ka

巻四巻末、巻五巻頭

115

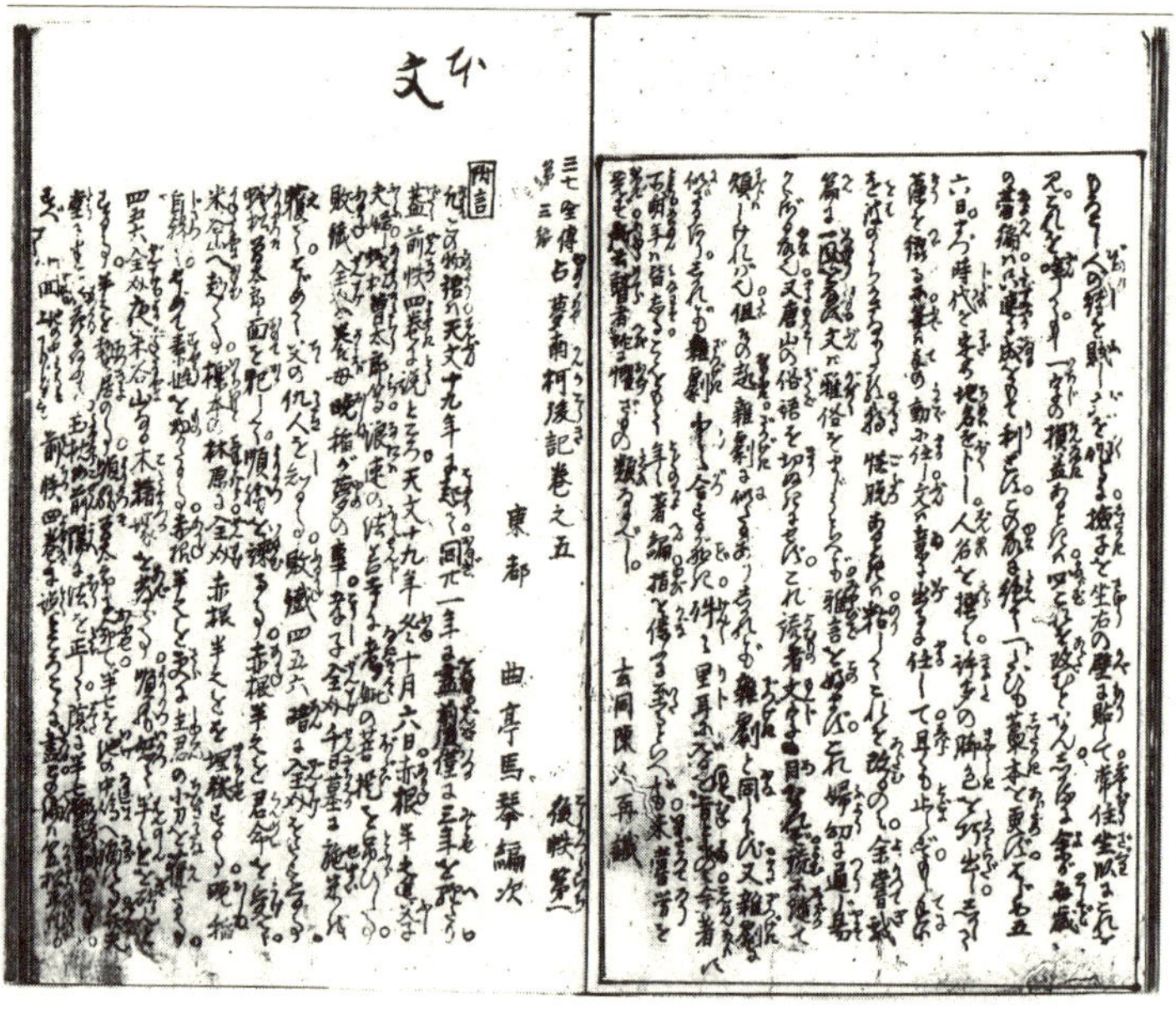

Kb

巻四巻末、巻五巻頭

124

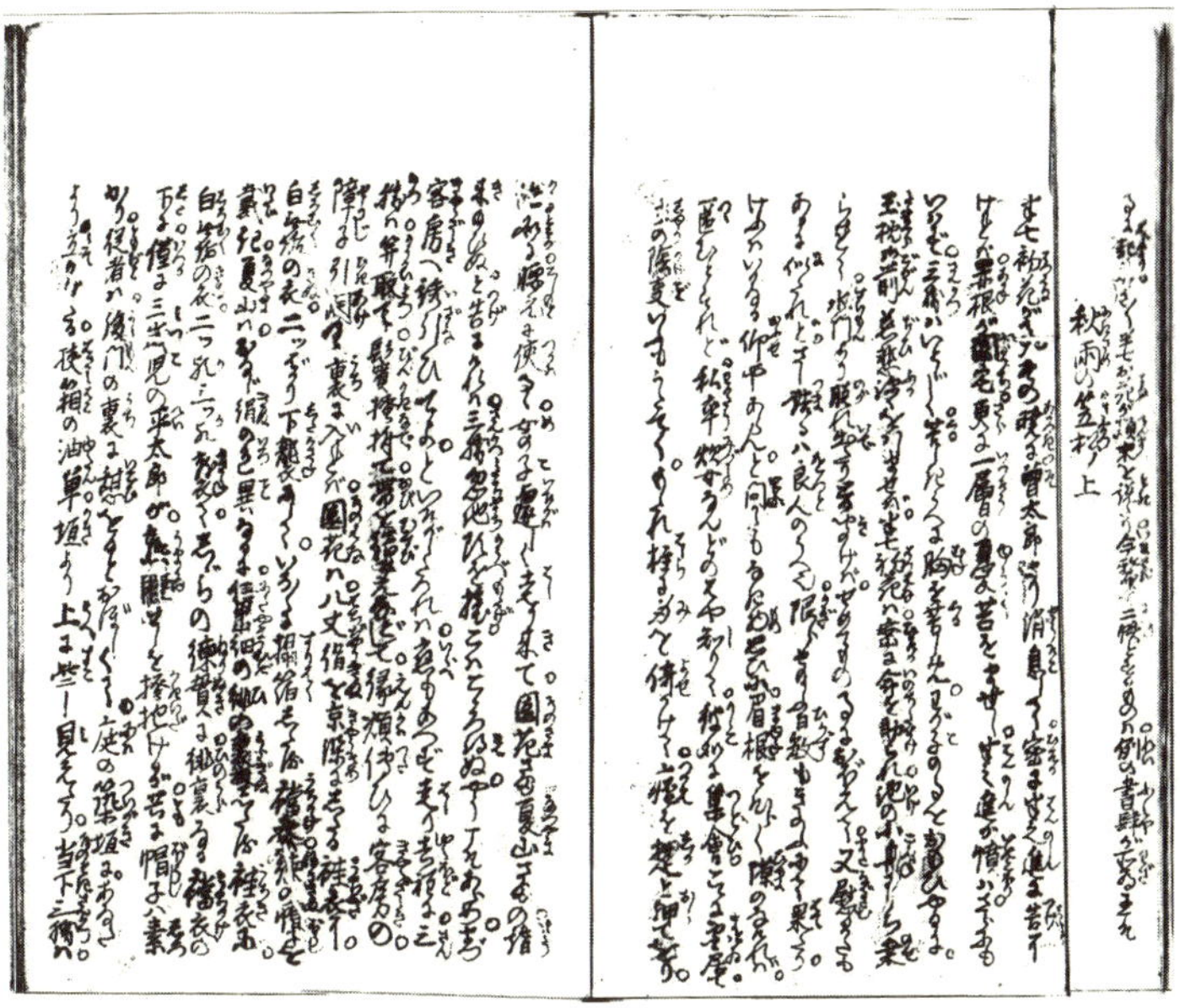

Kc　巻四巻末、巻五巻頭　125

21　左端の「占夢南柯後記巻之四終」は板本では「占夢南柯後記巻之五終」。(143)〈**図版Ma**〉

[巻六]

22　左の巻頭題中の「…巻之六」の「六」は貼紙で下は「五」。(146)〈**図版Mb**〉

23　右端で紙を縦一文字に継いでいる。また1行目の章題「昼《ひかげ》の夏《なつ》の花《はな》乃上《じょう》」は貼紙訂正で、貼紙の下は「夜嵐《よあらし》の宿《やど》の花《はな》」(ルビ付き)(154)〈**図版N**〉

24　左後から5行目の章末で紙が継いであり、その間に章題を入れてあるが、章題の左右の行のルビの跡は繋がる。なおこのところは12行書きとなっている。(158)〈**図版O**〉

25　右9行目で縦一文字に紙を継いでいる。その9行目の下方の「けり。浩処《かゝるところ》に」は貼紙で、その下は「皃」一文字。その左の残りの二行分の下は「昼の夏の花乃下」(ルビなし)、「浩処に半七は墓なき蝉」(ルビなし)、この一行の後半は書かれていない。(165)〈**図版P**〉

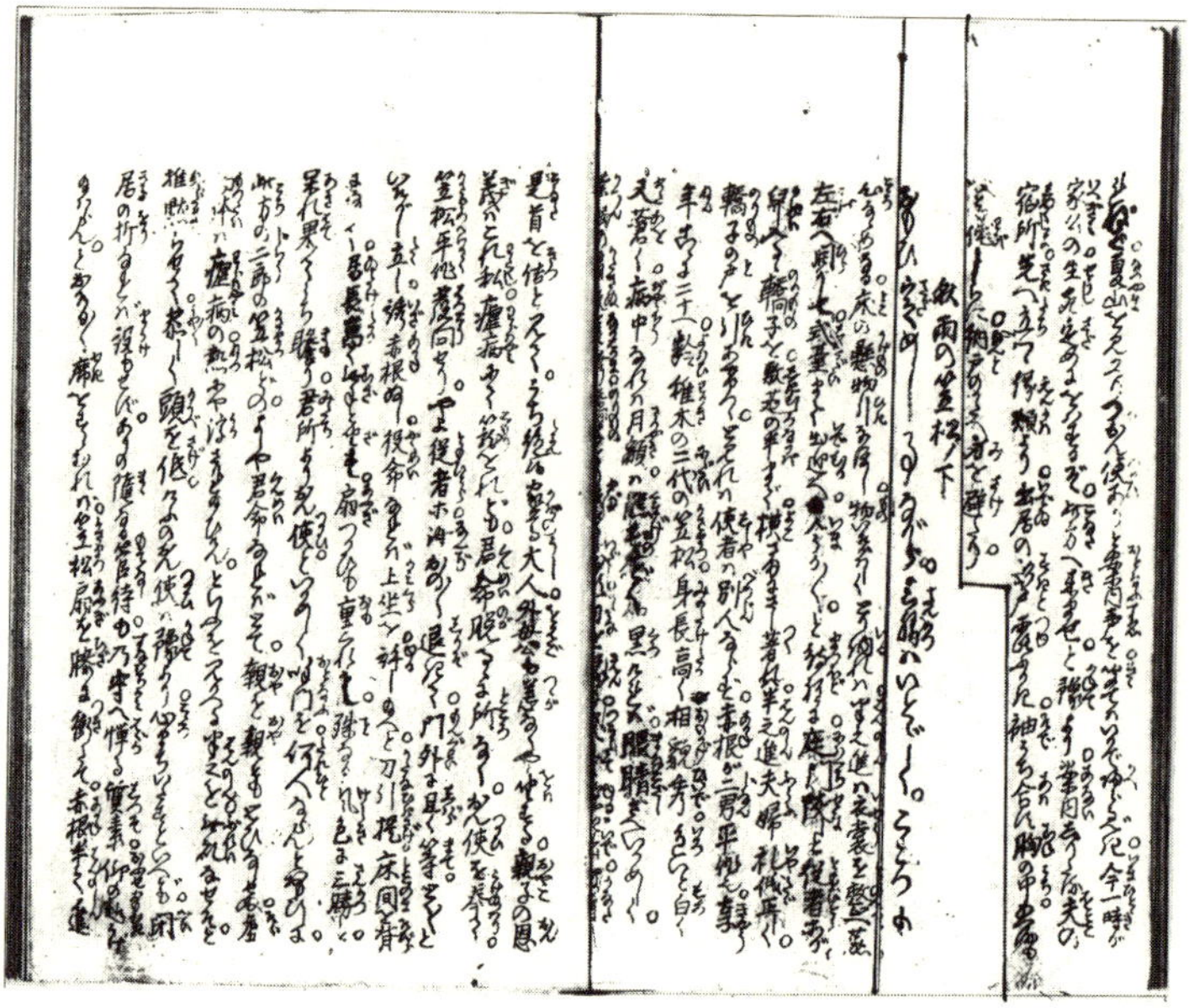

L　巻五、第十三章・冒頭部　130

Ma　巻五巻末、巻六巻頭　143

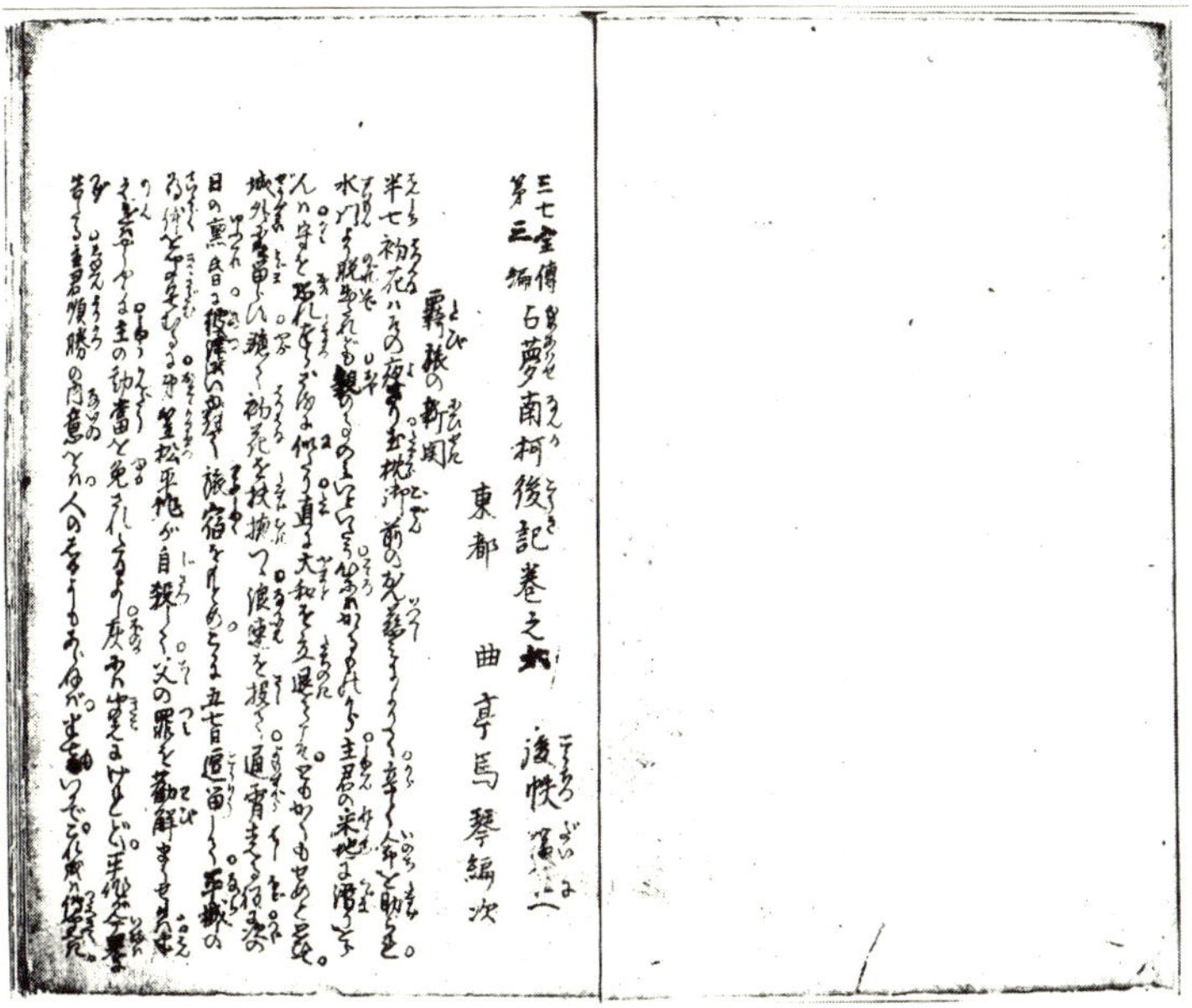

Mb
巻五巻末、巻六巻頭
146

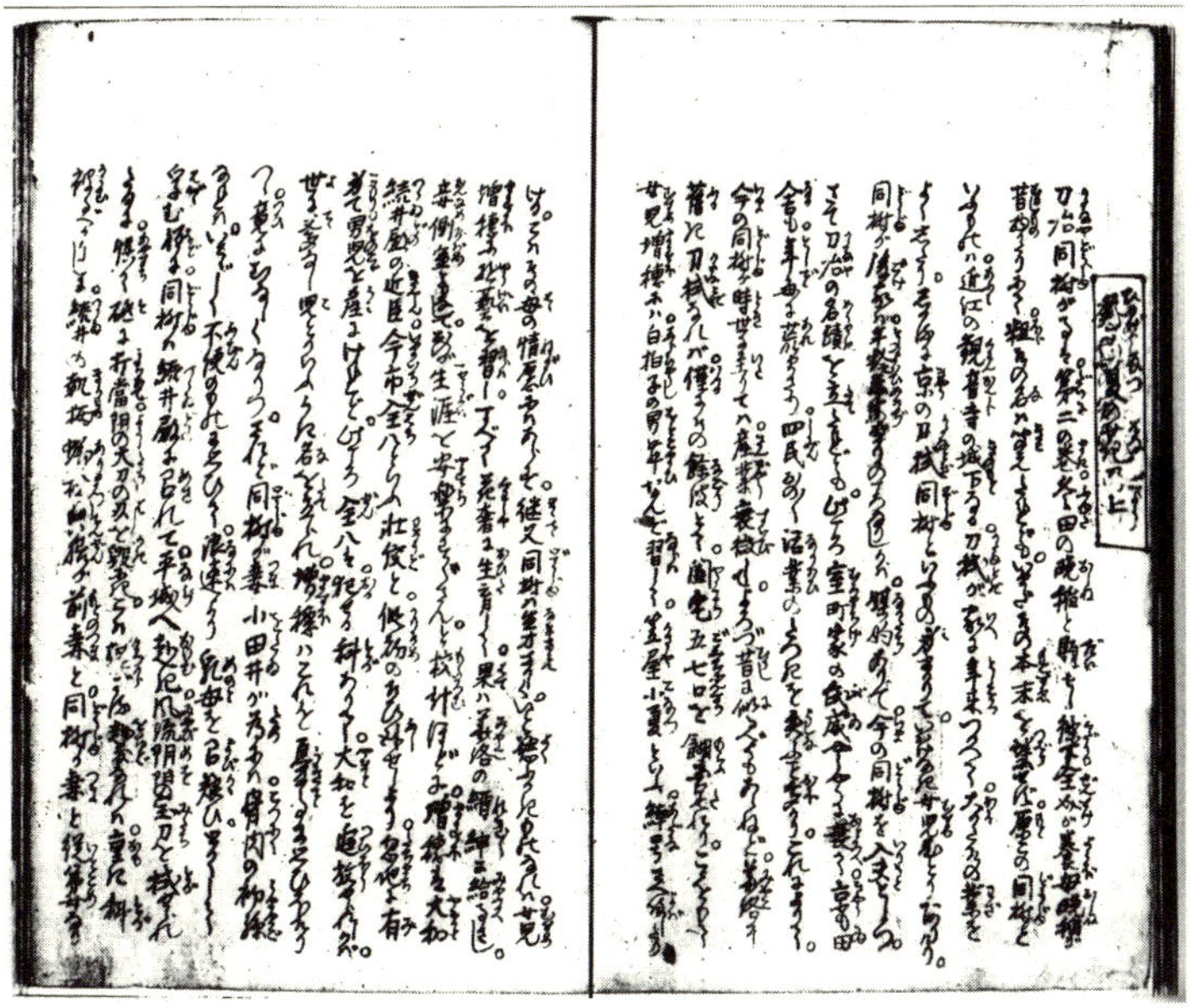

N
巻六、第十五章・章頭部
154

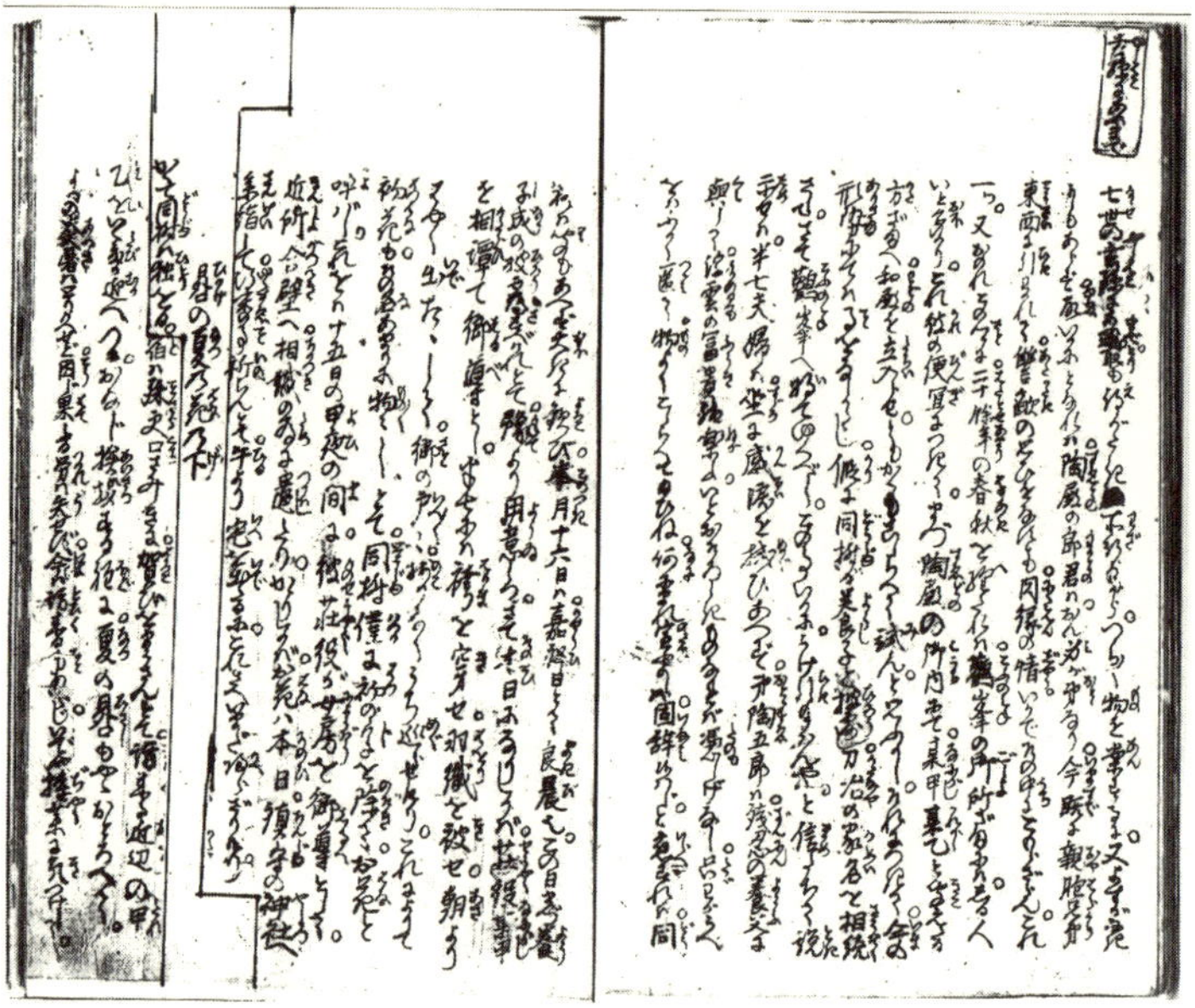

O 巻六、第十六章・章題 158

26 この丁は切り継ぎや貼紙訂正が多い。貼紙訂正は文章の推敲であるので略し、切り継ぎ箇処のみ記すと、右2行目と3行目、左5行目と左端で縦に切り継いでいる。また左1行目と2〜5行目は白紙の台紙の上に貼られている。右3行目はその切り継ぎ部分の上にも字が少し被さって書かれているが、その他の切り継ぎ箇所はルビなどが切れているものの、互いに繋がり合う箇所を見出さない。なお右は12行書き。（170）〈**図版Qa**〉

27 右の右端部と5行目と左端部、左の右端部と5行目、さらに本文最終部（9行目）の六箇所で縦一文字に切り継いでいる。右端と26で述べた170の最終端、右の最終端と左の右端部双方のルビのかけらが合う。（171）〈**図版Qb**〉

［巻七］

28 左の章題の直前で縦一文字に紙を継いである。なおこの切り継ぎ目とルビの切れ目が合う。なおこの章題の右に貼られた紙の下には、上

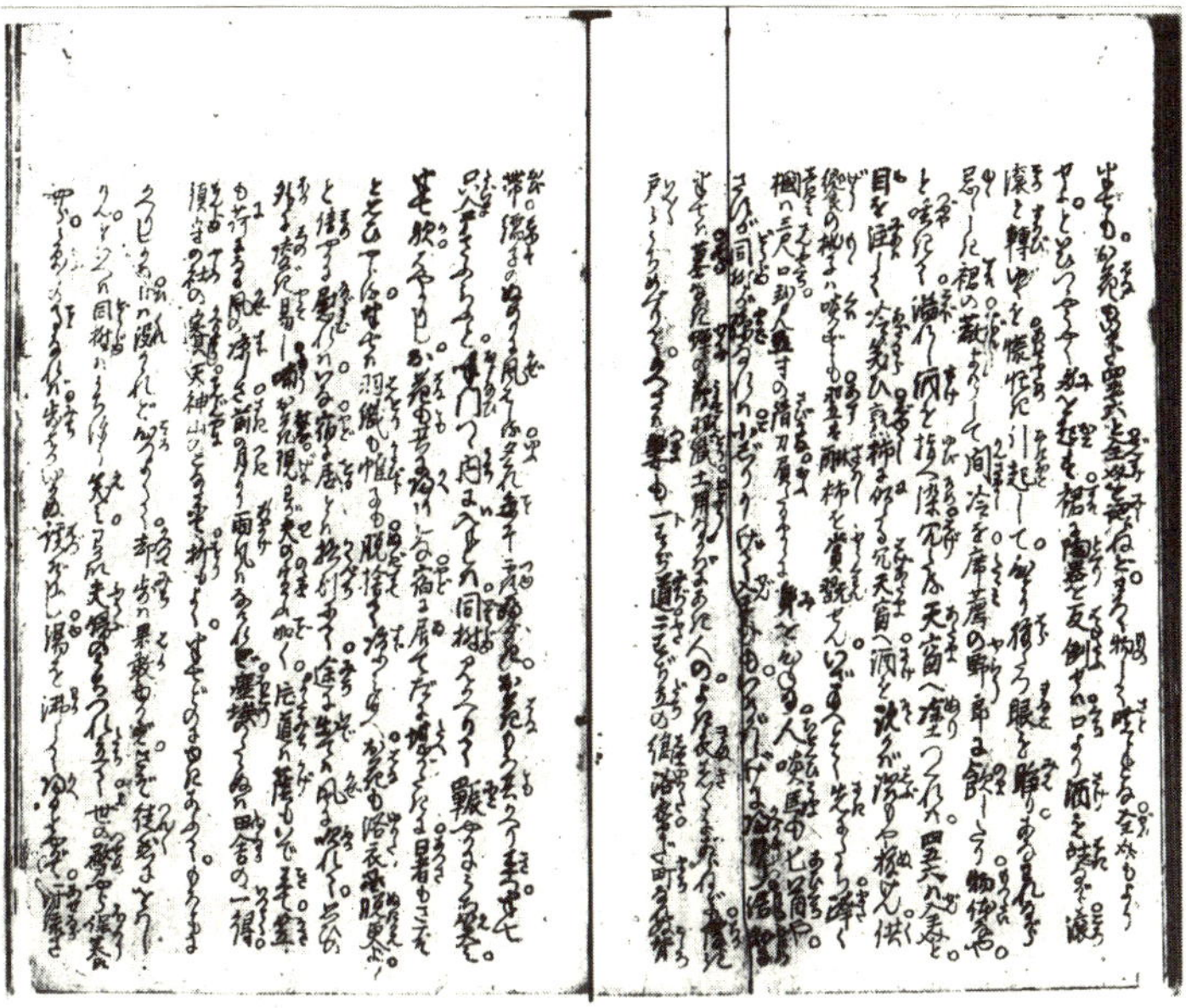

P 巻六、第十六章・章中部 165

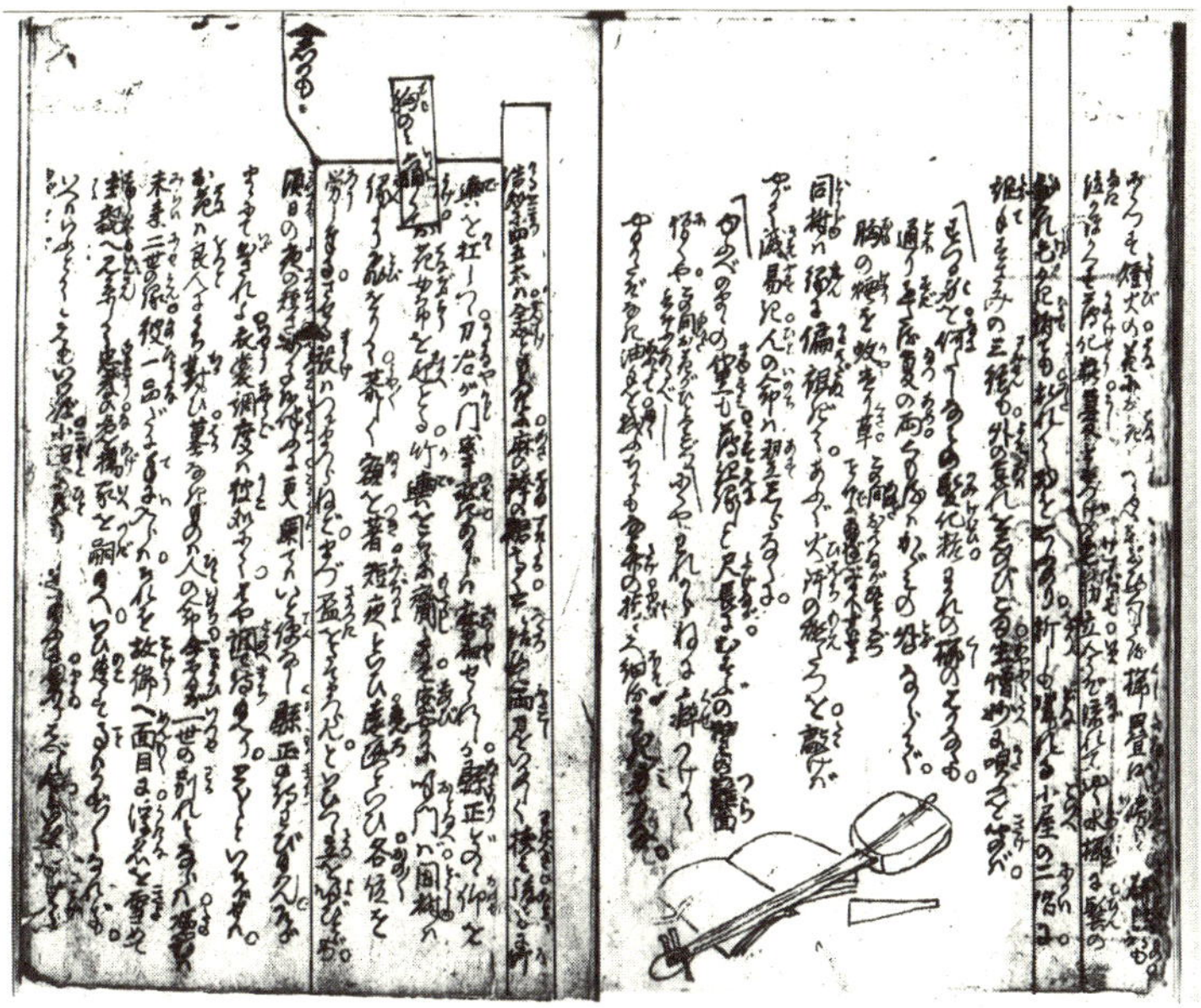

Qa 巻六巻末、巻七巻頭 170

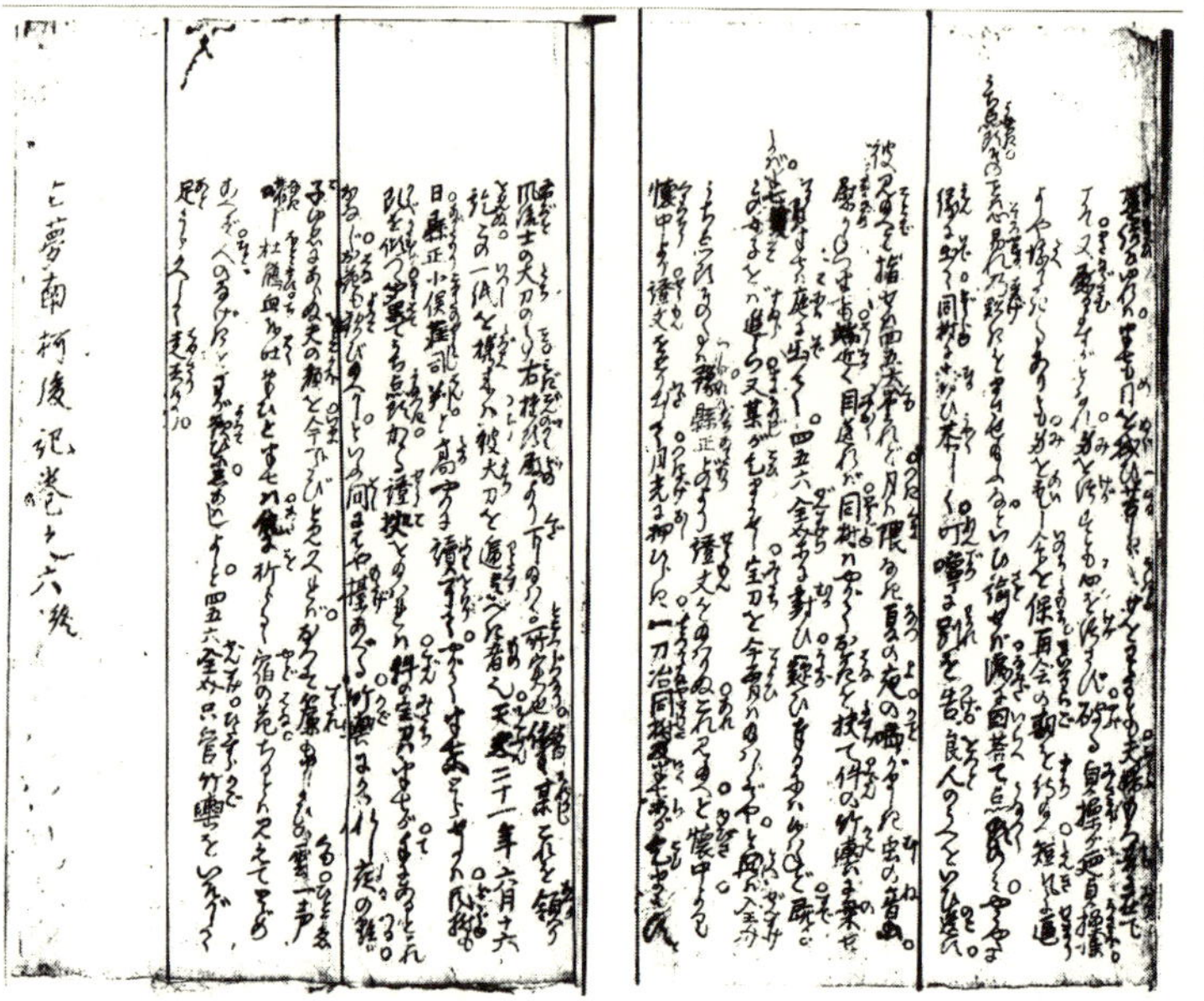

Qb　巻六巻末、巻七巻頭　171

部と同じ元のルビが隠れている。（173）〈**図版Qc**〉

29　右の右端で縦一文字に紙を継いではいるが、これはその左右でルビが繋がるので、元々一続きのものを一度切って、また繋いだもの。また章題「過《すぎ》去《こしかた》の庵主《いほのぬし》」は後から貼ったもので、その下やや左方は白紙を貼って元の字を消している。その下は「占夢南柯後記巻之五終」。（179）〈**図版R**〉

［巻八］

30　右の最終行の下方部は貼紙の上に書かれているが、その下には上下逆さまに「占夢南柯後記巻之八」とある。（206）

31　左に墨書で「これゟ末名許二丁／前帙のを用ふべし／この巻三十三丁迄下書のびざる様御書おさめ／文化八年辛未十二月吉日發行／松本平介／榎本惣右衛門／榎本平吉」とあるが、板本では「文化九年壬申春正月／良説發販大吉利市／江戸書賈／江戸橋四日市　松本平介／深川森下町　榎本摠右衛門　榎本平吉」となる。（236）〈**図版S**〉

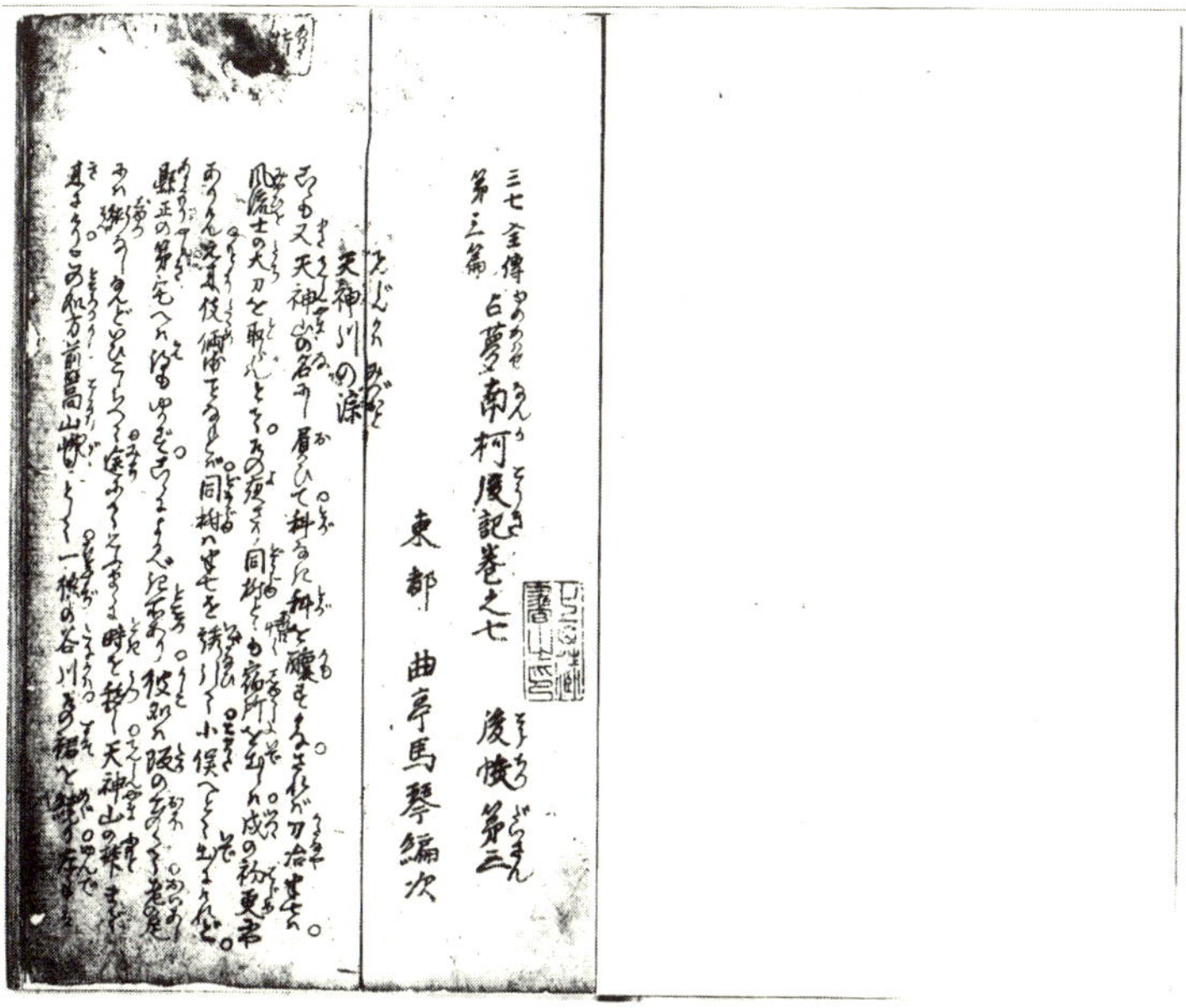

Qc 巻六巻末、巻七巻頭 173

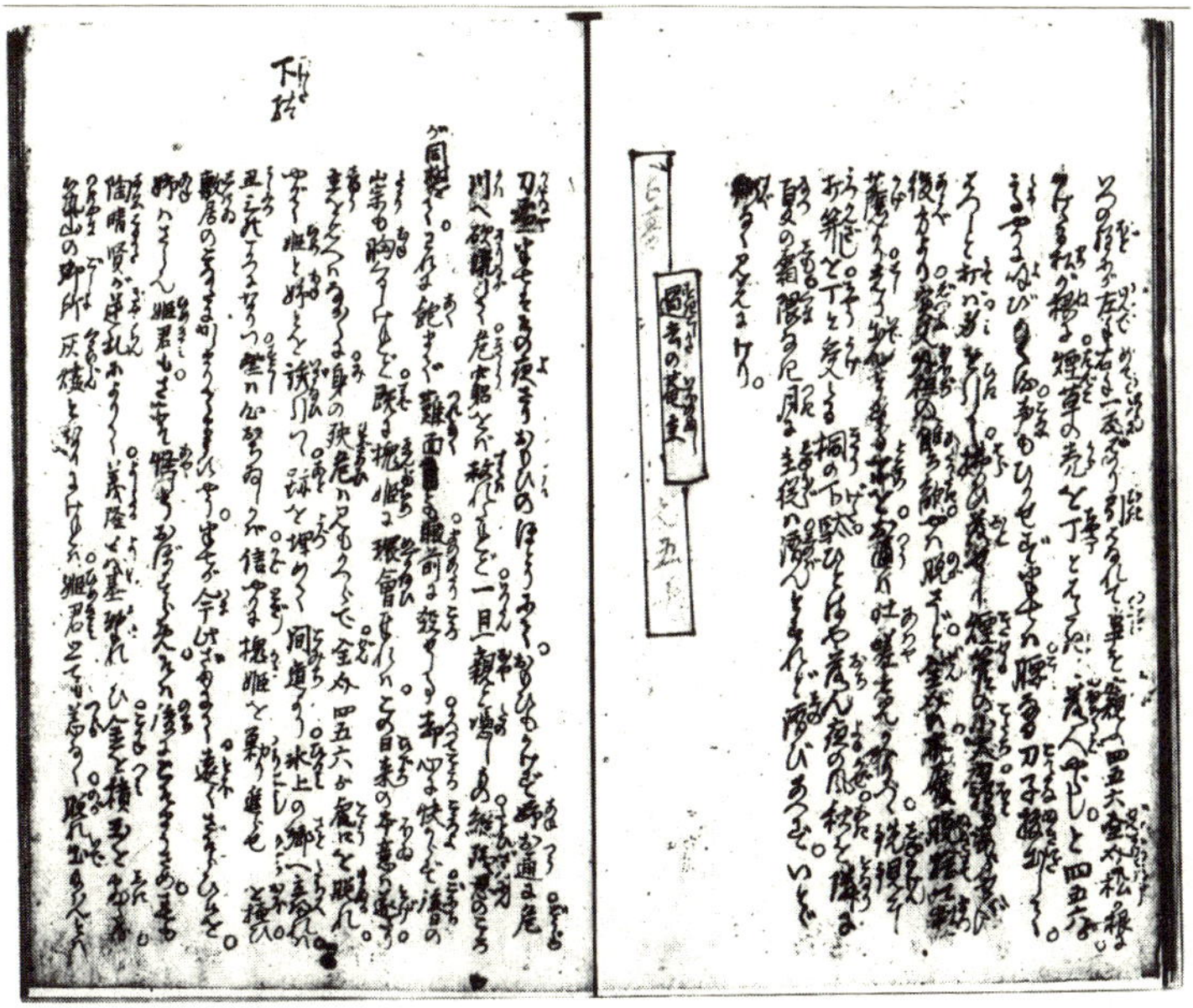

R 巻七、第十七章・章末部 179

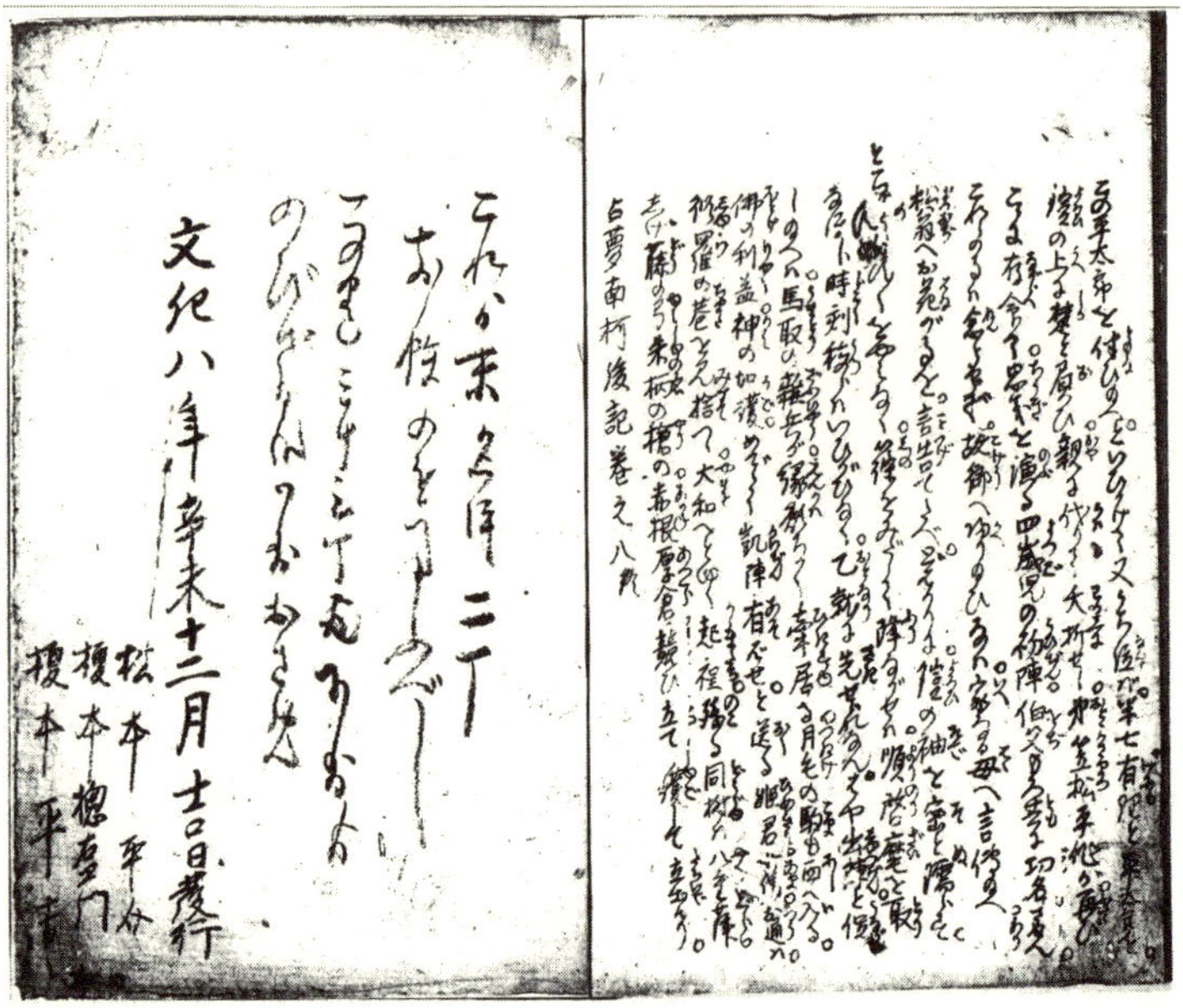

S　巻八、巻末刊記　236

次いで、これら1〜31の改変箇所の意味するものを、各箇所ごとに示してみる。

1　目録作製時には全部六巻を予定。また貼紙訂正の章題がさらに「夜嵐《よあらし》宿花《やどのはな》ノ上」（ルビ付き）から「晷《ひかげ》の夏花《なつのはな》ノ上」へ、「夜嵐《よあらし》宿花《やどのはな》ノ下」（ルビ付き）から「晷《ひかげ》の夏花《なつのはな》ノ下」へと変化。

2　登場人物名の名前の変更と、章題が「南柯《なんか》の夢《ゆめの》迹《あと》」から「南柯《なんか》の接木《つぎほ》」へと変化。なお、この登場人物名は、たとえば玉枕御前の場合、巻一を通して「玉葉」を貼紙訂正して「玉枕」と直し、巻二では始めから「玉枕」となっている。

3　章題「千日《せんにち》の夢後《ゆめのあと》」を後から入れて一章を二つに切った。

4　章題が「詭譎の葬送」から「詭偽《たばかり》の葬送《のべおくり》」に変化。

5　貼紙訂正が多いが、単なる文章の推敲例として掲げたものである。

6 章題が「米谷の谺塚」から「遠山《とほやま》の夕霞《ゆふかすみ》」に変化。

7 「雨後《うご》の月魄《つきしろ》」の章題を消すために、その前行の下と、章題の行および次の行の冒頭に文を加筆。なおその前に章題が「櫟下の道の露」から「雨後《うご》の月魄《つきしろ》」に変化している。

8 61と64の切口が続くことから、文を途中で切って巻二巻末を作った。

9 巻三の巻頭に文を足し、「雨後《うご》の月魄《つきしろ》」章をここから始めた。

10 ここまでが巻二とされていたものが、巻三の中に組込まれたもの。以前の巻二巻末と巻三巻頭の間を塞ぐために「木末《こずゑ》の点滴《しつく》」章の冒頭に加筆。

11 章題の前に紙が継がれてルビが切れているので、何らかの作業が行われたものと推測されるが、不明。

12 巻三巻末を作ったもの。

13 巻四巻頭「池《いけ》の中嶋《なかしま》の上《しよう》」章の冒頭部分を加筆。

14 13の続きと、本来の巻三巻頭を消去。またこの作業以前に、章題も「浮名の嬬夫」から「池《いけ》の中嶋《なかしま》の上《しよう》」に変化。

15 巻三巻末を、巻四の途中部分とした為、間に漢詩を加えて前後の章を繋いだもの。

16 「浮名《うきな》の嬬夫《いもとせ》」章の終わりで切って、巻四巻末とした。

17 刊記の稿本と板本の違い。売出予定が延びた為、後編と同刊記となったか(注5)。

18 巻五巻頭に「再識」と「附言」を付けた。

19 「秋雨《あきさめ》の笠松《かさまつ》ノ上」章題前の切り口が16の切り口と重なるわけではないが、この19の切り口に筆の一部(「秋」字か)が見えることから、おそらく、16の本文1行と、間に一行の章題が入り、さらにこの125の本文9行で計11行、半丁分を切り継いだと推測される。

20　章の途中に章題「秋雨の笠松ノ下」を入れて、一つの章を二つに分けた。

21　巻四巻末だったものを、巻五巻末に変えた。

22　巻五巻頭であったものを、巻六巻頭に変えた。

23　章題を「夜嵐《よあらし》の宿《やど》の花《はな》」から「晷《ひかげ》の夏《なつ》の花《はな》乃上《じよう》」に変えた。

24　切り口の左右でルビが繋がるので、半丁（11行）を途中で切り、間に「晷《ひかげ》の夏《なつ》の花《はな》乃下《げ》」の章題を付けて章を二つに分けたと考察される。なおこのために　本来8行目の切り口の下にあった「かくて」を10行目の頭に続けてやや小ぶりの文字で書き入れる処置を施したか。

25　「晷の夏の花乃下」という一章を書き始めて、一行の半ばを書いたところで中止し、章の切れ目とせずに前章に続けて貼紙の上に新たに文章を続けたもの。

26　下方に三味線図を入れ、かつよそごと浄瑠璃を書き足す（右4行から11行目）ために、書いてあった稿本を切り継ぎしたものと推測される。

27　26から続く切り継ぎ作業の続きであるが、26の左6行目から27の右5行目まで、27の右6行目から左5行目までがそれぞれ11行で、その間に入る切り口に残るルビが繋がることから、本来は双方、一続きの半丁であったと推測される。また、「晷《ひかげ》の夏《なつ》の花《はな》乃下《げ》」章の末で切り、ここまでを巻六とした。

28　切り口が合うことと、27の前の継ぎ目からの4行とこの丁の7行を合せて11行になるので、半丁を切り分けて「天神川《てんじんかは》の涼《みづおと》」章からを巻七に変えたもの。

29　以前の巻五巻末を巻七の途中に変えて「過去《すぎこしかた》の庵主《いほのぬし》」章を書き継いだもの。

30　上方のスペースに鑑みると、角書の「三七全伝／第三編」を入れることを忘れて題を書いてしまったため、それを貼紙で隠し、紙の反対側から又、書き出したものと推測。

31　刊記が稿本の十二月から、実際の売出し日などを考慮して板本で正月に変わったか（注6）。

以上をまとめると、稿本に加えられた作業は、

章題の変化…2、4、6、7、23

巻の切り方の変化…8、9、10、12、13、14、15、16、18、19、21、22、29

章の切り方の変化…3、20、24、25

その他

　文を増やす…26、27

　刊記…17、31

　人物名の変化…2

　目録の変化…1

　書き損じ…30

　理由不明…11

　単なる文の推敲（一例として）…5

となる。

これらのうち、「章の切り方の変化」は、「巻の切り方の変化」に伴って必要になった作業と考えられる場合が

多い。すなわちこれらからは、大きく「巻の切り方の変化」と「章題の変化」に伴なう作業が、浮かび上がってくるのである。

この「巻の切り方の変化」と「章題の変化」は、どのように行われたのであろうか。

III 巻数の変化

表2「章立てと巻の変遷」は章立てと巻の分け方の変化を、巻一の目録部の貼紙訂正の下（「目録訂正前」）、ルビなしの文字上の貼紙訂正（訂正前（ルビなし））、ルビ付きの文字上の貼紙訂正（「訂正前（ルビ付き）」）、稿本の完成段階（「稿本最終」）との、四つの段階に分けて示したものである。

この中で表面的に大きなものは、巻数の変化である。結論からいえば、この『占夢南柯後記』は全六巻をめざしていたものが、後から無理に全八巻に変えられたのである。そしてそのために、数々の切り継ぎや加筆作業が稿本に加えられたと推測できる。

この変化が、『三七全伝　三篇　占夢南柯後記』（巻五〜八）として売出された巻五の附言の末尾にある、

今釐《いまさき》て二帙《にへん》とするものは。例《れい》の書肆《ふみや》が所為《わざ》にこそ。（稿本による）

の一文に関わっていることは、容易に推測できよう。けれども、とりあえずはその背景は措いて、馬琴の稿本執筆作業に添って見ていくこととする。

『占夢南柯後記』を全六巻（「旧」で表示）から全八巻（「新」で表示）に変えるために、馬琴はどのような作

表2　章立てと巻の変遷

	巻之一	巻之二	巻之三	巻之四	巻之五	巻之六	巻之七	巻之八
目録訂正前	南柯の接木 千日の夢後 詐偽の葬送	・・・	・・・	・・・		・・・ 全本六冊 総目録終		
訂正前（ルビなし）	詭譎の葬送	米谷の谺塚 櫟本の道の露	浮名の嬬夫		晷の夏の花の下			
訂正前（ルビ付き）	南柯の夢迹	冬田の晩稲 雨後の月魄	木末の点滴 米谷の谺塚 池の中島の上	池の中島の下 浮名の嬬夫 秋雨の笠松	羈旅の新関 夜嵐の宿の花 天神川の涼			
稿本最終	南柯の接木 千日の夢後 詭偽の葬送	冬田の晩稲 遠山の夕霞■	雨後の月魄★ 木末の点滴★ 米谷の谺塚	池の中島の上★▲ 池の中島の下 浮名の嬬夫	秋雨の笠松の上 秋雨の笠松の下	羈旅の新関 晷の夏の花の上 晷の夏の花の下	天神川の涼 過去の庵主 槐樹の手斧	夜川の野航 合歓の花桶 柴櫧の雨笠

★章頭に文を加筆
▲章末に文を加筆
■次章の冒頭部を加える

業をしたのであろうか。

まず、それまでの五巻を新巻七の冒頭章までに割り振り、各巻の巻頭と巻末に必要な記載（たとえば「占夢南柯後記巻之二終」）を付けることをおこなっている。それ以外に、本文部分において彼がしたことを列記してみよう。

なお、「新」「旧」を付けた巻数を太字で示しておく。
① 第一章「南柯の夢迹」を、「南柯の接木」と「千日の夢後」の二つの章に分ける。
② **旧巻二**にあった「雨後の月魄」章を、そのために生じた空白部に加筆（A）して冒頭部を前章「遠山の夕霞」に付け、切った途中までを**新巻二**の終わりとし、残部に改めて冒頭部を加筆（B）の上で**新巻三**巻頭章とする。
③ **旧巻三**の冒頭章「木末の点滴」を**新巻三**の二番目の章とするため、前章「雨後の月魄」との間にできた空白部を埋める加筆（C）をする。
④ **旧巻三**の「池の中島の上」章の冒頭に加筆（D）し、**新巻四**の巻頭章とする。
⑤ **旧巻三**巻末章「池の中島の上」と**旧巻四**巻頭の第十章「池の中島の下」を、共に**新巻四**巻中の章として繋げるため、その間にできた空白部を埋める文を「池の中島の上」章末に加筆（E）する。
⑥ **旧巻四**の「秋風の笠松」章を二つに分けて「秋風の笠松の上」と「秋風の笠松の下」にし、**新巻五**とする。
⑦ **旧巻五**の「昼の夏の花の上」と「昼の夏の花の下」の分け目を、大幅に前に移動して（165→158）切り直し、共に**新巻六**に入れる。
⑧「昼の夏の花の下」章の章末部分を切り継ぎして、間によそごと浄瑠璃を入れる（F）。

※なお、加筆部分（A～F）については、Ⅳにおいて述べる。

これらは、多くはできた空白部を単純に埋めるものであったり、丁数や巻に収める章数の関係からなされたものであり、内容上の要請によるものではない。たとえば巻の切り方を変えた②にしても、内容的には旧切れ目の方が、赤根半之進の宿所の場面から新章が始まってすっきりとしていたし、⑦も旧切れ目の方が、半七夫婦の帰宅から新章が始まって内容的には諾われるものなのである。ただ、⑧だけが、少々、様子を異とし、この部分を増やす外的要因を見出せないことが注目されようか。

ともあれ、馬琴はこのような作業を加えて、全六巻予定のものをなかば強引に、全八巻に改訂させる作業をおこなったのである。

では、それらはいつ、どのような順序でなされたのであろうか。

この答えは、巻五から窺えるようである。馬琴の稿本の執筆法は『八犬伝』などで見る限り、おおよそ、まず本文をルビ（付け仮名）なしで書き継ぎ、一巻を書き終えた時点で挿絵の下絵を考案し、次いでその巻のルビを通して付けている。しかし、旧巻五（稿本最終段階では巻六）のみ、この原則を当てはめることができないのである。**表2**には記してないが、この表に収まり切らない作業が巻五にはなされている。たとえば「昼の夏の花の上」は、ルビ付きの章題である「夜嵐の宿の花」の貼紙訂正であるにもかかわらず、その先に「昼の夏の花の下」（ルビなし）と書かれた章題があり、その章題が次の一行の半ばまでを書いた途中で書き直されている。また、章の途中にあらたに文を書き入れる（前述の⑧）など、この巻には他には見られないほどの複雑な加筆訂正が加えられている。これらすべてを考慮に入れ、旧巻五の執筆順序を再現してみるならば、それらはおおよそ、以下のようになるのではなかろうか。

①　巻五巻頭（146）より起筆↓

②　「羇旅の新関」章（146〜154）を執筆↓

③　「夜嵐の宿の花」章（154〜165「帰りけり」まで）を執筆↓

④　ここまでのルビを付ける↓

⑤　章題「夜嵐の宿の花」を「晷の夏の花乃上」に変える（154）↓

⑥　「晷の夏の花乃下」章を書き始める（165）↓

⑦　「晷の夏の花乃下」章の第一行の半ばまで書いた時点で中止（165）↓

⑧　「晷の夏の花乃上」の章末の「帰晁《かへり》」の「晁」字に貼紙をし、その上に「けり。浩処に《かゝるところ》」と加筆し、さらに文を継いでこの章を延ばす（165）。その結果、「晷の夏の花乃　上」章は171までとなる↓

⑨　「天神川の涼」章（173〜179）を執筆↓

⑩　「占夢南柯後記巻之五終」（179）↓

⑪　165からのルビを付ける（165〜179）↓

⑫　「晷の夏の花乃上」章を途中の158で切って、章題「晷の夏の花乃下」を入れる↓

⑬　「晷の夏の花乃下」章を途中で切って、よそごと浄瑠璃を新たに加筆（170、171）↓

⑭　「晷の夏の花乃下」章の終わりで切って、巻六巻末とする（171）

このような複雑な書き方がされたのは、この巻だけである。

なぜこの巻だけが、こんなにも入り組んだ書き方をされたのであろうか。注目されるのは、この⑬以降の作業が、すでに全六巻から全八巻への改変作業の中に入っていることである。この後、馬琴は⑩の巻末表示を貼紙で消して、その上に次の章題「過去の庵主」を書き継いでいく。以後この稿本に、原紙を切り継ぎ、かつそれらが単なる紙継ぎとは思えないような複雑な作業の跡は見られなくなる。さらに、前述（II）の改変箇所30を思い出してみよう。これは単に巻八冒頭の一行を書き間違い、その紙を無駄にせずに反対から書き直していったものであるが、その貼紙下に既に「占夢南柯後記巻之八」と記されていることは、この巻が最初から「巻八」として書かれたことを物語っているのである。

これらを合わせると、『占夢南柯後記』の巻数の変化がいつおこなわれたのかが、おのずと浮かび上がってくる。

馬琴は、この書を巻五まで書き、その巻五執筆中に、全六巻から全八巻への変更を決意したのである。この巻五までに刊本全二二章のうち、書かれたのは十五章。全六巻とするのならば、巻六は上下二冊となるか、いずれにせよ随分ときつい仕事となるのは目に見えている。全八巻、前後編と分けた発売とすることで、どうにか馬琴は、『占夢南柯後記』の世界を書き収めたのである。

さらにこれを裏付けるのが、変更箇所（II）の1の、「全本六冊」の目録の貼紙の上に書かれた「前帙四冊」「後帙四冊」計八巻の目録である（**図版Aa**）。これらは、稿本の最終形態である全八巻の章題がすべて正確に書かれているにもかかわらず、「晷《ひかげ》の夏花《なつのはな》ノ上」と「晷《ひかげ》の夏花《なつのはな》ノ下」は貼紙訂正されており、その下は共にルビ付きの「夜嵐《よあらしの》 宿花《やどのはな》ノ上」と「夜嵐《よあらしの》 宿花《やどのはな》ノ下」であった。いったい、この目録はいつ、書かれたのであろうか。巻五の稿本に見る限り、この訂正がなされ得るのは、巻五の「夜嵐《よあらしの》 宿花《やどのはな》ノ上」章（154〜165）が書かれてルビが振られてから、馬琴が次の章題を「晷《ひかげ》の夏花《なつのはな》ノ下」と変えるまでのわずかな時間しかないのである。すなわち、巻一にある全八巻の目録は、全六巻を予定していた『占夢南柯後記』の巻五を書いている段階で、書かれたのである。

　では、その作業のなされた具体的な日付はいつなのか。

　ここで、一つの疑問に突き当たらざるを得なくなる。馬琴の読本執筆法については前にも触れたが、現存の稿本や日記、書簡類から窺えるところでは、事情が許す限り、毎日ほぼ一作のみを執筆し、多くは集中して一定期間に書き継いでいる。すなわち前述の『占夢南柯後記』玄同陳人再識にも述べるように、ぶっつけ書きでかなりの速度で取り組んでいるのが通常であり、その作製順は、前述のように、まず本文をルビなしで書き継ぎ、一巻を書き終えた後に挿絵を考案し、さらにルビを通して付けている。こうやって全巻の本文を仕上げて後に目録を付け、最後に序を記していく（注7）。ところが『占夢南柯後記』では、稿本後表紙に示された執筆記録が、これを裏切るのである。

表3　文化八年馬琴執筆表

	1月	2月	閏2月	3月	4月	5月
占夢南柯後記					巻一 4/5起 4/23日了	
その他の著作 ※序文による	浪葩桂夕潮（合巻） 千葉館世継雑談（合巻）	鳥籠山鸚鵡助剣（合巻） 後ノ2月	敵討仇名物数奇（合巻） 閏2月			

表3「文化八年馬琴執筆表」の上部は、『占夢南柯後記』稿本の各巻後表紙にある執筆と序文年記を示したものである。これによると、巻五に置かれた「再編占夢南柯後記序」の年記記載「辛未初冬」(注8)は巻八執筆完了の翌日となり、そのまま諾われるのであるが、巻一の序年記「文化辛未立秋の日」（六月十九日）は、巻一執筆後、巻二完成前という極めて不安定な時期に位置しているのである。馬琴著作の中で、このような例は、管見の限り、他に知らない。

　馬琴の執筆法から類推すると、実はこの六月十九日の段階で、すでに少なくとも巻四までは完成していたと考えるのが妥当なのではないだろうか。一作に専念して書き継ぐのが通常の馬琴の執筆速度としては、巻一の始筆時期から見てこの方が、むしろ自然に思えるのである。さらにいえば、この六月十九日こそ、全六巻から全八巻への転換がなされた日を暗示しているのではないだろうか。すなわち、これまでの推測を活かすならば、旧巻五の途中までが、この時点で書かれて

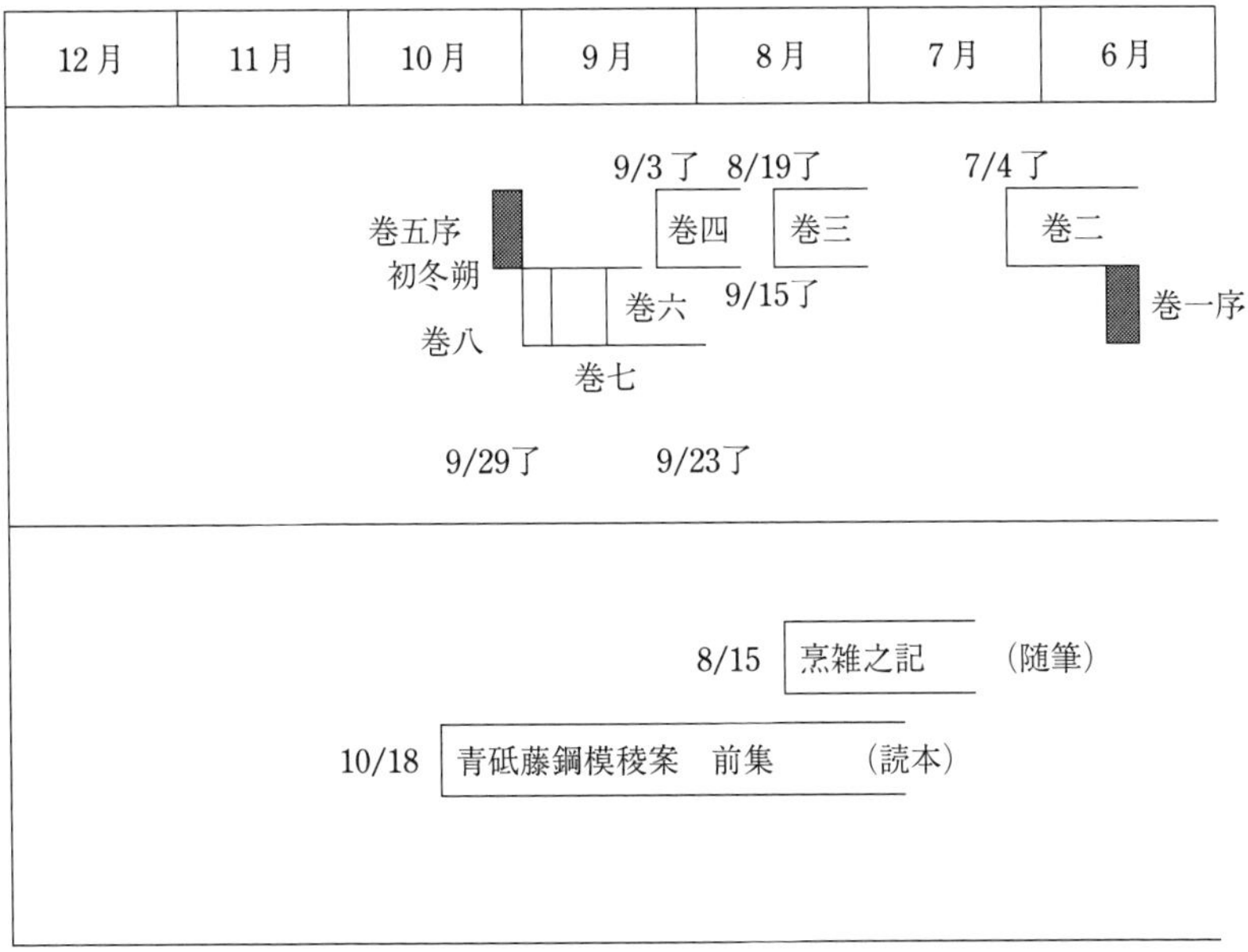

いたということである。

では何故、六月十九日なのであろうか。というより、馬琴はこの時期、何をしていたのであろうか。

前述の**表3**の下部は、文化八年［一八一一］における、馬琴の他作品の執筆表である。これでみると、馬琴が合巻の執筆よりも熱を入れるという読本の『青砥藤綱模稜案』前集五巻五冊の序年記は「辛未肇冬豕兒之日」（十月十八日）であり、おそらくはそれに繫がる秋の日々はこの『模稜案』執筆に勤しんでいたと推測される。そして夏の日々、馬琴の執筆表は空きがちとなる。先に立秋以前に『占夢南柯後記』旧巻五の途中までは書いていたのではと提唱したが、この下部の執筆表の四月から六月に『占夢南柯後記』を入れるならば、この表に見える馬琴の執筆活動は、この年のほとんどの月を充足していくのである。文化八年秋、馬琴が毎日、筆を取っていたのは『模稜案』であり、その合間を縫って、『占夢南柯後記』の決着が付けられていたのではないだろうか。そしてそのことが、現在の『占夢南柯後記』巻八に見られる、慌ただしい終結部の理由の一翼を担うのではないだろうか。

ところで、馬琴自身の年記を操ってみると、この時期、瀧澤家を襲ったある出来事にぶつかる。それは長女・さきの婿養子の騒動一件である。この婿養子には貸本渡世をさせたものの、彼は御制禁の春画本なども扱い、これに怒った馬琴の意見を無視して家出し、結局、さきとの仲は離縁となったものである。ちなみに馬琴は翌年にももう一度、同じような苦労をさきの婿養子について経験している。この二人の養子騒動について、馬琴はこう述懐している。

之に前後両度の養子弘メ廿両程入用かゝり候へは、都合五十金余之損毛に候へども、その節は著述さかりにて、年々筆耕料も如意に取上候ニ付、どうやらかうやらくり廻し、深き借財も不仕候。右最初の養子は未の年三月引とり、同年八月離縁いたし（後略）
（文政元年十月二八日付鈴木牧之宛書簡）

三月から八月というこの一番目の養子騒動は、まさに『占夢南柯後記』の執筆時期と重なっている。この書の、原稿切り継ぎによる巻の水増し作業という形を受け入れ、全八巻を『三七全伝南柯夢』二、三篇として売出すことを承知した理由、それはこの瀧澤家の不時の大金出費という事態であったと考えてよいのではないだろうか。六月十九日という日付は、馬琴が長女・さきの婚姻により生じた不祥事を解決するための資金調達法を、真剣に探していた日々の中にあった。全八巻二回発売という条件を受け入れた馬琴は、まず巻一巻頭の目録部を書き直し、次いで第二編序を書いていったのであろう。『椿説弓張月』で確固たる地位を既に築いた馬琴が、馴染みの書肆・木蘭堂の懇望を受け入れて、この書をこんな形で出した背景には、馬琴なりの事情が存したと考えられるのである。

Ⅳ　構想の変化

前述のように、**表2「章立てと巻の変遷」**は、章立てと巻の分け方の変化を、巻一の目録部の貼紙訂正の下、ルビなしの文字上の貼紙訂正、ルビ付きの文字上の貼紙訂正、稿本の完成段階との、四段階に分けて示したものである。

貼紙訂正をルビの有無によって分けたのは、それによって貼紙のおこなわれた時期が限定されるからである。

馬琴の稿本執筆の方法は、前述のように、まず本文部分をルビなしで書いた後に、ルビを付けていた。ルビ付けは、多くはその巻を書き終えた時点での一括作業であるが、時に巻を前後に分けて章の終わりでもおこなうことがある。そこで、ルビが付いているものは大方はその巻完成以降の作業と見ることができ、ルビなしは執筆途中での変更と考えられるのである。

これらのことを踏まえて**表2**を見る時、この稿本に見られる変化が、前章で取り上げた巻数の変化以外に、執筆途中における構想の変化をも示していることに気付かされよう。すなわち、章題の変化を追うことで、書くという行為の中での馬琴の構想の変化、馬琴のこの書における構想の揺れを、辿ることができるのである。

馬琴は、章名をどのように変化させていったのであろうか。ＡＢの二つに大きく分けて、分析してみよう。

Ａ　まず「**米谷の谺塚**」章は、章名が執筆の途中で「**遠山の夕霞**」に変わり、間に「**雨後の月魄**」「**木末の点滴**」章を入れて、第八章にあらためて「**米谷の谺塚**」という名の章が来ている。すなわち、はじめ「**米谷の谺塚**」という章一つに収める予定の内容が、「**遠山の夕霞**」「**雨後の月魄**」「**木末の点滴**」「**米谷の谺塚**」の四章に膨らんだのである。また「**櫟本の道の露**」章は、章名が執筆中に「**雨後の月魄**」へと変化したが、その章名は命名から推すと次章の「**木末の点滴**」に通う。つまり、前者の中で、さらに「**櫟本の道の露**」という章一つ分を予定して書き始めた章が、「**雨後の月魄**」「**木末の点滴**」の二章に膨らむという、二重の膨張過程が窺えるのである。

Ｂ　継いで「**浮名の嬬夫**」章は、章名が執筆の途中で「**池の中島の上**」に変わるが、この次に「**池の中島の下**」巻を挟んで「**浮名の嬬夫**」という名の章が位置してくる。すなわち、はじめ「**浮名の嬬夫**」という一章予定のものが、「**池の中島の上**」「**池の中島の下**」「**浮名の嬬夫**」の三章に執筆中に膨らんだことになる。さらに、「**池**

の中島」章自身が、全八巻への改定以前には旧巻三巻末と旧巻四巻頭として、巻を挟んで二つに別れて存在しているということで、その中であった構想の拡張をはっきりと示しているといえよう。

では、これらの馬琴の予定を裏切って膨張していった章は、どのような物語展開を持っているのであろうか。これらは、第五章から十一章までを占め、Ⅰの梗概でも述べたように、

A　風流夫の太刀を取りに米谷山に向かった赤根半之進の駕籠を目がけて全介が鉄砲を撃ちかけるが、駕籠の中には晩稲が自害していた。晩稲の遺骸を葬った全介と四五六は米谷山へ赴くが、魔風が吹いて風流夫の太刀は西を差して飛び去る。

B　半之進の罪によって続井家の池の築島に閉じこめられた半七は、祈りに行った弁才天の御堂で許嫁の初花に出会う。玉枕御前の情で二人は命を助けられ、小舟で池から逃される。

というものである。

まずAでは、物語の主筋に対して果たす分量から推して過分に書き込まれていると思われるのは、母・晩稲を殺したと思った全介の愁嘆場と、晩稲の死体の処理についての四五六と全介の会話である。またBでは、半七と初花の出会いと追放の場が、延々と述べられているのである。

さらに付け加えるならば、ルビ付きの部分からの改変であっても、「**南柯の夢迹**」が「**南柯の接木**」と「**千日の夢迹**」の章に分かれ、「**秋雨の笠松**」章が上下二つになったことや、「**夜嵐の宿の花**」章が「**暑の夏の花の上**」「**暑の夏の花の下**」へと変わったことも、章の内容が引き伸ばされた跡を見せているといえよう。これらの内容

は、たとえば人々の詠嘆を中心に些事に至るまでを描いた法事であり、園花、夏山と三勝との鞘当てであり、笠松平作の死の場を巡る園花たちの長い愁嘆場であり、半七お花夫婦のこまやかな情愛と、全介が自分は悪者であるといって同樹に取り入る滑稽である。

これらを並べると、「全介」を取り巻く部分と「死」に因む部分、それに「半七・お花」に絡むものが目に付く。これは、物語の主題からみると一見、当然なようではあるが、実は物語の主筋を直接には押し進めない部分であることも多いのである。たとえば、全介はこの物語の主人公ともいえる人物であるが、性格設定が統一されておらず、晩稲の死体を巡る四五六との会話にみえる孝行者としての側面と、同樹への見かけにかかわらず悪人だから受け入れて欲しいと願う滑稽さ、さらに全介本人ではないが第三章「**詭偽の葬送**」でのドタバタ劇的な騒動などの印象が重なって、全介の人物像にちぐはぐな印象を与えている。

また、半七お花にしても、二人が思いがけぬ逢瀬を池の中嶋で遂げて追放されるのは、物語の主筋に必要不可欠ではあるが、三章にまで増やすほどの大きなエピソードとはなり得ていないのである。仮に物語を馬琴の当初の執筆予定のままに章立ててみれば、「**冬田の晩稲**」「**米谷の谺塚**」「**浮名の孀夫**」「**秋雨の笠松**」「**羈旅の新関**」「**夜嵐の宿の花**」（巻二〜巻六部分）となろうか。実のところ、これらの章名だけで、『占夢南柯後記』の物語世界は充分に追うことが可能なのである。

V　『占夢南柯後記』の執筆

『占夢南柯後記』について、『近世物之本江戸作者部類』は次のように記す。

南柯後記は南柯夢の板元榎本平吉が好みに促してこの作編あり作者の本意にあらすといへども看官の喝采又前板に劣らすといふ

また、巻一序文（稿本による）の後半にいう。

書賈《しよこ》木蘭堂《もくらんどう》。常《かつて》南柯夢《なんかのゆめ》の続編《ぞくへん》を版《はん》せんと請《こふ》。しかれども彼篇《かのへん》は。既《すで》に全《まつた》く局《きよく》を結《むすび》て。絶《たえ》て一物《いちもつ》を遺《のこ》さず。更《さら》これを續《つぐ》とも労《ろう》して功《こう》なし。夫流竭《それながれつき》て飲《いん》を求《もとむ》るものは。新《あらた》に井《ゐ》を穿《ほる》にしかず。月没《つきおち》て明《めい》を求《もとむ》るものは。更に燭《しよく》を点《てん》するにしかず。不如《しかず》々々《く》。と推辞《いなめ》ども聴《ゆるさ》ず。顧《おもふ》に彼木蘭書賈《かのもくらんしよこ》は。嚢《さき》に南柯《なんか》の下《もと》に坐《ざ》して。偶《たま〳〵》兎《うさぎ》を獲《え》たるもの也。宣《うべ》なり株《くひぜ》を守《まも》ること。これその守《まも》るの癡《ち》なるにあらず。われその株《くひぜ》を作《つく》れば也。遂《つひ》に編《へん》を嗣《つぎ》。藁《こう》を脱《だつ》して。もてその欲《よく》に充《みて》。題《だい》して南柯後記《なんかこうき》といふ。亦是再寝《またこれまたね》の夢物語《ゆめものかたり》を。鄭《てい》の薪者《きこり》が鹿《しか》に擬《ぎ》したり。若邯鄲《もしかんたん》乃客人《きやくじん》もこれを閲《けみ》し。夢殿《ゆめどの》の先生《せんせい》もこれを取《と》らば。書賈《しよこ》は必兎《かならずうさぎ》を捨《すて》て。亦《また》いちはやく鹿《しか》を獲《え》つべし。

本書が『三七全伝南柯夢』の後編であるとはいっても、もともと『三七全伝南柯夢』という完結した物語に続編を作ることの不自然さを馬琴は充分に知り、そのことを木蘭堂に伝えても、欲に迷ったこの書肆は受け入れなかったとも述べる。

そして、その馬琴の困惑をそのまま投影したかのように、『占夢南柯後記』の世界は、いびつなままに終わっている。たとえば、各章の趣向にしても、既に笹野堅氏の指摘（注9）にあるように、巻一第三章「詭偽の葬送」は、福内鬼外の浄瑠璃「忠臣伊呂波実記」七段目を用いており、その章だけが不自然に浮いた喜劇的な感覚を与えているし、前半部の丁寧な物語の進捗に対して、巻八の慌ただしい終結は、一種、京伝読本の世界に通う、眩暈を誘うような舞台空間を思い起させ、ほとんど全体構想が無視されたことを示している。このような破綻のみなもとは、馬琴の言によるかぎり、すべて版元・木蘭堂に帰する。

はたして、そうなのか…。

『占夢南柯後記』稿本に残る切り継ぎの跡の多くは、全六巻予定で書き進めていた書を全八巻に変更するための行為のもたらしたものであった。Ⅲで述べたように、このために馬琴は巻の切り直しをし、①〜⑧の作業をおこなっている。それらのほとんどは通常の巻頭や巻末体裁に整えるための作業であるが、その中で、馬琴が本文部分に加筆したところが六箇処ある。それらの文を並べる。（A〜Fの記号はⅡで使用したもの）

A　正是《まさにこれ》。帰《かへ》らじと思へばあづさ弓《ゆみ》。なき数《かず》にいる名《な》をぞとゞむる。と詠《よめ》るこゝろなるべし。かゝりし程《ほど》に。（新巻二「遠山の夕霞」章中60）

B　叢蘭《そうらん》しげらんとすれば。秋風《しうふう》これを破《やぶ》り。忠臣《ちうしん》諫《いさめ》んとすれは。庸主《ようしゆ》これを拒《こば》む。さはれ忠義《ちうぎ》の狗《いぬ》となるとも。乱離《らんり》の人《ひと》なることなかれ。人生《じんせい》およそ五十年《ねん》。三寸呼吸《さんすんいき》絶《たゆ》れは萬事休《ばんじきう》す。惜《をし》め惜《をし》む。身《み》さへ骨《ほね》さへ朽果《くちはて》て。残《のこ》るは後《のち》の名《な》のみならずや。（新巻三「雨後の月魄」章冒頭64）

C　国《くに》に君《きみ》なければ四民聚《しみんあつま》らず。隊《むれ》に主《ぬし》なければ。従類《じやうるい》全《まつた》からず。されば半之進《はんのしん》が従者抔《ともひとら》はみなこと〳〵く臆《おく》したるにはあらねど。嚮《さき》にその主《しやう》に立《たち》わかれて。人《ひと》のこゝろならず。しかも闇夜《くらきよ》に。跡絶《とたえ》たる松原《まつはら》を過《よぎ》るなれば。只管《ひたすら》に歩《みち》をいそがんとおもふのみ。前後《ぜんご》を見かへるに遑《いとま》なき折《をり》。ゆくりなく鉄砲《てつほう》をうちかけられしかは。更《さら》に敵《てき》に懸《むけ》む（ママ）かはんとは得《え》せず。或《あるひ》は一旦《いつたん》の虎口《こゝう》を避《さけ》んとし。或《あるひ》は事の為体《ていたらく》を。半之進《はんのしん》に告《つげ》んとて。四零《ちり》〳〵八落《はら》〳〵に迯失《にげうせ》しかは。遂《つひ》に丹三《たんざう》を撃《うた》しけり。かゝりし程《ほど》に（新巻三「木末の点滴」章冒頭70）

D　因果覿面《いんぐわてきめん》の理《ことわ》り。誰《たれ》かはこれをおもはざらん。しかれども。一旦《いつたん》の利《り》にひかれ。慾《よく》にまどひ。不覚《そゞろ》に禍胎《くわたい》を醸《かも》するときは。長《とこしなへ》に毒《どく》を流《なが》して。子孫《しそん》その餘殃《よわう》を受《うけ》て。又憐《またあはれ》ふべし。されば赤根《あかね》半六が如《ごと》き。陽《あか》く領主《れうしゆ》の驕奢《おごり》をたすけて。陰《みそか》におのが営利《ゑのり》をはかり。米谷山《よねたにやま》なる霊木《れいぼく》を伐《き》りしより。その身猛《みにはか》に發跡《なりいで》たれども。憂苦《ゆうく》に横死《わうし》せしのみならず。一子《いつし》半七も。又流浪《またるらう》して。ぬれきぬのなき名《な》を立《たて》られ。やうやくに天日《ひのめ》を観《み》て。更《さら》に続《つゝ》井家《ゐけ》の長臣《おさ》となるものから。今亦罪《いままたつみ》なき罪《つみ》を得《え》て。うち嘆《なげ》くにはあらねども。その子《こ》。後《のち》の半七さへに。墓《はか》なくも罪《つみ》をまして。百折千磨《さまさま》の艱苦《かんく》を経《へ》たる。縁故《ことのもと》を尋《たずぬ》れは。そは親《おや》の為《ため》。これは只《たゞ》。忠義《ちうぎ》の為《ため》となす術《わざ》も。倦《あか》ずや（新巻四「池の中島の上」章冒頭91～92）

E　正是《まさにこれ》。公道人情《こうどうにんぜう》　両《ふたつながら》是非《ぜひ》　人情公道《にんぜうこうどう》　最《もつとも》難《がたし》レ為《なし》　若依《もしよれは》ニ公道《こうどうに》一人情《にんぜう》欠《かけん》順《したがはゝ》ニ了人情《にんせうに》一公道《こうどう》虧《かけん》と賦《ふ》したりける。世諺《よのことわざ》をおもふなるべし。（新巻四「池の中島の上」章末101）

F　おくれ毛《け》かき撫《なで》ても。乱《みだ》れて物を思ふめり。折《をり》しも隣《とな》れる小屋《こいへ》の二階《にかい》に。誰手《たがて》すさみの三絃《さみせん》も。外《よそ》の哀《あは》れをしのびこま。生憎妙《あやにくたへ》に唄《うた》ふを聞《きけ》ば。〽すつる身《み》を。何《なに》たしなみの髪化粧《かみけはひもの》。わかれの櫛《くし》のはかなくも。通《とほ》り過《すぎ》たる夏《なつ》の雨《あめ》。くもるはかゞみの咎《とが》ならで。胸《むね》の煙《けふり》を蚊《か》遣《や》り草《くさ》。この間《あひだ》おはながひとりごつこと葉《ば》あるべしみる人すいせよ同樹《どうじゆ》は縁《えん》に偏袒《かたはだぬ》ぎて。あふぐ火鉢《ひはち》の燃《もえ》たつを。敲《たゝ》けばやがて滅易《きえやす》き。人《ひと》の命《いのち》は翌《あす》しらなくに。〽ゆふべのまゝの黛《まゆすみ》も。薄《うす》き縁《えに》しと尺長《たけなが》に。むすぶのかみの難面《つら》憎《に》くや。この間《あひだ》お花がひとりごつ言葉あるべし　〽にくやわれからねに癖《くせ》つけてやるかたぞなき油手《あぶらて》を。拭《ぬく》ふちからもなよ竹《たけ》の。指《ゆび》さへ細《ほそ》るうき身《み》かな。（新巻六「暑の夏の花の下」章中1 70）

この中で、Aの和歌は馬琴気に入りのもので、『松染情史秋七草』巻一や『玄同方言』巻一下にも使用しており、またCは空間を埋めるだけのもので特別な意味を何ら持ってはいない。対してBDEの三つは、内容的にはまさに馬琴読本の特徴ともいえる、儒教倫理を前に打出した説教臭の強い文章である。これらは後の『八犬伝』では所々に見受けられ、いかにも馬琴らしさの滲み出た文として馴染みのものとなる。しかしながら、それらが『占夢南柯後記』では、内的必然性を持たずに、単に稿本の空白部を埋めるという物理的必要性から無理矢理にはめ込まれていることは、注目に値しよう。これだけで結論付けることの危うさは充分承知しなければならないが、章の冒頭や終わりに付けられることの多い、馬琴らしいとされる知識を披瀝する形での教訓には、案外、取って付けたような希薄な存在理由で、気楽に添えられたものも多いのかも知れない。

最後にF（⑧）であるが、これは『南柯夢』におけるお通に覚えさせた遺言に対して置かれたかとも考えられるが、位置的にも空白部を埋めるためではなく、わざわざ割り込んで入れられており、内容的にも他と異色のものとなっている。これについては、後述する。

ところで、馬琴が、旧巻五までの五巻を新巻七の途中までに分け直す作業の中で、加筆したのは以上の部分だけである。反対に、できあがっていた原稿を削り、新たに推敲を加えた跡は見出せなかった。すなわち、馬琴は巻の切り直し作業の中で、それまでの原稿を最大限に活かし、最小限の加筆をするに留めたのである。それはむしろ、出来上がった稿本に機械的に鋏を入れ、必要最小限の工作を加えることによって巻数を変化させた作業に過ぎなかった。版元・木蘭堂の要請に従って全八巻への改変をおこなう作業は、その意味では、案外に簡単なものであった。そして残された物語の完結に向けて、巻七と八には目まぐるしいばかりの内容が盛りこまれている。この終結部の慌ただしさが、『占夢南柯後記』の全体の均衡を壊しているのであるが、この時点で、馬琴はこの物語の終結に向けて、一散に走り出すことしかしなくなっていた。すなわち『占夢南柯後記』は、全八巻に直すことにより、物語を膨らませたのではなく、むしろその後の展開を必要最小限に押さえ圧縮し、物語をなかば力づくで収斂させたのである。

馬琴の言（三編巻頭の附言）によれば、全八巻を二つに割いて二、三編として売出すことは、書肆のさかしらによるものであるという。しかし、執筆も終わり近くなって急遽、全六巻予定から八巻へと変化させざるを得なかったのは、書肆の責任だけに負うものなのだろうか。少なくとも、全六巻予定の巻五までの執筆時点では、物語はあと一巻だけで大団円を迎えるには、あまりに多くの枝葉が、四方に枝を張り延ばしたままで置かれていた。巻数の増加を何よりも必要としたのは、書肆・木蘭堂ではなく、著者・馬琴側の事情だったである。そのままの進め方では、おそらくは七巻位となったであろう『占夢南柯後記』を、販売利益を考えて二編に分けて販売するために「全八巻」という形態を提唱したのは、木蘭堂の都合であったかも知れない。しかし、物語を延ばしたのは、馬琴自身だった。そしてその原因は、馬琴の読本に多く見られる、執筆途中での構想の膨張に他ならなかった。

馬琴がつい筆をすべらして、感興のままに予定を越えて書き込んでいったもの、それはたとえていえば「情」の部分である。それらは、危機の中で束の間逢うことを得たお花と半七という愛し合う男女の切ない気持ちや、夫・赤根半之進の危機を迎えた恋女房の三勝の女心の動き、そして晩稲の死体をねんごろに葬りたい全介の気持ちであり、笠松平作の親の身代わりとなる死を悼む父と母、残される妻と幼い子の嘆きである。そしてまた、時には全介と同樹の珍妙な会話も混ざる。それらは、「人情」をたっぷりと見せる場を中心としている。前述の稿本加筆部分の中での異質なFは、実はこの路線の中に収まる。風流士の太刀を手に入れるために身を犠牲とすることを決意する妻・お花と、彼女の犠牲の酷さを知りつつも受け入れざるを得ない夫・半七の苦しみを煽り立てるかのように、よそごと浄瑠璃が陰々と流れる。馬琴は唯一、この箇所で、稿本の本文部分を切って、巻の切り方とは関係のない書き入れをあらたに加えたのである。今日でもなお、馬琴というと、多く「人情の否定」、「構想力の雄大さ」がいわれるが、馬琴の筆が作者としての意図を越えて、時には全体的な構想を崩すほどに滑り、その冴えを見せたのは、実はむしろ世話物的な世界、人々の悲しみや連綿たる恋心、そして時にちゃり場的な滑稽場面だったのではないだろうか。『占夢南柯後記』における、三章に亘って長々と展開される、禁じられた半七とお花の逢瀬と二人の追放は、その典型といえよう。

そして、この情の場面に筆が走る傾向は、決して『占夢南柯後記』だけに止まらず、『八犬伝』を筆頭とする馬琴の代表作すべてにいい得ることなのではないだろうか。『八犬伝』で世に喧伝された名場面は、伏姫の最期にせよ、浜路くどきにせよ、多く「情」の場面なのである。また、馬琴が物語の縦糸を増やすのではなく、物語世界を豊穣に彩る横糸の世界、すなわち趣向の数々を執筆の過程で増やしていく戯作者であったことが、『占夢南柯後記』稿本を追うことで証明できたわけであるが、この傾向も、彼の他の読本に共通していると思われる。馬琴は物語を執筆しながら、その途中に待ち構える各趣向の持つ甘い罠に陥り、時に物語の大団円を忘れるかのごとく、長い脇道を数多く作っていく戯作者であった。

さいごに、『占夢南柯後記』という作品の行方について、述べておきたい。この書の結末は、他の読本には見られない、いささか変わった終わり方をしている。それは、続井順啓の陶晴賢討伐の出陣場面で終わり、悲劇の予想される赤根半之進の息子で陶晴賢の養子となった隆春の身の行く末はそのままにされ、また、まだ独身のお通の将来も、何の落ち着きも見せないままに放置されていることである。ましてお通に、全介すなわち続井順啓が、たとえ一時の方便にせよ、いい寄る場面が前に置かれており、このまま終わるのはまことに不自然なことといわざるを得ない。

一体、『占夢南柯後記』には、「三勝半七」、「お花半七」、「大内家と陶晴賢の厳島合戦」、「小野お通」と、四つのよく知られた題材が使われている。それぞれが馬琴の複数の著作で扱われた素材ではあるが、就中、馬琴の世界の中でもっとも馴染みのものは、「陶晴賢」の世界である。

馬琴が『占夢南柯後記』で学んだもの、それは物語の主筋を支える世界が弱い時、執筆最中で惹起される物語世界の破綻だったのではないだろうか。この本格読本としてはあまりに弱い構成を持ち、むしろ合巻に近い描かれ方をされた物語の結末の不安定さは、物語が自己増殖をするとき、それを押さえる強い箍《たが》の必要性を馬琴に痛感させたのではないかと思われるのである。『椿説弓張月』の成功で見出した安定した枠の世界、「演劇」ではなく「歴史」を背景とした世界の安定性こそ、馬琴の奔放な筆を物語世界の豊穣な実りの枠の中に収めるために必要な箍であることを、馬琴は肝に銘じたのではないだろうか。かくして物語は厳島合戦の世界へと必然的に旅立つ。

『占夢南柯後記』稿本の存在は、馬琴読本の持つ性格を通して、馬琴という戯作者の資質をさまざまに見せてくれるのである。

注1　鈴木瑞枝『滝沢馬琴と「占夢南柯後記」』（『化政・天保の人と書物』玉壺堂、1984年）
注2　『敵討誰也行燈』『勧善常世物語』『雲妙間雨夜月』『昔語質屋庫』『朝夷巡島記』『南総里見八犬伝』
注3　『南総里見八犬伝』における馬琴の執筆作業については、8「『南総里見八犬伝』の執筆」を参照されたい。
注4　現在、それらの貼紙はできるかぎり本来の位置に貼り直したので、これらの前状態は見られなくなっている。各箇処の前状態の問い合せは稿者まで。
注5　『割印帳』によると、「文化九申正月／三七全伝／第二編／占夢南柯後記／馬琴作／北斎画／全四冊／墨付百十一丁／板元

売出　松本平助」とある。

注6　『割印帳』によると、文化九年二月のところに「同九年／三七全伝／第三篇／占夢南柯後記／馬琴作／北斎画／後帙巻八迄／全四冊／掛り野七／松本平助」とある。

注7　たとえば初、二、三、四編の稿本の現存する『朝夷巡島記』の場合、稿本の後表紙の書込によると、初編の本文部分執筆はそれぞれ巻一完成が文化十一年［一八一四］五月十六日、巻二が六月九日、巻三が十月六日、巻／四が十月二日、巻五が十一月十一日、対して序文年記は文化十一年冬至ノ除夜、二編では各巻の本文部分執筆完成が閏八月二十三日から九月二十六日、「同二十九日序目稿完」とあって序文年記も同じ「文化十三年立冬後ノ一日」、三編は本文部分が文政元年六月五日から七月三日、序年記は「文政改元立秋前ノ一日」、四編は本文部分が文政三年□日（ムシ）から四月十七日、さらに「序目及綉像文政三年庚辰夏四月二十二日稿了」とあって序文年記も「文政庚辰年余月念二日」となっている。すなわち、『朝夷巡島記』では、初編のみ巻二と巻三の間に休止期間が入るが、他は集中して書き上げられている。

注8　ここは稿本では貼紙訂正で、その下は「辛未初冬朔」。なお板本では訂正前の「辛未初冬朔」。

注9　新潮社『日本文学大事典』「占夢南柯後記」の項。ただし「六段目」とあるが、実際には七段目。

附記

本稿は、貴重な稿本の長期に亘っての貸出調査をご許可下さった『占夢南柯後記』稿本御所蔵者の渡辺陽氏はじめ鈴木瑞枝氏のご好意によって成されたものです。深く感謝申し上げます。

5　『占夢南柯後記』稿本に見る画師北斎と作者馬琴

曲亭馬琴の読本『占夢南柯後記』は、稿本が八冊揃って現存している。この貴重な稿本の出現により、従来、本作画師の葛飾北斎と馬琴との関係の破綻の原因として云々されていた、本書口絵（**稿本図3**）における馬琴の指示が明らかになった。すなわち、馬琴の下絵で悪人の刀とぎ同樹に草履を銜《くわ》えさせていたものを、北斎が冷笑して受け入れず、二人が反目を募らせたという説であるが、実際にこの馬琴の下絵では、同樹は草履を銜えて、芝居気たっぷりの様子で描かれているのである。ちなみに同樹は巻七中の挿絵（**稿本図24**）でも、草鞋を手にした草稿が描かれているのであるが、板本（**板本図24**）では、やはりこの草鞋がなくなっている。馬琴の「同樹と草鞋」という取り合わせについての、何らかの北斎の反撥があったのではないだろうか。しかしながら、本図による二人の絶交説がただちに諾《うべな》われるものではないことが、鈴木重三氏によって既に説かれており(注1)、これに付け加えるものを持たない。とはいうものの、『占夢南柯後記』稿本挿絵における馬琴下絵と、板本における北斎の挿絵を見ていると、そこに北斎の一つの傾向を感じずにはいられないようにも、思われてくるのである。

『占夢南柯後記』は現在、個人蔵の貴重な稿本であり、公開されているものではない。そこでまず、稿本の口絵、挿絵部分を板本の対応部分を上下面に対応して掲げ、朱筆部分の翻刻を記しておく。なお、稿本に付けた番

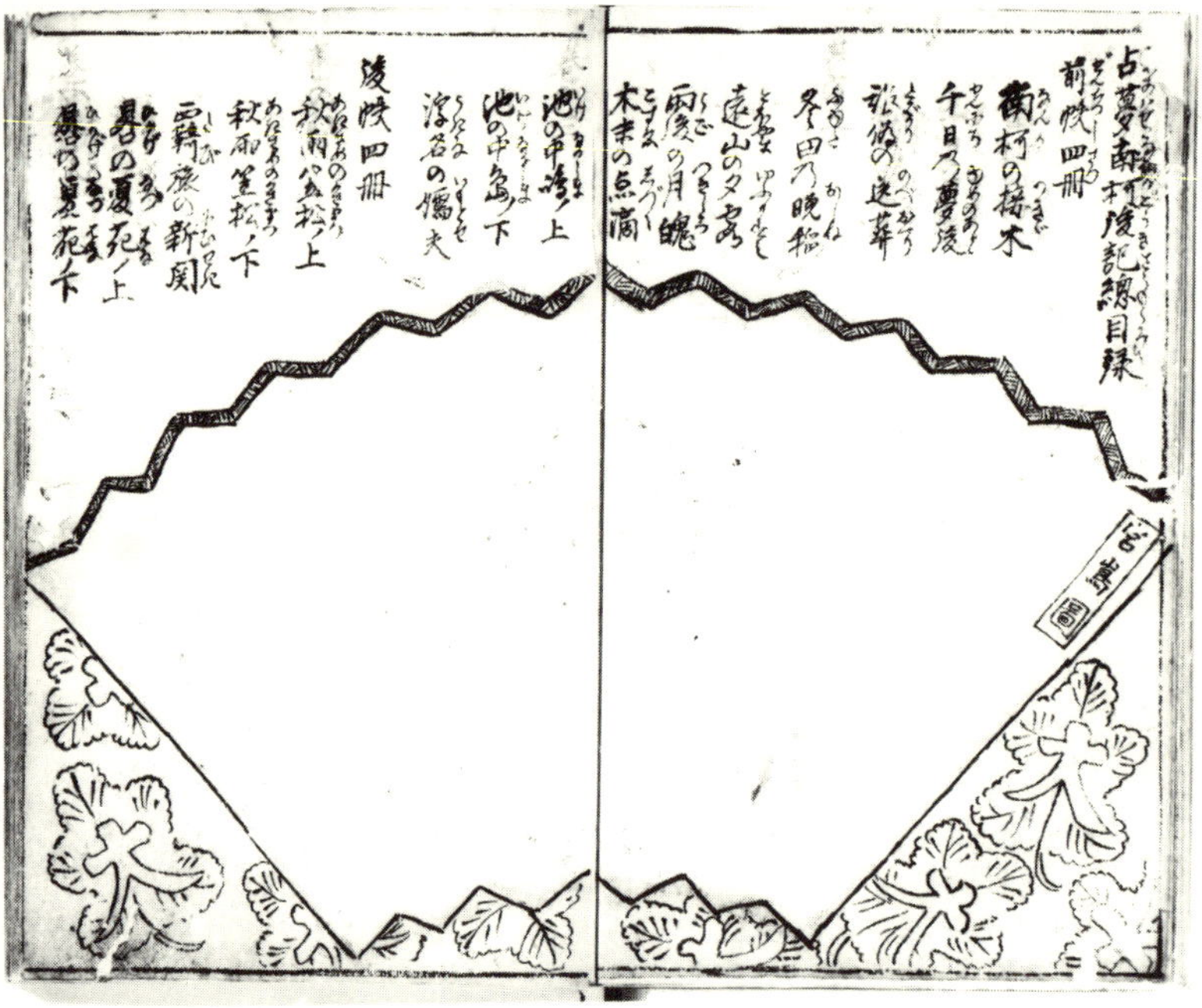

稿本図一

稿本5

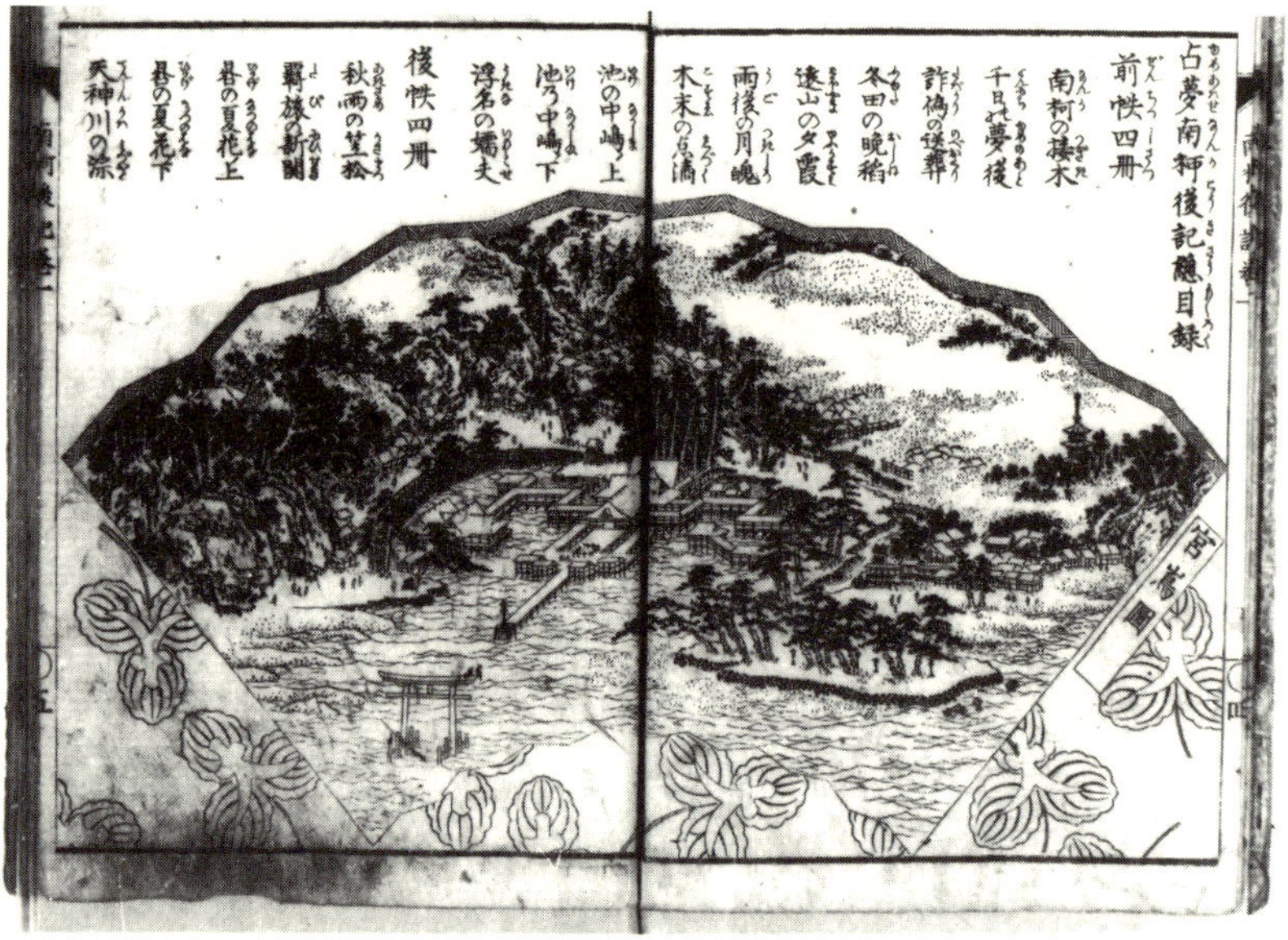

板本図一

巻一、４ウ・５オ（目録）

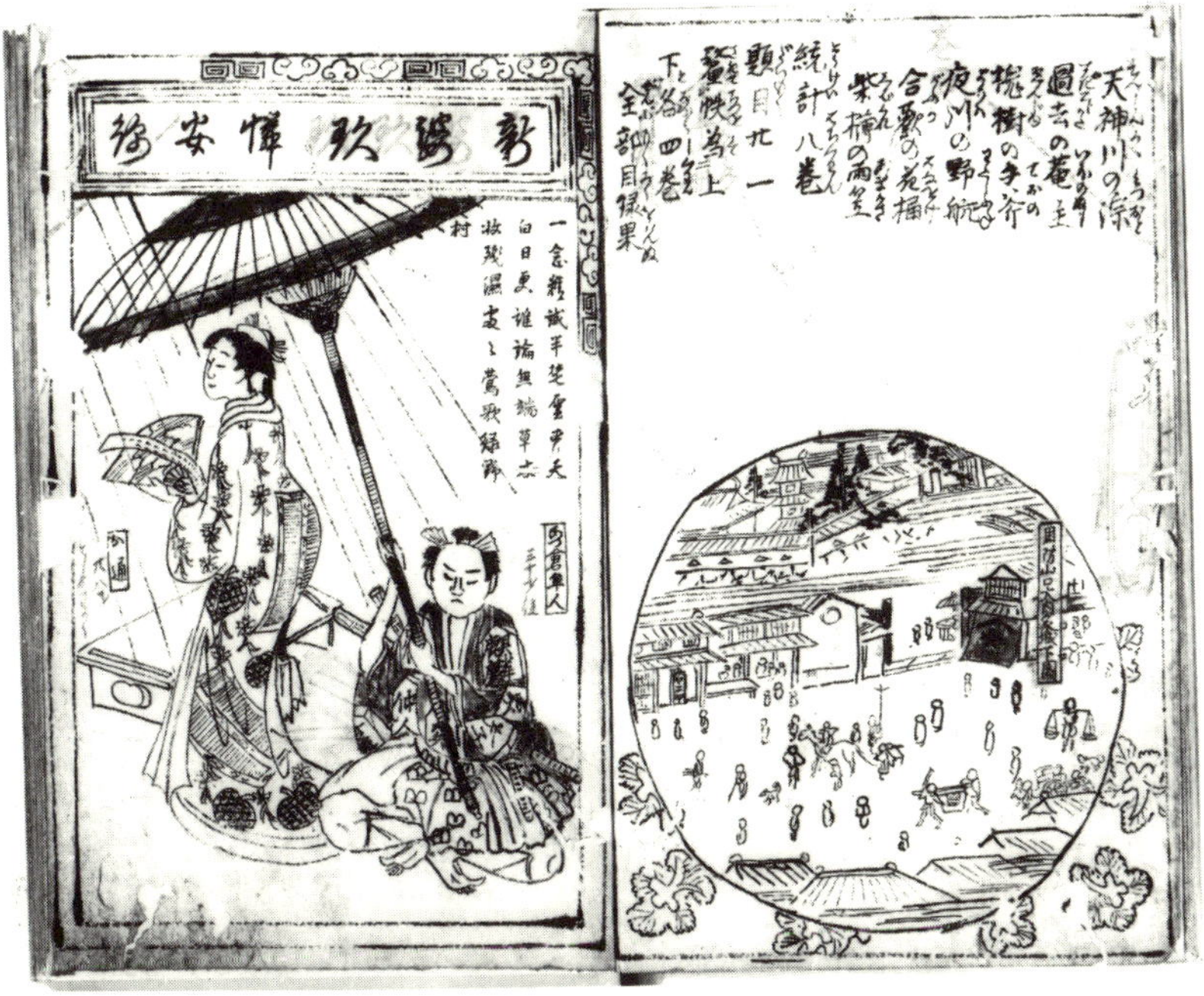

稿本図2

稿本 6

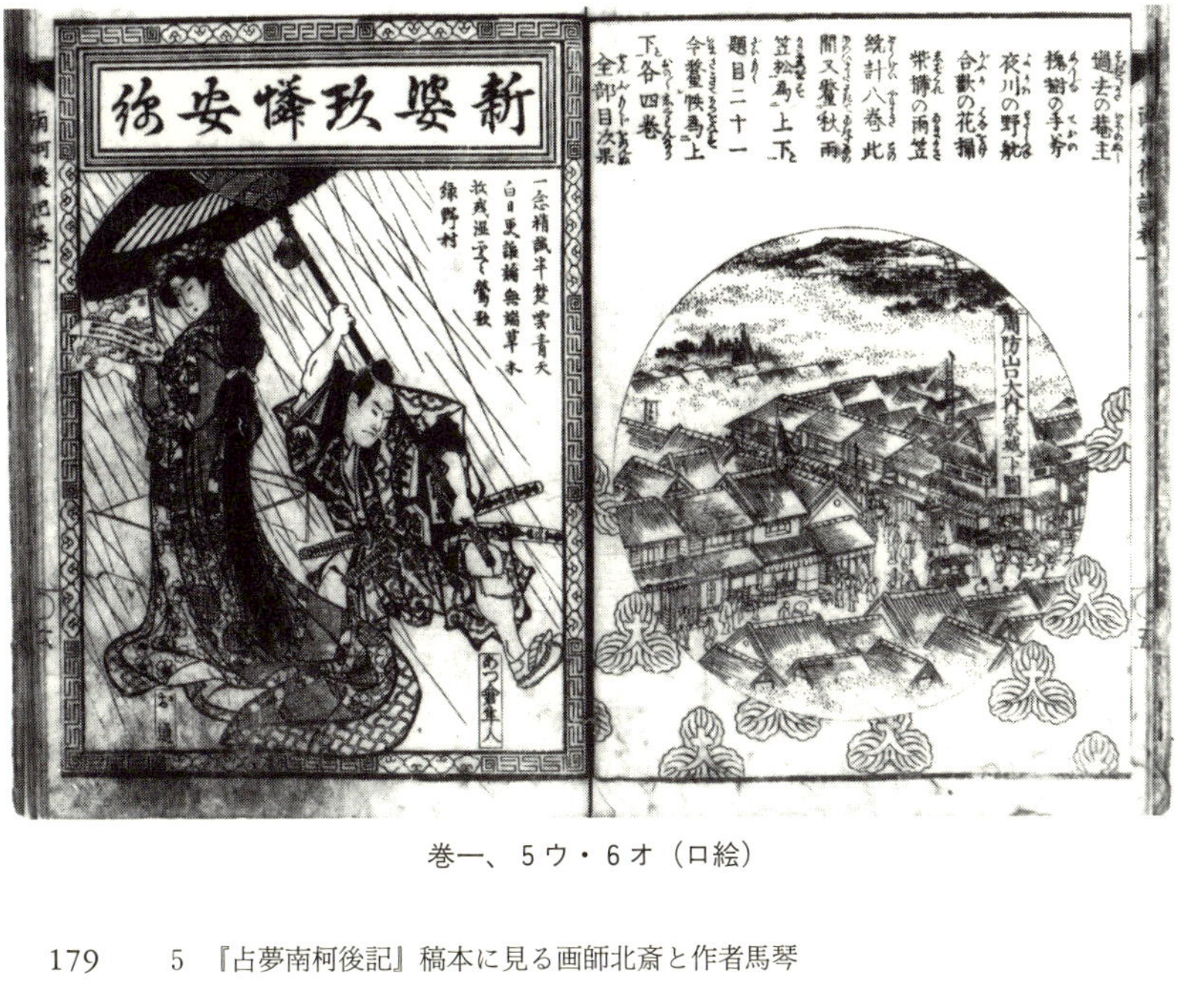

板本図2

巻一、5ウ・6オ（口絵）

稿本図3

稿本7

板本図3

巻一、6ウ・7オ（口絵）

稿本図4

稿本19

板本図4

巻二、18ウ・19オ（挿絵）

稿本図5

稿本29

板本図5

巻一、28ウ・29オ（挿絵）

稿本図6

稿本40

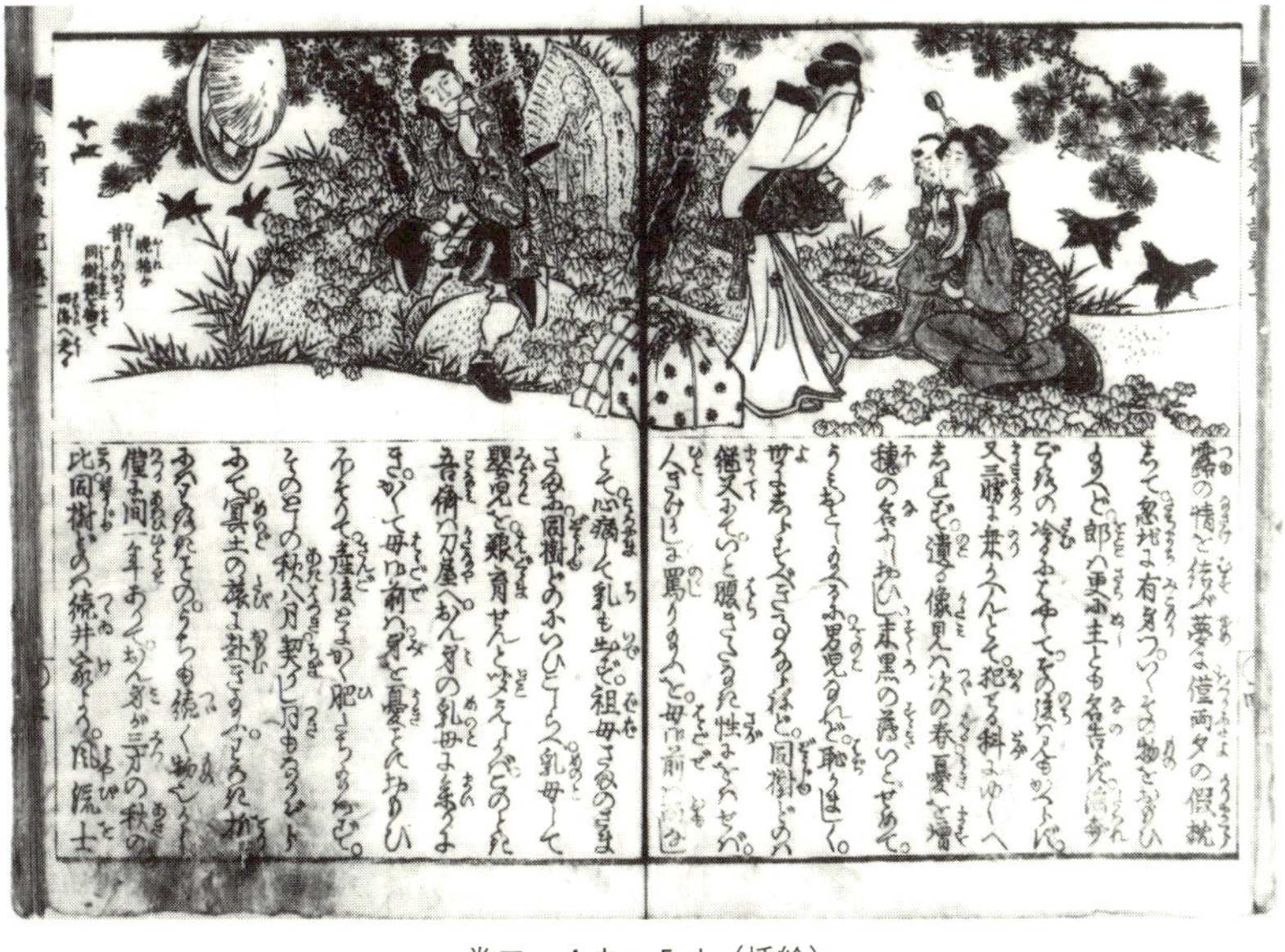

板本図6

巻二、4ウ・5オ（挿絵）

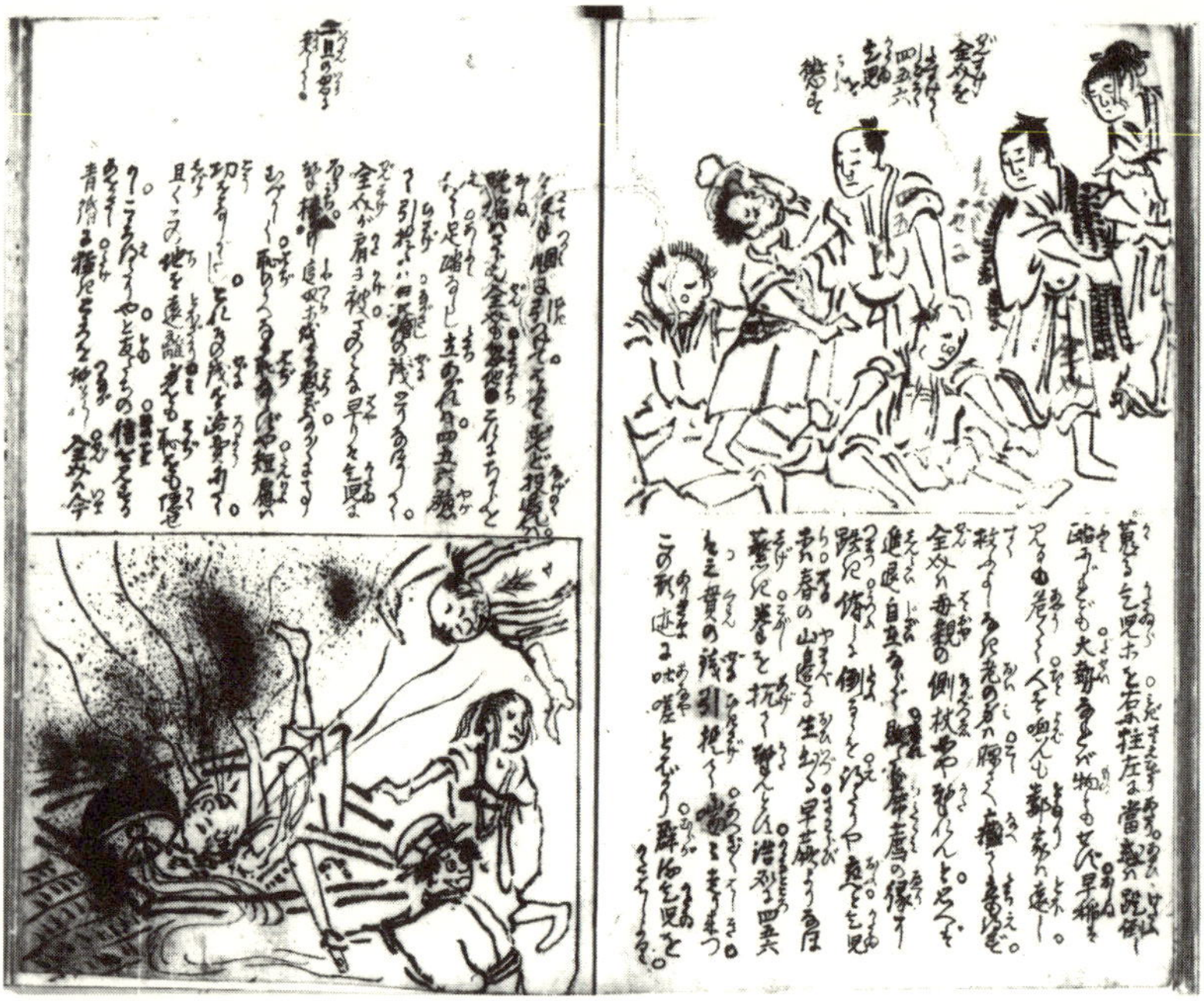

稿本図7

稿本47

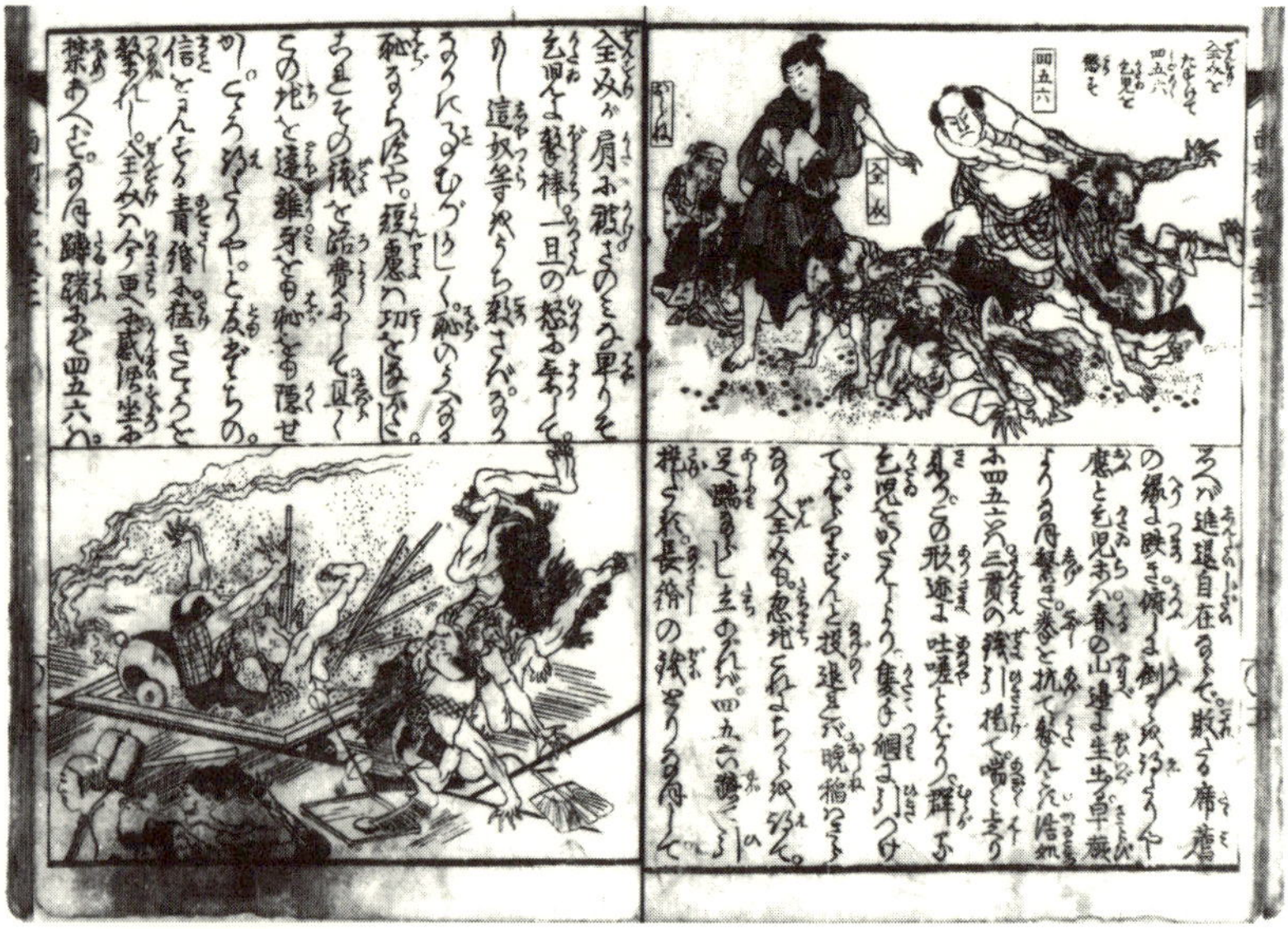

板本図7

巻二、11ウ・12オ（挿絵）

稿本図8

稿本54

板本図8

巻二、18ウ・19オ（挿絵）

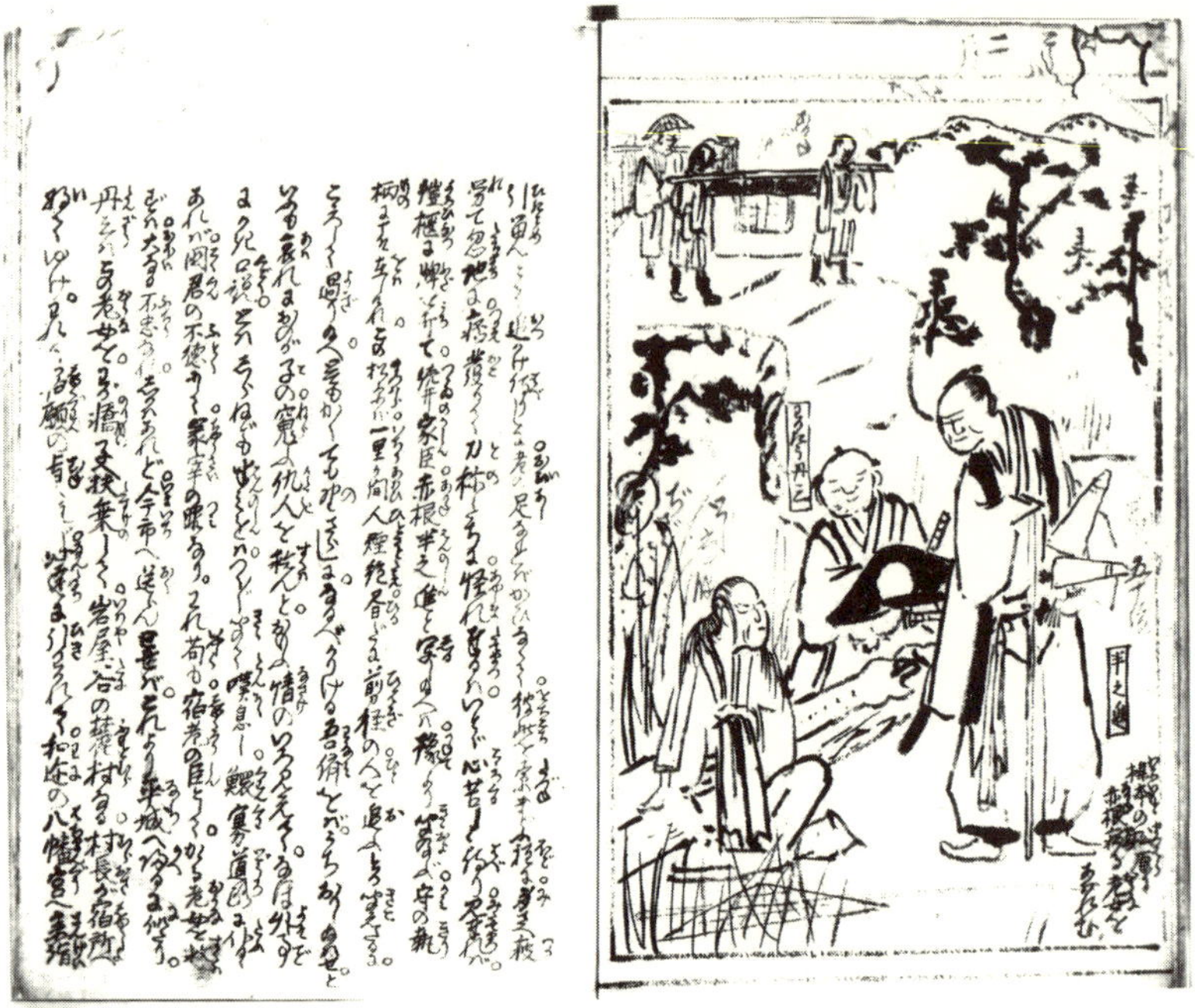

稿本図9

稿本65

板本図9

巻三、2ウ（挿絵）

稿本68

稿本図10

巻三、５ウ・６オ（挿絵）

板本図10

稿本図11

稿本74

板本図11

巻三、11ウ・12オ（挿絵）

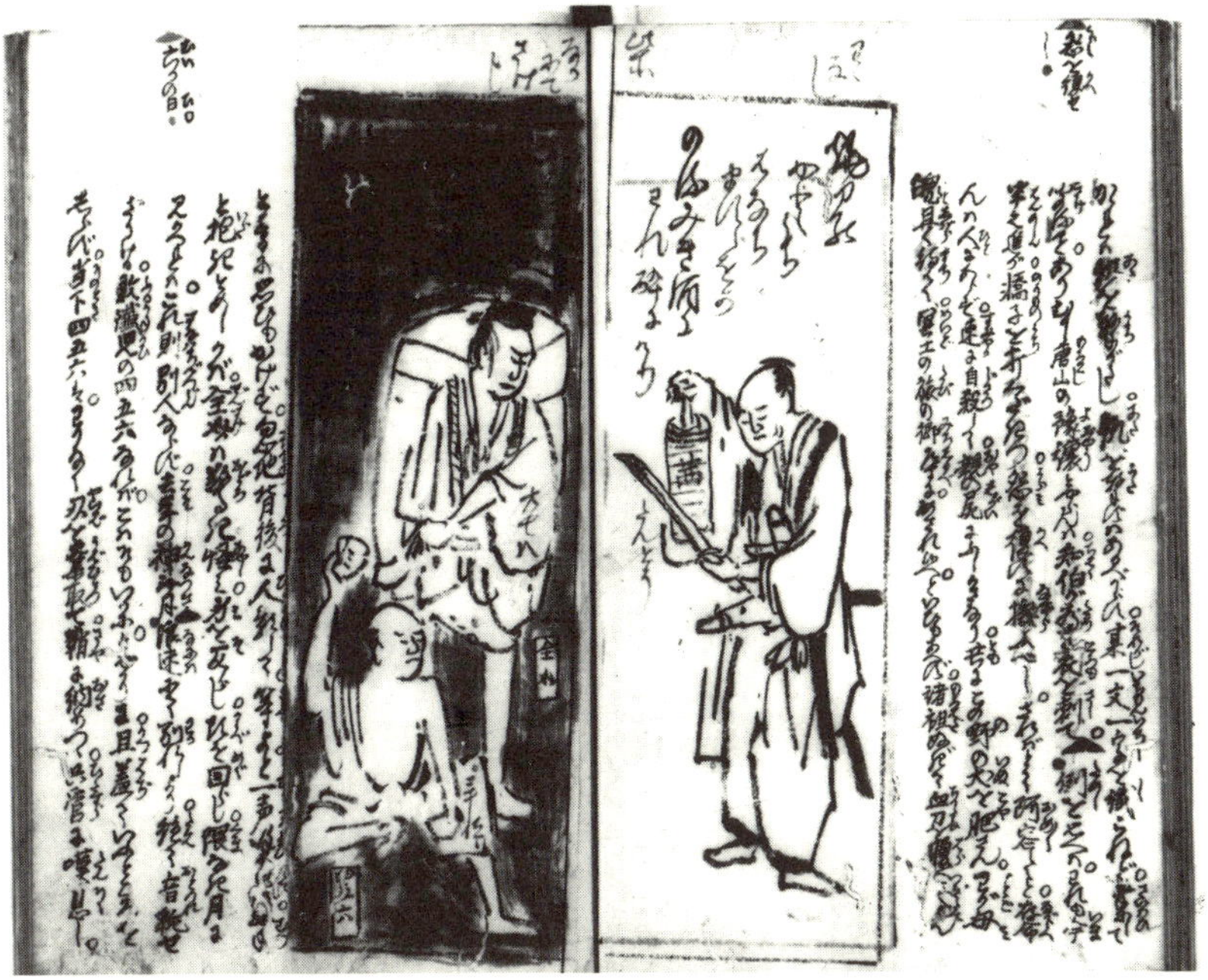

稿本図12

稿本79

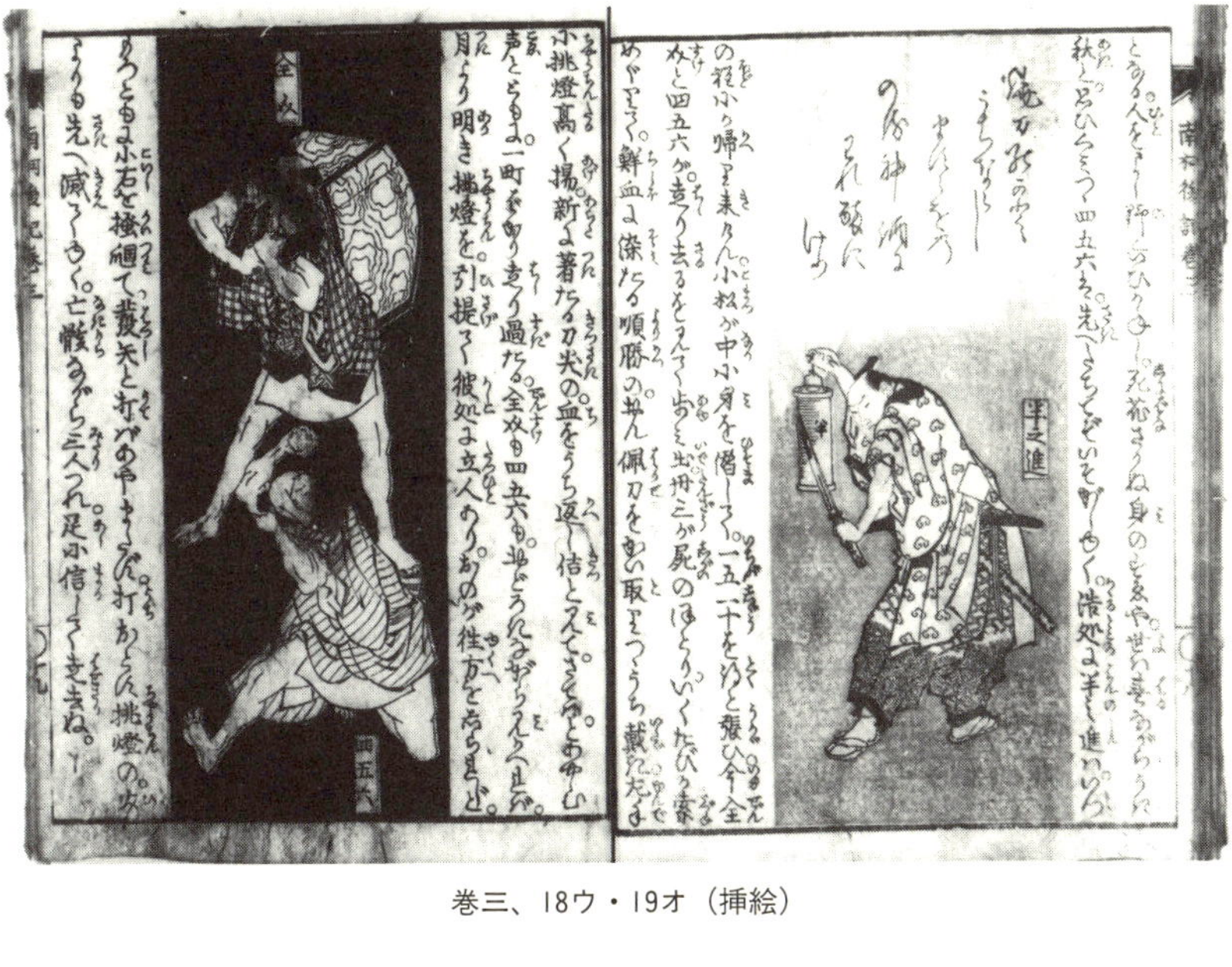

板本図12

巻三、18ウ・19オ（挿絵）

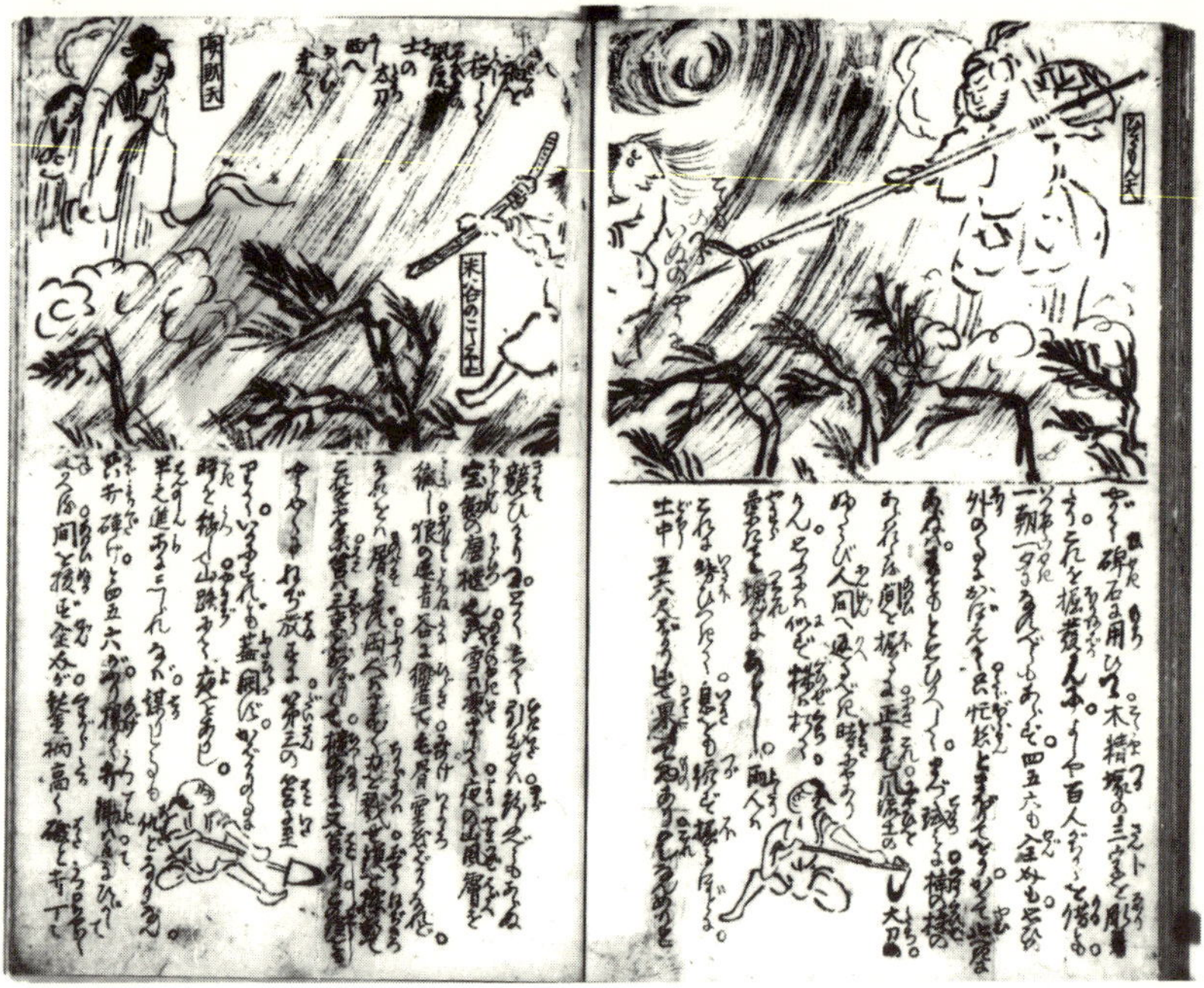

稿本図13

稿本87

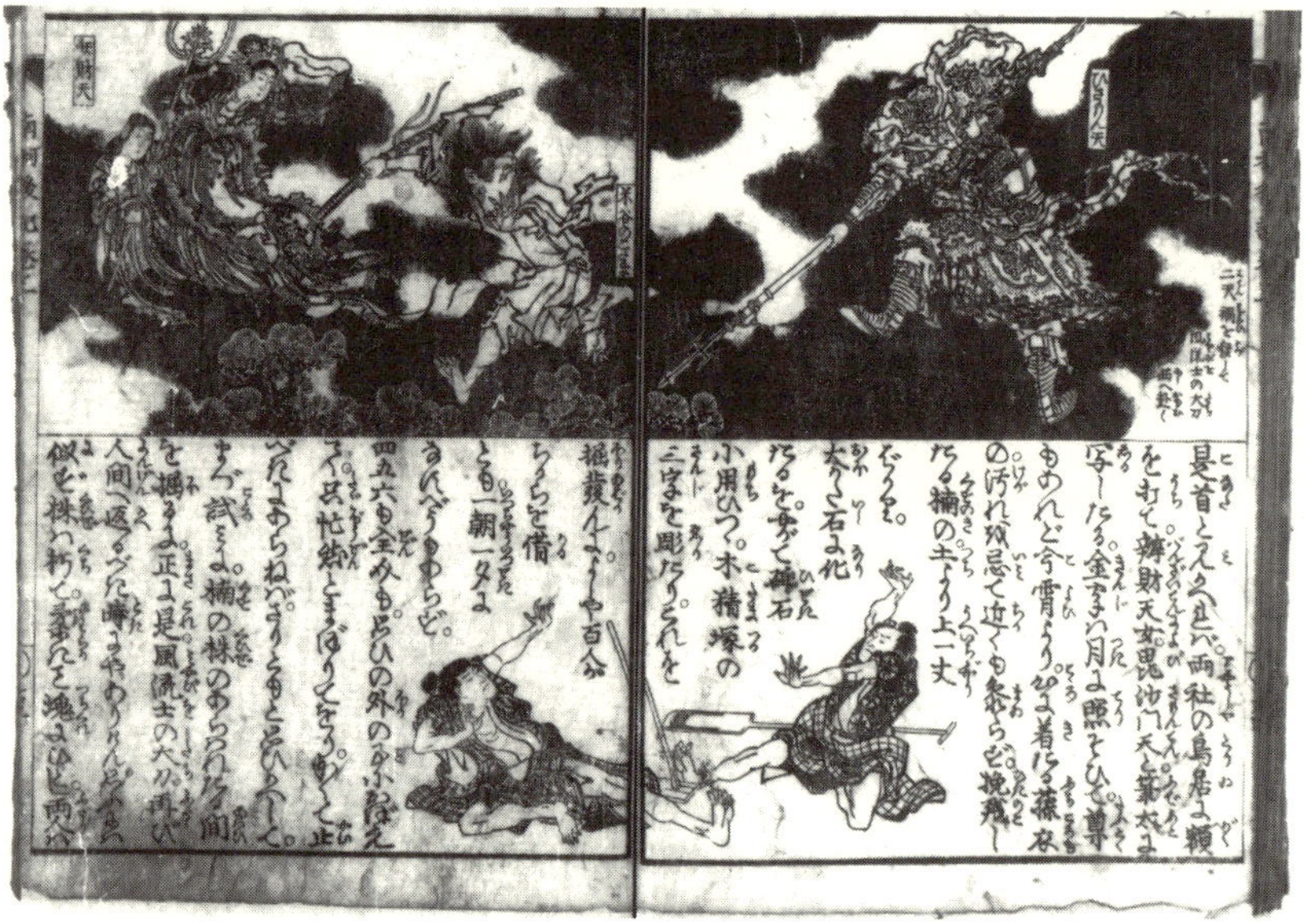

板本図13

巻三、24ウ・25オ（挿絵）

稿本図14

稿本99

板本図14

巻四、8ウ・9オ（挿絵）

稿本図15

稿本103

板本図15

巻四、12ウ・13オ（挿絵）

稿本図16

稿本110

板本図16

巻四、20ウ・21オ（挿絵）

稿本図17

稿本122

板本図17

巻五、2ウ・3オ（口絵）

稿本図18

稿本123

板本図18

巻五、３ウ・４オ（口絵）

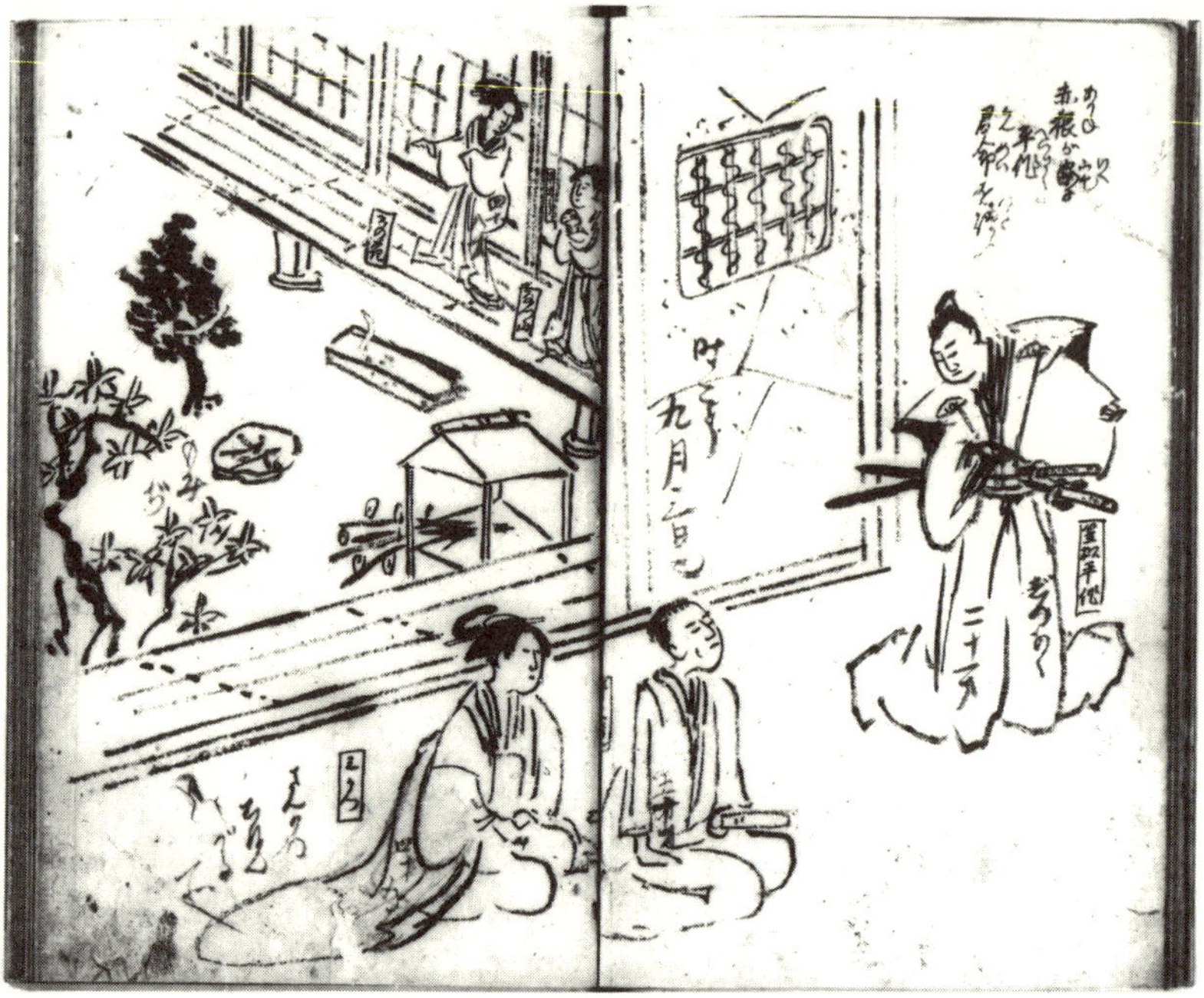

稿本図19

稿本129

板本図19

巻五、10ウ・11オ（挿絵）

稿本図20

稿本139

板本図20

巻五、21ウ・22オ（挿絵）

稿本図21

稿本150

板本図21

巻六、5ウ・6オ（挿絵）

稿本図22

稿本159

板本図22

巻六、15ウ・16オ（挿絵）

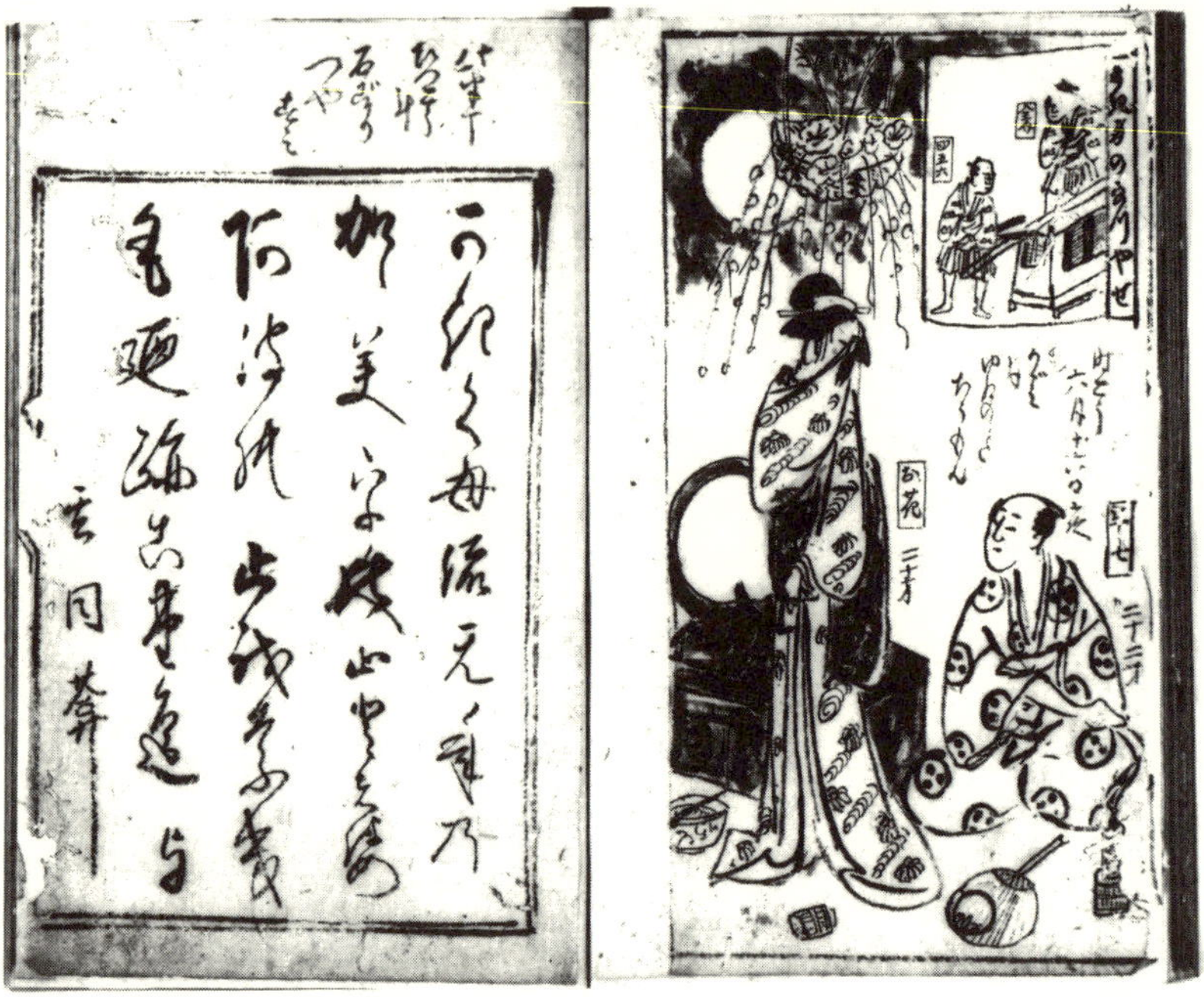

稿本図23

稿本169

板本図23

巻六、27ウ・28オ（挿絵）

稿本図24

稿本177

板本図24

巻七、5ウ・6オ（挿絵）

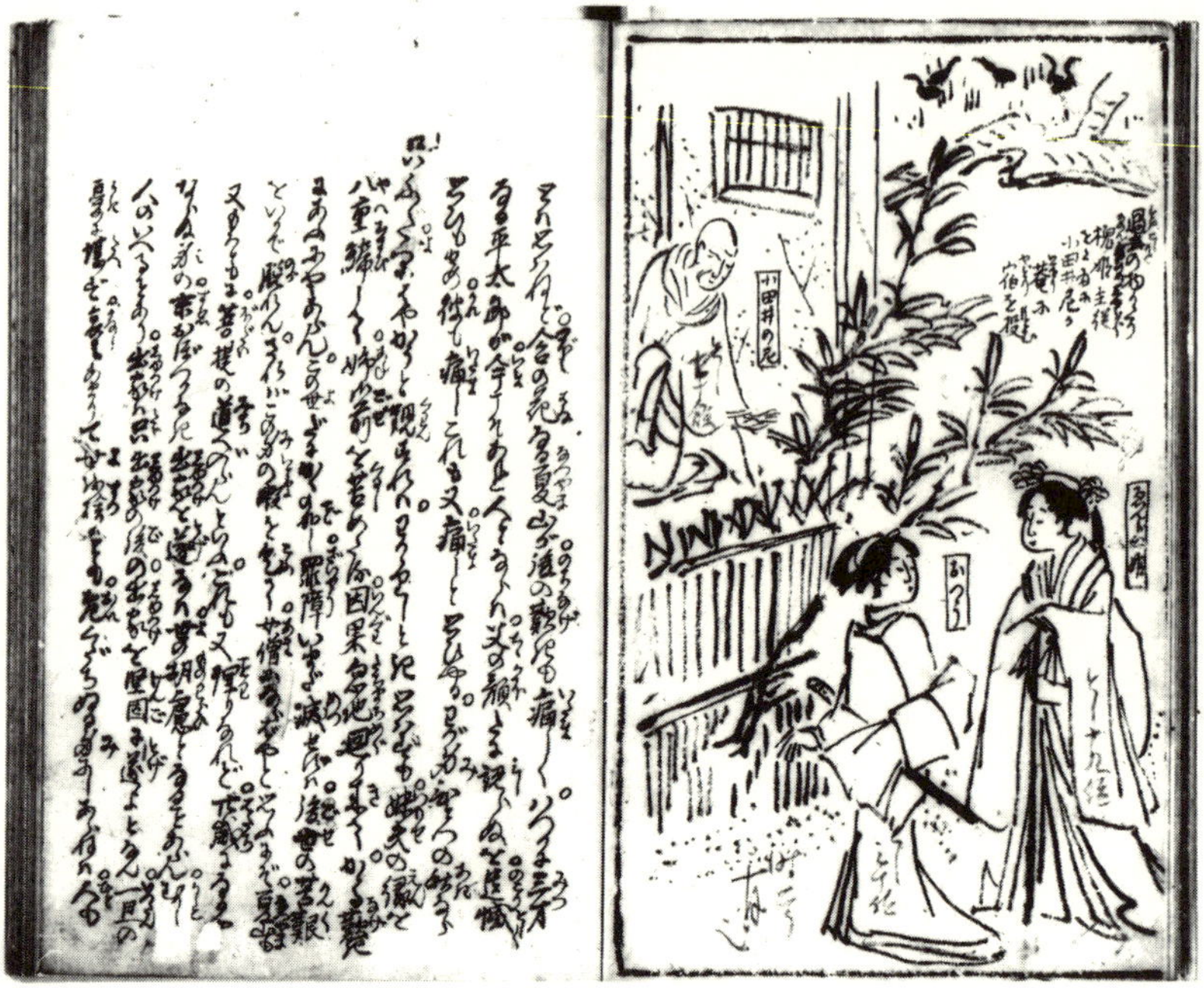

稿本図25

稿本183

板本図25

巻七、11ウ（挿絵）

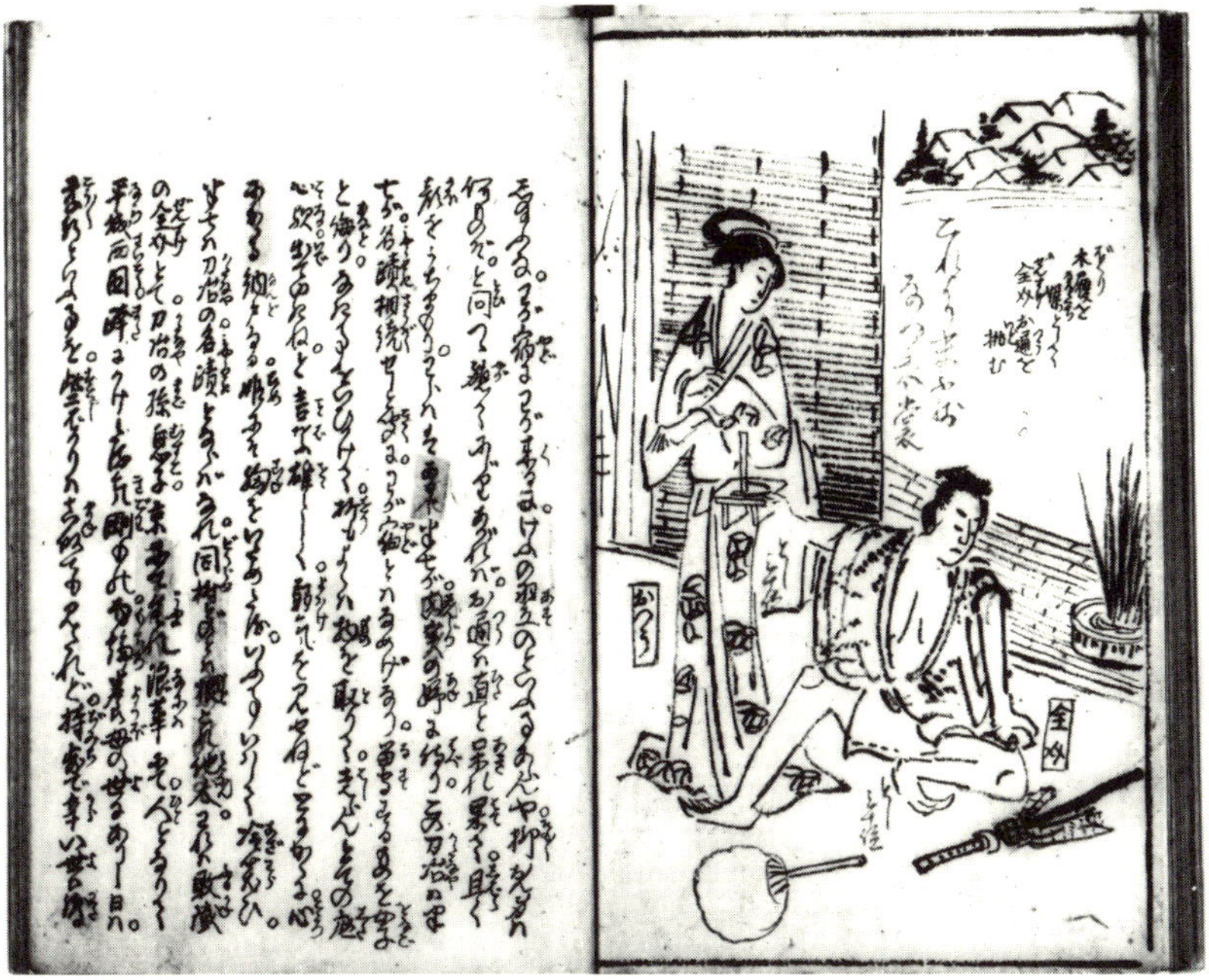

稿本図26

稿本193

板本図26

巻七、22ウ（挿絵）

稿本図27

稿本199

板本図27

巻七、29ウ・30オ（挿絵）

稿本図28

稿本208

板本図28

巻八、3ウ・4オ（挿絵）

稿本図29

稿本219

板本図29

巻八、15ウ・16オ（挿絵）

稿本図30

稿本234

板本図30

巻八、32ウ・33オ（挿絵）

号は稿本の見開き頁を単位として私に付けた通し番号で、4「『占夢南柯後記』の成立」と共通する。

（朱筆部分）

稿本図1　朱筆なし

稿本図2　「廿八才　としゟわかく」（お通）

稿本図3　「三十才位」（全介）、「源之介」（刀や半七）、「十九才」（お花）、「五」→書き直し「七十余」（刀や同寿）、「十八位」（なつ山）、「十九才」（するゑ五郎）、「二十才」（笠松平作）

稿本図4　朱筆なし

稿本図5　「三十才位」（ぜん介）、「三十才位」（四五六）、「とし六十位」（おしね）

稿本図6　「かたきやく」（同樹）、「朱雀野」

稿本図7　「青ざしぜに」「四五六」「全介」

稿本図8　「いかりのてい」「とし四十餘」「刀はちいさかたな也」（つゝ井より勝）、「かたきぬにて刀の反りをふく」「とし五十くらゐ」（あかね半之進）、「とし四十餘」「身をつきつけてかんげんのてい」（あり松そ太郎）、「じこうはる三月のころ」

稿本図9　「時こうは二月」、「とし五十位」（半之進）、「あかねが供」、「とし六十餘」（おしね）、「ぢざう」

※その他、右端部分に半分以上切れて判読不能の朱筆あり。

稿本図10　「じこうはる三月夕ぐれ也」「よひの月」、「此わかたうじつことし　とし四十位」（わかたう丹三）、「半之進がたびたちの」（以下、切れ）

※この部分は元々の用紙が他より大きかったらしく、前後丁に各々1、5〜2糎《センチメートル》位出ている。改装

時にはまずこの挿絵部分を貼って、その上から前後丁を更に貼ったため、前後丁の端に画の下図が透けており、その部分に朱筆がほの見えているが、判読は不能。

稿本図11　朱筆なし

稿本図12　「わくなし」「此所なかにてさけ申候」、「たんとう」（半之進）。「廿七八」（全介）、「三十位」（四五六）

　また、左の灰墨の上に墨書「此ゐわりぐつとするゐへ出スへし　たゞしひつこうをなかへわりてはり入レ候」

※挿絵部分は、上から紙を貼ってあるのだが、その下に枠が少々透けて見えるので、元々挿絵を考えていたものと思われる。ただし、ここは本文は板本巻三16ウに位置するが、稿本の図は18ウと19オの各々半丁の中央に行く。この配置は稿本番号81に朱筆「こゝへ前のさし画入レ」とあり、板本ではこの指示に従ったもの。

稿本図13　「こたまのつらいぬのやうに」

稿本図14　「時こう五月廿一日」「半之進おや子八九十日ひつそくなれハ長髪也」、「五十一才」（半之進）、「五十才」（曽太郎）、「廿二才」（半七）、「四十九才」（三かつ）

稿本図15　「あづまや也」「中嶋」「続井の後苑時こうは九月」「弁天堂」「おしとり注文」「つゝゐのおくかた庭傳ひニさんけいの処」

稿本図16　「三十余才」（玉枕御前）、「二十才」（はつ花）、「二十二才」（半七）、「小ふねちうもん」「前の弁天しま」「夜の所」

稿本図17　「天地あき候はゝ七宝を御書可被下候」

稿本図18　朱筆なし

稿本図19　「時こう九月三日也」「もみぢ」、「じつあく　二十一才」（笠松平作）、「十八才」（なつ山）、「四十八才」（その花）、「五十才」（半之進）、「四十九才」「さんかつむねんがる所」（三かつ）

稿本図20　「四十五」（その花）、「四十九」（さんかつ）、「弐十一」（平作）、「二十」（なつ山）、「三才」「としよわ三ツ　すいふんちひさく」（平太郎）、「五十才」（半之進）、「先へ来たりしはやうち」（かしき粟邯太郎）、「後の早うち」「東」（藤の字の横に入った訂正）（仙野呂藤二）、「みのかさちうもん」

稿本図21　「両人たびすがた」「とし廿才　つぼ折」（はつ花）、「とし廿二」（半七）、「とし五十位」（尼ねんげ）、「三才」（平太郎）、「とし十八九」（尼みせう）、「関所」「もゝの花」「時こう三月」「関所」はな）

稿本図22　「ぢぶつかけ物あつらへ」「時こう六月十六日夕くれ」、「かたきやく」（同じゆ）、「二十四五才」（四五六）、「廿五六才」「じつあく」（全介）、「町人てい　二十二才」（半七）、「ひかさ」「廿才」（お花）

稿本図23　「時こう六月十六日夜」「かゞみ」「月」「ゆきのしたちうもん」、「二十二才」（半七）、「二十才」（お花）（以上、右部分）、「此半丁ひつこう斗石ずりつやすみ」（左部分）

稿本図24　「時こう六月十六日の夜　天神山のふもと天神川のほとり」「月」、「十八九才」（ゐんじゆひめ）、「廿八九才」（お通）、「二十四五才　じつあく」（全介）、「七十余才　かたきやく」「かたを一トたち切る　つきころしてはわろし」（同じゆ）、「二十二才　ちやうちやくせられし処」（半七）、「じつあく　廿四五才」（四五六）

※ここは、下絵を中央部で切らずに、左右続いた一枚の画のままで貼り込んである。

稿本図25　「時こう十月也」、「とし十九位」（ゐんじゆ姫）、「とし三十位」（おつう）、「とし七十餘」（小田井

の尼）

稿本図26　「これより末　不残なつ衣裳」、「とし三十位」（おつう）、「とし三十位」（全介）

稿本図27　「時こう六月十七日　かたなやがいへ」、「とし三十」（おつう）、「とし廿才」（するの五郎）、「とし廿三」（半七）、「とし三十餘」（あつくら隼人）、「とし三十」（全介）

稿本図28　「六月十八日」「あけかたの月」、「七十餘」（どうじゆ）、「二十一才」（おはな）、「三十才」（全介）

稿本図29　「じこう六月廿日」、「とし三十」（全介）、「二十一」（おはな）、「とし五十」（半之進）、「廿二才」（半七）、「三十五」「花をけ也」（あつ倉隼人）、「とし五十」（半之進）、「とし七十」（どうじゆ）、「ひめのくび」「ねぶの花」「はせをあつらへ」

稿本図30　「時こう六月廿日」「前のつゞき　庵室也」、「とし廿位」（よしもとみだい）、「とし三十位」（よりのり）、「とし三十ヨ」（隼人）、「のばかまたびすかた　とし五十位」「かけつけたる所」（そ太郎）、「とし五十ヨ」（半之進）、「半七平太郎をせをひし所　平太郎四才也」「とし四才」「とし廿二才」（半七）、「とし四十八九」（ねんげ）、「とし三十位」（小野のお通）、「とし廿位」「アマ」（みせう）、「とし七十ヨ」（どうじゆ）

このように、『占夢南柯後記』稿本の口絵、挿絵部分には、他の稿本同様に馬琴の朱筆が入っている。もっとも執拗にほとんどの図に入れられているのが登場人物の年齢で、他に衣裳、時候、品物の説明やあしらいの指定など、馬琴稿本に共通して見られるものである。芝居の役柄による指示が「敵役」（同樹）、「実事師」（丹三）、「実悪」（笠松平作、全介、四五六）と示されているのも、この時期の馬琴読本に時に見られる傾向であるが、中で、巻一・口絵（**稿本図3**）の「刀や半七」に「源之介」と朱筆が入れられているのが目に付く。しかしながら、この半七は板本では沢村源之助の似顔絵にはなっていず、又、半紙本読本で役者似顔絵が入るものは見られないところからも、半七を源之助ばりの美男子に描いて欲しいといった意味合いであろう。本書の性格と関連して興味の持たれるところである。

閑話休題。これらの馬琴による朱筆に注意を置きつつ、北斎の挿絵が描かれるわけであるが、馬琴のように絵心に乏しい戯作者の場合には下絵もそれなりの大雑把なものであるし、画師の力量に委ねられるところも多く、稿本と板本では図柄もかなり変化していく。それはそうなのであるが、『占夢南柯後記』の場合、その出来上がった北斎の挿絵には、本文の内容に照らし合わせて破綻を示している場合が、多く見受けられるのである。

たとえば、巻三第二図（**板本図10**）では、稿本に指示された「よひの月」がなくなり、本文の「目今月《たゞいまつき》の昇《のぼ》るか。とおぼしくて。些《すこ》し足《あし》もとの明《あか》くなるにこゝろ嬉《うれ》しく。」（板本巻三・六ウ）という内容と齟齬を来している。稿本の月がなくなるのは、他に巻七第一図（**板本図24**）と、巻八第一図（**板本図28**）があるが、それぞれ稿本指示の「月」「あけがたの月」が消えた結果、「隈《くま》なき月《つき》に主従《しゆうぐ》は。潜《しのば》んとすれど潜《しの》びあへず。いとゞ術《すべ》なく見えにけり。」（板本巻七・7オ）、「在明《ありあけ》の月《つき》もこれが為《ため》に。更《さら》に光《ひかり》をとゞむるに似《に》たり。」（板本巻八、6ウ）という本文を、挿絵が裏切っているのである。

なお巻三第三図（**稿本図11**）は、筆法が他の箇処とは異なっており、かつ朱筆もまったく入らず、さらに構図が板本とほぼ同様になっていることから、後から馬琴自身が書き入れたものと推定しておく。この図にも、月は描かれていない。しかし「頭《かうべ》を回《めぐ》らし。隈《くま》なき月に見かへれば。」（板本巻三・17オ）という本文部分と齟齬を来しており、本来は、月に関する指示があったと思われるのである。

また、馬琴の指示を無視した所として、巻六第一図（**図21**）の「尼ねんげ」と「尼みせう」が挙げられる。馬琴の手で薄墨で入れられた顔の爛れは、北斎の挿絵では失せて美しい尼姿となっているが、これでは本文の趣旨は活かされない。さらに同じ衣裳でなければいけない場面であるにもかかわらず、異なる衣裳で描かれている場合が巻五の第一図（**板本図19**）と第二図（**板本図20**）、巻七第三図（**板本図26**）と第四図（**板本図27**）、および巻八の第一図（**板本図28**）と第二図（**板本図29**）の間などに見られる。ただしこの衣裳の変化に関しては稿本に指定がないので、一見、馬琴にも責任の一端はあるようにも思えるが、他の箇処では、稿本に模様が描かれなくともほぼ必要に応じて衣裳を変えており、読本の挿絵が本文の内容を補うように描かれている以上、やはり北斎の注意力散漫を感じるのである。

もちろん北斎のことであるから、たとえば巻三第四図（**板本図12**）のように、下絵の拙さを補ってあまりある効果を挙げている場合も多い。しかしながら、江戸期の読者が、挿絵を本文部分と同様に価値あるものとして楽しんでいたことを考えると、『占夢南柯後記』の挿絵は、杜撰な印象を与えるといわざるを得ないのではないだろうか。

一体、北斎挿絵の示すこのような事態を、どのように考えたらよいのであろう。

馬琴読本約四〇種のうち、北斎が筆を執ったのは、以下の十三作である。

① 小説比翼紋　二巻二冊（中本）、仙鶴堂板、文化元年［一八〇四］
② 新編水滸画伝　初編前帙六巻六冊、後帙六巻六冊、盛文堂・衆星閣板、文化三、四年［一八〇六、七］
③ 敵討裏見葛葉　五巻五冊、平林堂板、文化四年［一八〇七］
④ 刈萱後伝玉櫛笥　三巻三冊（中本）、木蘭堂板、文化四年［一八〇七］

⑤　椿説弓張月　前編六巻六冊、後編六巻六冊、続編六巻六冊、拾遺五巻六冊、残編五巻五冊、平林堂板、文化四～八年［一八〇七～一一］

⑥　隅田川梅柳新書　六巻六冊、仙鶴堂板、文化四年［一八〇七］

⑦　新累解脱物語　五巻五冊、文金堂板、文化四年［一八〇七］

⑧　標注園の雪　五巻五冊、衆星閣板、文化四年［一八〇七］

⑨　頼豪阿闍梨恠鼠伝　前編五巻五冊、後編三巻四冊、仙鶴堂板、文化五年［一八〇八］

⑩　三七全伝南柯夢　六巻六冊、木蘭堂板、文化五年［一八〇八］

⑪　**占夢南柯後記　八巻八冊、木蘭堂板、文化九年［一八一二］**

⑫　青砥藤綱模稜案　前集五巻五冊、後集五巻五冊、平林堂板、文化九年［一八一二］

⑬　皿皿郷談　五巻五冊、木蘭堂板、文化十二年［一八一五］

文化元年から十二年に掛けて、⑤『椿説弓張月』を頂点に、作調の軽いものも重いものも、さまざまな作風の馬琴読本に、北斎は筆を揮っていた。その中で、⑪『占夢南柯後記』はどのように位置していたのであろうか。

馬琴と北斎の組んだ読本十三作のうち、⑪『占夢南柯後記』以前の作として③『敵討裏見葛葉』と⑦『新累解脱物語』の二作を、以後の作として⑬『皿皿郷談』を選び、本文部分と挿絵部分とにずれが生じ、本文の趣旨が活かされていない箇処を探してみた。解釈による違いなど、厳密な数が出たわけではないが、その結果、両者には大きな違いが見出せるように思う。

まず③『敵討裏見葛葉』であるが、巻一26ウ27オの挿絵「石川悪右衛門《いしかわあくゑもん》宮木《みやき》に憑《つき》たる狐《きつね》を捕《とらへ》て大和川《やまとかは》へ投《しづめ》ける」では下弦の細い三日月が描かれ、本文中の「亥中《ゐなか》の月も隈《くま》なくさし入るゝに。」（26オ）と異なっており、また巻五14ウ15オ「保名童子反橋《やすなどうじもどりはし》にて仇人道満《かたきどうまん》を撃《うち》とる…」の挿絵では、本文では「与勘平《よかんべい》も又主《しゆう》を慕《した》ふて来《き》たりしが。かくと見て跳《とび》かゝり。抜手《ぬくて》も見せず段平《だんへい》が。首《かうべ》を丁《ちやう》と打《うち》おとせば。」（16ウ）とあるにもかかわらず、与勘平は段平の肩に切りつけている。

次いで⑦『新累解脱物語』に移ると、強いていえば巻三3ウ4オの挿絵「輪回《りんゑ》の稲舟《いなふね》」中には薄墨ですけ（珠鶏）と田糸姫の姿が入るが、九月十六日の月が描かれた方がより本文内容に即する（ただし、他日のことと解釈することも可能）。すなわち、各々二例と一例といった、わずかの遺漏箇所しか見当たらないのである。ちなみに、この二作では、各人物の衣裳は、物語を通じて大方は同じ模様や型で描かれるといった単純化が図られ、物語理解を助けている。その中で、⑦『新累解脱物語』では、田糸姫の紅葉模様が累の衣裳にも受け継がれて、その因果関係が暗示されているなどの、工夫も凝らされているのである。

対して⑬『皿皿郷談』であるが、たとえば月の有無では、巻一14ウ15オの挿絵「唐縞素二郎途《からしまそじらうみち》に婦幼《つまとこども》を失《うしな》ふ」には月は見えず、本文の「冬《ふゆ》の夜《よ》なれば月冴《つきさえ》て。其明《そのあか》きこと白昼《ひる》の如《ごと》し。」（17ウ）と齟齬を来たし、また巻三6ウ7オの挿絵「洲之介《すのすけ》悞《あやまち》て人魂《ひとだま》を打落《うちおと》す」には煌々とした満月が描かれて、本文の「今宵《こよひ》は野干玉《ぬばたま》の烏夜《やみ》なるに天《そら》さへ俄頃《にはか》に結蔭《かきくもり》て。咫尺《しせき》の黒白《あやめ》もわかず」（6オ）との喰い違いをみせている。次いで季節では巻一21ウ22オの挿絵「唐縞素二郎里見義堯《からしまそじらうさとみよしたか》に謁《ゑつ》す」は、冬の場のはずが、図中には紅葉が見えている。

さらに目に付くのは衣裳の変化で、物語の設定上、同じ衣裳を身に纏っていなければいけないものが、巻三23ウ24オ「夢《ゆめ》を占《あは》して鮮衣洲之助《ありぎぬすのすけ》を殺《ころ》す」図中の洲之助、巻五7ウ8オ「手児名《てこな》の神夢《かみゆめ》に赤縄《せきじやう》を引《ひく》」図中のかけ（欠）皿は前後の衣裳とは異なって描かれている。そもそも、この「手児名《てこな》の神《かみ》…」図を含めて、巻五27ウ28オ「しら梅やよるはあつめて星の数」図、巻五下6ウ7オ「岩橋のよるのちきりもたえぬへしあくるわひしきかつらきの神」図の三図は皆、人物を大きく描いており、殊に後二図は、ともに艶墨や薄墨を用いた力作なのであるが、それにしても各女性の衣裳への配慮が乏しく、たとえば片貝と渡鳥は、年齢と境遇の違いを無視して細かい縦縞（万筋縞）で共通し、紅皿と欠皿の振り袖も似通った模様で描かれており、画そのものとしての魅力は大きいものの、物語本文を活かしたものとはなっていない。すなわち本作では、馬琴によって細部まで細かい配慮を巡らして構築された物語世界を、挿絵によって活かそうという画師・北斎の熱意は、感じにくいのである。

このように挿絵と本文との関係でみるならば、③『敵討裏見葛葉』⑦『新累解脱物語』の示す画師北斎と作者馬琴、そして⑪『占夢南柯後記』⑬『皿皿郷談』に見られる両者の関係には、大きな変化が見受けられるといえよう。それらは物語の持つ世界の広さや重厚さに必ずしも拠っているわけではなく、たとえば軽い説話的世界の展開を示していても、文化四～五年（一八〇七、八）の北斎は馬琴読本の趣旨を汲み取り、注意深くその進行に沿って、物語への興味を掻き立てるかのように筆を揮っていた。それが、北斎と馬琴の組み合わせが終局を迎える頃になると、北斎の描く挿絵は画としては面白くとも、馬琴読本の世界を丁寧に読み取ることを、時として放棄しているのである。

鈴木重三氏によると、馬琴・北斎のコンビが失われたのは、一つには北斎の気持ちが挿絵から離れたため、二つには板元の立場から、二人の組み合わせの報酬の高さを敬遠したため、そして最後に北斎の奇癖が馬琴に煩わしさを与えたのではとされている（注2）。確かに、二人の組み合わせが文政期以降に見られなくなったのは、このような事情によるものかと首肯される。そしてさらに北斎の読本からの距離を裏付けるものとして、この『占夢南柯後記』稿本から見た挿絵事情を加えることができるのではないだろうか。すなわち、馬琴自身が、北斎の馬琴読本の世界への熱意の失せ方をはっきりと認めざるを得なくなった作、それが文化九年［一八一二］刊の『占夢南柯後記』であり、そのことが、あの「同樹の口に銜えた草鞋」という形で世に伝わった一件だったのではないだろうか。

注1　鈴木重三「馬琴読本の挿絵と画家―北斎との問題など」（『絵本と浮世絵』美術出版社、１９７９年）
注2　同注1。

附記
『占夢南柯後記』稿本調査につき、御所蔵者の渡辺陽氏、ならびに仲介いただいた鈴木瑞枝氏の多大な御好意に与ったことを記し、感謝の意を表します。

『南総里見八犬伝』

6 『南総里見八犬伝』の構想
――物語の陰陽、あるいは二つの世界

I 二つの境界

『南総里見八犬伝』（以下『八犬伝』）が、まともに作品論の対象になりにくかったのは、一つにはそのあまりの大部さの故にであり、一つには「勧懲小説」という評価による古めかしさが付きまとっていたからである。けれども反対に、それにもかかわらず今に至るまで、時代の気紛れに翻弄されつつもその存在を根強く主張し続けたのは、その評価の陰の部分、勇士と美女と魑魅魍魎の織り成す極彩色の妖気漂う世界に呪縛された、幾多の読者の個人的な経験によるものであったことも、事実である。『八犬伝』は、二つの矛盾した世界を内在させた書であることを、我々は馬琴の言動に惑わされることなく(注1)、認めねばならない。馬琴の創作意図自身、『八犬伝』においては、終始一貫しているわけではない。二八年間の星霜を経て成ったこの書は、その年月の長さが持ち得た幾多の変節を馬琴に与え、かつ作品内部にその影響を忠実に反照している。作品論は究極においてトータルとしての作品と結びつかねばなるまい。しかしこの二八年間の持つ力は大きく、常に何程かを雲烟の中に隠し、

容易に本体の全体展望を許さなかった。本稿では、構想の変化を追うことによって統一体としての『八犬伝』を把握し、作品論への一アプローチを試みたい。

『八犬伝』全九八巻一〇六冊は、次のように二一回に亘って販売された。なお、刊行は実際の販売年月が分かるものはその年月を、他は板本記載に依って記す。

(1)	初輯	五巻五冊	文化十一年〔一八一四〕十一月
(2)	二輯	五巻五冊	文化十三年〔一八一六〕十二月
(3)	三輯	五巻五冊	文政二年〔一八一九〕正月
(4)	四輯	四巻四冊	文政三年〔一八二〇〕十二月
(5)	五輯	六巻六冊	文政六年〔一八二三〕二月
(6)	六輯	五巻六冊	文政十年〔一八二七〕四月
(7)	七輯上	四巻四冊	文政十二年〔一八二九〕十月
(8)	七輯下	三巻三冊	文政十三年〔一八三〇〕正月
(9)	八輯上	四巻五冊	天保三年〔一八三二〕五月
(10)	八輯下	四巻五冊	天保三年〔一八三二〕十一月
(11)	九輯上	六巻六冊	天保六年〔一八三五〕二月
(12)	九輯中	六巻七冊	天保六年〔一八三五〕十二月四冊
			天保七年〔一八三六〕正月三冊
(13)	九輯下上	六巻五冊	天保八年〔一八三七〕正月

(14) 九輯下中　五巻五冊　天保八年〔一八三七〕十一月
(15) 九輯下下甲　五巻五冊　天保九年〔一八三八〕十月
(16) 九輯下下乙上　四巻五冊　天保十年〔一八三九〕八月
(17) 九輯下下乙中　三巻五冊　天保十年〔一八三九〕十一月
(18) 九輯下下上　五巻五冊　天保十二年〔一八四一〕正月
(19) 九輯下下中　五巻五冊　天保十二年〔一八四一〕正月
(20) 九輯下下下　四巻四冊　天保十三年〔一八四二〕正月
(21) 九輯下下結局　四巻五冊　天保十三年〔一八四二〕二月
(以降、『八犬伝』の各部分を、売出による通し番号を用いて表わす)

このように、九輯が半ばを占有するという一見して異常な構成を採っており、これが腹案通りに終わらなかった書であることを明確に呈示しているのであるが、それがそのまま結構の破綻といい得るかどうかの即断は差控えよう。

馬琴が初めから構想を綿密に立てて書く作者ではなく、その日その日の分量をほぼ一定して、ぶっつけ書で書いていったことは、日記に見られる通りである(注2)。その日夜たゆまぬ執筆活動は、「戯作者」という職人としての姿勢を如実に伝えているが、反面、単調さゆえに、創作者としての興奮は読み取りにくい。けれども、その毎日の感興はなくとも、ぶっつけ書きゆえの場面趣向の訂正が、時に著作に施されていったのは当然の帰結であり、馬琴の心理を辿り得る明確な軌跡を残してくれているのであるが、『八犬伝』においてこの傾向が殊に著しく見られることは、注目に値する。『椿説弓張月』が、その起筆に際して琉球渡航後の結構を予定し(注3)、作者の一貫した意識の下に短期間に積み上げられた、予定調和の美を示しているのと、それは対照的である。

『八犬伝』は、整然とした立体建造物にはなっていない。途中、それは舵を失い、海そのものの荒さを楽しむ帆船のような姿を見せ、我々に数々の場面の妙を提供し続ける。伏姫、浜路、力二郎・尺八郎、船虫とめまぐるしく登場する〝魔族(注4)〟は、時として犬士たちを陰へ押しやり、馬琴すら一蹴して、各々の世界を作り上げていく。それが、港を前に突然サルガッソ海へ迷い込んだかのように、九輯の不様な構成がやってくる。それはまったく闖入としか言いようのない異質さを持っている。

『八犬伝』を、犬士達の総登場(14「九輯下帙中巻十九」)を切れ目として一部と二部に分け、二部の存在意義の有無についての論は多く成されている。しかしその際忘れてはならないのは、二部の内容よりも、実は二つに分断して考えねばならぬ程に両者が異質のものであり、また、二部が蛇足と敢えて唱えたくなる程に「つまらない」という事実ではあるまいか。いかに「理想小説」(注5)との目的があったにせよ、その指向が馬琴の読本類の中で決して特殊なものでない以上、他作に見られる老年に至ってますます冴えた馬琴の化け物じみた筆力に照らし合わせると、この「つまらなさ」は正に「異常」であると言わねばならない。この不条理な変化を捉えるため、前半(13「九輯下帙上」の素藤退治の終わりまで)と後半(以後)という一つの分け方を提示しておく。素藤退治の終わりで切ったのは、そこら辺りから、書き方の変化が見られるからである。

けれどもこの境界については、馬琴自身の指摘は見出せない。代わって馬琴の唱える境界が、5「五輯」と6「六輯」との間に置かれている。これは、『八犬伝』を読み進めてきた読者にはうかがい難い、表層には現れない境界である。そのためか、いまだ大きく注目されたことはないようであるが、これは馬琴によって示される唯一の境界なのである。馬琴の意志を汲んで、5「五輯」以前を〝原『八犬伝』〟と名付けておく。構想の変化は、この境界で得られる。『八犬伝』における目的意識の積極的登場が、ここでおこなわれたのである。

後者の境界（5「五輯」・6「六輯」の間のそれ）は、馬琴の意識の管理下に置かれた。対して前者はおそらく馬琴すら意識しない、否、そのゆとりさえ置かぬ状況でおこなわれたものであろう。この二つの境界を並立させることによって、『八犬伝』という書の特異性を以下、考察していく。

II　原『八犬伝』

初輯に、よく知られた次のような馬琴の言がある。

二輯三輯に及ては、八人〻おの〳〵列伝あり。来ん春毎に嗣出して、全本となさんこと、両三年の程になん。

（1「初輯」再識）

このとおりに運ばなかったことは、結果が示す通りである。両三年はともかく、〝八士列伝〟（1「初輯」序）という目的だけでは、『八犬伝』はその終局を迎えない。この馬琴の当初の目的、つまり起筆の時点の趣向だけで組み立てたならば、どのような書が現れたのであろうか。さいわい、馬琴は饒舌な作者であった。我々はこの答を、『八犬伝』予告目録と彼の書翰の助けを借りて、得ることができる。

『八犬伝』を辿ると、4「四輯」から5「五輯」の出版のブランクで、馬琴が趣向をあらたに加えていることに気づく(注6)。4「四輯」から5「五輯」の出版事情は、林美一氏の『秘板八犬伝』(注7)等に詳しいので本稿では割愛するが、元々の予定の四輯五巻五冊が四巻四冊として出版され、四輯の残りの一巻一冊が五輯の五巻五冊に付いて六巻六冊となったものである（後刷では、四輯五輯各五巻五冊に揃えられる）。その4「四輯」巻四27オに、この間の事情と巻五の題目が述べられているのであるが、これが実際の巻五のそれとは異なっている。

(4)四輯巻四予告題目

第三九回　一葉(注8)を浮めて荘子両友を送る
　　　　　雲霧を起して神灵小児を奪ふ
第四〇回　額蔵を誣て奸黨残毒を逞くす
　　　　　羣小を射て豪傑法場を閙す

(5)五輯巻一

第三九回　二箱に歛めて良儔夫妻を葬る
　　　　　一葉を浮めて荘子両友を送る
第四〇回　密葬を詰て暴風妙真を挑む
　　　　　雲霧を起して神灵小児を奪ふ

同巻二

第四一回　木下闇に妙真依介を訝る
　　　　　神宮渡に信乃猎平に遭う
第四二回　夾剪を摭ふて犬田進退を決む
　　　　　額蔵を誣て奸黨残毒を逞す

同巻三

第四三回　羣小を射て豪傑法場を閙す
　　　　　義士を渉して俠輔河水に投む

これらの題目を比べると、4「四輯」巻五の三九回予告が5「五輯」巻一の三九、四〇の両回に、4「四輯」

巻五の四〇回予告が5「五輯」巻二の四一、四二、巻三の四三の計三回に伸展していることが、見て取れる。ここであらたに付け加えられたのが力二郎・尺八郎の話であることは、その内容から見て明らかである。『八犬伝』の中で五指に入る名場面の、あの七夕前夜の霊との巡り合いは俄に拵えられた趣向なのであり、物語全体の中で力二郎・尺八郎の収りどころのない浮き上った存在の仕方の意味も、これによって一端が見えて来るというものであろう。

何故、このような趣向が、ここにおいて必要となったのであろうか。この事情は作品からは答えられず、文政五年正月朔日付の殿村篠斎宛書翰によって初めて明らかとなる。書翰中に五輯の案内が述べられるが、その中に、

四編までに大ていしつくし候処又あたらしみヲ符候事一朝の苦心にあらず

とある。力二郎・尺八郎の場が加えられたのは、当初の趣向が「大ていしつく」されたからであった。筆を起すにあたり、彼は初〜四輯までの具体的な展開を考えたのである。ここまでに、里見家の安房における興隆、伏姫と八房の犬士誕生を導く発端、そして『八犬伝』たるべく八犬士たちのうち、信乃を中心とする六人の犬士の登場が述べられている。この範囲でいまだ登場しないのは、毛野および大角のみ。そして毛野が女装で登場することは、初輯の口絵から明らかである。となると、七人の犬士の存在内容は既に規定されていることになり、馬琴の当初の趣向もおのずと割れてくる。彼らは正に〝八犬士〟だけの空間をのみ持っていたのであり、想像以上にこぢんまりと整った世界が予定されていたのである。そして、それが『八犬伝』の好評により長編化していく過程で新たな趣向の必要を生じ、その大きな手始めがこの力二郎・尺八郎の場面なのであったと言えよう。

けれどもこの事からすぐ、四輯以前を〝原『八犬伝』〟とする事はできない。その四輯までの趣向については、馬琴は作品中では黙して語らないのである。代わって5「五輯」以前と6「六輯」以降の相違が、馬琴自身によって再度、強く述べられている。

始は通俗を旨として、綴るに敢て奇字を以せず。この故に行毎に、仮名多くして、真名寡し。六七輯に至りては、拙文、唐山なる俗語さへ抄し載て、且意訓をもて、彼義を知しむ。（14「九輯巻一九」簡端贅言）

四輯五輯までは、体裁今と同じからず。刊は昨の我に饜て、且流行同じからねばなり。（21「九輯結局」回外剰筆）

この馬琴の断定的な筆にもかかわらず、その体裁の違いは、私には明確には感じ取れない。いささかの唐山の俗語の有無を以て「昨の我に饜」「通俗を旨」としなくなったと結論されるのは、あまりに唐突である。別に五輯以前を貶しめ、六輯以降を採る原因が存したと考える方がはるかに辻褄が合う。先に挙げた書翰から、船虫を始めとする六輯以降の趣向の大半が、あらたに創られたものであることは既に判明している。馬琴の言は、彼等新趣向に依る者に、何らかの非通俗性の意味を与えて用いたことを示しているのではないだろうか。船虫、偽赤岩一角と続くグロテスクで魅惑的な一群は、何のために拵えられたのか。彼等は、初輯から五輯に見える亀篠や簸上宮六達と、何らかの違いを持っていたのであろうか。

馬琴が勧懲を標榜し、それが彼の代名詞化していることは、今さら言を待たない。また、彼のこの思想性（それが作品の位置を高からしめると考えられたことによって、その名を付与しておこう）が巧みに宣伝されていったスペースが、序、再識などという便利なそれであったことも、周知の通りである。本稿では、これら序、再識などに現れた馬琴の思想の変遷を追うゆとりはない。しかし、この5「五輯」・6「六輯」に置かれた亀裂についてのみ見るならば、それに答える面白い事実が、前半部分のそれだけで容易に指摘できるように思う。1「初輯」～5「五輯」の序、再識などにおいて、3「三輯」を除き、彼は「勧懲」を殊更に取り上げていないのである。むしろ、2「二輯」において、

稗官新奇之談。嘗含二畜作者胷臆一。初攷二索種々因果一。無二一獲一焉。則茫乎不レ知二心之所レ適。譬如下泛二扁舟一

以濟中蒼海上。既而得意。則栩々然獨自楽。（2「二輯」自序）

に始まる、物書きとしての喜びの高らかなマニフェストがおこなわれていることは、もっと注意されてしかるべきである。

適二於自所レ適。不レ適二於人所レ適。是以楽在レ内無レ竭也。（5「五輯」序）

書くことの喜び以外の何物も、この言は伝えてはいないのではなかろうか。たとえ、稗史が「寓言を緯と為」（3「三輯」叙）「勧懲を以衆生を醜す」（同前）ところのものであったとしても、それは「錦繡の如く美」（同前）しく、人を捉える。ひとり読者のみならず、馬琴にとってもそれは、「飴蜜の如く甘」（2「二輯」・3「三輯」序）かったに違いない。

けれども、この目的と手段の融合という珍しい事態は長く続かず、急速に崩れ去る。例の、彼の「勧懲説」が再び顔を見せるのは7「七輯上」序においてである。「無用の用」（7「七輯」序）を唱える時、彼の思考は常に「勧懲」に帰結する。

而寓以二勧懲一。則令レ読二之於婦幼一。可レ無レ害矣。（7七輯上序）

ここでは、馬琴はその稗史小説にのめり込む態度をもはや外に出さない。更に進んで9「八輯上」では、勧懲の具体的内容が説かれる。この7「七輯上」以下で執拗に説かれる彼の思想性、即、勧懲の有無（勿論、彼の概念的なそれである）こそ、5「五輯」以前を「通俗を旨」としたと、あえて彼をして再度語らしめた要因であると結論してよかろう。

この馬琴の序、再識に見られる変遷を踏まえて内容に再び目を通すとき、5「五輯」以前と6「六輯」以後との違いをはっきりと知ることができる。5「五輯」に置かれた力二郎・尺八郎の趣向は、後に創られた趣向であるにもかかわらず、それ以前の世界の延長であり、これを含めて、初めに述べたように、〝原『八犬伝』〟の世界としてまとめ上げられるのである。

馬琴の歓喜の叫びによって、ここまでの全体の四分の一そこそこの箇処に、永遠の夢幻を想わせる富山の洞の場、浜路くどきに始まる夜の円塚山の艶冶《えんや》な悲劇、打って変わった白日の一幅の錦絵そのままの芳流閣の雄壮な戦い、それを受ける利根川の滔々たる流れ、次いで古那屋のチョボと人形の動きを髣髴とさせる別世界的悲劇(注9)、荒芽山の七夕前夜の巧みに二転三転する設定の上に、いくつもの窓枠によって支えられたしみじみとした情景と、その名場面の大半を有する原因に思い当たれる。これらは文章の機微を知りつくした作者の、筆に身を任せた結果現れ出た、夢幻境の精霊たちなのである。これらを凌駕する場面を、私は以後の『八犬伝』の世界に見出せない。

そしてまた、6「六輯」以下には、確かに1「初輯」～5「五輯」までとは異なる趣向が立てられているのである。船虫、山犬の化けた偽赤岩一角、これらは悪の巨大化のもたらした妖族に相違ない。勧懲の言の多さの割にその具体的方法を能動的に説くことの少ない馬琴であるが、その大方が悪の側を描くことによって成されたものであることは、既に屢々説かれているところである。時として馬琴自身、その悪の持つ魔力に曳摺り込まれる可能性（それは馬琴の物書きとしての天分を示すものに他ならぬが）を有し、その為に構成の破綻を犯し、結果として作品に陰の部分を跋扈させることに成ろうとも、馬琴の意識は、それらすべてが勧懲のために立てられた趣向であるという点において、危うげな満足感をもたらしているである。

この「勧懲」という目的意識の積極的登場が対管領戦の構想を創り上げたとするのは、あまりに短絡に過ぎるであろうか。九輯の半ばを占める対管領戦が後に立てられた趣向であることは、既に言われているところ(注10)であるが、その作品中での萌芽は、そう下らずとも見出せるのではないか。「大団円」が馬琴の筆に出て来るのは8「七輯下」からである。

八犬伝一部の小説自後一二輯にして結局大団円に至るべし

（8「七輯」宣伝）

続いて9「八輯上」には、

凡は団円百回にて止りもしくハ一百八回にて局を結バるべきよしなれバいく程もなく全備すべし

（9「八輯上」宣伝）

9「八輯上」には10「八輯下」の題目も並載されている。八輯は第七四〜九一回。6「六輯」からここまでに、朝開野《あさけの》としての毛野の対牛楼の仇討ち、偽赤岩一角と対する大角の登場が入っており、あますところ、八犬士の出現としては親兵衛の再登場のみが残されている。一輯に二ないし三の趣向を盛り込み得た馬琴である。8「七輯下」・9、10「八輯上下」では馬琴は自らのレールを正確に進んでおり、団円は既に見えていた。この9「八輯」に、対管領戦のしっかりとした伏線を感じ取ることができる。

9「八輯上」巻三に、荘介の再生の恩人・稲戸津衛由充への次のような言がある。

晩成、倘幸に、良主に仕へて、一軍の大将を奉り、料らずも長尾殿と鋒を交ることあらば、為に三舎を退くべし。伊豆には三嶋・箱根権現、当国にては弥彦の、神も捨ずは照覧あれ。這義に背くべからず

終末までのアウトラインを手中にした作者が、この団円予定近い箇処で、殊更に強い誓いを打ち出している以上、エピローグとしての大戦が用意されていることは明らかである。また、その大戦が長尾家を巻込む点、対管領戦を指していることも、ほぼ間違いあるまい。伏線を「感じ取る」と書いたのは、明言化以外の設定も指摘できるからである。箙大刀自は、なぜここにおいて登場するのか。読者はその嗅覚にこれまでと違う異臭を〝感じ取る〟のではあるまいか。この不安定な方向の定まらぬ状態は、すぐに強くその正体を打出し、最終的な目的がほの見えてくる。10「八輯下」の穂北の氷垣家は、何のためにここに存在するのか。異質なものは素速く、力強

く、その主流を奪う。けれども物語は目睫の団円を前に、親兵衛という人物を得て、長やかな素藤退治という意外な足踏みを始める。しかし、やがてそれも乗り越えられる。

9「八輯上」の予告は12「九輯中」に継がれ、ここではっきりと大戦の予告がなされる。それも伏姫の言という形を以て。

　異日倘百万の、大敵西北に起ることありて、海陸共に攻寄来ば、房総諸城の守将戍卒、悉皆解体せん。その折にしも八犬士の、幇助あるにあらざりせば、誰か亦よく大敵に、当りて那呉の周郎が、赤壁の克に倣ふべき。　（12「九輯中」巻十二、傍点筆者）

注意すべきは、ここで戦いの存在はもちろん、その方法までもが示されている点である。12「九輯中」では、敷設されたレールはもはやその全貌を憚ることなく白日に晒している。前の11「九輯上」において、

　意匠漸疲。腹稿有レ限。結局団円且レ近。　（11「九輯上」自序）

と吐露した馬琴にしてみれば、それはむしろ当然のことであったかもしれぬ。物語はまさに尽きんとしていた。以後、このアウトラインは崩れることなく、終局まで忠実に辿られる。

このように、9「八輯上」において既に、『八犬伝』全体の構想はしっかり立てられていたのである。〝原『八犬伝』〟を抜け出た6「六輯」からわずかの間に、長編『八犬伝』の終末までの骨格が組まれたということは、その方法に〝悪の巨大化〟という定法がやはり用いられた結果と言えるのではないだろうか。

巨大な悪が超自然（船虫を人間だと思う者は誰もいまい）から人界へ移る時、見出されたのが、〝対管領戦〟という目標であったのではなかろうか。直接の理由もなしに二犬士に襲いかゝる簸大刀自は、その狂暴さにおいて山猫の化けた偽赤岩一角と何の変るところもなく、底知れぬ不気味さを秘めた新しい悪の出現を思い起こさせるに充分の力を備えている。異形《いぎょう》の変化《へんげ》の持つ力は、常に人界のそれに比べて、脆い。人面をした怪異は、はる

かに複雑な悪のシンボルとなる。けれども同時に犬士はここで、箙大刀目の賢臣・稲戸津衛由光に助けられ、その恩を受けている。すべての種は蒔かれた。〝勧懲〟はようやく、懲悪のみから勧善をも含むものへと、その領域を広めて来たようである。悪は八犬士の未生以前に溯り、その本来の面目を顕し、それらすべてを内包した象徴へと化す。当面の悪が、実はそうではなく、八犬士たちのコスモスを包み込む、一代の生を越えた、輪回をも封じ込めたそれであったことを、読者は知る。天地は壺中に閉じられる。時空の超越を図る穂北の氷垣家の趣向の持つ意味は大きい。

III 〝前半〟と〝後半〟

もう一つの境界、13「九輯下上」以前とそれ以後の差異については、馬琴は緘黙を通している。物語の目的がそこにおいては変わらなかったからである。けれども、馬琴の意識では5「五輯」と6「六輯」に置かれた境界のみ有したにもかかわらず、その境界を極く淡い痕跡へと退化せしめる程に、この『八犬伝』前半と後半の世界は異っている。表面的には、後半ではそれまでに比して極端に趣向の転換が少なくなる。内容的に見れば、前半に溢れる怪異の魅力が失せ、後半では馬琴の言う〝雅の怪談（注11）〟、勧懲という目的を露骨に示すそれが、数にしては前半よりずっと多く、しかしながら我々の興味を曳くことなく鏤められている。前半での強い芝居との結び付きが、後半では消えてしまう。前半には曲がりなりにも漂っていた心理描写（近代のそれではないこと勿論であるが）が消え、後半では戦いの場とそれに付随する光景が、どこまでも続く白昼夢のように繰り広げられる世界が現れる。等々……。ひと口に言えば、前半で我々を魅了していたものが、後半になると消えているのである。

前田愛氏は「『八犬伝』の世界―「夜」のアレゴリイ」(注12)において、前半の世界を〝夜〟で表された。氏の〝夜〟は〝物類相感〟のアニミズム的世界と重なり、「ものみなの輪廓を鮮明に照らし出す白昼の光とは相容れない」(84頁)と述べられる。氏の論は新しい『八犬伝』像を我々に与えて極めて魅力的であるが、いくつかの誤謬を含んでいる。まず、親兵衛の再登場までに、「白昼」の場は芳流閣のみを唯一の例外として持っているわけではない。荘介救出、雛衣くどき、そしてもっとも重要なのは、山猫の化けた偽赤岩一角の最期さえも、白昼の光の中に在る(注13)(なお、船虫も、これらの場面では白昼に登場している)。そして反対に、親兵衛再登場以降にも、夜の場面は続く。素藤と妙椿の交わる夜、暗い山中での親兵衛の虎退治、それに絡まる腕を喰いちぎられた悪僧・徳用と美姫・吹雪姫の夜、三つの関を破って走る駿馬と上がる火の手の夜……。アニミズム〝物類相感〟に照らしてみても、決して、〝夜〟または物語の前半部のみに止まらない。アニミズム的世界は前半部のみに止まらず、『八犬伝』全体を覆っていると言えよう(注14)。

それでは前田氏の採られた親兵衛の再登場によって二つに区切る分け方は何の意味も成さないかというと、決してそうではない。この段の初めに述べたような種々の相異が、ここを境に現れ出すのである。親兵衛の再登場には、前田氏の言われるごとく(注15)、我々に真の「朝」の登場を感じさせるものがある。その理由はおそらく、親兵衛の再登場が物語の結末(予定)の部分の第一歩であるということなのであろう。本稿では詳細は省略するが、前半においては芝居との関係が濃厚である。草森紳一氏は、歌舞伎においては、劇場での上演という場と時間の制限から、めでたしの終わりが必要となり、そのために勧善懲悪は便利なものであったと述べられる(注16)。ほとんどの読本においても、結末のおそまつさは、おそらくは同様の理由に依るものであろう。とすると、勧懲を終わりに置くということは、歌舞伎もしくは読本という限られた異次元空間の口を、現実の世界へ繋げるという働きを持っているといえるのではあるまいか。つまりアニミズム的世界の一掃であり、魅力を失った悪が討たれることにより、現実の規範である倫理秩序によって支配される世界へと、観客の麻痺した意識を連れ戻すのである。親兵衛登場の後、馬琴の脳中では、すぐに「対管領戦」という祝儀的な〝九輯の半分を与えられ、結末と方法のわかった〟場で、物語は終わるはずであった。つまり、親兵衛の朝はそれまでの大角と偽赤岩一角の迎えた返璧の庵の朝とは違い、現実空間へと通じる朝なのであり、それ以前の世界との訣別を告げるものなのである。それが物語の進行の過程で、終末がはるか彼方に押しやられ、新しい趣向が盛り込まれて、「対管領戦」が祝儀的なものに終わらなくなった時、物語はまた、長やかな夜へと戻っていったのである。

それでは、前半の世界とは何なのであろうか。先に私は、前半の終わりを前田氏の如く親兵衛の再登場に置かず、二度に亘る素藤退治の終わりまでとした。理由は、素藤の描かれ方にある。素藤と親兵衛が登場する11「九輯上」宣伝に、馬琴は「九輯後帙」六巻の出版により結局に至る旨を述べ、次いで、

こたび発販の上函六巻は楮数例より尤多かり　こは犬江親兵衛の再出世の段までを六の巻に見せまくほりせし作者の用心に任せし也　（11「九輯上」宣伝）

としている。そのどこにも、親兵衛の素藤退治の二度に亘る徴候を見出すことはできない。事実、親衛衛はあっけなくその素藤を捕える役目をしおおせてしまう。素藤退治の段の持つ役割は、親兵衛再登場と対管領戦を動かす「甕襲の玉」の取得に尽きる。その両目的は、一度の素藤退治で充分に達せられ得たであろう。二度に分けて素藤の力を更に巨大化したものは何か。文中で述べられる親兵衛の〝仁〟性を表すためなどではない。『八犬伝』読者は過去に、これとまったく同じパターンを見た記憶がある。素藤が、妖婦・船虫のバリエーションに属することは明らかである。素藤は船虫と同じく、馬琴を彼の魔界へと曳き摺りこんだのである。この素藤というキャラクターの持つ性格のゆえに、素藤退治の経緯には後半部の性質も色濃いものの、いまだなお前半部に所属させておくこととしたいのである。

となると、前半の世界とは、「登場人物が馬琴を動かした世界」といえよう。そしてそれは内容的に見る時、〃情の世界〃とまとめ上げられよう。前半で目につく場面は、伏姫の死といい、浜路の最期といい、力二郎・尺八郎の霊といい、その場の持つ〃勧懲的意味合い〃よりはるかに詳しく描き込まれている。そしてこれらはすべて、彼等の〃情〃に重点を置いて描かれているのである。馬琴はこれらの場面を、憑かれたように華麗な文体で綴り上げる。彼等前半部の登場人物――馬琴をひきずり込み、そして彼の筆力を借りて我々をも魅する力を持つ彼ら――の魔力を〃夜の魔力〃とするならば、それは確かに〃夜〃と形容されてしかるべき世界である。なぜなら、それは我々の善悪判断を嘲うかのように、目眩く美の世界に誘い込んでいるのであり、白昼とは相入れぬ規範の世界だからである(注17)。

そして、これら前半の世界の方向は、発端において規定されていたということができよう。『八犬伝』の直接の発端となる伏姫と八房の設定そのものが、犬から高辛氏の槃瓠《ばんこ》の記事を思い起こし、その趣向に倣ったものであることは馬琴みずから説くところであるが、いかに「孝」にして「賢」、「美」にして「貞」なる伏姫であろうとも、若い女性と猛犬との組み合わせは、それ自体、この世の他なる道徳律を伴わぬ、強いて求めれば特異の美の規範によってのみ領される世界のものである。また、八犬士の内、二人は異性装《トランスジェンダー》としての登場が既定されていたことをも、合わせ考えねばならない。これらは『八犬伝』前半の世界を正確に予告している。とはいうものの『八犬伝』は初めから現『八犬伝』を目指したのではない。『八犬伝』の起筆で立てられた趣向が覆うのは、5「五輯」、否、現実には力二郎・尺八郎の登場以前の4「四輯」までであり、以後の大半が、後に立てられた構想の産物であることは繰り返し述べたが、現実に、それ以後との趣向の切れ目が、馬琴の声明がなければ、表面上にははっきりと指摘できなかったであろうことは、趣向立てがこの切れ目の前後で、まったく同じ方向に依って立てられ続けたことを、立証しているに他ならない。実に『八犬伝』前半の世界は、伏姫と八房の発端の場によって、すべて統せられているといって良いであろう。6「六輯」以下の勧懲主義の標榜にもかかわらず、馬琴は彼らの魔力から逃れ去ることはしなかったのである。

けれども物語が、前半のペースのままであっさり団円しなかったことは、現『八犬伝』に見られるとおりである。「対管領戦」は祝儀的な戦いに終わらず、堂々と前半と相対峙する世界を展開した。結果として、後半部と前半部は互いに頡頏しあい、反撥しあっているのである。後半部でまず目につくのは、前半部に比して極めて場面展開の少ないことであるが、これは、その異質さが馬琴の立てた筋からは出ていないことを示している。後半の大部分は、実のところ、〝半輯を与えられ、その方法と結果を指定された〟戦いだけに終始しているのである。結局、馬琴は毎回、大団円の近きを宣伝に予告し続ける(注18)。『八犬伝』は後半、作者・馬琴にとって常に眼前に団円の見えていた書なのである。そしてこれは当然、読者の側からも、同時に見透かされていた。

それにもかかわらず物語が延々と続いたのは、決して書肆からの要望のみによるとは考えられない。天保という時代はそのゆとりを失っていた(注19)。長編化の要望は、馬琴自身の中に存する。「佶れば毛野を軍師にして、信乃・道節、荘介・大角、小文吾・現八を防禦使にせん」(16「九輯下下乙上」)。この言葉は、それからの著述が、少なくとも三場所以上の場を必要としていることを示している。毎回の団円予告にもかかわらず、読者はこれ以後の輯に、後から加えられた長編化の趣向を見出すことはできないであろう。馬琴の筆は整斉と進む。

何故、このように「対管領戦」を大部にしなければならなかったのであろうか。いや、ただ大部になっただけであるならば、「拾遺」、「残篇」と、名称の不自然さはあるにもかかわらず『椿説弓張月』がそうであるように、一貫した世界に収まっていたかも知れぬ『八犬伝』が、何故、目ざましい場面や趣向を加えるわけでもなく、この「対管領戦」という戦いにひたすら固執し続け、そのことによって違和感を覚えさせる世界へと、入っていかねばならなかったのであろうか。

「対管領戦」は、どういう戦いだったのか。この戦いには〝八徳の玉〟は用いられず、〝甕襲の玉〟がその主役を奪う。戦いの目的は〝玉〟によって明確に表示されている。それは「恩怨応報の輪回、正に盡」(21「九輯下下下結局」巻五一内、甕襲の玉を用いた法会での、大の言)さんとする戦いであった。「私怨が公憤の形で晴された」(注20)という松田修氏の指摘は、この戦の隠蔽された目的を抉り出している。「この様な肌寒い例も含まれている」(注21)のではなく、これがこの戦いなのである。表面の〝仁〟の陰で、八犬士を直接犯した者は、すべて皆、誅戮されていることを、我々は忘れてはならない。新織帆大夫素行、横堀史在村は、信乃に射殺され(19「九輯下下中」巻四一)、荘客たちによって首を採られ(同前)、神薬も効を成さない。そして、これらの制裁はすべて八犬士の手を汚さず、巧妙に〝天〟のしからしめることとなっている点も、覚えておかねばならないだろう。否、〝天〟の理に巧妙に隠された〝私怨〟であることを知らねばならない。戦いであるにもかかわらず、敵の管領方であるという理由のみで殺される者は、一人もいないのである。

この「恩怨応報の輪回、正に盡」(21「九輯下下下結局」)さんとする戦いは、一方、〝仁〟と〝勧懲〟によって武装させられている。執拗に馬琴は、「序」に、「箇端附録」に、「回外剰筆」にと、〝勧懲〟を説き出す。〝勧懲〟が隠れ蓑だというのではない。確かにそれは〝勧懲〟の構図ではある。が、「善を勧め、悪を懲らす」(19「九輯下下中巻三三」箇端附録)が、「天理順逆の応報あるを世の看官に悟らせん」(21「九輯下下下結局」回外剰筆)という内容を持つに至ったのは、馬琴の中の一つの思想の変化ではないだろうか。馬琴は、人界を取仕切る〝天〟によるユートピア願望を打ち出しているのである。そしてそれに応えるべく、地上では〝仁〟への努力が払われる。戦いの初期における、親兵衛の京師行きによる不参加は、〝仁〟を主君・義成が代行することによって、〝仁〟なるものの決定的な優位を示す結果になっているのだが、同時に、〝仁〟が〝人界〟のものであることをも指示しているのではあるまいか。既に言われているように、親兵衛は〝神〟であった。が、彼の〝仁〟が義成に委ねられたとき、〝仁〟はその神性を失い、〝天〟によって統合されるのである。

対管領戦において驚かされるのは、数々の怪異の多さである。犬士たちで、それらに助けられぬ者は一人もいない。それらは〝人魚の油〟であり、〝奇風〟であり、〝霊猪〟であり、〝奇火〟であり、〝甕襲の玉〟である。けれども、これらは前半の怪とはまったくその趣きを異にしている。伏姫と八房の統治する世界が既に消滅したことを、これらは間接的に証明している。怪異は現象としてのみあり、怪異自らの魔界を持ってその中で増殖していくことは、もはやない(注22)。そして相手方に加勢した怪異も、一つも存在しない。すべてが里見方のために現われ、結果として犬士たち自身の活躍を封じ込めている。犬士たちは最早、〝動かされている〟者たちにすぎない。幾多のおめき声にもかゝわらず、メタファーとして、「矢叫び一つ無い」(注23)との言は、この戦いを的確に捉えてあますところがない。八犬士の声は怪異の薄っぺらさと同様に一向に戦場に響き渡らず、上げさせられた声は、その虚ろさのゆえに、却って戦いを血と汗から遠ざける。

後半の世界が、何一つ乱れを見せずに進められながらも、創作者・馬琴の予想すら裏切って長編化していったのは「恩怨応報の輪回」を、すべての人に徹底して尽きさせたからである。暗黙の了解の中に消え去らせることで済ませられる人物までをも、馬琴は照明の中へ曳き摺り出す。ほとんど病的とも思える執拗な〝正義〟(因果勘定の精算に他ならないが)の追求が、馬琴自身の意志によって繰り広げられたことは、九輯、特に戦いの始った16「九輯下下乙上」以降の、それまでとはまったく様子を異にする頻繁な出版状況、および執筆状況からも説明できよう。そして、この馬琴の強い意志が、犬士たちを、更には物語すべてを、〝天の理〟を以て桎梏しているのである。

そろそろ、二つの世界の定義付けの材料は揃ったようである。先に述べたように、前半部の世界とは、登場人物によって動かされている世界であり、対して後半の世界とは、馬琴の意志によって統合せられた世界である。

前半、伏姫終焉の場、〝浜路くどき〟に始まる浜路殺害の場の膨張は、彼女たちと共に泡立ち波打つ作者の息遣いを感じさせる。山猫の化けた偽赤岩一角は、作者の意図とは裏腹に、赫灼と血に濡れた口を開け、目を爛々と輝かせて犬士たちを圧倒する。彼等は物語の中にあって、各々独立した世界を有する。それは伏姫と八房によって方向付けられた、〝魔界〟としか呼びようのないものである。馬琴は彼等の発散するオーラにとりつかれ、予定はしばしば見失われる。犬士たちですら馬琴の手の内を離れて動き回る。5「五輯」に置かれた断層を形骸化せしめる程に、彼等の放つ妖気は遙かに強く、世界を統合している。犬士を、そしてまた馬琴をも翻弄し続ける船虫は、彼等の代表といえようか。一回の征伐で死に絶えずに生きのびた素藤の存在は、彼が船虫とまったく同じ魔力で、馬琴を曳き摺り回した結果に他ならない。馬琴の筆を借りて彼らは自己増殖を続け、自ら魔界の王と成り得たのである。九輯（11～13）がなお前半の世界に繋ぎ止められているとするのは、この理由に依るものである。

対して後半の世界では、すべてが馬琴の傀儡として動く。何の乱れも見せないのは、勝手に動き出した登場人物《キャラクター》やエピソードがないからである。自然や怪異ですら彼の意志から飛び出さない。〝怪異〟を設けたこと自体、手段を選ばぬ彼の意志遂行の志の強さを窺わせる。八犬士は動かず、八つの玉も意味を失う。八つの玉を覆う〝天の理〟が八つの玉に籠められた〝人界の理〟を凌駕して、輪回は〝天〟のしからしめるところにより、ここに尽きる。登場人物の持つ妖気は払拭され、陰の世界は朝の露のごとく、脆く、その痕跡すら残さずに消え去っているのである。

前半、個々の場面がそれぞれの存在を誇りつつ持った流動する力は、報いられることなしに後半へと流れ込まれている。躍り上がった登場人物の魂はいたずらに沈められ、代ってあらたな馬琴の魂が世界を纏め上げたのである。後半が実につまらなく思えるのは、ひとえにこの報いられることのなかった力のゆくえを我々が追い求め、その期待が殺されているからに他ならないであろう。

Ⅳ　親兵衛京師行き

何故、このような異質な世界が現れたのかを考える時、浮かんで来るのは、『八犬伝』の前半部と後半部を結ぶ14「九輯下中」〜16「九輯下下乙上」に位置する、「親兵衛の京師行き」ではないだろうか。物語後半部の内容は、「親兵衛の京師行き」および「対管領戦」とすべての跡始末、更に付け加えるならば、結城の古戦場を代表とする法会の多さである。その中で、それまでに何の伏線も指摘できないのは、「親兵衛の京師行き」だけである。結城の古戦場の法会は前半の名残の場であり、「対管領戦」は既に指摘したように、9「八輯上」から決められていたものであり、それに付随したものは、対管領戦の中で必然的に発生した姿勢のもたらしたものである。それらに対して、「親兵衛の京師行き」は、いかにも唐突で不思議な趣向と言えよう。

或人云、本伝第百三十一回、八犬士稍全聚ひて、倶に安房へ徴れて、里見の家臣になるといふ段、是宣く大団円なるべし。然るを又金腕の姓氏の事を説出して、京師の話説十八九回あり。こは疣贅にあらずや、といへり。嗚呼又此等の言あるか、本伝に、京師の事を説く十数回は、是始よりの腹稿なり。然るを疣贅とせらるゝは、よく思ざる故にこそあらめ。そを何とならば、八犬士、倶に安房に到りて、里見の家臣になるのみにて、犬江親兵衛を除くの他、七犬士、皆一介の功なくは、是尸位素浪の人になるべし。犬士等かくの如くにして、可ならんか。且京師の話説微りせば、俗に云田舎芝居に似て、始より説く所、東八州の事に過ぎず。然では話説広からで、大部の物の本に、足ざる所あり。　（16「九輯下下乙上」巻二九簡端或説贅弁）

長々と引いたが、京師行きによって、親兵衛一人がますますその特異性を発揮させるだけなのであるから、これはまったくの牽強付会の説である。この箇処が表しているのは、言い訳をせねばならぬ程にこの話説が読む者に奇異の感を与えたということであろう。その感を押して、大義名分を付けて出した馬琴の意図を慮らねばなるまい。

「親兵衛の京師行き」の目的は、継嗣《けいし》なき金腕氏を継がせることにあり、前節までとは何とも続かぬ、木に竹を継いだような設定となっている。馬琴に〝家を思う気持ち〟が薄かったからではない。否、むしろ人一倍それが強かった人ではあるが、何故に、〝勅免〟を必要としたのか。八犬士は、伏姫と八房の間に生まれながらも、大を宿世の父として、いわば養子の形で育まれた者たちであり、勅免がなくとも、大の跡は継がれている。〝勅免〟とは主君・義美の力をも越えた、絶対的な力の象徴なのではないだろうか。もはや馬琴は人界の主君・義美の言にのみ頼っていない、と考えるべきであろう。義美の言、

> 儒の道もて論ずれば、後なきを不孝とす。縦出家の功徳によりて、九族升天しぬるとも、子孫是より断絶して、先祖の為に不孝ならば、世の人是を羨んや。　（14「九輯下中」巻二二）

以下、「先祖の為の不孝の罪」という言葉は、注目に値する。

馬琴の実生活に目を移すと、既に『八犬伝』制作苦労譚として説き尽くされていることではあるが、この14「九輯下中」巻二二の書かれた天保八年［一八三七］の前に、「親兵衛京師行き」の理由とオーバーラップする瀧澤家の大事件が起っていた。前々年の天保六年［一八三五］五月八日、彼は掛け替えのない一人息子・宗伯を亡《うし》なっているのである。彼の宗伯へかける意気込みは傍からは滑稽に見える程であったが、それらはすべて〝先祖の為に不孝ならざる〟ためであった（注24）。今ここで、馬琴と宗伯について多く語るまい。が、『八犬伝』を起筆した文化十一年［一八一四］当時、宗伯はその父の期待に応えており、『八犬伝』の評判と共に瀧澤家の未来も明るく輝いて見えていたのである。『八犬伝』の世界が暗から明の世界に移り、八犬士がその王道を歩み始めた時、

瀧澤家の将来が音を立てて暗転したのは、多分に示唆的である。

馬琴は自己表白を作品の中へ表さない作家である、というのは果たして真なのであろうか。彼は反骨の人である。運命にいつまでも、おめおめと屈してはいまい。人倫の手に負えない正義ならば、人倫の上までも動かせば良いのである。〝勅免〟の二字に、馬琴は人の運命をも変える力を求めたのではないだろうか。〝勅免〟でなくとも、それは良かっただろう。彼が思ったのは〝人寰《じんかん》の主〟義美以上の力に他ならなかった。ロゴスに近いもの、馬琴の言葉を借りるならば、〝天〟の存在を渇望していた。〝天〟は、現実には人界を裏切って進むものであるかもしれない。が、〝人界を動かす〟ものに、馬琴はその著作の中において、〝理〟を通じさせる〝正義〟としての存在を与えたのである。それは人界において裏切られた、馬琴の怨念のしからしめたロゴスへの反逆であり、新しいロゴスの誕生を求める哀願でもある。まさに「親兵衛の京師行き」はここにおいて、必要欠くべからざるものであり、〝宗伯の死〟が、ここから始まる対管領戦の長やかな歩みの間接の契機となっていることは疑い得ない。

けれども、彼のロゴス追求は、意外な結末を得て終わる。哀願は憤りへと代わる。獣面人心の虎（16「九輯下下乙上」）は、民の心に仮託した彼自身の怒りではなかったか。この段の結末となる義政卿を示教する一休の登場は、馬琴自身の作品への登場であり、彼の力強い立ち直りを示すものに他ならず、その言は重い。画虎への彼の偈を借りて、馬琴は宣言する。

一盲導㆓衆盲㆒彼岸遠。群犬吠㆓於声㆒此岸闇。　（16「九輯下下乙上」巻三二）

「一盲」が馬琴自身を指すこと、明らかである。

こうして以後の世界は定められた。〝天〟を冀求した馬琴は、それに答えるべく自らに〝天〟を代行せしめんとしたのである。天へ哀願した弱々しい戯作者の姿は払拭され、自らの力で、真のロゴスに守られた〝理〟を築き上げんとする、老馬琴の悲愴な決意がここで成されたのである。

迷悟する此岸を、正義に向かってひたすら導かんとする馬琴は、既に言われているように、たとえ無意識の領域であろうと、時代において危険な作家に成ったかも知れない。カリスマ性を与えられた犬士たちは、常に政道へ赴く可能性を内に孕んでいた。馬琴は彼等を本舞台に連れ出し、理想帝国は〝天〟を味方に、華々しく立てられたのである。

V 馬琴の眼

しかし後半が、一休の言によって宣言されたように、馬琴の強い意志による理想帝国の出現という形を採ったにもかかわらず、結果として、政治的な反体制を叫ぶ危険性は、馬琴の意志はともかく、物語の中にはほとんど存在しなかったのではないだろうか。後半の世界において、犬士たちはそのカリスマ性を真に用いることがあったのだろうか……。〝八房の玉〟は、ほとんど用をなさなかったのである。

理路整然とした進展、馬琴の強い意志、全面的な里見方の勝利、それを助ける民の情と天の意志……にもかかわらず、これらすべてを重く押し包む〝闇〟を感じるのは私だけなのであろうか。

対管領戦において、順境（「非逆境」というべきか）における、正道による正義の主張という、稗史上極めて稀な設定が成されている訳だが、残念ながら、それが成功しているとはいい難い。勝利にもかかわらず、我々はここで、動かない八犬士と、魔力を失った怪異とのディレンマを見せつけられ、長々と続く戦いという名の空転の苛立ちを感じさせられる。伝わって来るのは、それでもなお筆を続けた老馬琴の意志の力だけである。それは、登場人物によって呼応されることのない、虚しい行為にすぎない。振り返って前半部での華々しい犬士達の働きを思い起こす時、読者たちは馬琴の筆力の衰えに愕然とする……。否、衰えではない。私たちは今、見落していた後半の趣向、法会の多さに目を向けるべきであろう。勝利の後に続くあまたの法会は、勝者ではなく死者へ目を向けている馬琴の姿勢の表れではないだろうか。馬琴の筆力が衰えたのではない。馬琴の意志が理想の帝国を確実に仕上げながらも、八犬士によって封じられた世界を離れた冷徹な眼が、後半全体を覆っていったのではないだろうか。結局、彼は戦いの場を、死者へ眼差しを向け、その平安を祈る法会で閉じざるを得なかったのである。

この馬琴の姿勢に鑑みると、対管領戦はまったく別の姿を浮かび上がらせて来る。我々はこの戦いに、勝利に決して酔うことのない、覚めた一つの眼を見続けることができるのである。

開戦に当たって、予告の詩歌が16九輯下下乙上巻三一巻末に載せられている。

　蛮觸戦場呉魏似。蝸牛角上誰祈レ風。（傍点筆者）

対管領戦は、「蝸牛角上」の戦いにすぎぬというのか…。対戦の具体的な動きに入る前に示された馬琴のこの言に、我々は驚かざるを得ない。

戦い終り、晴れの勅使を迎えた義成は言う。

　……物盈る時は必虧く。亭午の日輪、三五の明月、熟か傾き虧ざるべき……　（20「九輯下下下」巻四八）

晴れの舞台の絶頂期にあって、義成は無我の喜びに酔ってはいない。そして『椿説弓張月』の主人公・源為朝がそうであったように、物語の終末部で神仙化した犬士たちは、それでもなお里見家から離れることができない。

　故孔氏曰。君雖レ不レ君。臣不レ可ニ以不レ臣　（4「四輯」序）

かつては序にまで高らかに掲げられた語である。否、対管領戦のさなかにすら、繰り返されている。

　伝に云ずや、君は君たらずといへども、臣は以臣たらずはあるべからず。

（18「九輯下下上」巻三七、小文吾の言）

けれども、目的をすべて達し、神仙化した八犬士は、その児子等に言わねばならない。

我等八名、杖を曳き山を下りて、館并に義豊君を諫まく思へども、当館は吝嗇なり。（中略）忓を听れずと知りながら、犯して身を殺すは益なし。夫危邦には入らず。乱邦には居らず…
（21九輯結局巻五三）

しかしこの言には、本来あるべきはずの強い苦渋は見られない。八犬士は、神仙化して浮世を去ることもしないが、かといって歴史の中に身を投じてもいない。民の声を以て憤ったあの熱い情感の迸りは、ここではもはや失われているのである。

明るさは翳りに引き継がれたのではない。明るさの中に、否、明るさの発端において、既にそれは示されている。八犬士がようやく集い、里見家の新春を寿ぐかのように、一根にして十茎の灵芝が現れる。それは、

その第四茎と、五茎と、第十茎は短くて、凋然として、其色異な
（16「九輯下下乙上」巻五十三）

ったものであった。里見家の未来を指し示したそれは、祥瑞であると共に、里見家の十代後の崩壊への、天からの不気味な神託であった。そして、誰も、義美、義成、、大、犬士たちですら、その意味を悟る者はいなかったのである。灵芝の表すものはオリンポスの神託に酷似している。それは人間の儚い抵抗を嘲うかのようである。〝天〟に取って代わろうとした馬琴ですら、彼の実生活と同様に、既定の運行の中に、敗北としかいいようのない形で流されていく。歴史小説であるから里見家の栄誉がはかないのではない。彼にはもはや、『椿説弓張月』の為朝を尊氏へ結びつけたそれのような、果敢な勝利の唄は歌えなかったのである。八つの玉も、国を守るには至らない。八犬士の働きも、天の予言の前に、それすら決められた道のりであるかのごとく、乗り越えられていく。あたかも、

無明の酔の醒ざるを、蒙々として未見ざる狗子の如し
（16「九輯下下乙上」巻三二、一休の言）

と、一人つぶやく馬琴の声が虚ろに響くようではないか。それは、戯作を抜けていった戯作者の脱穀を、髣髴とさせる光景である。

『八犬伝』前半の世界は〝夜〟であるという。確かに、夜の持つ魔力がこれを覆い、対して後半は陰もなく明るい。けれども、この表面上の〝前半の陰〟と〝後半の陽〟の構造が、実はその裏で覆されている点…すなわち、闇はそれの持つエネルギーにおいて陽の世界であり、対管領戦が見掛けの勝利にもかかわらず、それを越えて闇の中へどこまでも沈潜して行く馬琴の目の中に漂っている陰の世界に他ならないこと…こそ、『八犬伝』という作品の特異性に他ならない。

馬琴の闇は限りなく重い。

注1　『八犬伝』九輯においては、作者・馬琴は物語のすべての趣向が初めよりの腹稿に依るものであること、および勧懲主義が作品を覆うことを、繰り返し序文等のスペースで述べている。
注2　8「『南総里見八犬伝』の執筆」を参照されたい。
注3　後藤丹治「解説」(『椿説弓張月　上』日本古典文学大系60、岩波書店、1958年)。
注4　〝魔族〟は魔界の住人の意で用いる。我々の理性による判断よりも感性による判断が尊ばれ、善悪の基準より美醜の基準のほうがおこなわれる世界を〝魔界〟としておく。浜路はか弱い乙女ではあるが、その死に方においては、凄みを帯びた芳年の絵に通じる〝殺し場の美学〟に重点をおいて描かれ、彼女のそれまでの像はかなぐり捨てられている。彼女の死は、倫理的には素早く処理されるべきであるが、却って彼女はその死に場において最も活き活きと魅力的に描かれている。彼女が魔族である所以である。力二郎・尺八郎も、霊としての登場は女々しいだけであるのに、その壮烈な討ち死によりも読者の心を打つ。また山猫の化けた偽赤岩一角も、単なる山猫の姿を越えて人格者・一角の姿を借りて悪を尽くすというけばけばしい美によって我々を魅了し、読者は偽一角に惹付けられざるを得ないのである。
注5　水野稔「南総里見八犬伝」(『日本古典鑑賞講座第二五巻　馬琴』、水野稔編、角川書店、1967年第六版)38頁他。

注6　このことについては鈴木重三氏が、「版元山青堂の事情で第五は甚だ遅れ、その間馬琴も草稿を書き直したらしく、次に出た第五輯の目次では、この遅れた分はもとのままではなく、筋を広げた形で分散して納めている。」（「故松浦貞俊氏蔵本南総里見八犬伝第四輯巻一解題」10頁『複刻日本古典文学館　南総里見八犬伝　第四輯巻之一』日本古典文学会監修、1971年）と述べているが、その具体的変遷について触れた文はいまだ見ない。

注7　林美一『秘板八犬伝』（緑園書房、1965年）。

注8　なお本書の稿本（都立中央図書館加賀文庫所蔵）では、「一葉」は「漁舟」となっている。

注9　水野稔氏は、「江戸小説と演劇」（『江戸小説論叢』中央公論社、1974年）において、『八犬伝』行徳古那屋の場面をとり上げて、

　原作そのものにおいての筋の運びと叙述がすでに、チョボと下座音楽とを配した何場かの歌舞伎の舞台そっくりの仕組になっていることを考えて見たことがある。（58頁）

と述べているが、私には歌舞伎よりも、登場人物の浄化された動きなどに人形のそれに近いものを感じ、むしろ浄瑠璃の印象が強いのであるが、如何なものであろう。

注10　浜田啓介「八犬伝の構想に於ける対管領戦の意義」（『国語国文』23-10、1954年10月）

注11　16「九輯下帙下乙上」巻之二十九簡端或説贅弁。

注12　前田愛「『八犬伝』の世界―「夜」のアレゴリイ」（『幕末・維新期の文学』法政大学出版局、1972年）

注13　偽赤岩一角は船虫と共に、「天は明朝日の升る比」（4「四輯」巻二）に大学の家に戻った現八、それを追い掛けた牙二郎の後から、大学と雛衣の庵に来るのであり、雛衣と偽一角の血にまみれた最期はすべて朝日の中で繰り広げられるのであるが、偽一角の死の場面では、

　四下を疾視んで吻く息は、狭霧となりて朦朧たる、庵の中は雲に入る、月下の宿か、と疑はる。（4「四輯」巻三）

とあり、昼の明かりは夜の闇に侵食されている。このように、夜の領域に本来止るべきアニミズム的世界が昼の領域まで犯し、さらに自己の世界へと自在に変化させてしまうエネルギーのすさまじさこそ、『八犬伝』の魅力ではないだろうか。

注14　ある意味で、これは当然である。今日、京伝の読本にアニミズム的世界が見られるといった時、それは〝お伽話にアニミズム的世界が見られる〟ことと同様に、何の反論もなしに受け入れられるのではないだろうか。それを敢えて唱え、かつまた、それが新鮮に感じられるところに、『八犬伝』の歪められた像がある。

注15　「朝の光を背に負った少年英雄の誕生によって、『八犬伝』の長い夜は終りを告げるのである。」99頁（同注12）。

注16　草森紳一「勧善懲悪のからくり―山東京伝の『稲妻草紙』を例に」（『国文学解釈と鑑賞』1976年11月）

注17　つまり〝魔界〟である。注4参照。
注18　「分巻十冊当冬推続出販全部九一冊大団円に至り候」（16「九輯下下乙上」宣伝）
「九輯下帙乙号下編五冊大団円まで当年内続出」（17「九輯下下乙中」宣伝）
「九輯下帙下編之下五巻結局大団円まで引続き出版」（18「九輯下下上」宣伝）他。
注19　九輯出版を巡る時代状況は、もっと解明されねばなるまい。天保中後期は、民衆の中に様々な問題を孕ませた複雑な転換期ではなかったか。
一　御御意にて、武家一同、甚敷倹約に候間、貸本抔も、借候者すけなき由に候へば、八犬伝売出しも、板元甚心配いたし（天保十二年十一月十六日付殿村篠斎宛翰）
対管領戦もたけなわとなった頃より、『八犬伝』の売出は、もはや版元にとっても、危険な賭けではなかったか。
注20　松田修「幕末のアンドロギュヌスたち――馬琴論の試み」（236頁）（『闇のユートピア』。新潮社、1975年）。
注21　同注20、236頁。
注22　後半の怪異が、勧懲という目的をあらわにみせた〝雅の怪談〟である事は既に述べた。対管領戦においてはこの傾向はますます強まり、怪異は怪異自身による原因すら与えられず、伏姫の志によって統一され、怪異現象だけが記されている。
注23　同注10。
注24　宗伯没後一、二ヶ月の内に書かれた『後の為の記』にいう。
なれども吾今打嘆くよしは、唯恩愛の故のみならず、是より吾家の衰へん事を思ふにあり。

7 「稗史七則」発表を巡って

『南総里見八犬伝』（以下、『八犬伝』）「九輯中帙附言」には、「稗史七則」と呼ばれる創作上の七つの法則を掲げた高名な一文が存在している。著者・馬琴と読者との貴重な交流の場であった巻頭のスペースは、しばしば彼の衒学癖に翻弄され、韜晦と本音とをないまぜた嗟嘆に彩られているが、それらの中にあってこの一文は「宣言」と呼び得る程の気魄と強い姿勢を伝えて浮かび上がっている。その気魄に打たれる故か、あるいは近世の小説においてかくの如き法則が語られたということへの驚きの故か、馬琴関係の論の中で、この「稗史七則」に関するものは異常に多い。馬琴の多くの著作の本文紹介すら等閑になっている現状に鑑みると、この小文への待遇はさまざまな意味で正に異常であると、私は思う。なるほど量的・質的に豊富な諸研究の積み重ねの上に、「七則」各々の出典、意味等の問題には充分な研究成果が与えられている。しかしそれらはすべて、公理としての「稗史七則」の存在の上に成立しているのである。各部の研究の合理性に支えられ、公理はますます堅牢な外観を呈し、「稗史七則」の存在そのものへの疑問は封じられていく。そして今や、〝なぜ「稗史七則」があるのか〟という強い疑問は、払拭されてしまったのではないだろうか。結果、おおよその彼の代表作品に対するよりもはるかに大きな注目と労力が、この「七則」に注がれている。しかし「稗史七則」が、すべての馬琴作品に通底している、馬琴特有の根本的な理論であるということの証明がいまだ為されていない現状では、これははなはだ不自然な事態といえるのではないだろうか。「稗史七則」の重要性とは、一体どの程度のものなのか。その問題の処理が為し切れないままに、いたづらに「七則」は大きく、研究者の中でイメージアップされてきたのではないか。この馬琴の「稗史七則」発表の小文は、私には、当時においては戯作者の、そして現代においては研究者の、衒学癖を相手とした挑撥であるとすら感じられる。確かに、個々の法則の背景等、内側からのより深く、かつ必要な研究の余地は多く残されている。しかし、馬琴のほのめかす大仰な用語に冷静に対処しえないならば、見えない敵を相手に刀を振り回す危険がある。それ位ならば、当時の戯作者たちのごとく、馬琴の「一人角力に終」(注1)わらせた方がましであろう。けれども、「稗史七則」の問題は、それですべてが終わるのではない。つまり、先に述べた如く、それ以前に「稗史七則」の存在の仕方そのものへの疑問が、実は残ってしかるべきなのである。そしてこの問題は、「七則」内部の個々の問題の考証と同程度の重みを持っているにもかかわらず、見過されて現在に至っている。

いったい、「稗史七則」がこれ程までに馬琴研究者達の目を集めて来たのは、多かれ少かれ、「稗史七則」を掲げた「九輯中帙附言」が、他の部分とは懸け離れて目立っているという事情に関わっているのではないだろうか。そしてそれは、「稗史七則」自体の重要性に由来するものとし、あえてそこに疑問を差し挟む者はいなかった。しかし「稗史小説の法則」などという大上段で構えたものが、稿を改めるでもなく、出版の経緯、校閲の不備の説明等に挟まれて、そのくせそこだけがはなはだ権威めかして書かれたということ自体、実に不可思議なことなのではないだろうか。すなわち「稗史七則」を述べた一文自身が、疑問を大いに抱かれるべき代物なのである。この不可思議さを不可思議とせず、馬琴の偉大さの前に、「稗史七則」を今日、ひたすら肯定的に受け入れているのは、いささか怠慢の誹りを免れないのではあるまいか。「七則」を無価値という気はさらさらない。しかし「七則」を肯定的に受け入れる一方、批判的に眺める視座もまた必要であろう。少くとも、肯定的観測に入り切る前には、否定的観測を通らねばなるまい。本稿では、この「稗史七則」の発表自体への疑問から入り、何故「稗史七則」が作られたのかを探ることにより、「稗史七則」の本来の価値への疑問を呈したいと思う。以下、手順としては、『八犬伝』製作年表、および批評家グループと馬琴との評答類から、「稗史七則」発表位置への疑問を掲げ、次いで何故「九輯中帙附言」にこの一文が置かれたのかを考察することにする。

『八犬伝』「九輯中帙附言」において「稗史七則」は、

> 唐山元明の才子等が作れる稗史には、おのづから法則あり。所謂法則は、一に主客、二に伏線、三に襯染、四に照応、五に反対、六に省筆、七に隠微即是のみ。(以下、傍点、太字は筆者による)

という文に始まる。以下に各々の法則の内容が説かれ、

> 隠微は悟りがたけれども、七法則すら知らずして、綴るものさぞあらん。及ばずながら本伝には、彼法則に倣ふこと多かり。又但本伝のみならず、美少年録・侠客伝、この余も都て法則あり。看官これを知るやしらずや。子夏曰、小道といへども見るべき者あり。嗚呼談何ぞ容易ならん。これらのよしは知音の評に、折々答へしことながら、亦看官の為に注しつ。

で閉じられる、小文ながら極めて調子の高いものである。最初にこの「九輯中帙附言」の作品進展上での位置を確認し、この「七則」発表位置の不自然さへの疑問を呈しよう。

「九輯中帙」の前に出版された「九輯上帙」までの物語展開は、一人前の犬士となった親兵衛の再登場で終わっている。ここに八犬士の存在は揃って確認されたことになる。既に「八輯上」において『八犬伝』全体の構想はしっかりと建てられていた。「九輯上帙自序」でも〝意匠漸疲。腹稿有レ限。結局団円且レ近〟と述べられている。現実には団円ははるか先のこととなったが、この「九輯中帙附言」を著した時点では、馬琴はそのような事

態はいまだ考えていない。物語は目睫の間に終わろうとしていた(注2)。

中帙七巻は、今番出せり。明年丙申の春か、遅く成るとも、秋冬の時候までには、必よ続出して、大団円になさまく欲す。かゝれば六輯以下の分巻、共に六十八巻、一百二十八回にして、竟に全部たらんものなり。抑策子物語の、かく長やかに続るは、この書の外にいまだ見ず。天もし作者に惷寿を借して、この筆すさみあらざりせば、二十余年の久しきに、飽こともなくよく堪て、この結局を世の人に、見することはかたからんを、命あり時ありて、団円将に近からんとす。あな懽し、あなめでた。稗官冥利に称ひにけん、と思ふも烏許の所為にぞありける。

（「九輯中帙附言」）

馬琴畢生の大業であった『八犬伝』執筆の完成は、これ程までに近付いていた。

果たしてこの時点での「稗史七則」の発表は、どのような意味を持っていたのであろうか。これ程大部の書である。最終時には、現在ある「回外剰筆」の形態にせよ、長やかな「跋」の形態にせよ、何らかの作者からの挨拶がなければなるまい。超大作をものした作者のみに与えられる特権としての場所が、あと一、二年程の内に持てるのに、何故、馬琴はそれを待てなかったのか。「稗史七則」への権威付けは、その完成部での位置にあるほうがはるかに容易に、かつ自然に為されたのではないだろうか。

そしてこの発表時期への疑問は、『八犬伝』の製作年表からも、ますます強められるのである。以下に『八犬伝』板本、稿本および現存日記、書翰、その他からの『八犬伝』のおおよその製作年表を掲げる。なお出典資料を（　）内に示す。また頭に付した丸数字は、『八犬伝』の各売り出し順に振った番号で、本書の『八犬伝』関係の論に共通している。

① **「肇輯」**五巻五冊

起筆　文化十一年〔一八一四〕正月（回外剰筆）
序　同年九月十九日（板本）
②「二輯」五巻五冊
序　文化十三年〔一八一六〕閏八月望（板本）
③「三輯」五巻五冊
起筆　文政元年〔一八一八〕八月七日（書翰）
稿了　同年九月二九日（書翰）
序　同年九月尽日（板本）
④「四輯」四巻四冊
巻一稿了　文政三年〔一八二〇〕五月十六日（稿本）
巻四稿了　同年六月二十一日（稿本）
序　同年十月四日（板本）
⑤「五輯」六巻六冊
稿了　文政四年〔一八二一〕十二月下旬（書翰）
序　文政五年〔一八二二〕十月上澣（板本）
⑥「六輯」五巻六冊
巻五上起筆　文政九年〔一八二六〕九月二日（日記（注3））
巻五下稿了　同年九月十七日（日記）
序　同年九月中澣（板本）

⑦⑧「**七輯**」七巻七冊
起筆　文政十年〔一八二七〕九月十二日（日記）
稿了　同年十一月一日（日記）
序　同年十一月二六、二七日（日記）

⑨「**八輯上帙**」四巻五冊
起筆　天保二年〔一八三一〕十一月十四日（日記）
稿了　天保三年〔一八三二〕二月八日（稿本）
序　同年二月十三日（稿本）

⑩「**八輯下帙**」三巻五冊
巻一稿了　天保三年〔一八三二〕二月二五日（日記）
巻三稿了　同年五月二六日（日記）
序　同年五月中浣（板本）

⑪「**九輯上帙**」六巻六冊
起筆　天保五年〔一八三四〕二月五日（稿本）
稿了　同年九月七日（稿本）
序　同年九月二三日（稿本）

＊⑫「**九輯中帙**」六巻六冊（巻七〜巻一二下）
巻七稿了　天保六年〔一八三五〕二月二四日（稿本）
稿了　同年十月十五日（稿本）

序　　　　同年八月十二日（板本）

⑬「**九輯下帙上**」六巻六冊（巻十三之十四〜巻十八）

起筆　　天保七年［一八三六］二月二七日（稿本）

稿了　　同年九月二七日（稿本）

序　　　同年九月二六日（稿本）

⑭「**九輯下帙中**」五巻五冊（巻十九〜巻二三）

起筆　　天保八年［一八三七］二月中旬（書翰）

巻二一稿了　同年五月十七日（稿本）

序　　　同年八月二六日

⑮「**九輯下帙下甲**」五巻五冊（巻二四〜巻二八）

序　　　天保九年［一八三八］一月（板本）

巻二四稿　同年二月（書翰）

稿了　　同年六月一七日（稿本）

⑯「**九輯下帙下乙上**」四巻五冊（巻二九〜巻三二）

起筆　　天保九年［一八三八］十月二五日（板本）

稿了　　天保十年［一八三九］四月二日（稿本）

序　　　同年四月一日（稿本）

⑰「**九輯下帙下乙中**」三巻五冊（巻三三〜巻三五下）

起筆　　天保十年［一八三九］四月八日（稿本）

稿了　　　同年七月八日（稿本）

序　　　同年八月七日（稿本）

⑱「**九輯下帙下編上**」五巻五冊（巻三六〜巻四〇）

巻三六稿了　天保十年［一八三九］十月六日（稿本）

稿了　　　天保十一年［一八四〇］四月二二日（稿本）

序　　　同年四月（板本）

⑲「**九輯下帙下編中**」五巻五冊（巻四一〜巻四五）

巻四一稿了　天保十一年［一八四〇］五月十日（稿本）

巻四四稿了　同年九月十四日（稿本）

序　　　同年十月（板本）

⑳㉑「**九輯下帙下編之下**」八巻十冊（巻四六〜巻五三下）

巻四六稿了　天保十二年［一八四二］正月二三日（稿本）

稿了　　　同年八月（板本）

序　　　同年九月（板本）

これでみると、「序」が書かれた時期は、「稗史七則」発表のある「九輯中帙」を除くと、「九輯下帙下甲」が例外として本文が書かれる前に置かれている（注4）ものの、他はすべて本文執筆の後に置かれている。すなわち「序文」部分はことごとく本文とはまったく別個に執筆されているのである。けれども「九輯中帙」に限り、まったくこれ一つだけが、例外的に本文執筆中に書かれている。実に、不可思議なことではないだろうか。

右のように、「稗史七則」は作品の流れや執筆時期から見た場合、決してすんなりと疑問もなく受け入れられるものではない。そしてそのことは、次に掲げる「稗史七則」自身の発表への経緯からもいい得る。

「稗史七則」が、馬琴と馬琴を取り巻く批評家グループとの交流から生まれたものであることは、諸先学の夙に説かれているところである。批評家グループ、すなわち殿村篠斎、木村黙老、小津桂窓、石川畳翠の四人は、数少ない馬琴の友人であり、熱心な彼の信奉者であり、従ってしばしば馬琴讃美に終始する傾向はあったものの、馬琴著作の批評活動を行った「選ばれた読者」たちである。馬琴との付き合いが始まったのは、各々、享和二年［一八〇二］以前、文政十三年［一八三〇］十月、文政十一年［一八二八］十二月四日、天保六年［一八三五］二月二日からと異るが、「稗史七則」の成立には各人が深く関わっている。

馬琴自身の和漢の書への批評、および批評家グループの為した馬琴著作への批評とそれへの馬琴の答書は、そのほとんどが早稲田大学図書館所蔵の曲亭叢書と、天理大学附属天理図書館所蔵の西荘文庫旧蔵本中に収められている。副本など両所に共通して存在しているものを除き、また少数の他所に散在している書を合わせると、それらはほぼ四十冊近くの数に上る。先行論文との重複の嫌いはあるが、本稿ではこれらの諸評答類から、「七則」に繋がる用語《テクニカルターム》の使用状況を摑んでいくことにする。けれども何分、資料が多く繁雑なものであるので、まず大雑把に数字のみを掲げ、次に表にまとめ、その上でその流れを追っていくこととする。

以下の用例では、一行目に「評題」、評者、（成立年時）を、二行目以降には用いられた用語と、（ ）内は評者の、〈 〉内は馬琴の使用頻度を示す。評題は内題のあるものは内題から採り、その他は外題から採った。また（ ）で括った評題は本来無題のもので、内容から便宜上付けた評題である。評者は馬琴の答評については省いた。成立年時は表記してあるもののみを記し、無表記のものはその内容からの推定年時によって年代順に並べておく。使用頻度は、同対象を何度も繰り返して説明している箇処、具体的内容を持たず単に用語のみ掲げられている箇処等、はなはだ採用基準の設定が困難であるが、一応、名目のみでも用語が使用された箇処は採り、同一箇処に書かれた一つの件についての同一用語は何度出ても一度として数えた。ただし、同一対象を同一用語で論じている場合でも、間を置いて書かれている場合は、別個のものとして採った。また、用語に＊印の付いた太字は、馬琴からその用語自体について特別な説明が付け加えられているものであり、太字は「稗史七則」に含まれる用語である。

1「**犬夷評判記**」篠斎・櫟亭琴魚　（文化十五年［一八一八］四月上浣）
　＊楔〈3〉、名詮自性（1）、縮地の文法〈1〉、倚伏〈2〉

2「**水滸後伝国字評**　半閑窓談」馬琴　（天保二年［一八三一］四月七日）
　＊**伏線**〈12〉、**照応**〈9〉、**省筆**〈1〉、**隠微**〈1〉、照対〈2〉、故照〈6〉、脱筆〈1〉、対照〈1〉、応照〈1〉

3「**水滸伝発揮略評**」篠斎宛馬琴　（天保三年［一八三二］五月十九日）
　＊**隠微**〈1〉

4「**八犬伝第八輯上帙拙評**」黙老
　照応（4）〈1〉、**反対**〈1〉

5（「**八犬伝第八輯下帙評への答**」）桂窓宛馬琴　（十一月十七日）
　＊**主客**〈2〉、＊**照応**〈2〉

6「**八犬伝篠斎評**」篠斎　（天保三年［一八三二］十二月一日早便状中・十二月十一日答）

照応〈1〉

7 (「八犬伝第八輯下帙物評」) 篠斎宛馬琴答 (天保三年[一八三二]十二月十一日)

*照応〈4〉、隠微〈3〉、*重複〈1〉、*照対〈4〉、対照〈1〉

8 「閲黙翁所批評編八犬伝第八輯評定報于此書」黙老宛馬琴答 (天保三年[一八三二]十二月二八日)

*主客〈1〉、*照応〈2〉、*反対〈2〉、*隠微〈1〉、倚伏〈1〉、*対照〈1〉、*照対〈1〉、*重複〈1〉、対応〈2〉

9 「本朝水滸伝を読む并批評」馬琴 (天保四年[一八三三]一月十二日)

伏線〈1〉、襯染(繽染《したぞめ》)〈2〉、照応〈1〉

10 「俠客伝第二集愚評」桂窓 (天保四年[一八三三]四月十二日出・四月晦日答)

*照応(9)〈8〉、隠微〈1〉、*反対〈2〉、首尾(2)、*照対〈2〉、名詮(2)

11 「三遂平妖伝国字評」馬琴 (天保四年[一八三三]四月十八日)

主客〈3〉、伏線〈2〉、襯染(綰染)〈2〉、照応〈5〉、反対〈7〉、*隠微〈13〉、重複〈2〉、照対〈6〉、楔子〈1〉

12 「続西遊記国字総評」馬琴 (天保四年[一八三三]五月十三日)

*伏線〈2〉、*襯染〈1〉、*照応〈4〉、*反対〈1〉、隠微〈6〉、*重複〈5〉、*照対〈1〉、対応〈1〉

13 「俠客伝初評集」篠斎 (天保四年[一八三三]六月三日)

伏線(5)、照応(2)、反対(3)、隠微(2)、対照(2)、楔子(1)、正対(3)

14 「続西遊記国字評」馬琴 (天保四年[一八三三]八月十日)

15「八犬伝九輯愚評」馬琴　（天保六年［一八三五］四月評・七月答）
主客〈2〉、**反対**（返対）〈6〉、相照応〈3〉、楔〈1〉
照応（3）〈1〉、**反対**（1）、**隠微**〈1〉、照対（1）

16「**俠客伝四輯評**」畳翠　（天保六年［一八三五］六月九日）
＊**主客**〈1〉、＊**伏線**〈3〉、＊**襯染**〈2〉、＊**照応**〈3〉、＊返対〈3〉、＊重複（1）〈1〉

17「**八犬伝九輯再評・俠客伝四輯評**」桂窓　（天保六年［一八三五］八月十六日）
名詮自性（1）、**反対**〈1〉、**照応**〈1〉、**隠微**〈1〉

18「**里見八犬伝九輯中帙愚評**」桂窓　（天保七年［一八三六］正月評）
主客〈1〉、**伏線**〈1〉、**襯染**（7）〈5〉、**照応**（6）〈7〉、**反対**（7）〈8〉、**隠微**（2）〈3〉、照対〈2〉

19「**里見八犬伝第九輯中帙黙老樵者批評**」黙老　（天保七年［一八三六］三月評　五月答）
襯染（3）〈2〉、**照応**（14）〈10〉、**反対**（15）〈12〉、縮地（1）〈1〉、**隠微**〈1〉、重複（2）〈1〉、照対〈5〉、名詮自性（1）〈1〉

20「**畳翠君八犬伝第九輯中帙惣評**并ニ**作者答評**」畳翠　（天保七年［一八三六］四月四日評　五月一日答）
主客（1）〈1〉、＊伏線（6）〈6〉、＊襯染（2）〈5〉、照応（2）〈4〉、反対（5）〈6〉、省筆（4）〈2〉、隠微（1）〈3〉、重複〈2〉、照対（4）〈7〉、対応〈1〉、名詮自性（1）

21「**八犬伝九輯上帙拙評**」篠斎　（天保七年十二月評・天保八年［一八三七］九月十三日答）
主客（2）〈1〉、**伏線**（7）〈3〉、**襯染**（5）〈1〉、**照応**（1）、**反対**（4）〈2〉、省筆（3）〈2〉、重複（1）、照対〈1〉、楔（1）、正対（1）

22 「**八犬伝九輯下帙之上拙評**」畳翠 （天保八年［一八三七］一月二一日評・五月十九日答）
主客（1）、**伏線**（1）、**照応**（3）、**反対**（4）、**省筆**（2）、**隠微**〈1〉、重複（2）〈1〉、照対（3）、対応（3）

23 「**八犬伝九輯下帙上評**并**答**」桂窓 （五月十八日答・六月十三日追答）
照応（3）〈1〉、**反対**〈1〉、照対（1）〈1〉

24 「**八犬伝九輯下帙之上愚評**」篠斎 （天保八年［一八三七］十月評・天保九年六月二四日答）
主客（1）、**伏線**（8）、**襯染**（1）、省筆（1）、重複（2）、照対（2）〈2〉

25 「**八犬伝九輯下帙中之中愚評・金瓶梅五集**」桂窓 （保九年［一八三八］二月二四日評・六月二五日答）
伏線〈2〉、**照応**（4）〈1〉、**反対**（3）〈2〉、照対〈1〉

26 「**八犬伝第九輯下帙中　黙老拙批評**」黙老 （天保九年［一八三八］六月二五・二六日答）
主客（1）〈2〉、**伏線**（2）〈1〉、**繧染**（下染）（2）、**照応**（1）、**反対**〈1〉、**隠微**〈1〉、重複（2）、照対（1）〈1〉、楔〈1〉

27 「**里見八犬伝第九輯下帙之下上略評**」桂窓 （天保九年［一八三八］十二月十五日評・天保十年正月答）
伏線〈2〉、**襯染**（下染）（3）〈2〉、**照応**（2）〈1〉、***反対**（3）〈1〉、*重複〈1〉、*照対（3）〈1〉、名詮自性（2）

28 「**里見八犬伝第九輯下套下上編**」黙老 （天保十年［一八三九］初春）
主客（1）〈1〉、**伏線**（2）、**襯染**（繧染）（2）、相照応（2）、**反対**（1）〈1〉、**隠微**〈4〉、楔（2）

29 「**新編金瓶梅六集拙評**」黙老 （天保十年［一八三九］正月二六日評）
照応（2）、**反対**（1）

30「**八犬伝第九輯下帙之下中編愚評**」桂窓　（天保十年［一八三九］十月六日）

主客（1）、**したそめ**（1）、**照応**（4）

31「**八犬伝九輯下帙之中愚評**」篠斎　（天保十年［一八三九］十一月晦日評・天保十一年八月四日答）（注5）

主客（3）、**伏線**（7）、**襯染**（3）、**反対**（1）、省文（2）、省筆（1）

32「**新編金瓶梅第七集拙評**」篠斎　（天保十一年［一八四〇］三月）

ふくせん（1）

33「**八犬伝九輯下帙之下乙号中套愚評**」篠斎　（天保十一年［一八四〇］九月十一日）

主客（1）、**隠微**（1）、**ふくせん**（1）、楔（1）、しこみ（1）

34「**八犬伝九輯下帙之下編の上拙評下**」篠斎　（天保十二年［一八四一］二月八日）

いんび（1）

35「**八犬伝九輯下帙之下套之中拙評上**」篠斎　（天保十二年［一八四一］十一月評・天保十三年二月十七日答）

隠微（1）

36「**八犬伝結局下編拙評**」篠斎　（天保十四年［一八四三］三月評・六月答）（注6）

伏線（2）、**下染**（1）、**照応**（1）、**反対**（2）、**省筆**（1）、**隠微**（5）、名詮暗合（1）、正対（1）

これらをまとめたものが**表1「評答類に見る『稗史七則』関連用語」**である。

このように並べると「稗史七則」なるものが、馬琴の和漢小説の批評活動に惹起され、周囲のごく特定された読者―批評家グループ―との、主に『八犬伝』を対象とした評答のやりとりの中から生まれてきたありさまが、

史七則」関連用語

表中の＊は馬琴による説明付き

省筆	隠微	重複	照対	その他			
				楔＊ 3	名詮自性 1	縮地 1	倚伏 2
1	1		2	故照 6	脱筆 1	対照 1	応照 1
	1＊						
	3	1＊	4＊	対照 1			
	1＊	1＊	1＊	倚伏 1	対照 1＊	対応 2	
	1		2＊	名詮 2	首尾 2		
	13＊	2	6	楔子 1			
	6	5＊	1＊	対応 1			
	2		3	対照 2	楔子 1		
				相照応 3	楔 1		
	1		1				
		2＊					
＊	＊						
	1			名詮自性 1			
	5		2				
	1	3	5	縮地 2	名詮自性 2		
6	4	2	11	対応 1	名詮自性 1		
5		1	2	楔 1			
2	1	3	3	対応 3			
			2				
1		2	4				
			1				
	1	2	2	楔 1			
		1＊	4＊	名詮自性 2			
	4			相照応 2	楔 2		
1				省文 2			
	1			楔 1	しこみ 1		
	1						
	1						
1	5		1	名詮暗合 1			

表１　評答類に見る「稗

番号	評題	成立年時	主客	伏線	襯染	照応	反対
1	犬夷評判記	文化15．4上浣					
2	水滸後伝国字評半閑窓談	天保２．４．７		12＊		9	
3	水滸伝発揮略評	〃 3．5．19					
4	八犬伝第八輯上帙拙評					5	1
5	八犬伝八輯下帙評への答	11．17	2＊			2＊	
6	八犬伝篠斎評	天保３．12．１				1	
7	八犬伝八輯下帙惣評	〃 3．12．11				4＊	
8	閲默翁八犬伝第八輯評	〃 3．12．28	1＊			2＊	2＊
9	本朝水滸伝を読む并批評	〃 4．1．12		1	2	1	
10	俠客伝第二集愚評	〃 4．4．12				17＊	2
11	三遂平妖伝国字評	〃 4．4．18	3	2	2	5	7
12	続西遊記国字総評	〃 4．5．13		2＊	1＊	4＊	1＊
13	俠客伝初評集	〃 4．6．3		5		2	3
14	続西遊記国字評	〃 4．8．10	2				6
15	八犬伝九輯愚評	〃 6．4				4	1
16	俠客伝四輯評	〃 6．6．9	1＊	3＊	2＊	3＊	3＊
＊	稗史七則	〃 6．8．12	＊	＊	＊	＊	＊
17	八犬伝九輯再評俠客伝四評	〃 6．8．16				1	1
18	八犬伝九輯中帙愚評	〃 7．1	1	1	12	13	15
19	八犬伝九輯中帙默老評	〃 7．3			5	24	27
20	畳翠八犬伝九輯中帙評	〃 7．4．4	2	12＊	7＊	6	11
21	八犬伝九輯上帙拙評	〃 7．12	3	10	6	1	6
22	八犬伝九輯下帙上評	〃 8．1．21	1	1		3	4
23	八犬伝九輯下帙上評	5．18				4	1
24	八犬伝九輯下帙上評	天保８．10	1	8	1		
25	八犬伝九輯下帙中之中評他	〃 9．2．24		2		5	5
26	八犬伝九輯下帙中評	〃 9．6．25	3	3	2	1	1
27	八犬伝九輯下帙下上評	〃 9．12．15		2	5	3	4＊
28	八犬伝九輯下套下上	〃 10．初春	2	2	2		2
29	新編金瓶梅六集拙評	〃 10．1．26				2	1
30	八犬伝九輯下帙下中評	〃 10．10．6	1		1	4	
31	八犬伝九輯下帙中評	〃 10．11　晦	3	7	3		1
32	新編金瓶梅七集評	〃 11．3		1			
33	八犬伝九輯下帙下乙中評	〃 11．9．11	1	1			
34	八犬伝九輯下帙下上評下	〃 12．2．8					
35	八犬伝九輯下帙下中評上	〃 12．11					
36	八犬伝結局下編評	〃 14．3		2	1	1	2

・評題の長いものについては、適宜に省略したものもある。
・用字が「正対」「返対」などのように七則と異なるものも、七則に組み入れた。
・用語の使用頻度は、馬琴・評者の別をつけず、双方の合計とした
・成立年時は評の成立時点で採った。

改めて一目瞭然となるのではないだろうか。

　馬琴の評論活動は、唐山稗史を読みこなし、それへの批評をおこなうという方面から始まっている。そしてその批評に用いる法則を見出した馬琴は、それらを以て書物を評価する基準とし、唐山稗史の作者自身をも超える評者の位置を獲得しようとした。天保四年［一八三三］五月の12「続西遊記国字総評」では、「この書作者の意匠・**伏線**・**襯染**・**照応**・**照対**・**反対**等の文なし」と、唐山稗史を仰ぎ見てそれに倣う立場から、見事に脱却している。このあたりを境界として馬琴の意識下では、もはや唐山稗史から習うものはなくなったと思われる。天保三年（一八三二）末あたりから、純粋に馬琴の著作―主に『八犬伝』―のみを媒体としての、批評家グループとの批評活動が始まっていったのは、この故である。

　以後、馬琴は、「評者の親切なるにめで」、批評の「心得」としての「秘事」（5）を、少しずつ批評家グループに伝授していく。受ける批評家たちも、必死にその与えられた用語を使いこなそうとしていた。双方の熱の籠もったやりとりの中で様々な用語が登場して来たのは、当然の成り行きである。もっとも、それらの用語への批評家グループの理解度となると、少々、胡散臭い。飛び抜けて古くからの評者、一番の〝看巧者〟である篠斎ですら「さて**照応正対反対**こまかにわくればそれ〳〵もやうの有事なれども我等は例の生噛やまたは胡椒丸呑に筆しだいの混乱混雑」（13）と、悲鳴に近い口振りを示してはいる。が、その困難を押して、この時期、戯作者・馬琴とのその評論家グループ双方が批評用の特別な用語《テクニカルターム》を用い、和気藹々と評答活動に勤しんでいたのである。

　しかし、この平和なやりとりは天保六年［一八三五］に至って、一つの答評の中で急激な変化にぶつかる。「稗史七則」執筆直前に書かれた（16）「俠客伝四輯評」（畳翠）への答で、

　かくまうさはをこかましく聞え候へけれとも唐山の俗語小説の大筆なるは必法則ありこの間の戯作者はこれをしらすまいて看官をや不及ながら拙作は彼法則に倣ふ事多かり抑件の法則は一に**主客**二に**伏線**三に**照応**四

に返対五に襯染六に重複是也

と、批評家グループ相手に、はっきりとまとまった法則の存在が示される。この答の部分はそれまでの評答と違い、一方的な馬琴からの言い渡しの形式をとり、極めて強い調子のものとなっている。そしてこの強い調子がそのまま、直後に書かれた（注7）『八犬伝』⑫「九輯中帙附言」の「稗史七則」発表に受け継がれていくのである。「稗史七則」が批評家グループに与えた衝撃は、はなはだ大きいものであった。『八犬伝』「九輯中帙」への評は、桂窓、黙老、畳翠の三者のもののみ現存しているが、それらすべてが「七則」を懸命に使いこなさんとしている。彼等の「七則」全体についての感想を、掲げておこう。

○附言の中小説の読法唐山の小説にはあれと日本の小説には尤珎しといふへし但し照応反対なとのことなとくはしくとかれたるは作者の老婆心切なれと水月のことく数あつてかたちなければ愚作の評にはおほく肝目をもらせりたゝめのおよはさるをはするの外なし　（18桂窓）

○此書の開巻の肇に八犬伝刊行の次第并に唐山稗史の法則なと委しく識されたる是にて心なき看官も小説に斯る法則義理ある事を始て知らは是よりの後和漢の稗史を観るにも八入にまして面白かるへく亦は勧懲の為にもなりなむを能こゝろ附れて識されたる物にこそ　（19黙老）

○稗史の法則はおのれか如きには甚以しれかたし夫故作者の苦心真面目たるもあたに見過し又さのみ深長ならさるを却て大関目と心得居る事実に恥しき仕合なり或はたまく見出しても伏線と襯染を取り違え照応を反対と心得ものしり顔に書抜てあたら心を苦しめ日夜を費して却て作者を煩する事真に珎評の限り也隠微なと

に至りては争かこれを知り得んやこゝに載られたる芳流閣と闘牛の譬なとも是を見れは爰は照応彼は反対なることを初て悟りて我もかくこそ思ひたれ抔と述懐の生するならむ可笑事なり（20畳翠）

黙老の感想が一番、「七則」に対しての余裕を見せているようであるが、批評内容から見ると、率直なところでは皆、畳翠と同様であったようである。各人必死に「七則」を指摘してはいるが、馬琴の与えた答評によると、その正答率は決して高くはない。法則の使い方も、「上帙は中帙の襯染なれは」（18）などと苦しまぎれのものもあり、果ては実に細かく指摘しているものの、「甚だうるさしかやうの事をたつねはいくらもあるへし」（19）と馬琴に片付けられ、「附会の評」（18他）と結論されたものもはなはだ多い。「伏線」と「襯染」の区別、「隠微」については、批評家グループでも特に理解度が低く、（20）において馬琴から補足説明が加えられている。このように、「七則」各々を各人が理解できたとはいえないのであるが、三人共に極めて意気軒昂で、馬琴から三者すべてが、たとえば「作者関目の照対反対なとを見おとしてこそ評者鑑定の疎也ともいはめいさゝかなる対応はいはずとも評者の恥にあらす」（19）のように、かえって宥められている位である。

しかし、この「稗史七則」の呼び起こした大きな波紋は、表1でも分かるように、それ程持続はしなかった。もっとも古くからの批評家、一番の看巧者の篠斎を例にとっても、その評からは、自然に、ごく自然に、「稗史七則」の各法則の指摘は消えていくのである。最後の（36）「結局」評では、「七則」の指摘はまた復活するものの、一番多く使われている「隠微」は、馬琴の『八犬伝』作中での「隠微」の説き明かしへの賞賛にすぎない。むしろはっきりと、この評の目的は馬琴への慰労に置かれており、「七則」のいくつかの指摘は付け足しとなっている。なお「七則」が消えていくのは、批評文の分量のせいではない。それどころかこの期間、百丁を超える大部な評が、篠斎評に限って、四部も現存している。そして他の評者、桂窓、黙老、畳翠は、篠斎に比べて、はるかにこの「七則」離れの傾向が著しく顕れているのである。

　使用頻度の減少のみならず、その使われ方にも、さまざまな面で「七則」発表直後のような緊張感が薄れていく。たとえば「七則」に組み込まれていったはずの「対応」「楔」「仕込」等の言葉が、「七則」と同等の扱いを受けて使われ続けていく。また「襯染」と「七則」で名付けられたにもかかわらず、「したそめ」と呼ばれる場合が間々あるような、杜撰な扱いが為される(注8)。(30)「八犬伝九輯下帙之下中」桂窓評や(33)「八犬伝九輯下帙之下乙号中套」篠斎評での「主客」等は、用語こそ「七則」中のものであるものの、そこに特別な意はなく普通名詞的に用いられている。そして馬琴は、これについては何のコメントも出してはいない。

　このように、「七則」発表以後、一時、批評家グループは「七則」に全力を挙げて取り組んだものの、その後は批評家グループ、馬琴双方が「七則」から徐々に離れていき、「七則」騒動は『八犬伝』の「結局」と共に、終わるともなく終わっていくのである。

　右のように評答類の流れを辿ると、一見、「七則」は通説の如く、批評家グループと馬琴との交流の中から自然の流れとして生み出されたように見える。確かに、「七則」の個々の用語が頻繁に出現し、馬琴からの用語の説明が度重なり、その交流の頂点に「七則」が位置し、それへの当然の反応のように、批評家グループからの「七則」を極めて大量に用いた評が寄せられている。けれども果たして「稗史七則」の発表は、数字の流れで見るように、そんなにも自然に現れて来たものなのであろうか。「七則」発表直後の興奮を過ぎた批評家グループの中の「七則」離れを見るならば、そこには再考の余地が十二分にあることを感じずにおられまい。評答類を通して「七則」を改めて考えてみよう。

　「七則」に直接通じるのは、畳翠宛の「六則」発表である。この「六則」は、用語の一つ一つを見るならば、決して唐突に出現したものではなく、以前の用語の集大成にすぎない。しかし表1に明らかなように、天保四年［一八三三］後半以降、「法則」を巡る馬琴と批評家グループの熱意は衰えることはなかったが、かといって燃え上がることもなく、安定期の落ち付きを見せて、一応の程度を維持しつづけていたのである。それが先にも述べたように、いきなり天保六年［一八三五］閏七月頃に書かれた（16）「俠客伝四輯」の畳翠評への答の中で「六則」としてまとまり、高圧的な伝授がおこなわれた。この突然の発表を促す要因は、評答類の中からは見つからない。そしてこの「六則」での馬琴の姿勢が、そのまま「稗史七則」に受け継がれる。「稗史七則」が批評家グループと馬琴間での評答のやりとりの中で、極めて自然に現れてきたかのごとく見えるのは、この「六則」の存在があるゆえである。けれども実はこの「六則」自身が、評答類の流れの中で、まったく突発的な現れ方をしていることこそ、忘れてはならぬポイントなのである。そしてこの「六則」について更に興味深いのは、この答評がまず桂窓に貸進されたということである。なぜ畳翠評への答評が桂窓へ送られたのか…、理由は明白である。馬琴がこの「六則」を与えたかったのは新参者である畳翠ではなく、「六則」を理解できるだけの経験と熱意双方を持った桂窓だったからである。それならば何故、直接、桂窓宛に書かれなかったのであろうか。このように見ると、突然の「六則」発表が行われた畳翠宛のこの答評は、実に不可思議な存在となってくるのである。しかしながら、この「六則」への批評家グループの反応は、続けて「七則」が発表されたため、現われることなく終わった。けれどもこの「六則」に現れた馬琴の姿勢は「七則」にそのまま受け継がれているので、「七則」への批評家グループの反応を以て、これら二つの「稗史法則」への反応と受け取っても良かろう。

「稗史七則」発表のある⑫「九輯中帙」への批評家たちの評を思い起こそう。「七則」に対する（18）（19）（20）の三評からは、馬琴の「薬が利きすぎた」批評家グループの「滑稽な程の狼狽」（注9）が、まざまざと浮かび上がってくる。けれどもそれ以上に気を付けておきたいのは、これらの法則に慣れているはずの批評家グループですら、「滑稽なほどの狼狽」としか見えないほどに、「七則」を使いこなしていないという事実なのではないだろうか。忠実無比なこの批評家グループは、既に師である馬琴の答評類の中で、「七則」の用語のほとんどを呈示されていた。その彼等ですらこの程度の理解しか持ち得なかった事実は、「稗史七則」発表の文章が決定的な定義を示してはいないということを証明しているに他ならない。つまり、「稗史七則」は、「稗史七則」として伝達されるには、あまりにも不備にすぎる代物といえるのである。その理由の一端が、説明の不充分に在ることはいうまでもない。そしてそれ以上に批評家グループに大きな混乱を与えた要因は、実は、馬琴の与えた個々の用語の定義が、それ以前の評を通じて一貫していないということではなかっただろうか(注10)。いや、以前の評すべてではないかもしれない。「法則」が馬琴の中で動いていけないということはない。しかし、「七則」直前に執筆された「六則」との違いは、決定的な混乱を彼等に与えたのではなかろうか。この「六則」も「七則」と同じく、「唐山俗語小説の法則」(16)とされているが、そこでは創作方法である「**省筆**」の代わりに、批評方法である〝謬て〟前後に同じ趣向を重ね出す「重複」が入れられている。また「七則」の中でも重要視され、その特徴とまでなっている「**隠微**」は入っていない。「六則」と「七則」は、非常に似た発表の時期と形態を持ったものであるにもかかわらず、これ程までに、内容としては異なったものなのである。この結果、批評家グループは「稗史七則」に応えようとの充分な熱意は持っていたものの、その成果は混乱に近いものしか挙げ得なかったのである。

ではそれ以後の「稗史七則」はどうなったか。表1から見たごとく、彼等は「稗史七則」にいつまでも捕らわれていなかった。この様相は、直後の混乱が収まり、馬琴からの補足説明が与えられてもなお、批評家グループの中に根を張ることのできなかった「稗史七則」の姿を伝えている。馬琴からのそれに対しての批評がなかったことは、彼等にとって、「七則」からの遊離への免罪符を与えられたようなものであったろう。彼等は「稗史七則」のみに頼らずとも、批評活動を充分に持続しえたのである。

こうしてみると、「稗史七則」発表に用いた馬琴の荘重な取り扱いは、批評家グループの流れでみるかぎり、稗史批評にはかばかしい効果を与えられなかったといえよう。批評家グループにとって、厳めしい外観はあまりに短期間で創られたものであり、馬琴から与えられた唯一の批評活動に示された「法則」であったにもかかわらず、「稗史七則」は聖典《カノン》としての位置を保ち続けることはできなかった。一見、あれ程堅固な外観を呈していたかのごとき「稗史七則」も、少しその中に入れば、あまりに浅いその奥行きを暴露しているといえよう。すなわち批評家グループと馬琴間での評答類の流れにあって、「六則」発表をも含んで「七則」発表への過程は、決して素直な流れの中のものとはいえず、また、その結果も安定したものとは成り得ていないのである。

もっとも、これらは批評家グループという面から見た、いわば外面的な不自然さに過ぎない。「稗史七則」各則の内容面を支えるこの発表に至る必然性が充分にあったならば、批評家グループの反応の如何を置いて、我々は「稗史七則」を肯定的に捉えるべきであろう。果たして「稗史七則」は、馬琴の強い口調と釣り合う程に確固たる内容を持った、この箇所で発表されるべき「法則」であったのだろうか。

次に、「稗史七則」とは一体どのような法則であったのか、各則の内容に目を通すことにしよう。

「**主客**」と「**省筆**」、稗史の法則としてはあまりにも当然すぎる内容を持ったこの二つが「法則」として挙げられたのは、ひとえにこれらがテクニックの一つとして、作者の意識下に管理され、使用されたものとして考えられたからにすぎない。「**主客**」は、意識の有無にかかわらず常に場面場面に存在するが、馬琴の場合、それは『八犬伝』⑬「九輯下帙上」中の親兵衛の言に明らかにされているように(注11)、「配偶」(対)の論理から導き出されている。その点、一見奇妙なことだが、この「**主客**」は「**反対**」「**照応**」と同じ論法の下に置かれているのである。また「**省筆**」となると分かりにくいが、それ以前に唱えられていた「**重複**」も、やはり前出箇処との対応において捉えられており、推し進めると「**省筆**」も「配偶」（対）の一変形として考えられるのである。

「**伏線**」「**襯染**」は、違いの分かりにくい法則である。馬琴も批評家グループに対し、追加説明をおこなっている。重友氏は「楔子」との比較から、両者の意味を解明された（注12）。しかしながら、結局、両者の違いはそのルビの違い、つまり「したぞめ」と「ふせいと」の違いに収まる。むろん、両者は表面上、はっきりと異なる。けれどもその相異は、〝線〟もしくは〝点〟と、〝面〟とのそれに止まり、発想においては何ら異なることなく、七つの法則として採り上げる時に二つに分けねばならぬ必然性は、どこにもない。二つとも敢えて極言すれば〝仕込み〟で充分なのである。この法則の基となった「楔」は「脚色の根拠となる主題と直接の関連」（注13）を持っていた。けれども「**襯染**」へと変化したとき、「楔」は「技巧上の一手法」へと変化したのである。

「**照応**」（「照対」）「**反対**」の二（三）則は、「七則」の中ではいかにも法則の名に値する技巧的な手法である。しかし明確に論じ分ける事のはなはだ困難な「法則」であり、前に述べたごとく、「七則」に至るまでにさまざまな矛盾しあう説明を馬琴から与えられている。このもっとも「法則」らしい二則の曖昧さは、形式的にすぎる定義の仕方に原因を有している。もっとも目につく方法であるこれらが、煎じ詰めれば表面上の手法にすぎないことは、「七則」の本質を見るために忘れてはならないことである。

　最後に残った「**隠微**」であるが、馬琴の与えた説明、用例から見ると、これ程捉えにくい実体の判らぬ法則もない。「**隠微**」なるものの定義付けは諸先学が試られ、それなりの成果を上げている。けれどもそれらを以てしても今一つ判然としないのは、その内容が、あまりにも他の法則から掛け離れて理解されている、ということなのである。他の六則はすべて「配偶」（対）の思想から産み出された、純粋に技巧上の手法である。それが「**隠微**」となると、そこに唐突に〝思想〟なるもの、ひいては〝馬琴自身〟が絡んで解釈されてきた。なる程、「**隠**

微」は馬琴の与えた定義の違いを具現化するかのように、ある程度の特別扱いがなされている。しかし具体的に作中で示された「**隠微**」の用例は、「名詮自性」といった技巧上の法則に絡始するものが圧倒的に多い。作者の「文外の深意」「百年の後の知音を俟て、是を悟ら」（⑫「九輯中帙」附言）しめるといった「隠微」の説明から考えると、実際に馬琴みずからが示した用例はあまりにもこぢんまりとした内容のものではある。なぜ「隠微」が他の六則同様に技巧として扱われてはいけないのであろうか。思想を持たねばならぬ必然性は、どこにもない。「稗史七則」の中の一つの法則、即、技巧として考えて、「隠微」なるものの実体はなかば攫み捉えられるのである。では残りの部分、「百年の後の知己」を俟つ「隠微」とは、一体何なのか。それは前の六則によって覆えない部分にまで行き届いている〝馬琴の眼〟の存在の示唆に他ならない。前の六則に入らないもの、一見、流れとか思想に反するかのごとく思われるものでも、そうではなく、そこに隠された大きな意味があり、やはり馬琴の思考の中に秩序付けられているのだという彼の〝自負〟こそ、「隠微」の持つ他の六則とは異なる重要な内容なのである。この、すべてを自己の意識下に統率して用いた馬琴の大きな技量に対して、馬琴自身が付けた名目こそ、「隠微」の残りの部分と考えたい。

「七則」をごく大まかに追ってみたが、こうして見ると「稗史七則」なるものは、実は、稗史を支える種々の技巧の紹介であり、稗史全体を操る馬琴の技量の誇示のためのものに過ぎなかったと、いい得るであろう。唐山稗史への批評方法として見出された法則が、馬琴の中で彼自身の稗史創作方法の法則へと変化し、「稗史七則」と名付けられたのである。「七則」が稗史創作方法の技巧に名付けられた名目であったからこそ、評の中で使用の指摘はされてもそれ以上に進むことなく、これらを用いずとも批評家グループの評は成り立ち得たのである。

しかしそれでは、いったい何故、「稗史七則」と名付けられた〝稗史創作方法の技巧〟が、「⑫九輯中帙附言」

で発表されねばならなかったのであろうか。〝稗史創作上の技巧〟が馬琴にとってどれ程の意味を持っていたにせよ、そのことが稗史創作とは関わりのない不特定多数の読者に開かれた、『八犬伝』序文という箇処で発表されねばならない要因とは、決して成り得ないのではあるまいか。もちろん、不特定多数の読者とはいっても、浜田啓介氏の唱えられるごとく、その対象は他の戯作者たちが主であったのだろう（注14）。しかし馬琴のまわりの戯作者たちの活躍は、この時期に「稗史七則」を彼等相手に発表することへの決め手とまで、成り得たのであろうか。

当時の戯作界での、馬琴の位置を振り返ってみよう。京伝亡きあと、彼を真に脅かし得る者が在ったであろうか。『椿説弓張月』完成に至って、馬琴の戯作界の首導者としての位置は定まっていた。王座は揺らぎそうにない。唐突な「稗史七則」発表を生じさせるほどの、脅威を与える戯作者を見つけるには、あまりにも彼の位置は安泰であり、焦らねばならぬ理由は見当たらない。馬琴とて、常日頃から軽蔑していた戯作者たちが、馬琴の発表する「稗史七則」に本気で反応できるとは、ほとんど考えていなかったのではあるまいか。それを期待するには、馬琴自身、矜持を高く持ちすぎていた。世の戯作者たちを封じ込める、絶対的な権威を持つ「稗史七則」を彼等相手に掲げるには、一、二年後に控えた「結局」を待って体裁を整えたスペースを用いる方が、はるかに都合が良いのではないだろうか。

このように「稗史七則」の「九輯中帙附言」における発表については、「七則」自身からの要因、すなわち批評家グループと馬琴間の評答類の流れ、そしてその内容などからは、何の必然性も見出せないのである。そしてこの発表は、直前に与えられた「六則」と並んで、批評家グループにとって唐突なものであっただけではなく、それを与えた馬琴自身の側から見ても、「六則」との大きな変化、以後の彼自身の「七則」への執着の薄さなどから、それが計画的に為されたものでなく、突発的にされたものであるとしか考えられないものなのである。

それではいったい何故、そして何のために、「稗史七則」は「九輯中帙附言」において発表されたのであろうか。先に「九輯中帙附言」の、他の輯とは異なる序文執筆の時期を示し、「七則」の異常性の証明の一つとした。けれども原因のない結果はない。異常さは反面、その原因への手掛かりを明確に示してもいる。この箇処が例外的な書かれ方をしているということは、そのような書かれ方を必要とした要因があったということに他ならない。「七則」が、内的側面からはこの時点での突発的な発表への必然性を見出せない以上、その原因を馬琴の執筆事情に求める他はない。この「稗史七則」執筆の時期とは、馬琴にとってどのような意味を持っていたのであろうか。

さいわい、早稲田大学図書館曲亭叢書所蔵の「⑫九輯中帙」自筆稿本の巻十二下二四丁表部分には、次のような一枚の紙が貼り付けられて残され、この執筆時期についての疑問の答を出してくれている。

蓑笠漁隠云本輯七冊は今茲乙未の春二月六日より硯を発りつ五月初の七日に至りて第十一の巻百十三回の二十四頁まで綴りしに件の次の日八日の朝独子也ける琴嶺名興継字宗伯一称琴嶺号守忍庵又玉照堂主人が長き病着起つよしもなく三十八歳を一期として竟に簀を易しよりなほいはけなき孫等か上そか母親の嘆きさへ老か身ひとつにかこたれて心たまひし衰へたれはや背跼り腰さへ疼みて人の扶助に起居をすなれ忌は闋ても尚垂籠て朝露夕槿の果敢なきを観念の外なかりし程に夏は過き秋も亦八月なかはになれる比吾病着はおこたりしかと筆攬る技の懶さに坐して食へは箱も空しく現世渡りは苦しきものにて心の憂ひを帚ふへき箒とてはなきものからかくてあるへき身にしあらねは中の秋の月見る比より嚮に稿し遺たる十一の巻百十三回の足さるを補ひつ十二の巻上下二冊は十月十四日に百十五回の終りまて綴りて書肆の責を塞きぬ抑予か年毎に編る稿本は傍訓なとに誤脱あるをみつから急に□《ムシ》間これありこの故に稿本の一二回成る毎に先琴嶺に訂さしてその錯へるを彼此と補ひぬるも久しくなりぬ然れは

這回の稿も第十の巻までは他に校閲を委ねしに十一の巻の半分なる百十一回十五頁五月朔日に文はここで途切れている。読本半丁分の行数である十一行書きで書かれており、ここまででちょうど半丁が終わるので、この一文は本来は出版される予定であったのが、馬琴にとって生々しすぎたのか、未完の一枚が稿本に貼り付けられたのみで終わったのであろう。天保六年〔一八三五〕五月八日、馬琴の最愛かつ唯一の男児・宗伯没。これによって、長い馬琴の執筆生活の中で恐らく唯一、まったくの空白期間が六月、七月、閏七月と、三ヶ月以上もの間、続くのである。

馬琴の執筆表を作ろうとするとそのあまりの堅実さに呆れるが、その彼が見せた唯一の例外がこの箇処である。この空白の三ヶ月間、馬琴は何をしていたのか。

六月、『琴嶺瀧澤興継宗伯行状』稿。

八月、宗伯への限りない追悼の書である『後の為の記』稿了。

苛酷な夏の太陽の下、老馬琴は全精神を息子に奪われて暮らしていたのである。そしてその思いを断ち切るように、その職業である戯作執筆に立ち戻った馬琴が最初に為した一文が、この「⑫九輯中帙附言」だったわけである。戯作執筆は、今や好むと好まざるとにかかわらず、為さねばならぬ義務として、彼の眼前に高く聳え立っていた。一家の主柱を失った息子・宗伯の残された一家と馬琴老夫婦の生活は、以後、ひとえに馬琴に負わされる。自らを笞打って、彼は筆を取り上げざるを得なかったのである。これらの事情を背景としたとき、この変則的な書き方をされた「九輯中帙附言」が「稗史七則」を持っていた理由が、初めて充分に理解されるのではないだろうか。「稗史創作の方法」にもっとも身近であったのは、批評家グループでもなく読者でもない、もちろん「馬琴その人」に他ならなかったのである。そしてまた、「俠客伝四輯」畳翠評への答評に唐突に「六則」が現れるわけも、それに続いておのずから知られて来よう。「六則」発表は、戯作執筆に立ち向かう馬琴の心の準備に他ならない。

「稗史七則」を生み出した批評活動は、本来、外に対して公開されることのない密室文化としてのみ、存在を許された活動であった。馬琴と彼を巡る選ばれた数人のグループによって維持されている限りにおいて、それは知的空間としての位置を保ち得た。密かな楽しみが双方を励まし、活動を維持させたが、それは決して表の世界に出てくるものではなかった。裏の世界における充実は表の世界を刺激しはしたが、それは戯作者である馬琴にとって、そのような世界を持っているとの胸奥の誇りとしてだけで充分だったのである。それを表の世界へ曳き摺り出し、不特定多数の理解せぬ婦幼読者を相手に公開し、みすみす小さいが限りない向上心を持った壺中天の世界を放棄する必要など、何もなかった。この密室文化は、馬琴を支えるゆとりとして存在していた。少なくとも天保六年［一九三五］五月までは、馬琴はその秘めやかな楽しみを密室の中に保つ余裕を充分に有していた。しかし急に、まったく不意に、馬琴の足許が崩れた。扶養すべき家族がいなければ、あるいは馬琴は筆を断ったかもしれない。けれども老馬琴は、みずからの意志の如何にかかわらず、戯作執筆活動に立ち向かわねばならない。生活のためのみならず、畢生の大作『八犬伝』の完成も目前に迫っていた。すべてが馬琴の更生を強要した。しかし馬琴は、その要請に直ちに応えるには、あまりに大きな打撃を受けていた。閏七月、『八犬伝』の筆を再び執るに当たり、馬琴は馬琴自身をまず鼓舞せねばならなかったのである。初心の評者・畳翠への、相手を選ぶ間もなく書かれた「六則」の教授……。続く八月十二日執筆の『八犬伝』での「稗史七則」の発表。もはや裏の文化を持つ余裕はない。やみくもに馬琴は「稗史の法則」を発表する。前後の矛盾はともあれ、「稗史の法則」を掌中に収めているとの自覚が、馬琴には必要なのである。紛れもなく、「稗史七則」は馬琴のために書かれたのである。それは戯作界の王者・馬琴の見せた、王者らしからぬ喘ぎの姿であった。

「七則」発表とは、馬琴の作品が一枚の巨大な入り組んだジグソーパズルと成っており、どんな些少な趣向でも、嵌め込まれるべき要請によってそこにあるのだということを述べるためのものにすぎない。更にその気も遠くなるようなパズルは、すべて馬琴の意識にあっては、一点の狂いもなく把握されているのだということの示威に他ならない。「隠微」なるものを用い、「百年の後」の「智音を俟」ってまで、みずからの位置をみずからに再確認させねばならなかった王者・馬琴は、はるか以前、王者を目指していた時に、「われいにしへのふみ読て。いにしへ人の慕はしければ、後の人又わが書を読て。後よくわれをおもはんかも。われ又懸念すべきにあらず。もし百とせの後知己あらば。わが書もわが読が如けむ」(注15)と、「百年の後の知己」を突き離したことを、忘れていたのであろう。私は王者・馬琴の、この作品上に現れた唯一の弱さの痕跡を悲しく思うと同時に、それでも立ち直らんとした悲愴な姿に感歎の溜息をつく。馬琴は、どこまでも王者たらんとした。そしてその努力は、「稗史七則」へ後世の研究者の与えた肯定的な評価として、充分に報われている。ペルソナを脱ぐことを拒否した王は、その望み通り、ペルソナによって評価された。「隠微」の意義は、百年の後の研究者達によって、立派に果たされたのではないだろうか。

注1　浜田啓介「馬琴の所謂稗史七法則について」(『国語国文』28―8号、1959年8月)
注2　『南総里見八犬伝』の構想の変化については、6「『南総里見八犬伝』の構想―物語の陰陽、あるいは二つの世界」を参照されたい。
注3　現存している日記部分の記述によるが、現存箇所が少ないため、若干のずれもあり得る。
注4　「九輯下帙下甲」の序は、内容が友人から寄せられたものの集大成だからであろう。
注5　ほぼ百五十丁の大部なもので、二巻に分冊(早稲田大学附属図書館曲亭叢書)されている。

注6　これもほぼ百丁の大部なもので、二巻に分冊（早稲田大学附属図書館曲亭叢書）されている。
注7　この「六則」は閏七月十二日に桂窓の許へ発送されている。七月盆中の桂窓宛の書翰ではこのような法則についての記事はみられないので、この「六則」の成立はそれ以後、恐らく閏七月の初めの稿であろう。
注8　「この伏線評し得て㢱重但ししたそめとあるは伏線のまちかひなるへし」。
注9　同注1。
注10　たとえば12「続西遊記国字総評」では照応・照対・反対の別を厳しく説いたのが、「稗史七則」では照応（照対）となっている。
注11　「陽は必単立ず。陰は必独邁かず。是をもて物に配偶あり、事に対応あり。熟か主客なかるべき。」（『八犬伝』⑬「九輯下帙上」）
注12　重友毅「馬琴読本の主題と構想」（『近世文芸論集』（重友毅著作集第五巻）、文理書院、1972年）
注13　同注1。
注14　同注1。
注15　『三国一夜物語』「後記」（文化二年［一八〇五］九月刊）

8 『南総里見八犬伝』の執筆

曲亭馬琴は、近世期作家の中にあって、並はずれて豊富な資料を後世に残した人物である。しかも、その多くが自ら綴ったものであるという点に、大きな特徴を有している。そして彼の代表作『南総里見八犬伝』（以後『八犬伝』）は、それらの中でも最多の周辺資料に恵まれ、完成作品からだけでは到達しえぬ種々の問題解明への手掛かりを与えられている作品といえる。

『八犬伝』全九輯九八巻一〇六冊、この極めて大部な書はそれ自身、彼のもう一つの代表作『椿説弓張月』が、前編六巻六冊文化四年〔一八〇七〕、後編六巻六冊文化五年〔一八〇八〕、続編六巻六冊（同年）、拾遺五巻六冊文化七年〔一八一〇〕、残編五巻五冊文化八年〔一八一一〕と短期間に集中し、かつおおよそ各編の均衡を以て刊行されたのに比して、その全体量の半ばを九輯のみが占有するといった異様な輯構成のみならず、刊行頻度にも三十年近きに亘る中で極端な偏在傾向が見られ、その執筆に際して多くの紆余曲折が存したことを窺わせている。

本稿では、板本、日記、書翰などの現存資料を用いて『八犬伝』の執筆軌跡を明確に辿ることから、馬琴の小説創作の方法を探り、ひいては馬琴にとって『八犬伝』の刊行とはいかなる意味合いのものであったのかを考察してみたい。

I　馬琴の『八犬伝』執筆状況

まず『八犬伝』の刊行状況を、売出別に記しておく。記載内容は、売出順の輯名、巻冊数、回数、さらに板本記載による刊年を記し、実際の売出日が判明している場合はそれを（　）内に示す。

(1)　**肇輯**　五巻五冊　1～10回　文化十一年〔一八一四〕十一月
(2)　**二輯**　五巻五冊　11～20回　文化十三年〔一八一六〕十二月
(3)　**三輯**　五巻五冊　21～30回　文政二年〔一八一九〕正月
(4)　**四輯**　四巻四冊　31～38回　文政三年〔一八二〇〕十一月（文政三年十二月）
(5)　**五輯**　六巻六冊　39～50回　文政六年〔一八二三〕正月（文政六年二月）
(6)　**六輯**　五巻六冊　51～61回　文政十年〔一八二七〕正月（文政十年四月）
(7)　**七輯上**　四巻四冊　62～69回　文政十三年〔一八三〇〕（十一年、(注1)）三月（文政十二年十月）
(8)　**七輯下**　三巻三冊　70～73回　文政十三年〔一八三〇〕正月
(9)　**八輯上**　四巻五冊　74～82回　天保三年〔一八三二〕五月（天保三年五月）
(10)　**八輯下**　四巻五冊　83～91回　天保四年〔一八三三〕正月（天保三年十一月）
(11)　**九輯上**　六巻六冊　92～103回　天保六年〔一八三五〕正月（天保六年二月）
(12)　**九輯中**　六巻七冊　104～115回　天保七年〔一八三六〕正月（天保六年十二月四冊

（104〜111回）、天保七年正月三冊（112〜115回）
(13)　**九輯下上**　六巻五冊　116〜125回　天保八年［一八三七］正月
(14)　**九輯下中**　五巻五冊　126〜135回　天保九年［一八三八］正月（天保八年十一月）
(15)　**九輯下下甲**　五巻五冊　136〜145回　天保十年［一八三九］正月（天保九年十月）
(16)　**九輯下下乙上**　四巻五冊　146〜153回　天保十一年［一八四〇］正月（天保十年八月）
(17)　**九輯下下乙中**　三巻五冊　154〜161回　天保十一年［一八四〇］正月（天保十年十一月）
(18)　**九輯下下下上**　五巻五冊　162〜166回　天保十二年［一八四一］正月
(19)　**九輯下下下中**　五巻五冊　167〜176回　天保十二年［一八四一］正月
(20)　**九輯下下下**　四巻四冊　177〜179回　天保十三年［一八四二］正月
(21)　**九輯下下下結局**　四巻五冊　180回、回外剰筆　天保十三年［一八四二］正月（天保十三年二月）
（以降、『八犬伝』の各部分を、売出による通し番号を用いて表す）

このように、『八犬伝』の刊行は、巻数や回数配当、そして販売頻度も、物語の前方と後方では随分と異なっている。

『八犬伝』は、どのように書き綴られていったのであろうか。

『八犬伝』刊行を巡る現存資料としては、板本の他に稿本（注2）、厖大な量の詳細極まる日記（注3）・書翰（注4）、更には馬琴による『近世物之本江戸作者部類』などが挙げられる。さいわい『八犬伝』の執筆は、これらの資料によって、かなり明確にその過程を追尋することができる。**表1「『南総里見八犬伝』執筆表」**は、これら種々の資料を用いて『八犬伝』の各売出までの馬琴の執筆日を示し、物語の創作過程を表した表である。おそらく、

表１　『南総里見八犬伝』執筆表

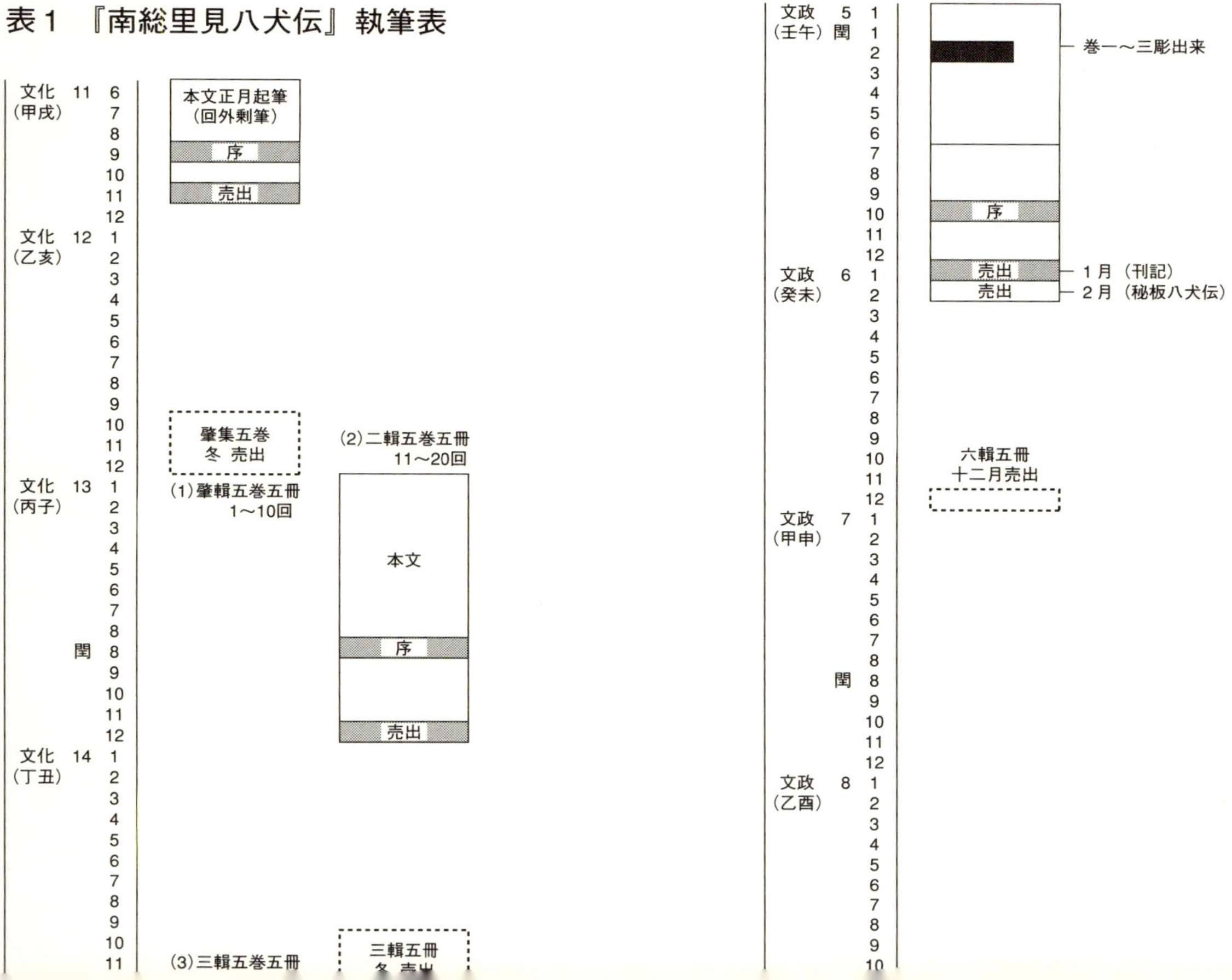

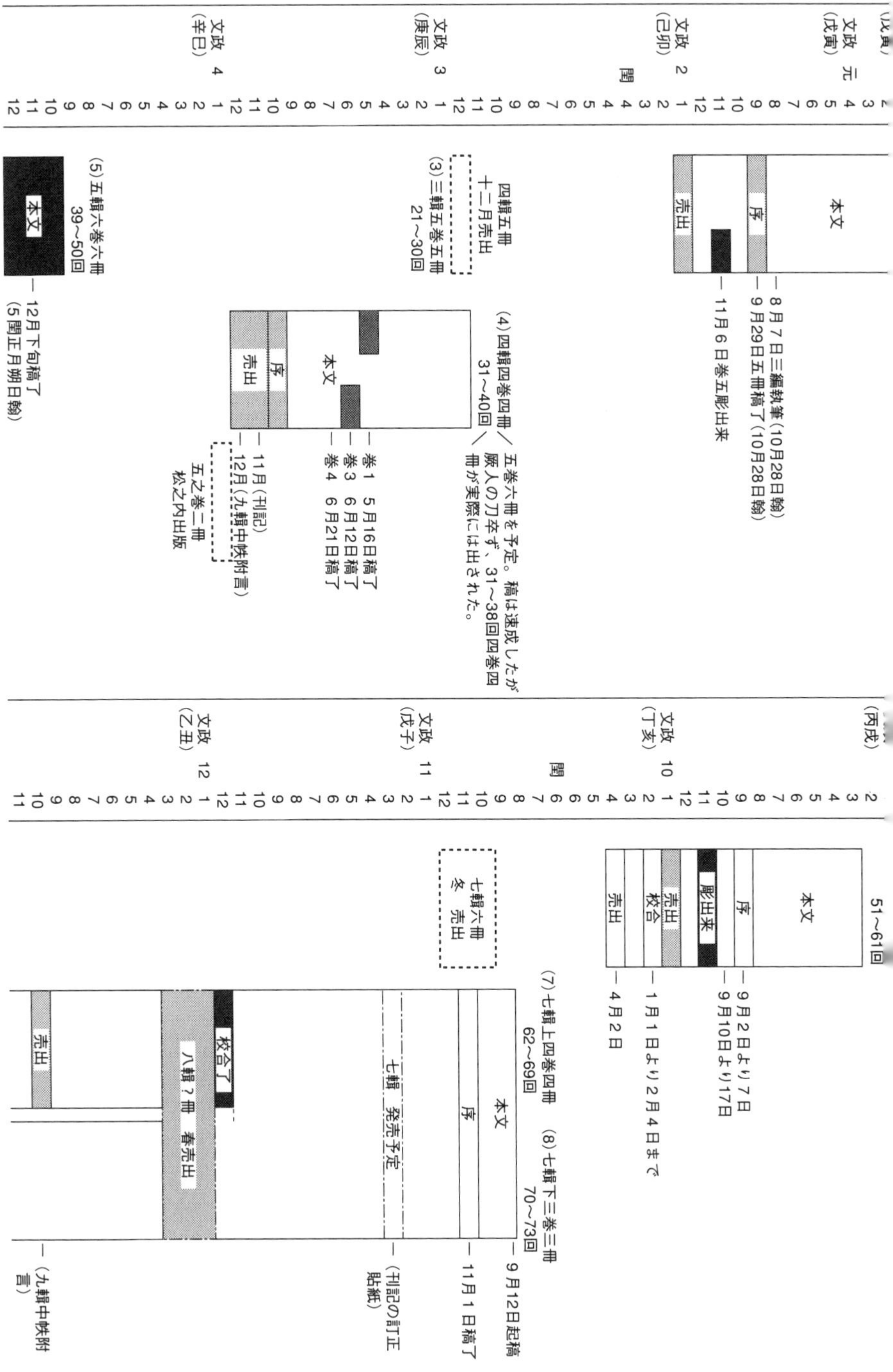
文政 元 (戊寅)
文政 2 (己卯)
文政 3 (庚辰)
文政 4 (辛巳)
閏
本文
序
売出
8月7日三編執筆(10月28日翰)
9月29日五冊稿了(10月28日翰)
11月6日巻五彫出来
四輯五冊 十二月売出
(3)三輯五巻五冊 21～30回
(4)四輯四巻四冊 31～40回
五巻六冊を予定。稿は速成したが厩人の刀卒ず、31～38回四巻四冊が実際には出された。
巻1 5月16日稿了
巻3 6月12日稿了
巻4 6月21日稿了
11月(刊記)
12月(九輯中帙附言)
五之巻二冊 松之内出版
(5)五輯六巻六冊 39～50回
12月下旬稿了 (5閏正月朔日翰)
(丙戌)
文政 10 (丁亥)
文政 11 (戊子)
文政 12 (乙丑)
51～61回
彫出来
校合
9月2日より7日
9月10日より17日
1月1日より2月4日まで
4月2日
七輯六冊 冬 売出
(7)七輯上四巻四冊 62～69回
(8)七輯下三巻三冊 70～73回
七輯 発売予定
校合了
八輯?冊 春売出
9月12日起稿
11月1日稿了
(刊記の訂正貼紙)
(九輯中帙附言)

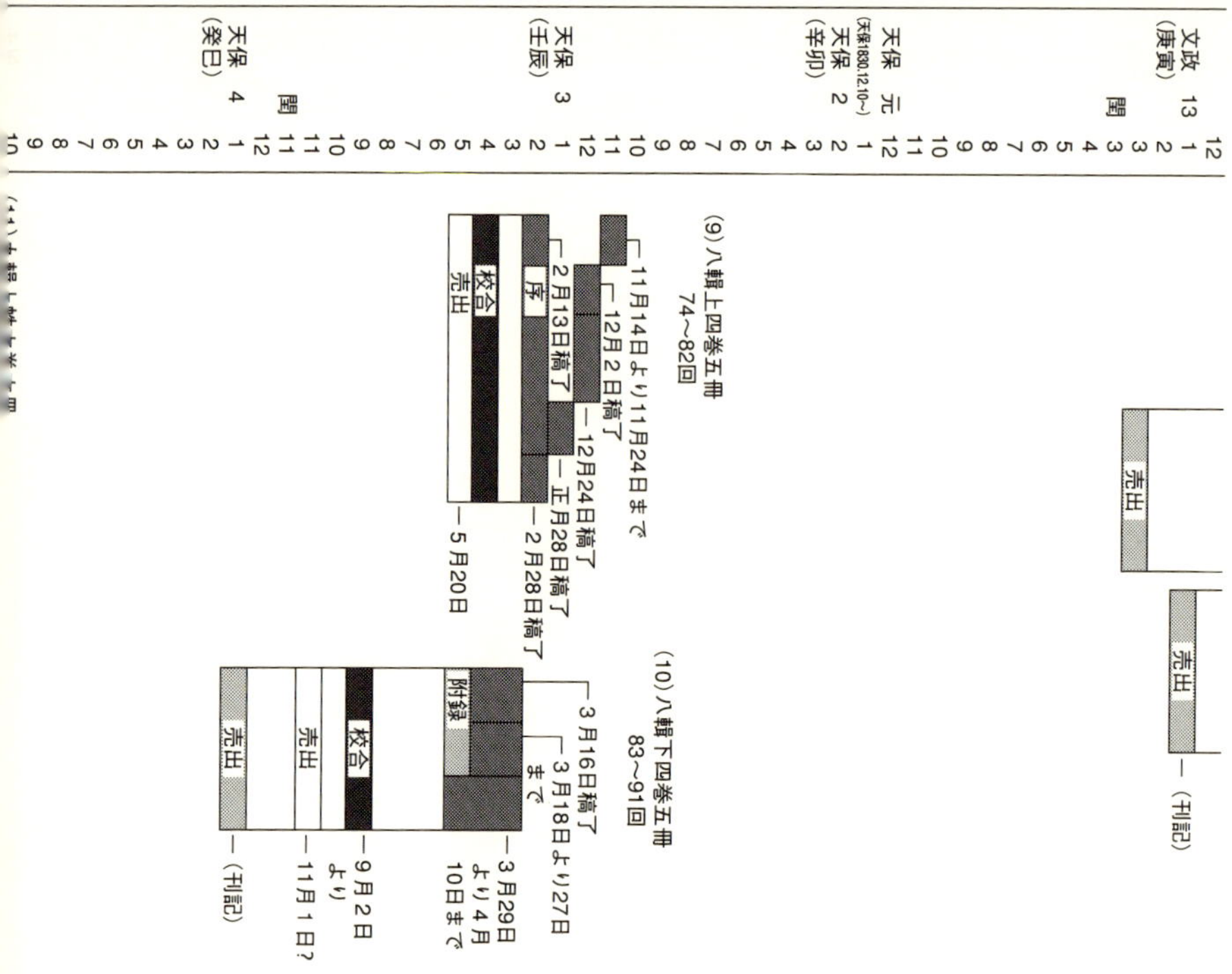
文政13（庚寅）
天保元（天保1830.12.10～）
天保2（辛卯）
天保3（壬辰）
天保4（癸巳）
閏
売出
（刊記）
(9)八輯上四巻五冊
74～82回
11月14日より11月24日まで
12月2日稿了
12月24日稿了
正月28日稿了
2月28日稿了
2月13日稿了
序
校合
売出
5月20日
(10)八輯下四巻五冊
83～91回
3月16日稿了
3月18日より27日まで
まで
3月29日より4月10日まで
附録
校合
9月2日より
売出
11月1日?
売出
（刊記）

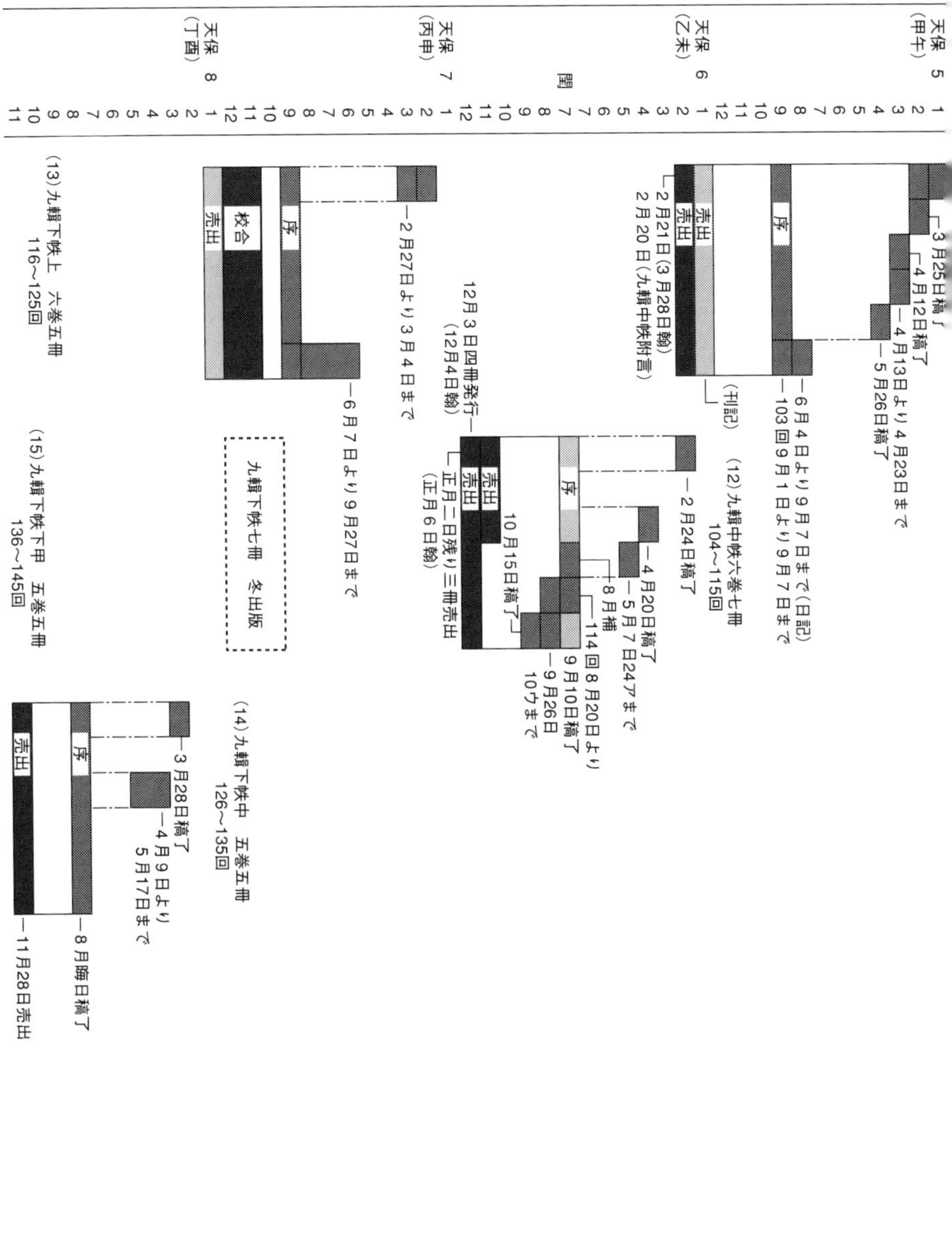

天保 5（甲午）
天保 6（乙未）
閏
天保 7（丙申）
天保 8（丁酉）
3 月25日稿了
4 月12日稿了
4 月13日より 4 月23日まで
5 月26日稿了
6 月 4 日より 9 月 7 日まで（日記）
103回 9 月 1 日より 9 月 7 日まで
序
売出
（刊記）
2 月21日（3 月28日翰）
2 月20日（九輯中帙附言）
(12)九輯中帙六巻七冊
104～115回
2 月24日稿了
4 月20日稿了
5 月 7 日24アまで
8 月補
114回 8 月20日より
9 月10日稿了
9 月26日
10ウまで
10月15日稿了
12月 3 日四冊発行
（12月4日翰）
正月二日残り三冊売出
（正月 6 日翰）
2 月27日より 3 月 4 日まで
6 月 7 日より 9 月27日まで
校合
九輯下帙七冊　冬出版
(13)九輯下帙上　六巻五冊
116～125回
(14)九輯下帙中　五巻五冊
126～135回
3 月28日稿了
4 月 9 日より
5 月17日まで
8 月晦日稿了
11月28日売出
(15)九輯下帙下甲　五巻五冊
136～145回

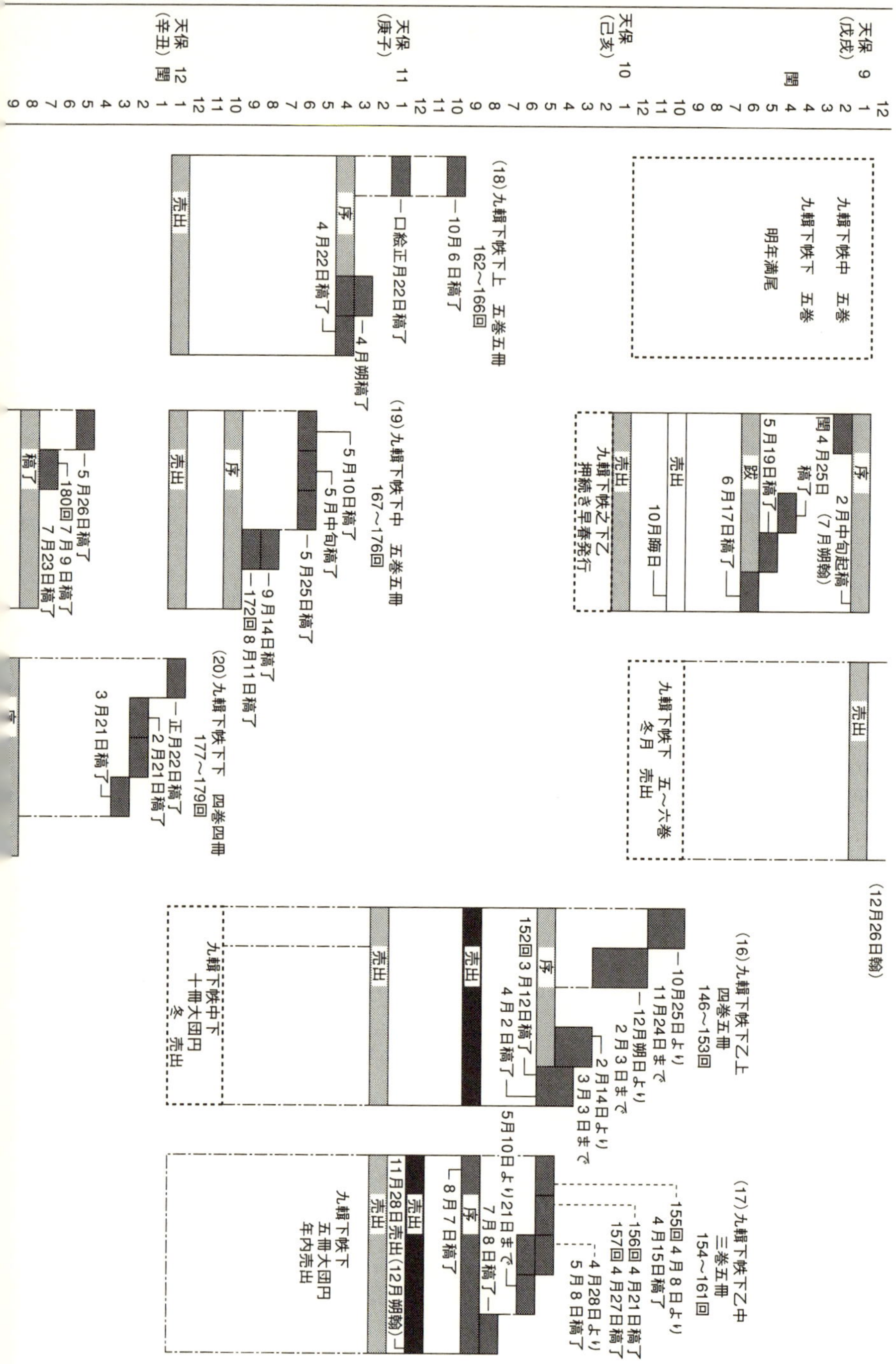

天保9（戊戌）
天保10（己亥）
天保11（庚子）
天保12（辛丑）
閏
九輯下帙中　五巻
九輯下帙下　五巻
明年満尾
序
2月中旬起稿
（7月朔翰）
閏4月25日稿了
5月19日稿了
跋
6月17日稿了
売出
10月晦日
九輯下帙之下乙
押続き早春発行
売出
九輯下帙下　五～六巻
冬月　売出
（12月26日翰）
(16)九輯下帙下乙上
四巻五冊
146～153回
10月25日より
11月24日まで
12月朔日より
2月3日まで
2月14日より
3月3日まで
序
152回3月12日稿了
4月2日稿了
売出
売出
九輯下帙中下
十冊大団円
冬　売出
5月10日より21日まで
(17)九輯下帙下乙中
三巻五冊
154～161回
155回4月8日より
4月15日稿了
156回4月21日稿了
157回4月27日稿了
4月28日より
5月8日稿了
7月8日稿了
8月7日稿了
序
売出
11月28日売出（12月朔翰）
売出
九輯下帙下
五冊大団円
年内売出
(18)九輯下帙下上　五巻五冊
162～166回
10月6日稿了
口絵正月22日稿了
序
4月22日稿了
4月朔稿了
売出
(19)九輯下帙下中　五巻五冊
167～176回
5月10日稿了
5月中旬稿了
5月25日稿了
序
9月14日稿了
172回8月11日稿了
売出
(20)九輯下帙下下　四巻四冊
177～179回
正月22日稿了
2月21日稿了
3月21日稿了
序
5月26日稿了
180回7月9日稿了
7月23日稿了
稿了

あまたの日本近世文学作品の中で、これ程までに作品創作過程の足跡を辿れる作はないであろう。これによって戯作者の執筆方法、そして馬琴の個性が、かなり鮮明に見て取れるのではないだろうか。

この**表1**で『八犬伝』の刊行を辿ると、当初は大きな間隔を伴っていた『八犬伝』売出は、(6)「六輯」あたりからそのペースが比較的速くなり、次いで(11)「九輯上帙」あたりを境として切れ目なく出され、(13)「九輯下帙上」からは前帙の売出さえ待たずに、馬琴の手によって物語がよどみなく書き継がれている。あたかも自らの出した終結予告に逐われるがごとき異常なハイペースで、後半、真の物語終焉まで、『八犬伝』は出し続けられたのである。

これら物語の前半部と後半部で見られる刊行ペースの著しい違いのなかで、前半部分の売出年月の間歇については、版元の巻き起こした種々の問題を理由とすることで、ほぼ解明される。『八犬伝』は、(1)「肇輯」から(5)「五輯」までを山青堂山崎平八、(6)「六輯」から(8)「七輯下」までを涌泉堂美濃屋甚三郎、そして(9)「八集上」以降を文溪堂丁字屋平兵衛を版元として、出版されている。弱小書肆の山青堂の大山事に引っ掛かっての破産や、涌泉堂の勝手に『八犬伝』を芝居に仕組み馬琴の激怒を招いた事件、更にはひどく不手際な両者の引き継ぎなど、すべて『八犬伝』の出版に大きな間隙を生ぜしめたのである。これに比して、(9)「八輯上」以降、版元が規模の大きな文溪堂に一定したことは、この仕事にどれほど便宜を与えたか判らない。(1)「肇輯」〜(8)「七輯下」において、これら版元との問題に馬琴の病気に依る休筆などの身辺事項を加え、さらに他作の執筆事情を入れると、『八犬伝』の刊行頻度には何の不合理も見出せないのである。

しかしながら、後半、版元が文溪堂となった後に見られる大きなペースの違いには、このような単純な理由は見つけられない。執筆表その他、馬琴の残した言辞からは、この現象を説明するものは直接何も見当たらないのである。他の著作に鑑みても、『八犬伝』終結部に見られる程の集中的な執筆状況を、馬琴が見せている作品は他にない。一体、何が馬琴を、九輯の途中という「結局」予想も近い時点で、憑かれたような慌ただしい執筆へと駆りたてたのであろうか。また、それのみならず、なぜその部分がすべて「九輯」という名目に統一されて、刊行されているのであろうか――

II　物語の膨張と終結

『八犬伝』は、どのような長編構想の元で書き綴られた物語なのであろうか。次に、馬琴の胸中での物語の結構予定の変移を辿っておこう。肇輯の「来ん春毎に嗣出して、全本となさんこと、両三年の程になん。」（再識）といった巻頭の予告にもかかわらず、読者の好評に作者の熱も加わり物語が増殖し続けたこと、またその終焉のための「対管領戦」の趣向への伏線が八輯から見出せるということは別稿（注5）で述べた。このように話の進展に連れて想を練る馬琴の創作方法の中で物語は様々な膨らみを求め、己の形を大きく変化させながら現行形態へと成長していったのである。構想の成長過程はさて置き、執筆計画を探るにはまず、馬琴がこの物語をどの程度で書き上げる予定であったのかということを知らねばなるまい。以下、馬琴自身が原稿を作成した「序」部分や「奥付広告」などの馬琴の言辞から、『八犬伝』大団円について語られている箇処を列記していく。

(8)　**七輯下**

八犬伝一部の小説自後一・二輯にして結局大団円に至るべし来丑（注6）の春出板（奥附広告）

(9)　**八輯上**

第九輯も打つゞきて見せ奉らんこと遠かるべからず凡は団円百回にて止りもしくは一百八回にて局を結ばるべきよしなればいく程もなく全備すべし（奥附広告）

(10)　**八輯下**

第九輯　本輯にて一部全璧となるべしといふ接続刊行近きにあり　巻数未詳（奥附広告）

(11)　**九輯上**

意匠斬《ク》疲《レテ》。腹稿有《リ》レ限。結局団円且《マサニ》《ス》レ近《ラント》。（自叙）

本伝結局近きにあり下函六まきを合しなば全部百十五六回になるべし。（奥附広告）

(12)　**九輯中**

中帙七巻は、今番出せり。又下帙七巻は、明年丙甲の春か、遅く成るとも、秋冬の時候までには、必よ続出して、大団円になさまく欲す。かゝれば六輯以下の分巻、共に六十八巻、一百二十八回にして、竟に全部たらんものなり。…（中略）…団円将に近からんとす。（附言）

(13)　**九輯下上**

右八犬伝全部七十余巻一百四十余回明年刊刻満尾仕候はゞ（奥附広告）

(14)　**九輯下中**

九輯下帙ノ下　第百三十六回より下は本稿の巻いまだ詳ならざれども五六番にて結局大団円に至るべし来戌（天保九年［一八三八］―稿者注）冬月発販遅滞なし（奥附広告）

(15)　**九輯下下甲**

下帙の下を又甲乙二板に分ちて今般先甲号五巻を刊行せしむ是より又下帙の下の乙第百四十六回以下結局大団円の巻まで作者なほ稿を続て敢筆を輟めず年内正に刊刻せしめて全本八十一巻に充まく欲すこの書二十五个年前文化甲戌の春作者肇て稿を起ししよりして今茲天保戊戌に至て稿本全備の功を竣れり蓋戌は即犬也之又是一奇といふべし戊戌夏六月立秋前一日作者自識（奥附広告）

(16)　**九輯下下乙上**

八犬伝第九輯下帙下乙号下編　分巻十冊当冬推続キ出版全部九十一冊大団円に至り候（奥附広告）

(17)　**九輯下下乙中**

自レ是之下至二第百七十回一。将レ結レ局云。其後板者五冊。近日又復続出焉。則全璧大団円。（目録）

(18)　**九輯下下上**

八犬伝第九輯百六十七回以下近日出販全部九十九冊程なく相揃ひ候なり（奥附広告）

(19)　**九輯下下中**

本伝既に末三巻六回になりにたり。（後序）

(20)　**九輯下下下**

五十の巻より下五冊も推続き当寅春中無遅滞出板仕候（奥附広告）

(21)　**九輯下下下結局**

南総里見八犬伝総伝全書　第一輯首巻総目録姓氏目并に八犬士畧伝共に一巻未刻　全百六巻（奥附広告）

このように見ると、馬琴は(9)「八輯上」以降、常に目睫の間に「九輯」の結局を考え、七年間も完結直前の場を綴り続けていたことになる。一体なぜ、馬琴の結局予告は破棄され続け、それでもなお、結末に近いことが売出ごとに付記され続けたのであろう。物語終了を常に公言しつつ、現実には馬琴はどのように『八犬伝』を書き伸ばしていったのであろうか。

ところで『八犬伝』では、通常、一巻が二回に分かれて構成されているが、例外の箇処、すなわち一巻が一回のみの内容、さらには一回が数回に分かれる場合も見られる。それらの目録構成上の異例の箇処、つまり一巻二回構成となっていない箇処を、巻数と回数で示して見てみよう。

(6) **六輯** 巻五上……59回

(8) **七輯下** 巻六……72回、巻七……73回

(9) **八輯上** 巻四上……80回

(10) **八輯下** 巻八上……89回

(12) **九輯中** 巻十二……114回、巻十二下……115回

(17) **九輯下下乙中** 巻三四下……158回、巻三五下……161回

(18) **九輯下下上** 巻三七……164回、巻三八……165回、巻三九……165下回、巻四十……166回

(19) **九輯下下中** 巻四二下……171回

(20) **九輯下下下** 巻四六……177回、巻四六附録、巻四七上……178回、巻四七下附録、巻四八……179上回・179中附録回、巻四九……179下附録回

(21) **九輯下下下結局** 巻五十……180上回・180中回・180下回、巻五一……180勝回上・附録目、巻五二……180勝回中附録目、巻五三上……180勝回下附録目、巻五三下……回外剰筆

このように、時に一回が一巻分を占めるまでに進展する場面があるため、そこから来るひずみを解消するために、たとえば(13)「九輯下上」の冒頭部の巻名が「巻十三ノ十四」となるなどの措置が取られている。そして物語が対管領戦を迎えてから、この傾向は常軌を逸して、一回の物語は時に巻を越えて侵犯しているのがはっきりと見て取れよう。

表2「『八犬伝』売出を単位とした回別の分量」は、これらの状況を分かり易くするために、グラフ化したものである。**表2**では、岩波文庫本『南総里見八犬伝』(注7)を用いて、各売出を単位として、その中での各回の占める平均頁数を示したものである。**表2**中の「回数毎の頁数」としたのは、たとえば165回と165下回を合わせて一回として数えたもの、対して「のべ回数」の方は、これを二回として数えた場合である。この表2からまず見えてくるのは、「回数毎の頁数」に比した場合の「のべ回数毎の頁数」の平坦さであろう。対して「回数毎」の頁数は、物語終結部に至って、極端な上昇の動きを示している。このことは何を意味しているのであろうか。そしてなぜ馬琴は、一回を複数回に分ける必要があったのだろうか。

「のべ回数毎の頁数」が、物語の進行の中でそれほどの変化を見せないように見えるのは、この作品が「読本《よみほん》」という、近世後期出版メディアの中で生み出される「商品としての戯作」の一ジャンルの作品だからである。ジャンル毎の定型に従って生み出される「商品としての戯作」では、装訂上に一定の範疇を超える個性を持つことは難しい。版元の利益率を活かして販売毎に一定の丁数が常に保たれる必要があり、その規制は、たとえ人気の『八犬伝』であっても、守られていたのである。対して「回数毎の頁数」は、執筆者・馬琴によるその回に収めたいと考える内容量が、版元の本来の丁数の範囲内に留まらず、まさに馬琴の意志により爆走したことを示していると見てよかろう。(20)「九輯下下下」、(21)「九輯下下下結局」に至り、馬琴は各回に通常では考えられないほ

表2 『八犬伝』売出を単位とした回別の分量

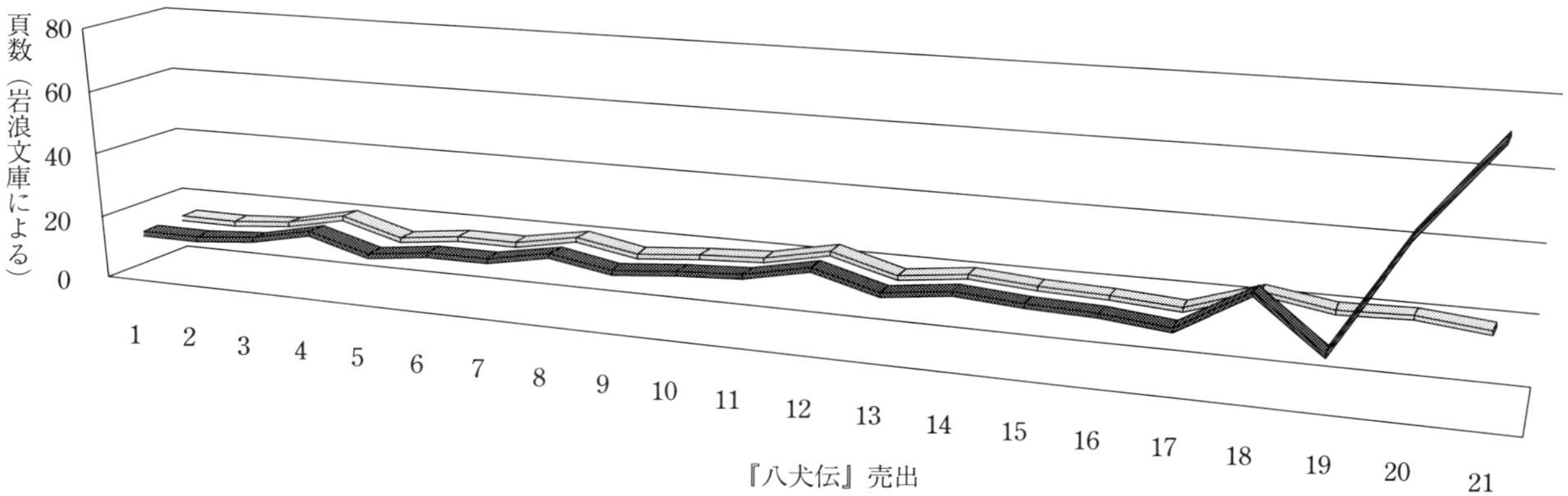

	1	2	3	4	5	6	7	8	9	10	11	12	13	14	15	16	17	18	19	20	21
■回数毎の頁数	13.9	13.6	14.8	18.9	13.7	15.9	15.8	19.3	16.1	17.6	18.5	22.6	17.4	19.6	18.2	17.4	16.1	27.2	14	47.3	73.5
▨のべ回数毎の頁数	13.9	13.6	14.8	18.9	13.7	15.9	15.8	19.3	16.1	17.6	18.5	22.6	17.4	19.6	18.2	17.4	16.1	22.7	20	20.3	18.4

どの膨大な文字数を盛り込もうとしたのである。『八犬伝』終結部の構成はこれほどに異常である。

ところで、馬琴は戯作の原稿を、毎日ほぼ一定量、下書きなしのぶっつけ書きで書き継いでいた。その執筆速度は速く、たとえば合巻『新編金瓶梅』などは稿本裏表紙に記された執筆終了日の記載で見ると、一巻五丁を一、二日で書き終えている。その職人としての執筆姿勢は、長考熟慮の末の作業とは異なっているがゆえに、時に物語の上に歪みを生じさせ、そこから馬琴の執筆意欲そのものを読み取ることもできるように思う。たとえば先に、『八犬伝』目録構成上の他とは異なる箇処、すなわち一巻が一回のみで占められたり、さらには一回が数回に分かれる場合を列記して示した。通常は一巻は二回構成であるので、これらの特異箇処は、そこで馬琴の筆が乗り、過大なスペースを占めるまでに物語が膨張していったことを示しているといえよう。それらの箇処を見ると、たとえば(6)「六輯」巻五上の59回は、犬飼現八が網苧の茶店で鵙平から赤岩一角の庚申山での遭難譚を長々と聞かされており、ここから庚申山に棲む魔性の山猫の偽赤岩一角譚が始まる。また(8)「七輯下」の巻六・72回は、指月院で冤罪で捕らえられた犬塚信乃と浜路が、犬山道節と、大法師たちに救われていたことを知り、浜路が里見家の姫であることが分かる場面で、二犬士と、大が顔を合わせている。続く巻七・73回では、前回の指月院譚の後始末と、犬田小文吾の小千谷での闘牛見物とその怪力で暴れ牛を押さえる一場が入り、小文吾をめぐるあらたな物語が始まっている。(9)「八集上」の巻四上・80回では、乞食姿の犬坂毛野（相模小僧）が敵・馬加郷武を討ち、それを見ていた犬川荘助、小文吾と巡り会い、また分かれていく。この場は、乞食姿の鎌倉蹇児への郷武の残忍な殺し、その郷武を見事に討つ美少年・毛野の乞食へのやつし姿と、物語の構想のみならず場面の視覚効果も芝居に通う華やかさを見せている。(10)「八集下」の巻八上・89回も、やはり毛野の活躍で、今回は放下師物四郎となった毛野は、扇谷定正の正室・蟹目上が湯島天満宮の境内で逃がした小猿を、目の醒めるような身軽さで救い出している。すなわち、80回と89回は共に美少年・毛野の、目にあざやかな活躍譚が描かれているといえよう。次に⑿「九輯中」の巻十二・114回、巻十二下の115回の内容は、蟇田素藤譚の中の犬江親兵衛に関わる部分で、佞人・素藤の愛執を叶えるために里見の浜路姫をさらおうとした尼・妙椿は伏姫神によって阻止され、姫は里見家に戻り、親兵衛に掛けられた嫌疑も晴れる。里見家では安房から立ち去らせた親兵衛を召還しようとするが、一方、その親兵衛は上野・不忍池の辺で処刑されようとする河鯉孝嗣を箙大刀自が救うのを見かけている。なお、この孝嗣救出譚は116回で正木狐の話として膨らみ、親兵衛の素藤退治譚が物語の中で進む。

このように、ここまでで採り上げた部分は、それぞれ、物語の中で小さな異空間を与えられた場面であり、これらが物語の縦筋、すなわち「八犬士の里見家への集結」というよりも、物語世界を横に広げるさまざまな「エピソード群」を織りなしていることが理解できよう。さらに今一つ、同様の自己増殖を遂げた趣向を挙げておこう。**表2「『八犬伝』売出を単位とした回別の分量」**では、下部にデータを載せてある。**表2**の上部グラフ部らは一見、「のべ回数毎の頁数」は、物語の全体を通してそれほどの動きを示していないように見えるが、そういうわけでもなく、データ欄にあるように13・9〜22・7頁とかなりの振幅を見せてはいるのである。しかしながら、それらの差異の多くは出版された巻冊数の影響を受けており、少ない巻冊数で出されたときには総計が増えるように各回の分量も多くなっているというわけである。けれども、この範疇に収まらず突出する箇処が⑾「九輯上」と⑿「九輯中」に見られる。これら両度の売出では、六巻六冊、六巻七冊と通常よりも多い分量が一度に販売されているにもかかわらず、その回平均の頁数は18・5、22・6と、極めて高くなっているのである。⑾「九輯上」を見てみよう。この売出では92〜103回の計12回が収められているが、それぞれの回毎の分量で見れば、前半の92〜97回では15〜20頁に収まり、それが後半の98〜103回では17〜25頁に増える。特に102回は25頁の長きに亘って物語が繰り広げられ、これが平均頁数を持ち上げた要因となっているのである。この後半部で、蟇田素藤の素性とその悪運強い出世譚、そして浜路姫への執着から里見家への叛逆が語られている。ちなみに侏人・蟇田素藤の出自が、その父・但鳥跖六業因の人面瘡に悩むおどろおどろしい最期から語られ出すのは、97回後半からのことである。素藤が闇の魔賊として、物語世界に新しいエピソードをもたらして増殖している型を、ここでも見ることができよう。馬琴は、『占夢南柯後記』稿本の執筆過程からも窺えるように(注8)、物語を書いていく中でその横筋を豊かに膨らませ、夢幻的かつ情愛溢れる場面を、当初の構想を越えて書き繋いでいく戯作者なのである。そしてその特性は、『八犬伝』の中でもそのまま踏襲されているといえよう。

しかしながら、馬琴のこの姿勢はその後、まったく異なった姿勢を見せるようになる。⒄「九輯下下乙中」の巻三四下・158回は、里見義成の仁心を示された大石憲重の家臣の話と音音たちを用いた戦略、そして巻三五下・161回は、人魚の膏油を用いた海戦が描かれている。以下、「対管領戦」の中で、いかに里見家が勝利したかが、微に入り細を穿って描かれていく。これらの中ではあらたな物語空間と呼べる世界は作り上げられることなく、さまざまな異次元の物語が錯綜する豊饒性はもはや見られない。ちなみに『八犬伝』の中で、「対管領戦」が始められたのは、⒃「九輯下下乙上」の第31回のことであった。『八犬伝』がその最終構想をしっかりと定めたときから、物語は新たな構想を生み出すことはなかったのである。たしかに、大団円は馬琴の目に常に目睫のあわいに見えていたのであり、一回の分量が増えたのは、それぞれを委細を尽くして述べていったからに他ならない。がんじがらめの構想の中で、物語が長引いているのである。このような書き方を、私は馬琴の他作品に見たことがない。

『八犬伝』九輯後半部は、これほどに異様な物語世界を有しているのである。

III　九輯をめぐって

なぜ『八犬伝』は予定よりも延び、「九輯」がかくも長大化したのか……。『八犬伝』が一〇六冊もの長編になったのは、好評により版元からの強い要請に応じた結果であるということが一般に言われ、そのまま首肯されている。しかしそれは推測に終わり、詳細な裏付けは施されていない。そこからは、なぜいつまでも「九輯」が続いたのかという疑問への答は出てこない。一体、この意見はどの程度、承引できるのであろうか……。溯ってみよう。

『八犬伝』は、どのように好評を博していたのであろうか。版元にとってそのバロメーターになるであろう売り上げから見るに、確かにこの書は(1)肇輯から(21)結局迄、常に驚異的なベストセラーであり続けた。『八犬伝』伸展の理由を探るため、屋台骨のしっかりとした文溪堂が版元となった(9)八輯上の刊行以降に書かれた書翰から、『八犬伝』の売れ行きについての記事をいくつか抽出してみる。(原文句読点なし)

八犬伝九輯下帙の上五冊……(中略)……正月二日にうり出候よし……(中略)……尤当今かし本や飢渇に及ひ候も少からす候へは、例のことくに部数うれましくと丁平存候処、意外の勢ひにて弐百部にては引足らす候故追すりいたし候よし。

(天保八年［一八三七］正月六日附、篠斎宛馬琴翰)

右八犬伝新本、去年巳来かし本屋共困窮いたし候故、多くは捌けましきと板元かねてより了簡いたし、わつかに貳百部製本いたし候てうり出し候所、意外の勢ひにて中々二百にては売足り不申、二日の八時にうり終り候所、かひ人四五十人その夜迄追々丁子屋えつめかけ、板元大にこまり、夫より両三日、昼夜のわかちなく製本いたし、六日に追かけ本百部出来いたし、正月廿八日迄に四百部うり出し候よし、廿八日に八犬伝板元丁子屋平兵衛病気に付、駕籠にて拙宅へ参り候節のはなしに御座候。世の中むつかしく諸商売不如意に候へども、八犬伝のみうり出の勢ひ平日にかはらす候故、歓しく存候よし申候

（天保八年［一八三七］二月三、四日附、林宇太夫宛馬琴翰）

右八犬伝結局下編、二月九日に売出し候所、当春は新板物稀に候間、手薄なる貸本やは曲物いたし候て金子整へ、当日未明より板元方へ詰かけ候間、九日昼前迄に製本三百部売尽し候よし、丁平の話に御座候。御時節柄には出来過候事と致一笑候。しかれども何の障りも無之、愈行れ候由に候へは御安意成可被下候

（天保十三年［一八四二］四月朔日附、篠斎宛馬琴翰）

等々、数多くの具体的数字までもが表れる。しかしそれらの記事の中で看過できないのは、その驚異的売れ方よりむしろ、その感想にすべて「意外の勢ひにて」「御時節柄には出来過候事」という限定が付け加えられている点ではないのだろうか。これが書状での謙遜とばかり言い切れないことは、木村黙老書翰でも同様の言い廻しが用いられているゆえのみならず、馬琴を巡る多くの書翰に世相を嘆く声が散見されることからも、諾われよう。

九輯が出された天保の時代相に目を移そう。手近な斎藤月岑『武江年表』を繰ってみても、それが並々ならぬ天災と人災に満ちた時代であったことが、一読して了解されよう。高名な「天保の大飢饉」、そこから誘因された多くの大規模な一揆、水野忠邦の強引な改革、それから派生した文化人への強い弾圧、幕府を震撼せしめた「大塩平八郎の乱」と、疾風怒濤の時代の中で、注目すべきはこれらの余波に襲われた人々が、『八犬伝』個人購入層の中心となっていた中流以上の階級にも及んでいたことであろう。広く蔓延した飢饉と諸物価高騰は、富裕

者階級に属した馬琴の友人間にとってさえ、身近な恐懼の対象だったのである。まして一般大衆中心の、広範囲の読者層を相手とする貸本屋への影響は大きい。このような時代の運行の中で、機を見るに敏な書肆から見て、いつもその危惧をすり抜けてベストセラーであり続けたという実績を以てしてもなお、『八犬伝』の売れ行きは、予期できぬ好評で在り続けたのではなかろうか。

　時代という環境のみならず『八犬伝』そのものを顧みても、人気の証明となる歌舞伎化、錦絵化された山場は前半に偏在し、「九輯」にはそれらの名場面を見出すことは難しかった。これら『八犬伝』内外の状況を考慮すると、書肆にとり、長期の好売れ行きを予想する材料は乏しかったのではあるまいか。

　よしやこれらの事情を外に見たとして、そもそも版元にとり『八犬伝』の刊行とは、どういう仕事であったのだろう。当代きっての人気読本の出版元であることが、晴れがましい看板となったことは相違あるまい。しかし、その見掛けほど華やかな、利益の多い仕事であったのだろうか――少なくとも馬琴の口を通して聞く限り、それはどんなに売れても「合わぬ仕事」であったようである。(9)「八輯上帙」について述べた書翰の中に、細かい内訳が載っている。

　犬、四百部うり候ては元入なほ不足にて、閣の処へは遠く可有之と察し申候。尚又、竊に致勘定見候処、仕入七十五、六両かゝり候よし、これに元株みのや甚三郎へ正金弐拾両遣し候よし候へバ、都合九十五、六両は入用もかゝり候半、さすれバ百金余の仕入に相成候。四百部正味十八匁づゝのうりに候へバ、七〆弐百めに成候歟。此内、製本料壱部四匁がゝりに候間、四百部分売〆六百め引候へバ、五〆六百めの利にて、百金にはなほ足らず、此内、現金うりとは申ながら、無拠カケに成行候も有之、又無拠引ケ立候も有之よしに御座候。左候へバ、四百部うり候ては利無之、よほど足らず候へども、登せ四百部すり立、八犬伝古板と交易にいたし候故、これにて利もよほど見え候。なれども、是者交易の之（ママ）事故、急に金に成かね候よし。楽屋の

勘定、如此に御座候。（天保三年［一八三二］六月二一日附、篠斎宛馬琴翰、（注9））

まして、前述のごとき波乱に満ちた天保の時代を下って行くに従い、それはますます外見の割に利の少ない仕事となり、馬琴は、

此節紙表紙はさら也、諸職人の手間も恒より一倍に候間、尚引合不申候よし、板元の吏の手代の話に御座候。諸色高料の勢ひ不及是非候。（天保八年［一八三七］一月六日附、篠斎宛馬琴翰）

と、好評の知らせと共に、多少の粉飾は割引かねばならぬにもせよ、しばしば愚痴も聞かされるようになるのである。

このような状況下で、版元が馬琴に要請するのは何か。それは〝作品の延長〟ではなく、現在の好評に縋らんとする〝後作を早く〟という安全策だったのではあるまいか。

板元後板を早春よりさいそくいたし、ぜひ〳〵当秋頃のうり出しにいたし度よし申候。（天保八年［一八三七］十月二〇日附、林宇太夫宛馬琴翰）

このような版元よりの希望は、時折、見出すことができる。けれども作の伸展を懇命したものは、少なくとも九輯以降、発見できないのである。

そしてその〝後作を早く〟との催促は、販売頻度の急激な高まりを見るに、十分受け入れられたように思われる。しかしながら同時に、『八犬伝』は大方の予想を超えて、どんどんとその「結局」を先へ延ばしていった。何故、「九輯」のみが、作の半ばを占めたのであろう。換言して、何故、「九輯」という名目で作が延々と続けられたのか……。

『八犬伝』で、これについて述べられている箇処がある。

第九輯は巻の数、いよ〻ます〳〵多くなりつ、二十巻を三に分ちて、上帙中帙下帙とす。そを第五輯までの

如く、毎輯五巻ならんには、十三四輯に至るべし。しかるを九輯に約めしは、文溪堂の好にあなれど、今さら思へば、こもよしあり。八は陰数の終りなり。八の下に十あれども、十は一にかよふをもて、陰数の終りとせず。九は陽数の終りなり。か〻れば八犬英士の全伝、局を九輯に結ぶこと、その所以なきにあらずかし。

（⑿九輯中帙附言）

このような馬琴製作の文章は、いつも虚飾の部分を疑わねばならないのではあるが、少なくとも文溪堂が「九輯」という名目を希望したということは、受け入れても良いのではなかろうか。なぜなら、この⑿「九輯中帙」附言執筆直前迄の書翰によると、

第十輯も六冊一百十五回にて団円の心つもりに候得とも、是は書終り不申候ては、作者にも長短知れかね候、乍然いつれ当年団円無相違候……（中略）……十輯は当暮歟来春出板に成り可申候

（天保五年［一八三四］五月二日附、篠斎宛馬琴翰）

九輯より引きつ〻き十輯大団円を綴候間、当秋中には満尾可致候

（天保六年［一八三五］五月十一日附、桂窓宛馬琴翰）

と、馬琴側では「九輯」に少しもこだわらず、「十輯」刊行を計画していたからである。すなわち、「九」という数字は、版元・文溪堂からの提唱によるものであって、馬琴側の要請によって生じたものではないのである。

ではなぜ文溪堂は、二〇巻というこれまでにない長い巻数予告を馬琴から受けたこの時点で、なお「九輯」を唱えたのか。それは馬琴の大団円間近の予告を信じたがゆえ、裏返して、〝物語の終焉を近々持つ〟という了解の故ではなかっただろうか。とすると、「九輯」とは、版元・文溪堂側と執筆者・馬琴との折り合いの数字ということになるのではなかろうか。物語で以後に展開される「対管領戦」という虚構は、歴史の中に埋没しているはるか以前の設定であるにもかかわらず、天保八年［一八三七］二月の「大塩平八郎の乱」という一大事件とオ

ーバーラップさせた時、起爆剤としての機能を持ち始め、いつ時代を超越して天保年間に反幕府思想として蘇るかも知れぬという言い掛かりを幕府方に付けさせる危険性を、文溪堂に思い起こさせるに充分の代物ではなかったか。事実、文溪堂は『八犬伝』では難を免れたものの、その結局編刊行直後の天保十三年［一八四二］六月には、寺門静軒『江戸繁昌記』出版の咎で所払いとなるのである。このような来るべき出版統制が云云される状勢の中で、書肆が黙止しているはずがない。文溪堂の「九輯」への執着というかたちで、馬琴は「九輯完結」という枷を嵌められたのではないだろうか。しかしその枷を守り、しかも近々の団円予告を出し、あたかも文溪堂の注文通り事を進めていくかのごとく装いながら、馬琴は自らの作を延々と書き継いでいった。そして文溪堂は、望んだ条件が守られているが故に、また、その執筆状況のあまりの速やかさ故に、馬琴のペースに押し切られ、敢えて口を挟めなかったのではないだろうか。

そのように考えると浮かび上がって来るのは、「九輯」刊行時の馬琴の版元・文溪堂への態度に見られる微妙な変化である。

『八犬伝』の第一の版元・山青堂、そして第二の涌泉堂への馬琴の対応には、人気作家が評判作品を群小書肆に与えるという立場での、不遜さが見られた。彼等は馬琴にとり、常に〝嘆息の外な〟い（文政十年［一八二七］十一月三日・日記）愚かな相手であった。それに比して、その後を引き受けた文溪堂の若主人は、「悟性もの」（天保二年［一八三二］四月十四日附、篠斎宛馬琴翰）であるという。しかし、その相手の人物の違いだけに終わらない、馬琴の側の変節も生じるのである。振り返れば、(7)「七輯」以前、『八犬伝』は版元の注文で作を左右されることは、絶えてなかった。馬琴は常に傲岸に相手の不備に注文を付け、褒賞を与えるごとくに、その書き上がった戯作原稿を書肆に与えた。しかし文溪堂に対して、馬琴は時として絶対不可侵の王者の位置を傷付けているのである。

⒇、㉑「九輯」巻46～巻53までは、二回に分けて売り出された。この間の事情を、次のように馬琴は述べる。少々長いが、馬琴の立場を知る上の好材料であるので、引用しておく。

一　八犬伝九輯四十六よりの事、先便云々申上候に付云々被仰示承知仕候。しかる所、四十六より末七冊にては結局に成かね候間、九冊に致、首巻・総目録一巻差加之、都合十冊之つもりにて、綴り立候処、当秋に至り板元又慾心出候歟、四十九迄四冊之所、四十七を分巻いたし、右五冊は当冬売出し、五十三の下迄五冊は来春三月頃売りだし可申候。左候得は、首巻・総目録は延引致、本文五冊宛にて都合宜き由申候。しかれとも、四十七の巻は二十九丁有之、夫を上下に分ち候ては余り薄く候て値うち無之候間、五十之巻迄当冬売出し、五十一より五十三の下迄四冊の首巻壹冊差加之、右五冊は来春売出し可然旨、度々諌候へ共、板元何分承引なし。丁数不足の分巻には、蔵書目録・薬の引札等増紙致候間、不苦敷抔申候。一冊を二冊に引分、無用の増紙するは、小児をだます様成事にて、誠之看官は矢張四冊と可存候得共、そこか板元の手前勝手にて、何分算盤にかゝはり候故、竟に諌を不聞候。且、此度之さし絵は、人物之頭多く候間、壹丁の彫賃、金一両つゝ出し候も過半有之候間、四冊を五冊にして売されは引合兼候抔申候。然れ共、此度は、四十六之巻に口絵なしに致し遣し、但さし絵に一丁ふやし、四十六の巻はさし画四丁に候。此外はさし画三丁宛の所、五十二の巻其ほか二丁なるも二冊有之候間、例よりは九冊之内さし絵四丁不足に御座候。且四十七の分巻は、上の巻さし画二丁、下の巻さし絵壹丁に候間、非如《ママ》、彫賃例より余計出候とも損は有間敷存候得共、紙いよ〳〵高料にて、半紙品切に候間、板元はあはぬ〳〵とのみ申候

（天保十二年［一八四二］十月一日附、篠斎宛馬琴翰）

誇り高い馬琴が、これ程の理を以てしても版元に押し切られ、「あはぬ〳〵」と言われている。以前であるならば、版元への憤りを以て刊行を中断されているであろうこの事態を、馬琴は容認した。それほどの譲歩を文溪堂

は求め、また、馬琴もそれを与えねばならなかったのである。作品刊行という名目の前に、馬琴は体裁上の面子を敢えて捨てたのではなかろうか。

「九輯」刊行に伴って表れてくる書肆の強気と馬琴の弱腰――このことが意味するもの、それはあの『八犬伝』の長々しい「九輯」刊行を求めたのが、書肆側ではなく、馬琴側であったということなのではないだろうか。

IV 瀧澤家と『八犬伝』

馬琴は何故、『八犬伝』を、「九輯」という枷の中で、異常な長さにまで書き継いでいったのであろうか。馬琴、もしくは瀧澤家にとって、『八犬伝』執筆はどれ程のメリットのある作業だったのであろう。

表3「馬琴著作の年毎の刊行数」は、『八犬伝』刊行の前年から馬琴没年迄の著作量を、年ごとに、一回の刊行で販売された一編または一輯を一単位として、再刊を抜かして初版のみを数えて、表にしたものである。著作は合巻（草双紙）と読本、若干のその他の作品（たとえば『役者用文章』文化十年〔一八一三〕刊など）に分け、パターン分けで示した。また刊行された読本が『八犬伝』のみの年には、上部に★印を入れた。

この**表3**からは、文政十二年〔一八二九〕頃を頂点として、主に合巻を主軸に多作を誇っていた馬琴が、天保五、六年〔一八三四、五〕頃を境として合巻の刊行数を絞り、天保七年〔一八三六〕から『八犬伝』大団円結局刊行の天保十三年〔一八四二〕まで、『八犬伝』を中心とした執筆に専念していることが読み取れる。まさに『八犬伝』という書は、馬琴の後半生そのものと言っても過言ではないであろう。合巻の制作を序々に減らした彼は、やがて他の読本の制作をも放棄し――それも『朝比奈巡島記』『開巻驚奇俠客伝』『近世説美少年録』といった評判の大作を中断してまで――、ほぼ『八犬伝』一作(注10)に専念したのである。

表3　馬琴著作の年毎の刊行数

★は読本が『南総里見八犬伝』のみの刊行年

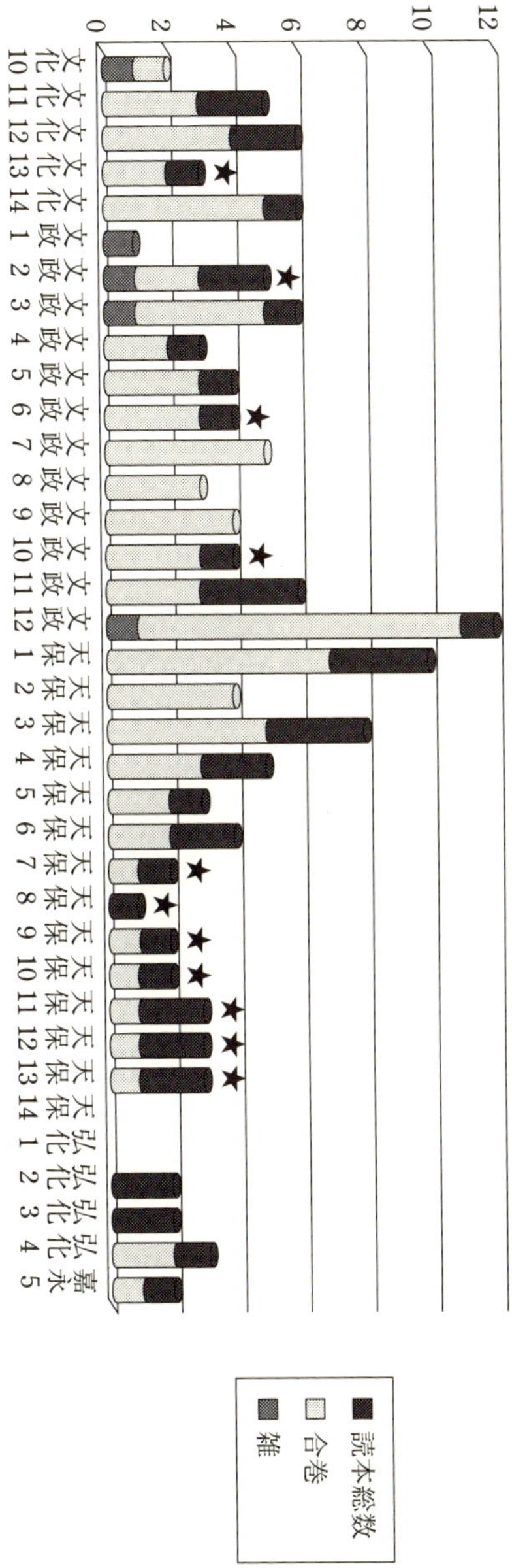

このことは瀧澤家の生活面から見たとき、どのような意味合いとなるのであろうか。馬琴は、日本最初の執筆料に依って生活を営んだ(注11)作家の一人である。今日のそれに比べて極度に安価な執筆料では、たとえ文壇の領袖であろうとも、生活に大幅なゆとりを得ることははなはだ難しい。馬琴の得る潤筆料は、常に瀧澤家の生活そのものに直接、関わっていたのである。

合巻から読本へ、この変化は単に著作の分類が変わったことを示しているのではない。仕事の手間や利益率、これらのすべてが異ってくるのである。一般に、合巻は読本の数分の一の制作日数で済み、しかも享受層が桁違いに大きい(注12)。浜田啓介氏(注13)以下よく引き合いに出される文ではあるが、馬琴自身の合巻執筆についての文がある。

尾陋の事ながら渡世の上を以申候へば、よみ本はなか〳〵引合ひ不申。合巻の草紙の作の方、保養にはなり不申候得ども、寿命に障り候事もなく、その上潤筆のわり合甚よろしく候故、巳来はよみ本をやめて合巻の作のみ致候半と存候　(文政六年〔一八二三〕正月九日附、篠斎宛馬琴翰)

事実、この文面通り、文政七年〔一八二四〕から九年までは読本の刊行はない。それが何故、天保七年〔一八三六〕から十三年まで、「寿命に障」り「潤筆の割合甚よろしく」ない読本の一作に拘泥し続けたのであろうか。一作に浸ったからといって、その筆料が大巾に上がったとの記事は、どこにも見出せないのである。

その間、瀧澤家は、別に生活の余裕を手に入れたのであろうか。戯作者・曲亭馬琴に支えられる瀧澤家の生活を逐う。――するとそこには、期待したものとは反対の状況が見付かる。その詳細に触れる遑はないが、天保六年〔一八三五〕の息子・宗伯の死は、一家にとっての強い経済的危機の到来でもあった。以後、宗伯の妻・路と幼い子供達で構成される遺された宗伯一家の生活さえも、ことごとく老馬琴の痩肩に掛かって来たのである。現に馬琴は、翌七年〔一八三六〕、嫡孫・太郎に御家人株購入の為に嫌っていた書画会さえ開き、その後も秘蔵の書物を人手に渡しては換金せざるを得なくなる。

しかのみならず、馬琴の失明という悲運も加わった。(20)「九輯下下下」の巻四六からは、視力をすべて失った馬琴が、宗伯亡き後も家に止まっていた嫁の路女に一字一字を教え、「字は平かな之外俗用之文字すら知らさる者に、一字〳〵教候て書せ候故、教る者の苦辛はさら也、教られて書候者も、大に苦しみ、頭痛抔おこし候日も有之候」（天保十二年（一八四一）三月一日附、篠斎宛馬琴翰）という状態の中で、執筆は続けられた。路女にとり、もしも馬琴が合巻の筆のみを採っていたならば、その作業ははるかに楽であったはずである。平仮名がほとんどの合巻に比し、難渋な漢字の並ぶ『八犬伝』執筆は、それこそ後世の想像を超える二人の死闘の上に生み出されたに違いないのである。

このように瀧澤家の生活という立場で見るならば、『八犬伝』完結の延長について、忌避すべき要件こそ見付け出されるものの、自ら希求すべき何の要因も見出せない。

『八犬伝』延長を求めたのは、書肆でもなく、また、瀧澤家の生活でもない。むしろ双方に幾分かの忍従を強いつつ、『八犬伝』は書き継がれたのである。となると、『八犬伝』の長い九輯を書き継がせたもの、すなわちこれら外的条件の不備を押し切らせたものは、何だったのか――その理由を外的条件に求められぬとすれば、それはひとえに、馬琴個人の内的要請の結果であったと、言い得るのではないだろうか。馬琴の中の沸いて止まざるものが、すべての悪条件を排斥し、矢継早に「九輯」を書かせ、その戯作者としての生活を『八犬伝』に縛り付けたのではなかろうか。「九輯」刊行時の版元・文溪堂への馬琴の遠慮は、反面、馬琴の関心が、表面的譲歩を許してもなお守り通したかった、馬琴の創作家としての執念の方を向いていたことの証しではなかろうか。

それでは、馬琴のこの内的要請は何故、起こったのか――既に別稿で、『八犬伝』の作風の大きな変化が息子の死によってもたらされたものであることを論じた(注14)が、私はここでも、天保六年［一八三五］五月八日の一人息子・宗伯の死を、大きな要因として採り上げざるを得ないように思う。表2、表3で明らかなように、馬琴の『八犬伝』一作への執着は、まさにこれを境として見られる現象なのである。物語が横に膨らんでいく縦横無尽のファンタジーワールド出現への最後の萌芽を見せた(12)「九種中帙」の巻十二下・115回は、箙大刀自に化けた正木狐のエピソードと共に、その最尾には文溪堂からの挨拶文の形態を借りた馬琴の草稿による一文が載る。その内容は瀧澤家の嫡男・宗伯の死と、その痛手からなかなか立ち直れない老馬琴が長い病着の末に『八犬伝』執筆に戻るまでの経緯が述べてあった。宗伯が、その死の直前まで勤めた仕事は、父の草稿本の校閲である。実生活での馬琴を次々と襲う破綻の中で、あまりにも高い矜持の持ち主であった馬琴は、それに頽れ妥協していくことを断固として拒否し、自らの王国である著者の世界に邁進することによって、その誇りを保持し続けんとしたのではなかったのか。そしてその目的の為には、ほぼ仕上がりかけた超大作『八犬伝』の完成こそ、恰好の対象であった。表2、表3に見る憑かれたが如き『八犬伝』への耽溺は、馬琴個人のこの作品への執念の表徴である。馬琴はもはや書肆の注文に応じて筆を執っているのではなく、書くべきものの存在ゆえに書いているのである。『八犬伝』完成の為には、「九輯」という名目でのみ出し続けることや、版元の都合に依る一回販売分を両個に分けての出版などの条件は、黙認しても構わなかったのであろう。そして、馬琴の心の傷が深まる程に、それを癒すための『八犬伝』執筆にも熱が入り、結局、構想は壮大に膨張し続けたのではなかろうか。

『八犬伝』は馬琴の代表作である。しかしそれは単に出来の高下に依っての評価でもなければ、量の大小に依っての評価でもない。馬琴が、書くことに自らの使命を見出し、自分自身の内なる要請に従って、自らの後半生を『八犬伝』に注ぎ込み、燃焼し尽くしたゆえなのである。

然ば本輯又五巻を、稿じ果さば、其折則硯の余滴に、戯墨の足を洗まく欲す。筆硯読書皆排斥して、徐に余年を送るに至らば、静坐日長く思慮を省きて、復少年の如くなるべし。

(18)九輯下下上簡端附言)

里見八犬伝。一百八十一回。以二多歳苦楽《ノ》一将《ヲ》レ尽《ニ》レ稿《サマク》。因而《テ》自賛《ラシテ》曰。
知《ル》レ吾《ヲ》者《ハ》。其唯《レ》八犬伝歟。
不レ知《ラ》レ吾《ヲ》者《モ》。其唯《レ》八犬伝歟。
伝伝可知可知。伝可癡可知。上伝以下十一言読ムニ以スレ音ヲ
敗鼓亦《モ》蔵《テ》レ革《ヲ》以倣《フ》二良医《ニ》一。
辛丑孟春　七十五翁蓑笠又戯識

（19）九輯下下中目録）

一つの作品に己を注ぎ尽くさんとする作者の執筆姿勢には、鬼気迫るものがある。しかしこれ程の艱難の末に到達した団円も近い箇処での作者の言が〝伝伝可知可知……〟という敗鼓（やぶれ太鼓）の音で飾られていることは、極めて印象的である。瀧澤家の人々――頼るべき人もいない家に残った嫁・路女と視力を失った舅・曲亭馬琴の心血を以て綴られた『八犬伝』執筆には、悲壮という言葉が最も似つかわしいと、私には思われるのである。

注1　初板本では、「文政十一年」部分の上に「十三年」の訂正貼紙をしている。
注2　使用稿本は以下の通り。
四輯　巻一・三・四　**八輯**　巻一・二・三・四上・四下・五　**九輯**　巻一・二・三・四・五・六・七・十・十二上・十二下・十三の十四・十八・十九・二一・二六・二七・二八・二九・三〇・三一・三二・三三・三四上・三四下・三五上・三十五下・三六・三九・四〇・四一・四二上・四二下・四三の四四・四六・四七上・四七下・四八・五〇・五一・五三上
なお、稿本については、9「『南総里見八犬伝』の書誌―初板本と稿本」を参照されたい。
注3　使用日記は以下の通り。
文政九年（抄）、同十年、同十一年、同十二年、天保二年、同三年、同四年、同五年、嘉永元年、同二年（抄）
なお『馬琴日記』全4巻（中央公論社、一九七三年）を用いた。

注4　使用書翰は以下の通り
（馬琴書翰）
文政元年二月三〇日附　鈴木牧之宛
同年　五月十七日附　鈴木牧之宛
同年　七月晦日附　鈴木牧之宛
同年　十一月七日附　鈴木牧之宛
同年　十二月十八日附　鈴木牧之宛
文政五年正月朔日附　殿村篠斎宛
文政六年正月九日附　殿村篠斎宛
同年　八月八日附　殿村篠斎宛
文政八年正月二六日附　殿村篠斎宛
文政十年三月二日附　殿村篠斎宛
同年　十一月二三日附　殿村篠斎宛
文政十二年八月六日附　河内屋茂兵衛宛
文政十三年正月二八日附　殿村篠斎宛
同年　九月朔日附　河内屋茂兵衛宛
天保元年正月二八日附　殿村篠斎宛
同年　三月二六日附　殿村篠斎宛
天保二年正月十一日附　殿村篠斎宛
同年　二月二一日附　殿村篠斎宛
同年　四月十四日附　殿村篠斎宛
天保二年四月二六日附　河内屋茂兵衛宛
同年　四月二六日附　殿村篠斎宛
同年　六月十一日附　殿村篠斎宛
同年　七月四日附　河内屋茂兵衛宛
同年　八月二六日附　殿村篠斎宛
同年　九月二日附　河内屋茂兵衛宛
同年　九月十一日附　河内屋茂兵衛宛
同年　九月二三日附　河内屋茂兵衛宛
同年　九月二八日附　河内屋茂兵衛宛
同年　十月朔日附　殿村篠斎宛
同年　十月二三日附　河内屋茂兵衛宛
同年　十月二六日附　殿村篠斎宛
同年　十一月二五日附　殿村篠斎宛
同年　十一月二六日附　河内屋茂兵衛宛
同年　十二月朔日附　河内屋茂兵衛宛
同年　十二月十四日附　殿村篠斎宛
同年　十二月十四日附　河内屋茂兵衛宛
天保三年正月二一日附　河内屋茂兵衛宛
同年　二月八日附　河内屋茂兵衛宛
同年　二月十九日附　殿村篠斎宛
同年　四月二六日附　小津桂窓宛
同年　四月二八日附　殿村篠斎宛
同年　四月二八日附　河内屋茂兵衛宛
同年　五月二一日附　殿村篠斎宛
同年　六月二一日附　殿村篠斎宛
同年　七月朔日附　小津桂窓宛
同年　七月二一日附　殿村篠斎宛
同年　八月十一日附　殿村篠斎宛
同年　八月十一日附　小津桂窓宛

同年　八月十六日附　殿村篠斎宛
同年　九月十六日附　河内屋茂兵衛宛
同年　九月二一日附　殿村篠斎宛
同年　十月十八日附　河内屋茂兵衛宛
同年　十月二一日附　河内屋茂兵衛宛
同年　十一月二四日附　丁子屋平兵衛・河内屋茂兵衛宛
同年　十一月二五日附　河内屋茂兵衛宛
同年　十一月二六日附　殿村篠斎宛
同年　十二月八日附　小津桂窓宛
同年　十二月八日附　殿村篠斎宛
同年　十二月十一日附　殿村篠斎宛
同年　十二月十二日附　殿村篠斎宛
天保四年正月十四日附　小津桂窓・殿村篠斎宛
同年　正月十七日附　河内屋茂兵衛宛
同年　三月二日附　殿村篠斎宛
同年　三月八日附　殿村篠斎宛
同年　四月九日附　河内屋茂兵衛宛
同年　五月六日附　河内屋茂兵衛宛
同年　五月十一日附　河内屋茂兵衛宛
同年　五月十六日附　殿村篠斎宛
同年　十一月六日附　殿村篠斎宛
同年　十二月十二日附　河内屋茂兵衛宛
同年　十二月十二日附　殿村篠斎宛
天保五年正月十二日附　河内屋茂兵衛宛
同年　二月十八日附　殿村篠斎宛
同年　五月二日附　殿村篠斎宛
同年　七月二一日附　殿村篠斎宛
同年　十一月朔日附　殿村篠斎宛
同年　十一月朔日附　河内屋茂兵衛宛
同年　十二月朔日附　河内屋茂兵衛宛
天保六年正月十一日附　河内屋茂兵衛宛
同年　二月二一日附　河内屋茂兵衛宛
同年　五月十一日附　小津桂窓宛
天保七年　林宇太夫宛
同年　二月六日附　河内屋茂兵衛宛
同年　二月六日附　殿村篠斎宛
同年　三月二七日附　殿村篠斎宛
同年　四月十一日附　小津桂窓宛
同年　十月十七日附　小津桂窓宛
同年　十月二六日附　殿村篠斎宛
同年　十一月五日附　林宇太夫宛
同年　十一月六日附　林宇太夫宛
同年　十一月九日附　林宇太夫宛
同年　十一月十日附　林宇太夫宛
天保八年　鈴木牧之宛
同年（？）　殿村篠斎宛
同年以降　殿村篠斎宛
同年　正月六日附　殿村篠斎宛
同年　四月三又は四日附　林宇太夫宛
同年　二月十九日附　林宇太夫宛
同年　三月九日附　林宇太夫宛

同年　三月十日附　林宇太夫宛
同年　四月二二日附　殿村篠斎宛
同年　五月二〇日附　林宇太夫宛
同年　六月十六日附　小津桂窓宛
同年　十月二〇日附　林宇太夫宛
同年　十月二二日附　小津桂窓宛
同年　殿村篠斎宛
天保十二年　殿村篠斎宛
同年　正月二八日附　殿村篠斎宛
同年　閏正月九日附　殿村篠斎宛
同年　三月朔日附　殿村篠斎宛
同年　四月十九日附　殿村篠斎宛
同年　七月二八日附　殿村篠斎宛
同年　十月朔日附　殿村篠斎宛
同年　十一月十六日附　殿村篠斎宛
天保十三年正月十三日附　殿村篠斎宛
同年　四月朔日附　殿村篠斎宛
同年　四月十一日附　殿村篠斎宛
同年　六月　殿村篠斎宛
同年　六月十九日附　殿村篠斎宛
同年　八月　殿村篠斎宛
同年　八月二一日附　殿村篠斎宛
同年　九月二三日附　殿村篠斎宛
同年　九月二十九日附　殿村篠斎宛
同年　十一月二一日附　殿村篠斎宛
同年　十一月二五日附　殿村篠斎宛
同年　十一月二六日附　殿村篠斎宛
天保十四年　殿村篠斎宛
同年　十一月十三日附　小津桂窓宛
弘化二年正月六日附　殿村篠斎宛
弘化四年正月二九日附　殿村篠斎宛

他に若干の友人間の書翰を用いた。

なお「曲亭書翰集」「曲亭書簡集拾遺」「曲亭書状写」（『日本藝林叢書　第9巻』、六合館、1929年）、木村三四吾「西荘文庫の馬琴書翰一〜二八」（「ビブリア」6〜36号、1959年7月〜1967年12月）、小林花子校「曲亭馬琴書翰特集」（「国立国会図書館支部　上野図書館紀要」第四冊、1960年3月）、「瀧澤馬琴書簡集」（『鈴木牧之資料集』、鈴木牧之顕彰会、1961年6月）、柴田光彦校注「早稲田大学図書館所蔵　曲亭馬琴書翰集」（「早稲田大学図書館紀要」3、1968年7月）他を用いた。

注5　6「『南総里見八犬伝』の構想——物語の陰陽、あるいは二つの世界」を参照されたい。
注6　「来丑」は文政十二年。本来(7)「七輯上」と同様に文政十一年刊行予定であったのが、版元との確執により出版が遅延したため、齟齬を生じたものである。
注7　『南総里見八犬伝』一〜十（岩波文庫）。

注8　4「『占夢南柯後記』の執筆」を参照されたい。
注9　木村三四吾「殿村篠斎宛馬琴書翰　天保三年六月二十一日」(『ビブリア　75号』、1980年11月）に拠った。
注10　天保九年から十三年まで、『八犬伝』と同時に出されたのは長編合巻『新編金瓶梅』であり、この書のみが馬琴の長編合巻で完結した作品となる。
注11　浜田啓介「馬琴に於ける書肆、作者、読者の問題」(『国語国文』、1953年4月)
注12　同注11。「合巻では紙代、板木代は十分の一、筆耕、摺賃も読本の何分の一かであろう。売値が読本の十分の一でも読本の十倍に余る買手がある。何より売れることは確実だ。書肆の利潤は極めて大であると云わねばならぬ。」
注13　同注11。
注14　6「『南総里見八犬伝』の構想――物語の陰陽、あるいは二つの世界」

9　『南総里見八犬伝』の書誌――初板本と稿本

和本は美しい。

和本の魅力の多くは手仕事であることに由来しており、手に取ると一冊一冊がさまざまな作り手の思いを伝えて来る。その本の形態を探る書誌調査は、外観からはいとも単調かつ地味な作業に思われるが、作業に没頭すると、壺中天の喜びを味わわせてくれる蠱惑的な研究方法であることに気付かされよう。その中でも近世後期の戯作類は、装訂がジャンルによって異なり、本文のみならず画師による表紙や挿絵、特に草双紙のように同じ頁に共存する挿絵と本文が時代を映して変化していくさまを見せるものや、読本ではまた見返し、口絵、そして序文など、戯作者本人の嗜好を伺わせる、意匠を凝らした装訂に瞠目させられることも多い。もちろん洒落本も人情本も、すべからく戯作はそれぞれのジャンルの特性を、本そのものに凝縮して見せている。

しかしながら、それではその戯作類の書誌面での研究は進んでいるかと問われると、西鶴の研究における、また、芭蕉の研究におけるそれに鑑みた時、多くはいまだなおざりにされているといわざるを得ない。その原因は一に刊行数の多さによる。都市文化の拡充の中で出版メディアが巷間の流行を意識的に作り出し、教育熱が都市に住む幅広い中間層のリテラシィを上げ、娯楽としての読書を定着させたことで、書物は嗜好品としての位置を格段に上げた。もはや書物としての貴重性を薄れさせた戯作類は、二百年後の現代においても現存する古典籍中の多くを占め、和書の世界の豊麗さを象徴するかのような鮮やかさを保っている。

そして近年、草双紙においては、マンガやアニメーションがそうであるように、それまで一部のマニアを除いては顧みられなかったものが、その歴史的な意義と存在そのものの大きさに多くの目が注がれ始め、今後の研究の基盤となる記念碑的な仕事がなされ出した(注1)。けれども、それらの多くはいまだ黄表紙時代のものであり、合巻、特に長編合巻では、数個の特例を除いてはいまだ手が伸ばされていない。

初期の短編合巻から後期の長編合巻への移り変わりは、内容面や読者の立場からもその要因が考えられるが、それ以上に大きいのは出版形態による経済効率である。長編合巻では読者が固定的に付き、人気作では新しい集の売出時に古い集も再刊される。商売上、より多くのメリットが得られるのであるが、このことが書誌調査をことさらに難しくする。稿者もかつて曲亭馬琴の長編合巻の調査に励んだことがあるが、たとえば馬琴の長編合巻『新編金瓶梅』の調査の場合、どの作でも同様のことではあるが、初板で揃えられたコレクションは珍しい。後刷本が何年の刷かを考察していくと、通常は奥附や途中で板木に加えられた入木箇所、また板木の欠損部分のあり様によって新旧が定められるが、『新編金瓶梅』では、これらの方法が通らない例が出てきた。すなわち、初板に近い状態の本文部分を含み、かつかなり後刷の表紙が付く集があり、版元に残っていた本文部分を取り合わせたとでも考えないと辻褄が合わない。あまりに煩雑になり、この調査はあえなく途中で潰えた。そして読本でも、長編になるに連れ、事情は同じであると考えられる。ことほどさように長編時代の書誌調査は難しい。

けれども、『南総里見八犬伝』においては、この状況は異なっている。初板研究のみならず、初輯から七輯までの初板本の挿絵や口絵などの板木に手を入れて却って美麗になった後刷本（いわゆる文溪堂版、(注2)）も含めて、丹念に書誌調査およびその出版事情も考究されている。稿者が「『南総里見八犬伝』の諸板本」(注3)で初板および文溪堂版後摺刊行についての論を載せてからほぼ三〇年が経ったが、その間に『八犬伝』の書誌については朝倉留美子氏の「『南総里見八犬伝』の諸本考(注4)」、「『南総里見八犬伝』の袋―比治本を中心として―」(注5)などにより諸本の書誌研究が進められ、その版元間での刊行をめぐる経緯もさまざまな視点からの解明が行われている。また『南総里見八犬伝』稿本も、ここ二〇年程の近世文学の研究対象が馬琴を頂点とする後期戯作に比重が大きく割かれるようになった様相を反映して、多くの資料が刊行された。たとえば稿者が「馬琴稿本をめぐって―(附)南総里見八犬伝稿本目録」(注6)を書いた頃は、天理大学附属天理図書館所蔵の三巻が『天理大学図書館善本叢書・和書之部六十五　近世小説稿本集』(注7)、国立国会図書館所蔵のものが『稿本　南総里見八犬伝』(注8)として既に出されていたが、その後、早稲田大学図書館所蔵の大部の稿本が『早稲田大学　資料影印叢書　南総里見八犬伝稿本（一）～(四)』(注9)として公刊され、更に現在では早稲田大学所蔵本は「古典籍総合データベース」中の「江戸文学コレクション」としてネット公開されている。隔世の感を覚えずにはいられない。

もちろん『八犬伝』の書誌研究はこれらの態様を以てもなお、すべてが解明された訳ではない。本稿では、後刷本はさておき、馬琴の製作を見る基礎資料として、『八犬伝』の初板本、および現存稿本の書誌面についてまとめ、関連する画工についての小考を載せておく。なお、稿者の旧稿に載せた稿本にみられる作成日の記録は、現在では多くが影印版で見られることから、影印版の備わらないもののみを除いてこれを省いた。

注1　たとえば棚橋正博『黄表紙総覧』(『日本書誌学大系』48全五冊、青裳堂書店、1984～2004年)の果たした役割はまことに大きい。

注2　肇輯の口絵の変化を例にとってみると、4ウ・5オの義実の乗っている鯉全体にかかっていた薄墨板が鱗の一つ一つに別々に入る薄墨板に変えられ、5ウの定包の衣裳の市松模様の薄墨も手の込んだ模様の薄墨となり、7ウ・8オは初板では薄墨が入らなかったものが綺麗に入れられている。

注3　拙稿「『南総里見八犬伝』の初板本上・下」（『近世文芸』29、31号、1978年6月、1979年9月）。
注4　朝倉留美子「『南総里見八犬伝』諸本考　前編・後編」（『読本研究』第六輯下套、第七輯下套、1992年9月、1993年9月）
注5　朝倉留美子「『南総里見八犬伝』の袋――比治本を中心として――」（『読本研究』第八輯下套、1994年9月）
注6　拙稿「馬琴稿本をめぐって――（附）南総里見八犬伝稿本目録」（『読本研究』第七輯上套、1991年9月）
注7　『天理大学図書館善本叢書・和書之部六十五　近世小説稿本集』（長友千代治解説、八木書店、1983年）
注8　『稿本　南総里見八犬伝』（長友千代治解説、東京堂出版、1984年）
注9　『早稲田大学　資料影印叢書　南総里見八犬伝稿本（一）〜（四）』（柴田光彦編、早稲田大学出版部　1993〜1995年）

A 『南総里見八犬伝』の初板本

現存『八犬伝』の板本は、『国書総目録』に載せられているだけで三〇本を越える。が、同所に数本収められている場合も多く、個人蔵その他の記入漏れを加えるとおびただしい数に上ろう。全部で九八巻一〇六冊という尨大な書であるので、すべてが全巻揃いというわけでもなく、さまざまな板の入り混じった取り合わせ本がほとんどであるのも当然であるが、それらの内で文溪堂板の美麗な後刷以前に出された諸板で、伝来のしっかりしている書、もしくは初刷でほぼ揃えられたコレクションとして、次の五本を挙げておく。個人蔵などでこれと同等の『八犬伝』所蔵者もおられるが、初板の『八犬伝』の特徴を押さえるための指針として公けの場に保存されている書のみを提示したものと、お考えいただきたい。

A　**国立国会図書館所蔵馬琴手択本**（別三一—一〇六—二）

馬琴の書き込みがあり、保存状態の良い本である。「瀧澤」の蔵書印があり、瀧澤家所蔵本である。各巻見返しまたは裏見返しに筆で通し番号が打たれている(注1)。

B　**学習院大学国文学研究室所蔵本**

これも保存状態の良いもので、殿村篠斎旧蔵本である。

C　**東京大学総合図書館所蔵本**（E二四—一三二二）

板は前二者に比せられる程に良いが保存状態が悪く、虫喰いがはなはだ多い。そのため、入紙により補強されている。

D　**京都大学図書館所蔵本**（四—四一—ナ—一）

肇輯は文溪堂板の肇輯の表紙のもとになったと思われる変わった模様の表紙を持っていて、一見後刷本のようであるが、初刷揃えに近い良コレクションである。

E　**明治大学付属図書館所蔵本**

見返し・奥附もすべて備わった美本である。また、輯によっては袋まで残っている。この書の書誌については、林美一氏が『秘板八犬伝』(注2)に詳説しておられる。

初板本を求めるにあたって、板本の調査方法は、主として表紙・見返し・口絵・挿絵・奥附などの比較検討に頼ったが、表紙の板木などはかえって後刷板の方が美しくなったりもしており、決め手に欠ける場合も間々ある。そこで判断基準として各冊見開き一丁を四箇処求め、板木の破損状態の調査結果を取り入れてみた。それでもはっきりとした結論が出ない場合もあるが、結果として、ほぼ板本につけたアルファベット順に良い板と言える。初刷本グループと言えるのはＡＢＣの三本のコレクションであるが、すべての初刷本の特徴が揃っているのはＡコレクションだけであり、ＢＣはごく一部分に手抜きがあったり薄墨のふきぼかしがつぶし刷りになったりしており、やや質が落ちる。それに続いてＤＥのコレクションに初板本が多く含まれていることになる。

以下、瀧澤家手沢本であるＡを中心に、各輯の初板書誌の特徴を述べていくが(注3)、初輯から七輯までは、後刷本との間で書誌状況が複雑なため、この部分のみは詳述する。また上記の五本の中に後刷形態が見られる場合のみ、（　）内に該当本を入れて本による違いを示しておく。この後の板で、さらに薄墨や艶墨がなくなるなどの変化が見られることはもちろんである。なお図版はすべてＡの瀧澤家手沢本を用いた。

初輯から七輯

肇輯（五巻五冊）

〈表紙〉薄茶地に薄墨を撒布して、白く一匹の斜めうしろ向きの狗子と雪（表）、梅花と雪（裏）を抜く。（AB C）（図1）

題簽は、白地に緑の細い竪縞模様と薄紅のやや広巾の竪縞模様、無辺、「里見八犬伝肇輯巻一（〜五）」

見返しは、白地、上部に緑で「南総里見八犬伝」。下部に寄添う白黒の三匹の狗子のデザイン。

（後刷について）この表紙は比較的早く変化しており、初板本とほとんど同じ体裁のEにおいて既に灰色無地となり、Dでは白黒茶の八匹の犬が固まりこの周囲を雪華の形に抜いて回りは緑灰色に吹きつけられている図案となっている（注4）。

〈柱刻〉「山青堂蔵」。

〈口絵〉第一図（里見義実と金碗孝吉、4ウ5オ）で、義実の跨がる鯉の鱗全面、金碗の団扇、衣服などに薄墨を使用。

第二図（玉梓と山下定包、5ウ・麻呂信時と安西景連その他四名、6オ）では、玉梓の衣服、山下の袴などに薄墨を使用。

第三図（伏姫と八房、6ウ・金鞠孝徳と二人の組子、7オ）も、伏姫の衣服、八房の毛並などに薄墨を使用しているが、特にこの図の八房の毛彫の精巧さには注目される。（図2）

第四図（布袋と唐子見立ての、大和尚と子供時代の八犬士、7ウ8オ）には、薄墨の使用はない。

〈挿絵〉巻一第一図（「義実三浦に白竜を見る」14ウ15オ）雨足が薄墨で入る。

巻二第三図（「笆内に孝吉酷六を撃」23ウ24オ）雲ふかい山道の背景が薄墨で入る。

巻五第三図（「一言信を守て伏姫深山に畜生に伴はる」22ウ23オ）霧に薄墨が使われているが、初刷の特徴はこの霧が右側に薄くふきぼかしになっている点である。（ＡＢＣ）

（後刷について）

巻五第三図は、ＤＥでは霧が薄墨で入ってはいるが、つぶし刷りになっている。

〈奥附〉
文化十一年歳次
甲戌
大坂心斎橋筋唐物
町南へ入
森　本　太　助
江戸馬食（ママ）町三丁目

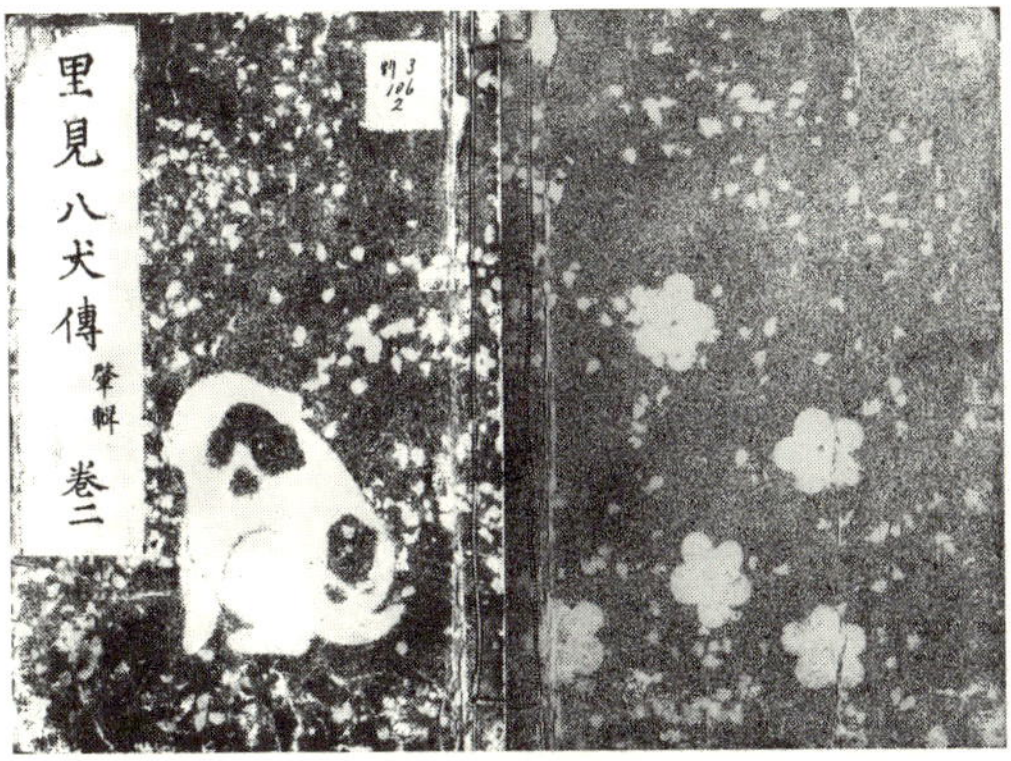

図１　肇輯表紙
※図１～10は国立国会図書館蔵の瀧澤家手沢本

図２　肇輯巻一口絵第三図（６ウ・７オ）

刊行書肆
本所松坂町二丁目　若林清兵衛
筋違橋御門外神田平永町　平林庄五郎
山崎平八

冬十一月吉日発販

二輯（五巻五冊）

〈表紙〉黄赤色地に白で犬張子二個と雪を抜く（表）。裏は雪のみ。（ABCD）（図3）

題簽は、白地に緑を吹きつけ。子持輪郭。「里見八犬伝第二輯巻一（〜五）」。

見返しは、白地に藍で上部に狛犬の付いた印を刷る。「文化丁丑孟春刊行　曲亭馬琴著　柳川重信画　有図八犬伝第弐輯」とある。

（後刷について）表紙模様はEで既に煉瓦色無地となっている。すなわち初輯と二輯では、表紙は早い時期から異なるものが出ている。また題簽なども後世代の後刷本ではかなり変わっており、書誌的に変化の多い輯となっている。

〈柱刻〉「山青堂蔵」。

〈口絵〉（4ウ5オ、5ウ6オ、6ウ7ノ8オ）全図とも、初板から薄墨などは使われていない。

〈挿絵〉巻一第三図（「草花をたづねて伏姫神童にあふ」25ウ26オ）背景に一面の薄墨がかけられ、神童・伏姫の衣服他に薄墨で模様が入る。

巻二第一図（「妙経の功徳煩悩の雲霧を披」５ウ６オ）薄墨で玉梓が神変大菩薩よりやや下方に、また後光が、薄墨で施されている。（図４）

巻二第二図（「肚を裂て伏姫八犬士を走らす」18ウ19オ）八犬士の姿を浮かばせた雲気の薄墨が入るが、初刷の特徴はこの上部がふきぼかしとなっている点である。（ＡＢＣＤ）（図５）

巻二第三図（「使女の急訟夜水を渉す」25ウ26オ）河面に薄墨がかかっているが、初板本の特徴はその上方がふきぼかしになっている点である。（ＡＢＣＤ）

巻五第三図（「七歳の小児客路に母を喪

図３　二輯表紙

図４　二輯巻二挿絵第一図（６ウ・７オ）

ふ」22ウ23オ）背景と雪が薄墨で掛けられているが、初板本の特徴として、二人の顔面にも雪がかかっている点があげられる。（ＡＢＣＤ）（図６）

（後刷について）巻二第二図は、Ｅでは薄墨のふきぼかしがなくなり、つぶし刷りとなっている。

巻二第三図は、Ｅでは河面の薄墨板がつぶし刷りで25ウのみになっている。ただし、26オの省略は手抜きと云うよりも何らかの手違いの故であろう。

巻五第三図は、やや後刷のＥでは薄墨は掛かっても、二人の顔面の雪の薄墨部分は削除されている。本来、顔

図５　二輯巻二挿絵第二図（18ウ・19オ）

図６　二輯巻五挿絵第三図（22ウ・23オ）

面に雪が入るのは避けられるべきであり、この段階で訂正されたものであろう。

〈奥附〉

文化十三年歳次丙子

刊行書肆

大坂心斎橋筋唐物町　河内屋　太　助

江戸馬食町《ママ》三町目　若　林　清兵衛

江戸本所松坂町二町目　平　林　庄五郎

筋違橋御門外神田平永町　山　崎　平　八

冬十二月吉日発販

三輯（五巻五冊）

〈表紙〉藍色と白の小狗の群と、白地に藍色で雪華模様を置いた構図。

題簽は薄紅地に白の唐草模様、無辺。「里見八犬伝第三輯巻一（〜五）」。

見返しは、上下は間を黄色に着色した双辺、左右は単辺。上下に藍色の雲を置く。「曲亭馬琴あらはす　柳川

重信画　里見八犬伝第三輯　全五冊　書肆山青堂梓」（注5）。

〈柱刻〉「山青堂蔵」。

〈口絵〉（2ウ・4ノ6オ、4ノ6ウ・7オ）全図、薄墨板などの使用はないが、第二図（大塚蟇六と荘客糠助、4ノ6ウ）の讃の中、「網」となるべきものが「綱」となっているのが初板系列本である。

（後刷について）前述のように、以後の後刷本では「綱」が「網」と入木訂正されている。

〈挿絵〉巻二第三図（「苦肉の計蟇六神宮に没す」25ウ26オ）河面に薄墨が入り、白鷺にまでそれが掛かっている。

巻三第一図（「菅家　なけはこそわかれを惜しめ鶏のねの聞えぬさとのあかつきもかな」7ウ8オ）蚊帳・月・背景の影の部分などに薄墨を使用。影は手前にふきぼかしとなっている。行燈の光が下にのみ出ているのが初板。

巻五第一図（「沽んかな学におさめて露の玉　玄同」4ウ5オ）背景・刀・衣裳の一部につや墨を使用している。背景のつや墨は玄同の歌を白抜きに出すためであるが、『八犬伝』で挿絵につや墨が使われた数少ない例である。

〈奥附〉（注6）

文政二年己卯

大坂心斎橋筋唐物町
河内屋　太　助
江戸馬喰町三丁目
若　林　清兵衛
江戸本所松坂町二丁目
平　林　庄五郎
筋違橋御門外神田平永町

正月吉日発販

山崎平八

四輯

〈巻及び冊数〉初板系は四巻四冊（ＡＣＥ）であるが、ごく初刷に近い板でも、四巻五冊とし巻四を上下に分け（下は一五表〜二八表）ている場合もある（ＢＤ）。更に後刷は、初板の五輯巻一を巻五として、四輯五輯各五巻五冊に揃えている。そしてこの形態が、文溪堂板でも踏襲される。

〈表紙〉青灰色地に梅花と丸囲中の一対の犬の図案を白抜きにした模様であるが、地の色は諸本によって多少変化している。

題簽は、薄紅地に白の波形模様（ＡＢＤＥ）、無辺、「里見八犬伝第四輯巻一（〜四）」。五冊本となる後刷本では題簽も「五」までとなるが、巻五は内容は前述のように巻四であり、柱刻では「巻四」となっている。

見返しは、緑の子持輪廓、左側に中国風に武装し手に弓矢を持つ犬の立姿とその上部に八星を描き、「戌将軍」とある。「八犬伝第四輯　曲亭馬琴著　山青堂梓　柳川重信画」。

〈柱刻〉「山青堂蔵」。

なお、初板の五輯巻一を四輯巻五とした後刷本では、丁附が一・二・二九丁のみ「八犬伝四輯巻五」と直されているが、他の丁は「八犬伝五輯巻一」と初板のままの体裁で使用されている。

〈口絵〉第一図（犬田小文吾に絡む牛根孟六・板扱均太・塩浜鹹四郎、３ウ・山林房八郎と修験道観得、４オ）では、山林の着物に薄墨の模様が入り、月代の薄墨がないのが初板。

第二図（沼藺と大八、４ウ・大先達念玉と戸山妙真、５オ）では、念玉の衣服に紗綾模様などの薄墨を使って

いるのが初板。

第三図（古那屋文五兵衛、5ウ・新識帆大夫と簸上社平、6オ）では、五丁裏の下部の背景ならびに衣裳に薄墨を使用。

〈挿絵〉巻二第一図（「暗夜の敵蘆原に小文吾を抑留す」5ウ6オ）房八の衣服・小文吾の手荷物の風呂敷の模様などに薄墨使用、背景も薄墨を用い、上部を一文字に濃くぼかしている。（図7）

巻四第一図（「妙薬の効信乃回陽す」6ウ7オ）障子に映る二人の影他に薄墨を用いている。

〈奥附〉

文政三年庚辰

刊行書肆

大坂心斎橋筋唐物町　河内屋　太助

江戸馬喰町三丁目　若林　清兵衛

本所松坂町二丁目　平林　庄五郎

筋違橋御門外神田平永町　山崎　平八

図7　四輯巻二挿絵第一図（5ウ・6オ）

冬十一月吉日

五輯

〈巻及び冊数〉六巻六冊であるが、後刷本では四輯の項に記したように巻一が抜け、五巻五冊（初板本の巻二～巻六）としてある。その五巻五冊本では目録（2ウ3オ、6ウ）が五冊分に縮められ、他本の巻一の箇処に

南総里見八犬伝第五輯目録

自第四十一回至第五十回

と入り、後の巻数には埋木訂正を施している。

なお本輯のみ、四輯・五輯の刊行時の巻数調整の経緯の結果、巻一の本文第三九回は、丁付が「一」から始まっている。

〈袋〉Eのみ現存している。

〈表紙〉白地に表から裏にかけて藍の犬張子とでんでん太鼓各一つを描いたものに雲母を振り掛けた構図。

題簽は、薄紅地または褪色したと思われる白地、模様は各々はっきりと判別できないが、無辺、「里見八犬伝第五輯巻一（～六）」。

見返しは、周囲を裏葉色の子持輪郭で囲み、右上に書を足に付けた鳥が一羽、左下に首に竹箒を付けた犬と書を読む老人（陸機または張九齢か）を描き、「霊鴿黄耳書信不愆」とある。「曲亭主人著　本輯全六弓　柳川重信画　山青堂梓　渓斎英泉画　自卅九回至卌回八犬伝第五輯」。

〈柱刻〉「山青堂蔵」。なお、五巻本となる後刷本でも、丁附は元のままなので、題簽の巻一も柱刻では巻二とな

っており、以下一つずつ繰り下がって巻数が付けられている。

〈口絵〉（3ウ4オ、4ウ5オ、5ウ6オ）薄墨板などは使用していない。

〈挿絵〉巻一第一図（「朝露砕玉豪傑に送らる」5ウ6オ）背景が薄墨で入り、裾ぼかしとなっている。（ACDE）

巻三第二図（「戸田河に四犬士ふたゝび窮厄を免る」12ウ13オ）背景全面に薄墨がつぶし刷りに入っている。

巻四第三図（「石塔を砍て荘助道節を走す」18ウ）墓石に薄墨を入れ、その背景の下部にも薄墨をかけている。

巻四第四図（「荒芽山の麓に猎平旧情婦を訪ふ」24オ）猎平と鬼火が薄墨で入る。

（後刷について）巻一第一図はBでは手が抜かれ、裾ぼかしがなくなり、薄墨のつぶし刷りとなっている。

巻四第四図は更に後刷本では猎平が薄墨でなく、地墨で入れられる。

〈広告〉D本では巻三見返しに「美艶仙女香」の広告が刷り込まれている。

〈奥附〉

文政六癸未年
筆福硯寿利市三倍
春正月発販

心斎橋筋唐物町南へ入
大坂書林　河内屋　太　助
馬喰町三丁目
江戸書林　若　林　清兵衛
本所松坂町二丁目
平　林　庄五郎
筋違橋御門外神田平永町
山　崎　平　八

六輯（五巻六冊）

〈袋〉Eのみ現存している。

〈表紙〉縹色地に、白縹二匹の犬が（表）、七宝を曳く（裏）構図。

題簽は、薄紅地に白く雪華模様を抜いて、子持輪郭「里見八犬伝第六輯巻一（～五・五下）」。

見返しは空色木目模様地に紺で牡丹花の枠。「曲亭主人著　八犬伝第六輯　柳川重信　渓斎英泉画　涌泉堂嗣梓」。

〈柱刻〉「涌泉堂蔵」。

〈口絵〉第一図（犬坂胤智と女田楽旦開野、3ウ4オ）枠の背景ならびに中央の人物の衣裳などに薄墨を使用し、中央背景にはつや墨のつぶし刷りを用いて馬琴の愛児琴嶺の讃と曲亭の歌を白く抜いている。（図8）

第二図（馬加常武と粟飯原胤度、4ウ・船虫と籠山縁連、5オ）粟飯原の持つ扇、二人の衣裳、背景他に薄墨を使用、枠には薄墨などはない（4ウ）。船虫の衣裳に薄墨の紗綾形模様、また枠にも薄墨を使い、枠の下部の茄子にはつや墨も使用している（5オ）。（ABDE）

第三図（節婦雛衣と犬村礼儀、5ウ6ノ7オ）中央の背景は薄墨

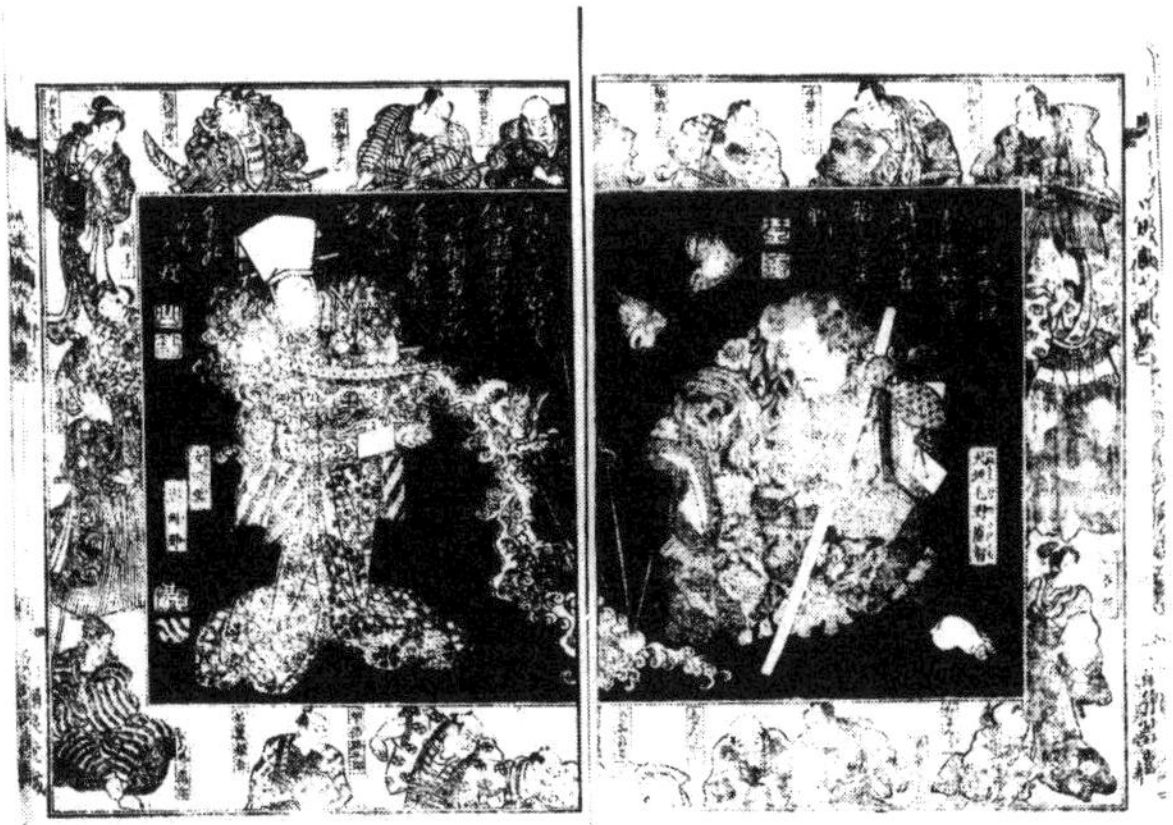

図8　六輯巻一口絵第一図（3ウ・4オ）

で、ほとんど分からない位ではあるが中央の薄いぼかし刷りとなっている（A）が、薄墨が薄すぎて入っているかどうかの確認の困難なもの（B）、つぶし刷りのもの（CDE）と、さまざまである。また、枠には色々な人物を浮き出させるためにつや墨を使用している。

（後刷について）第一図は、文溪堂板の後摺本では中央背景のつや墨はなくなり、雲形の薄墨が入れられるが、琴嶺と曲亭の文字のみ残り、白抜きで入っていた讃と歌は消えてしまったため、奇妙なものとなっている。

第二図は、Cでは手違いからか、4ウの薄墨が省かれている（5オは同初板）。

〈挿絵〉巻一第一図（「落人を奇貨として野武士等放馬を撃つ」15ウ16オ）炎が左上から画面に被さるように薄墨で入れられている。

巻一第三図（「残賊空衾を刺て立地に元をうしなふ」27ウ28オ）背景に薄墨が掛かる。

巻三第三図（「桃花の叙児よく刺客を撃殺す」23ウ24オ）背景に薄墨を掛けている。

巻四第一図（「対牛楼に毛野讐をみなころしにす」7ウ8オ）階下の障子に映る毛野の影を薄墨で入れ、時間の異なる毛野の殺戮の場を同図に階上階下と二個書き込み、異時同図法で描かれている。その他、背景・衣裳にも薄墨を使用。

巻四第二図（「船を逐ふて小文吾旧故に邂逅す」11ウ12オ）河面に薄墨を上方ぼかしで入れてある。

巻五第一図（「網苧の茶店に現八鵙平が旧話を聞く」7ウ8オ）煙・背景の一部などが薄墨で入れてある。（ACE）

巻五第二図（「諌を拒で一角庚申山第二の石橋を渡る図」15ウ16オ）山の一部などに薄墨を使用。

巻五下第一図（「妖怪を射て現八寃鬼に逢ふ」6ウ7オ）一角の寃魂が薄墨で入れられ、背景にも薄墨が掛けられている。

（後刷について）ＢＤは他の箇処は同初板であるが、この図での薄墨の効果が少ないためであろうか、巻五の第一図のみ薄墨を抜かしている。

〈奥附〉

文政十丁亥年春正月吉日発行

心斎橋筋唐物町
大坂書林　河内屋　太　助
馬喰町三町目
江戸書林　若　林　清兵衛
筋違御門外平永町
江　戸　山　崎　平　八
数寄屋橋御門通り加賀町涌泉堂正舗
江戸書林　美濃屋　甚三郎

七輯上

〈巻及び冊数〉四巻四冊である（ＡＢＣＥ）。Ｄは七輯上下を一度に出したらしく、Ｄのみ、巻一、二（14ウまで）、二之下、参、四（14ウまで）、四之下と、四巻を六冊に分冊してある。

〈表紙〉白地、下部は納戸色のぼかし、上方は雲が黄地で入り、その上部に茶色の切箔が置かれている。表は白い犬が一匹上方の鳥を見る図、また裏は鳥が二羽飛び立つ図である。ただし、色調は本によって色々と変わっている。

題簽は、子持輪郭、紅地に白で梅花模様を抜く。「里見八犬伝第七輯巻之壱（〜四）」

見返しは、白地に払子の先と知恵の輪を組み合わせたような枠、「曲亭主人著　上帙戊子発販　八犬伝第七輯　渓斎英泉画　柳川重信画　涌泉堂梓」。（ＡＢＣＥ）

（後刷について）題簽の文字はＤでは分冊に従い、「里見八犬伝第七輯巻之壱（〜四之下）」となる。

〈柱刻〉「涌泉堂蔵」。

〈口絵〉第一図（武田信昌と甘利兵衛堯元、３ウ・浜路と浜路、４オ）Ａでは「武田信昌」とある上に更に「武田信昌」と貼紙があり「甘利兵衛堯元」はそのままであるが、ＢＥでは「甘利兵衛堯元」が「鎌利兵衛堯元」と貼紙訂正され、「武田信昌」はそのままである（注７）。またＣＤは双方貼紙訂正はないが、これは貼紙がとれた可能性が大きい。背景に薄墨のつぶし刷りがあり（３ウ）、背景の下方に薄墨を上方ぼかしにして使用している（４オ）。

第二図（仮一角赤岩武遠と赤岩牙二郎、４ウ・淫婦夏引と泡雪奈四郎秋実、四六城木工作、５オ）四丁裏の背景と、双方の衣裳の一部、扇などに薄墨を使用している。

第三図（船に乗る五の君・蜑崎照文・出来介、５ウ６オ）船や山などの一部に薄墨を使用している。

〈挿絵〉巻一第二図（「縁連使して短刀をうしなふ」21ウ22オ）煙中に失われた短刀が薄墨で入れられ、また下方の一部にも薄墨が用いられている。（ＡＢＣＥ）

巻二第一図（「衆兇挾て夜現八を害せんとす」５ウ６オ）背景に薄墨を使用。（ＡＣＤＥ）

巻四第二図（信乃と語る浜路姫とそれに被さる浜路の霊、11ウ12オ）浜路姫の上方に信乃の許嫁の浜路の亡霊が薄墨で入れられ、壁などにも薄墨を使用している。（図９）

巻四第三図（「拙工不成自又破之」25ウ26オ）煙と空に薄墨の模様を入れ、遠景にも薄墨をかけている。

（後刷について）巻一第二図はDでは二二丁裏の薄墨が入り、二三丁表の薄墨は抜けている。従って二二丁表に位置する煙中の刀も入っていない。が、これはこの板での手抜きというよりも、この箇処だけ薄墨を入れ忘れたのであろう。

巻二第一図は、Bでは薄墨を省略している。

〈奥附〉ＡＢＣＥと同板木を使用。但、ＡＢＥは書肆名の欄の「文政十一年」の上に「文政十三年」と貼紙訂正をしている。

文政十三（一）年庚寅春三月吉日発行

心斎橋筋唐物町南江入
大坂書林　河内屋　太　助

数寄屋橋御門通り加賀町
江戸書林　美濃屋甚三郎梓

（後摺について）Dは前述の如く七輯一括発販らしく、二七丁裏までで終わり、二八丁表の奥附は抜かされている。

〈広告他〉Dは巻四の本文の後に三丁、「薬王丸」の広告が入る。また、巻四下の見返しに七輯下の見返しが入っている。

Aには、奥附の裏及び次丁の裏に馬琴自筆の書き込みがある。（図10）

七輯下

〈巻及び冊数〉三巻三冊（ＡＢＣＥ）だが、Dは七輯上と同様、変則的に巻五（13ウまで）、五之下、六、七と三巻を四冊に分冊している。
〈表紙〉模様・題簽の地も、やや色が濃いが、七輯上と同じ「里見八犬伝第七輯巻之五（〜七）」。
見返しは、T字型をつないだ枠、白地、「曲亭主人著
下帙　第七輯
里見八犬伝
柳川重信画　渓斎英泉画　涌泉堂梓」
（後摺について）Dは前述のように七輯を一括発販したらしく、見返しはない。
〈柱刻〉「涌泉堂蔵」。
〈挿絵〉巻五、二丁と三丁の間に折り込みの英泉画「越後州古志郡二十村闘牛図」が入るが、天地共に横に栩引

図９　七輯上巻四挿絵第二図（11ウ・12オ）

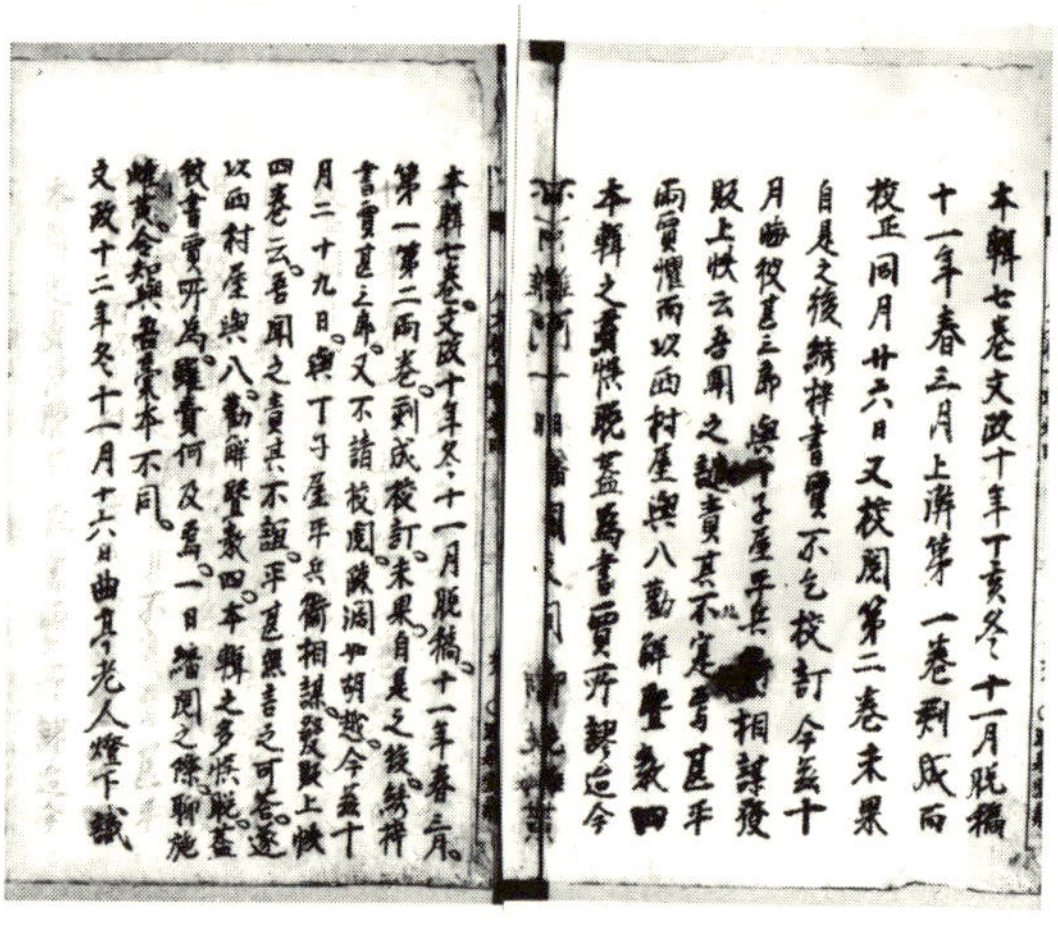

図10　七輯上巻末　馬琴書き込み

く霞が薄墨で入るのが、初板の特徴である。

巻六第一図（「応仁の昔かたり三歳の息女鷲に捕らるゝところ」2ウ3オ）空と浜路の衣装に薄墨を使用、また鷲の羽にはやや濃い薄墨を用いている。『八犬伝』初板本で挿絵に濃淡二色の薄墨を用いた数少ない例である。

〈奥附〉

文政十三年庚寅正月吉日発行

江戸小伝馬町三丁目
書林　丁子屋　平兵衛
江戸数寄屋橋御門通り加賀町
書林　美濃屋　甚三郎

〈広告〉ＣＥの巻六巻末に、黄青の彩色入りの「順補丸」の広告がある。

八輯以降

版元が文溪堂丁字屋平兵衛に変わってからの輯である。これらの輯は後刷において複雑な書誌変化を持たず、刊行版元の変化に伴って奥附の変化が見られるものの、その他の箇処では年記の削除や、口絵や挿絵における色板の変化が多いことから、初板の奥附のみを掲げておく（注8）。

八輯上

天保三年歳次壬辰夏五月吉日発行

京橋水谷町
美濃屋　甚三郎

江戸書行

本所松坂町二町目
平　林　庄五郎

小伝馬町三町目
丁子屋平兵衛板

八輯下

天保四年癸巳春正月吉日発行

大坂

心斎橋筋博労町
河内屋　長兵衛

書行

同所同町
河内屋　茂兵衛

江戸

本所松坂町二町目
平　林　庄五郎

小伝馬町三町目
丁子屋平兵衛板

九輯上

天保六年乙未春正月黄道大吉日発販

九輯中

大阪 心斎橋筋博労町 河内屋 長兵衛
同所 河内屋 茂兵衛
江戸 小伝馬町三町目 丁子屋平兵衛板
書行

天保七年丙申春正月吉日発行

大阪 心斎橋筋博労町 河内屋 長兵衛
同所 河内屋 茂兵衛
江戸 小伝馬町三町目 丁子屋平兵衛板
書行

九輯下上

天保八年丁酉春正月吉日令辰発行

大阪 心斎橋筋博労町 河内屋 長兵衛
同所

九輯下中

書行

江戸

河内屋　茂兵衛

小伝馬町三町目

丁子屋平兵衛板

天保九年戊戌春正月吉日発行

大阪心斎橋筋博労町

河内屋　長兵衛

同　所

河内屋　茂兵衛

江戸小伝馬町三町目

丁子屋平兵衛板

書行

九輯下下甲

天保十年己亥春正月吉日発行

京都　大文字屋得五郎

大阪　河内屋　長兵衛

大阪　河内屋　茂兵衛

大阪　河内屋　太　助

江戸小伝馬町三町目

丁子屋平兵衛板

書行

九輯下下乙上

天保十一庚子年春正月吉日発行

書行

京都　大文字屋得五郎
大阪　河内屋　茂兵衛
同　河内屋　太　助
江戸小伝馬町三町目
丁子屋平兵衛板

九輯下下乙中

天保十一庚子年春正月吉日発行

発販

京都三条通東洞院東へ入
大文字屋得五郎
大阪心斎橋筋博労町
河内屋　茂兵衛

書行

大阪心斎橋筋唐物町南へ入
河内屋　太　助
江戸小伝馬町三町目
丁子屋平兵衛板

九輯下下上

天保十二年辛丑春正月吉日発行

京都蛸薬師東洞院西へ入
大文字屋　仙蔵
大阪心斎橋筋博労町

発販　書行

河内屋　茂兵衛
大阪心斎橋筋唐物町南へ入
河内屋　太助
江戸小伝馬町三町目
丁子屋平兵衛板

九輯下下中

天保十二年辛丑春正月吉日発行

発行　書行

京都　河内屋　藤四郎
同　大文字屋　仙蔵
大阪　河内屋　太助
同　河内屋　直助
同　河内屋　茂兵衛
江戸小伝馬町三丁目
丁子屋平兵衛板

九輯下下下

天保十三年壬寅春正月吉日

九輯下下結局

大阪心斎橋筋博労町
河内屋　茂兵衛
江戸小伝馬町三町目
丁子屋平兵衛板

時天保十三年壬寅春正月吉日先刊所成五冊発行
同年春三月吉日後刊五冊追販全書無闕遺焉

発販
京都　河内屋　藤四郎
同地　大文字屋　仙蔵
大阪　河内屋　太　助
同地　河内屋　直　助
同地　河内屋　茂兵衛
書行
江戸小伝馬町三丁目
丁子屋平兵衛板

注1　この通し番号が馬琴自身の筆なのか、それとも後代の書き入れなのかは判別できなかった。
注2　林美一『秘板八犬伝』（緑園書房、１９６５年）。本書は『八犬伝』書誌研究の端緒を開くものであり、本稿の口絵や挿絵の記載は本書に負う処が大きい。

注3　表示方法は、主として木村三四吾「西荘文庫の馬琴書翰Ⅷ」(『ビブリア』1959年6月)に倣った。また、挿絵については、地墨以外の色板も加えられているもののみを示した。
注4　図版は拙稿「『南総里見八犬伝』の初板本　下」(『近世文芸』31号、1979年9月)に掲載。
注5　諸本により雲の色は灰色になったり、濃淡さまざまである。
注6　奥附の板木はすべて同じものを使用しているが、Cは27ウのみあり、28オは欠けている。したがって左記の版元記載の載る半丁は欠。
注7　この事情について、林美一氏は『秘板八犬伝』において、「本文も甘利になっているから、何かの思い違いか、または訂正の繁をいとうて甘利のまゝ統一したものであろう」と述べておられるが、文政十二年十二月十八日の日記によると、「但、巻甘利苗氏、町奉行組中に有之よしにて、改名主禁忌の旨申よしに付、その処は鎌利と正し候様談じおく」とあるので、これによって貼紙訂正したものの、繁をいとうて内部はそのままに書肆の方でしたものであろう。ただし、Aでの貼紙の理由は未詳。
注8　とはいうものの、これらの諸本についてはいまだ丁寧な書誌調査はまとめられておらず、刊行頻度の変化が装訂とどう繋がるのか、幕末期長編読本に繋がる美麗な口絵や挿絵の様相など、残された書誌研究の課題は多い。

B 『南総里見八犬伝』の稿本

Ⅰ 稿本の挿絵画工

曲亭馬琴の代表作『南総里見八犬伝』（以下、『八犬伝』）の稿本は現在、四九冊の存在が知られている。全九八巻一〇六冊のほぼ半数が残っているのであるから、稀有のこととせねばなるまい。稿本であるので、そこに見られる筆跡は戯作者・馬琴のもののみであるはずだが、実際には馬琴の執筆途中の失明により、瀧澤家の嫁・路女の手になる口述筆記が加わる。「九輯下帙下編下」と「下帙下編下結局」がそれで、九輯巻四六は、第三〇丁表から路女の口述筆記に変わる有名な稿本である。

そして同時に、この巻四六以降、挿絵部分にも、それまでの稿本挿絵部分に入っていた馬琴のにじり書きの朱筆や、それに代わった路女によるやや細かい指示が消え、代わりに挿絵部分に下絵風の挿図が貼り込まれた形になっている。達者な筆で描かれたそれらは、はじめ板本の写しかと思ったが、よく見るとそうではなく、構図がすべて微妙に刊行された板本とは異なっている。たとえば巻五〇第二図は、稿本では犬田小文吾が頭上に大石を高々と持ち上げているが（図11）、板本では中央部で小文吾が大石をねじ返している場面（図12）となっており、巻五一第二図では、姫君たちの構図はほぼ同じものの、姫たちの名前は変わり、それによって姫の描かれ方の軽重も変わっている（稿本図13、板本図14）、という具合である。

そして実は、『八犬伝』稿本には他にもう一箇所、挿絵部分に馬琴以外の手になる下絵が貼り込まれた箇所がある。それは、『八犬伝』八輯巻一の挿絵第三図である。やや粗い筆使いながら、専門の画師の手になるとしか思えない筆致で下絵風に描かれた挿絵が稿本に貼り込まれており（図15）、板本では道具立ては一部異なるものの人物配置はそのままで、ほとんど同構図で描かれたものとなっている（図16）。通常の馬琴著作の稿本では、

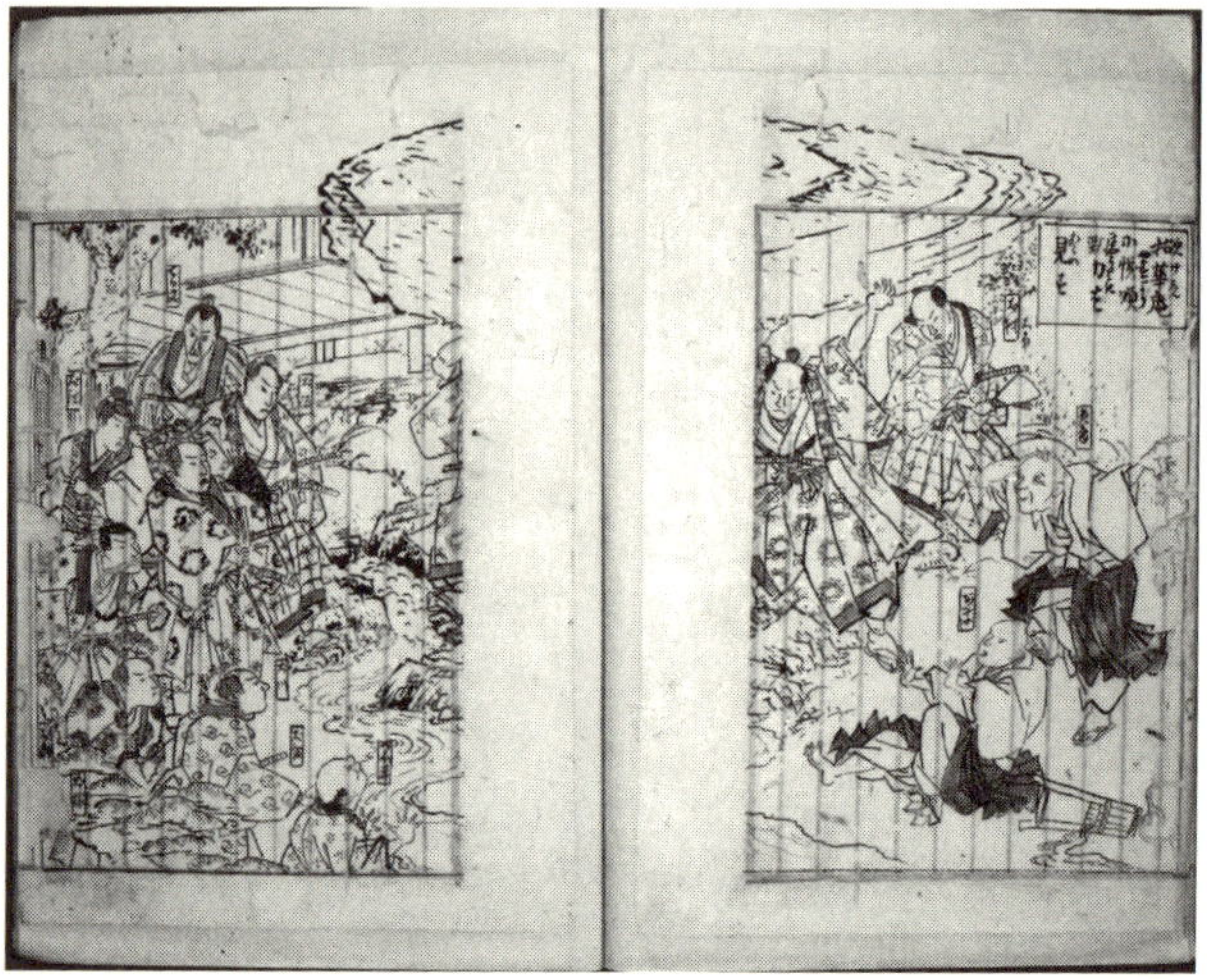

図11　稿本九輯巻五十挿絵第二図
※図11〜20の稿本は早稲田大学図書館所蔵

図12　板本九輯巻五十挿絵第二図
※図11〜21の板本は向井家蔵

挿絵部分が失われていても、その場にこのような他者の手になる下絵らしきものが貼り込まれていることはない。たとえば『占夢南柯後記』稿本の巻三挿絵第三図は、経緯は不明ながら、後から板本挿絵の構図が、馬琴の手で大雑把な略画で描き込まれている（注1）。これらの稿本に貼付された挿絵図は、誰によって、またどのような理由で入れられたのであろうか。以下、稿本に貼り込まれたこれらの箇所の下絵画工について記す。

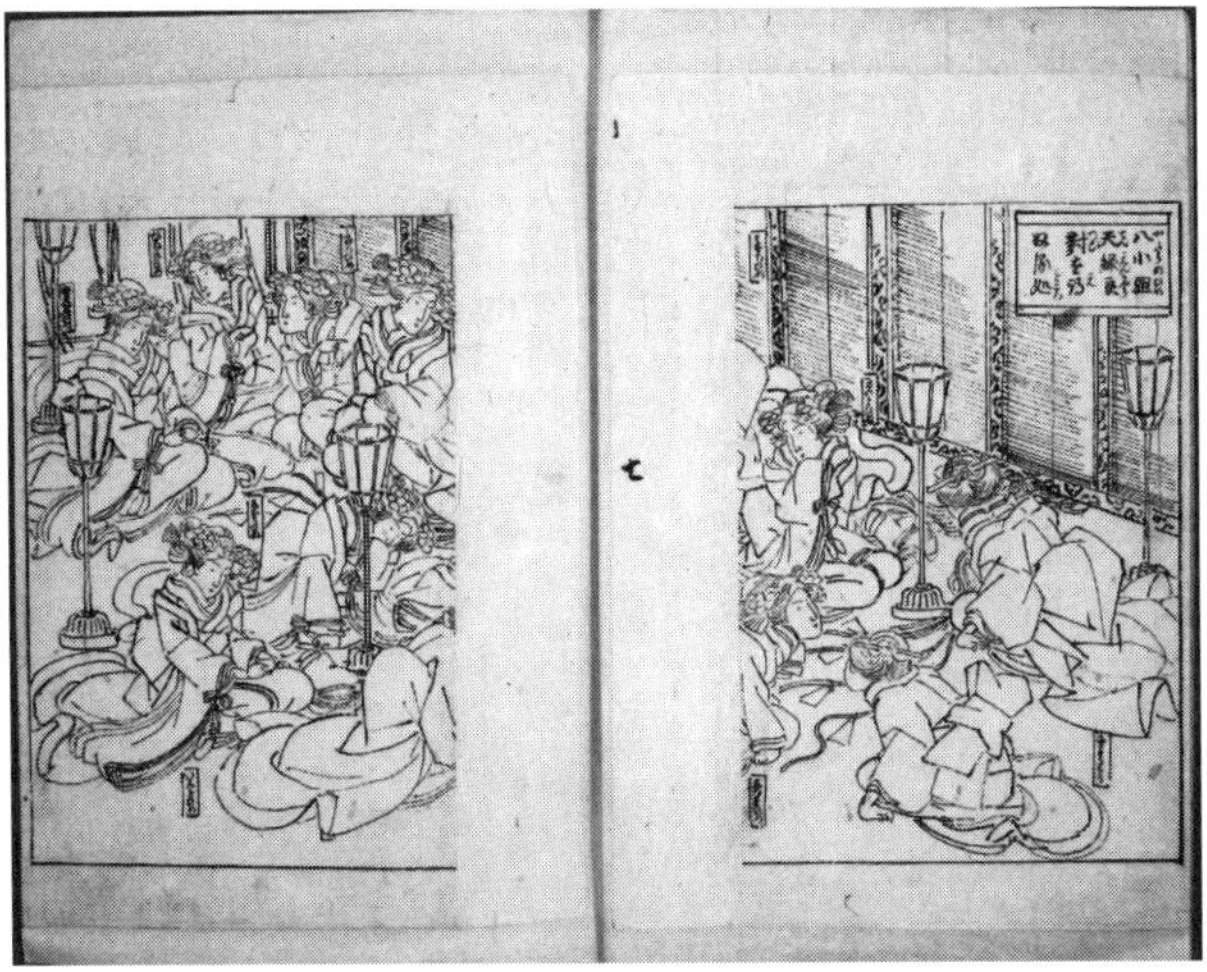

図13　稿本九輯巻五一挿絵第二図

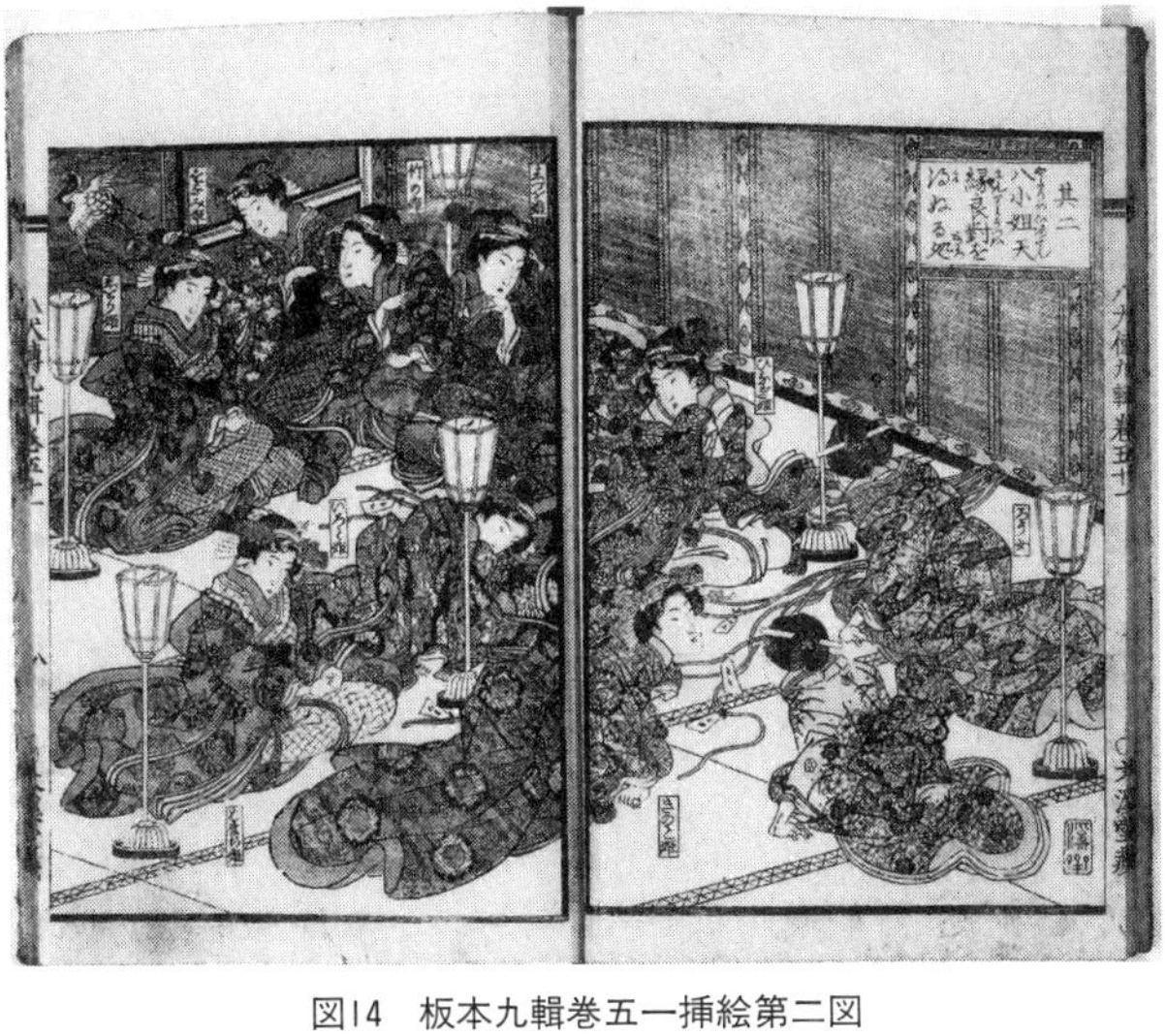

図14　板本九輯巻五一挿絵第二図

まず、八輯巻一の挿絵第三図から見ていこう。この板本挿絵は、初代柳川重信が担当している。当挿絵を持つ「八輯上帙」は、天保三年［一八三二］に刊行されているが、これは馬琴がまことに精力的に製作活動を行っていた時代に当たる。さいわい、この稿本執筆時の天保二、三年［一八三一、二］の日記が現存しており、細かく創作過程を辿ることができる。馬琴の稿本作成過程を追う意味を込めて、「八輯巻一第三図」を巡る執筆課程を丁

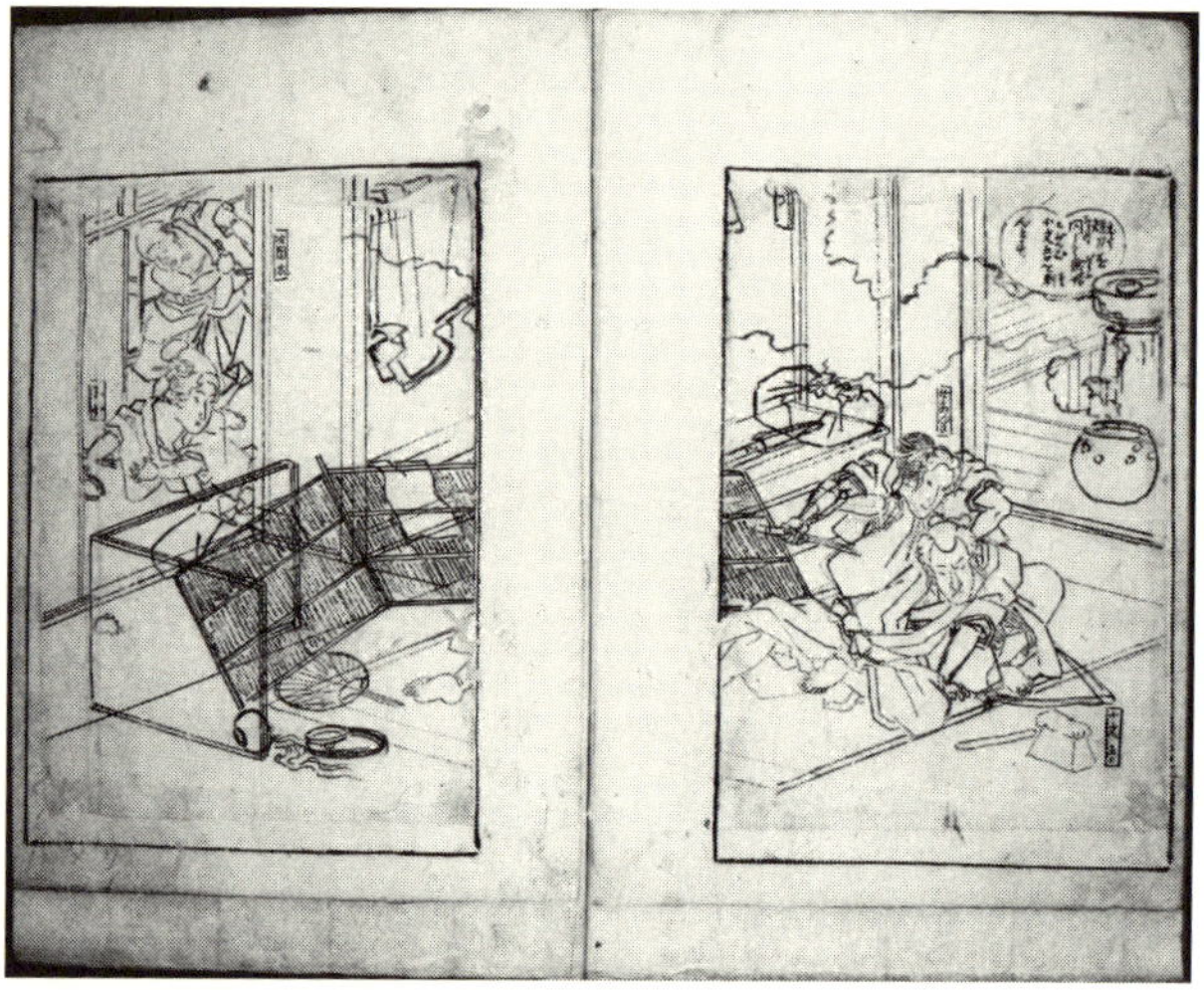

図15　稿本八輯巻一挿絵第三図

図16　板本八輯巻一挿絵第三図

寧に追ってみよう。

「八輯上帙」四巻五冊の執筆は、稿本などから見ると、

巻一　天保二年〔一八三一〕の十一月十四日から十一月二四日まで
巻二　十二月二四日に稿了
巻三　天保三年〔一八三二〕正月二八日に稿了
巻四　二月八日に稿了

となる。ちなみに巻一稿本の構成は以下の通りである。なお、（　）内に、板本での丁付けを記しておく。

表紙	半丁	
見返し	表紙見返し	（見返し）
自序	二丁半	（1オ〜3オ）
総目録	見開き二丁	（3ウ〜5オ）
口絵	見開き三丁	（5ウ〜7ノ下ウ）
蟹麻呂『八犬伝』歌	半丁	（7ノ下ウ）
本文第七十四回	十一丁半	（8オ〜19ウ）
ウチ挿絵	見開き一図	（15ウ16オ）
本文第七十五回	十丁半	（19ウ〜29ノ30オ）
ウチ挿絵	見開き二図	（22ウ23オ、28ウ29ノ30オ）
裏表紙	一丁	

すなわち、表紙を入れて総計三二丁、うち本文二二丁（挿絵を含む）、口絵　見開き三丁などから構成されてい

ることになる。そして板本28ウ29ノ30オに入る一図が、問題としている挿絵である。
以下、「八輯上帙」の執筆を、巻一とその挿絵部分の扱いを中心に、日記(注2)から追っていく。
まず天保二年十一月十四日の条に、

一予、今日ゟ、八犬伝八輯稿之はじむ。朝之内、しらべ物いたし書抜キ、夫ゟ稿本ニ取かゝり、わづかに初丁壱丁、稿之。（以下略）

とあり、この日から八輯は起稿された。戯作者・馬琴の日常は、よほどの支障がない限りは、連日、ほぼ等量の執筆を続けている。まず本文部分が書き継がれ、十七日には巻一・本文七丁半までが書き記された。稿本では、この次の見開き丁に挿絵第一図が位置する。

翌十八日には、本文部分が書き継がれ、挿絵は後回しにされている。本文はある程度書き進むと、後から付け仮名が入れられる。巻一の本文部分（挿絵を含める）二二丁が書き上げられたのは、十一月二三日のことであった。この間、馬琴は挿絵三図の画稿は纏めて二〇日に取り掛かり、この日はこの作業のみで終わっている。ところがこの挿絵は、この日の案じだけでは終わらなかった。二二日に、

一八犬伝八輯、壱の巻の内、本文二丁、稿之。尤、書おろしのミ也。夜ニ入、同書一の巻追画一丁、稿之。（以下略）

とあり、馬琴は巻一の挿絵に手こずり、挿絵画稿は四図に増えたのである。翌二三日には本文二二丁が残らず出来上がり、二四日に「壱の巻、本文廿二丁、今夕四時稿畢。つけがな皆出来」と巻一が仕上がり、翌二五日には壱の巻の本文の読み返しが行われて、巻一本文部分の作成は終わる。

二六日に、

一薄暮比、丁字や平兵衛来ル。（中略）八犬伝壱の巻稿本・同さし画稿四丁渡し遣ス。

とある。そしてこの日から、馬琴は巻二の執筆に、少しではあるが、取り掛かっている。巻一の稿本は丁字屋の手で早速、翌二七日に筆工の仲川金兵衛の元に送られた。

このように『八犬伝』八輯巻一の執筆は順調に進んでいたのであるが、挿絵稿を版元・丁字屋に渡してから三日後の二九日に、画工の初代柳川重信が瀧澤家を訪れているのである。挿絵のことで、馬琴からの呼び出しがあったのだが、その日は馬琴が留守中で会えず、翌十二月二日に重信は瀧澤家を再訪している。

一昼前、画工柳川重信来ル。予、対面。八犬伝八輯一の巻さし画二丁出来、持参。則、請取おく。同書さし画の三注文申聞、右示談畢て、帰去。

四日の記事には、

一昼前、清右衛門来ル。仲川金兵衛方へ八犬伝八輯壱の巻さし画二丁并ニ手簡さし添、遣之。（以下略）

一薄暮、仲川金兵衛来ル。此間ゟ眼病にて、八犬伝筆工いまだ取かゝらず、追々快方ニ付、近々とりかゝり可申旨、申之。過刻のさし画二丁かき入いたし、持参。右さし画は、追て筆工出来の節、はり入、さし越候様、おミちを以、わたし遣ス。右画稿二丁は此方へとりおく。

このように重信は、二日に巻一の挿絵二枚を持参してきたが、挿絵三については馬琴の注文を聞いて帰っている。馬琴からの呼び出しは、巻一挿絵三を重信が描く前に、馬琴の注文を直接、聞きに来るようにという内容だったのであろう。この挿絵三こそ、本稿で問題としている一図である。一方、二日に重信から齎された二枚の挿絵は、二日後に筆工・中川金兵衛の所に送られている。この挿絵は筆工によって文字部分が書き込まれた後に、本文部分と共に貼り込まれて、筆工から再度、馬琴の元に送られてくるのである。

巻一挿絵三の行方を追おう。画師・重信は、七日にもまた、瀧澤家を訪れている。

一昼後、画工柳川重信来ル。予、体面。八犬伝八輯壱・弐の巻の内、さし画弐丁出来、見せらる。丁字や江

持参のよしニ付、稿本差置、見本はわたし遣ス。（以下略）

この時、もたらされたのが、巻一挿絵三と、巻二挿絵一である。

この巻一は暮れも押し迫った十二月二九日に、仲川金兵衛が後半十二丁の筆工も仕上げ、その中に位置する挿絵二図も付けて馬琴の元に持参している。この時に馬琴は前半十丁の校合を渡しているらしく、翌日の大晦日に金兵衛は直しを入れて来ている。その時、馬琴は昨日渡された十二丁を校訂し終わり、巻一全二二丁を一綴じにして金兵衛に渡して版元の丁字屋に持たせている。天保二年［一八三二］はこうして終わった。

翌天保三年の「八輯上帙」刊行までを、画工を中心に追うと、正月十六日に、

一昼後、画工柳川来ル。予、対面。とし玉二種持参。八犬伝八輯、二の巻さし画遣り二丁出来、見せらる。板元丁字や江罷越候よしニ付、今朝、仲川氏持参の写本も一処ニわたし遣し、板元ゟ筆工へ遣し、はり入出来候ハゞ、今一度見せ候様、板元へ伝言たのミ遣ス。

一暮六時過、丁字や平兵衛ゟ、先刻の八犬伝八輯二の巻写本さし画、書入出来、筆工はり入候ニ付、見せらる。即刻一覧之上、右写本使へわたし遣ス。（以下略）

「八輯上帙」四巻五冊の執筆は快調に進み、巻四下の本文作成に次いで、二月八日には「おく目録見わたし壱丁」に取り掛かり、翌十日には巻一の「口絵三丁并像賛詩歌」を稿し、翌日に再考の上で版元に渡している。この日、丁字屋平兵衛からの使は、巻三挿絵に筆工が入れた書き入れを確認のために持参しており、馬琴は一覧している。

ところでこの時に、

但、柳川画三の巻さし画の弐、すはの湖辺馬上旅人きせるを持居候きせるハ、今めかしく不宜ニ付、其段申遣し、直させ可申候処、とり紛レ不及、追て申遣し、直させ可申候事。

と、挿絵の不備を直させる必要があったのを伝え忘れた旨が記されている。この伝達は翌日に丁字屋への手紙で、

「きせる」を「扇」に変えるように伝えられた。ちなみに稿本当該部分では馬琴の挿絵画稿は馬上の人物に何も持たせておらず、板本では慥かに扇を持っている。けれども本来は煙管を持っていた手にそのままの形で扇を持たせているので、やや間が抜けた図柄であることは否めないようである。

『八犬伝』八輯上帙の執筆は更に進み、二月十四日から十六日にかけて「自序」を稿して、十七日には上帙稿本のすべてが丁字屋に亘った。同日、重信も瀧澤家を訪れている。

一右已前、四時過、画工柳川重信来ル。八犬伝八輯四の下さし画の壱、一枚出来、見せらる。是ら、板元丁字や江罷越候よしニ付、右さし画直ニわたし遣ス。(以下略)

二月二三、二四日には「八輯上帙」の「表紙画稿」と「袋画稿」を書き、翌二五日からは下帙の執筆が始まっている。下帙の執筆と並行して上帙の校合作業が行われ、特に自序は何度も手が入れられた。上帙の校合は三月九日に巻一から三までが、息子・宗伯の検改も通って終り、十一日には画工・重信が巻四下の残りの挿絵と袋画を持って来ており、馬琴は一覧後、そのまま丁字屋に持たせ、筆工に廻させている。

上帙の作業がすべて終わり、書林行事の改めを受けるために、稿本五冊が袋に入れて丁字屋の使いに渡されたのは、三月十五日のことであった。

この「八輯上帙」の彫刻が出来、校合刷りが四月六日に馬琴に見せられ、板本の校合が始まる。三番校合まで終り、巻二、三の丁字屋に刷り込みの許可が出たのが五月七日、巻一や巻四上は四番校合まで行っている。「上帙」五冊の校合完了は五月十日のことである。そして五月二〇日、『八犬伝』「八輯上帙」は販売された。

このように、馬琴の読本執筆は、本文部分の執筆が、間に挿絵の画考も含みながら進むものの、挿絵の画稿は苦手のようで、ともすれば本文よりも遅れ勝ちである。それでも巻を越えて仕事が残ることはなく、それぞれの巻が順当に仕上がり、それに連れて一巻毎に稿本が版元に渡されていく。売出のすべての巻の本文作成が終了した後で、首巻に残されていた奥目録や口絵、序文が考案され、さらに表紙や袋画稿が考えられ、それに看板原稿も時に作り、それらが出来上がり次第に順次、版元に渡されている。つまり、一度書き上げた稿本はすべての巻が書き終わるまで手元に置かれることはなく、本文作成が終わり次第に版元の手に渡されており、その後で更に再考を加えたり手直しを入れることは極力、避けられているのである。その後、時を置かずに文章部分が筆工の手で書き込まれて、即刻、馬琴の校閲を受ける。挿絵部分を見ると、馬琴による下絵と注文書きの入る画稿が版元から画工に亘り、その指示に従って画工が仕上げた挿絵は馬琴に見せられるが、それも時をほとんど置かず、多くは一覧の上で、筆工の手に渡って文字部分が書き込まれ、さらに馬琴に戻され、そこで筆工の手になる文章部分と共に綴じられて版元に収められ、彫りが始まる。なおこれらの作業の時、既に馬琴は新たな著作の執筆に掛かっていることが多く、常にすばやい対応がなされているわけである(注3)。

つまり、画師は馬琴の稿本に見られる画稿の構図や注文書きから直接、挿絵を仕上げているのであり、通常は馬琴の目を通しはするものの、その挿絵は即刻、筆工の元に送られ、下絵が描かれた形跡は見られないようである。また画工自身ができあがった挿絵を持参することも少なく、馬琴の元に足繁く通うのは版元の使いや筆工であり、挿絵も彼らが持参することが多い。とはいうものの初代柳川重信は馬琴と親しかったようで、他の画師よりもはるかに頻繁に瀧澤家の敷居を跨いではいる。けれども通常、画師は自ら挿絵を持参する必要はない…。諏訪の馬上人物の扇のように、部分訂正の必要箇所すらも、版元を通じて伝えられることが多かった。日記を見ていると、どうやら画師自身が挿絵や口絵製作のために馬琴の元に足を運んでいるのは、それなりの理由、つまりは馬琴からの挿絵全体に関わる特別な注文や注意を受けての時が、多いように思われるのである。

たとえば八輯巻一の挿絵執筆時の重信の来訪はなぜだったのかを振り返ると、巻一に収まる板本挿絵は計三図である。が、稿本では、挿絵は四図分が考案されていた。そして画工・重信が馬琴の呼び出しによって瀧澤家を訪なっているのであるが、挿絵三の注文を聞いて帰っている。おそらく、その馬琴の口頭での注文時に、巻一の四図分の挿絵が元の三図に変わったのであろう。となると、稿本に貼り込まれた下図は、馬琴の新しい注文を受けて重信から示された案であったことが推測されよう。瀧澤家訪問時に、重信は下絵を描いて馬琴の案に応えたのではないだろうか。『八犬伝』執筆の中で画師の描く下絵という特異なものが貼り込まれたのは、このような事情を反映していたと思われる。裏返せば、何か特別な事情がない限り、画師による下絵は描かれないものと見て良いのではないだろうか。

ところが、はじめに書いたように、『八犬伝』九輯巻四六以降の稿本には、画師の手になると見られる下絵風の挿絵が貼り込まれている。これは誰の手によって何のために描かれたのだろう。「九輯下下下」（巻四六〜四九）と「結局」（巻五〇〜五三下）までの出像画工は、板本には柳川重信（二代）と溪斎英泉の名前が並記されている。しかし、この巻四六以降の現存稿本七冊には、すべて「画工　柳川重信」とあるだけで、英泉の名は入れられていない。この前後の馬琴の書翰から関連記事を捜すと、天保十二年十月一日付けの書翰に、

さし絵ハ柳川重信家内病難ニ付、出来兼候間、英泉に絵かせ、末壱丁小子肖像有所ハ国貞ニ画かせ、右さし絵板下は昨今不残出来、追〳〵彫立候事ニ御座候」（小津桂窓宛　路女代筆　馬琴書翰、[注4]）

と、重信の家内病気のために英泉に描かせた旨が述べられている。板本を見ると、巻五〇から五三下までの挿絵中、八図に「溪斎」または「英泉」の署名が入っている。それらの挿絵は巻五〇第三図に始まり、巻五一の全三図、巻五二の第二図、巻五三上の全二図、巻五三下の第二図と固まって位置しているのだが、その中にあって英泉以外の手になるものも三図ある。それはA　巻五二第一図「義成延命寺の書院に牡丹を観る」、B　巻五三下

第一図「里見十世十将繡像」、そしてC　巻五三下第三図「頭陀二たび著作堂に来訪す」の三図である。A図は「八犬士と義成と、大」、B図は「里見家の十代」を描いており、共に二代柳川重信の手になると思われる。物語中の重要人物を描く図として、あらかじめ描かれていたのではないだろうか。また残るC図であるが、これは書翰中に記事の見られる、著名な国貞描く「馬琴像」の載る図である。残念ながら、この国貞描く馬琴像の収まる巻五三下稿本は、いまだ発見されていない。

残された稿本の挿絵部分に見える下絵風画図であるが、この英泉担当画と二代重信担当画では微妙に筆致が異なっている。描線から画師を特定する技量は稿者にはないが、おそらく稿本に貼り込まれた下絵風の挿絵は、二代重信と英泉、それぞれの画工自身の手になるものであろう。

なぜ、このような画師による下絵風の挿絵が、これらの箇所で稿本に貼り込まれたのであろうか。馬琴の書翰を探ることで、手がかりを求めてみよう。画師・柳川重信の挿絵について、馬琴は次のように書いている。

さし画は自筆に出来兼候間、其方針を画き分を委しく印させ、画工江渡候所、柳川重信は、画は上手に候得共、画才なく、気のきかぬ男に候間、心得違致、本文にたかい候口絵・さし画抔多有之由に御座候。小子には、写本・摺本ともさらに見へあかず候得共、家内之者に見せ候て、其趣を聞候得は、口絵の次䦨、四十四の巻毛野の立姿など、如何心得候て画き候哉、実にわらふべきゑがきさまに御座候。右の御心得にて可成御覧候。此外、作者の意にあわぬ事枚挙に遑あらす候。

（天保十二年［一八四一］一月二八日付　殿村篠斎宛、路女代筆　前文馬琴自筆書翰、（注5））

扠、此五冊は旧冬十月迄ニ自筆ニて綴終候所、画稿は何分出来かね候間、唯其かた斗ヲ印、訳書キ委鋪致し、画工ニしめし候て画かゝせ候処、柳川重信は画は上手ニ候得共、露斗も画才無、気ノきかぬ人に候間、口絵ゟ中ノさし画まで作者の注文ニ違、本文ト齟齬致候事多有之候由、小子には見へわかす候得共、家内之者ニ見せ候て聞候得バ其絵ニて本文を失候事多く御座候。口絵の次麿、四十四ノ巻の毛野が立姿抔ハ埒も無事の由、女わらべ之見候ても笑候事に御座候

（天保十二年［一八四一］一月二八日付　小津桂窓宛、路女代筆　馬琴書翰、(注6)）

長く引いたが、二人の盟友宛の書翰に巻四一の次麿、巻四三之四四の毛野を例に挙げて、二代重信への不満が述べられている。

次麿図の載る巻四一は、板本では口絵が6ウ、7オ、7ウ、8オ、8ウ、8ノ下オと計六図が載り、次麿図はその最終第六図（図17）に当たる。そして8ノ下ウには、

里見八犬伝。一百八十一回。以多歳苦楽将尽稿。因而自賛曰。知吾者。其唯八犬伝歟。不知吾者。其唯八犬伝歟。伝伝可知可知。伝可痴可知。(上伝以下十一言読以音) 敗鼓亦蔵革以傚良医。

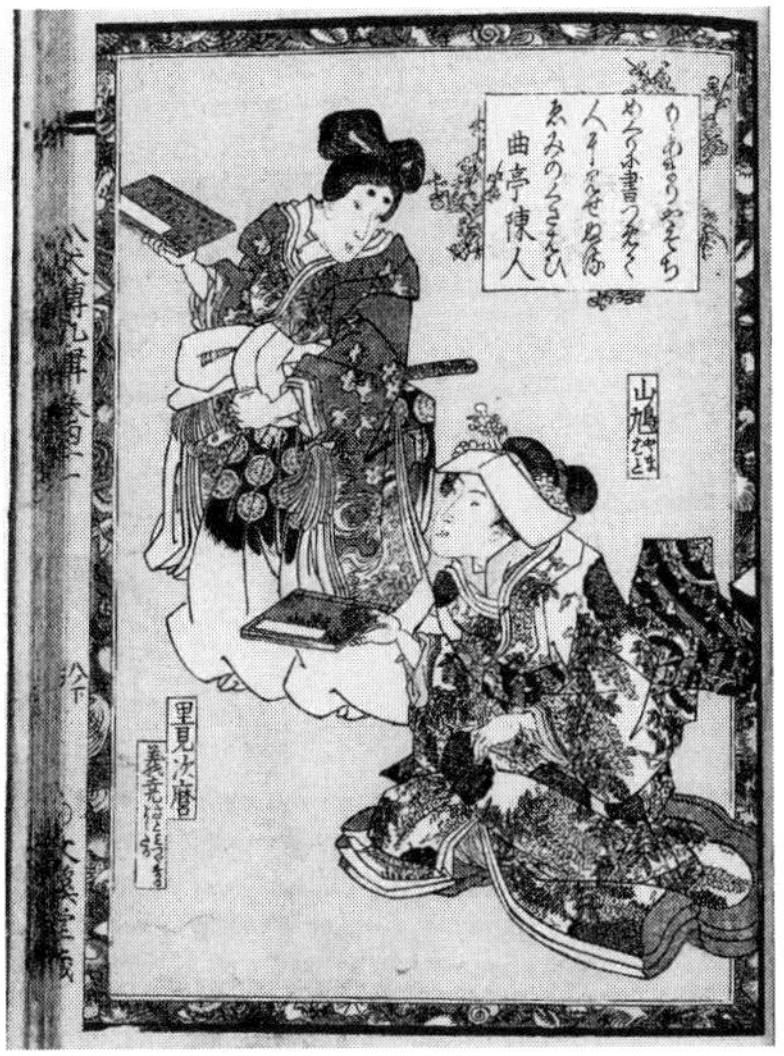

図17　板本九輯巻四一口絵第六図（八ノ下表）

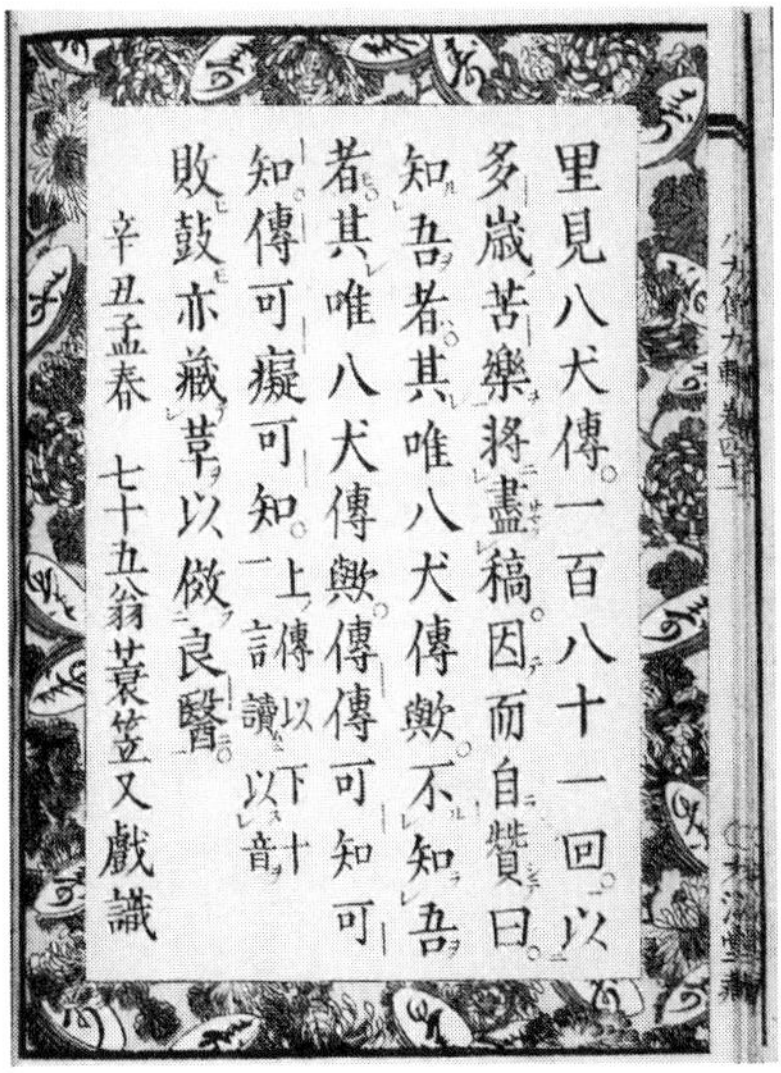

図18　板本九輯巻四一「自賛」（八ノ下裏）

辛丑孟春　七十五翁蓑笠又戯識（図18）

という、著名な馬琴の物語終結宣言に向けての「自賛」が載る。

稿本では、目録の後に路女の手で「此所口絵」とのみ書かれた半丁（見開きでは右頁）が入り、その後の半丁（見開きでは同左頁）に、画師と筆工への、やはり路女による「口状」が墨書されている。その内容は、画稿へは作者・馬琴が老眼のために画ができないので、わけ書きを委しく書いておくのでそれを読んで注文の如く書いて欲しい旨が記されており、続いて口絵五面の画稿が上部に路女筆の委しい注文書付きで入っている。けれども次麿の入る口絵最終第六図と次の「自賛」部分は稿本には見られないのである（図19）。ところで板本巻四一の最終丁は柱刻の丁部分を「卌四ノ五」としているのだが、この措置が、次麿口絵と「自賛」による「八ノ下」丁が入ることから、全体の丁数を一丁増やす必要のために行われたことは自明である。となると、稿本でこの「次麿」口絵の丁が抜けているのは、保存時の不注意で失われたものではなく、作成当初からなかったと推測されよう。すなわち画師の二代重信は、この「次麿」図のみは、馬琴の「わけ書き」なしに描いたのである。

けれども稿本の巻四一表紙には「稿本六行七拾八丁／版下写本三拾五丁」とあることから、この「次麿」口絵と「自賛」部分が稿本作成終了時には既に、構想に入れられていたであろうことも推し量られる。おそらくは巻四一本文執筆終了時に、「自賛」を入れるために、後からこの口絵第六図が思いつかれたのであろう。板本に見る「次麿」像は稚児姿で描かれ、馬琴の書翰が伝えるとおりに、愚君とはいえ里見家四世の国主のりりしさを欠いている。けれども、「次麿」の姿が笑うべきものであるのは、他の口絵のように馬琴の入念なわけ書きが付けられなかった故であり、二代重信の所為とばかりは言い切れまい。そして馬琴は、自ら明確な指示を与えることのなかった挿絵は、このようなていたらくを見せる…ということを、身に染みて知ったのではないだろうか。

もう一箇所の巻四三之四四の挿絵第三図に見る毛野は、稿本（図20）では「けのよろひたゝれ軍扇をもつ」

と路の朱筆が入れられ、板本（図21）ではこの注文は守られているものの、舳先に立ち上がる姿が小さく、犬士としての迫力に欠けており、馬琴の歎き尤もなのである。馬琴が下下下編を書く前に二代重信に失望していたのは間違いない。

このような事情の下、視力を失った馬琴は、巻四六の作成時に、挿絵についての自らの指示を伝えた後で、ま

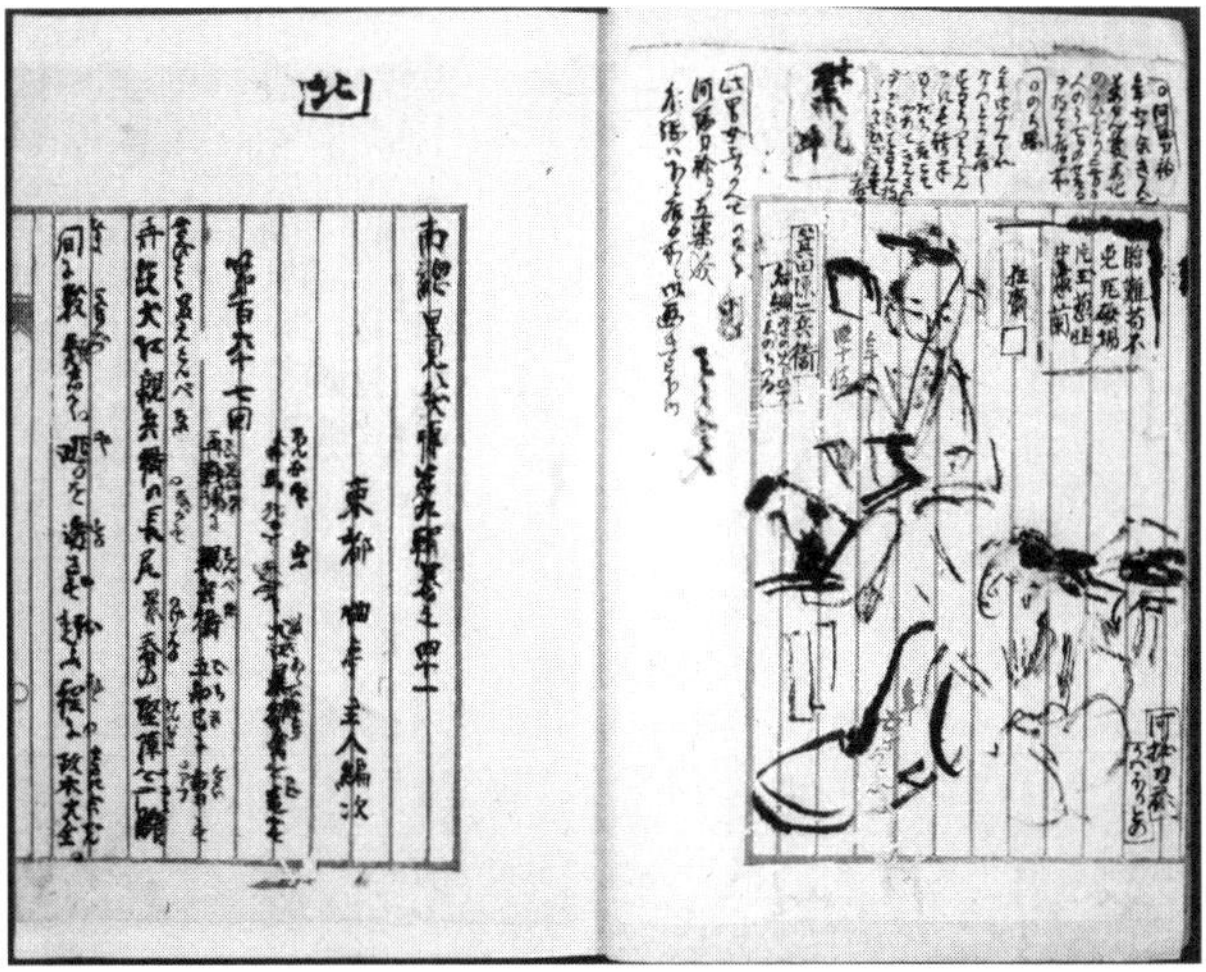

図19　稿本九輯巻四一口絵第五図、本文冒頭部

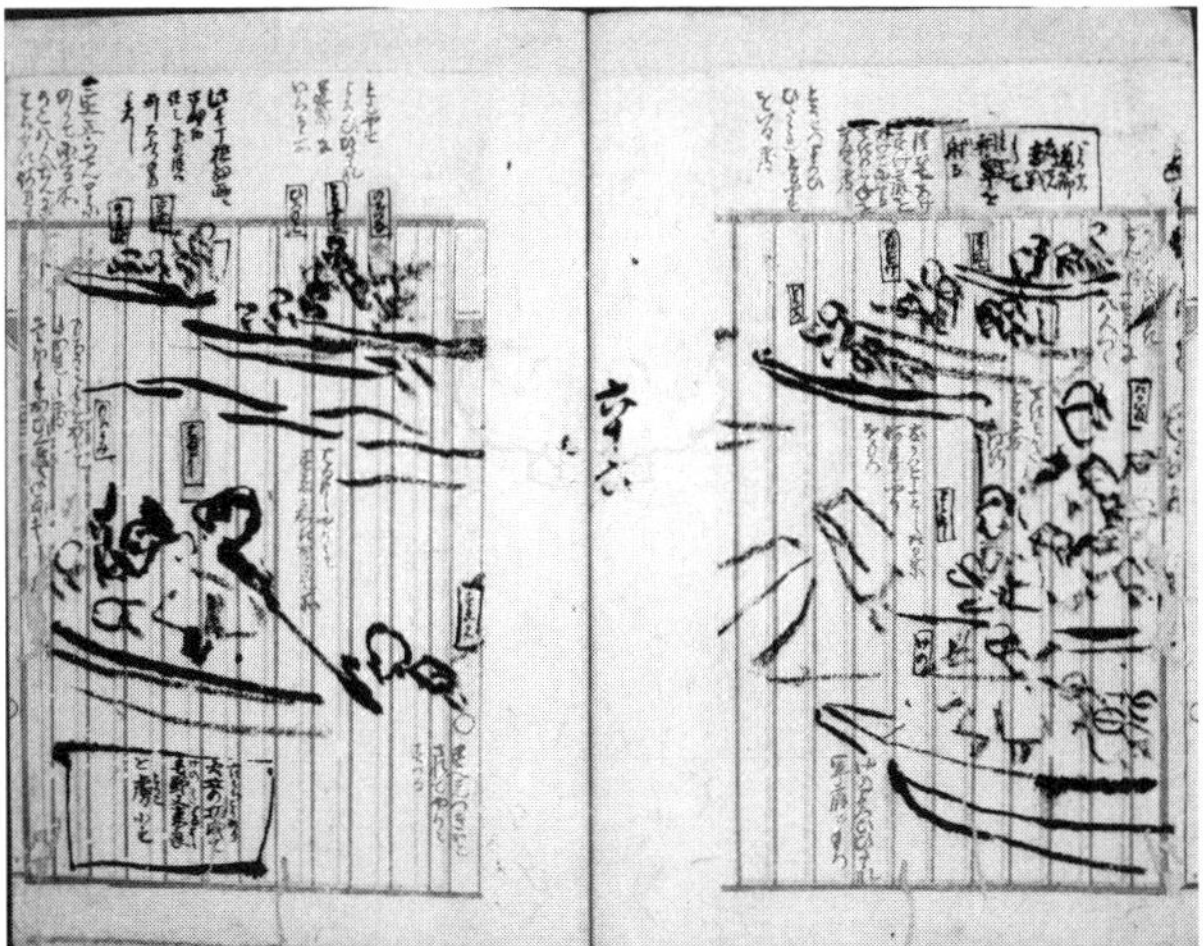

図20　稿本九輯巻四三之四四挿絵第三図

ず画師の二代重信に下絵を描かせ、その下絵を元に更に細かいだめ出しをして、その上で最終的な挿絵を作成させるという方法を考えたのではないだろうか。もちろん、画師の描いた下絵を前に座した戯作者・馬琴に、その橋渡しをして画面をくわしく口頭で伝えたのは路女であろう。彼女の説明を聞き、我が意の通らぬところは訂正を求め、板本の挿絵は仕上げられたのだと想像しておく。大作『八犬伝』の終結部の作業は、画師にとっても、さぞかし気の詰まる仕事だったのではないだろうか。

なお、図20は視力の衰えた馬琴に依る画稿、図15は初代柳川重信に依る下絵、図11は二代柳川重信に依る下絵、図13は溪斎英泉に依る下絵である。

注1　5「『占夢南柯後記』稿本にみる画師北斎と作者馬琴」を参照されたい。
注2　日記は『馬琴日記』第二巻、第三巻（中央公論社、1973年）に依った。
注3　これらの執筆手順は、『八犬伝』八輯のみのものではなく、広く馬琴読本執筆に共通して見られるものである。
注4　『天理図書館善本叢書　馬琴書簡集　翻刻篇』（八木書店、1980年）、560頁。
注5　小林花子校「曲亭馬琴書翰」（『国立国会図書館支部　上野図書館紀要』第四冊、1960年3月）、57頁。

図21　板本九輯巻四三之四四挿絵第三図

注6　同注4、541頁。

II　稿本書誌

【第四輯】　巻一（一巻一冊）
複製（復刻日本古典文学館）※故松浦氏蔵本
縦二五糎×横一七、二糎
全三二丁（表紙共、本文二九丁）　口絵　見開き三丁分、挿絵　三面
〈表紙〉〔外表紙〕（素紙）「全五冊　馬琴著／里見八犬伝第四輯一／弐拾九丁／第壹巻　若林清兵衛／山崎平八」、〔内表紙〕（素紙）「著作堂稿本／八犬伝第四編壹之巻／本文廾三丁／内三丁はさし絵／山青堂板」
〈内表紙見返し〉「里見八犬伝第四輯／曲亭馬琴著／柳川重信画／山青堂嗣梓／戌将軍」
〈序〉〈目録〉〈口絵〉同刊本
〈奥書〉（裏表紙）「文政三庚辰年／五月十六日稿了／大吉利市／筆福硯壽／著作堂稿本／山青堂嗣梓」〈識語〉外表紙見返しに筆耕への注文書が入る。内容は「文字なるたけ大ふりに」などの書き方への注意。
※見返し、口絵、挿絵部分には、「此両人いせうもやう三へん五巻め丿末丿さし絵の通りニ　くミ打の図ハ思召次第可然奉願候」（犬飼見八、挿絵）といった朱筆が入っている。

【第四輯】　巻三・四（二巻合一冊）
都立中央図書館・加賀文庫蔵（八二七七）

全六一丁（表紙共）※素紙替表紙を除く
うち巻三　本文二九丁、挿絵　三面
巻四　本文二八丁、挿絵　三面
〈表紙〉（素紙）巻三「全五冊　馬琴著／里見八犬伝第四輯三／第三巻／二十九丁／若林清兵衛／山崎平八」。
巻四は「二十六丁」、他は巻三に倣う
〈見返し〉（巻三）「曲亭馬琴著／柳川重信画」（巻四）なし
〈奥書〉（裏表紙）巻三「文政三庚辰年／夏六月十二日稿了／筆福硯壽／大吉利市／著作堂稿本」。巻四「六月廾一日」、他は巻三に倣う。
※挿絵部分に、朱筆で「四才／大八とし〳〵すこし大ふりに／大八だかれてねてゐる所」（巻三、挿絵二、大八）、「此せうじへうすゞみにて人かげ二人見せたし／やはりまへのつゝき古那屋の見せ也／おもてのかゝり是にては別の家のやうにてわろし／やはりおなじ場と見ゆる様に奉願候」（巻四、挿絵一）といった画師への指示が入る。

【第八輯上】　巻一・二・三・四上・四下（四巻五冊）
早稲田大学図書館蔵（イ四—六〇〇—一～五）
縦二七、五糎×横一九、五糎（裏打ちあり）
巻一　全三二丁（表紙共、本文三〇丁）、口絵　見開き三丁分、挿絵　三面
巻二　全二八丁（表紙共、本文二六丁）、挿絵　三面
巻三　全二七丁（表紙共、本文二五丁）、挿絵　三面

巻四上　全一八丁（表紙共、本文一六丁）、挿絵　二面
巻四下　全二三丁（表紙共、本文二一丁）、挿絵　二面
〈表紙〉（素紙）巻一「全拾冊　曲亭主人著編／里見八犬伝第八輯／上帙五冊　壹之巻三拾丁／願人板元　丁子屋平兵衛」。巻二「弐之巻弐拾六丁」、巻三「三之巻廾五丁」、巻四上「四之巻ノ上拾六丁」、巻四下「四之巻ノ下弐拾壹丁」、他は巻一に倣う。
〈見返し〉同刊本
〈目録〉（巻一、本文一丁表・裏、四丁裏・五丁表）第七十四回〜第八十二回
〈序〉（巻一、本文二丁表〜四丁表）天保三年如月望　蓑笠漁隠撰
※すなわち、巻一巻頭部分に綴じ順の乱れあり。
〈奥書〉（裏表紙）巻一「本文書画　二十二丁／文政二辛卯年冬十一月廾四日稿了／序目書画八丁／同三年壬辰春二月十三日稿了／著作堂手稾／筆福硯壽／大吉利市」。巻二「天保二辛卯年／冬十二月十二日稿了／著作堂手集／筆福硯壽／大吉利市」。巻三は「天保二辛卯年／冬十二月二十四日稿了」。他は巻二に倣う。巻四上は「天保三壬辰年／春正月二十八日稿了」、巻四下は「天保三壬辰年／春二月八日稿了」。

〈刊記〉（巻四下）「天保三年歳次壬辰□□月吉日発行／京橋水谷町　美濃屋甚三郎／本所松坂町二町目　平林庄五郎／小伝馬町三町目　丁子屋平兵衛」
※他の奥付も刊本に同じ。
※目録、口絵、挿絵部分に「さやかた」（巻一、目録の枠模様）、「がく白字地はくろく所々はげたるところ」（巻二、挿絵一）、「かべうすゝみ入」（巻四下、挿絵一）などの朱筆指示あり。
※巻一は稀書複製會による複製あり。

【第八輯下】　巻五（一巻一冊）
早稲田大学図書館蔵（イ四―六〇〇―六）
縦二七、五糎×横一九、五糎（裏打ちあり）
全三三丁（表紙共、本文三一丁）　口絵　見開き二丁分、挿絵　三面
〈表紙〉（素紙）「全十冊　曲亭主人著編／里見八犬伝第八輯五／下帙　五之巻　三十一丁／表帋附半丁／丁子屋
平兵衛板」
〈見返し〉右下に「紅毛狗形……」、左下に「第八輯……」。朱筆で左右を「やりかえ」るよう指示があり、刊本
ではその指示どおり左右が逆になっている。
〈奥書〉（裏表紙）「天保三壬辰年／春三月十六日燈下稿了／附録三丁五月廾四日追稿之／著作堂手集／筆福硯壽
／大吉利市」。
※見返し、口絵、挿絵などに「もやういもりニくわんせ水」（口絵）、「うすゝみ　つぶしふきほかし」（挿絵二、
ただし、刊本ではここは薄墨は入らない）などの朱筆指示あり。

【第九輯上】　巻一・二・三・四・五・六（六巻六冊）
国立国会図書館蔵（WA一九―一五―一～六）
縦二六糎×横一九糎（裏打ちあり）
巻一　全三三丁（表紙共、本文三一丁）、口絵　見開き二丁分、挿絵　四面
巻二　全二八丁（表紙共、本文二六丁）、挿絵　三面

巻三　全三〇丁（表紙共、本文二八丁）、挿絵　三面
巻四　全三〇丁（表紙共、本文二八丁）、挿絵　三面
巻五　全二九丁（表紙共、本文二七丁）、挿絵　三面
巻六　全三四丁（表紙共、本文三二、五丁）、挿絵　三面

〈表紙〉（素紙）巻一「全六冊　曲亭主人著編／九輯ノ一／南総里見八犬伝第九輯／壹之巻三拾壹丁／表紙附半丁／願人板元丁子屋平兵衛」。巻二「弐之巻弐拾六丁」。巻三「三之巻弐拾八丁」。巻四「四之巻弐拾八丁」。巻五「五之巻弐拾七丁」。巻六「六之巻三拾三丁／外ニ表帋附半丁」。他は巻一に倣う。

〈見返し〉〈序〉（巻一）同刊本。

〈奥書〉（裏表紙）巻一「天保五年甲午春二月初五日起稿／本文二十五頁三月廾五日書画共稿了／秋九月二十二日序目端像追稾成／著作堂手集／筆福硯壽／大吉利市」。巻二「天保五年甲午三月二十五日／稿了出像次日方成」、巻三「天保五甲午年／夏四月十二日稿了」、巻四「天保五甲午年／夏四月二十三日稿了」、巻五「天保五甲午年／夏五月二十六日稿了」、巻六「天保五甲午年／秋九月七日燈火稿畢」、他は巻一に倣う。

〈刊記〉（巻六）同刊本。

※見返し、目録、挿絵部分などに「此巻三枚夜分つゞき候間此処のちやうちんぼんぼりハ御隠被成候　画くニ無及候」（巻四、挿絵三）などの朱筆指示あり。

※巻三・二七丁表の初四行は初案を替えて、別紙を貼付して現行の文にしている。

※巻四は、改装時に起こったと思われる乱丁あり。

【第九輯中】　巻七・十・一二上・一二下（三巻四冊）

早稲田大学図書館蔵（イ四―六〇〇―七～一〇）

縦二七、三糎×横一九、五糎（裏打ちあり）

巻七　全三八丁（表紙共、本文三六丁）、口絵　見開き三丁分、挿絵三面。

巻十　全二九丁（表紙共、本文二七丁）、挿絵　三面。

巻一二上　全一七丁（表紙共、本文一五丁）、挿絵　二面。

巻一二下　全二六丁（表紙共、本文二四丁）、挿絵　二面。

〈表紙〉巻七「十一月十八日掛候肝煎改済／同廾日写本留／全七冊　曲亭主人編　九ノ二／南総里見八犬伝　第九輯七／中帙　七之巻三拾七丁／外扉半丁／丁子屋平兵衛板」。巻十「全七冊　曲亭主人編　九ノ二／南総里見八犬伝第九輯十／中帙　十之巻　廾七丁／丁子屋平兵衛板」。巻十二上「十二之巻上　十五丁」、巻十二下「十二之巻下　弐拾四丁／中帙　外ニ表紙附半丁」、他は巻十に倣う。

〈見返し〉〈序〉〈目録〉（巻七）同刊本。

〈奥書〉（裏表紙）巻七「天保六乙未年春二月廾四日／本文廾五頁稿了序目端像／八月中旬追稿成／著作堂手集／筆福硯壽／大吉利市」。巻十「天保六乙未年／夏四月二十日稿了」、巻一二上「天保六乙未年／秋九月十日稿了」、巻一二下「天保六乙未年／冬十月十五日稿了」、他は巻七に倣う。

〈刊記〉（巻一二下）同刊本。

〈識語〉巻七・六ノ下丁裏に、「憚なから申上候……」と、筆耕への枠と字についての書き方の注文が、八月十六日午前付けで貼紙をして朱書してある。

巻十・一五丁表綴目に筆耕への、字の配分を平均して欲しい旨の注文が付箋にて入る。

巻一二下・挿絵二に挿絵を貼り入れるように指示が貼紙にて入る。

巻一二下・二二丁に貼紙が入る。内容は、巻一一の百十三回の二四頁まで綴った翌日の天保六年五月八日に獨子の琴嶺が没したこと。その痛手から病付き、ようやく秋の月見る頃からまた筆を執り始め、十月の十四日に百二五回の終わりまで擱筆した経緯が記されている。十一行書きとなっているので、本来、板行する予定であったと思われる。

※見返し、目録、口絵、挿絵部分などに、「桜の花半りんつゝやりちがひに」（巻七・目録）などの朱筆指示あり。

※巻七には、一丁・二ノ上丁・二ノ下丁と、丁付が七丁まで朱筆にて入る。

※巻一二下・一四丁表綴目と二二丁表に筆耕への、稿本の字を少しずつ伸ばして書いて欲しい旨の注文が入る。

【第九輯下上】 巻一三ノ一四・一八（二巻二冊）

早稲田大学附属図書館蔵（イ四―六〇〇―一一〜一二）

縦二七、五糎×横一九、五糎（裏打ちあり）

巻一三の一四　全三三丁（表紙共、本文三一丁）、口絵　見開き四丁分、挿絵　二面

巻一八　全二七丁（表紙共、本文二五丁）、挿絵　三面

〈表紙〉（素紙）巻一三ノ一四「全五冊　曲亭主人編　九ノ三／南総里見八犬伝第九輯／十三之十四之巻　三十壹丁／下帙ノ上　板元／丁子屋平兵衛／柳川重信画」。「十八之巻弐拾五丁餘」、他は画工名はないが、巻一三ノ一四に倣う。

〈見返し〉〈序〉（巻一三ノ一四）同刊本

〈奥書〉（裏表紙）巻一三ノ一四「天保七年春三月四日本文廾四張書画共稿成／同年九月廾日序目端像等又七張稿了／著作堂手稾／筆福硯壽／大吉利市」。巻十八「此巻天保七年丙申の夏六月十八日第百廾五回／十八頁迄稿

之十八頁以下又八頁半奥目録／まで同年秋九月二十七日稿了」、以下は同巻一三ノ一四
〈刊記〉（巻一八）同刊本
※見返し、口絵、挿絵などに「もやうせいかひなみ」（巻十三ノ十四・四丁表口絵の枠）などの朱筆指示が入る。

【第九輯下中】 巻一九・二一（二巻二冊）
早稲田大学図書館蔵（イ四―六〇〇―一三～一四）
※巻一九が請求番号一四。
縦二七、五糎×横一九、七糎（裏打ちあり）
巻一九　全三三丁（表紙共、本文三一丁）、口絵　見開き二丁分、挿絵　三面
巻二一　全三三丁（表紙共、本文三一丁）、挿絵　四面
〈表紙〉（素紙）巻一九「全五冊　曲亭馬琴主人編　九ノ四／本編画工柳川重信／南総里見八犬伝第九輯／十九之巻　三拾壹丁／下帙ノ中／板元願人　丁子屋平兵衛」。巻二一「弐拾壹之巻　三拾壹丁」、他は巻一九に倣う、ただし、画工名はなし。
〈見返し〉〈序〉〈目録〉（巻一九）同刊本。
〈奥書〉（裏表紙）巻一九「天保八年丁酉春三月二十八日稿了／序目端像者同年秋八月晦日方成／著作堂老禿手稾／筆福硯壽／大吉利市」。巻二一「天保八丁酉年／夏六月三日稿了／著作堂手集／筆福硯壽／大吉利市」。
※見返し・目録・口絵・挿絵部分などに「此もとよりの落馬の体八輯に出たるよりつらが落馬とおなじありさまにならぬ様に御画」（巻一九、挿絵一）などの朱筆指示あり。

【第九輯下下甲】　巻二六・二七・二八（三巻三冊）

早稲田大学図書館蔵（イ四―六〇〇―一五〜一七）

縦二七、五糎×横一九、五糎（裏打ちあり）

巻二六　全三二丁（表紙共、本文三〇丁）、挿絵三面

巻二七　全二七丁（表紙共、本文二五丁）、挿絵三面

巻二八　全三一丁（表紙共、本文二九丁）、挿絵三面

〈表紙〉（素紙）巻二六「全五冊　曲亭主人編　九ノ五／南総里見八犬伝第九輯／二十六ノ巻　三拾丁／下帙之下ノ甲／画工　重信／第二ヨリ／英泉／丁子屋平兵衛版」。巻二七「弐拾七之巻弐拾五丁／画工英泉」、巻二八「二十八之巻　二十九丁／表紙附共ニ三十丁／画工英泉」、他は巻二六に倣う。

〈奥書〉（裏表紙）巻二六「天保九戊戌年／閏四月二十五日稿了／著作堂手稾／筆福硯壽／大吉利市」。巻二七「五月十九日稿了」、巻二八「夏六月十七日稿畢」、他は巻二六に倣う。

〈刊記〉（巻二八）同刊本。

※挿絵部分などに「朱書のをとこはうすゝみになる也」（巻二七、挿絵一）などの朱筆指示あり。

【第九輯下下乙上】　巻二九・三〇・三一下・三二（四巻四冊）

早稲田大学図書館蔵（イ四―六〇〇―一八〜二一）

縦二七、五糎×横一九、七糎（裏打ちあり）

巻二九　全三五丁（表紙共、本文三三丁）、口絵　見開き三丁分、挿絵　三面

巻三〇　全三二丁（表紙共、本文三〇丁）、挿絵　三面

巻三一下　全二四、五丁（表紙共、本文二三丁）、挿絵　三面
巻三二　全二七丁（表紙共、本文二五丁）、挿絵　三面
〈表紙〉（素紙）巻二九「全　分巻　五冊　曲亭主人編　九ノ六／南総里見八犬伝第九輯／弐拾九之巻　三拾弐丁／下帙ノ下丁子屋平兵衛板／中編乙號上／画工　柳川重信」。巻三〇「三拾之巻　三拾丁」、巻三一下「三拾壹之巻下　弐拾弐丁」、巻三二「三拾弐之巻　弐拾四丁」、他は巻二九に倣う、ただし、画工名はなし。
〈見返し〉〈序〉〈目録〉（巻二九）同刊本
〈奥書〉（裏表紙）巻二九「天保九戊戌年十一月二十四日／本文二十五頁稿了序目編像等／七頁者十年己亥夏四月朔稿畢／著作堂手集／筆福硯壽／大吉利市」。巻三〇「天保十己亥年／春二月三日稿了／著作堂手集／筆福硯壽／大吉利市」。巻三一下「天保十己亥年／春三月三日稿了」、巻三二「天保九《ママ》己亥年／春三月十九日稿了」、他は巻三〇に倣う。
〈刊記〉（巻三二）「天保十一庚子年春正月吉日発行／書行／京都　大文字屋得五郎／大阪　河内屋長兵衛／同　河内屋茂兵衛／同　河内屋太助／江戸　丁子屋平兵衛板」、他の宣伝などは同刊本。
※刊本では、河内屋長兵衛が抜ける。
〈識語〉巻三一下の本文の後（二三丁表）に半丁、筆耕への付け仮名の書き方などについての指示が墨書で入る。
※見返し、口絵、挿絵などに「ぢんはをり」「やなぐい」（巻三〇、挿絵一）などの朱筆指示あり。
※この稿本あたりから視力低下のため、字が少々荒れ、挿絵の線も汚くなる。

【第九輯下下乙中】　巻三三・三四上・三四下・三五上・三五下（三巻五冊）
早稲田大学図書館蔵（イ四―六〇〇―二二〜二六）

縦二七、五糎×横一九、六糎（裏打ちあり）
巻三三　全三七丁（表紙共、本文三五丁）、口絵　見開き三丁分、挿絵　三面
巻三四上　全二二丁（表紙共、本文二〇丁）、挿絵　二面
巻三四下　全一八丁（表紙共、本文一六丁）、挿絵　二面
巻三五上　全二一丁（表紙共、本文一九丁）、挿絵　二面
巻三五下　全二三丁（表紙共、本文二一丁）、挿絵　二面
〈表紙〉（素紙）巻三三「中帙之下乙號中套／全五冊　曲亭主人編　九ノ七／南総里見八犬伝第九輯／三拾三之巻／三拾五丁／画工貞秀　板元丁子屋平兵衛」。巻三四上「全五冊／曲亭主人編　九ノ七／南総里見八犬伝第九輯／下帙下／三拾四之巻上　弐拾丁／下編中／画工貞秀　丁子屋平兵衛板」。巻三四下「三拾四之巻下　拾六丁」、巻三五上「三拾五之巻上／拾九丁」、巻三五下「三拾五之巻下　弐拾壹丁／外ニ表紙附半丁」、他は巻三四上に倣う。
※巻三四下は、「全巻七冊」とある上に白紙を貼ってある。
〈見返し〉〈序〉〈目録〉（巻三三）同刊本
〈奥書〉（裏表紙）巻三三「天保九《（ママ）》己亥年／夏四月十五日稿了／著作堂手集／筆福硯壽／大吉利市／簡端十一張自評総目端像自評餘論／同九年秋八月七日稾畢」。巻三四上「天保十己亥年／夏四月二十七日稿了／著作堂手集／筆福硯壽／大吉利市」、巻三四下「天保十己亥年／夏五月八日稿了」、巻三五上「天保十己亥年／夏五月二十一日稿了」、巻三五下「天保十己亥年／七月二日立秋後四日稿成」、他は巻三四上に倣う。
〈刊記〉（巻三五下）「天保一一庚子年春正月吉日發行／発販書行／京都三篠通東洞院東江入　大文字屋得五郎／大阪心斎橋筋博労町　河内屋茂兵衛／大阪心斎橋筋唐物町南へ入　河内屋太助／江戸小傳馬町三町目　丁子屋

平兵衛板」
※他の宣伝・画工名などは同刊本。
※河内屋太助は刊本では「河内屋藤四郎」と代わる。
※見返し・目録・口絵・挿絵などに「就介十三才たびすがたよろしく御画キ」（巻三三、口絵一）「むしろの上にひものほしてありこゝらいかやうにてもよし是にかきらす」（巻三四下、挿絵一）などの朱筆指示あり。
※視力低下のため、代赭色の罫引きの紙を使用。

【第九輯下下上】 巻三六・三九・四〇（三巻三冊）
天理大学附属天理図書館蔵（九一三、六五―イ―三九・三七・一一）
縦二四、四糎×横一七、六糎（裏打ちあり）
巻三六　全四〇丁（表紙共、本文三八丁）、口絵　見開き三丁分、挿絵　三面
※間端附言一丁分欠。
巻三九　全五五丁（表紙共、本文五三丁）、挿絵　三面
巻四〇　全六七丁（表紙共、本文六五丁）、挿絵　三面
〈表紙〉（素紙）巻三九「全五冊　曲亭主人編　九ノ八／南総里見八犬伝第九輯／三十九之巻／下帙下乙ノ下／画工重信／稿本五十四丁／板下写本弐拾弐丁／丁子屋平兵衛板」。巻四〇「四拾之巻／稿本六十五丁／板下合本二十八丁」、他は巻三九に倣う。
〈見返し〉（巻三六）指示などなし。
〈序〉〈目録〉（巻三六）同刊本。ただし、一丁欠。

〈奥書〉巻三六「天保十己亥年／冬十月六日本文廾六頁稿了／序目端像九頁者／著作堂手集／筆福硯壽／大吉利市」。巻三九「天保十一庚子年／夏四月朔稿了／著作堂手集／筆福硯壽／大吉利市」。巻四〇「天保十一庚子年／夏四月二十二日稿了」、他は巻三九に倣う。

〈刊記〉（巻四〇）「天保十二年辛丑春正月発行／発販書行／京都三条通東洞院東へ入　大文字屋得五郎／大阪心斎橋筋傳労町　河内屋茂兵衛／大阪心斎橋筋唐物町南へ入　河内屋太助／江戸小伝馬町三町目　丁子屋兵衛板」。
※刊本では、大文字屋得五郎が「京都蛸薬師東洞院西へ入　大文字屋仙蔵」に代わる。
※目録、口絵、挿絵部分などに「ゐのしゝのきばへたいまつをむすびつけたる所」（巻三九、挿絵三）などの朱筆指示あり。
※視力低下のため、代赭色の罫引き用紙を使用。巻三六は本文十一行、巻四〇は六行書き。
※金子和正氏『天理大学図書館蔵　馬琴資料目録（一）』（ビブリア四八号、昭和四六年六月）に書誌解説あり。

【第九輯下下中】　巻四一・四二上・四二下・四三ノ四四（三巻四冊）
早稲田大学図書館蔵（イ四―六〇〇―二七～三〇）
縦二七、五糎×横一九、七糎（裏打ちあり）
巻四一　全八〇丁（表紙共、本文七八丁）、口絵　見開き二丁半分、挿絵　三面
巻四二上　全四九丁（表紙共、本文四七丁）、挿絵　三面
巻四二下　全三九丁（表紙共、本文三七丁）、挿絵　二面
巻四三ノ四四　全八〇丁（表紙共、本文七八丁）、挿絵　三面

〈表紙〉（素紙）巻四一「全五巻　曲亭馬琴編　九ノ九／南総里見八犬伝第九輯／四拾壹之巻／稿本　六行七拾八丁／板下写　三拾五丁／下帙下編／之中／画工／柳川重信／板元願人　丁子屋平兵衛」。巻四二上「全六冊　曲亭主人編九ノ九／南総里見八犬伝第九輯／四十二之巻上／稿本　四拾七丁／板下写本　二拾丁／下帙下編／之末／画工　重信／丁子屋平兵衛板」。巻四二下「四拾弐之巻下／稿本　三拾六丁／板下写本　拾七丁」、巻四三ノ四四「四十三四之巻　稿本　七十八丁／版下写本」、他は巻四二上に倣う。

〈見返し〉〈序〉〈目録〉（巻四一）同刊本。ただし、一二丁まで使用、刊本八ノ下丁裏の「再識」は欠。

〈奥書〉（裏表紙）巻四一「天保十一庚子年／夏五月十日稿了／著作堂手集／筆福硯壽／大吉利市」。巻四二上「天保十一庚子年／夏五月中旬稿了」、巻四二下「天保十一庚子年／夏五月二十五日稿了」、巻四三ノ四四「天保十一庚子年／秋九月十四日稿卆」、他は巻四一に倣う。

〈識語〉巻四一・一三丁表に「画稿様江口状」「筆工様江口状」が入る。内容は老眼のため、画ができないので注文通りによろしく描いてくれるよう、また、誤字のないように書いて欲しい旨の依頼。路代筆。なお、一二丁裏は「此所口画」とのみ中央に墨書してある。

巻四一・九丁裏の欄外に十月十四日付けの筆耕への行数指示あり。

巻四二・一丁裏に付箋あり。内容は筆耕への書き方指示。

※見返し・序・目録・口絵・挿絵部分などに「わくもやう桜の花にてうまぜて御画キ」（巻四一・目録）、「此舟大きく御画キ　つミたるしばゐんせうに火をかけられて仁田山しん六其外雑兵多くやけ死ぬる所　但シふねもやける也　此所夜分也　薄すみぼかしに致度候」（巻四三ノ四四・挿絵一、路代筆）などの朱筆指示あり。馬琴筆だけでなく、欄外指示など、路代筆の細かい注文も多い。

※視力の甚だしい低下のため、代赭色の罫引き（一一行）用紙二行宛に一行ずつ書かれているが、字はあちこち

へ飛んでいる。

【第九輯下下下】　巻四六・四七上・四七下・四八（三巻四冊）

早稲田大学図書館蔵（イ四―六〇〇―三一〜三四）

縦二七、二糎×横一九、四糎（裏打ちあり）

巻四六　全五九丁（表紙共、本文五七丁）、挿絵四面

巻四七上　全一九丁（表紙共、本文一七丁）、挿絵二面

巻四七下　全一八丁（表紙共、本文一六丁）、挿絵一面

巻四八　全二九丁（表紙共、本文二七丁）、挿絵三面

〈表紙〉（素紙）巻四六「全十冊　曲亭主人編九ノ十／南総里見八犬伝第九輯／四十六之巻　三十六丁／画工／柳川重信／書物問屋新書／浅草茅町弐町目／須原屋伊八」

※最終行の上に貼紙で「板元願人／丁子屋平兵衛」としてある。

巻四七上「四十七之巻　三十三丁の内／十七丁／板下写本　二十九丁／内　十五丁／重信画／丁子屋平兵衛板」、巻四七下「四拾七之巻下　三十三丁ノ内／十七丁／板下写本　二十九丁／内十四丁」、巻四十八「四十八之巻　廾七丁／板下写本　二十七丁」、他は巻四六に倣う、路代筆。

〈見返し〉〈序〉〈目録〉（巻四六）同刊本。ただし、路代筆。

〈奥書〉（裏表紙）巻四六「天保十二丑年／同正月廾二日稿了／口三丁同年辛丑秋九月十八日追稿仕卆／著作堂口授稿／筆福硯壽／大吉利市」。一部、路代筆。

巻四七上「天保十二辛丑年／春二月二十一日稿了／上下二／冊之内」、巻四七下「天保十二辛丑年／春二月二

十一日稿了」、巻四八「天保十二辛丑年／春三月二十一日稿了」、他は巻四六に倣う、すべて路代筆。
※見返し・序・目録部分などに「したれ桜　みのかさにて鳥のかたち」（巻四六、見返し）「目録此通りに十行に毛ヲ引て御書　但シわく三方の内へほそ毛を引て二重わくにすへし」（巻四六、目録）などの路代筆による朱筆指示あり。他の箇所にはほとんど朱筆・墨筆ともに注文などは入っていない。
※挿絵は、下絵風のものを添貼してあるが、微妙に刊本のものとは異なり、巻四七下・挿絵一では左右が逆に貼られている。
※巻四七下・裏見返しに、刊本最尾の「作者云」以下の四行が書かれている。
※巻四六の三〇丁表より路代筆。よって、巻四六は馬琴自身の本文が入るが、巻四七上より完全に路女の筆記。

【第九廾下下下結局】　巻五〇・五一・五三上（三巻三冊）
早稲田大学図書館蔵（イ四―六〇〇―三五～三七）
縦二七、四糎×横一九、六糎（裏打ちあり）
巻五〇　全三八丁（表紙共、本文三六丁）、挿絵三面
巻五一　全二九、五丁（表紙共、本文二七丁）、挿絵三面
巻五三上　全一九丁（表紙共、本文一七丁）、挿絵二面
〈表紙〉（素紙）巻五〇「全十冊　曲亭主人編／九ノ十一／南総里見八犬伝第九輯／五拾之巻　三十六丁／画工／柳川重信　丁子屋平兵衛板」。巻五一「五拾壹之巻　二十九丁」、巻五三上「五十三の巻上　十七丁」、他は巻五〇に倣う。
〈見返し〉（巻五〇）白紙のまま

〈奥書〉（裏表紙）巻五〇「天保十二丑年／夏五月廿六日稿了／著作堂口授稿／筆福硯壽／大吉利市」。巻五一「天保十二年辛丑年／七月二十三日稿了」、巻五三上「天保十二年辛丑年／秋八月二十一日稿了」、他は巻五〇に倣う。

〈識語〉巻五一の冒頭に半丁、七月廿日付けの筆耕への注意書あり。内容は、誤字脱字がないよう、字配りも稿本のようにして欲しいことなど。
※挿絵は、後から下絵風のものを添貼してあるが、微妙に刊本のものとは異なっている。
※路女の口授による代筆。

付記
本稿を草すにあたり、柴田光彦氏、鈴木重三氏ならびに浜田啓介氏には種々の御教示をいただきました。深く感謝いたします。

第三章

馬琴戯作の原型

――想像力の基底と瀧澤家

10 馬琴戯作における想像力の原型《アーキタイプ》——馬琴と「小夜の中山」伝説

享和二年〔一八〇二〕五月九日から八月二四日まで、馬琴は京都・大坂・伊勢松坂を巡る旅に出た。この旅の記録である『羇旅漫録』によると、馬琴は夜泣石や子育観音で知られた小夜の中山を五月二一日に通り、その折に縁起三種を買い求めている（十一　小夜中山）。そしてこの縁起を用いて、文化元年〔一八〇四〕に『小夜中山《さよのなかやま》宵啼碑《よなきのいしぶみ》』（歌川豊広画）という作品が刊行された。以後、この黄表紙『宵啼碑』に見られるいくつかの物語部分の型は、馬琴の生涯を通じて、草双紙と読本の別を問わず、さまざまな変化を付けながら使い続けられる。これらは趣向の域を超えて、一つの方向性を持っており、馬琴個人の無意識の領域に支えられた「創造の型」として捉えられる。すなわち馬琴戯作における「原型《アーキタイプ》」といえよう。本稿では、「小夜の中山」伝説に端を発するこれらの型を馬琴戯作の中に丹念に辿り、さらには『南総里見八犬伝』という代表作品の中での昇華された形を示していく。これらの型の持つ意味から戯作者馬琴の資質を探り、馬琴文学の持つ魅力を探求したい。

Ⅰ 「小夜の中山」縁起と黄表紙『小夜中山宵啼碑』

京摂地方を巡る享和二年の旅は馬琴にとって生涯に一度の大旅行であり、新しく結ばれた書肆との関係や旅での見聞の戯作への取り込みなど、その成果の大きさは既にさまざまに言及されている。時に馬琴三六歳、妻・百（三九歳）を娶って十年、間に長女・幸（九歳）、次女・祐（七歳）、嫡男・興継（五歳）、三女・くわ（三歳）を儲け、瀧澤家の家族構成は既にできあがっていた。しかし戯作者・馬琴としては、その初作の草双紙（黄表紙）『尽用而二分狂言』を寛政三年［一七九一］に刊行して以来十三年、黄表紙作家としての位置を少しずつ固めてはきたものの、いまだ特段の当り作を持つことができずにいる。けれどもその間に、草双紙はそれまでの都会的な洒落た「機知《ウィット》」と「笑い《ユーモア》」を求める短編冊子としての性格を変え、物語構成を重視する傾向を持ち、随って長編へと変化してきていた。このことは、虚構の伝奇小説創作を己が本分と考える馬琴にとって、時代の潮流が自らの方に動き出したことを意味する。その新しい流れをどう取り込むか、馬琴の京摂旅行は決して「遊歴」（『羇旅漫録』旅泊概略　2オ）ではなく、馬琴自身にとって新しい方向性を探る大きな使命を持ったものであったといえよう。

その途中、「小夜の中山」で求めた縁起は、現在、曲亭叢書（早稲田大学図書館所蔵）の「縁起部類」に収められている。「縁起部類」は、五八種の縁起類を写本・刊本を取り交ぜて六冊に合綴しているが、そのうち「壹」が、本稿で問題とする「小夜中山」伝説関係の板本を改装合綴したものである。大きさは18・8×12・2㎝。計二四丁のものに前後替表紙を付している。それらは、

A『遠州小夜中山子育観音　夜啼石／敵討由来』（六丁、石川堂板）

B『遠州小夜中山刃之雉子之由来』(六丁、石川堂板)
C『遠州小夜中山無間之鐘之由来』(五丁、石川堂板)
D『再板　遠州小夜中山刃雉子由来』(七丁)

の四冊であるが、うちDは最終丁の表示により、文政四年〔一八二一〕の再板物であることが判る。このDはA～Cの内容をまとめた簡略版であるが、この再板本はさておき、馬琴が享和二年に購い求めたA～Cの三種の縁起の内容を見ておく。

A**『遠州小夜中山子育観音　夜啼石／敵討由来』**

(梗概)小夜中山に夫婦が仲睦まじく暮らしていた。夫は病となり、身重の妻に、自らの死後は中山の観音に参詣するように遺言し、歌を形見として死ぬ。その後、妻は中山の観音へ詣でていたが、道で男に出会う。男は妻に惹かれるが、妻が拒絶したことから妻を殺して逃げ去る。妻の死体の傷口から男の子が生まれる。老僧が妻の死体を葬り、生まれた赤子を抱き取って観音堂の住僧に歌の短冊と共に託した。老僧は観世音菩薩であった。妻の死体の傍らの石は、夜ごとに声を出した(夜啼石)。

住僧は、子を音八と名付けて育てる。音八が十三歳の時、住僧から形見の短冊を貰って事情を知り、敵討の旅に出た。音八は近江の国で、刀鍛冶の所に仕えていたが、ある日、五〇位の男が来て、切っ先の欠けた刀を出す。男は昔、小夜中山で身重の女を切ったことを話し、音八は男を殺して母の敵討を果たした(敵討)。

B**『遠州小夜中山刃之雉子之由来』**

（梗概）小夜中山に化鳥が出たことから、上枚三位高実卿が化鳥退治のために中山に来る。高実は無間山に棲む化鳥を射殺すが、その鳥は雉子のようで羽は刃で出来ており、高実は刃の羽で鐘を造る（刃之雉子）。

ところで、高実は中山で庄司の娘・白菊と馴染んでいたが、身重の白菊を残して都へ帰っていった。白菊は母に責められて淵に飛び込むが死ねず、観世音の尊像を背負って都へ出る途次で産気付き、観世音の化した老女の助けで若君を生む。高実と白菊たちは幸福に暮らす。

C　**『遠州小夜中山無間之鐘之由来』**

（梗概）小夜中山の北の無間山の頂上には井戸があり、大昔にその泡が固まって鐘となったと「玄亨釈書」にある。この鐘は突くと此世の願いは叶うが、来世で無間地獄に墜ちるといわれていた（無間之鐘）。

ある時、富裕な川井成信が山で楽しんでいるところに貧しい郷士・鶴見因幡が闖入して来たが、因幡は満座の中で辱められてしまう。憤りに耐えない因幡は、怨みを晴らすために無間鐘を突いて武具を整えようとするが、その父は因幡を諌めて鐘を井戸の底へ埋めて貰う。因幡は鐘を必死に探して見つからず、山に放火しようとして八王子権現により谷底に落とされる。鐘を埋めた跡へ樒の木を逆に挿したのが大きく育ち、井戸の印となった。また蕨餅が名物であるが、その形が蛭に似るのは無間の所縁と伝えられる。

（以上、「縁起部類　壹」（曲亭叢書　イ／600／155））

馬琴はこれらの縁起を元に、文化元年［一八〇四］に黄表紙**『小夜中山宵啼碑』**を出す。この経緯を作中で、壬戌年《じんじゆつのとし》余《よ》浪華《らうくわ》に遊歴《ゆうれき》し。遠州小夜《ゑんしうさよ》の中山《なかやま》を遇《よぎる》の日。無間山《むけんざん》の縁起三綴《えんぎさんてつ》を買得《かひえ》たり。因《より》て是《これ》を翻案《ほんあん》して者個《しやこ》の稗史《ひし》を作《つく》る。（1オ）

と記している。本作の物語内容は、以下のようになっている。

（梗概）遠州松葉が郷の郷士・川井庄司成信は子がなく、小夜の中山の観世音に祈ったところ、夢中に観世音が手に「虚実」の二字を持ち、「うぐひすの古巣のうちのほととぎす　そは子にあらずこは子なりけり」という歌を詠む姿を見る。その後、妻・いはねは懐妊する。庄司の従兄弟・鶴見稲九郎は、いはねに横恋慕し、いはねを口説くが拒否される。庄司は、稲九郎を追い出す。

その頃、小夜の中山に化鳥が住み、人々を悩ませていた。庄司は退治を命じられ、化鳥を矢で打ち殺すが、その化鳥の形は雉、羽はことごとく刃だった。無間山観音寺の僧はこれを聞いて鳥の羽で撞鐘を鋳る。「無間の鐘」がこの鐘である（刃之雉子）。

その夜、庄司が体調を崩して観音寺に一宿していると、鶴見稲九郎が来て庄司を殺してしまう。いはねは臨月だったが、無間山に参詣する途次に稲九郎が現れ、いはねをくどいても従わないので、いはねもまた、稲九郎に殺される。と、いはねの傷口から赤子が生まれる。稲九郎は逃げようとするが、傍らに立つ観音像に「人にかたり給ふな」と戯れたところ、観音像が「おれはいはぬがわれいふな」と答えたことに驚き、その赤子を育てることにする。

観音寺の上人がいはねの亡骸を埋めた上に石を建てると、その石が夜ごとに泣く（夜啼石）。小夜の中山で飴を売る正介の許に毎夜、出家が赤子を抱いて来て水飴を買っていった。その出家は観世音であり、石を退けると男の赤子がいた。観音寺の上人はその子を乙八郎と名付けて、養育する（子育観音）。

乙八郎十六歳の時、上人より母と父が横死したことを聞く。上人は乙八郎を出家させようとするが、乙八郎は敵討を望み、出家の代わりに寺を寄進しようと考える。その金欲しさに無間の鐘を打つと、鐘は割れて谷あいに落ち、乙八郎も落ちる（無間の鐘）。

乙八郎の前に老僧（八王子一寸方権現）が現れ、敵・稲九郎の名前と彼が近江の国にいることを告げる。このことを聞いた観音寺の上人は乙八郎に刀と母の形見の短冊を与え、乙八郎は敵討にと旅立った。

乙八郎は近江国の月の輪の里で、猟師の家に泊まる。この家の娘・小波は乙八郎に恋し、その夜、寝屋に忍んで行くが乙八郎は受け入れず、小波は刀で自害しようとする。その刀の先が欠けていることから、小波は養父が昔、小夜の中山で懐妊中の女を殺し、自分はその男に養われてきたことを話す。また、小波の持つ短冊から、二人が双子の兄妹であることが知られる。

乙八郎は小波の手引きで稲九郎を殺すことになり、教えられたように夜着の上から刺すが、その中には小波が死んでいた。書き置きによると、小波は稲九郎の養育の恩に報いたのだった。乙八郎は稲九郎と戦い、遂に稲九郎を殺して母の敵を打つ。

そこに死んだ小波が出てくるので驚くと、懐中の掛け軸の観世音が切れており、観世音が小波の身代りになったのだった。

乙八郎は庄司の家督を継ぎ、子孫は栄える。また小波は尼となって父母の菩提を弔った。

本作は馬琴にとって自信作で、

夫《それ》、あることをあるがまゝにかくはけさくにあらず。なきことをあるがごとくつくるを真《しん》のけさくといふよし、明《みん》の謝肇淛《しやちやうせい》もいへり。ほかくのかたきうちものとよくく御よみくらべ御ひやうばん下さるべく候。（1ウ。以下、翻字は読みやすくするために適宜、句読点を補う）

と記されている。観世音が川井庄司に与えた「虚実」の二文字は、本作の物語内容を予告すると共に、馬琴にとっての戯作の奥義を示しているのだろう。

ところで何が馬琴をしてこう言わしめたかを推測すると、この文化元年に出された草双紙（黄表紙）全五作の中の二作において、馬琴は初めて複雑な筋を持つ伝奇的な物語を展開している。すなわち本作は、「なきことをあるがごとくつくる」虚構の物語執筆という、戯作本来の在り方を馬琴が貫いた、初めての作品なのである。ちなみに他の一作である『敵討弐人長兵衛』（重政画）は権八・小紫の「比翼塚後日話」（1オ）を趣向として、上田秋成「息子の心は照降知らぬ狐の嫁入」（『世間妾形気』）を取り込んで作を構成しているが、芝居色が濃く、『宵啼碑』のような気負った馬琴の文言は作中に見られない。

では、「小夜の中山」縁起類と『小夜中山宵啼碑』を比べてみよう。「**表1「小夜中山縁起」と『小夜中山宵啼碑』**」は、両者の関係をまとめたものである。馬琴は『宵啼碑』を綴るにあたって、A『遠州小夜中山子育観音夜啼石／敵討由来』を中心に取り込み、同時にB『遠州小夜中山刃之雉子之由来』、C『遠州小夜中山無間之鐘之由来』からも主要事項のみをわずかに採り入れることで三種の縁起を活かし、後半の男女の双子の辿る数奇な運命を帯びた敵討譚の部分を中心に、新たな

表1 「小夜中山縁起」と『小夜中山宵啼碑』

黄表紙『小夜中山宵啼碑』における構成素材	小夜中山縁起	基本の型
夫婦がいる	A	
男が妻に横恋慕する	A	
夫が化鳥を殺す	A	
化鳥の羽で無間の鐘を作る	B	
男が夫を殺す		
男が懐妊中の妻を殺す	A	①
妻の死体から子が生まれる	A	②
母を殺した男が子を育てる		③
子を観世音が助ける	A	
子が無間の鐘を打ち谷に落ちる	C	
子が敵討の旅に出る	A	
複数の子が巡り会う		
妹は兄を（恋）慕う		④
刀の欠けから敵を知る	A	
兄は妹を殺す		⑤
子による敵討の遂行	A	

構想を組み込んで物語を創作していることが見て取れよう。

さて、問題は、馬琴の伝奇的物語構成を用いた初作であるこの『宵啼碑』に現れるいくつかの型が、以後の馬琴戯作において、さまざまな変奏を見せながら、生涯に亘って使われ続けることである。それは、

① 妊娠中の女性が殺される
② 女性の死体から子どもが生まれる
③ 子どもの親にとって敵の立場に当たる者が子どもを養育する
④ 妹は兄、または共に育った者を慕う、または恋する
⑤ 兄は妹を殺す、または害を与える

というものである。なお③では、子どもの親は殺される被害者である場合のみならず、時として殺した加害者である例も見られる。また故意の殺人のみならず、事故や事件に巻き込まれる場合もある。すなわち「生まれた子ども」の「実親」と「養親」の親族のいずれかが、他の一方によって、「命を取られた」立場にあることを意味する。また④⑤の「兄と妹」については、本作では男女の双子の兄妹であるが、作品の中では同居して兄妹同様に共に育った者の形を取る場合も多く、それらについても兄妹に準ずる関係として扱う。

これら①〜⑤の型は、『宵啼碑』で具体的に追うならば、

・臨月のいはねが鶴見稲九郎に殺され（①）、その死体からは女の赤子が生まれている。（②）
・いはねを殺した稲九郎は、傍らの観音像が口を利いたことに驚き、罪滅ぼしのために生まれ出た赤子を採

り上げて養育する。つまり、赤子は本来は母の敵である人物によって養育されている。(③)
・そして兄と妹が登場するが、妹は兄を恋慕うものの(④)、その兄は妹を受け容れることなく、予想の外とはいえ、殺している。(⑤)

となる。**「表1 「小夜中山縁起」と『小夜中山宵啼碑』」**には、これら五つの型がどの部分に位置するかも右端の欄に示している。これら五つの型は、**表1**に見るように「小夜中山縁起」に依る①②、そして馬琴の創作に依る③④⑤とその性質を異にするが、後者は更に④⑤が兄と妹のこととして共通していることから、最終的に三つのグループに分けて見ていく。

これらの人物関係は、『宵啼碑』においては**「登場人物図『小夜中山宵啼碑』」**のようになる。なお、本図で用いた人物の関係を表す線は、以後のすべての登場人物図に共通する。そして、この人物図から導かれる基本形が**「五つの型に見られる人物関係の基本形」**である。つまり、この「基本形」に類する人間関係が、馬琴戯作には終生に亘って現れ続けるということなのである。ではどのように出てくるかを、「黄表紙」、「合巻」、「読本」の三ジャンルに分けて以下に記していくこととする。なお、戯作それぞれの説明は、これらの型に関わる部分の梗概を中心に載せ、使われている型の番号を( )内に入れて示す。これらの作品梗概は、型の使用が顕著な作についてはほぼ全体を載せ、また作品の登場人物図を添えるが、そうでないものについては、簡単な部分紹介のみを示しておく。梗概は全体か部分かの別を示すが、全体の梗概を載せた作であっても、馬琴戯作は脇筋をいくつも備える複雑な展開を持つことから、細部を略したものとなっていることをお断りしておく。型の使用は、かなり変形されたかたちで用いられている場合には、番号に「,」を付けた。

登場人物図

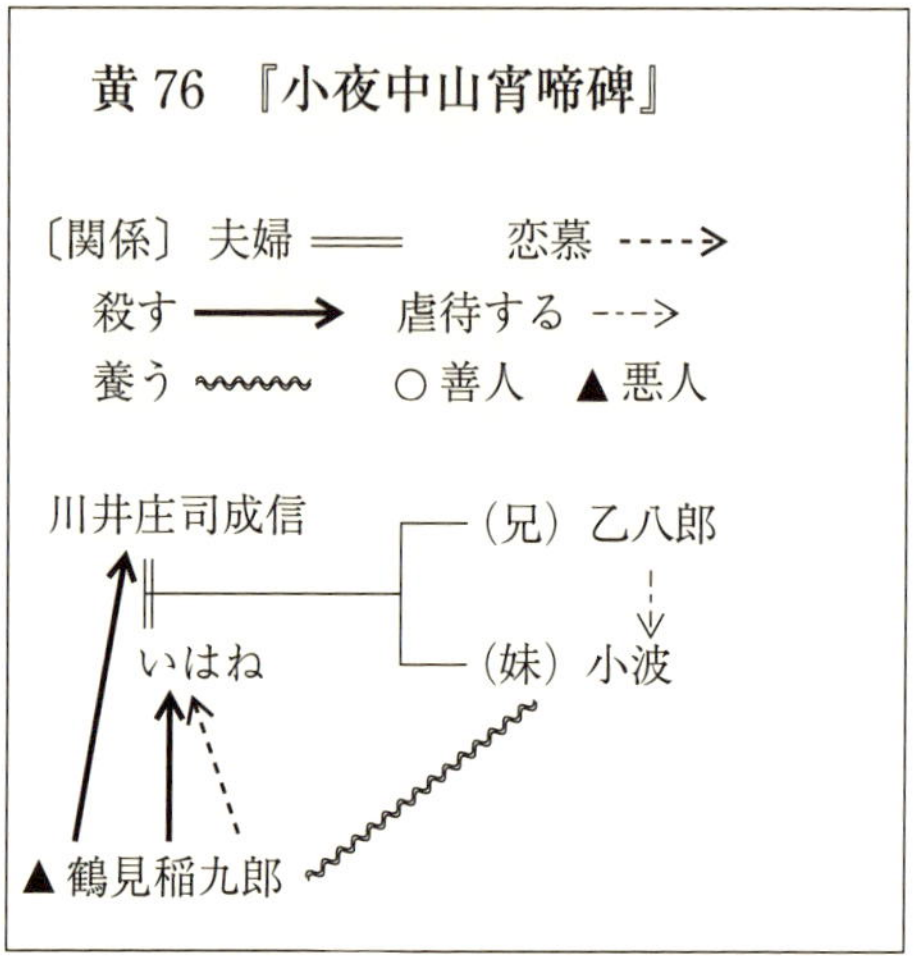

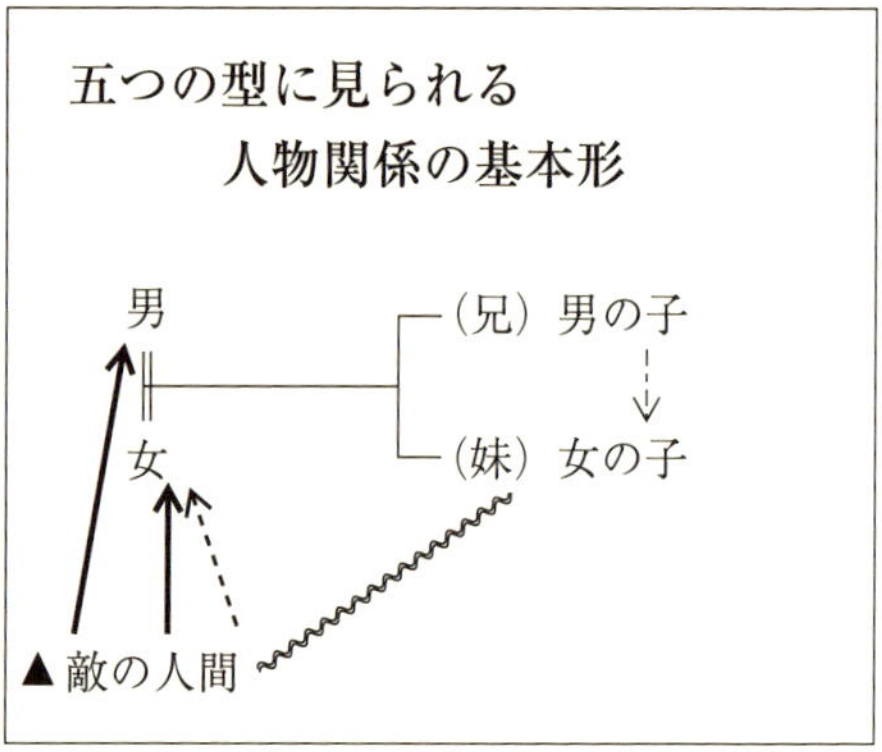

II　馬琴黄表紙中の型の使用

まずは草双紙の中で、文化三年〔一八〇六〕以前に出された「黄表紙」作品を採り上げる。馬琴は黄表紙を八四作出しているが、本稿ではその中で文化元年以降刊行の十三作のみを扱う。これは、文化元年が『小夜中山宵啼碑』刊行年であると同時に、先述のようにこの年までには「複雑な展開を持つ伝奇物語」という作品が見られず、したがって本稿で採り上げる必要性がないからである。以下、『宵啼碑』に発する型の使用が見られる作品を、刊行年順に採り上げていく。なお、作品の頭に付けた番号は馬琴の黄表紙全作に刊行順に振ったもので、本書で扱う馬琴黄表紙すべてに共通する。

77『奉打札所誓』（喜多川月麿画、文化二年〔一八〇五〕）

本作では、先に挙げた内容とはかなり離れた使われ方がなされているが、後半部の構想に『小夜中山子育観音縁起』の敵討部分を用いていることから、型の変形使用として掲げておく。

（梗概・部分）岸井津右衛門の妻・おかねは身重であったが、姿を消した夫・津右衛門の行方を尋ねようと旅立ち、その途中で女児・おすてを生む。しかし、悪人・大杉管右衛門に試し切りにされる。①

生まれた女児は通りかかった郷士・矢藤丹三郎に養育されるが、丹三郎の病没後、その妻・おたにはおすての母を殺した管右衛門と通じて、彼を家に入れる。③

すなわち本作では、母は身重の時には殺されず、出産直後に殺されている。そして当初は、生まれた子どもは母を憐れんだ善心の男に養育されるが、その男の没後、悪心の妻は子どもの親の敵を家に引き入れ、子どもは親の敵に養育されていくのである。なお、物語はその後、おすては刀屋となった実父と巡り会い、そこに名剣を研ぎに来た男の話からその男が敵・管右衛門と分かり、父と共に母の敵討を果たす。この部分には『小夜中山子育観音縁起』を用いており、本作が「小夜の中山」伝説の影響下にあることが窺える。

83『敵討雑居寝物語』（北尾重政画、文化三年〔一八〇六〕）

本作は、大原雑魚寝という奇習に取材した作品であり、この梗概に載せた部分の他には、『剪燈新話』巻二「渭塘奇遇記」を用いたエピソードなどが盛り込まれている。妹・あやめが慕うのは兄ではなく、大原雑魚寝で巡り会った浅香かつみという美々しい青年であることを除いては、他の四つの型がすべて原型に近い形で使われており、『宵啼碑』型の影響が強く見られる作品である。

(梗概・全) 湯浅右内は剣術に優れ、大内義弘に仕えていたが、四〇歳になっても子のないのを嘆き、大原の明神に参詣して霊夢を得る。その教えに従って、右内は駆け落ちしてきた小浜幸三とおよつ夫婦に金を与えて助け、名を告げずに自分の笄を渡して別れた。その後、右内の妻は懐妊して女児・かほとりを生んだ。

一方、幸三夫婦は金十郎(兄)とあやめ(妹)という二人の子を持ち、十年が経った。あやめは孝行者だが金十郎は乱暴者で、友を殺して家を出て、果ては追い剝ぎとなった。

妹のあやめは十六才の時、江文明神に雑魚寝に行き、一人の若侍と一夜なじみ、翌朝、扇を貰って別れた。あやめはその一夜で身籠もり、その侍に再会できるよう江文明神に祈っていた。

その侍は浅香かつみといい、湯浅右内を頼って行く旅の途中であった。右内の高弟・十坂伴九郎は悪心の者だが、師匠の美しい娘・かほとりに横恋慕していた。右内は浅香かつみの剣の力を認め、かほとりとかつみを結婚させた。

ある時、右内が主命で旅に出た間に、金十郎が伴九郎の家へ盗みに入ったが捕らえられ、かえって金十郎は伴九郎の味方に引き入れられる。伴九郎は右内たちを怨み、主命で勘合の印を持って旅立った右内を鉄砲

黄 83 『敵討雑居寝物語』

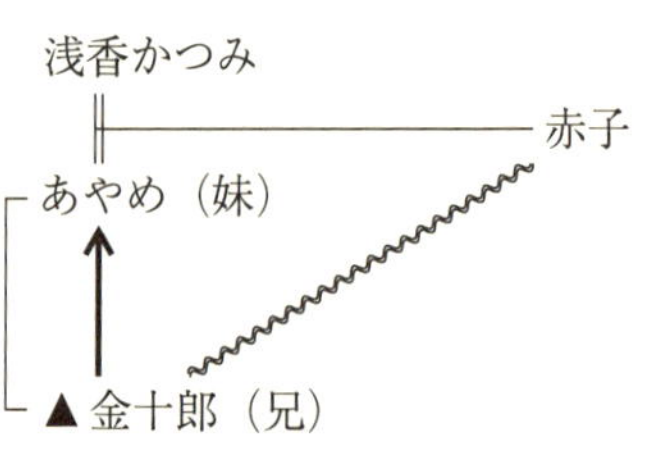

で撃ち殺し、印も盗み取る。その罪でかつみ夫婦は追放される。

金十郎は伴九郎の命を受けてかほとりを殺そうとするが、誤って江文明神に参詣していた身重の妹・あやめを殺す。（①⑤）

するとあやめの腹中より赤子が生まれ、金十郎はその場を動けなくなり、やむなく生まれ出た子を連れて帰る。（②③）

娘の死を知った幸三・およつ夫婦はかつみ・かほとり夫婦の元に行き、彼らがかつての恩人・右内の子であることを知って共に敵討を志す。

一方、あやめの死体から生まれた子は金十郎が育てていたが、毎夜あやめの霊が乳を飲ませに来ていた（『小夜中山子育観音縁起』の応用）。そこにやってきたかつみは、添い寝するかほとりの霊と扇から、赤子が我が子であることを知る。かつみは金十郎に切りつけ、金十郎は前非を懺悔して死ぬ。

かつみ夫婦は伴九郎を討って父の敵討を果たし、以後、幸三夫婦はかつみの忠臣となり、赤子はかつみの惣領となって一家は栄える。

兄の金十郎は妹のあやめが妊娠している時に殺し、その腹から生まれた子を、あやめの敵である金十郎が養育していくのである。

84『大師河原撫子話』（北尾重政画、文化三年［一八〇六］）

川崎の宿外れにある弘法大師の大師河原という所での、大師の霊験による女性の敵討譚である。殺された母体から取り出されるのは人間ではなく熊の仔であるが、この熊の仔はやがて共に育てられたお露を助け、作中で重要な働きをする。変形的な型の利用と見たい。

（梗概・部分）猟師・善介は妻・お梶の諌めも聞かずに大熊を撃ち殺すが、その熊は身重で、胎内から仔熊が出る。お梶は憐れんで、その熊の仔を幼い娘・お露と共に育てる。（①'②'③'）

まず身重の母熊が殺され、その胎内から仔熊が取り出され、母熊を殺した膳介夫婦によって育てられており、①〜③型の使用が指摘できよう。なお物語では、仔熊は成長してお梶の情けで足柄山に放され、やがてさまざまな苦難に遭うお露を助ける。お露の父・善介は後妻・お苫に殺されるが、そのお苫を物語の最後で討つのもこの熊である。

表２　馬琴黄表紙中の五つの型の使用

※文化元年以降の黄表紙のみを扱う

No.	書　名	刊年	「宵啼碑」の型の使用 小夜の中山伝説 ①	②	敵による養育 ③	兄と妹 ④	⑤	複雑な全体構想の有無
72	敵討弐人長兵衛	文化元						あり
73	松株木三階奇談	〃						なし
74	五人拍鄙言	〃						なし
75	新研十六武蔵坊	〃						なし
76	**小夜中山宵啼碑**	〃	①	②	③	④	⑤	**あり**
77	奉打札所誓	文化２	①'		③'			あり
78	妙黄粉穀道明寺	〃						なし
79	復讐阿姑射之松	〃						あり
80	猫奴牡忠義合奏	〃						なし
81	武者修行木斎伝	文化３						あり
82	敵討鼎壮夫	〃						あり
83	敵討雑居寝物語	〃	①	②	③		⑤	あり
84	大師河原撫子話	〃	①'	②'	③'			あり
		計	４例	３例	４例	１例	２例	

以上が馬琴の黄表紙に見られる五つの型の利用で、これらをまとめたのが、「**表2　馬琴黄表紙中の五つの型の使用**」である。この表に見るように、文化元年から三年までに刊行された馬琴黄表紙は№72〜84の計十三作であるが、この時期は**表2**の右端欄に示したように複雑な伝奇小説の構想を取るものと、いまだ滑稽や見立ての面白さを趣向とした作品とが併存しており、前者は八作に留まる。その中で四作がこれら五つの型を使用しているわけで、文化元年の『小夜中山宵啼碑』刊行から三年までのわずか三年間の作品の中で、このようにさまざまな変奏を見せながら高い割合で使われていることが確認できよう。

III　馬琴合巻中の型の使用

次に草双紙の中で文化四年以降に出された「合巻」作品に移る。これは馬琴が著した戯作の中で最も多い作品群であり、大きく短編六二作と長編八作に分けられる。しかし本稿で扱う型を採り入れたものは、長編合巻では『殺生石後日怪談』一作であるので、短編と長編を分かたずに扱うこととする。また書名の前に入れた番号は、馬琴の合巻全作に刊行年順に振ったものであり、本書で扱う馬琴合巻すべてに共通している。

2『敵討鼓瀑布』（歌川豊広画、文化四年〔一八〇七〕）

本作では、殺された臨月の女性の死体から赤子が生まれる形は採っておらず、二歳の幼子を連れた母が子と共に生き埋めにされている。しかし後に母の死骸と共にその幼児が生きて掘り返されていることから、やはり「死体からの出産」の変形と見なされよう。

（梗概・部分）悪人の五東太は、住吉参詣に出た花形とその幼い息子・一太郎を道の穴へ突き落とし、上か

ら土と柴を掛けて生き埋めにする。①'

佐川小五郎は旅路の帰り道、地の底からの泣き声によって穴を掘り、死後百日程も経た女の死骸と幼児・市太郎を掘り出す。「かぜがあたると女のしがい、はくこつとはなつたれども、おんあいしゝてもその子にまつはり、ちゝをのませたものであらふ」（7ウ・8オ）、市太郎は無事であった。②'

市太郎を救ったのは花形の夫・佐川市之介の叔父・小五郎であり、以後、市太郎は小五郎に伴われて敵討の旅に出ている。

6『歌舞伎伝介忠義話説』（勝川春亭画、文化五年〔一八〇八〕）

主人から与えられた女形人形の霊力を借りて、殺された主人の敵を討つ忠僕・伝介の奇談であるが、本稿で注目するのは物語の主人公である伝介夫婦、すなわち伝介と人形が人間になって現れたおゐなではなく、主人・玉村栄閑の息子・伝吉と娘・今はたの兄妹の関係である。

（梗概・部分）今はた、のち遊女・今むらさきは、廓で名を売る男俠の土佐衛門伝吉が兄・長吉であることを知る。我が身の過ちから父が殺され、また遊女となった身が面目なく、わざと衆目の前で伝吉を踏みつけ、妹と気付かない兄・伝吉に斬り殺される。⑤

少年時に友を殺めて家を出ていた兄は、妹を、それと知らずに殺しているのである。

10『小女郎蜘蛛怨苧環』（勝川春亭画、文化六年〔一八〇九〕）

本作は全十二巻三冊。文化六年に三作が出された中編合巻中の一作で、通常の六巻の短編合巻に比べて伝奇的要素が強い。物語は、多田蔵人頼行に仕える忠臣・卜部寿太夫一家の物語の前半部と、その寿太夫の娘・小女郎に牝蜘蛛が乗り移り悪事の限りを尽くす後半部に別れる。本稿で問題とする型が使われているのは、その前半部、物語の発端部に近いところである。

(梗概・部分) 多田蔵人頼行は、妾・待宵が懐胎八ヶ月の身であったが、ある夜の夢に第一に愛でるものを捨てるようにとの告げを受け、待宵に暇を取らせる。待宵の供をしたなぎのなだ右衛門は、忠臣の卜部寿太郎の妻の弟であったが悪者で、身重の待宵を殺して逃げる。吉備の中山に住むさそり婆は待宵の死体に行き当たり、子供が産声を挙げていたので連れ帰る。(①②)

臨月の母が殺され、その死体から子どもが生まれ出ているのである。

12『山中鹿介稚物語』(勝川春亭・小川(北尾)美丸画、文化六年)

これも文化六年に試みられた中編合巻の一作で、全十巻三冊。「鹿介」の名前から、春日の神鹿を殺した子が罰として殺されるという「十三鐘」伝説を中軸に据えて、物語は構想されている。

(梗概・全) 出雲国主・尼子晴久の家臣・山中嘉守は、奥方・道芝の腰元・わくらばと共に館を追われ、奈良の叔母の許でわくらばと婚姻する。

一方、晴久の弟の野中の庄司(尼子晴宗)の館では、正妻・深江が妬み深く、自らの死後に妾を作れば七代祟ると

合12『山中鹿介稚物語』

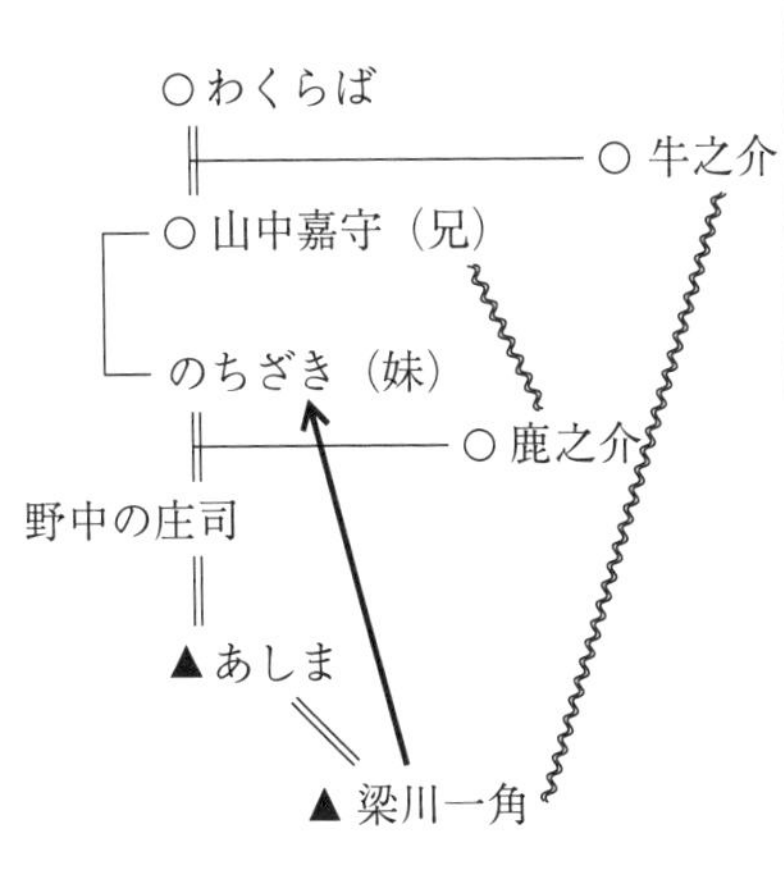

遺言して死ぬ。庄司はその後、あしまとのちざきという二人の妾を持つ。のちざきは心の清い者だったが、あしまは妬み深く邪悪な心を持っていた。のちざきは身籠もるが、それを知ったあしまは、悪臣の梁川一角と謀って自らの懐胎の風聞を流す。

野中の庄司は四季に紅葉する楓を求め、のちざきの兄の山中嘉守は、その楓が以前は叔母の家にあったことから、楓を求めに行く。嘉守は、事情を知らずに深江の怨霊の助けによって楓を入手し、庄司に差し出す。楓には深江の怨みが憑いており、楓に出た茸を食べた庄司は死去する。そして嘉守は楓の毒に犯された姿で追放され、臨月ののちざきは一角によって生き埋めにされる。①

嘉守の妻・わくらばは、子を産んだばかりであったが、この事態にやむなく我が子を捨てる。その子を一角が拾い、あしまが生んだ庄司の子・牛之介として育てる。

わくらばは毒に犯された嘉守に効く薬が死人の肝であることを知り、道で死体をひきずり出して食べていた狼と赤子を見つける。その死体の肝で嘉守は全快する。また、赤子は野中の庄司がのちざきに与えた譲り状が共にあったことから妹・のちざきの生んだ子と知り、嘉守夫婦は赤子を鹿之介と名付けて育てる。②

後に野中家を離れたあしまは梁川一角と夫婦となり、牛之介を邪魔に思いながらも恩賞の可能性を頼りに養育する。③

牛之介と鹿之介は双方、孝心あつい若者（十三歳）に成長する。牛之介の養父母のあしまと一角夫婦は、今では貧乏になり、引剝ぎをしていた。一角夫婦は牛之介にその身が庄司の子息であると教え、嘉守の持つ庄司の譲り状を盗もうとして嘉守を襲うが、かえって嘉守に殺される。しかし同時に嘉守は、譲り状を食べようとした鹿を殺してしまい、神鹿殺しの罪で捕まる。こうして、嘉守を助けようと鹿之介とわくらばが、また、嘉守たちを殺して父の仇を討とうと牛之介とあしまも奔走する（十三鐘の由来）。騒ぎの中で捕らえられたわくらばは猿沢の池に沈んだが、観音の像が身代りになって助かる。一行はその場を逃れるが、互いに行方が判らずに四年が経った。

尼子晴久の家中では、息女・ほその姫の婿に武芸勇力の者を求めており、鹿之介と牛之介が名乗り出て勝負するが互角であった。深江の霊も現れ、尼子家の悪臣による御家騒動が起こるが、最終的に牛之介は、真の父母を知って自害し、深江の霊は仏果を得、鹿之介はほその姫と婚姻して尼子晴久の婿となり栄える。

身重の母ののちざきは生き埋めにされて死に、その体から生まれた赤子(後の鹿之介)は狼によって引きずり出されている。ちなみに嘉守は妹・のちざきの胆を食して回復するのであるが、嘉守が手を下したことではないので、⑤型としては採らない。また生まれたばかりの子・牛之介は、その母を殺されたわけではないが、父・嘉守の妹を殺した一角たちの手によって牛之介は拾われ、養育されているので、③型の変形として扱っておく。

13『敵討賽八丈』(歌川国貞画、文化六年)

文化六年に出された草双紙四作の中で唯一の短編合巻(六巻三冊)である。白子屋お熊の一件を題材とし、お妻八郎兵衛ものの趣向を取り合わせて構成されている。本作では、お妻の偽りの愛想尽かしの末に、夫・才三郎による敵討がなされて物語が大団円を迎えるが、その最終部分に型の使用が見られる。

(梗概・部分)白久屋正兵衛の後妻となった悪女の岩浪は、実は手代の丈八と密通していた。佞人の梁屋儀蔵は正兵衛の娘・お妻に横恋慕していたが、正兵衛はお妻を豊島家の家臣・姨長才三郎と結婚させる。やがてお妻は懐胎するが、お妻を残して才三郎は旅立つ。岩浪と丈八は、二人の密通を知った梁屋儀蔵に脅され、やむなく儀蔵を手引して白久屋に盗みに入らせるが、儀蔵は正兵衛を殺してしまう。お妻は儀蔵が父の敵であることを知り、謀って儀蔵を殺す。しかしやって来た丈八に身重の身で殺されてしまう。(①)

才三郎はやがて儀蔵を討ち、敵を取る。豊島家の母堂・円塚殿は赤子を抱いた僧の夢を見て、お妻が生んだ赤子を助けていた。「女はうおつまかはらにやどり、八月にしてはゝのしがいとともに土の下にうづまりしが、くはんの中にありてそのきそくたへず、きすくちよりしゆつせうし、はゝのれいこんにそだてられたるもの也」(29ウ30オ)。②

身籠もって八月のお妻は殺され、その傷口から赤子が誕生しているのである。

14『松之月新刀明鑑』(勝川春亭画、文化七年〔一八一〇〕)

全体構想にお花半七譚を用いているが、本稿に関わる部分は『捜神記』巻十一に載る眉間尺の故事、および『天宝遺事』中の「燈婢」から創られた、名剣の干将莫耶の元となる鉄塊を生む姫の話である。著名な伝説だが、元話では鉄の柱であるものが燭人へとなかば擬人化されているので、型の変奏使用として採っておく。

(梗概・部分)足利家の濡衣姫は、許婚がいるにもかかわらず、刀とぎの半七に恋慕する。半七は姫の思いを拒絶して家に戻る。しかし鉄の燭人が半七に化け、夜毎、姫に通っていた。父の足利成氏は、姫の寝所に通うのが半七と思い、鬼切の名剣で燭人を切る。濡衣姫は自害するが、その胎内から、成氏は鉄の塊を取り出す。②

身重の姫は殺されるのではなく自害するが、その胎内からは姫の子である鉄の塊が取り出されている。

20『傾城道中双陸』(勝川春扇画、文化九年〔一八一二〕)

本作での型の使われ方は、母の死体から子が生まれるのではなく、生まれた子を祖父が抱いて死んでおり、原型とは異なるが、「小夜中山」伝説の明白な利用が行われていることから変形した型と考えておく。

（梗概・部分）富士屋意庵の息子・伊左衛門は、手代・篠七の娘・秋篠とひそかに通じており、秋篠は懐妊する。意庵は、秋篠たちに充分な金を与えて篠七の里で出産するように旅立たせる。途中、小夜の中山で秋篠は女児を産み、小さよと名付ける。しかし悪人の浅間品九郎の奸計によって、秋篠は遊女に売られてしまう。残された篠七は、産まれた赤子を抱いて雪中を旅立ち、途中、夜泣石のところで凍死する。（②）
浅間屋の朝霧は小夜中山の観音へ参る途中で赤子を見つけ、それが許婚の伊左衛門と秋篠の子であることを知り、養育する。観音に祈ったところ、朝霧は乳が出るようになる。（小夜中山子育観音の霊験）
身重の母は殺されるのではなく拉致されて売り飛ばされるが、代わりに祖父が死に、その死体の傍らに赤子は生きていたのである。

26『皿屋敷浮名染著』（鳥居清峰画、文化十一年〔一八一四〕）
皿屋敷譚を用いた本作は、悪女・雄波がおきそを我が子と気づかずに継子虐めの末に殺すという、陰惨な内容を持つ。
（梗概・部分）盗人の鉄藤太は富商の金形家を襲い、一家中を殺すが、女中をしていた美しい雄波を見て交わり、白牡丹の皿を与えて去る。雄波は鉄藤太との間に生まれた女児を捨てて身を投げるが、遊女・満潮に通っていた野村戸四郎に救われる。戸四郎は、雄波が満潮の妹と知り、やがて二人は夫婦になる。
一方、父を鉄藤太に殺された与野庄司の一子・多太郎は、捨てられていた赤子が父・庄司の形見の白牡丹の皿を添えられていたので、敵の手がかりにもなるかと養育する。（③）
雄波の生んだ赤子は、多太郎に救われておきそと名付けられ、養育されている。おきその父・鉄藤太は多太郎の父を殺した人間であるので、敵対する側の人間によって養育されることになる。この場合、拾われる赤子が悪人の娘であり、養育する側が善人であることが注目されるが、やはり『宵啼碑』型の使用として考えられよう。

29『蘆名辻塞児仇討』（歌川国丸画、文化十二年〔一八一五〕）

葛城山中の幻術を使う怪人や人面瘡、さらには殺された兄弟の体のうち、兄の首と弟の体が付いて一人の人物として蘇生するなど、怪奇性の濃厚な作品であるが、本稿では前編に載る部分のみを採り上げる。

（梗概・部分）岩箕太郎の悪略により、管領細川持行の弟・範之は兄を呪ったとして糾問され、自害する。範之の奥方・ゆかりの前は懐妊していたが、忠臣の飯沼保太郎とその身重の妻・夏草に助けられて館から逃げていった。しかしその途中、覆面の男によって臨月の夏草は殺されて首を取られ、胎内の男子も取られる。（①②）

夏草を殺し、その胎内の子を奪ったのは保太郎の父である飯沼兵衛元晴がしたことであり、いわば身内による殺人である。忠臣である兵衛によって、夏草と胎内の子はゆかりの前とその子の身代わりにされたのである。

30『比翼紋目黒色揚』（歌川豊国画、文化十二年）

物語の冒頭部分に、『宵啼碑』の型が使われている。

（梗概・部分）権八と小紫の心中後、二人は比翼塚に埋められる。小紫に執心していたくちなは戸九郎が比翼塚を暴くと、赤子の泣き声がして、両頭の赤子を得る。赤子はまもなく死んでしまったので、戸九郎はその死骸を浪人・二見什左衛門の籠に入れて五両をゆすり取る。二見什左衛門の元で赤子は生き返り、以後、什左衛門によって養育される。（②）

身重の体で心中した小紫の死体から赤子が生まれたのであるが、この子は両頭の子で、一つの体に男女の頭が付いているアンドロギュヌス（両性具有）として生まれ出る。なお子どもは生育の後、二つに切り離されて男女二人となる（注1）。

35『**達模様判官贔屓**』（歌川豊国画、文化十四年［一八一七］）

本作は入り組んだ内容を持つが、浮世渡平（兄）と高尾（妹）の部分のみを採り上げる。

（梗概・部分）高尾と浮世渡平は双子の兄妹である。義経は遊女高尾に通い、諫言する弁慶らを遠ざけて、高尾を身請けする。渡平は妹の高尾に、義経は高尾の実父の仇であると騙す。自害を決意した高尾は、兄・渡平の企みにより、義経に吊し切りにされる。⑤’

この後、渡平も義経に討たれる。実は双子の渡平と高尾兄妹の父はかつて義経に仕えていた身であり、渡平も善心の人間であったが、わざと義経を狙う仁木直衡の側に付いていたのであった。そして仁木直衡の術を破るために必要な寅の年月日時に産まれた男女の血を得るため、その条件に合った妹・高尾を殺させ、渡平も覚悟の上で討たれたのである。ともあれ、高尾は兄の策略によって殺されている。なお、双子、特に男女の双子は馬琴の好みだったらしく、幾つもの作で用いられている。

37『**鶴山後日囀**』（歌川国貞画、文化十四年）

大和の国の横萩判官国成の妾・あぢさ井の企む御家騒動譚であるが、そのあぢさ井の悪計の始まりに『宵啼碑』型が用いられている。

（梗概・部分）横萩判官は勇名悪太夫武彦の娘・あぢさ井を妾にする。それを諫めた忠臣の水江七郎は追放される。水江の妻・もしほは臨月の身で、旅の途中で男の赤子を産む。翌日、暗闇峠で、曲者が赤子を奪い

去る。(②)

盗まれた赤子は、あぢさ井の許に連れられ、彼女が生んだ横萩判官の子として披露される。玉若丸と名付けられた赤子は、正妻・やさ御前の産んだ中将丸の義弟として育つ。(③)

本作では妊娠中の妻を殺すのではなく、生まれた直後の赤子が奪い取られているので、②の変形としておく。また、赤子はあぢさ井たちの命令によって攫われ、さらに後にあぢさ井たちは赤子の父の水江七郎を自害に追い込んでおり、赤子にとっては敵の立場の者に養育されることになる。

41『**雪調貢身代鉢木**』(勝川春扇画、文政二年〔一八一九〕)

謡曲「鉢木」を素材に、複雑な構成を持つ作であるが、物語中に盆栽の「梅」「桜」の代わりに佐野常世夫婦に養育された男女の双子が登場している。

(梗概・部分) 佐野常世の妻・白妙は、男女の双子を拾い、梅吉、小桜と名付けて育てていた。

物語の終焉部で、常世の家に佐野源東太が来て、将軍・北条頼嗣の御台・操御前とその子どもたちの花若丸と花姫の三人の首を出すように迫る。佐野常世はやむなく、梅吉と小桜、そして常世の家に来ていた敵方の娘・姫松の首を三人の首の代りに差し出そうとする。二人の養子は姫松と、北条家への謀反を謀る三浦泰村の息子・悪五郎景村との間の子だった。(③)

小桜と梅吉は謀反人・三浦悪五郎の子であり、それを知らずに相反する立場の常世夫婦によって育てられていたわけである。

42『**弘法大師誓筆法**』(歌川国貞画、文政三年〔一八二〇〕)

馬琴は文政三年に四作の合巻を出しているが、そのすべてに『宵啼碑』の型を用いている。また「小夜の中山」という場所が多く用いられているのも、この年の特徴といえる。たとえば本作では小夜の中山で妊婦が死んでおり、「小夜の中山」伝説を直接的に使っている。しかしその後の展開は馬琴作品によく見られる趣向を連ね、最終的に小野のお通に繋げた作となっている。

（梗概・全）郷士の桜井海円には、先妻との間に作内、後妻・ましほとの間に小野の進という二人の息子がいた。弟の小野の進は右手と目が不自由な身だったが、後妻のましほは自らの生んだ小野の進に家督を継がせたかった。桜井海円の没後、長男の作内と身重の妻・たつき夫婦は、義母ましほの気持ちを汲み、弟夫婦に家督を譲るとの書き置きを残して家を出る。

旅の途中、臨月のたつきは小夜の中山で子を産んで死んでしまう。作内は髪を剃ってむあんと名乗り、赤子を抱いて妻の墓に行く。すると毎夜、妻の霊が出て子に乳を与えた。（②、小夜中山伝説）

むあんはその後、廻国の旅に出るが、妻の霊が娘のお通に乳を与え続けていた。ある夜、運悪く、心中しようとする刈根霜次郎と小磯夫婦の剣が飛んで来てむあんを殺す。むあんは娘を刈根夫婦に託して死ぬ。（③）

刈根夫婦は、お通（姉）を実子・見太郎（弟）と共に育てる。十年後、お通は美しい孝行娘に育ったが、見太郎は不良で、悪友をあやまって殺し、やむなく出家して見西坊主となる。見西は寺の上人の甥・竹部弥膳の持つ金を悪友・闇坂治部五郎と共に奪おうとして

合42『弘法大師誓筆法』

失敗する。そして逃げる途中で親の家に立ち寄り、姉のお通を縛って連れ出し、途中で夜回りを殺す。（⑤'）けれども旅僧が見西からお通を救い、彼女を家に連れ帰る。刈根霜次郎は見西の罪によって捕縛され、悲しんだ小磯は自害する。お通は義父を助けるために実父の形見の弘法大師の書を売ろうとする。

一方、桜井家では、作内が家を出た後、後妻のましほが過去を後悔して病没していた。残された小野の進夫婦は夢で大師の手跡を習得して不自由な身体も治り、豊かに暮らしていた。そして小野の進はお通が売ろうとした家の重宝の大師の真跡から、刈根霜次郎を探し出し、捕縛の身から救い出す。

お通は管領家の姫の手跡の師範となり、竹部弥膳と結婚する。けれども悪人・闇坂治部五郎はお通に横恋慕し、盗賊となっていた悪友の見西と共に、お通をさらおうとする。闇坂は小野の進の腕を鉄砲で撃つが、竹部弥膳は見西、闇坂たち悪人を討ち取る。竹部夫婦は小野の進の養子となって家督を継ぎ、お通は小野のお通と呼ばれる。

たつきは出産後に亡くなるので、死体から赤子が生まれるわけではないが、舞台が小夜の中山であることからも、②の「死体からの出産」の変化型としておく、また、見西とお通は、お通が一歳年上の姉であり、弟による姉の虐待であるが、これも⑤の類型として扱っておく。

43『信田妖手白猿牽』（歌川豊国画、文政三年）

臨月の身であるのは手白の猿で、その母猿の腹中から取り出されるのは猿の子であるが、場所は前作同様に小夜の中山であることから、「小夜の中山」伝説の影響が感じられる。

（梗概・部分）愛護野与二郎（愛護の若の子孫）と意地川悪右衛門は、小夜の中山あはが嶽の手白の猿（愛護の若のかわいがっていた猿の子孫の雌）の皮を取る事を、将軍から命じられる。与二郎は妊娠している手

白の猿を殺すが、僧の教えで腹中の仔猿を取り上げ、育てる。（①②③）

妊娠中の母猿が殺され、その腹から子が生まれ、母猿を殺した者によって仔猿は養育されていくのである。

44『安達原秋二色木』（歌川豊国画、文政三年）

中編に見える源義家の近臣・藤太郎包季とその妻・袖萩の身に起きた悲劇に、『宵啼碑』型が用いられている。物語はこののち、袖萩を殺した衣手が黒塚の鬼刀自となり、一味を集めていく。

（梗概・部分）源義家の臣下の傔仗兵衛直方は、主君の病を治す妙薬の善知鳥のつがいを手に入れる。直方は、夫・藤太郎包季から離縁されて悲しみの余りに盲目になった身重の娘・袖萩を復縁させようと、娘を連れて道を行く。その途中、籠駕かきが善知鳥を狙い、直方は殺される。

それを見ていた藤原貞任の妻・衣手は、身重の袖萩を殺して胎内の子を取り、その血と善知鳥の血を飲んでたちまち老婆の姿となり、以後、黒塚に潜んで一味を集める。（①②）

身重の母が殺され、赤子が取り出されているのである。赤子は母を殺した衣手の手に渡るが、養育されることなくすぐに殺されているので、①②型のみを取っておく。殺された袖萩は実は衣手の娘であり、実の娘と孫を我が手に掛けたことを知った衣手は自害し、物語は終結する。

45『籠二成竹取物語』（勝川春扇画、文政三年）

本作は籠細工の見世物興行に合わせ、「藤原実方」伝説や「竹取物語」、種々の昔話などを取り合わせた、馬琴にしては軽く、その分、緊密性に欠ける作品である。しかしやはりこの年の作に共通する特性として、身重の娘の腹中から赤子が生まれる趣向が用いられている。

（梗概・部分）新田よしたかと政岡の娘・かつみは、鬼火が腹中に入って身重となり、三年が経つ。悪人の仁木直典の奸計により、かつみは安達あさかの介との不義という濡れ衣を着せられて主君の足利頼兼に追われ、逃げる道で忠義の供の者も殺されてしまう。

百姓・猿木宮平は、足利頼兼の姫の乳母・政岡の家臣であったが、政岡の娘・かつみの自害の場に行き合い、その腹中より赤子を得て、その子を角弥《かくや》姫太郎と名付けて育てる。（②）

臨月の母が死に、その腹中から赤子が取り出されている。この子は三年という長年月の妊娠期間を持つ「神話的誕生」の型によって生まれており、「かぐや姫」の男性版として成長する。

47『六三之文車』（歌川豊国画、文政四年［一八二一］）

前半部では『宵啼碑』の型中、①②③を用いており、後半は芝居趣味の強い作となっている。

（梗概・全）富屋福寿という豊かな町人がいたが、子がなく、召使いの玉梓を妾にする。玉梓は懐妊するが、本妻・陽良《うわよ》はこれを妬み、浪人となっていた弟・北山嵯峨二郎に頼み、身重の玉梓と忠義の手代・世々衛門を殺させる。玉梓の死体から生まれた子を、嵯峨二郎はせめてもの罪滅ぼしにと抱いて逃げる。世々衛門の子・よし七は嵯峨二郎の投げた陽良の笄を敵の目印として持つ。（①②③）

一周忌に、陽良は玉梓の霊に会い、自らの悪事を告白して狂い死にする。

六年後、富屋福寿は観音の告げにより、道であった女巡礼の子・六三を養子にする。六三の母・綱手は玉梓の実姉だったが、翌朝、綱手は子の六三と扇を残して行方を隠す。

十年後、福寿に養育された六三は富屋を継いでいた。福寿は六三に実母を捜すように、また、よし七には母の敵を取るよう伝える。六三は鎌倉に商用ができ、悪手代の蘆六と番七を連れて行く。蘆六と番七は福品屋の遊女かしくに横恋慕している侍・戸栗突平太と企んで、六三をかしくに会わせるが、かしくは六三に惚れて、蘆六たちの悪計を教える。（④）

六三はかしくに母の手がかりの扇と、敵の手がかりの笄を見せる。そこに突平太らが踏み込み、美人局で六三から金を取ろうとする。しかし福品屋の主人・清兵衛が娘・かしくのためにと金を出し、悪人たちを追い払う。清兵衛とおふみ夫婦は、出した金の形にと、六三の笄と扇を預かる。六三は別宅へ向かうが、その途次に、突平太らが斬りかかってくる。やって来たよし七は、悪手代たちを縛める。けれども六三は突平太を殺してしまい、自害しようとする。そこに来た二人の黒装束の人物は、六三を別宅へ連れていった。よし七が黒装束の一人を斬ると、それは福品屋清兵衛であった。もう一人は自害するが、それは妻のおふみ、実は綱手だった。かしくは玉梓の子で、清兵衛、実は嵯峨二郎と綱手が夫婦となり、育てていたのだった。富屋福寿はかしくを六三の嫁に取り、一家は栄える。

身重の玉梓が殺され、その死体から子が生まれ、その子は母の玉梓を殺した嵯峨二郎に養育されていくのである。なお、かしくと六三は兄妹ではなく従兄弟の関係にあるので、④の変形としておく。

50『照子池浮名写絵』（溪斎英泉画、文政五年［一八二二］）

合47『六三之文車』

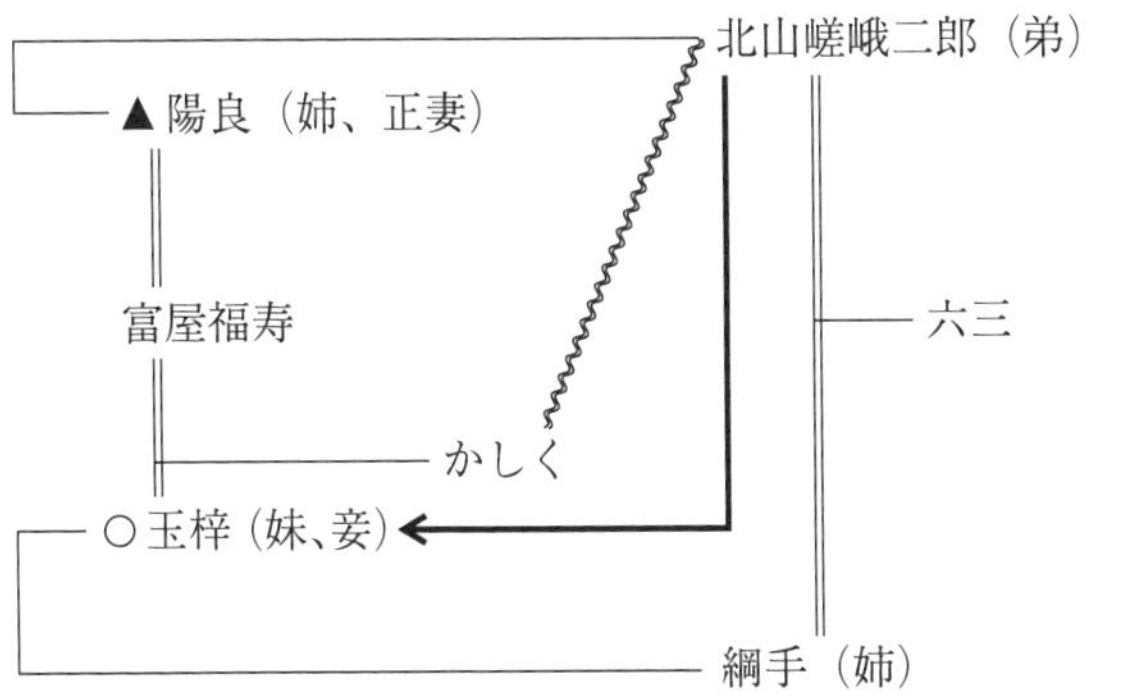

本作では兄と妹の関係のみを採り上げておく
（梗概・部分）油屋の夏織屋の主人・絹七と妻・苧環の間には、機吉（兄）と乙女（妹）の二人の子がいた。兄は不良の者で、暴力沙汰を起こして追放される。美しく成長した乙女は絹七の旧主である蝿屋浄円の息子・袈裟次郎の嫁に迎えられることになるが、その道中で乙女に横恋慕する塚見九郎治の手に渡り、さらに盗人・木兎引《づくひき》図九郎たちによって人買いに売り飛ばされる。乙女は遊女・采女となるが、その後も図九郎は塚見九郎治と共に采女と袈裟次郎を苦しめる。図九郎は最後に、自らが乙女の兄・機吉であることを告げて九郎治を殺し、自らも自害する。⑤
妹・乙女は兄・図九郎によって、種々の苦難に遭わされているのである。

51『膏油橋河原祭文』（歌川豊国画、文政六年［一八二三］）
お染久松ものの本作は非常に入り組んだ内容を持つが、本稿では兄と妹の関係のみを記しておく。
（梗概・部分）吉水屋十五右衛門は元は富裕な町人であったが今は落ちぶれ、拾い子・籾次郎（兄）と実子のお秋（妹）と共に暮らしていた。籾次郎は性悪で、お秋の許婚となった裕福な里杉家を騙して金を奪い取り、人を殺して逃げる。⑤
籾次郎は、実は十五右衛門がこの後に連れ添うこととなる娘・辰木の弟・雛太郎であった。籾次郎は応仁の乱の騒ぎの中で縁者を助けて恩返しをし、さらに物語の最後では悪人たちを殺して自害しようとする。すなわち、悪人としての性質は物語の途中から失われるのであるが、発端部では妹の迫害者として動いている。

56『童蒙話赤本事始』（歌川国貞画、文政七年［一八二四］）

猿蟹合戦や舌切雀などの昔話の主人公が活躍する賑やかな作であるが、本作も兄妹の関係のみを採り上げる。

（梗概・部分）正直者の正直正六は、出水の時に盥に乗せられていた女児を救い、阿狗《おいぬ》と名付けて、息子・卯左吉と共に育てていた。隣家に移り住んできた慳貪慳兵衛の息子・田奴吉は、阿狗に言い寄り、彼女が従わなかったので殺してしまう。実は阿狗は田奴吉の妹であったことが、後に判明する。（⑤）

妹・阿狗は兄・田奴吉に殺されている。なお阿狗の墓からは回春草が生え、その草の効能で福富家の娘・雀姫は病から本復する。物語の後半は、雀姫の婿選び譚となるが、その中で阿狗はもう一度、今度は母の枉田に切られて死ぬ。つまり、兄・田奴吉によって物語の前半で殺された時は、観音が身代わりになって妹・阿狗は助かっていたのである。さらに後半部における再度の阿狗の死も、回春草の功徳により、またもや蘇生する。悪人たちは先非を悔い、皆が栄えるという珍しくめでたい作品であるが、やはり兄により妹は殺されていることに注目したい。

60『殺生石後日怪談』（歌川豊国・歌川国貞・歌川国安・溪斎英泉画、文政八［一八二五］〜天保四年［一八三三］）

本作は、全五編下まで六回に亘って刊行されており、本稿で扱う唯一の長編合巻である。作中に「小夜中山」の地名が明示されており、『宵啼碑』の型も取り込まれている。多くの趣向を盛り込み、複雑な展開になっているので、梗概は全体構造を示すものの、本稿に関わりのある部分以外はおおよそを記すに留める。

（梗概・全）三国伝内綾妙は、下野国那須野に逼塞して暮らしていた。一人娘の紫は美しく、源頼家が美女を求めるのに応じようと、殺生石に願いを掛ける。狩りに来た頼家は誤って綾妙を射殺し、紫に出会う。紫は比企能員の推挙によって、頼家の側室となる。

それ以前に、冤罪によって死んだ上総介広常の子どもたちが政子によって養育されていたが、頼家は姉娘の二色方を懇望して側室にしていた。頼家の二人の側室は、二色方は妬み心もなかったが、紫は寵愛を誇り、悪計を企む。

二色方の弟・上総広嗣は、腰元の常夏と密通したという冤罪により、館から追放される。二人は広嗣の乳母（実は実母）の長浜の家に行き、長浜の世話で結婚する。

鎌倉では、源頼家の二人の側室、二色方と紫が共に懐妊する。頼家は二色方には源氏の白旗と子安観音を、紫には短刀・鳩八丸を与えた。紫は比企能員の息子・矢四郎と悪計を立てて二色方を陥れる。窮地に追い込まれた臨月の二色方は子安観音を飲み込み、白旗で縊れて自害する。（①）

一方、紫は女児・浪子姫を生む。けれども浪子姫は頓死してしまう。紫は浪子姫の死を隠す。

その頃、上総広嗣と常夏夫婦には女児・一旗《いちはた》が生まれていた。広嗣夫婦は姉・二色方からの手紙により、生まれたばかりの赤子を連れて姉の元へ旅立つ。その旅の途中、広嗣が病んだ常夏を置いて薬を求めに行った後へ、比企矢四郎の手下が来て常夏を殺し、傍らの赤子（一旗）を奪い去っていった。（①②）

比企矢四郎が奪った赤子は紫の元に連れて行かれ、紫の生んだ姫で、既に死去している浪子姫の死を隠すために、浪子姫として育てられる。（③）

合60　『殺生石後日怪談』

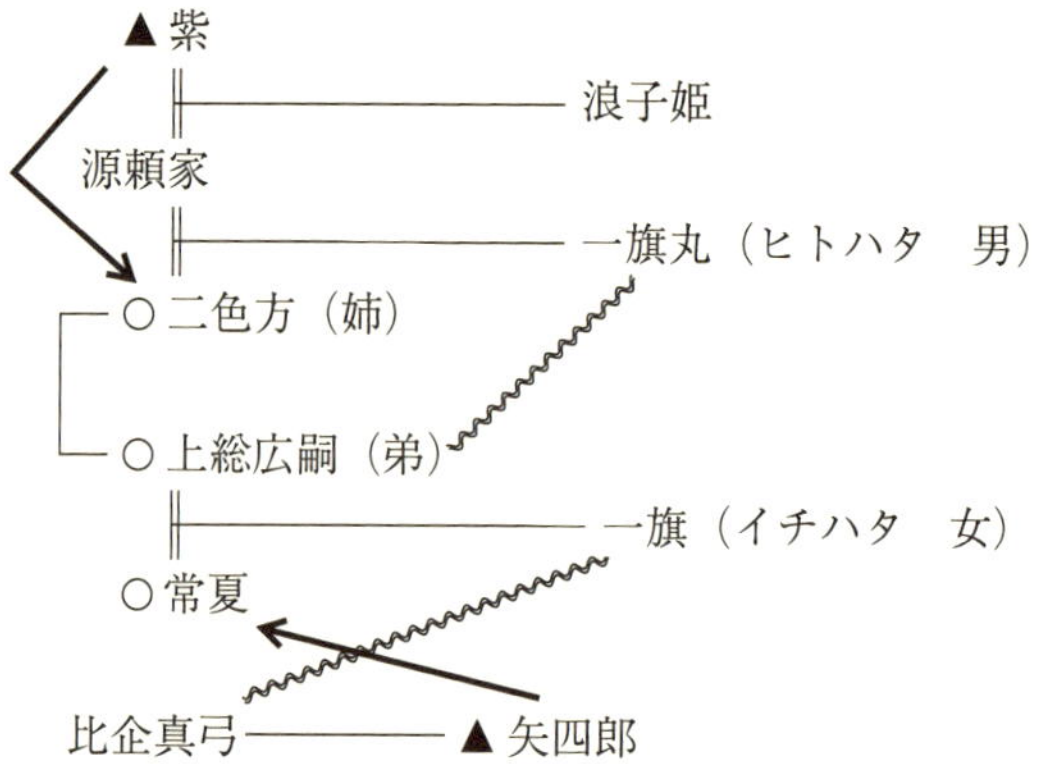

一方、広嗣は妻の死骸を見つけて嘆くが、そこに来た二色方の葬礼の列に出会う。そして落雷によって二色方の死骸からは男児が生まれ、広嗣はその赤子を取り上げ、子安観音と源家の白旗と共に連れて立ち去る。

②

広嗣が赤子を連れて長浜の許に戻ると、そこには、悪漢に追われた二色方の女中・空蟬が匿われていた。しかし悪漢のために空蟬は殺されてしまう。その空蟬の体に常夏の魂が入り、以後、広嗣と空蟬（常夏）、長浜によって二色方の生んだ男児は育てられる。

六年後、頼家の留守に北条時政は頼家の忠臣・佐介忠常を使って比企能員を討つ。能員の妻・眞弓は浪子姫を連れて修善寺に落ちていくが、比企矢四郎と紫は逃げ去る。そして源頼家も、修善寺で殺されてしまう。忠臣・佐介忠常の息子・孝常は浪子姫の行方を探しに旅立つ。佐介孝常は小夜中山で、乳母・古葉に出会う。古葉の息子には小夜中山の怪鳥の霊が憑いて悪心となっていたが、霊が離れて善心に戻り、孝常たちに味方する。

一方、上総広嗣夫婦と長浜は、二色方の生んだ男児を女児として育て、一旗《ひとはた》と名付けていた。そして、比企真弓とその家臣・蝦川同九郎が共に守っていた浪子姫は、男子・妙之介として育てられていた。妙之介は観音に日参して、そこで少女・一旗（実は頼家の息子・一旗丸）に会う。真弓たちは浪子姫の首を出すようにとの命を荘官から受け、少女姿の一旗の首を取ろうとするが、広嗣は妙之介（浪子姫）の首を討つ。驚き怒る真弓たちに、広嗣は妙之介が実は自らの娘の一旗であることを告げる。真弓たちは自害しようとするが、妙之介の首は実は子安観音が身代りに立ったものであることが判る。

一方、紫は比企矢四郎と共に、那須野で旅人たちを術で拐かして暮らしていた。上総広嗣と一旗丸は、子安観音の助けで　紫たちを討つ。

一旗丸は源実朝の養子となり、広嗣の娘は佐介孝常の妻となって、皆、栄える。
本作では二色方が妊娠した身で自害し、その赤子（男児）がやはり母の死体から生まれ、①②型のやや変形の使用がなされている。けれどもその赤子（男児）は二色方の弟・上総広嗣の手で育てられているので、敵による養育の形とはなっていない。しかし上総広嗣の妻である常夏は、子ども（女児）を生んだ後で殺される。ここでは、死体からの出産の形は取っていないので、②の変形としておく。そしてこちらの赤子（女児）は、母を殺した敵方の手で養育されており、③型となっている。

63『牽牛織女願糸竹』（歌川国貞画、文政十年［一八二七］）

本作は椀久松山譚を題材としているが、女性主人公である娘・末野（後に傾城・松山）と兄の関係を記しておく。

（梗概・部分）富裕な町人の椀屋久右ヱ門は、夢の告げにより、妊娠している妾・白箸を手代・膳介に委ねて家から追い出す。久右衛門は白箸の生活の費用として、かつての手代・膳介に金を与えていたが、膳介はその金を悪人に奪われてしまう。

膳介と平嫁夫婦には、盆九郎（兄）と末野（妹）という二人の子がいた。膳介一家は白箸と、彼女が生んだ久右ヱ門の息子・人の介とともに貧しい暮らしを送る。盆九郎は心がけが悪く、寺の金を盗んで捕まるが、白箸に助けられる。また娘の末野は、共に暮らす人の介を慕っていた。④

けれども末野は実の兄・盆九郎によって人の介からの偽手紙の計略により連れ出され、傾城に売られてしまう。⑤

人の介（のちに椀久）は末野と実の兄妹ではないが、二人は共に育ち、慕い合っている。また兄の盆九郎は、妹

表3　馬琴合巻中の五つの型の使用

No.	書　名	刊年	「宵啼碑」の型の使用				
			小夜の中山伝説		敵による養育	兄と妹	
			①	②	③	④	⑤
1	敵討岬幽壑	文化4					
2	**敵討鼓瀑布**	〃	①'	②'			
3	嶋村蟹水門仇討	〃					
4	不老門化粧若水	〃					
5	敵討白鳥関	文化5					
6	**歌舞伎伝介忠義話説**	〃					⑤
7	敵討児手柏	〃					
8	敵討身代利名号	〃					
9	小鍋丸手石入船	〃					
10	**小女郎蜘蛛怨苧環**	文化6	①	②			
11	釣鐘弥左衛門奉賀助太刀	〃					
12	**山中鹿介幼稚物語**	〃	①	②	③'		
13	**敵討賽八丈**	〃	①	②			
14	**松之月新刀明鑑**	文化7		②'			
15	打也敵野寺鼓草	〃					
16	姥桜女清玄	〃					
17	相馬内裏後雛棚	文化8					
18	梅渋吉兵衛発心記	〃					
19	浪葩桂夕潮	文化9					
20	**傾城道中双陸**	〃		②'			
21	行平鍋須磨酒宴	〃					
22	千葉館世継雑談	〃					
23	鳥籠山鸚鵡助剣	〃					
24	敵討仇名物数奇	〃					
25	敵討勝乗掛	文化10					
26	**皿屋敷浮名染著**	文化11			③		
27	巳鳴鐘男道成寺	〃					
28	駅路鈴与作春駒	〃					
29	**蘆名辻蹇児仇討**	文化12	①	②			
30	**比翼紋目黒色揚**	〃		②			
31	女護嶋恩愛俊寛	〃					
32	赫奕媛竹節話節	〃					
33	毬唄三人長兵衛	文化13					

34	月都大内鏡	〃					
35	**達模様判官贔屓**	文化14					⑤'
36	伊与簀垂女純友	〃					
37	**鶴山後日囀**	〃		②'	③		
38	盤州将棋合戦	〃					
39	百物語長者万燈	〃					
40	春海月玉取	文政 2					
41	**雪調貢身代鉢木**	〃			③		
42	**弘法大師誓筆法**	文政 3		②'	③		⑤'
43	**信田妖手白猿牽**	〃	①	②	③		
44	**安達原秋二色木**	〃	①	②			
45	**籠二成竹取物語**	〃		②			
46	宮戸河三社網船	文政 4					
47	**六三之文車**	〃	①	②	③	④'	
48	女阿漕夜網太刀魚	文政 5					
49	月宵吉阿玉之池	〃					
50	**照子池浮名写絵**	〃					⑤
51	**膏油橋河原祭文**	文政 6					⑤
52	女夫織玉川晒布	〃					
53	諸時雨紅葉合傘	〃					
54	梅桜対姉妹	文政 7					
55	襲褄辻花染	〃					
56	**童蒙話赤本事始**	〃					⑤
57	金毘羅船利生纜	〃 ～天保 2					
58	縁結文定紋	文政 8					
59	傾城水滸伝	〃 ～天保 6					
60	**殺生石後日怪談**	〃 ～天保 4	①'	②	③		
61	大龢荘子蝶胥笄	文政 9					
62	姫万両長者鉢木	〃					
63	**牽牛織女願糸竹**	文政10				④	⑤
64	今戸土産女西行	文政11					
65	漢楚賽擬選軍談	文政12～天保元					
66	風俗金魚伝	文政12～天保 3					
67	代夜待白女辻占	天保元					
68	新編金瓶梅	天保 2 ～弘化 4					
69	千代楮良著聞集	天保 3 ～天保 5					
70	女郎花五色石台	弘化 4 ～嘉永 3					
		計	9 例	15例	8 例	2 例	7 例

の末野を虐待し、敵役となっているのである。

これら馬琴合巻での使用状況をまとめたのが**「表3　馬琴合巻中の五つの型の使用」**である。このように合巻においては、全時代を通じて、これら五つの型が使われ続けていることが確認できる。

これらの型の中でも①②は、「小夜の中山」伝説と強く結びついている。しかしながら、「小夜の中山」伝説を取り込んだ作でも、必ずしも常に『宵啼碑』型の展開を持っているわけではない。たとえば11『釣鐘弥左衛門奉賀助太刀』（歌川豊広画、文化六年）では、物語の最後の舞台は「小夜の中山」であり、そこでくれはとあやの介の姉弟が、釣鐘弥左衛門の助力によって父の敵である筆九郎を討っており、「小夜の中山」伝説との結びつきは深い。けれども、「昔この中山にむげんのかねあり。しつとふかきをんな、これをついていきながらむけんぢごくへおちたること、おとにはきけどみしはいま、ハテおそろしきあくごうじやな」（18ウ）と「無間の鐘」伝説部分だけが使われており、本作での型の使用は見られないのである。

しかしながら、この『奉賀助太刀』の刊行された文化六年には合巻四作が出されているが、そのいずれもが「小夜の中山」伝説の影響を見せていることは注目されよう。また同様に文政三年にも、合巻四作の全てに『宵啼碑』型の使用が認められ、馬琴のこの手法の使い方に波があることが窺われる。

Ⅳ　馬琴読本中の型の使用

馬琴の読本では、これらの型はどのように使われているであろうか。馬琴が生涯に著した読本は、数え方にもよろうが、おおよそ中短編が三四作（中本型読本を含める）、長編が七作となろうか。これらの刊行状況は文化十一年〔一八一四〕、すなわち『南総里見八犬伝』初輯の刊行年あたりを境に大きく別れており、それ以前に刊行された中短編読本は作品数としてははるかに多いものの、それ以後に出された長編読本でもほぼ同数の巻冊数が出され、分量的には同程度の比重を持っている。本稿では、合巻での扱い同様、それら中短編合巻と長編合巻を分けることなく、一様に扱っておく。書名の前に振った番号は、草双紙（黄表紙、合巻）同様、馬琴の全読本に刊行順に振ったもので、本書における馬琴読本すべてに共通する。

なお、読本は合巻以上に登場人物が多く、またさまざまな趣向が絡まり、登場人物は複雑な人間関係を背負っている。そこで読本ではほとんどの作において物語全体の梗概を載せることは避け、本稿での型に関わる骨子のみを紹介していく。

2『小説比翼紋』（葛飾北斎画、文化元年〔一八〇四〕）

本作は妹・おつまが契る本所助市の最後が生死も判らず、また小紫の自害と比翼塚を載せて唐突に終わるなど、雑な作りの感が強い。けれども共に育ったおきじと権八が後に相愛の身となることや、妹を兄が殺すなど、『宵啼碑』型の使用が見られる。

（梗概・部分）武蔵の国の郷士・平井右内には権八（兄）とおつま（妹）の二人の子がいた。右内は従兄弟・西村保平の女児・おきじを将来は権八の嫁とするという約束で引き取り。共に育てる。しかしおきじと権八の仲が悪く、やむなく右内はおきじを実家に返す。

権八は美少年に育つが、父を欺いた本所助太夫を殺して家を出、幡随長兵衛に保護される。長兵衛の案によって、権八は廓に潜み、遊女・小紫と馴染む。小紫は実は、かつて共に育ったおきじであった。④

兄・権八は小紫と心中しようとして、小紫と間違えて実の妹・おつまを殺す。⑤

おきじは権八よりも一歳年上の姉と弟の関係であることや、おきじと権八の関係は共に暮らしている時には犬猿の仲であることから④の変形として扱っておく。また権八は実の妹のおきじを殺している。なお、幼時の二人の関係、ならびに後に相愛の仲になるくだりは中国小説の典拠を活かしたものである。

4『月氷奇縁』（流光斎如圭他画、文化二年［一八〇五］）

馬琴の半紙本型の本格的な読本の初作である。

（梗概・部分）永原左近は妻・唐衣を失った後、唐衣の妹・祖女《あこめ》を後妻とする。三上和平は以前から祖女を慕っていたのだが、左近はこれを知らなかった。三上和平は祖女を諦められず、盗賊を手引きして左近の家に入らせる。盗賊は多額の軍用金を奪い、左近を斬り殺す。祖女は左近と唐衣の息子・源五郎を連れて必死で逃げ、途中で窮地に陥ったところを和平に救われる。祖女は左近と婚姻し、共に源五郎を育てる。（③）

幼い源五郎は、親の敵である三上和平によって養育されており、③の「敵による養育」型を使っているといえる。なお、三上和平は後に自らの悪事を告白し、祖女と共に入水して果てている。

5『稚枝鳩』（歌川豊国画、文化二年）

物語は綾太郎・千鳥夫婦と呉松・音羽夫婦の他に、息津と楯縫勇躬夫婦という、三組の夫婦による敵討譚であるが、その中の二組の関係を採り上げる。

（梗概・部分）楯縫九作には息津（長女）、千鳥（次女）、呉松（長男）の三人の子がいた。江ノ島弁財天に参詣して余綾《よろぎ》福六の家に宿泊するが、大地震になり、その騒ぎの中で九作の末子・呉松と福六の長男・綾太郎は誤って取り替えられる。綾太郎は一緒に育った楯縫家の次女・千鳥と結婚する。一方、呉松も一緒に育った余綾家の音羽と結婚する。④

このようにそのうち二組は、共に育った者と婚姻しているのである。

6『石言遺響』（蹄斎北馬画、文化二年）

本作は『小夜中山霊鐘記』（盤察著、延享四年［一七四七］、藤屋武兵衛刊）に大きく依って創られている。享和二年［一八〇二］の京摂旅行での「小夜の中山」体験は、直接的には草双紙では文化元年［一八〇四］の『小夜中山宵啼碑』に、そして翌二年にはこの読本『石言遺響』に結実したことになり、いかに大きな印象を馬琴に残したかが窺える。

（梗概・全）日野良政は蛇身鳥退治の命を受けて小夜中山に来る。日野俊基の娘・月小夜姫は父の亡霊から、怪鳥が父・俊基の転生したものであり、月小夜姫が良政と婚姻すべきことを告げられる。良政は蛇身鳥を殺し、月小夜姫を迎える約束をして都へ帰る。月小夜姫の忠臣・春木為宗は俊基の転身である怪鳥を見殺しにしたことから、自害する。日野良政の忠臣・橘主計介は為宗の志に感じて、その弟・主税を養子にする。

日野良政は都で、怪鳥退治の功により万字前を側室に与えられる。良政はまた、月小夜姫も迎え入れた。やがて月小夜姫は小石姫と香樹丸を生む。子のいない万字前は嫉妬し、策略を巡らして良政に月小夜姫を疎んじさせる。良政は月小夜姫が自分を狙っていると思わされ、主計介に月小夜姫を殺させようとするが、観音像が身代わりになる。主計介は春木伝内（主税）に命じて、月小夜姫母子を小夜

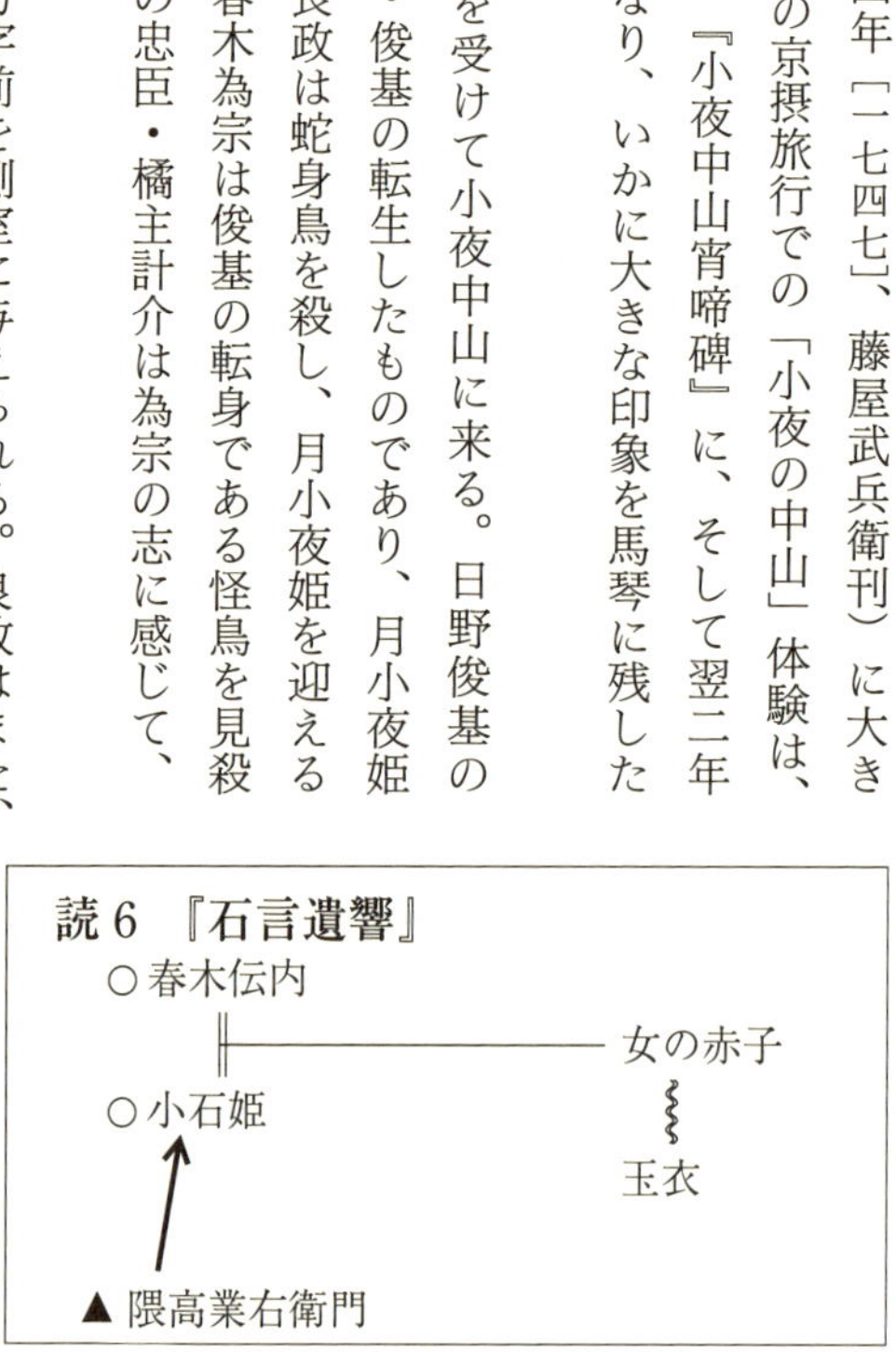

中山に逃す。

数年後、月小夜姫は二人の子を置いて家を出、十年後に尼・清道尼となって戻った。

一方、万字前は悪計がばれ、日野家の館を出て、盗賊・隈高業右衛門の妻となり、鏨《たがね》と名を変えて小夜中山で暮らしていた。業右衛門には、盲目の身ながら孝心あつい男児・八五郎がいた。鏨も女児・枝折を生む。

清道尼（月小夜姫）は小夜中山に鐘を供養するよう言い残して没す。遺言により、小石姫は春木伝内と婚姻し、香樹丸は父を求めて旅立つ。

業右衛門の家では、八五郎が父の悪事を止めさせようとして、自ら父に殺される。

業右衛門はまた、妊娠八ヶ月の小石姫を殺す。①
死んだ小石姫の体内から赤子（女児）が生まれ、来かかった法師がその子を連れ去る。②
小夜中山の餅屋の文平の家には、毎日、法師が飴を買いに来る。文平が後を付けると、夜啼石の所で赤子を見つけ出す。文平はやむなく赤子を育てる。法師は小石姫の持つ掛け物の観世音菩薩であった。（子育観音伝説）

夫の伝内は小石姫の死体を見つけ、埋葬の折に砂金を得て、鐘を建立する。

愛宕宗仲の娘・玉衣は春木伝内を慕っていた。伝内が小石姫を殺した犯人を探索のために出立した後、玉衣は小石姫の死体から生まれた赤子を養育する。旅立った伝内は、柏原の一つ家に泊まる。そこには鏨と娘の枝折がいて、旅人を害していたが、枝折は伝内の身代わりに死ぬ。鏨も自害する。伝内は業右衛門を殺し、妻・小石姫の仇討ちを果たす。また、香樹丸は父の日野良政に合い、出世する。伝内は小夜中山で玉衣を妾とし、小石姫の生んだ赤子を共に育てる。

このように本作は「小夜の中山」伝説を大きく取り込んではいるが、『宵啼碑』の五つの型は、「小夜の中山」伝説に発する①（身重の小石姫が殺される）と、②（その死体から赤子が誕生する）が使われているのみである。

7『四天王剿盗異録』（歌川豊国画、文化二年）

頼光四天王による袴垂保輔退治譚であるが、多くの詐術を巡る話が物語にちりばめられている。本稿では、弥介、すなわち後の袴垂保輔と、共に育った深雪の関係を記しておく。

（梗概・部分）六郎二は妻・椹木、娘・深雪と暮らしていた。ある時、六郎二は谷底に落ちた男の死体を引き上げる時に付いていた百金を盗み、それをとがめた橘平も殺す。そして盗み取った金で酒屋を開いていたが、その店に幼い男児を背負った女が来て、連れていた男児を置き去りにする。やむなく六郎二はその子を弥介と名付けて養育する。

弥介は盗み癖があり、悪巧みに長けた子だった。しかし母の椹木は、やがて深雪と弥助を娶せようと思い、小さい時からそのように子どもに教えていた。深雪はこれによって生心が付き、弥介が十六歳の時に二人は密かに通じる。④

欲深な六郎二は金に困り、娘・深雪を村長の妾にする約束をして、百両を得る。弥介はその金を狙い、深雪に金を盗ませて共に家を出、自分も入水すると見せかけて深雪を入水させて死なせる。⑤

このように物語の始まり近くで、兄妹のように同じ家で共に育った娘・深雪は兄同様の少年・弥介に恋し、さらにその相手から殺されており、④⑤の型が使われていることになる。

9『勧善常世物語』（蹄斎北馬画、文化三年［一八〇六］）

佐野常世を主人公に据えた物語であるが、兄弟同様に育った三人の子の中で、悪役の源藤太を中心とした部分のみを採り上げる。

（梗概・部分）佐野正常の妻・真萩は虚空蔵丸という男児を生むが、子が七歳の時に病死する。その後、真萩の遺言に依って侍女・手巻が佐野正常の側室となり、女児・狭霧が生まれる。六年後、正常は手巻の甥・三輪五郎も引き取る。やがて十六歳で元服した虚空蔵丸は源左衛門常世を名乗り、三輪五郎も源藤太常景となり、二人は兄弟分として暮らす。手巻は常世を追い落とそうとさまざまな奸計を企む。常世は父・正常が決めた許婚・白妙の行方を捜しに出て、刺客から義母・手巻の悪計を知らされ、自らは死を装って家から離れる。

佐野正常の病没後、手巻は悪心の源藤太と狭霧を結婚させ、佐野家を継がせる。④

その後、狭霧は殺生石の祟りによって姿が醜くて嫉妬深くなってしまう。また、隣家の富家の娘・諸鳥が源藤太に恋慕したことから、源藤太は狭霧が疎ましくなり、奸計を用いて狭霧を手代と密通したという冤罪に陥れて斬り殺す。⑤

後に悪人・源藤太は諸鳥と婚姻し、その実家の富によって栄えるが、狭霧の怨霊に依って妻も三人の子も死ぬ。ともあれ、本作でも、同じ家で兄妹のように育った源藤太と狭霧が婚姻し、源藤太に依って狭霧は殺されているのである。

10『三国一夜物語』（歌川豊国画、文化三年）

謡曲「富士太鼓」に名高い伶人の富士と浅間に取材した作であるが、主人公の富士太郎を巡って、養女として共に暮らした娘との婚姻と、実の妹との関係を記しておく。

（梗概・部分）伶人の富士右門は妻・三雲との間に息子・富士太郎（兄）、娘・小雪（妹）の二人の子がいた。

右門は足利義満に召し抱えられることになるが、質に入れた楽譜を請け出す為の金を作ろうとして詐欺に遭い、娘・小雪は悪人・五四郎に拐かされてしまう。小雪を探しながらも都に旅だった右門たちは、旅の途中で攫われてきていた桜子を救い、養育する。四年後、富士太郎と桜子は結婚する。④

富士右門は、伶人・浅間照行と武芸を競って勝つが、怨んだ照行によって焼死させられる。

一方、小雪は長じて遊女・浪路となっていたが、知らずに父の敵である浅間左衛門照行の妻となる。兄・富士太郎の子・叡太郎が浪路の許に預けられたことから我が身の状況を知った浪路は、富士太郎を討つふりをして自ら兄に討たれて死ぬ。⑤

共に兄妹のように養育された富士太郎と桜子は婚姻し、実の妹の小雪は自ら謀ったことではあるが、兄・富士太郎に殺されているのである。

13『椿説弓張月』（葛飾北斎画、文化四［一八〇七］～八年［一八一一］）

馬琴の長編読本の初作であるが、いうまでもなく馬琴の読本作者としての評価を一気に高めた『南総里見八犬伝』と並ぶ代表作である。本作の構成は舞台が日本と琉球の二部に別れるが、『胥啼碑』型はその中で琉球の尚寧王の後継を巡る争いの中に見られる。

（梗概・部分）琉球王である尚寧王の悪心の王妃・中婦君は、子がいなかったが、懐妊したと偽る。阿公《くまぎみ》は佞臣・利勇の命によって、中婦君が生んだ尚寧王の子と偽るために赤子を探しており、忠臣・毛国鼎の妻で臨月の新垣を殺してその腹を割き、胎内の男

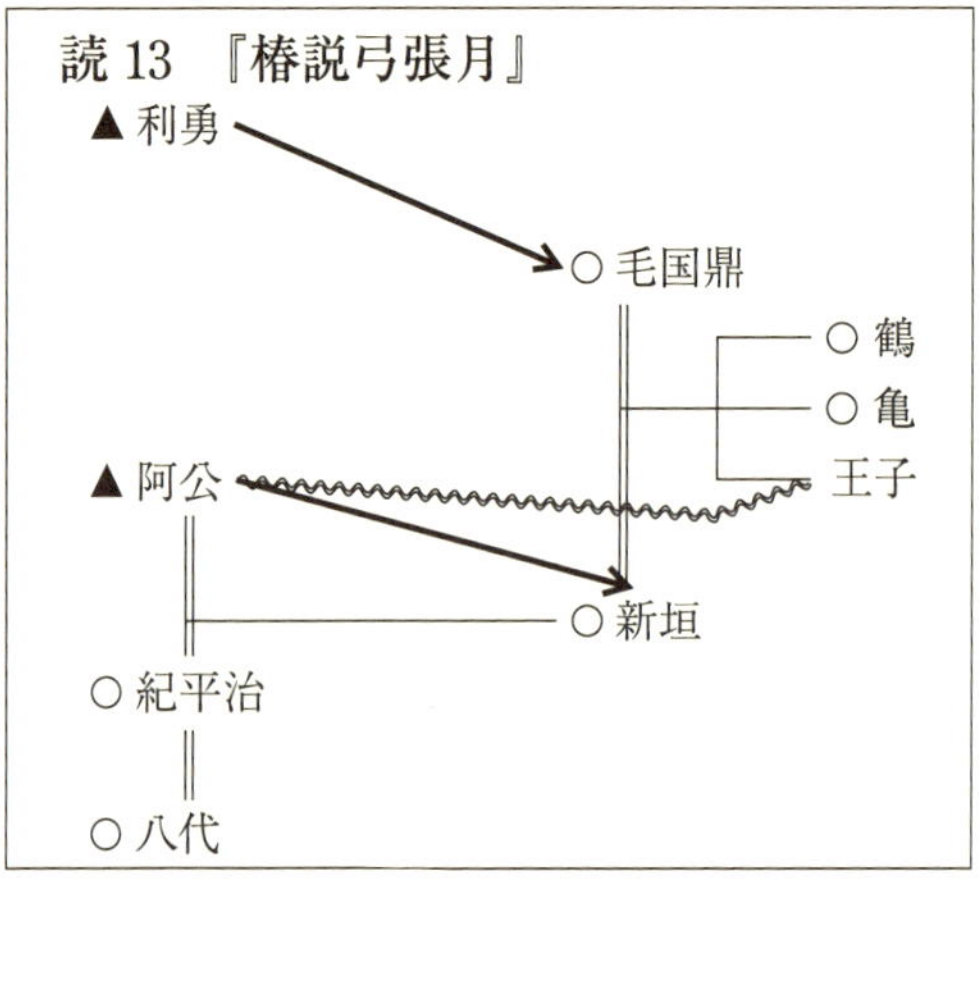

児を奪いとる。（①②）

利勇たちは、その男児を中婦君が生んだ王子と偽って育てる。（③）その後、妖獣・禍獣《わざわい》によって尚寧王と中婦君は殺されてしまう。そして利勇もまた、忠臣・陶松寿と源為朝によって殺される。

阿公は男児を育て続けていたが、毛国鼎の残された子の鶴と亀兄弟が、父の敵として阿公に討ち掛かる。阿公は男児を殺して自らも自害するが、いまわの際に自分が新垣の実母であり、男児や鶴と亀兄弟の祖母であることを語る。なお新垣の父は為朝の忠臣・紀平治である。

このように、臨月の母・新垣が殺され、その死体から男の赤子が生まれ、生まれた赤子は新垣を殺した阿公に育てられており、『宵啼碑』型がその原型に忠実に使われているのである。

16『園の雪』（葛飾北斎画、文化四年）

仮名草子『薄雪物語』の主人公を用い、物語構想は中国小説に採った作で、書肆・角丸屋甚助とのいざこざから未完に終わっている。本稿では、女性主人公の薄雪姫と異母兄の関係のみを記す。

（梗概・部分）左少将小野秋光は滋江前との間に男児・実稚丸を持つが、滋江前は嫉妬深く、病に罹り、投身して果てる。秋光は玉の方を後妻とし、その間に虚子という女児を儲けるが、世間の者はその女児を薄雪姫と呼ぶ。

後に秋光は行方不明となる。甥で悪心の師門は策略により、小野家の家督を預かることに成功する。玉の方母子は逼塞するが、悪性の実稚は師門と親しく交わっていた。

師門は薄雪姫との結婚を望み、実稚は話を進めるが、母の玉の方は拒絶する。実稚は異母妹の薄雪を師門のものにするため、奸計を企んで妹を拐かす。⑤

物語ではこれ以前に薄雪姫と園部右衛門頼胤との出会いが描かれている。また薄雪姫はこの後、盗賊・榎嶋夜叉太郎の手に落ち、度重なる苦難の中に過ごす。ともあれ、ヒロインの薄雪姫（妹）は異母兄・実稚によって窮地に陥らされているのである。

19『括頭巾縮緬紙衣』（歌川豊広画、文化五年［一八〇八］）

椀久松山ものであるが、有馬の妬湯の祟りを取り合わせて構成されている。

（梗概・部分）服部補介は妻・忘井との間に子がなく、観世音に祈って女児・常花が生まれる。補介の没後、忘井は団平を後夫に入れるが、団平は悪人で、忘井を騙して、義理の娘・常花を有馬の湯屋に売らせる。夫の悪事を知った忘井も故郷を離れる。

常花は有馬に湯治に来た宛石宗達の、息子・七之助の嫁にするという戯れの言葉を信じる。そのことから常花は有馬を追われ、三国の廓に売られて遊女・松山となっていたが、なお身を汚さずにいた。

数年後、宗達は常花の危難を知り有馬を訪れるが、妬湯の祟りによって殺され、息子・又之助も家を出る。

又之助は椀屋となっていたかつての乳母・野崎に助けられ、碗屋（ママ）久右衛門と名を変える。久右衛門は、廓で松山に会い、彼女が父の許した許婚であることを知り、二人は馴染む。

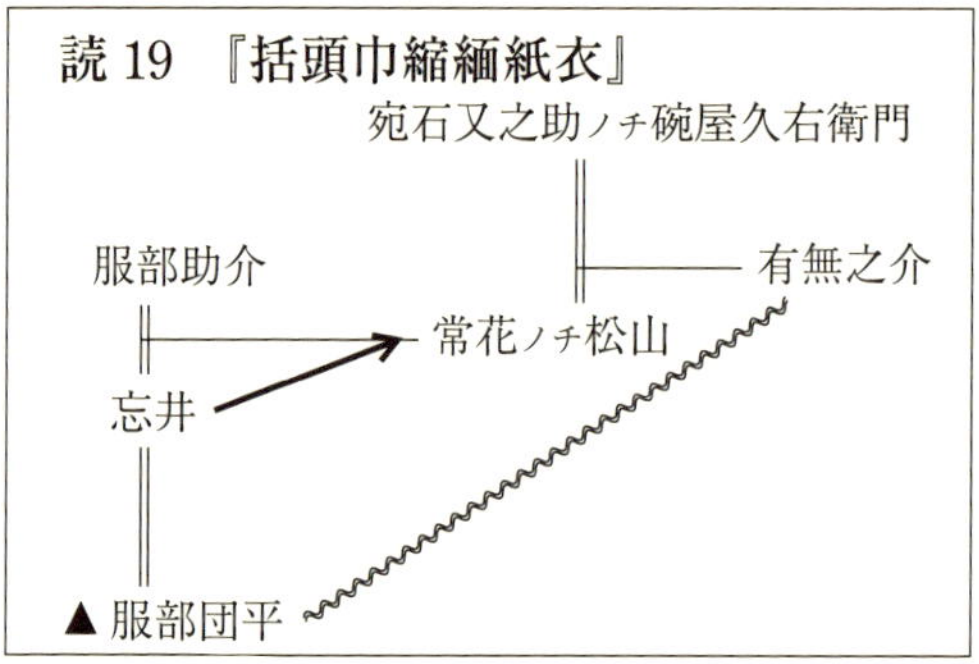

しかし、金の尽きた久右衛門を松山の抱え主・蕪婆は憎み、松山を請け出そうという客も出て、二人はせっぱ詰まる。松山と久右衛門がいるところに蕪婆が来て、松山を責めるはずみに、松山が刃の上に臥して死ぬが、そのいまわの際に、蕪婆こそ松山の実母の忘井であることが判明する。松山は殺された時に、八ヶ月の身重であった。(①)

悪人の団平は、松山の死体と共に埋められた金を取ろうと松山の墓をあばき、生まれたばかりの赤子を見つける。そこから離れようとすると体がしびれて動けなくなることから、やむなく、団平は赤子・有無之介を養育する。(②③)

やがて空我上人によってすべての因縁が説かれ、団平は上人に打たれるや、白骨のみが残る。有無之介は宛石の家督を継ぐが、すべては服部補介が我が子・常花の誕生を祈願した小安の観世音に、約束の観音堂修復を行わなかったことに端を発した出来事であった。ここでは、懐妊中の松山が殺され、その腹から赤子が生まれ、かつて義理の娘の松山を有馬の湯屋に売り飛ばした悪人・団平によって赤子は養育されている。このように最終巻の巻五に、『宵啼碑』型が集中して使われているのであるが、その展開を活かせず、物語は唐突に終わっている。

20『旬殿実々記』(歌川豊広画、文化五年)

浄瑠璃「近頃河原達引」から登場人物名を取り、お旬とお筍という紛らわしい命名を使って人物の取り替えを盛り込み、複雑な人間関係を構築した作である。

(梗概・部分)京の新井筒屋の主人与茂平は先妻・沖江との間に与次郎(兄)、後妻・桜木との間にお旬(妹)がいた。桜木は貞節な妻であったが、その弟・東三は素行が悪く、庇護した与茂平を陥れる。与茂平一家は店を失い、逼塞して暮らしていた。

また与茂平の縁者の井筒屋紀左衛門には紀之助という子がいたが、紀之助が乳母の子を誤って射殺したことから、井筒屋では紀之助を滝口早苗進と斧城夫婦の養子とし、名も殿兵衛と変えていた。早苗進夫婦には、養子の殿兵衛（兄）の他に実子のお筍（妹）がおり、二人は許婚として育てられていた。年頃になり、お筍は殿兵衛に戯れるが、殿兵衛は受け容れなかった。

お筍は父・早苗進の武芸の門人である横淵頑三郎と密通し、身籠もる。

一方、与茂平の娘・お旬は束三の悪計で攫われるが、大鷲に摑まれて大空に飛び、更に大猿の夫婦に助けられる。

滝口早苗進は雄猿がお旬を守っていることを知らずに殺し、以後、お旬は滝口家に過ごすこととなる。翌日、お旬の母・桜木と兄・与次郎は山中で、殺された雄猿の横で雌猿が自害しているのを見つけ、その腹から仔猿を取り出し、養育する。②

滝口早苗進の家では娘・お筍の妊娠が目立つようになり、早苗進は殿兵衛とお筍を婚姻させようとする。しかしお筍は母・斧城と謀り、殿兵衛とお旬が契りを交わしているとし、お旬も騙されて偽りを言う。怒った殿兵衛は嘘をついたお旬を殺そうとして、誤ってお筍を殺す。⑤

本作では、身重のお筍（妹）は殿兵衛（養子の兄）に殺されるが、赤子は生まれ出ていない。また殺された母の死体から赤子が生まれ出る型に使われているのは猿であるが、その猿の仔は桜木と与次郎母子と共に暮らし、最期は桜木の眼病の奇薬となるために自害して果てる。もっとも、三匹の猿の親子は本来、名剣庚申丸の束の目貫に付くものであったので、血塗られたことから元の姿に戻ったという趣向である。

25『三七全伝南柯夢』（葛飾北斎画、文化五年）

馬琴読本の中でも人気作であるが、物語の発端部での、主人公の半七とおさんの登場部分と二人の結び付きを採り上げる。

(梗概・部分) 続井順昭は、茶亭の天井を貼るために楠の一枚板を求めた。大和国米谷の大楠が条件に合っていたが、祟りがあり、誰も斧を入れられなかった。赤根半六は、妻・輪篠《たがしの》と息子・半七と暮らしていたが、ある夜、楠の切り方を知り、妻の諫めを聞かずに、大楠を切ろうとする。

赤根半六が楠の枝を払おうとする時、半六の手から斧が飛んで、路を来た盲人の丹波都を殺してしまう。半六は、丹波都が連れていた彼の娘・おさんを引き取り、我が子の半七と共に育てることにする。(3)

赤根半六の家では、半七とおさんは許婚として育てられ、互いに相手を慕う。(4)

母・輪篠は病死するが、その前に半七とおさんを仮祝言させる。けれども父の半六は我が子・半七の栄達を願っておさんを遠ざけようと思い、笠松平三に頼んでおさんを攫わせる。

後年、半七は続井家に仕えていた。続井家の若君・吉稚は京で笠屋三勝に耽溺し、父の不興を買う。半七は忠義の心から三勝を殺そうとする。(5)

しかし話を聞くと、三勝は幼時に行方不明になったおさんであることが判り、二人は夫婦となる。

物語の後半は三勝半七、その間に生まれた幼い娘・お通の三人家族の苦悩と、それ以前に半七が父の命で婚姻していた貞節な妻・園花との間の葛藤に悪人たちの跋扈が加わり、巷説に流布する男女の心中譚がまったく様相を変えて提供され、新しい魅力を見せている。物語中で、父・丹波都を殺された娘・おさんは、父の敵・半六の手で保護され、養育されている。また兄妹同様に共に育てられる半七とおさんは慕い合い、後に、半七の手でおさんは殺され掛けているのである。

35『**八丈綺談**』（北嵩蘭斎画、文化十一年〔一八一四〕）

お駒才三郎ものの作品であるが、物語の発端部から『宵啼碑』に通う型が使われている。

（梗概・部分）悪人の諸平は、妻・喚声が女児を生んで死んだ後、その赤子を尾花才作の家の前に捨てる。しかし、赤子を拾った尾花才作は故主の敵だった。③

尾花家では実子の才三郎がいたが、捨てられていた女児をお駒と名付けて兄妹のように養育する。尾花才作夫婦は、将来はお駒と実子・才三郎を結婚させようとしていた。しかし婚姻も間近い頃、諸平はお駒を取り戻し、尾花家もお駒の素性を知り、才三郎は他の娘と婚姻する。

お駒はなおも才三郎を慕い入水するが助けられ、やむなく助けた男と契るものの、誤ってその男を傷つけ、才三郎の家に行ったところで、幽霊と間違われて才三郎に殺される。④⑤

お駒は敵の尾花才作に養育され、共に育った兄同様の才三郎を慕い、最終的にはその才三郎に殺されるのである。

39『**近世説美少年録**』（歌川国貞・魚屋北渓画、文政十二〔一八二九〕〜天保三年〔一八三二〕）

馬琴の長編読本の一作で、陶晴賢に擬した末朱之介晴賢の生涯を追う作であるが、この『美少年録』では悪の美少年・珠之介（元服後は朱之介）の未生以前から物語を説き起こし、青年期までの悪行が語られている。その中で、本稿では珠之介の幼児期のみを採り上げる。

（梗概・部分）大内義興の近習・陶瀬十郎は女歌舞伎のお夏に馴染み、二人の間に男児・珠之介が生まれる。お夏には実は夫・木偶介がおり、その連れ子の娘・小夏と暮らしていた。やがて瀬十郎は帰国し、残されたお夏は木偶介と鎌倉へ行く途中、二人の山賊・十々鬼夜行太と野干玉黒三に襲われる。木偶介は殺され、小夏は谷に投げられるが、盗賊たちはお夏を山中の家に連れ去り、二人でお夏を妻とする。お夏の子・珠之介

は山賊たちを父と呼んで暮らす。（③）
ここでは珠之介は、義父の敵に養育されているのである。

41『**新局玉石童子訓**』（後豊国（国貞）画、弘化二［一八四五］～嘉永元年［一八四八］）
『近世説美少年録』の後編であるが、馬琴の死去によって未完のままに終わっている。物語では悪の美少年である朱之介のその後が語られている。なお、本作では『宵啼碑』型は実際には使われていない。けれども、最終第六版の巻五で示された状況は、これまでの型の在り方を見るならば、その後の展開が予測されるものとなっている。

（梗概・部分）朱之介の妻となった落葉の姪の斧上は、朱之介の子を身ごもり、八月子を出産して死ぬ。嘆いている落葉の元へ如如来禅師が来て、これまでの事は過去の因果に依ることを示し、生まれた子も孫でないことを後に悟ると述べ、砂金を斧上の死骸の上に載せて六田川の師の庵の近くに葬るよう、そうすればその金が後に現れて仏像を作ることになるであろうと、告げる。

物語はここで終わる。しかし『宵啼碑』型を顧みるならば、この後、身籠もった母・斧上と共に葬られた砂金を求めて悪人の夫・朱之介が死骸を掘り起こし、そこに死体から生まれ出た双子のもう一人の赤子を掘り出す予定であったと考えられるのではないだろうか。（②'）

以上、馬琴の読本における『宵啼碑』型の使用の個別状況を見てきたが、この中に36『南総里見八犬伝』は入れていない。また、読本においては、合巻よりも型の採用条件をやや緩くしている。たとえば、③「子どもの親にとって敵の立場に当たる者が養育する」は、合巻では赤子の場合を中心に見ているが、読本では成長期の子ど

表4　馬琴読本中の五つの型の使用

No.	書　名	刊年	「宵啼碑」の型の使用				
			小夜の中山伝説		敵による養育	兄と妹	
			①	②	③	④	⑤
1	高尾船字文	寛政8					
2	**小説比翼文**	文化元				④'	⑤
3	曲亭伝奇花釵児	〃					
4	**月氷奇縁**	〃			③		
5	**稚枝鳩**	文化2				④	
6	**石言遺響**	〃	①	②			
7	**四天王剿盗異録**	〃				④	⑤
8	新編水滸画伝	文化3～4					
9	**勧善常世物語**	文化3				④	⑤
10	**三国一夜物語**	〃				④	⑤
11	盆石皿山記	文化3～4					
12	敵討誰也行燈	文化3					
13	**椿説弓張月**	文化4～8	①	②	③		
14	**隅田川梅柳新書**	文化4					
15	敵討裏見葛葉	〃					
16	園の雪	〃					⑤
17	新累解脱物語	〃					
18	刈萱後伝玉櫛笥	〃					
19	**括頭巾縮緬紙衣**	文化5	①	②	③		
20	**旬殿実々記**	〃		②			⑤
21	雲妙間雨夜月	〃					
22	頼豪阿闍梨恠鼠伝	〃					
23	松浦佐用媛石魂録	文化5～文政11					
24	巷談坡堤庵	文化5					
25	**三七全伝南柯夢**	〃			③	④'	⑤
26	敵討枕石夜話	〃					
27	俊寛僧都島物語	〃					
28	松染情史秋七草	文化6					
29	夢想兵衛胡蝶物語	文化7					
30	昔語質屋庫	〃					
31	常夏草紙	〃					
32	青砥藤綱模稜案	〃					

33	糸桜春蝶奇縁	文化９					
34	占夢南柯後記	〃					
35	**八丈綺談**	文化11			③	④	⑤
36	**南総里見八犬伝**	文化11〜天保７	①	②	③	④	⑤'
37	朝夷巡嶋記	文化12〜文政11					
38	皿皿郷談	文化12					
39	**近世説美少年録**	文政12〜天保３			③		
40	開巻驚奇俠客伝	天保３〜６					
41	**新局玉石童子訓**	弘化２〜嘉永元		②'			
		計	４例	６例	７例	８例	９例

もまで入れている。これらは、読本においては、本稿で扱う型のみならず、馬琴戯作に見られるさまざまな型がより複合化された形で使われる傾向が見られるからである。そのため、「小夜の中山」から派生する身重の女性の死や、死体からの出産という内容が限定的なものであっても、採り方の基準があいまいにならざるを得ないのである。したがって、これらの使用状況はおおかたの方向性を示すものとして受けとめられたい。また『八犬伝』では、型の用いられ方が著しく変形的であり、かつその影響も物語の処々に見受けられると考えられることから、別に採り上げることとする。

ともあれ、馬琴読本に見られる五つの型の利用をまとめたのが、**「表４　馬琴読本中の五つの型の使用」**である。享和二年の京摂旅行の直接の反映が窺われる文化前期に固まって使われる傾向が見受けられるものの、その後も読本の全期に亘って『宵啼碑』型が使われ続けていることが認められよう。

Ｖ　『小夜中山宵啼碑』型の意味するもの

以上、「黄表紙」「合巻」「読本」の三ジャンルに分けて、それぞれに現れる『宵啼碑』の五つの型を示してきた。**「グラフ１　ジャンル別型の現れ方」**は、黄表紙、合巻、読本ごとの五つの型の割合を示したものである。このように「黄表紙」では「①身重の母の死」と「③子どもの親にとって敵の立場に当た

グラフ1　ジャンル別型の現れ方

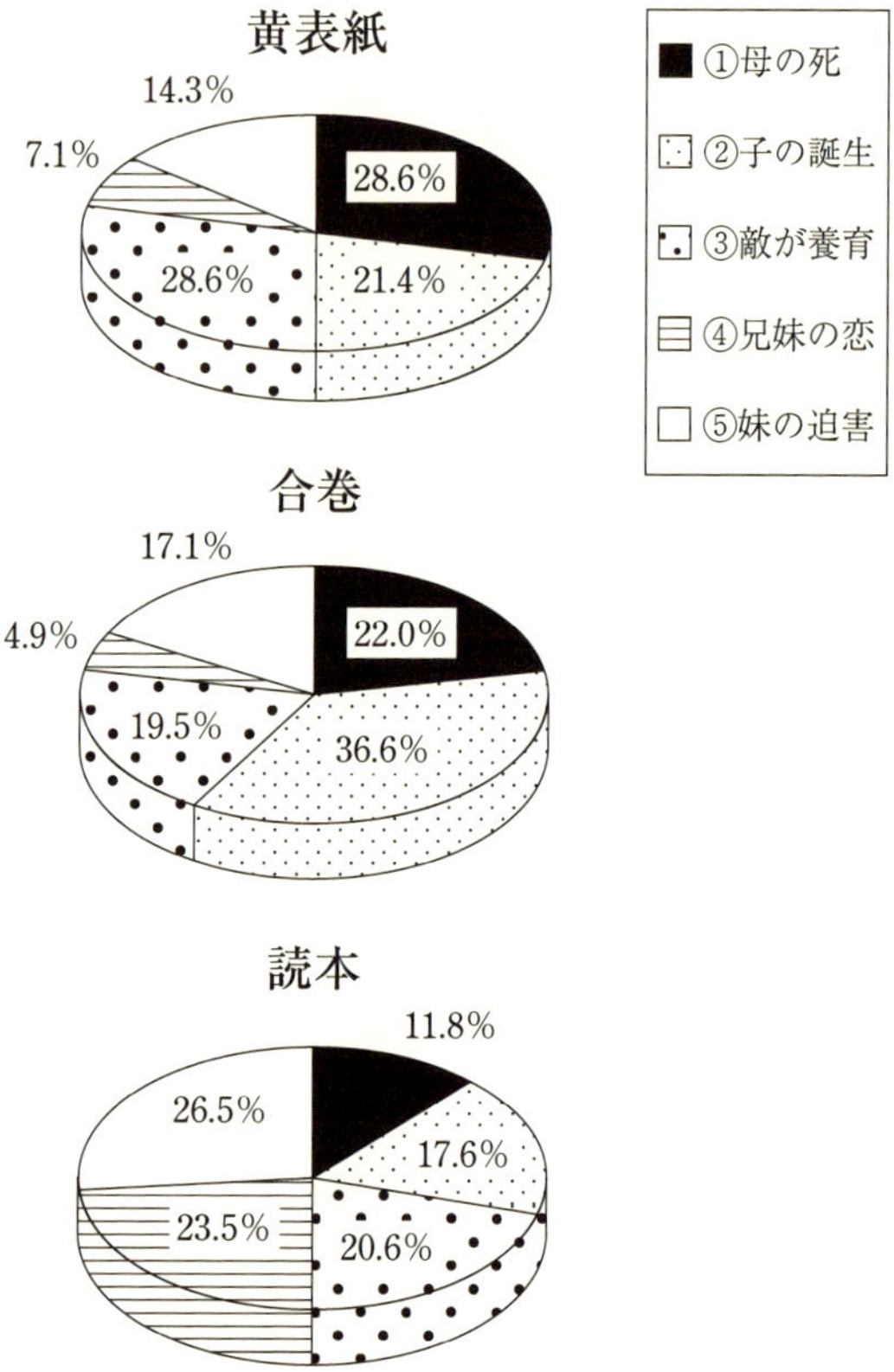

る者が養育する」が最も多く、「合巻」では「②死体からの子の誕生」が群を抜いて多くなる。そして「草双紙」の歴史的変遷である「黄表紙」と「合巻」では、兄と妹の関係が占める割合は共に少ない。代わって「読本」では、「④兄妹の恋」「⑤兄による妹の虐待」が半数を占めており、「小夜の中山」伝説からの直接の影響は少なくなる。先に、これら五つの型は、「小夜の中山」伝説に依る①②、馬琴の創作による③④⑤と別れ、さらに④⑤は兄と妹として一括できることから、①②、③、④⑤の三つのグループに分けられると述べた。内容のみならず、これら三グループはそれぞれ物語における位相が異なり、①②は趣向取りとして物語の中でその部分が突出する使われ方をする場合が多い。対して③はその後の物語の進行基盤を形作る大きな型である。そして④⑤は、作品によって現れ方がさまざまに変わっており、つまりは物語の部分を支えるものとして、それぞれの物語構想の中に溶け込んで使われている。そこで「黄表紙」では京摂旅行の影響として「小夜の中山」伝説そのものの影響が強く、「合巻」では物語の進行に『宵啼碑』型が使われやすく、「読本」ではより些末な部分で

使用されているように一見、思われる。しかし実は「読本」では、①②③の型は、後の『八犬伝』に示すように、より複雑な構成が取られ、表面上からは『宵啼碑』型の採用は見られなくとも、たとえば「母」の喪失であったりとさまざまな工夫が凝らされ、そのために明確な「小夜の中山」伝説そのものの影響は減り、馬琴が新たに加えた手法が多くなっているのである。

馬琴草双紙の処々に見られる五つの型は、どのような意味を持っているのであろうか。これらの型は、実際にはどのように物語の中で機能しているのであろうか、五つの型を三グループに分け、より具体的にその特徴を考察していく。

（①②　母と子）

「**表5　母と子の関係**」は、②型が含まれる馬琴の戯作二三作をまとめたものである。なお、『八犬伝』については後に考察を加えることから、この表からは抜かしている。**表5**は右から、「黄表紙」「合巻」「読本」のジャンルの別、さらに各ジャンル毎の「作品ナンバー」、「書名」、「生まれた赤子」として赤子の男女別を中心とした属性、その「実母の運命」、生まれた「赤子の運命」、さらに生まれた赤子への「母、または観音の庇護」を示している。

この表に関わる①「妊娠中の女性が殺される」と②「女性の死体から子どもが生まれる」という二つの型は、これまで見てきたように享和二年の京摂旅行で馬琴が求めた「小夜の中山縁起」、すなわち「小夜の中山」伝説から派生したものである。しかしながら、「小夜の中山」伝説の中心をなす子育観音の霊験譚が語られているのは、この京摂旅行の直接の影響作である『小夜中山宵啼碑』（黄5）と『石言遺響』（読6）の二作の他には、わずかに『傾城道中双陸』（合20）一作のみである。すなわち②型は、「小夜の中山」伝説を髣髴とさせる型である

表5　母と子の関係

※②型が使われている作品を分類　▼不幸な最期を遂げる者

	No.	書名	生まれた赤子	実母の運命	赤子の運命	母、または観音の庇護
黄表紙	76	小夜中山宵啼碑	双子の男子	殺される	別々に成長し、妹を誤って殺し敵を討つ	観音が飴で養う
			双子の女子		▼別々に成長し、兄を恋し、わざと殺される	
	83	敵討雑居寝物語	男子	殺される	赤子時代で物語は終わるが、父に養われて幸せになる	母の霊が乳を飲ませる
	84	大師河原撫子話	※熊の仔	殺される	主人の娘を助けて、敵討をさせる	
合巻	2	敵討鼓瀑布	男子	殺される	父と共に三歳で母の仇を討ち物語が終る	母の霊が乳を飲ませる
	10	小女郎蜘蛛怨苧環	男子	殺される	孝心厚く成長し、多田の家を継ぐ	
	12	山中鹿介稚物語	男子	殺される	孝心厚く成長して尼子の婿となる	
			男子	生き続ける	▼悪人達が主君の子と偽って養育、自害	
	13	敵討賽八丈	男子	殺される	赤子のままで物語は終わるが、後に尊い僧になることが示される	母の霊魂に養われる
	14	松之月新刀明鑑	※鉄の固まり	自害		
	20	傾城道中双陸	女子	生き続ける	▼遊女となった実母に禿として付いて虐待され、実の父母のことを知って自害	観音の霊験で他の娘に乳が出る
	29	蘆名辻蹇児仇討	男子	殺される	▼祖父に主君の身代りとしてすぐ殺される	
	30	比翼紋目黒色揚	男女の合体子（男）	心中している	▼体は男女の二人に別れるが、物語の最後で互いに差し違えて死に、比翼鳥となる	
			男女の合体子（女）			
	37	鶴山後日囀	男子	生き続ける	▼悪者たちが主君の子と偽って養育、実の父によって殺される	

	42	弘法大師誓筆法	女子	産後に小夜中山で死ぬ	孝行な娘に成長し、書画で名を挙げる	母の霊が乳を飲ませる
	43	信田妖手白猿牽	※猿の仔	殺される	物語の最後でヒロインを救う	
	44	安達原秋二色木	不明	殺される	▼悪人の妖術のために殺され、血を飲まれる	
	45	籠二成竹取物語	男子	敵に追い詰められ自害	一ヶ月で成長し、新田六郎と名乗る	
	47	六三之文車	女子	殺される	敵に養育されるが、恋した従兄弟と婚姻	
	60	殺生石後日怪談	男子	殺される	女として育ち、男に戻って実朝の養子となる	
			女子	殺されるが他の体に憑く	▼悪人たちが主君の子と偽る、のち男として育ち、実父に殺されるが観音が助ける	
読本	6	石言遺響	女子	殺される	父に巡り会って幸せになる幼児期で物語は終わるが、成長後の出世が示されている	観音が毎夜飴を買い養う
	13	椿説弓張月	男子	殺される	▼母を殺した阿公（実祖母）に殺される	
	19	括頭巾縮緬紙衣	男子	殺される	母の殺人者は実祖母、赤子で物語は終るが、後に祖父の家督を継ぎ、所領も元に戻り豊かに暮らすことが示される	
	20	旬殿実々記	※猿の仔	自害	▼養ない人の眼病の妙薬になるために自害	
	41	新局玉石童子訓	構想の類推のみ	病死	父が妻の死骸からの赤子の誕生を発見か？なお、この部分は推測であり、実際には馬琴の死により未完	

にもかかわらず、この伝説の中核をなす観音霊験譚としての使用は稀少であり、むしろ生まれ出た赤子に死んだ母自身が乳を与えに出て来る型の方が四作とわずかながら多く、観音よりも母に焦点が当てられている型なのである。

次に生まれ出た子どもの方に目を移そう。生まれ出るのは人間以外の数作の例外を除くと、男児が三分の二を占めて多い。しかし女児の影が薄いわけではなく、彼らは男女の別を問わず、物語の中で等しく大きな位置を占めていく。母の死骸から生まれ出た子の多くは、その物語の主人公として波乱に富んだ人生を送っていくのである。言い換えれば、物語の主人公の誕生がこのような形で語られているということである。では子どもたちはどのような生涯を送るのであろうか。表の中で「▼」を付けたものは、報われない一生を送る者で、計二一名の人間の子どもの中で九例（他に猿の子の自害が一例）が無惨な死を迎えている（なお、神仏の身代わりによって助かる例についても、その途中経過から、不幸な例として扱っておく）。そして注目されるのは、その九例の中の三例が、母が「生き続ける」場合だということである。反対にいえば、母が生き続けた場合（すなわち①型は持たず、②型のみが見られる例である）はすべて、略奪された赤子は不幸な死を迎えているのである。これら三例では、母は出産直後に子と引き裂かれて別の人生を送るのであるが、他者の手に渡った赤子は、『山中鹿介稚物語』（合12）、『傾城道中双陸』（合20）では共に自害、そして『鶴山後日囀』（合37）では実の父によって殺されるという、まことに悲惨な最期を遂げている。また『比翌紋目黒色揚』（合30）の、物語の発端で既に権八と心中して比翼塚に葬られた死者として紹介される母・小紫から生まれる男女の合体子も、互いに差し違えて最期を迎えている。このように見ると、生まれた子が物語の最後で無事に幸せを摑むためには、その母は他者に殺され、悲惨な死を迎えていることが一つの条件であることに気付かされよう。言い換えれば、「母の死」があることで、物語の主人公となる子の存在を、より強固に支えているということなのである。また先に述べた、死んだ母が我が子に乳を与えるエピソードから窺えるのは、「母」こそが「観音」の位置に代わり得るということであり、馬琴草双紙の中における母と子の強い結びつきが確認できるのである。①②型から窺えるのは、馬琴のこだわりが「母の在り方」に置かれていたということなのではないだろうか。

（③　養育者としての敵）

次いで、③「子どもの親にとって敵の立場に当たる者が養育する」型を見ていく。**「表6　養育者と子の関係」**は、③型が含まれる馬琴の戯作、計十八作（『八犬伝』を除く）をまとめたものである。表は右から、「黄表紙」「合巻」「読本」のジャンルの別、さらに各ジャンルごとの「作品ナンバー」、「書名」、子どもを育てる「養育者の素性」、そして「子どもと養育者の関わり」として、子どもと養育者が物語の中でどのような動きをするかを示している。また養育者が悪方の人物である場合は▲で、善方の人物の場合は○を付けてある。

まず養育者であるが、これは③型の定義として、全員が子どもの親と敵対関係にある者であるにもかかわらず、その人物が必ずしも悪人ではないことが目に付く。たとえば『皿屋敷浮名染著』（合26）では与野多太郎が、捨てられていた女児の傍らに父の家の名皿があったことから、父を殺した敵の手がかりになるかとその女児を育てているのであり、養育者は善人である。また、『雪調貢身代鉢木』（合41）も、双子の幼児を養うことになった狭野常世夫婦は善方であり、双子の両親こそが悪方の人間である。養育者が悪人の場合は、たとえば『敵討雑居寝物語』（黄83）では妊娠している妹を人違えで殺してしまった兄が、その場から体が動かなくなり、やむなく生まれ出た赤子を育てている。『近世説美少年録』（読39）では、悪女の実母が嫌々ながら連れ添っている義父を二人の山賊が殺すが、その後、実母は山賊たちと共に暮らし、母に連れられた幼児の珠之介は「ととさま」と二人の山賊を呼んでいる。本作においては、この珠之介の将来の姿こそ一番の悪人なのである。また、偶然の所為で

表6　養育者と子の関係

※③型が使われている作品を分類　▲悪人　○善人

	No.	書名	養育者の素性	子どもと養育者の関わり
黄表紙	76	小夜中山宵啼碑	▲母を殺した男	母の殺人者が双子の女児の方を養育。女児はその恩から義父の代わりに殺されることを決意
			○観音寺の上人	土中から男児を掘り出し、寺で養育。僧にするつもりだったが、後に母の敵討への旅立ちを許す
	77	奉打札所誓	はじめ母を憐れんだ善人の夫、のちその悪妻と後夫（母の敵）	はじめ善人の養父に養われ、その没後は悪心の養母とその後夫に苛まれて養家を追われる。後に実父と共に母の仇を討つ
	83	敵討雑居寝物語	▲母の殺人者で母の実兄	懐妊中の妹を殺した実兄が、やむなく生まれた赤子を養育する。その実兄（伯父）は実父たちによって討たれる
	84	大師河原撫子話	＊＊＊（赤子は熊の仔）	母熊を殺した男の妻が小熊を大切に育てる。のち小熊は殺されそうになり、育てた妻が小熊を救うために身代りに殺される
合巻	12	山中鹿介稚物語	▲叔母を殺した男	主君の子と偽って育てる。のち養母は叔母の敵を後夫とし、邪魔に思いながらも養育し続ける。男児は後に真の父母を知って自害
			○実母の兄	妹と主君の間に生まれた子と知り、大切に育てる
	26	皿屋敷浮名染著	○赤子の実父に、自分の父を殺された男	女児ははじめは善側の男に養育され、のち実母の家に預けられるが、真相を知らない実母に虐待され殺される
	37	鶴山後日囀	▲悪心の側室一味	悪心の側室が自らの生んだ主君の子と偽りの披露をして育てる。悪者たちに利用され、真実を知らないままに、実の父に殺される
	41	雪調貢身代鉢木	○忠臣の夫婦	夫婦が敵方の生んだ男女の双子を拾い、素性を知らずに養育する。実父母は恩を感じ自害
	42	弘法大師誓筆法	実父、のち父を誤って殺した夫婦	養父母の実子（義兄）と共に養育されるが、その義兄に苦しめられる。のち本来の家督を継ぐ
	43	信田妖手白猿牽	＊＊＊（赤子は猿の仔）	母猿を殺した男の一家が、猿の仔を可愛がって育てる。仔猿は

				娘を死なせ、怒った父に殺されようとするが、その妻が身代わりに死んで仔猿を助ける
	47	六三之文車	母を殺した男	悪心の姉に頼まれて懐妊中の女を殺した男が、罪滅ぼしに子を育てる
	60	殺生石後日怪談	▲母を殺した悪心の側室一味	悪心の側室が自らの生んだ主君の子と偽りの披露をして育てる。養母と悪心の者たちに利用され続けるが、後に実父によって殺される
			○実母の弟	主君と姉の間に生まれた子として、大切に養育される
読本	4	月氷奇縁	義母（実母の妹）に横恋慕し、実父を殺させた男	父の敵は義父として義母と共に子どもを愛情を以て養育し、物語の最後に義母と共に自害して果てる
	13	椿説弓張月	▲母を殺した老婆	敵は実は実祖母で、赤子は高貴の身として偽って披露される。実祖母は後に孫たちに討たれ、自害。赤子も実祖母に殺される
	19	括頭巾縮緬紙衣	▲祖母を騙して母の身を売らせた養祖父	母の死骸と共に埋められた金を取ろうとして赤子を見つけ、その場から離れられず、やむなく育てる
	20	旬殿実々記	＊＊＊（赤子は猿の仔）	父猿を殺した者の一家により、自害した母猿の腹中から仔猿は救われ、可愛がられて育つ。のち猿の仔はその血が養ない人の眼病の妙薬となることから、自害
	25	三七全伝南柯夢	父を誤って殺した男	男は初めは養娘として養育するが、のち欲のためにその娘を殺そうと企む
	39	近世説美少年録	▲義父を殺した男	二人の山賊が義父を殺し、実母を妻としたので、子は二人の盗賊を新たな義父として暮らす

幼児の親を殺す立場の者もいる。たとえば『弘法大師誓筆法』（合42）では、妻が小夜中山で死んだ後、生まれ出た赤子を連れて旅を続けている無庵法師に、自害しようとした夫婦の剣が刺さる。赤子の父である無庵法師は非業の死を遂げ、赤子は夫婦に引き取られる。同様の構想を見せるのは『三七全伝南柯夢』（読25）で、赤根半六が楠の大木に振りかざした斧が飛び、幼い娘を連れた男を殺し、その女児は以後、赤根家で育てられるのであ

る。このように養育者は子どもの親の敵ではあっても、善悪に偏っていない。
さらに子どもと養育者の関わりを見ていくと、敵対する立場であるにもかかわらず、子どもは養親からほとんど虐待を受けず、むしろ大切に育てられていることが多いことに気付く。その中で数少ない子どもが迫害を受ける例は、たとえば『奉打札所誓』（黄77）では養父が亡くなり、その悪心の妻の後夫として母の敵が迎えられたからであり、『皿屋敷浮名染著』（合26）は、当初の養親の男は通常に育てていたものが、その後、本来なら我が子を慈しむべき実母の手に渡ってから、我が子と知らない邪険の実母に苛まれるのである。また『三七全伝南柯夢』（読25）では、養父が欲心を起こし、邪魔になった養娘を追い失なおうとしたためであり、養娘そのものを憎んでのことではない。引き取られた子どもたちは皆、当初は苛まれることなく暮らしており、環境の変化によって逆境に陥るのである。すなわち敵の立場の者に育てられる子は、そのことで養親から虐げられるわけではなく、したがって悪人による幼い子の虐待という形式は取られていない。子どもたちは、その立場によって対応の程度は異なるものの、他の登場人物たち同様に育てられ、やがて苛酷な運命に放たれ、物語の主筋を担う主人公として活躍していく。とすると、この③型の使われ方が示しているのは、馬琴にとっての保護者の立場とは何かということなのではないだろうか。それは本来的に「敵」であるにもかかわらず、その敵の手によって子どもはさまざまに成長を遂げていくのである。

（④⑤　兄と妹の関係）

④「妹は兄、または共に育った者を慕う、または恋する」、そして⑤「兄は妹を殺す、または害を与える」、つまり妹による兄、もしくは兄同前に過ごす者への思慕や兄からの妹への虐待の型が使われている作品、計十九作（『八犬伝』を除く）をまとめた表が**「表7　兄と妹の関係」**である。表では右から、「黄表紙」「合巻」「読本」

のジャンルの別、さらに各ジャンルごとの「作品ナンバー」、「書名」、妹に相当する「娘」の名前、彼女の「恋の相手」の名前とその立場、そして妹への「虐待者」の名前とその立場、その結果の「娘の運命」を並べてある。なお、「恋の相手」と「虐待者」が同一人物に当たる場合は太字で示した。

この**表7**では、ジャンルによる違い、すなわち「読本」での例と「合巻」例との違いが大きく現れている。これは前述したように、読本ではやや広く対象を捉えたゆえでもあるが、それにしても読本の中では、共に兄妹のように一つの家庭で育てられた娘が恋に落ち、さらにはその慕う相手から苛まれる存在である例が氾濫している。対して合巻の中では、兄の被害をもっとも強く受けるのは実の妹という例があまりに多い。可愛がるべき相手が、時に最も厭うべき存在となっているのである。妹と兄、または兄同様に共に育つ者は、馬琴の戯作世界では、こんなにも濃厚な心情空間を生かされているということなのであろう。

以上は馬琴戯作における五つの型の働き方である。これらの分析から痛感されるのは、馬琴戯作における主人公たちをめぐる人間関係の愛憎極まる複雑さである。すなわち、①②は母と子の結び付きの深さを見せているが、母は救いの源でもあると同時に、その死によって子の幸福を導くものでもある。母の死による浄化を経ることによって、子どもは物語の主人公たるヒーローまたはヒロインに価する特別な存在に転生していくのである。そして②は、ヒーローまたはヒロインは、敵の立場にある者によって育まれていくという型である。敵の立場にある者は善人・悪人を問わず子どもを養っていく。子どもたちは敵の許に在って成長し、かつ鍛えられ、ヒーローまたはヒロインにふさわしい資質を身に付けていくのである。最後に④⑤は兄と妹という閉じられた男女関係である。ヒーローまたはヒロインは、外の世界に自らの配偶者を求めに旅立つのではなく、小さな世界を共有する相手としか見つめ合わない。本来なら男女の性を越えた存在である兄妹という関係を離れ、あたかも当然の結果の

表7　兄と妹の関係

④⑤型が使われている作品を分類

	No.	書名	娘	恋の相手	虐待者	娘の運命
黄表紙	76	小夜中山宵啼碑	小波	**双子の兄の乙八郎**	**双子の兄の乙八郎**	義父の身代わりに自ら謀って兄に殺される
	83	敵討雑居寝物語	あやめ		実兄の金十郎	恋する男の妻と間違われて、兄に懐妊中に殺される
合巻	6	歌舞伎伝介忠義話説	今紫		実兄の長吉	遊女となった妹は、侠客の兄長吉にわざと殺される
	35	達模様判官贔屓	高尾		実兄の渡平	双子の兄の渡平に騙され、恋人にわざと殺される
	42	弘法大師誓筆法	お通		義兄の見西	悪人の兄に家から浚われるが、旅僧に救われる
	47	六三之文車	かしく	従兄弟の六三		敵となる養父がわざと殺され、娘は六三と結婚
	50	照子池浮名写絵	乙女		実兄の機吉	兄によって人買に売られ、知らずに横恋慕される
	51	膏油橋河原祭文	おあき		義兄の籾次郎	許婚となった富家を義兄が騙して金を取る
	56	童蒙話赤本事始	おいぬ		実兄の田奴吉	実兄であると知らない兄に言い寄られて殺される
	63	牽牛織女願糸竹	末野	一緒に育つ人の介	実兄の盆九郎	一緒に育った男に恋し、実兄により人買に売られる
	2	小説比翼紋	おきじ（小紫）	一緒に育つ権八		妊娠したまま権八の墓前で自害
			おつま		実兄の権八	おきじと間違って殺される

郵便はがき

料金受取人払郵便

神田支店
承認

790

差出有効期間
平成23年3月
15日まで

101-8791

504

東京都千代田区猿楽町 2-2-3

笠間書院 行

■ 注 文 書 ■

◎お近くに書店がない場合はこのハガキをご利用下さい。送料 380 円にてお送りいたします。

書名　　　　　　　　　　冊数

書名　　　　　　　　　　冊数

書名　　　　　　　　　　冊数

お名前

ご住所 〒

お電話

ご愛読ありがとうございます

これからのより良い本作りのために役立たせていただきたいと思います。
ご感想・ご希望などお聞かせ下さい。

この本の書名________________________________

本読者はがきでいただいたご感想は、お名前をのぞき新聞広告や帯などで
ご紹介させていただくことがあります。何卒ご了承ください。

■本書を何でお知りになりましたか（複数回答可）

1. 書店で見て　2. 広告を見て（媒体名　　　　　　　　　）
3. 雑誌で見て（媒体名　　　　　　　　　）
4. インターネットで見て（サイト名　　　　　　　　　）
5. 小社目録等で見て　6. 知人から聞いて　7. その他（　　　　　　　　　）

■小社PR誌『リポート笠間』（年1回刊・無料）をお送りしますか。

はい　・　いいえ

◎はいとお答えいただいた方のみご記入下さい。

お名前

ご住所　〒

お電話

ご提供いただいた情報は、個人情報を含まない統計的な資料を作成するためにのみ利用させていただきます。また『リポート笠間』ご希望の場合は、個人情報はその目的（その他の新刊案内も含む）以外では利用いたしません。

読本					
5	稚枝鳩	千鳥	一緒に育つ綾太郎		成長して結婚、夫が死んだと思い投身自殺
		音羽	一緒に育つ呉松		成長して結婚、夫と共に敵討を成就
7	四天王剿盗異録	深雪	**一緒に育つ弥介**	**一緒に育つ弥介**	弥介に密かに通じ、謀られて入水して死ぬ
9	勧善常世物語	狭霧	**一緒に育つ源藤太**	**一緒に育つ源藤太**	結婚するが、容貌が醜くなり、夫となった源藤太に疎まれて謀り殺される
10	三国一夜物語	小雪		実兄の富士太郎	父の敵と結婚したことを恥じ、わざと兄に討たれる
16	園の雪	薄雪姫		実兄の実稚	利欲のために兄に騙されて悪者に拐かされる
20	旬殿実々記	お旬	**一緒に育つ殿兵衛**	**一緒に育つ殿兵衛**	お旬と間違って妊娠中に殺される(子は生まれない)
25	三七全伝南柯夢	おさん	**一緒に育つ半七**	**一緒に育つ半七**	半七は忠義のために娘を殺そうとするが、その素性を知り、結婚
35	八丈綺談	お駒	**一緒に育つ才三郎**	**一緒に育つ才三郎**	敵同士が一緒に育って仲を裂かれ、誤って殺される

ように恋に落ち、男は女を激しく迫害していく。ヒーローまたはヒロインであるにもかかわらず、彼らの恋愛空間はこれほどにも小さく苦しいものなのである。そしてこのような設定が、馬琴戯作ではあちこちに見受けられるということなのである。

では、これらの型は、他の戯作者ではどのようになっているのであろうか。「小夜の中山」伝説自体は初期草双紙の時代から多く使われており（注2）、既に馬琴以前に使い古された題材である。しかしそれらの多くは母を殺され、その胎内から生まれ、観音の庇護で生き長らえた子どもが、長じて母の敵討をするという話型で用いられており、敵による養育という型は管見の限り稀少である。では馬琴と同時代の戯作者ではいかがか。馬琴と並ぶ戯作界の領袖・山東京伝の読本を探ってみよう。

　山東京伝もその読本の中で、身重の女性の死と、そこから生まれる赤子にまつわるモチーフを用いている。それは『桜姫全伝曙草紙』と『絵本梅花氷裂』の二作である。それらの該当部分を見ると、

『桜姫全伝曙草紙』（山東京伝作、歌川豊国画、文化三年［一八〇六］）

（梗概・部分）阿陀二郎が廻国修業の道の途中、赤子の泣く声を聞く。犬が赤子の襟首をくわえていたのである。そのあたりを見ると、谷川の岩の間に女性（玉琴）の顔の皮を剝がれた死体があった。犬が死体の腹を食い破り赤子を銜え出したのだろうと推測した阿陀二郎は、その赤子を、素性もわからないままに人の乳を乞いながら育てる。（①②）

　のちにその赤子は成長して僧・清玄となる。清玄は、異母妹に当たる桜姫に懸想し、寺を追われる。やがて清玄の許に死んだ桜姫が運ばれてくるが、姫は蘇生する。その桜姫に清玄は言い寄るが、最期は弥陀二郎に殺される。

『桜姫全伝曙草紙』（京伝）

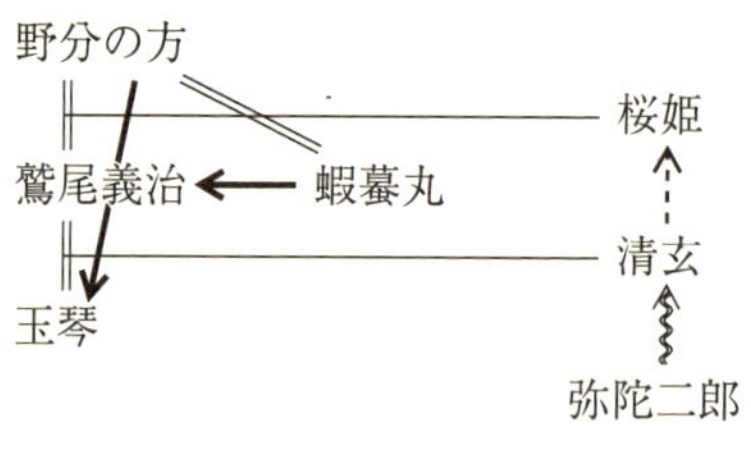

ここでは身重の玉琴が殺され、その死体からの赤子の誕生という型はとられているものの、その赤子を養育するのは敵ではない。また、その男子・清玄は長

じて後、馬琴の多くの例とは反対に、異母妹である桜姫に懸想して殺されている。このように『曙草紙』では、「小夜の中山」伝説の影響が感じられる趣向を部分的に取り込んではいるものの、その他の部分は本作の典拠となる「清玄桜姫」伝説がそのまま活かされているのであり、物語の本筋は桜姫の母・野分と桜姫を中心として展開していく。

次に『絵本梅花氷裂』であるが、

『絵本梅花氷裂』（山東京伝作、歌川豊国画、文化四年〔一八〇七〕）

（梗概・部分）唐琴浦右衛門の妻・桟は、妾・藻の花が浦右衛門と共謀して桟を追い出そうとしていると悪者・旧鳥蓑文太に騙され、蓑文太と密通して藻の花を責め殺す。桟が藻の花を蹴ると、臨月の藻の花の腹が破れ、その破れ目から男子が出生するが、桟はその子の喉を絞めて殺す。母の藻の花も桟に殺される。（①②）

本作でも身重の母の死と赤子の出生というモチーフが用いられている。しかし生まれ出た赤子は、その後の成長を待たずにすぐに殺されてしまう。

京伝読本のみならず、合巻期の草双紙や読本に用いられた「小夜の中山」型の出生譚では、多くの場合、生まれ出た赤子はすぐに殺され（注3）、物語の本筋は母体を殺した悪人たちの方に置かれているのである。

対して馬琴は、既に見てきたように、殺された母から生まれ出た子を主人公に据えることが多く、生まれ出た赤子は未生以前からの運命を背負って物語空間を生きていく。また、詳述は避けるが、京伝の戯作世界では、③④⑤もほとんど使われない。兄による妹の迫害はいくつかの作で見られるが、それ以上に「姉と弟」の緊密な関係が目立つ世界なのである。このように、馬琴の「小夜の中山」伝説に端を発した型は、馬琴の作品世界を特徴付けるものとして独創的に使われているといえる。それは馬琴という戯作者を考える上でさまざまな示唆を与える独特のものであり、際だった個性を構成しているのである。

Ⅵ　『南総里見八犬伝』における五つの型

『小夜中山宵啼碑』に発する五つの型をこのように考究してくると、馬琴の生涯を掛けた代表作『南総里見八犬伝』においてこそ、実は、それらがもっとも熟成され、さまざまな変容を見せて数々のエピソードを形作り、豊饒な物語世界を生み出していることが判読できる。

『八犬伝』における『宵啼碑』型は、どのように存在しているのであろうか。

『八犬伝』は、里見義実の息女・伏姫が、飼犬・八房との因縁によって身籠もり、やがてこの世に生まれ出た八人の英雄・八犬士たちが数々の冒険を重ねる中で互いに邂逅し、、大法師によって自らの未生以前の母に繋がる運命を知らされて里見家に終結し、里見家の領地である安房に理想帝国の基を築かんとする物語である。そしてまず、その発端となり物語全体を覆う、伏姫と八房、さらに伏姫の隠された許婚である金碗八郎によって繰り広げられる犬士たちの世界創造譚に、『宵啼碑』型は大きく用いられているのである。すなわち、

36『南総里見八犬伝』（柳川重信、溪斎英泉　他画、文化十一［一八一四］～天保十三年［一八四二］）

（a伏姫と八犬士）

（梗概・部分）伏姫は飼犬・八房が敵将・安西景連の首を取り、里見軍を勝利に導いたことへの褒賞として、父の里見義実の戯れの言葉を守り、八房に与えられる。伏姫は城を出て、富山の奥深くの洞窟に八房と共に

暮らす。
八房と念仏に明け暮れる生活を送る伏姫は、物類相感によって飼犬の八房との間に子を身籠もったことを知る。
金碗大輔は伏姫の父・義実が伏姫の許婚として考えていた男であるが、伏姫を洞窟から救い出そうとして、八房を鉄砲で撃ち殺す。しかし大輔の撃った弾は同時に伏姫も傷つけていた。伏姫は我が身の腹を割いて、現実の妊娠ではないことを見せ、自害して没する。①
伏姫の死後、やがて関東の各地に、八人の犬士が生まれる。②
金碗大輔は出家して、大と名乗り、八犬士を探す旅に出る。長い年月が過ぎ、、大は犬士たちを少しずつ見つけ出し、彼らを里見家に導く。そして八犬士集結の後、里見義実の意志で「金碗」氏の勅許を得て、犬士たちは金碗氏を継ぐ。③

ここでは身籠もった伏姫という母が金碗大輔に傷つけられて死に至り、その腹を割いて子どもたちの気が大気に散らされ、さらにその死後に子どもたちが生まれ出ている。すなわち①②の型をここに見出すことができよう。

生まれ出た八人の子どもたちは大輔によって探し出されて我が身の素性を知り、大輔によって里見家へと導かれる。そして里見家の当主であり伏姫の弟である義成公、その父の義実老公に八人の子どもたちが揃って目見えを行った後、義実老公の言葉によって、八人は「金碗」へと氏を変えることになる。犬士たちは、大法師を「宿世《すくせ》の父《ちゝ》」（第九輯巻二十一、第百三十一回）と呼び、喜んでこの提案を受け容れている。しかし金碗大輔は、本当に「宿世《すくせ》の父《ちゝ》」なのであろうか。犬士たちの未生以前の母で

a 伏姫と八犬士

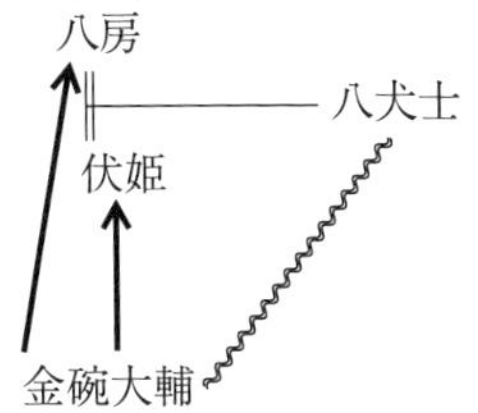

ある伏姫は、その死に臨んで、「八房《やつふさ》もわが夫《をとこ》に侍《はべ》らず、大輔《だいすけ》も亦《また》わが良人《つま》ならず。」（第二輯巻二、第十三回）という。けれども犬士たちは、伏姫の手から飛び散った珠と共に、八房の体毛に表れた八つの牡丹花に似た痣をそれぞれに受け継ぎ、かつ全員が氏に「犬」字を含んでいる。明らかに犬士たちは八房と伏姫の間に生まれた子たちなのである。母である伏姫自身、多くの場合に八房と共に現れ、時に八房に騎乗し、両者が一体化した姿を見せているのである。犬士たちにとって「宿世《すくせ》の母《はゝ》」（第九輯巻二十一、第百三十一回）が伏姫であるなら、「宿《すく》世《せ》の父《ちゝ》」は八房であり、対して金碗大輔は犬士たちの親である八房と伏姫の敵の立場にあるものといえよう。ここに『宵啼碑』③型が明確に使用されているのである。義実公は犬士たちを前にして、、大法師を「現世《げんせ》の義《ぎ》父《ふ》」（第二輯巻二、第十三回）と唱えている。物語の進展からは、この「義父」こそ、大に許される呼称と思われるが、それが犬士たちによって「宿世の父」と呼び変えられる。そしてこのことによって、『宵啼碑』③型の持つ隠された意味が自ずと現れてくる。すなわち、馬琴にとって、生まれ出た子を育て上げる敵こそ、ヒーローまたはヒロインにとっての「父」という存在に他ならないということを、露呈しているのである。③の表すもの、それは馬琴の戯作世界における「父」という存在の在り方なのである。

このように『八犬伝』を通すことで、『宵啼碑』型が示すものは、明らかになる。それは①②が「母」という存在であり、③は「父」を、そして④⑤が両親から生まれた仲間、すなわち「兄妹」の在り方を示しており、主人公を取り巻く「家族」とは何か、という問題に集約されるのである。

では、それぞれの犬士たちの世界は、どのようになっているのであろうか。犬士たちそれぞれの抱えた『宵啼碑』型に関わる部分を見ていく。それと同時に、犬士たち一人一人の父母を中心とした家族の在り方も追ってみよう。

（b犬塚信乃戌孝）

（父母）母・手束は四三歳で病死、時に信乃は八歳、また父・大塚（後に犬塚）番作一戍は母の死の翌年に自害、信乃は九歳であった。

（梗概・部分）信乃の父・大塚番作は妻と共に逼塞して故郷の大塚村に戻り、犬塚と姓を変えて貧しく暮らし、信乃が生まれる。村には番作の異母姉の亀篠が破落戸《ならずもの》の蟇六と夫婦になり、村長として暮らしていたが、番作一家を憎み、名刀・村雨丸を盗もうとする。

手束の病没後、行く末を憂慮した番作は、亀篠夫婦から信乃を守るため、信乃を膝下に組み敷いてその抵抗を抑え、自害して果てる。

亀篠と蟇六夫婦は浜路を養女としていたが、孤児となった信乃を引き取り、将来は婿に迎えると世間を飾り、二人の子を養育する。（③）

浜路は悪心の養親に似ず、親の言葉をまことと信じて、許婚として一緒に育った信乃を慕う。（④）

亀篠夫婦は我が身の利益を計り、養女の浜路を権力者に嫁がせようと企てる。信乃から村雨丸を奪った上で、偽って邪魔な信乃を家から追い出す。その前夜、浜路は信乃に我が身の不幸と心情を訴えるが、信乃は窮地に陥った浜路を見捨てて旅立つ。（⑤）

ここでは、父を死に追い込んだ亀篠夫婦に信乃が養育されることで③型が、また一緒に兄妹同様に育った浜路が、信乃をひたすら恋い慕うことで④型が使われている。信

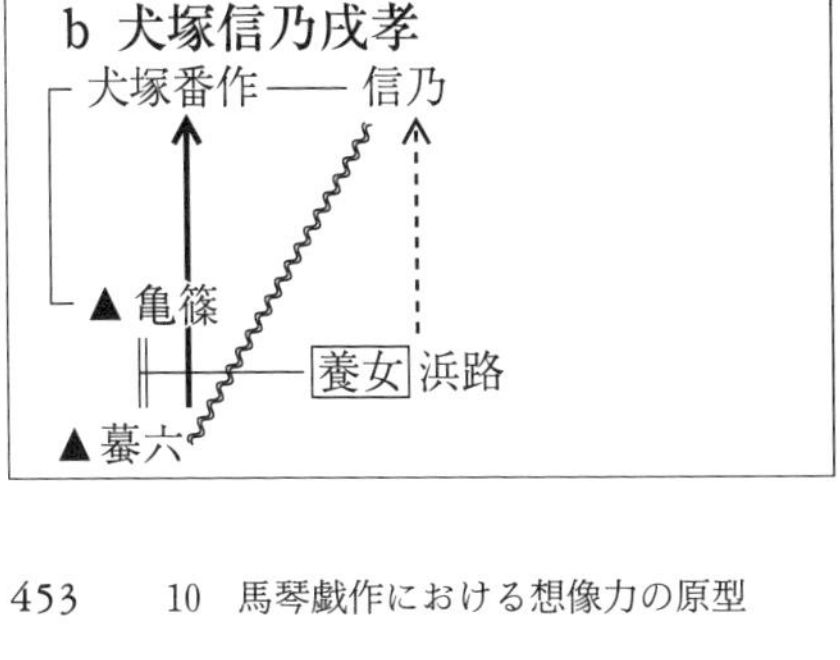

乃は浜路の訴えを聞き入れずに旅立つが、その後、浜路は信乃を追って家を出ようとし、悪人によって山中で修羅場を迎え、悲惨な死を遂げている。信乃は直接的に浜路殺害の手を下したわけではないが、浜路がみすみす陥るであろう不幸を知りつつも、彼女を捨てて旅立ったのであり、迫害者の一端を担いでいるといえよう。

（c 犬山道節忠与）

（父母）道節六歳の時、母の阿是非《おぜひ》は、父・犬山監物貞与入道道策の側室である黒白《あやめ》に毒殺される。父の犬山道策は、六二歳で討死する。その時、道節は二〇歳。

（梗概・部分）道節の父・犬山道策には、二人の側室・阿是非と黒白がいた。阿是非は男子（後の道節）を生み、本妻となる。四年後、黒白は娘・正月《むつき》を生む。二年後、黒白は阿是非を妬んで毒殺し、子の道節（六歳）も縊殺す。（①'）

道策は墓所に行き、泣き声がしたので掘り起こし、蘇生した道節を見つける。（②'）

道節の言葉で黒白の悪事が現れ、黒白は処刑される。幼い二歳の娘・正月は大塚村の蟇六家に養女として貰われ、浜路と改名して育つ。

道節は死の間際の浜路に行き会い、浜路を殺した網干左母二郎を討ち、浜路の素性を教える。しかし、許婚・信乃へ宝刀・村雨丸を渡して欲しいとの実妹・浜路の必死の願いを聞き入れない。浜路は絶望の中に死ぬ。（⑤'）

道節の母は六歳の我が子と共に殺され、共に土の下に埋められるが、その子のみは土中で死ぬことなく蘇生し、父の手でこの世に連れ戻される。このエピソードが、腹中に赤

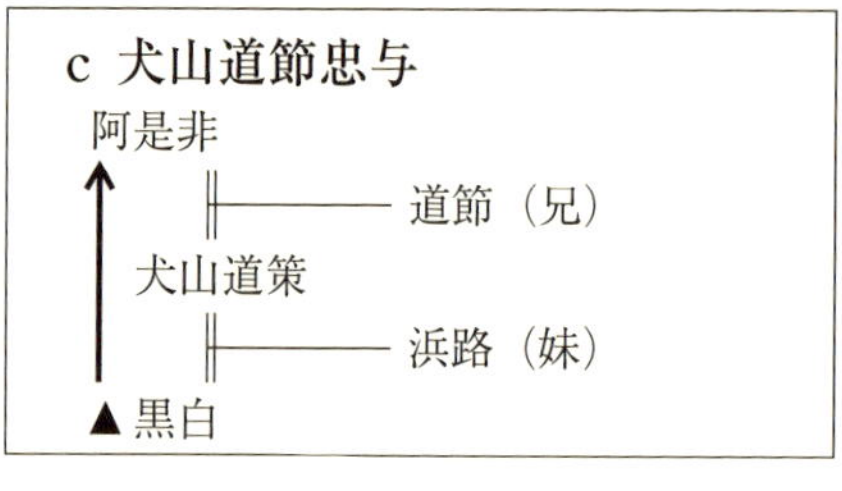

子を持つ妊婦の死と、その体からの赤子の誕生を物語る①②型から派生するものであることは言を俟たない。そして実妹の浜路の惨殺場面に行き会いながらも、彼女の最期の願いを受け容れず、悲嘆の中に死なせる兄・道節の姿は、⑤型がここでも発動されたことを示している。浜路は二人の犬士を義兄と実兄として持ちながら、その二人に見殺しにされるという苛酷な運命を背負っているのである。

（d犬川荘助義任）

（父母）父・犬川衛二則任は荘助が七歳の年、九月十一日に自殺。母は同年十一月二〇日に、病没。

（梗概・部分）父・犬川則任の自害後、追放された母は幼い荘助を連れて家を出る。その年の十一月、大塚村の村長である蟇六夫婦の家の前で母子は行き倒れ、母はそのまま死亡。その後、荘助は母を助けなかった蟇六の家で家僕として働く。（③）

荘助は犬士たちの中でその存在が希薄な人物で、華々しいエピソードを持たない。そのため一見、『宵啼碑』型とは離れているように思われる。しかし幼子を連れた旅の女性が我が家の前で行き倒れても、蟇六と亀篠の夫婦は雪の中での宿を無情に断り、死んだ母にまつわりつく七歳の荘助は、「号哭《さけびなき》つゝ天《よ》を明《あか》」（第二輯巻五、第二十回）したのである。そして葬り費用の代わりとして、荘助の給金なしの生涯奉公を言い渡した。蟇六夫婦は荘助にとって母の敵以外の何者でもなく、ここに③型が見出せるのである。

（e犬田小文吾、f犬江親兵衛）

（父母）犬田小文吾の母は幼時に病死しており、行徳で旅籠屋を営む父の古那屋文

五兵衛の手で育てられる。父は小文吾二一歳の時に病死。
犬江親兵衛の父は山林房八。母は古那屋文五兵衛の娘で小文吾の妹の沼藺《ぬい》。親兵衛四歳の時、両親は亡くなる。
（梗概・部分）犬田小文吾の妹・沼藺は、山林房八と結婚し、息子・大八（後の親兵衛、四歳）がいる。小文吾の父・古那屋文五兵衛は、咎人となった犬塚信乃と犬飼現八を匿うが、信乃は破傷風に冒されていた。咎人を匿っていることを知った山林房八は自らに似た容貌の信乃の人相書を手に、小文吾宅に乗り込んでくる。また、沼藺も房八に離縁されたとして小文吾宅に来る。
山林房八は義兄・小文吾と戦う。その争いの中で、大八は父に蹴られて息が絶える。沼藺は夫と兄の戦いを止めようとして誤って夫に切られて死ぬ。（①'⑤'）
房八は小文吾の苦境を助けるために、偽りの戦いを挑んだのだった。沼藺と房八の血を浴びて、信乃の破傷風は治る。
大八は来合わせた、大法師の前で甦生する。（②'）
その後、大八は神隠しに遭い、富山で伏姫の神霊に守られて育つ。

e 犬田小文吾、f 犬江親兵衛

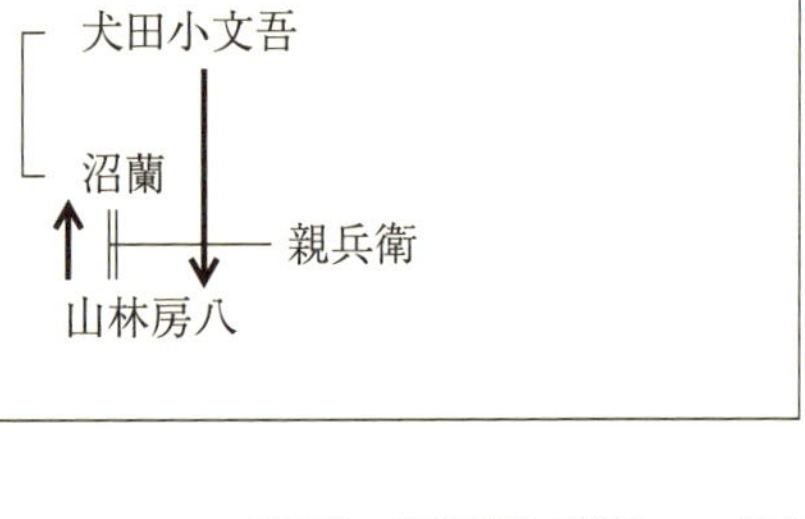

親兵衛（大八）は幼くして両親を一夜に亡くすが、その母を殺したのは父の房八であり、また自らも父によって一旦、命を失う。つまり母と共に命を失い、その後に蘇生するのであり、これを『宵啼碑』の①「身籠もった母の死」②「死体からの子どもの誕生」の変形と捉えることもできよう。また親兵衛の母・沼藺は兄と夫の戦いの中で殺されるのであり、これも⑤「兄による妹の虐待」の亜流と見ることもできよう。さらに親兵衛は未生以前の母である伏姫の養いによって成長しており、「小夜の中山」伝説で馬琴が時に用いた「殺された母が我が子を

育てる」という手法がここに見られることは注目されよう。また、親兵衛の両親の血は信乃を救うために使われ、さらに父を殺したのは伯父・小文吾であることから、親兵衛は、同じ犬士の中に親の敵に連なる人物を持つことになる存在なのである。

（g犬村大角礼儀）

（父母）母の正香《まさか》は大角が五歳の時に病没。父・赤岩一角武遠は、母が死んだ年の初冬に山猫に殺される。

（梗概・部分）父の赤岩一角武遠は皆の諫めを聞かずに庚申山に登り、山猫に殺される。山猫は一角の姿に化けて現れ、以後、大角はこの偽一角を父として疑わずに過ごす。（③）

偽赤岩一角は美女の窓井を後妻とし、二人の間に息子・牙二郎が生まれてから、長男の大角を嫌う。また偽一角は後妻・窓井の没後、この地に渡ってきた稀代の悪女・船虫を後妻に入れる。

一方、大角は伯父・犬村儀清の養子となり、儀清の娘・雛衣と共に育てられる。成長の後、雛衣と大角は結婚する。（④）

やがて雛衣は懐妊の様子を見せるが、偽一角の妻となった船虫は大角の財産を狙い、讒言により大角に雛衣の離縁を無理強いする。

偽赤岩一角はある夜、庚申山で犬士の犬飼現八に目を射られてしまう。偽一角と船虫夫婦は、胎児の生胆とその母の心の臓の血が傷ついた目の妙薬であることから、雛衣に自害を迫る。

雛衣はやむなく、偽一角一家と夫・大角の眼前で自害する。（①,⑤,

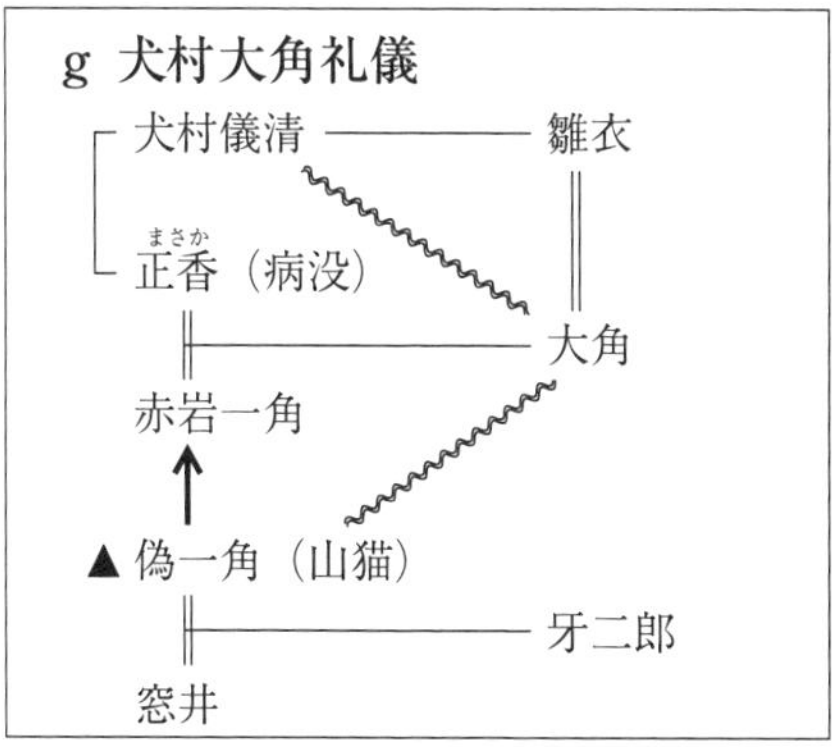

雛衣の腹中からは、大角が持っていた霊玉が飛び出し、偽一角を討つ。現八の説明により、眼前の偽一角が父の仇であることを知った大角は、偽一角を討ち取って父の敵を取る。時に大角は二一歳である。

大角は五歳の時から、父を食い殺した山犬の偽一角を父としており、③「敵による養育」型を取っている。実際には偽一角の迫害により、すぐに母方の伯父である犬村儀清に養われて偽一角の元を離れているが、父としての偽一角の力は大きく、偽一角を斃すことで大角が真の姿を取り戻すことからも、③型が青年期まで使われていると考えられる。また大角は共に兄妹のように育った雛衣と婚姻している。物語の中では、「雛衣くどき」として世に愛誦される、離縁された後の雛衣の、恋しい夫・大角への悲痛な訴えが載せられており、この結婚が、雛衣の強い恋心に支えられていることが窺える。そして雛衣の最期の場において大角は、父と信じる偽一角の理不尽な懇望に対し、なす術を知らない。「弱《よは》り果《はて》」て「思ひかねてぞ黙然《もくねん》たる」のみであり、「われは一切《つやく》せん術《すべ》あらず」と困り抜いた末、妻が刃を自らへ深く突き立てる時ですら、「そなたへ膝《ひざ》を推向《おしむけ》て、うちも目戍《まも》れば降《ふり》そゝぐ、膝《ひざ》に涙《なみだ》の玉《たま》あられ」（以上、すべて第七輯巻二、第六十五回）と妻の死を見守るばかりである。夫と交情の時を持たなかった自らが身籠もる筈がないと考える雛衣から見るならば、我が身の変調はお腹の病の故であり、義父の要求は我が身の犠牲を以てしても充たされる筈もない。それにもかかわらず我が命を捧げるのは、夫・大角の心情の故であり、雛衣は夫に殺されたも同前なのである。そしてこの悲惨な場面は、なにもこの箇所に留まらない。信乃が浜路を、そして道節が浜路を見捨てた場面に通うものなのである。

ここまでに六人の犬士を見てきた。残りの二犬士、すなわち犬飼現八信道と犬坂毛野胤智については、『宵啼碑』型の使用は見られない。そこで二犬士の父母とその出生、幼時の境遇についてのみを記しておく。

（h犬飼現八信道）

（父母）母は産後の肥立ちが悪く、病死。現八は二歳であった。実父・糠助は大塚村で犬塚信乃の隣に住み、そこで老衰死する。時に現八は十九歳であるが、このことは後年、信乃に知らされるまで現八は知らなかった。

（梗概・部分）妻に先立たれた糠助は故郷の安房を追放され、幼い源八を連れて旅立つ、しかし生活苦から自殺しようとして犬飼見兵衛に助けられ、一子の現八は犬飼家に養育されることとなる。時に現八は二歳。犬飼見兵衛と妻は、幼い源八を愛情を以て育て上げるが、現八が十九歳の時、相次いで没する。

源八は養父の没後、足利成氏の命で捕手として、信乃と芳流閣上で戦う。（芳流閣の戦い）

このように現八は実父母の没後に養父母に引き取られるが、それは善意の第三者で、現八は彼らによって虐待を受けることなく育まれている。とはいうものの、実父母から養父母の手に渡るというパターンは現八も取っており、この犬士の物語が他の六犬士の出生、生長譚から大きく外れているわけではない。

（i犬坂毛野胤智）

（父母）父の粟飯原首胤度は、馬加常武の奸計によって謀反の濡れ衣を着せられ、籠山逸東太縁連に討たれる。その冤罪の係累により胤度の本妻・稲城、長男・夢之助、長女・玉枕も共に死ぬ。毛野の未生以前のことであった。母・調布は毛野が十三歳の時に病死。

（梗概・部分）粟飯原胤度の側室であった毛野の母・調布は、胤度が奸計に陥れられて没した時に身籠もって既に三年が経っていた。しかし調布にはいまだ子を生む気配が見られず、追放される。胤度が死んだ年の十二月、調布は犬坂村でひっそりと毛野を生む。母は毛野の素性を隠し、自らの鼓の技で毛野を養いつつ、毛野には女児の様相をさせて女田楽の一団の中で育て上げる。そして大病を得、十三歳の毛野にその素性を知らせて病死する。

その後、毛野は女田楽集団の花形として暮らしつつ、敵を狙い続ける。十五歳の時、敵・馬加常武に呼ばれ、その宴席で常武を討つ。（対牛楼の戦い）

毛野はこのように、未生以前の父の死に加えて、三年という長期の懐胎期間を持つという、神話的な誕生をしている。また、幼時から十三の年まで母と共にあり、実母の庇護下で成長しているのである。

「**表8　八犬士の家族構成**」は、犬士たちの父母との別れを中心に家族構成をまとめたものである。この表では、上から、「実母死亡時の犬士の年齢」と実母の「死因」、次に「実父死亡時の犬士の年齢」と実父の「死因」、さらに実母の死後に養父母に預けられたり、他者の許で育つ例が多いことから、「養父母、または実父母没後の保護者」「養父母の死因」「養父母死亡時の犬士の年齢」を並べ、最後に「犬士の兄姉弟妹」の項目を立てている。なお、養父母を養父と養母に分けていないのは、その死が殺人と自然死を問わず、常に同年に起こっているからである。養父母の立場にある者は、信乃の伯母はすなわち荘助の雇い主であり、大角の場合は実父を殺し偽赤岩一角となった山猫とその連れ合いの賊婦・船虫の組み合わせである。

この表からまず窺えるのは、犬士たちがいかに孤独な家族関係を持っているかであろう。全員が実母を早くに失い、次いで実父を失い、さらには多くは養父母の苛酷な扱いの下で育ち、さらにその養父母も犬士たちが互いにその存在を知り合う頃に皆、亡くなっている。兄弟姉妹関係も同様である。しかしながら、犬士の家族に共通する「短命」という命運は、「父母と兄弟」という小さな家族集団内部に限られている。たとえば親兵衛の祖母・妙真は七七、八歳で天寿を全うし、道節に仕える乳母の音音《おとね》とその夫の世四郎は里見家に仕えていよいよ壮健で、年齢に似合わぬ大活躍をしているのである。

　ところで、その中でもやはり異質なのは犬坂毛野という犬士である。彼のみが実父を実母よりも前に失い、母の手によって育てられている。もし毛野を除くならば、他の七犬士の実母を失う平均年齢は五・三歳、そして実父のそれは十二・一歳と、その差はさらに開き、犬士たちの母はより早くに失われている。また、毛野のみが、毛野の出生以前に亡くなってはいるものの、異母兄姉を持っている。その他の犬士は、大角に連なる偽一角の子で大角自身とは何の血の繋がりもない牙二郎を除いては、『宵啼碑』型に繋がる「妹」のみを持つに過ぎないのである。なお実父や養父母の死の苛烈さに比して、実母の死因に自然死が多いのは、実母が形式的な母に過ぎな

表8　八犬士の家族構成

	実母		実父		養父母			
	実母死亡時の犬士の年齢	死因	実父死亡時の犬士の年齢	死因	養父母、または実父母没後の保護者	養父母の死因	養父母死亡時の犬士の年齢	犬士の兄姉弟妹
犬塚信乃戍孝	8	病没	9	自害	伯母	殺される	18	なし
犬山道節忠与	6	殺される	20	討死	※（乳母の夫婦が仕えている）			妹（没）
犬川荘助義任	7	病没	7	自害	雇い主	殺される	19	なし
犬田小文吾	幼時	病没	21	病没				妹（没）
犬江親兵衛	4	殺される	4	殺される	※伏姫、（祖母がいる）			なし
犬村大角礼儀	5	病没	5	殺される	父の敵の妖怪	殺される	21	異父母弟（没）
犬飼現八信道	2	病没	19	病没	養父母	病没	19	なし
犬坂毛野胤智	13	病没	0	殺される				異母兄姉（没）
平均年齢	6・4		10・6				19・3	

※親兵衛の祖母は77、8歳で没。道節の乳母夫婦も長寿。

いからであり、伏姫という「未生以前」の母の壮烈な死が備わっているからに他ならない。ちなみに本稿では採り上げないが、他の長編読本では、主人公の母は多く、壮烈な最期を遂げている。犬士たちは馬琴戯作の基礎となる型を踏襲することで、物語の主人公としての位置を獲得しているといえよう。

犬士たちがこのように、『宵啼碑』型を踏襲することで主人公としての資格を得ていることを考慮するならば、『八犬伝』において不自然に中途半端な英雄として描かれている人物たちについて、馬琴によるその描き方の違いを指摘できるように思う。それはたとえば姨雪世四郎と音音夫婦の息子である「力二郎と尺八郎」という双子の兄弟とその子どもたちという存在である。彼らは共に『八犬伝』の中で見せ場となる場面を持ち、その死後においてもエピソードを残しており、物語の中で大きな存在である。彼らには子どもも生まれるものの、その子たちの存在は影薄く、はかばかしい働きは見られない。力二郎と尺八郎兄弟と犬士たちとの距離はあまりにも大きい。それはどのようなところに最も顕著に出ているのであろうか。彼らの境遇を、犬士たち同様に記してみる。

（j十条力次郎、尺八郎）

（父母）双子の兄弟の力二郎と尺八郎の父・姨雪《おばゆき》世四郎はかつて犬山道策の若党であり、母の音音《おとね》は道節の乳母であった。ひそかに通じて子ができた二人は犬山家を追放されるところを、温情により音音は若君の乳母として残され、世四郎のみが家を出たのである。世四郎と音音夫婦は犬山家の恩を忘れず、犬山家没落後は道節に仕える。音音と世四郎は互いに音信を断ち、音音の元には双子の息子の妻たちが、また父の世四郎の近くには息子の力二郎と尺八郎が住まっていた。

（梗概・部分）犬塚信乃、犬飼現八、犬田小文吾が刑場から犬川荘助を救い出し、戸田河まで逃れて来た。

しかし河を渡れず、また追手も迫り、必死の危難に陥る。その時、姥雪世四郎が河に船で現れ、四犬士を船に乗せて向こう岸に渡して救う。世四郎の二人の息子の力二郎と尺八郎はその間、犬士たちを逃がすために大勢の討手と戦い、殺される。（父の死）

四犬士が世四郎に示されて向かった荒芽山では、音音が二人の嫁の曳手《ひくて》と単節《ひとよ》と共に、犬山道節を匿っていた。

その夜、二人の嫁は窶れた二人の旅人を連れて家に戻るが、実はそれは二人の夫たち・力二郎と尺八郎の霊魂だった。力二郎と尺八郎の霊魂は、父・世四郎が音音の元に到着した時、姿を消す。戦いの場を逃れ、死んだ二人の息子の首を持って荒芽山に来た世四郎は、そのいきさつを皆に語る。

道節も交えて五犬士はここに出会うが、家は追手に囲まれる。皆はそれぞれに落ちていくが、途中、曳手と単節は行方不明となる。

その後、曳手と単節は富山の洞窟に匿われ、幼い親兵衛と共に、伏姫の庇護下に暮らす。そしてその富山で、曳手と単節はそれぞれの夫の忘れ形見を懐妊していたことを知る。伏姫の助けで、長らく胎内にいた子が生まれ、それぞれ力二郎と尺八郎と名付けられ、共に伏姫の援助を得て富山の洞窟で育つ。（父の死後の子の誕生）

八犬士の里見家への集結後、姨雪与四郎（のち花咲の翁）と音音の老夫婦、そして曳手と単節たちは犬士たちを助けてさまざまに活躍する。

力二郎・尺八郎譚は、『八犬伝』の中でも夢幻的な、荒芽山の名場面を持つ。また二人の死で終らずにその子が生まれ出ることで、死んだ父たちの功績を殊更に

h　十条力二郎、尺八郎

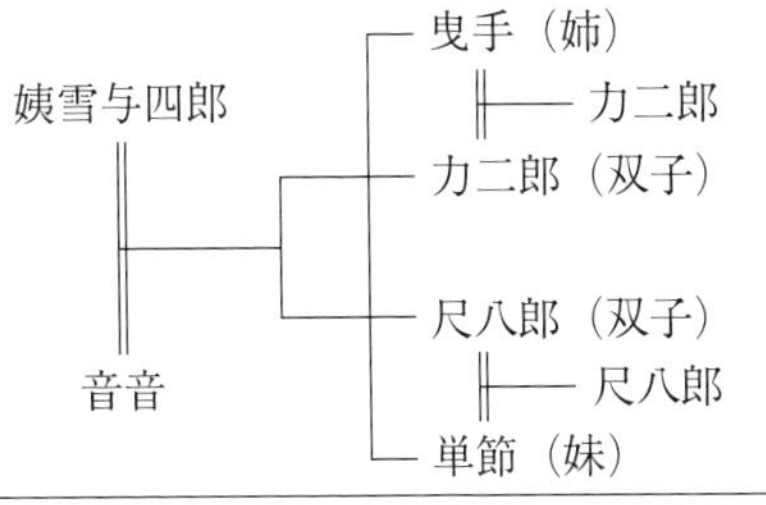

表している。力二郎と尺八郎は同日に曳手と単節という姉妹と婚姻を結ぶが、二組の夫婦は婚姻の後に幾日もなく別れる。このわずかに一宵の添臥で二人の妻は身籠もり、一年以上の懐妊期間を経て、伏姫の力で二代目の力二郎と尺八郎が誕生する。つまりこの幼い二人の子は共に、「一夜孕み」と「長い懐妊期間」という神話的な誕生要件を満たしてこの世に現れているのである。しかしながら、誕生に際してこれほどの扱いを受けながら、二代目力二郎と尺八郎は目立つ働きを持たない。長じて犬山道節の娘たちと婚姻して里見家の忠臣となるが、それのみである。なぜ、彼らはヒーローとしての働きを持てなかったのであろうか。稿者は二人の描かれ方に見る、父と母の違いに注目したい。すなわち、二代目の力二郎と尺八郎は、母ではなく父が死に、その死後に子が生まれ、また母の元で養育されているのであり、『宵啼碑』型を掠めながらも、父母を取り替えて造型されているのである。敢えていえば、この型は犬士たちの中の異端者である毛野に通じる型といえようか。そして毛野の犬士としての存在を支える未生以前の、懐胎した母の死という最も大きな要素を持たされていないのである。ここに二代目力二郎と尺八郎が、自らの存在にヒーロー性を持つことができず、代わって祖父母の活躍が描かれている大きな要因が在ると思われるのである。

同様の構造は、扇谷定正の賢夫人・蟹目の前に仕える忠臣・河鯉権佐守如の息子の河鯉孝嗣という存在にも見ることができる。詳述は避けるが、孝嗣も、父・河鯉守如の、身を挺して主君・扇谷定正を守った生き方（父の死）によって、その息子である彼自身の優位性が証明されており、既に没している母の力は孝嗣には何の影響も与えていない。父の死後、後ろ盾を失った孝嗣は愚君・定正の手によって一旦は死の淵に追い込まれる。そして乳母であった政木狐の活躍によって、再び里見家に連なる人物として再生するのである。このように物語の中で、通力を得た正木狐の生涯という夢幻的な山場を与えられた特別な人物であるにもかかわらず、孝嗣自身は物語の途中で一旦、姿を消し、対管領戦のなかばに再び登場するものの、最終的には里見家に連なる忠臣としての位置を得るのみなのである。そしてそのことは馬琴の立場でいうならば、彼らが母に代わる「父の犠牲死」という要件を持つことから犬士たちの脇役に甘んじているのではなく、戯作者・馬琴が犬士たちの脇役として彼らを描出する時に、犬士たちとは逆の設定を与えた、ということなのであろう。

『八犬伝』にはこのように、『宵啼碑』型そのものから派生したさまざまな型が採り入れられ、物語全体の構想そのものも型の変形の上に形作られている。他にも、馬琴戯作に見馴れたエピソードの型や登場人物の型がさまざまな変容を見せて取り込まれ、まさに馬琴戯作の集大成としての構造を持っているのである。

VII 『宵啼碑』型と馬琴

『小夜中山宵啼碑』という黄表紙作品に発する五つの型は、馬琴の生涯を通じて、このようにその作品にさまざまな形で使われ、馬琴戯作特有の世界観を創り上げている。五つの型は馬琴にとってどのような意味を持つのであろうか。

「主人公と母」の関係に関わる①「妊娠中の女性が殺される」と②「女性の死体から子どもが生まれる」型を採り上げる。これは母という存在に重きをおいて見るならば、「死」を通じて生み出した子には、物語を支える主人公としての資質が与えられるということのように思われる。また、『八犬伝』の伏姫を例に取るならば、あたかも「死」による浄化が、母の神聖さをより強化するようにも思われる。しかしながら、実は馬琴には、「母」の他にもう一つ、「妻」に関わる「死」という物語の型を、その戯作の中に見ることができるのである。それは死んだ妻が、その死後もなお夫の元に現れるという話型である。草双紙（合巻）と読本に分けて、紹介する。

（合巻）

29『蘆名辻蹇児仇討』（歌川国丸画、文化十二年〔一八一五〕）

既に『宵啼碑』型を採り入れた作品として載せた作である。その中で、

（梗概・部分）飯沼保太郎の妻・夏草は殺され、その胎内の子も取られる。夏草を殺したのは保太郎の父であり、夏草と胎児の死体は、讒言を受けて追われる細川持之の弟・範之の奥方と子の身代りに使われる。

十年後、難病の末に盲目の身となった保太郎は、巡り会った弟・補二郎に、妻の夏草がずっと身近にいたと語るが、それは夏草の卒塔婆で、彼女は霊となって保太郎に連れ添っていたのだった。保太郎と補二郎の兄弟は、力を合わせて敵を討ち取る。

保太郎の妻・夏草は、その死後も十年間、卒塔婆に魂を宿して夫の側に付き添い、励まし続けたのである。彼女は義弟の補二郎にその死を指摘され、夫が事実を悟ったことで、涙ながらに永遠の別れへ旅立つ。挿絵では卒塔婆から心火が立ち、傍らに別れの涙にくれる夏草が描かれている。

40『春海月玉取』（歌川豊国画、文政二年〔一八一九〕）

謡曲「海士」に趣向取りした作品である。

（梗概・部分）綱手嶋五郎は志渡判官藤季の命で面向不背の名玉を持って旅立つが、途中で玉を失い、逐電する。嶋五郎の父・綱手船太夫と、妻・蜑子《あまこ》の父・浦里苫之進秋行が共に名玉の穿鑿を命じられ、狐の持つ名玉を見つけるが、牝狐の謀りによって船太夫は蜑子の兄に殺される。蜑子は夫と父の仇の板挟みになって自害する。

一方、逃げていた綱手嶋五郎は摂津の尼ヶ崎で猟師になって暮らしていたが、嶋五郎が重い病いに倒れたところへ、妻の蜑子が来て看病し、父の死も告げる。事の次第を知って自害を図ろうとする夫を、蜑子は幾度となく止める。病から回復した嶋五郎は海から藤巻の名剣を拾い上げるが、その威徳により、蜑子の霊は我が身が既に亡き身であることを告げて去っていく。

蜑子は自害した後、他国に逐電した夫・嶋五郎の元に姿を現す。妻の死を知らずにいた夫は妻との邂逅を怪しむこともなく、蜑子は病に苦しむ夫を看病し、夫を励まし続け、名剣の力の前に消えていくのである。

60 「殺生石後日怪談」（豊国・国貞・国安・溪斎英泉画、文政八［一八二五］～天保四年［一八三三］）

本作も既に『宵啼碑』型の使用で梗概を紹介している。全体の梗概は前記の箇処を参照いただき、ここでは「死んだ妻」部分のみを見る。

（梗概・部分）上総広嗣とその妻・常夏は、旅の途中、病を起こした常夏を置いて夫・広嗣が薬を求めに離れた隙に、常夏が悪人によって殺されてしまう。常夏は子を生んだばかりの身であったが、その子も悪人に奪い取られる。戻ってきた広嗣は妻の死骸を見て嘆く。けれども、そこに実姉・二色方の葬礼の列が近づき、雷にあった姉の死骸から男児が生まれ出たため、広嗣は一人、その赤子を取り上げて逃げていく。

広嗣が我が家に戻ると、二色方の女中・空蟬が匿われていたが、この空蟬も悪漢のために殺されてしまう。と、その空蟬の死骸に亡き常夏の魂が入り込んで蘇生する。その後、妻の常夏（姿は空蟬）は寄生《やどりぎ》と改名し、広嗣は妻・寄生と共に姉・二色方の子を育てていく。

二色方の生んだ男児・一旗丸が十六歳になった時に、ようやく広嗣と一旗丸たちは悪人たちを討伐して物語は集結する。上総広嗣の妻・寄生には男子が生まれ、広嗣の家は栄える。

本作では、広嗣の妻・常夏は一度、殺されているが、もう一人の同年齢の女性・空蟬の体を得て生き返る。夫はそのことを不思議とせず、一緒に貴種の子である甥を育てていく。さらに本作で特徴的なのは、通常は物語の終わりまでに姿を隠してしまう筈の死んだ妻が、そうはならずに生き続け、さらに子まで儲けていることである。広嗣にとって、掛け替えのない妻として描かれているのである。

次いで、読本に移る。

（読本）

13「椿説弓張月」（葛飾北斎画、文化四［一八〇七］〜八年［一八一一］）

これも既に『宵啼碑』型の使用で部分梗概を述べているが、死んだ妻についての梗概は前記箇処の外にある。

（梗概・部分）源為朝は阿曾忠国の娘・白縫姫を妻とする。白縫は美しいながらも武勇に秀でた妻であり、夫・為朝が保元の乱の敗戦により囚われの身となった時も、その身柄を奪い取ろうと尽力し、さらには為朝の居場所を密告した武藤太を腰元たちと共に嬲り殺しにする。為朝は大島に島流しになるが、やがて島を抜け出し、木原山で白縫と再会する。二人の間には一子・瞬天丸《すてまる》が生まれる。

為朝と白縫たちは平清盛を討つために水俣から出帆するが、その途次で海が荒れ、白縫は暴風雨を沈めようと自ら海中に投身して果てる。

為朝は琉球に漂着するが、そこでは尚寧王の悪心の側室・中婦君が企む世継ぎ争いの騒動の最中であった。尚寧王の姫である寧王女は追い詰められ、母の廉婦人は自害し、寧王女も傷つけられるが、寧王女の体に白縫の霊が憑き、寧王女は虎口を脱する。以後、為朝は白縫の乗り移った寧王女を助けて佞臣を退け、瞬天丸によって妖怪も滅ぼされて琉球は平定される。寧王女は王位に就くことを勧められるが、自らは既に死んでおり、白縫の霊によって動いていたことを示して、体は崩れ落ちる。物語では瞬天丸が王位に就いて大団円を迎える。ともあれ、為朝の妻・白縫は、夫の航海の無事を祈って命を捨て、さらには寧王女の死体を借りて此世に戻り、夫・為朝の側に在り続け、物語の終焉で寧王女の体を捨てて永遠に死の世界に戻っていくのである。英雄としての為朝に真に相応しい妻としての白縫の造型に、このように「死んだ妻」と「死を乗り越えて夫に仕える妻」という要素が書き込まれていることは、注目されるべきであろう。

34『占夢南柯後記』（葛飾北斎画、文化九年［一八一二］、（注4））

先に挙げた「三七全伝南柯夢」（読本25）の後編として嗣作されたものである。

（梗概・部分）続井順勝に仕える赤根半之進の息子・半七は、許婚の初花との密通の疑いを受けるが奥方の情けで館を追われ、二人は夫婦となる。父の半之進が失った風流士の太刀を求めて半七と初花夫婦は周防に赴き、遠縁の刀屋同樹に匿われる。

しかし同樹は悪人で、お花は同樹の悪計によって売り飛ばされてしまう。

半七は大内義隆の御台・槐姫と、姫に仕える姉・お通に巡り会うが、槐姫は半七の眼前で殺される。

半七はその後、初花に巡り会い、共に拈華庵に向かう。しかし拈華庵で、半七は花桶に入れられた女の首を見、さらに切りつけられそうになる半七を妻の初花が身を以て庇うと見えて、初花の姿は消えてしまう。

実は初花はすべてを承知で、槐姫の身代わりとして首を打たれていたのだった。

初花の犠牲の上に物語はひとまずの団円を迎える。この作品では、赤根半七の妻・初花は、半七の知らぬ所で既に死んでおり、その魂が元の形を保って、ひとときの旅程を夫と共に過ごすために現れてきたのである。

そして『八犬伝』にもやはり、これに類する話型が用いられている。

36『南総里見八犬伝』（柳川重信、溪斎英泉　他画、文化十一［一八一四］〜天保十三年［一八四二］）

犬士たちの中で、信乃の許婚・浜路の壮烈な死までは、既に前に記している。浜路には、その後のエピソードがある。

（梗概・部分）信乃は甲斐国で村長・四六城《よろぎ》木工作の家に留まる。木工作には美しい娘・浜路がいたが、その後妻・夏引は性悪の者で、佞人の泡雪奈四郎と密通していた。ある夜、浜路はひそかに信乃の元を訪れる。浜路は、信乃の許婚として育てられ、信乃を追って悪漢の手によって非業の死を遂げた大塚村の浜路の霊魂が、木工作の娘・浜路の体を借りて出てきたと語り、信乃への尽きせぬ思いを述べる。そこに夏引たちが踏み込み、浜路は我に返る。

後、この木工作の家の浜路は養女であり、実は幼時に大鷲に攫われた里見家の五の姫であることが判明する。

八犬士が里見家に終結後、犬士たちは里見家の八人の姫をそれぞれに娶るが、信乃と結ばれたのはこの浜路姫である。

浜路はいまだ未婚の乙女で、妻ではない。しかし既に信乃の連れ合いとして心を決めており、信乃を慕う心から斬殺されている。その浜路は、死者の体ではなく、同名の娘の体を借りることで信乃の元に姿を表したのである。浜路姫との婚姻が定まった時、里見義成公は二人の縁をこのように解釈する。「浜路《はまぢ》は甲斐《かひ》にありし時《とき》、戍孝《もりたか》（信乃、稿者注）の幇助《たすけ》を得《え》て、且道節《かつどうせつ》に那窮阨《かのきうやく》を拯《すくは》れたり。矧又戍孝《いはんやまたもりたか》が、故《もと》の結髪《ゆひなづけ》の少女《おとめ》の名《な》も、浜路《はまぢ》とか聞《きゝ》にき、其《そ》は苦節《くせつ》に身《み》を殺《ころ》して、今又《いままた》こゝに浜路《はまぢ》あり。これ再生《さいせい》にあらずして、他《かれ》に代《かは》るとやいふべからん」。

物語の読者は、殺された浜路そのものが信乃と結ばれるかのように、物語の幸福な終焉《ハッピーエンド》を読み取ったであろう。

このように一度死んだ妻は、二つの方法で再び夫の前に姿を現す。ひとつは悩み苦しむ弱い立場の夫に寄り添うように、生前の姿で現れるのであり、今ひとつは他人の体を借りてこの世に戻るのである。前者はその死が夫に知られた段階でこの世を去っていく。後者は前者より強く、夫と共に力を合わせて活躍もする。いずれにせよ、一旦の「死」をくぐり抜けた妻は、夫から無条件に受け容れられる強い絆で結ばれた存在になっていくのである。

このことは、『八犬伝』における今一人の死ぬ「妻」である犬士・犬村大角の妻・雛衣を、浜路と比べてみることで、より明確になる。雛衣は偽一角という獣の義父の理不尽な要求の前に、自刃を余儀なくされているのであるが、その死後、ふたたび姿を表すことはなかった。大角は後の里見家の姫君の中で鄙木《ひなき》姫を妻とする。その天縁を里見義成公はこう解く。「鄙木《ひなき》が礼儀《まさのり》（大角、稿者注）に於《おけ》るや、其故妻《そのもとつめ》の雛衣《ひなきぬ》と、文字《もじ》こそ異《こと》なれ唱《となへ》は似《に》たり。且鄙《かつひな》は犬村《いぬむら》の村《むら》に対《つい》すべし」。そして大角自身も、「臣等《わくら》とてもが、腹《はら》を劈《つんさ》き玉《たま》を蜚《とばし》て、親《おや》の讐《あた》たる妖《えう》怪《くわい》を、仆《た》をせし他《かれ》が功《いさお》を思《おも》へば、復娶《まためと》るべくもあらざりしに、雛衣《ひなきぬ》　鄙木《ひなき》の称呼《となへ》似《に》たるは、実《じつ》に館《やかた》の御諭《おんさとし》にて、断《たち》し那緒《かのを》を続《つが》るゝ者歟《ものか》」（引用はすべて『南総里見八犬伝』第九輯巻之五十一第百八十回下）と受け容れているのである。雛衣も浜路も、里見家に集結する以前の犬士たちに家族が不要であるという単純な理由を考えれば、その死は予定されたものではあったろう。しかしながら、その毅然とした死の哀れさは共通していながら、大角の再婚が、名前のとなへが似ていることから天縁とされているのは、あまりに雛衣にとって酷な処遇であろう。対して浜路（姫）の扱いは大きい。浜路姫が里見家に戻った後、素藤譚において女性主人公《ヒロイン》として扱われ、里見義成の無個性な姫君集団の中で、ただ一人その存在が幾度となく採り上げられるのは、ひとえに浜路姫が浜路の「再生」として扱われているからに他ならない。「死」を越えたことで、浜路はその存在を認められたのである。

ところで、馬琴戯作では、他人の体を借りて姿を現した死者を、夫である主人公は躊躇なく受け容れていく。妻の命を懸けた献身は、物語の中でそれほどの奇異感もなく描かれ、他者の魂を受け容れた肉体と亡き妻の魂のどちらが主人公に大切なのかさえ、物語の読者は読み取ることが難しい。物語はあくまで主人公が中心なのであり、ふたたび現れる死んだ妻は、主人公に附属する者にすぎない。このように見ると、「死んだ母」という設定も、「死んだ妻」同様に、主人公の全幅の信頼を得るためには、「死」という試練を潜り抜けなければならないという、苛酷な志向が透けて見えるように思えるのである。「死」を通して我が子を生み出した母のみが、信頼に価するのである。また同様に、養育者が敵対する者であり、さらには「殺す」または「虐待」の相手としての「愛する妹」という、愛憎が表裏する凄まじい人間関係の中で描かれる物語の主人公の隠された孤立という、馬琴戯作に特徴的な世界構造が窺えるのである。

これらの馬琴戯作の人間構造の型を、はたして馬琴は意識していたのであろうか。おそらくそうではあるまい。馬琴戯作の中で物語の発端を担うことの多い「死んだ母」は、『八犬伝』の伏姫という特異な例の他は、多くの場合は忘れ去られ、物語は生まれ出た子の行く末に焦点が置かれる。親の敵の立場にある養育者という型でさえも、たとえば過ちによって親が養父となる者に殺された場合など、敵として語られることはなく、その立場の異常性はほとんど顧みられることがない。採り上げた五つの型は、物語の表層からは、特別に浮かび上がることはないのである。

たとえば、『八犬伝』で例を示すならば、犬士の第一、「仁」玉を持つ犬江親兵衛は、『宵啼碑』型の使われ方で見ると、その母・沼藺の死を経過することで犬士としてふたたび誕生している。しかし、物語の上で大きく採り上げられるのは、母・沼藺ではなく、父・房八の死なのである。後年、里見家に八犬士が集結した後、対管領戦という里見家の命運を懸けた合戦が繰り広げられる。その中で、夫・房八と妻・沼藺の夫婦の血によって自らの命を救われた信乃は、房八の鮮血の浸みた夏衣を綻《ほろ》にして戦いに臨む。なぜならば信乃にとって「義士《ぎし》山林《やまはやし》房八《ふさはち》は、身《み》を殺《ころ》して仁《じん》を做《な》しし、我《わ》が再生《さいせい》の恩人《おんじん》」であり、「他《かれ》が染血《ちつき》の夏衣《なつきぬ》を、綻《ほろ》に縫《ぬは》せて、こゝに在《あ》り。綻《ほろ》は則《すなはち》母《はゝ》の衣《きぬ》、親《おや》に等《ひと》しき旧恩《きうおん》を、背《そびら》に罩《おふ》て敵《てき》に中《あた》らば、身《み》は一箇《ひとつ》にして、名《な》は両箇《ふたり》」（引用は共に第九輯巻之三十九第百六十五回下）となるからである。ここでは沼藺の死はどこにもその影を留めていない。房八一人が、命の「母」であり「親」としての価値を持たされているのである。すなわち物語の表層では、「死んだ母」は顧みられることのない存在なのである。

このように本稿で採り上げた五つの型は、馬琴戯作の表面に出るものではなく、馬琴の無意識下に存在する、馬琴の想像力の基底そのものを構成する型ということができよう。馬琴は、「虚実」のあわいが生み出す甘美な伝奇性溢れる物語空間を緻密な構想の中に創り上げるという、自らの資質にあった創作法を採った戯作者である。そしてその創作法を実践する初めての作品を起筆するに当たり、「小夜の中山」伝説が大きな刺激を与えたのである。それは「母の死体から生み出される子」という衝撃であり、そこから導き出される型は、生涯に亘って彼から離れなかったということなのであろう。それらは馬琴自身の意識を裏切り、儒教的道徳律からはみ出ることのない明るい表層部の人間関係の裏に、馬琴特有の呪詛に似た影に覆われたもう一つの世界を創り上げていく。光と影、正と邪、智と情…、それらが生み出す二重性が馬琴戯作の大きな魅力となっていると思われるのである。

そしてこれらの型は何に起因するのかと問えば、おそらくそれは馬琴自身の生涯に行き着くであろう。瀧澤家の人間関係については別稿(注5)に譲るが、馬琴がそれまでの浮浪者としての生活から再生したきっかけが母の死であり、幼時に父の死によって辛い奉公生活を送らねばならなかったこと、さらには妹たちとの葛藤が、馬琴戯作における五つの型とそのまま重なるからである。馬琴の生い立ち、そして家族関係から推測される心象風景の厳しさが、そのまま彼の作品世界の中に投影されていると推測されるのである。

しかしながら、馬琴が生涯、戯作の中に示し続けたこれらの型は、興味深いことに、江戸期の戯作者・馬琴のみに留まる問題とは思われないのである。たとえば日本の近現代小説の中で、多くの作家たちがその扱いに苦慮した女性主人公の出産という問題は、『妊娠小説』（斎藤美奈子著、筑摩書房刊、一九九四年）に説かれる通りであるが、馬琴の姿勢はこれらの近現代の作家たちにそのまま通じるものといえるのではないだろうか。作者にとっての「父」。そしてサブカルチャー文化に見られる「疑似家族」傾向。作家にとっての「家族」とは何か……、馬琴の示す型の持つ意味は、近現代の日本人の心性に繋がっていくのである。

注1　馬琴戯作におけるアンドロギュヌスについては、13「楚満人と馬琴――草双紙におけるヒロイン像の変遷」を参照されたい。
注2　たとえば、『娘敵討念刃』（観水堂丈阿作画、宝暦十一年［一七六一］）、『敵討禅衣物語』（富川房信画、明和四年［一七六七］か）、『雛討女筆雲龍』（明和七年［一七七〇］）など。
注3　たとえば『千代嚢媛七変化物語』（振鷺亭貞居作、蹄斎北馬画、文化五年［一八〇八］）では、妊婦・木葉が残虐な責め場の中で赤子を生んで殺されているが、その赤子もしばしの後にやはり殺されている。
注4　本作の詳しい梗概については、4「『占夢南柯後記』の成立」を参照されたい。
注5　11「瀧澤家の人々――女性たちをめぐって――『吾仏の記』から」を参照されたい。

11　瀧澤家の人々――女性たちをめぐって――［『吾仏の記』から］

曲亭馬琴の読本では、苦難の生涯を歩むヒーローたちの多くが、その幼年期から語り出されている。そしてその母親たちは、物語の中で早々と死の影をまとう。たとえば『椿説弓張月』、主人公の源為朝の妻である白縫は、息子舜天丸《すてまる》が六歳の時、為朝たちの乗る舟を救おうと嵐の海に我が身を投じて果て、その魂は琉球の王女寧王女《ねいわんによ》の死体に憑いて寧王女として蘇り、為朝と舜天丸を見守り続ける。たとえば『朝夷巡嶋記』、朝比奈の母鞆絵《ともえ》は、朝比奈が三歳の時にその病弱を哀しんで自害、その母の霊が憑いて彼は強く育つ。しかもその死に際して、母は自らの記念《かたみ》として傷口から五臓を摑みだし、その血を我が子に注ぎ掛けた。そして『南総里見八犬伝』の場合、八犬士の一人一人を挙げるならば、犬飼現八は二歳、犬村大角は五歳、犬川荘助は七歳、犬塚信乃は八歳、犬田小文吾は幼時に、母はそれぞれ病死している。犬山道節の母は道節六歳の時に、信乃の許婚となる浜路の母で道節の父の妾・黒白《あやめ》に毒殺される。犬坂毛野は、三年間も身ごもっていた母の胎内から父の死後に生まれたが、その母は毛野十三歳の時に病死している。最後に犬士たちの代表とも言えるであろう犬江親兵衛は四歳の時に、夫と兄・小文吾の戦いを止めようとした母が夫に切られて死ぬ。この騒ぎの中で親兵衛も息絶え、甦生の後に掌から霊玉を出し、犬士の身を現す。かくまでに犬士たちの実母は皆、薄命なのである。それに留まらず、犬士たちを結びつける未生以前の母、『八犬伝』の物語を支える伏姫自身、その死を契機として彼らを生み出しているのである。馬琴の描く母たちは、そして女性たちは、このように常に悲劇的な死の中に存在しているといえよう。

馬琴にとっての女性とは、そして母とは何だったのだろうか。

曲亭馬琴、すなわち瀧澤興邦《おきくに》（のちに解《とく》）は、明和四年［一七六七］六月九日、深川水場の松平鍋五郎源信成の屋敷内の居宅で生まれた。千石取りの旗本である松平鍋五郎が、父・瀧澤運兵衛興義《おきよし》の主君であった。興邦は瀧澤一家の五男として誕生したのである。幼名は倉蔵。この年、父四三歳、母の門三〇歳、瀧澤家には倉蔵の他に長男の左馬太郎（興旨《おきむね》）九歳、四男の常三郎（興春）三歳がいた。二男・吉次郎と三男・荒之助は既に共に二歳で夭折していたが、父の興義は用人として主君の信頼も厚く、この後に長女・蘭と次女・菊も生まれ、つつましくはあっても幸福な家庭を営んでいたようである。しかし、父・興義は若年より酒を好み、安永四年［一七七五］に俄に吐血し、病没した。残された母は三八歳、そして興邦九歳、末妹の菊は二歳という、三男二女の幼い兄妹がいた。

それ以後の一家の生活は悲惨を極める。長男・興旨は父の跡を継いだが棒禄半減のために一家の生活を支えられず、翌年には十八歳で家を出、親類の養子になったりした後、戸田大学守に仕える。仲兄の興春も家を出て親族の養子となっている。一人で働ける者は外に出たわけである。残った家族を支えて、十歳の興邦は主君の嫡孫・八十五郎の童小姓となるが、この年若の主君は癇症で気に合わないとはなはだしく呵責に及んだという。これも強情な興邦は、母と妹が戸田家の興旨の元に去った翌年、十四歳で主家を飛び出た。この興邦の行方を心配し、その身を引き取ったのは、一家の父代わりとなっていた長兄・興旨であった。興旨は末弟・興邦の生活を案じ、養子などの方策を探るが成就せず、戸田家に共に仕えんと志すも興邦自身が卑職を嫌がり、結句、興邦はこれからしばらく放逸な生活を送ったという。一方、仲兄・興春も養家の女婿養子を自らの意志で離縁され、これも長兄・興旨を頼りながら、新しい主君を見つけていった。しかし、これらの生活の苦難が祟ったか、天明五年［一七八五］、一家の精神的支柱であった母・門が病に倒れ、その看病に専心するために長兄・興旨は戸田家から職を解かれ、仲兄・興春の宿所に急遽運び込まれた母を、一家は息を詰めて見守っていた。行方不明であった興邦が母の病床に駆けつけたのは、その死も近い頃のことであった。母は五人の子に遺言と思いがけない遺金を残して、四八歳で没した。

この後、長兄・興旨は二千五百石取りの山口家に仕え、一家は彼を中心に、危ない綱渡りのような日々を送っていく。天明六年［一七八六］、興旨は六月に妹・蘭を婚姻させたものの、八月には仲兄・興春が急逝した。この死はあまりに突然で、病中の知らせを受けた興旨も興邦も、職務を終えて駆けつけた時には興春は既に冷たい躯となっていた。翌年、長兄・興旨は妹・蘭を婚家から離縁させ、のち再嫁させ、寛政二年［一七九〇］には末妹の菊も興旨の同僚の給人・田口久吾に嫁させた。いま一人の末弟・興邦は既に武家の出仕を望まず、医業を志した後に書肆・耕書堂に入っていた。内実はともあれ、瀧澤一家も長兄・興旨を中心として、ようやく安定のきざしを見せてきたようである。興旨の職も、主家・山口家の中で次々と上がっていった。寛政五年［一七九三］六月、興旨は添《そえ》を娶り、また翌月には興邦が町人の百と婚姻した。この頃になれば、興邦は戯号の「馬琴」名で記してよかろう。馬琴には長女・さき、次女・祐、長男・鎮五郎（興継）が相次いで生まれ、戯作業も順調であった。興旨には長女・清が生まれたが早逝した。そして次女・蔦が二歳の時、病みがちであった興旨自身が没した。時に寛政十年［一七九八］、興旨四〇歳。

残された馬琴は「慈恩二親に異なら」（以下、「　」内は『吾仏の記』(注1)による）ない兄・興旨の跡を継がせることに必死であった。残された病弱な遺児・蔦を育てるために妻の百とその宿所に移り住んだが、蔦は三歳で死に、複数の名跡養嗣の話も壊れた。万事窮した馬琴は以後、我が子・興継をもって長兄の跡とし、瀧澤家を再

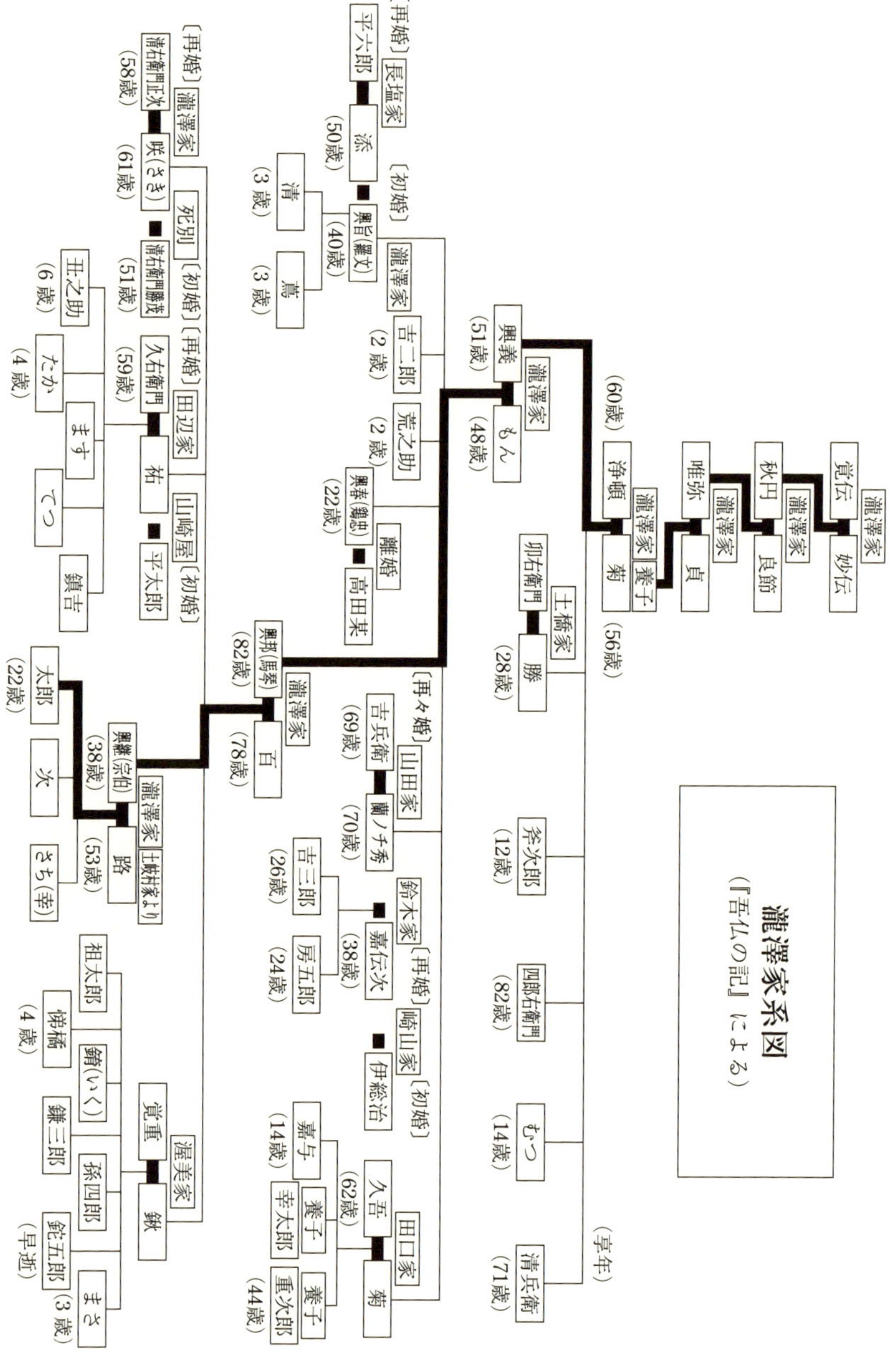
瀧澤家系図
（『吾仏の記』による）

興することを人生最大の目的に置くこととなる。

文政五年［一八二二］、馬琴は故兄の志を継いで家譜一巻を編んだ。名付けて『吾仏の記』という。後に後集として巻二～五が天保十三年［一八四二］に書き継がれた。この書は瀧澤家の先祖から馬琴一家までの事跡を事細かに述べ、他に馬琴の祖父の出身である真中家、瀧澤家の主家である松平家等の累代を調べられる限り記した膨大な家記である。これまでの一家の歩みも、この書によって記してきたのであるが、以下、馬琴をめぐる瀧澤家の人々の生涯とその性状をしばし見ていくこととする。なお、瀧澤家の入り組んだ人間関係を見るために、『吾仏の記』を主に用いた家系図を**表「瀧澤家系図」**（注2）として挙げる。

〈瀧澤興義一家〉

父・興義《おきよし》と母・門《もん》

馬琴の父・瀧澤運兵衛興義は、青年期に棒禄の低さから父母に充分な孝養を尽くせないことを憂いて累代の主家を去り、松沢家の養子となった。数年後、女婿養嗣として松沢家の養女であった門を娶り、長男・興旨も誕生したのであるが、旧主が自らの過ちを悔いて彼を呼び返したため、小禄にもかかわらず、養家を辞して実父母と旧主の元に戻った。その時、妻の門は、養父母の、興義と離縁して、親に背かず松沢家に留まるようにとの願いに、「貞女両夫に見えずといふ本文のあるものを、嫁しては良人に従うものぞと教えさせ給ひしはかかる事にぞ」と答えて夫と共に義絶され、二歳の興旨を携えて養家を出たのである。前述のように、興義は酒を嗜むことはなはだしく、「客を愛して、武を講じ、兵を談じ」る者であったが、酒毒内損の患により五一歳で病没した。

母の門は十三歳で実父を失い、親類の松沢家の養女となったのであるが、「その性貞実にして」「良人を諌め、子に教給ふ事はさら也」、その姉妹にも親切を尽くした。また、父母の位牌を家廟に安置し祀を絶やさなかったという。夫の没時に三八歳、その後、苦労のため頭髪は白くなったが、一家の要として、五人の子どもたちをしっかりと統率し続けた。幼い子どもたちを連れ、辛苦の末に四八歳で病死するが、その臨終近い頃、男女五人の子を枕方に呼び、後事の遺訓を細やかに示し、かつ金二十余両を長兄に渡したのである。この大切な遺金は後に長兄・興旨によって皆に配分されたが、このことは馬琴に一生残る強い印象を与えたのであった。

長兄・興旨《おきむね》（羅文）と仲兄・興春《おきはる》（鶏忠）

興旨は十七歳で父の死に遭い、それまでの平安な生活は一転して、苦悩の青年期を送ることとなる。わずかの期間にそれまでの主家を離れて親族の養子に入り、またその家を辞し、新しい主君を求めるが、これらは母・門の指図に依っていた。戸田家に仕官の後、母と弟妹たちの面倒を見続けたが、母の大病に際し、看病の暇を与えぬ主君に悩み、「孝は百行のはじめ也」「忠と孝に軽重なしとて、縦主君に追るゝとも、禄はふたゝび得るよしあらん。親はふたゝび得べからず」と思い、職を放たれた。母の最期を看取った後、山口家に禄を得て、以後、主君の信頼を得て順調に昇進していくが、そのかたわら、二人の妹を嫁がせ、時に病中の馬琴を自らの器物を売って薬料を出して助け、一身に瀧澤家を支えていた。三五歳でようやく添《そえ》（十九歳）を娶ったが、添の流産の後に授かった女子も早逝し、次女・蔦の誕生の翌寛政九年［一七九七］十一月に病没している。時に四〇歳。日頃、「閑暇無事の日といへども、膝を頽して胡座したること」なく、「その独座端然」の姿には「祖風」があったという。「孝順にして、且忠義に闇からず、よく弟を愛し、妹を慈し」んだ兄であった。なお、夫の死後、まだ若い添は馬琴の勧めもあって幼児の蔦を残して瀧澤家を去り、奥仕えに出た。蔦を一時引き取ったものの、蔦は「只病むをのみ身の常」にし、皆の必死の手当にもかかわらず三歳で亡くなる。添はその後、他家に嫁ぎ、あまたの子を産んでいる。

一方、仲兄の興春は父四一歳の時の誕生で、四二の二つ子の俗信を忌んで、まず母の姉婿の鈴木家に養子に入っている。瀧澤家に戻ったが、十一歳で父を失い、母・門の慮りによって親族の高田家の養子に入り、二〇歳でその長女の女婿養嗣となった。しかし、その婦人は容貌も極めて醜いのみならず、心情も劣り不遜であったので、離婚して瀧澤姓に戻る。これより数度、主君を変えながらも孝心深く、病中の母を自らの宿所に迎えてその死を兄妹全員で看取れたのを、大きなる幸とするような人物であった。「堪忍は人の至宝なり」とし、「その性《さが》寡言にして謙遜」、誹諧を好み、慎ましやかで誠実な生活を送っていたが、二三歳で傷寒の病で一晩苦しみ、急逝した。馬琴は「其賢技芸迄兄弟中第一人」の兄・興春の報を受けた長兄・興旨も馬琴も、その死に間に合わなかった。不幸短命を哀しみ、惜しんだ。

妹・蘭《らん》（秀）と菊《きく》

蘭ははじめての女児として父母の鍾愛を受けて育ったが、五歳で父を失い、十四歳で戸田家の奥方に給事した後、母を看取り、十六歳で兄の世話で崎山家に妻した。しかし、夫は兄・興旨の意に従わず、口舌の末に翌年の秋には強いて離縁されて瀧澤家に戻るが、その冬には母・門の姉婿の嫡孫である鈴木嘉伝次に再嫁し、名を秀に改めた。この嘉伝次は富んではいたが「誉義奢侈にして好色」、やがて罪を得て家は滅亡する。秀には二人の男子があったが放蕩無頼の面を持ち、馬琴の志に反して迷惑も掛け、青年期に共に亡くなっている。瀧澤家の中心となっていた馬琴は秀を助けたが、秀は愛に溺れて兄を疎み、長らく馬琴家には出入りを禁じられている。一人残った秀は年老いて後に水戸公の留守居同心・山田吉兵衛の妻となり、人のために刺縫を技として細々と暮らしを立てていたが、吉兵衛も六九歳で没した後七年、孤独ながらも兄に厄介をかけることなく、刺縫を務めとして身を養い、天保十一年（一八四〇）に七〇歳で亡くなった。秀は苦しい生活の中でも、死後に衣裳を十四種、それにいささかの遺金も残していた。「他《カレ》好憎あり、識見あり、男魂もてりとやいはまし」。散々に苦労を掛けさせられた秀への、馬琴の感情は複雑だったようである。
秀に比して末妹・菊の人生は平坦であった。二歳で父を、十二歳で母を失ったが、長兄・興旨の庇護下で十六歳の時に戸田家の給人・田口久吾の妻となり、この久吾に添い遂げた。子どもは実子の娘を早くに失い、養子を二度取っている。夫が六二歳で亡くなった時に菊は四二歳、家を継いだ養子と同居し、この養子の没（四四歳）後は孫たちと住み、時に主君の奥方に参り仕え、または諸親類の家に輪宿して暮らしている。「其本性賢ならねども、亦頑愚にもあらず」、禍もなく福もなく、二夫に交わることなく済んだのをなによりと、馬琴は思う。

〈瀧澤興邦一家〉

瀧澤興邦（馬琴）、妻・百

興邦は九歳で父を失い、幼くして童小姓に出たが主君の病的な癇症に耐えられず十四歳で出奔。叔父に引き取られたがその妻の反対によって養子になれず、兄の庇護下に仕官もするが卑職を嫌い、やがて市中を浮浪しさまざまな体験を積んだようである。しかし、母と仲兄の死に遭い、献身的に瀧澤家を支える長兄の姿勢にそれまでの放埓な生き方を改めていく。仕官の志をなくし、医者を志すも意に合わず、二四歳で人気戯作者・山東京伝を訪い、やがて書肆・耕書堂に働くが、耕書堂主人の叔父である新吉原の茶屋の女婿養嗣にとの話に驚き、長兄・興旨の結婚の一ヶ月後に、竹馬の友の両親の媒酌で会田百《ひゃく》を娶る。これにより家守としての収入や手習師匠などをして生活は安定するが、徐々に戯墨の潤筆で暮らしを支えるようになり、子どもも次々と長女・さき、次女・祐、嫡男・興継が誕生した。しかしその翌年、馬琴を陰に日向に庇護し、「慈恩二親に異なら」なかった長兄・興旨が幼い娘・蔦を残して病没する。武家として人の道に外れることなく生きた兄たちをすべて失い、瀧澤家の担い手は馬琴となった。この後、馬琴は「家」という意識を何よりも優先させて、人生を送るようになる。馬琴には他に三女・鍬が生まれ、一男三女の父となるが、その家内は常に平和だったわけではない。たとえば日記(注3)をみると、馬琴にとって妻の百はヒステリー症の手に負えない性格であった。のみならず、家長の馬琴自身はそれにも増して口うるさく、些細なことでも自らの主義主張と異なるものは見逃すことのできない性状であった。その間に入って、興旨で絶えた瀧澤家を継ぐ者としての期待を一身に受けた大切な長男・興継は、萎縮して病弱に育った。書肆や出入りの者相手の小さなもめ事も、始終起こっていたようである。しかしながら、父に対して至極従順な興継は、やがて父の意志に添って医者を志し、馬琴の声名を慕った松前老侯の出入医者の地位を得て、ここに馬琴は「予が志願、稍そのなかばを遂げ」た。文政三年［一八二〇］、馬琴五四歳、その生涯でもっとも幸せな時期であった。長女・さきに婿を取り、次女・祐と三女・鍬を嫁らせて、興継も三〇歳で土岐村路を娶り、翌年には待望の嫡孫・太郎を得た。しかし、宗伯は病臥の生活が続き、その中で長女・つぎ、次女・さちが誕生したものの、その翌天保五年［一八三四］には、瀧澤家再興の頼みの綱の興継が三八歳で病没した。馬琴は既に六八歳の老齢となっていた。

馬琴の真の苦労はこれから始まる。家に留まった嫁・路と孫たちの生活をすべて背負い、妻・百の嫁・路への妄言に苦しみながらも、幼い嫡孫・太郎を世に出すために御家人株購入を決め、大切に集めてきた和漢の書を売り、家を売り、かつ妻や娘たちの生み出すさまざまな問題に悩み、身体的には視力を失いながらも、ともかくも縁に繋がる者たちを含めて一家を全身で支え続けたのである。馬琴にとり幸いだったのは、嫁・路が夫・興継の死後、かえってしっかりと自立し、本来の賢明さを見せて舅・馬琴の著作の口述筆記に家事にと、骨身を惜しまず働いたことであろう。

馬琴の妻・百は、明和元年［一七六四］五月十六日生まれ、馬琴よりも三歳年上であった。農家に誕生したが幼時に母が離縁し、江戸の町人であった伯母・会田氏の養女となり、加藤遠江守家に七年間給事した後に、馬琴の妻になったと『吾仏の記』には記す。しかし日記によると糟糠の妻とはいかず、癇癪をしばしば起こして家内を荒立てているが、馬琴の側にそれらを理由に離縁との気持ちは持たなかったようで、脚気になれば睡眠を削って看病しており、百も又、家付き娘として馬琴を侮っていた様子も見られない。馬琴の、武家としての瀧澤家再興を目指した強い家意識の、なによりの犠牲者であったのかもしれない。

嫡男・興継《おきつぐ》、妻・路

馬琴の嫡男・興継は寛政十二年［一八〇〇］十二月二七日に誕生、その上に二人の姉がいた。父・馬琴から見てこの息子は、「六、七歳より郡（ママ）童と遊ばず。竹馬・紙鳶・独楽などの嗜好なし」と、幼い時からひたすら父の教えを尊び、医学と儒学の勉学に励み、身を慎むこと人にすぐれた若者であった。しかし、この父への尊崇の影に癇症の面を持ち、日記によると、この感情はしばしば母や妻に向けられた。父の勧めによって医師となり、二一歳で神田の別宅に入って一家の主となった。馬琴は長兄・瀧澤興旨の跡を継いだとして喜んだが、その実、これらの費用はすべて馬琴の手から出ていた。松前老侯の出入医師となるが、これは老侯の戯作者・馬琴贔屓ゆえであり、興継が実際に医師としての腕を振るうことはなかった。厳父との別居もわずかに二年のことで、馬琴は長女に婿養子を取ると、また興継との同居に戻っている。興継は、父の居室として新造した書斎を、父の同居の日まで誰にも座臥させずに、毎日手づから掃除して父を待った。三〇歳で路を娶るが、その婚姻に際して馬琴は関帝籤で吉凶を占い、最上吉を得たという。しかし、路との婚姻の前後から興継は既に旧病に苦しみ、相次いで三人の子を得るものの、幼い子どもを残して亡くなった。その死に際しては、「母と妻とに扶けられ身を起して、父を請ふて永訣し、且、年来の洪恩を謝して、端然として息絶」えた。「興継、本性孝順にして父の旨に違ふことあらず。且、倹素を守りてみづから恣にせず。こゝをもて、酒食はさら也、都ての嗜欲あることなし。

只痼症なる故に、清白を歓ぶ而已。常に、父に対してものいふときは、膝行頓首して大賓に向ふが如くす。日毎に、出る時は必告げ、入る時は必面す。若愆ある時、後に父是を誡むれば慚愧後悔し、拝謝して落涙す。この故に、謹慎を宗として、愆多からず。是を吾家の顔回といはんは過ぎたれども、実に親の及ざる事有。天何ぞ寿を貸ざるや、惜むべし」。父を畏れ、謹慎を旨とした人生を送った息子の死は、父にとって生涯の禍根となった。

興継の妻・路《みち》は医師土岐村元立の娘。舞踏を学び三味線も嗜み、「橘女思ひ出の記」(注4)などに依ると華やかな面も持った人のようであるが、二二歳で瀧澤家の嫁となって以来はまったくそのような明るい面は見せず、馬琴の文面ではひたすら「忍字」を守り、舅に姑に仕えつづけた人である。特に馬琴がその視力を失った後、筆舌に尽くしがたい努力をもって『南総里見八犬伝』を口述筆記によって完結に導いた功績は、広く知られるところである。「労をいはず。夜は亦刺縫を事として深夜に及べり。常に其子の事に懈りあるを誡めて、節倹を旨とす」。馬琴没後、三人の子を抱えて瀧澤家を支えたのもこの人であり、馬琴の記した膨大な家のための日記（「馬琴日記」）に倣って詳細な家記「路女日記」を書き継いだのもこの人であった。

長女・さき（咲、幸）、次女・祐《ゆう》、三女・鍬《くわ》

馬琴の長女・さきは寛政六年［一七九四］生まれ。十六歳から二五歳まで立花将監の奥方に給事したが、瀧澤家の長男・興継を馬琴の長兄・瀧澤興旨の跡とするために、この間にさきには馬琴自身の跡継ぎとなる婿が求められた。このため父・馬琴の意向に従って十八歳の三月に養子を迎え八月に離縁、翌十九歳の時にも正月に新しい養子を迎えて五月に離縁し、実際には妻するに及ばないままにさきに年を取らせることとなった。さきは立花家の勤めを退いてからは父の面倒を見、三一歳で吉田新六を女婿養嗣として娶せられた。新六はこの日より瀧澤清右衛門勝茂と改名し、馬琴は長男・宗伯（興継）の元に移り、さき夫婦は馬琴の旧宅に住み、瀧澤家を側面から支えていった。なお、さきと清右衛門勝茂夫婦には子がなく、興継の長女つぎを四歳で、馬琴に頼んで養女としている。しかし、この清右衛門勝茂は「性、酒を嗜みて飽ことを知らず」、天保八年〔一八三七〕六月に五一歳で亡くなった時には、その借金も多く、さきは節倹を旨として返却を果たした。その翌年閏四月、さきは四五歳で二番目の夫・鱗形屋庄二郎を迎える。時に庄二郎三七歳、妻のさきより八つ年下の夫であった。庄二郎も瀧澤清右衛門正次を名乗ったが、この正次の方は「其本性魯直」で穏やかだったようである。さきは「本性従順にして、父母の意に違ふことなし」、「姻類の遠忌にも追薦の仏事を等閑にせず」、母の没後も「孝復の孝養を致」したという。

対して次女の祐は、馬琴にとって長く悩みの種となった。誕生は寛政八年〔一七九六〕。十八歳で山崎屋平太郎に嫁したが、不熟の事があり、二〇歳で離縁して親の家に帰っている。そして二二歳で今度は田辺久右衛門に嫁したが、この縁は果たしてさまざまな災いを引き起こした。原因の多くは久右衛門の商売の不如意にあった。親に告げずに転宅し、不正を行った婿に怒った馬琴は祐に離縁を迫ったが、祐は従わず、ついに夫婦の瀧澤家への出入りを禁じるに至る。この事態が祐夫妻の願いによって許されたのは十年後のことであったが、その後も祐夫妻は馬琴や姉婿・清右衛門を騒動に巻き込み、再度の義絶後、久右衛門は天保十三年〔一八四二〕に五九歳で死んでいる。そのとき、祐四七歳、三人の子が残っていた。

三女・鍬は、安寧な一生を送ったといえようか。寛政十二年〔一八〇〇〕に生まれ、十五歳頃より給事に出ているが、末子としての甘えからか、たとえば最初の石谷将監殿の奥方には、小名ゆえに久しからずして暇を貰って家に戻り、次の大久保佐渡守殿の奥方には、君家不如意ゆえの倹素さに堪えられずに暇を取り、小出信濃守殿の奥方にも二、三年で暇を取っている。二七歳で戸田家の家臣・渥美覚重の家に嫁に入ったが、この覚重は再婚であり、馬琴は一度は渥美家の求めるところの多さに破談にしたが、ふたたびの懇望に婚姻を許したのであった。渥美夫妻は五男二女という多くの子に恵まれ、鍬は「良人と共に節倹を旨として、よく多子を養育」したのである。

さて、馬琴をめぐる二代の家族を簡単に追ってみたが、これら二つの家族の歴史は、随分と異なっている。青年期までの、母と長兄を精神的支柱とした一家は経済的、身体的な苦難の連続の中で衰え果て、戯作者となった馬琴自身が持った家は、瀧澤家再興の夢を追ったが故にただ一人の男児の死によって不幸の家となり、馬琴はその一生で安逸な時間を持つことができなかった。実際、馬琴は家のためには考えられる限りの無理も押し通した。たとえば長兄・興旨の遺児・蔦を、妻の百ともども必死で育てようとし、嫡男の興継を亡くし茫然自失の悲しみの中でも、すぐに幼いその子・太郎の御家人株購入の話をまとめて多大な犠牲を払い、瀧澤清右衛門の名前を継いださき夫婦には、嫡男・興継のまだ一人しかいない娘つぎを四歳で養女に入れさせ、そのおさきの夫が死ねば、一年経たずに四五歳のおさきに年下の婿を取り、清右衛門の名を継がせている。もしも馬琴に家の存続を第一とする心がもう少し薄かったならば、その生涯ははるかに安らかなものとなっていたのではないだろうか。後のことになるが、馬琴没後一年、馬琴が人生を楽しめたかもしれない余力のすべてを注ぎ尽くし、瀧澤家再興の望みを託した嫡孫の太郎も二二歳で病没し、馬琴の願いはまたもや叶えられずに終わった。馬琴の不運はあまりにも大きい。

ところで、馬琴自身はみずからに降りかかった出来事をどのように捉えていたのであろうか。『吾仏の記』に解（馬琴）の「五不幸三厄」として以下のように挙げられている。

解髫歳より老に至るまで、五の不幸あり。解甫の九歳の時、先大人下世す。一の不幸也。三十二歳の時、伯兄世を去りて嫡家断絶す。二の不幸也。六十九歳の時、独子早逝す。三の不幸也。是に加るに、七十四、五歳より老眼病衰して、筆硯の楽を失ふのみならず、人の資によらざれば一日も消しがたかり。四の不幸也。七十六歳の夏より故ありて渡世の戯墨を廃しし故に、又旦暮に給するに足る者なし。然でも、老て死なず。五の不幸也。

又、三厄あり。伯兄下世の時、嫂と幼姪蔦の進退に苦労散財甚し。しかれども、事皆画餅になりて、労して功なし。一厄也。享和二年の冬、妹良人鈴木誉義の家滅亡の時、妹秀と外強房五郎が進退不安の故に、苦労散財甚し。しかれども、こと皆画餅になりて、労して功なし。二厄也。天保六年の夏、孩児が世を去りし後、ゆくりなく家の内に口舌発りて、堪がたきこと三、四年に及べり。三厄也(注5)。

すなわち、「五不幸」の内訳は、

- 一の不幸は、九歳の時に父が死んだこと。
- 二の不幸は、三二歳の時に長兄・興旨が死んで嫡家が断絶したこと。
- 三の不幸は、六九歳の時に独子・興継が早逝したこと。
- 四の不幸は、老眼病衰して視力を失ったこと。
- 五の不幸は、七六歳で戯墨を辞めても一家を支え続け、老いて死なないこと。

そして「三厄」の内訳は、

- 一の厄は、長兄・興旨逝去の時、嫂・添と幼姪・蔦の進退に苦労散財はなはだしく、しかも報われなかったこと。
- 二の厄は、妹・秀とその息子・房五郎のために苦労散財し、しかも報われなかったこと。
- 三の厄は、息子・興継逝去の後、妻・百が嫁・路と馬琴の路への処遇に対して不満を述べて口舌が絶えない状態が数年続いたこと。

となっている。つまり、父と兄、それに息子の死と馬琴自身の身に起こった出来事を「五不幸」とし、嫂と妹、妻と嫁に関わっての出来事を「三厄」としているのである。いいかえれば、男たちに関わることは「不幸」であり、女たちに関わることは「厄」であるという認識である。「不幸」と「厄」にどれほどの差があるのであろうか。「不幸」とは天が与えた避けられない試練の運命であり、「厄」とは我が身に迷惑を掛けるだけの煩わしい出来事なのであろう。

瀧澤家の男と女とは、どういう存在なのであろうか。

系図を繙くと一見して窺われるのは、男たちの薄命である。馬琴の兄たちを見るならば、二歳で亡くなった吉次郎と荒之助はともかく、長兄・興旨四〇歳、仲兄・興春二二歳、そして父の興義も五一歳、最愛の息子・興継が三八歳と、独身で亡くなった興春を除いて、誰一人としてその連れ合いよりも長命であった者はいず、幼い子を残しての無念の死を迎えているのである。その死にはそれぞれの要因があったが、馬琴の筆の中で共通しているのは、彼らの生き方に何らの非難すべき点も見られない、品高く生きた人々ばかりであったことだろう。

対して女たちはいかがか。長兄・興旨の嫁・添は興旨死去の後、他家に嫁いであまたの子を儲け、妹・秀（初名は菊）は三人の夫を持ち、波乱に富んだ生活に苦しみながらも年老いての再々婚相手の最期も看取り、一人で刺繍の仕事をして生き抜いている。末妹・菊も夫の没後、養嗣の死を越えて、老女の身で時に奥方の元に伺候し、折り合いの悪い嫁との軋轢をやりくりしながら生きている（注6）。馬琴の娘たちを見れば、長女・さきは前後二人の夫をそれぞれ瀧澤家の女婿養嗣として迎え、瀧澤家の雑事を引き受けて夫を二人共に看取っている。次女・祐も二人の夫を持ち、特に後夫・久右衛門に関わって馬琴に過大な災厄を与えながらも久右衛門の最期を見送り、残された子たちを抱えて生き抜く。末娘の鍬は渥美家の嫁として多くの子を持ち、時に我が親を頼りながらも一家の要として存在し続ける。ちなみに祐と鍬は、嫁の路の没後も存命している。最後に嫁の路は、夫・興継の死後、体力の弱った舅・馬琴を支え、文字どおり瀧澤家の中心として働き続ける。路の人生は、独り息子の太郎の死を越えて、一家の行く末を画策して苦労の絶えないものであったが、馬琴没後十年の安政五年［一八五八］に五十三歳で病没している。

　瀧澤家の人々とは、ひとことで言うならば、「弱い男たち」と「強い女たち」と言えよう。もしくは馬琴の視点で見るならば、「正義に生きて報われなかった男たち」と、「自らを中心に時に恣に生きた女たち」ということになろうか。そして男たちの特性をひとことで言うならば、それぞれの本性として『吾仏の記』でたびたび使われた言葉「孝順」こそがふさわしかろう。忠よりも孝、という瀧澤家の男たちに共通する姿勢がそこには見られる。対して女たちは、孝よりも愛を取る。愛というのはいかにも現代的で安易な表現ではあるが、要は時に親や義よりも夫や子を取るということなのである。馬琴の妹・秀や娘・祐がなぜ、あれほどに馬琴の心を苛立たせたか、それは彼女たちが家長としての馬琴の意に添わず、夫と子を選んだということなのである。ただし、彼女たちが最初から、その性癖としてそうであったかというと、それは違う。秀も祐も、初婚は兄や父の言葉のままに離縁を余儀なくされて、家に戻っている。このような経験を通して、彼女たちは自らの意志のままに生きるという姿勢を持つに至ったのであろう。皮肉な見方をするならば、馬琴こそ、彼女たちの勁さの源泉と言いうるのかもしれない。そして、強いということで言うならば、厄の対象に含まれなかった例外的存在であり、深い敬愛の対象である母・門も同様なのである。門は子どもたちそれぞれの個性を充分に把握し、興旨（馬琴）の性格的非を指摘し、夫の飲酒を諫め、夫の死後は子どもたちの行方をしっかりと指示した女性なのであり、自らも養女でありながら、婿養嗣であった夫・興義が養家を出る時に、養父母の懇望を振り切って夫に従い家を出た女性なのである。

そして馬琴。馬琴はどういう人間であったか。

家記で見る限り、馬琴は瀧澤家の男たちの中で例外的存在である。男たちの中でぬきんでた長命、それに何よりも強靭な精神力、生活力が彼にはあった。馬琴に孝順という言葉は似合わない。孝を第一に考えはしても、それは両親没後のことであり、かつ女たちにそれを守らせることもできなかった。それにも増して、馬琴は順ではなかった。逆境の中で、どうすれば禍を福に転じられるか、常に思慮を巡らし、金銭を大切に扱い、戦い続ける家長であった。馬琴は強い人間として、長寿を保ったのである。その姿勢は、忍耐強く、夫亡き後の瀧澤家を考慮を巡らして導びき、貧しい中でのやりくりの果てに大切な金を残した母・門にもっとも似ている。そういえば馬琴の手習は、両兄と共に小柴長雄を師とした八歳からの一年間のみであり、その後は独学であったと書く。「性として年甫の六、七歳より画冊子を好み、筆把技を嗜めり。こゝをもて、いまだ学ばざれどもいろは四十七字を覚得て、画冊子などは拾ひ読にしたり。当時、母大人、冊子物語と浄瑠璃本を見ることを嗜み給ひしかば、解も亦是を受読もの、いくらなるを知らず。」(注7)とある。馬琴の戯作者への資質の開花も、母に負うところが大きかったのである。そして馬琴の没後、それは嫁の路によって踏襲される。路は馬琴没後一年目での愛息・太郎の病没により打ちひしがれながらも、馬琴の悲願を受け継いで日記を書き継ぎ、その翌月には末娘・さちの婿養子の話が起こっている。路もまた、戦う家長であり続けた。馬琴にとっての瀧澤家の女への感情は、近親憎悪にも似た複雑さを持つゆえんである。

そして、今ひとつ、馬琴にとって決定的な不幸があった。妻の百である。馬琴の目を通しての一方的な悪口が書かれた「馬琴日記」の記述からは、百の本来の像は分かりにくい。たとえば生涯に六度も息子と江ノ島詣に行き、その養母も馬琴の家で没するなど、夫婦仲は必ずしも常に悪かったとは思えないのであるが、馬琴は百の死後、「偕老同穴の利害」と題して『吾仏の記』に「夫婦偕老同穴は其人によりて宜しかるべし。解が如き者は願ふべきことにあらず」と記した。そしてその故を妻・百が夫・馬琴よりも三歳の姉であったことに置き、「媒人に欺れ」た、「解はさらなり、姻女も亦迭に其生命を謬り認めしかば、良人は弟たるべく、渾家の年は姉なりけるを、後に稍知れる而已」と説く。妻の年長であることから、共に老衰して老夫に仕えることができなかったことの失を言うが、これは長女・さきの年下の再婚相手に照らしても、無理なこじつけであろう。それ以上に、この婚姻には秘められた理由があったとみる方が自然である。馬琴の婚姻は、山東京伝『蜘蛛の糸巻』などには飯田町中坂下の家主の後家に入聟したとあり、これが通説となっている。しかしながら、馬琴の記した家記にはこの寡婦に入婿したということは書かれず、百を娶った形で記されている。当時の馬琴の逼迫した状況から見て、この結婚が入婿であったことは確かであろうし、百の年齢からそれが彼女には再婚であったことも充分にうべなわれると思う。しかし、あれほど詳細な記録を記した『吾仏の記』において、このことは秘されたのである。瀧澤家の中心である馬琴自身が結婚に際して武家としての家を棄て、著作の中であれほどに婦女の貞節を説きながらも自らの妻は寡婦であったという事実は、馬琴の一番の恥部として常に彼の意識を苛んだのではないだろうか。そして瀧澤家再興の願いを掛けた子どもたちは、その百から生まれねばならなかったのである。

　馬琴にとっての瀧澤家の女性像は、かくまでに複雑である。そして、敬慕して止まない兄たちとは異なる資質を身の内に捉え、我が身の潔白の嘘を常に照らし出す百という存在を身近に見続ける時、馬琴の作中の英雄たちは常に悲劇の女性たちに囲まれねばならなかったのではないだろうか。母の死によっての禊ぎと再生、それは馬琴の見果てぬ夢の投影だったのではないだろうか。

注1　『吾佛乃記』（木村三四吾他編校、八木書店、一九八七年）を使用。

注2　「瀧澤家系図」は家系図作成ソフト『親戚まっぷ5.0』を使用したものを元に作製した。
注3　『馬琴日記』全四巻（中央公論社、一九七三年）に依る。
注4　「業餘稿業十九　橘女思ひ出の記」（「ビブリア」61号、一九七五年十月）に依る。
注5　注1、539頁。
注6　菊は長寿を保ったらしいが、その終りについては未詳。
注7　注1、548～549頁

第四章

戯作の読者と読書

——草双紙と浮世絵

12　草双紙の読者——婦幼の表すもの

草双紙は江戸という土地で生まれ、古典の中で最も多く流通した小説群の総称であり、時代を追ってその装幀の変化に伴い赤本、黒本・青本、黄表紙、合巻と呼称が変化していった。ジャンルの特性として、五丁（十頁）を基本単位として作成され、それぞれの頁（丁）に本文《テキスト》と挿絵《イメージ》が共存し、双方が相俟って鑑賞されるという特殊性を持っている。呼称の変化に随って文字面の情報量が飛躍的に増加し、表紙絵や挿絵などの画像も単に主筋を補うに留まらず、時に文章に載せにくい社会の裏面をも穿ってみせるようになり、時代の息吹をもっとも鋭敏に映し出したジャンルといってよかろう。

　本稿では、東京大学所蔵の草双紙約三〇〇〇作品を採り上げた『東京大学所蔵　草雙紙目録』（注1）作成作業などを通じて目に止まった、読者および読書を巡る約四〇〇〇作品のデータを基に、草双紙に見られるその読者像を論じてみたい。すなわち、草双紙に見られる読書風景を描いた画像、および戯作者からの序文や巻末の本文末尾に見られる読者への言辞、さらには本文内容に見る読者への言及や本の扱われ方などを辿り、草双紙の読者としての「子ども」あるいは「女性」を考察していく。

I　黄表紙期の読者――子どもの現れ方

初期草双紙の目指した読書対象とは誰か。『稗史億説年代記《くさぞうしこじつけねんだいき》』に、

地本やの筆者丈阿といふ人、赤本を作り、作者の名を出さす。ナント子共しゆがてんか〳〵のかき入此人よりおこる。(4ウ5オ)(以下、翻字は読みやすくするために適宜、句読点を補う)

(式亭三馬作・画、享和二年［一八〇二］)

とある事は広く知られており、黄表紙期に入るまでの初期草双紙は主に子どもたちを対象に出されていたといわれる。しかしながら赤本期をはじめ青本・黒本時代においても、作品中での読者としての子どもへの直接の呼びかけはほとんど見受けられない。

代わってたとえば『むぢなの敵討』(赤小本、著画者未詳、刊年未詳。以下、未詳部分については不記)、『たゞとる山のほとゝぎす』(赤本)など、極めて単純な構成ゆえに子どもの手遊びと見ざるを得ない一群があること、そして、『丹波爺打栗《ててうちぐり》』の巻末新版目録中に、

御子様方御意に入、沢山御もとめ(注2)　(黒本、延享元年［一七四四］)

の言辞がみられることなどによって、子ども読者が想像されるに過ぎない。さらにやや複雑な筋立てを持つものにも、稀に、

草双紙《くささうし》といへば虚言《そらごと》のみを取集《とりあつめ》、小童《わらんべ》すかしと皆人《みな》おもほえり(1オ)

(『和田合戦　根源草摺曳《こんげんくさずりひき》』、鳥居清満画、明和二年［一七六五］)

のような斜に構えた物言いが見られるのみである。

むしろ子どもを正面に押し立てた作者からのメッセージは、その後の黄表紙時代になってから目に付き出す。

ねん〱さし出しまするゐざうし、御ひやうばんよろしく御子様方御ひいきに預、有かたふ存奉ります（15ウ）

（『桃太郎後日噺』、朋誠堂喜三二作、恋川春町画、安永六年［一七七七］）

お子様方へ参らせ候　作者より（10ウ）

（『白拍子《しらびょうし》富民《とんだ》静《しずかに》鼓音《なりやした》』、山東京伝作画、天明元年［一七八一］）

と本文末に挨拶が載り、

おこさまがたも御ぞんしのとをり（15ウ）

（『扠《さても》化《ばけたり》狐《きつね》通人《つうじん》』、伊庭可笑作、鳥居清長画、安永九年［一七八〇］）

御子様方益御機嫌能恐悦至極奉存候（1オ）

（『現金青本之通』、芝甘交作、北尾政美画、天明七年［一七八七］）

など、序や本文末部分での子どもたちへの呼び掛けが、年々の作品に散見される。以後、これら物語内容とは別に作者が直接に訴える場所での、読者対象として子どもを言挙げしての言辞は、草双紙の終焉を迎える明治合巻に至るまで、止むことがない。

しかしながら、それでは常に盛んに、「子ども」が草双紙読者として持て囃されていたかというと、そうではない。

「黄表紙」の歴史が『金々先生栄花夢《きんきんせんせいえいがのゆめ》』（春町作画、安永四年［一七七五］）の登場をもって始まることは、今さらいうまでもない。何故にジャンルの呼称を替えるほどの衝撃があったのか、その事情を大田南畝は、黄表紙評判記『菊寿草』（天明元年［一七八一］）において、

二十余《よ》年の栄花の夢、きん〱先生《せんせい》といへる通人いでゝ、鎌倉中の草双帋これがために一変《へん》して、どうやら

こうやら草双帋といかのほりはおとなの物となつたるもおかし。

と述べる。すなわちこの作をもって草双紙の読者は「子ども」から「おとな」へと変化したというのである。草双紙の読者対象としての「おとな」とはいったいどのような人間であり、どのような変化を草双紙に与えたのであろうか。

『太平記万八講釈《まんぱちこうしやく》』序文において、

金々先生栄花《きん〳〵せんせいえいくわ》の夢《ゆめ》を見《み》ひらきしよりこのかた、絵双帋《ゑそうし》は大人《たいじん》に処《しよ》し、通《つう》とむだと隆《さかん》に行《おこな》はれて、実録《じつろく》世に用ひられす。自《をのづから》童蒙《どうもう》を教諭《きようゆ》すべき其一端《たん》をたつか弓。（1オ）

（喜三二作、北尾重政画、天明四年〔一七八四〕）

と、喜三二は述べる。「おとな」は通常のおとなではなく立派な「大人《たいじん》」であり、草双紙の説くところは「通」と「むだ」を主体として、幼き者たちを教えるという実利性は無視されたというのである。すなわち、教養ある知識人が相手であり、「洒落本」に通じる鋭敏な感覚性を養うための書に変化したということであろう。実際、草双紙は黄表紙時代に入ってから江戸の当世のありさまを活写しだし、その描写は微に入り細を穿って、流行風俗の最先端を描出する事に血道を上げている。そしてそれは「通」と「むだ」が多く遊里と結びつくことからも、「おとなの男性」の指向として受け取られるのであり、「大人《たいじん》」の範疇に女性が含まれることはない。

この「子ども」から「大人」へという読者層の推移を、戯作者たちはどのように作中で表したのであろうか。黄表紙の代表作を集めた『江戸の戯作絵本』（注3）に収録された黄表紙群を用いて、この変化を見てみよう。全六冊のシリーズの中で取り上げられたのは五〇作の黄表紙だが、話題作を中心に採集されていることから、二、三流作品を差し置いて、時代を先導する代表作のみを通しての概観を捉えることができる。**グラフ1「『江戸の戯作絵本』50作品における刊行年別「子ども」読者への言及」**は、子ども読者についての言辞が見られる作品数の割合を、刊年別に見られるようにしたものである。

掲載作品の中で、読者としての子どもへの言及が見られるのは、初期の作では前述の『桃太郎後日噺』『扠化狐通人』の他に『辞《ことば》闘戦《たたかい》新《あたらしい》根《のね》』（春町作画、安永七年［一七七八］）、『御存《ごぞんじの》商売物《しょうばいもの》』（北尾政演（山東京伝）作画、天明二年［一七八二］）のみであり、実に天明三年［一七八三］から寛政元年［一七八九］におよぶ七年間、子ども読者は表だって取り上げられていない。

しかし情勢は翌寛政二年［一七九〇］に一変する。この年の刊行作品からは四作が収録されているが、うち三作に

第《たい》一の得意《とくゐ》は御子様《おこさま》がたへ（1オ）

（『即席耳学問』市場通笑作、重政画）


などと、読者対象が子どもである旨が大仰に記されるのである。何がこの変化を引き起こしたかといえば、前年の寛政の改革に絡んだ筆禍事件にその原因があることは明白である。草双紙界は見事な変わり身の早さを見せて、事態に対応した。この「子ども」読者が戯作者たちの視点から抜けた天明期が、黄表紙の質的にもっとも高い隆盛期として捉えられることは、『江戸の戯作絵本』採用作品の分布からも判然としている。

そしてこの草双紙の全盛期において、失われた「子ども」読者に

グラフ1 『江戸の戯作絵本』50作品における刊行年別「子ども」読者への言及

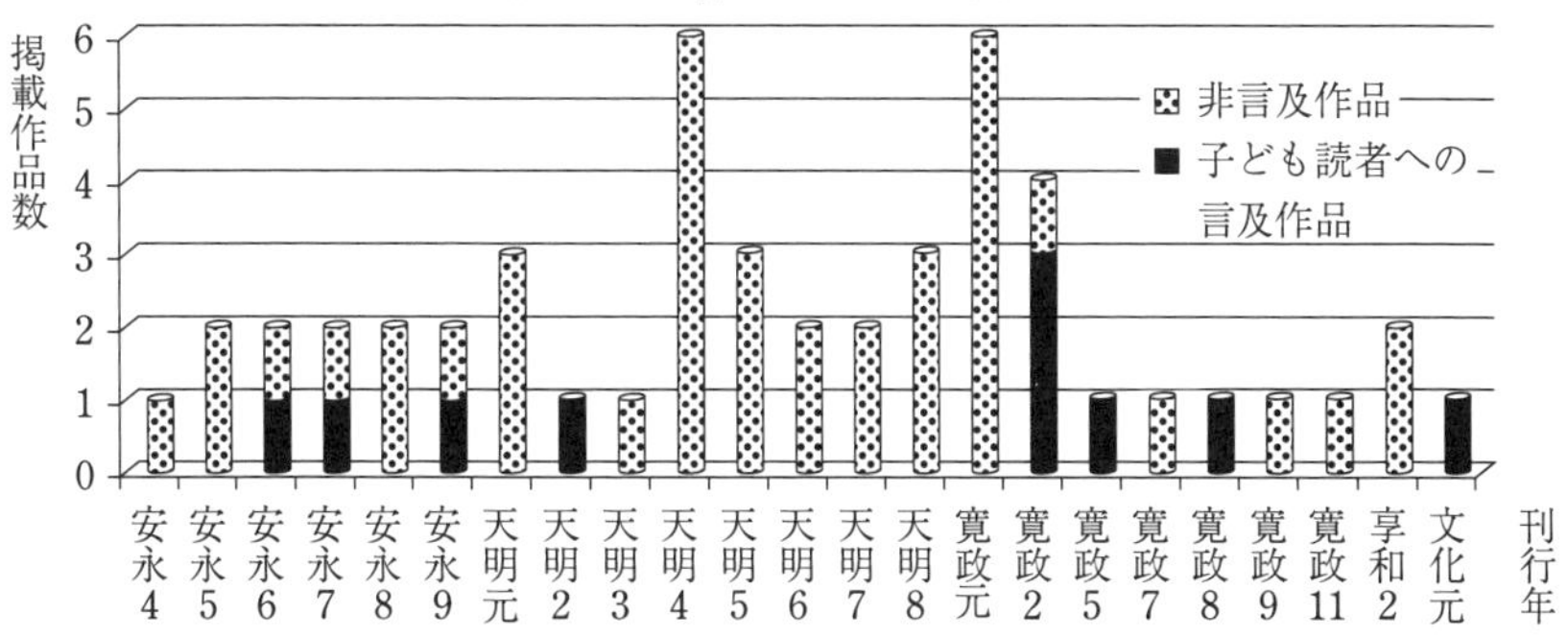

代わる「大人」読者への呼び掛けは、ついぞ草双紙の中に見出せない。すなわち、「大人」の読者は、作中に明記されることはなかったのである。このことは子ども読者というものがどのような存在であったかを語って多分に示唆的であろう。

そして以後、提示される読者対象としての「子ども」は、前述のように、明治期まで変わることなく引き継がれていく。否、これ以後こそ、子ども読者はより盛んに言挙げされていくのである。

みな〳〵さま御子さまがたの御もとめにをうじ此はるより出し申候（15ウ）

（『大福長者教』樹下石上作、政美画、寛政六年〔一七九四〕）

すこしは子供衆のためにもなるようにとぞんじてつくりましたによつて、すこしもおもしろいことはござらぬが、これを当年のしんぱんにさつしやれ（1ウ2オ）

（『凸凹話《たかびく》』京伝作、寛政十年〔一七九八〕）

こんなふつゝかなさくでも、子ともしゆのためになればよいが（10ウ）

（『買飴紙鳶野弄話』曲亭馬琴作、重政画、享和元年〔一八〇一〕）

そこは御ひいきのお子さまがた（15ウ）

（『化物太平記』十返舎一九作画、文化元年〔一八〇四〕）

など、子どものために作られた草紙という文言が、序文や最終丁の作者が語る言辞に溢れている。

たとえばこの時期の戯作界の中心人物である京伝の黄表紙作品を採り上げてみる。**グラフ2「京伝黄表紙における刊年別「子ども」読者への言及」**は、京伝の草双紙初作である安永七年〔一七七八〕刊『開帳利益札遊合《りやくのめくりあい》』から、合巻に代わる直前の文化三年〔一八〇六〕刊の『敵討両輌車《ふたつぐるま》』『敵討孫太郎虫』『敵討狼河原《おいぬがわら》』の三作までの、黄表紙一二二作を採り上げ、「子ども」読者についての言辞が見られるかどうかを刊年別に示したものである（注4）。この中に見られる「子ども」読者への文のほとんどは、やはり序文や本文末に見られ、内容的には戯作者からの軽い挨拶といえそうなものである。京伝の場合、文化期に入る頃から、考証随筆への熱意の高まりと同時にその数は減るものの、作中に「子ども」が読者であることを明記し続けたことが窺えよう。
そしてこの姿勢は、他の戯作者にも共通するものであった。「子ども」を読者代表として標榜する風習は、合巻時代に入っても変わることがない。時代を追って幾つかを紹介すると、

口上　御子様方益御機嫌克被遊御座恐悦至極奉存候（1ウ2オ）
（『近江源氏湖月照』紀の十子作、歌川国貞画、文化八年［一八一一］）

見なと〳〵の子どもしゆにたくさんかふて、御ひゐきをひとへに〳〵こひねがひたてまつります（30ウ）
（『富士浅間雪の曙』月光亭笑寿作、勝川春扇画、文政四年［一八二一］）

御子様方に告奉《つげたてまつ》る。偽紫では稲舟姫、本紫では常陸《ひたち》の宮《みや》の、姫君の荒《あれ》たる宮《みや》に、おはしまし〻事を綴《つゞ》りし、蓬生《よもぎふ》の巻は源氏の須磨へ下り給ひし頃《ころ》より、姫君の落居《おちつき》の事までを書載《かきのせ》て、前後《ぜんご》へわたる物語《はなし》なり（1オ）
（『偽紫《にせむらさき》田舎源氏』二二編、柳亭種彦作、国貞画、天保八年［一八三七］）

艸《くさ》さうしも子どもたちのみ玉ふ物《もの》なれば中庸《ちうよう》の本をひらきて第一のはじめにある一章《しやう》を挙《あげ》て文句《もんく》の解《わけ》を申なり（1オ）

グラフ2　京伝黄表紙における刊年別「子ども」読者への言及

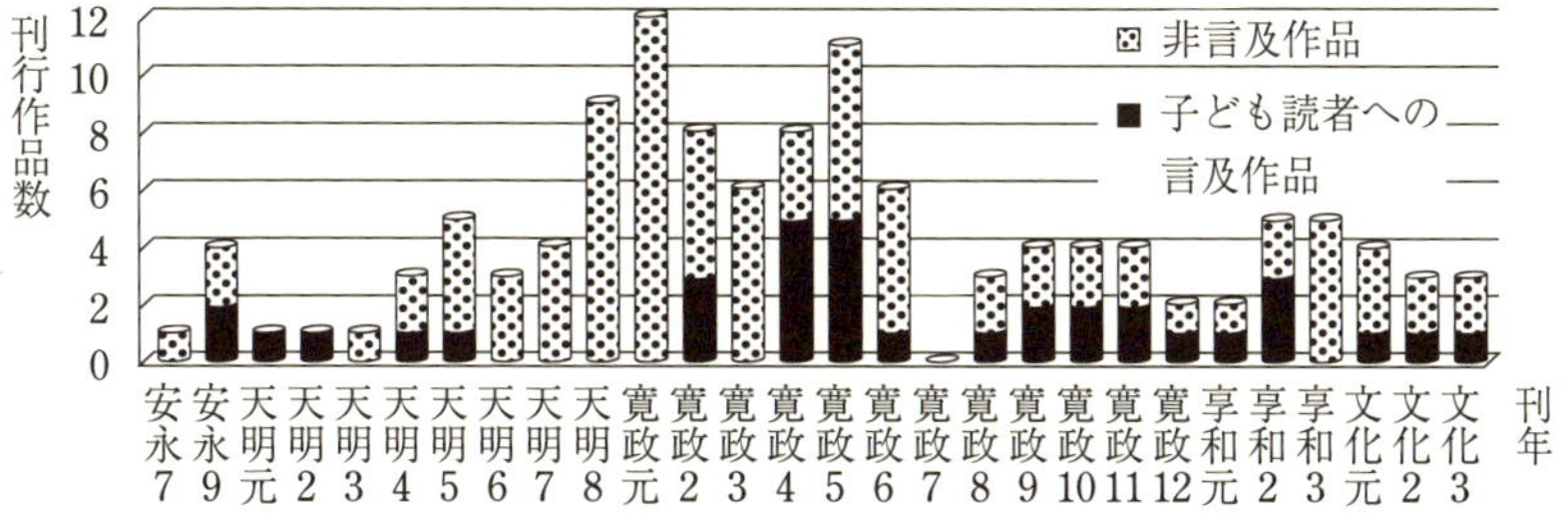

（『琴声《きんせい》美人録』十一編、山東京山作、歌川国輝画、安政二年［一八五五］）

と、その時代や作品内容、また何よりも作者の個性による違いは見られるものの、子ども相手の草紙という姿勢は一貫して保たれ続ける。物語が複雑長編化し、文章部分において子どもの理解能力を離れてもなお、読者対象としての「子ども」は草双紙から離れることはなかったのである。

では、これら子ども読者への姿勢は、どのように作中で絵画化されたのであろうか。子どもと読書はどのように結び付くのだろうか。戯作では、稿本作成時に戯作者が本文部分のみならず挿絵の下絵や裏見返しの書肆関連の記事までも執筆していることからみて、絵柄の細部は画師に委ねられるものの、大方の指定は画師ではなく戯作者の意図によるものと考えられる。そこで本稿では、草双紙の絵柄においても、戯作者の意向を探ることとする。画像中心に目を転じよう。

赤本の『桃太郎昔話』（西村重信作画）冒頭部には、炬燵を囲んで少年や幼い男の子たちが昔話を語っている場面が描かれている。また、安永四年［一七七五］の刊行であるので黄表紙扱いとなるが、『光明千矢前《こうみょうせんのやさき》』（清満画）序文に、

初陽《はつはる》のおとぎに何《なに》がなとぞんじ色《いろ》〳〵本出《ほんいだし》申候其中《そのなか》に御子供様方《おんこどもさまがた》御なくさみのため（1オ）

とあり、それに呼応して本文末部には、やや年少の子どもたちが本書を手に炬燵を囲んで話す場（10オ、**図1**）が描かれており、いかにもこの期の草双紙の享受場面を写しているように見える。しかしながら、前者は殿様と御伽衆を子どもで描いたとされ（注5）、子どもたちの実生活を写したとは思われない。実は合巻期に入る前の草双紙に描かれた読書風景でみるならば、「子ども」が本を手にする姿はまことに稀少なのである。代わって本を読むのは圧倒的に大人の男であり、しかも戯作者本人がその作中に現れる姿が、他を圧して目に

付く。書物は、たとえば作者京伝のかたわらに置かれているのは「太平記」（『時代世話二挺鼓《にちょうつづみ》』喜多川行麿画、天明八年〔一七八八〕）であり、「前漢書」「三墳五典」（『堪忍袋緒〆善玉』寛政五年〔一七九三〕）などであり、馬琴では「万葉集／菅家万葉」「類聚国史」「拾芥抄／江家次第」「延喜式／三代実録」（『浪速秤華兄芬輪』百川子興画、享和元年〔一八〇一〕、**図2**）などが並んでいる。作中人物の読書も、書名の書き込まれていない書物が圧倒的に多いものの、たとえば『人間一心覗替繰《のぞきからくり》』（三馬作、歌川豊国画、寛政六年〔一七九四〕）での「徒然草」など、共通するのは文字ばかりの書物であることで、草双紙の中においてもなお、「男性が教養としての書物に親しむ」という高踏的な姿勢が「読書」に対して貫かれているのである。

また女性と本の組み合わせも、少ないながら見られる。しかしそれらは、遊女が中心であり、本も「湖月抄」（『亀山人家妖《いえのばけもの》』喜三二作、重政画、天明七年〔一七八七〕、『七色合点豆』京伝作、重政画、文化元年〔一八〇四〕）などで、ここでもこの時期の浮世絵と通う「遊女の価値を高める装置として本があしらわれる」（注6）という光景が描き込まれる場合が多く現れている。すなわち、黄表紙までの時代には、草双紙に描かれているのは伝統的であり、それ故に正統的な読書人の姿が圧倒的に多いのである。

ではこれらの中に「草双紙」の読書はどの

図1　『光明千矢前』巻末10ウ
（鳥井清満画、安永四年刊、都立中央図書館加賀文庫蔵）

ように描き込まれているのであろうか。

それはたとえば『化物箱根先』（清長作画、安永七年［一七七八］**図3**）での、化物が黄表紙を読んで江戸の知識を身につけようとする姿であり、『盧生夢魂其《ろせいがゆめその》前日《ぜんじつ》』（京伝作、重政画、寛政三年［一七九一］）の、唐土の貧しい男がなすこともなく新渡の草双紙を読んで気を晴らしている姿なのであり、一風変わった光景といえる。それ以外に草双紙と関わっているのは、たとえば『綿温石奇効報条《わたおんじやくきこうのひきふだ》』（三馬作、歌川豊広画、享和二年［一八〇二］）での、版元の和泉屋市兵衛が三馬の前で手に草双紙を持ったり、『滑稽《じようだん》しつこなし』（一九作、喜多川月麿画、文化二年［一八〇五］）での、一九が草双紙を案じたり卓上で綴る姿であり、つまりは戯作者が圧倒的に多く、関係者の姿が描き込まれているに過ぎ

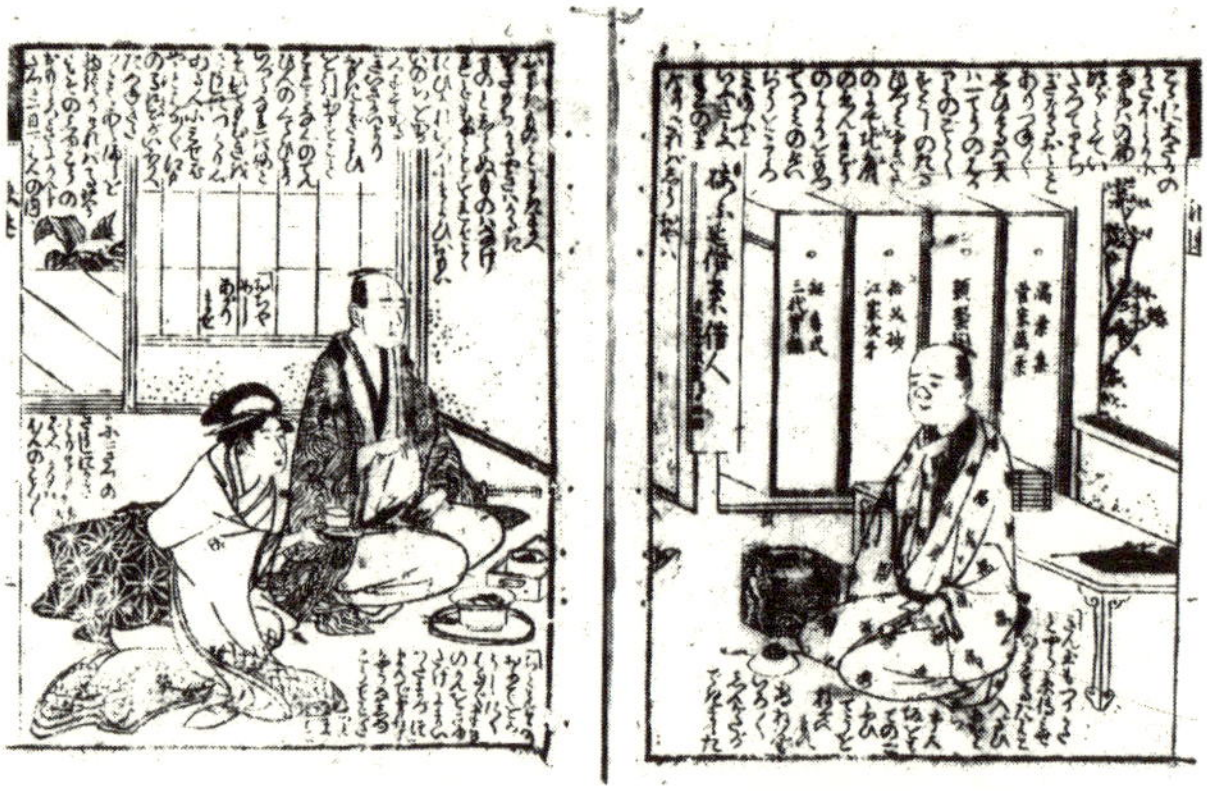

図2　『浪速秤華兄芬輪』１ウ２オ
（馬琴作、子興画、享和元年、都立中央図書館加賀文庫蔵）

図3　『化物箱根先』１ウ２オ
（鳥井清長作画、安永七年、都立中央図書館加賀文庫蔵）

ない。

黄表紙時代、「子ども読者」は、序文や最終丁本文末という作者自身の言葉が語られる場所を用いて、その存在が謳われるが、その姿が描かれることはなく、「草双紙」の読書図そのものも封印されているといえよう。

II　合巻期の読者——女性の現れ方

文化期に入り、草双紙は長編化の傾向を受けて、丁数の多さから「合巻」化されるようになる。そして文化三年［一八〇六］の『雷《いかづち》太郎強悪物語』（三馬作、豊国画）を記念碑的作品として、文化四年刊行以降の作品は「合巻」と称されるが、その合巻時代に入り、草双紙は歌舞伎演劇との提携を強めていく。文化期後半から、まず草双紙の主人公たちが役者似顔絵でその姿を描かれる作品が広まり出す。それらの作品の中では、歌舞伎役者は実際の芝居興行とは異なり、所属する座に囚われないオールキャストの状態で、物語の中で華々しい活躍をしている。やがて、戯作者が生み出す歌舞伎役者の姿を持った合巻の登場人物たちは、物語空間の中に閉じられている傀儡としての役割を越え出す。冊子上での舞台の再現をめざした柳亭種彦の『正本製《しょうほんじたて》』（国貞画、文化十二年［一八一五］～天保二年［一八三一］）に依り、あたかも芝居小屋にいるかのような錯覚を与える舞台装置の下で、「登場人物を演じる役者を見る」という、二重構造の楽しみを読者に与えるようになったのである。この頃には、歌舞伎舞台と役者を好みの対象としていた女性たちが、合巻の主な読者として固定化してきたといわれる。長編合巻時代に入り、おなじく種彦の『偐紫田舎源氏』（国貞画、文政十二年［一八二九］～天保十三年［一八四二］）が未曾有の売れ行きを示し、巷間の女性たちの熱狂的な人気を集めた。すなわち、合巻時代の草双紙の読者が女性を中心としているということは、つとに広く知られている。

では読者としての「女性」は、どのように表されたのであろうか。草双紙における女性読者の現れ方を、まずは言説《テキスト》部分から追ってみよう。

京伝という戯作者は、誰よりも時代の嗜好に鋭敏な感覚を持っていたと、思われる。草双紙を時代を追って大量に読み進むと、京伝の生み出した新風を、他の戯作者がさまざまな変化を付けて多くの亜流作を生み出し、追随していく様相が見て取れる。読者への言及についても例外ではなく、寛政十一年［一七九九］に、

この冊子はすなはちこれ。人の心のおさめかたによりて。五体に治乱《ちらん》あることを。児女《じぢよ》にときやすく。しめしたるさうしなり尓云。（1オ）（『五体和合談』序文）

と見えるのが、合巻に先立つ時期にいちはやく、「子ども」と並んで「女性」を読者対象に採り上げたものとして目立つ。そして京伝草双紙を追うならば、文化期になるや否や、読者としての女性を採り上げた言辞が、数多く見られるようになるのである。元年［一八〇四］には、黄表紙が作者の案じの中で此世に生み出されるまでを描いた『作者胎内十月図《とつきのず》』（重政画）で、

三津五郎や喜代太郎、栄三郎てなければ女かうれしかりやせぬ（11ウ12オ）

と、女性読者への対応が、産み月（売出）を控えた戯作者によって考えられている。三年［一八〇六］の『敵討両輌車』（重政画）では、序文に、

迂談《うたん》といへども、児女勧懲《しぢよくわんぢやう》の意志《いし》にちかからん乎《か》（1オ）

と、この時期の草双紙の新しい風潮である「勧懲」が、「児女」を相手としていることが述べられている。合巻時代に入る四年［一八〇七］には、

児女《しぢよ》の目ざましくさとす（1オ）

という文言が、人気作『於《お》六櫛《ろくぐし》木曽仇討』（豊国画）や『敵討岡崎女郎衆』（重政画）の序文に見られる。

そして合巻では、この「児女」や「婦幼」を読者とする言辞が、以後、明治期を含む終焉期までの全時代を通じて、他の戯作者によっても多く書き継がれていくのである。たとえば曲亭馬琴の『盤州将棋合戦』（春扇画、文化十四年〔一八一七〕）序文には、

　筆《ふで》を舐《ねぶつ》て飯時《めしとき》を過《すぐ》し、虚談《きよだん》を綴《つゞり》て婦幼《ふよう》を欺《あざむ》く（1オ）

と見え、山東京伝の『琴声《きんせい》女房形気』（国貞画、天保八年〔一八三七〕）序文には、

　江戸絵も絵草紙も元来児女子たちが永昼眠《なかきひのねふり》を駆《か》るの翫冊《あそびぼん》なれば（1オ）

とある。明治期に至っても、たとえば仮名垣魯文の『金花《きんか》七変化』二九編（二世国貞画、明治三年〔一八七〇〕）序文の、

　普《あまね》く婦幼《ふえう》の時好《じかう》に叶《かな》ひて（1オ）

という具合である。

　面白いことに、「女性」は「おかみさん」や「女中」として独立して扱われることが少なく、その表記は「児女」「婦幼」と、幼児と組み合わされることが多い。というよりも、序文や最終丁本文末に見るかぎり、約三、四〇例ほどを拾った中でわずかに二例を例外とするのみである。すなわち一九の『新靫《うつぼ》田舎物語』二編（歌川貞秀画、嘉永元年〔一八四八〕）序文に、

　空物語《うつぼものがたり》はをゝしき書《かき》ぶりなるが故《ゆゑ》に女《をんな》の視《み》はやさざるをもて。世《よ》におくれたりといひ伝《つた》ふ。…（中略）…

　お女中方《ぢよちうがた》の、御見物《ごけんぶつ》を頼《たのみ》にと（1オ）

とあり、また二世為永春水『黄金水大盡 盃《おうごんすいだいじんさかずき》』初編（一雄斎国輝画、安政元年〔一八五四〕）序文に、

　例《れい》の冊子《さうし》に倣《なさ》んには婦女子《ふぢよし》のために徒然《つれぐ》をたすくる伽《とぎ》にもならんかと（1オ、注7）

と見られるぐらいなのである。

さらに見ていくと、美図垣笑顔作の人気作『児雷也《じらいや》豪傑譚《ものがたり》』の序文では、

この児雷也《じらいや》の譚《ものかたり》も幼童児女《をさなこども》の目《め》を悦《よろこ》ばし（十編1オ）　（一陽斎豊国画、嘉永二年［一八四九］）

児女童蒙《おこさまがた》の御意《ぎよい》に叶《かな》い（十一編1オ）　（一陽斎豊国画、嘉永二年）

など、「おこさまがた」に類する振り仮名が踏襲され、「おんな」の読みは消えている。すなわち序文や本文末文に見られる「児女」や「婦幼」という言葉は、「女性」よりむしろ「子ども」を前面に打ち出した表現と見て良いのではないだろうか。いわゆる「おんなこども」は、「女性」と「子ども」である以上に、「子ども」とそれに連なる「おんな」の総称なのである。

このように草双紙の歴史を通じて、序文や最終丁に見える作者からの挨拶文の中では、読者は常に「子ども」を第一の存在として書き立てられており、「女性」読者は合巻期を中心に盛んに登場するものの、「子ども」読者の中に吸収されるかのように「婦幼」「児女」と並記される形で示されているのである。

それでは「婦幼」「児女」は草双紙の中で、どのように描かれたのであろうか。女性と子どもの読書図、およびその詞書に目を移そう。

文化期以降、草双紙の中には、草双紙そのものに向き合う女性たちの読書図が溢れ出す。時代を追って見ていくと、京山の『先読《まずよんで》三国小女郎』（国貞画、文化八年［一八一一］）は、冒頭に「ゑそうじ評判記」があり、草双紙（合巻）に対する当節の人々の評が載る。そこでは幼い女児を連れた女中連中が、「ゑかきのひいき」として描かれ、

おや〳〵ごらん国さだのえだよ。よくにましたねへ。わたくしは国さだがひいきでござりますよ。京山はいつでもてまへのかたちをくさそうしにだすときは、ゑかきにたのんでいろ男にかいてもらうとさ。すかない

やつだねへ。（2ウ）

と、自らの好みを語る。

同じく京山の『冬編笠《ふゆあみがさ》由縁月影《ゆかりのつきかげ》』（歌川国直挿絵、豊国表紙絵、文化十二年〔一八一五〕）の表紙（**図4**）は、二世沢村田之助似顔の若い女性と五世岩井半四郎似顔の女房が、本書を手に作者京山、画師の豊国と国直の噂をしている図柄で、

此あいだも京山が申ますには、モシ大和やのかみさん、きいておくれ、わたしがやうなへた作しやを御ひいきの御方もあらば、それこそべんてん様とも大こく様とも思ふてかげでをがんでゐると申ました。（表紙）

図4　『冬編笠由縁月影』表紙
（山東京山作、歌川豊国表紙絵、文化十二年、向井家蔵）

図5　『旅路の春雨』50ウ
（五柳亭徳舛作、歌川安秀画、天保二年、東京大学総合図書館蔵）

と、既に女性読者を明確なターゲットと捉えている京山の姿勢が窺える。もっとも、女性と子ども読者たちの好みがことさらに「画像」に集中すると見なすのは、京山系の戯作者に表れる特徴である。

瀬川路考の『色三味線仇合弾《あだなつれびき》』13ウ14オ（溪斎英泉画、文政十一年［一八二八］）では、母の詰問を受けた若い女性が、何気ないそぶりで草双紙を読んで急場を凌ごうとする姿が描かれ、五柳亭徳舛作『旅路の春雨』（歌川安秀画、天保二年［一八三一］）では、最終丁50ウのあしらいとして若い娘とその母が草双紙を手にし（**図5**）、柳下亭種員の『勧善懲悪乗合噺』二編（歌川国芳画、天保五年［一八三四］、**図6**）最終丁（20ウ）では、娘たちが夢中で草双紙に読み耽る姿が描かれている。

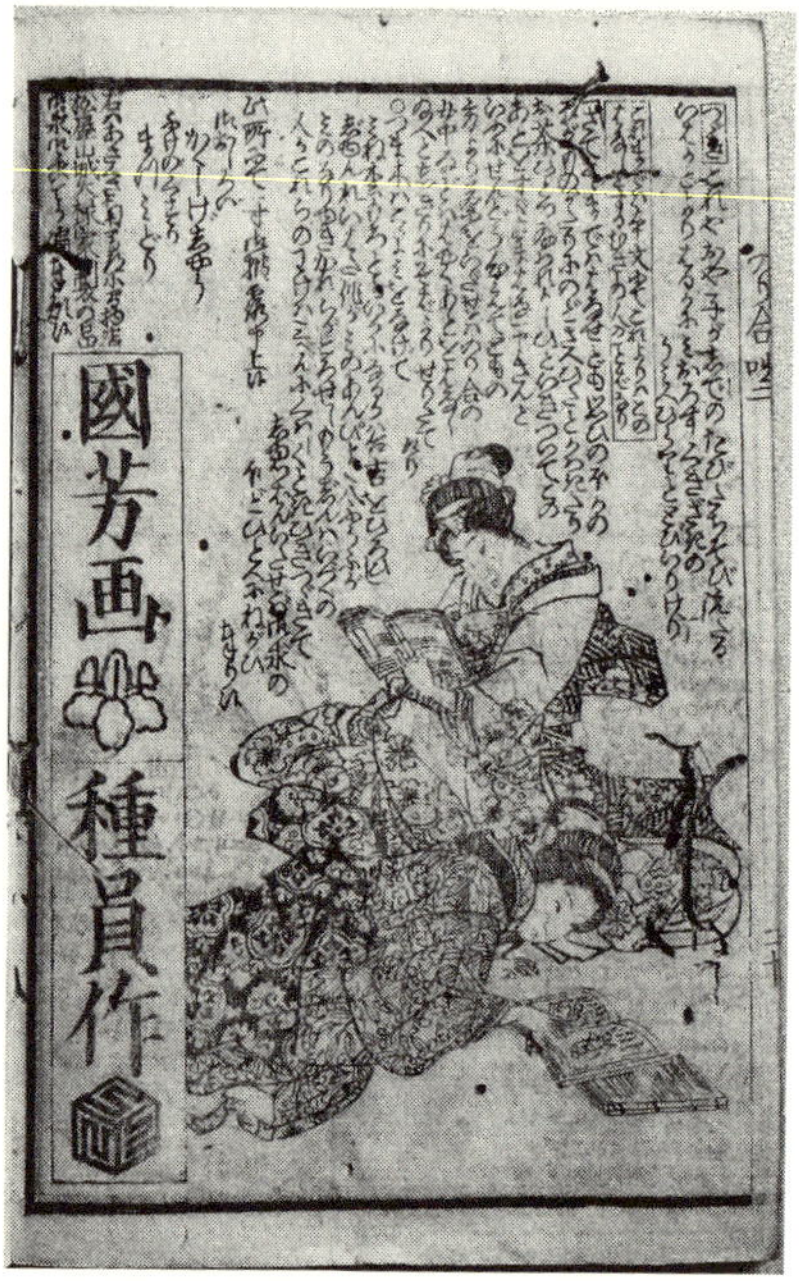

図6　『勧善懲悪乗合噺』20ウ
（柳下亭種員作、歌川国芳画、天保五年、向井家蔵）

図7　『十勇士尼子柱礎』三編3ウ4オ
（二世為永春水作、二世歌川国貞画、安政五年、東京大学総合図書館蔵）

そして二世春水作『十勇士尼子柱礎《いしずえ》』三編口絵（3ウ4オ）（二世国貞画、安政五年［一八五八］）では、舞鶴屋の遊女・花の井付きの禿が、草双紙に身を屈めている（**図7**）。対して武家の奥向きでも、たとえば京山『五節供稚童講釈《ごせっくおさなこうしゃく》』初編、本文部分冒頭1ウ2オ（国芳画、天保三年［一八三二］、**図8**）では、奥女中たちが葛籠から草双紙と浮世絵を手に、笑いさざめいている。

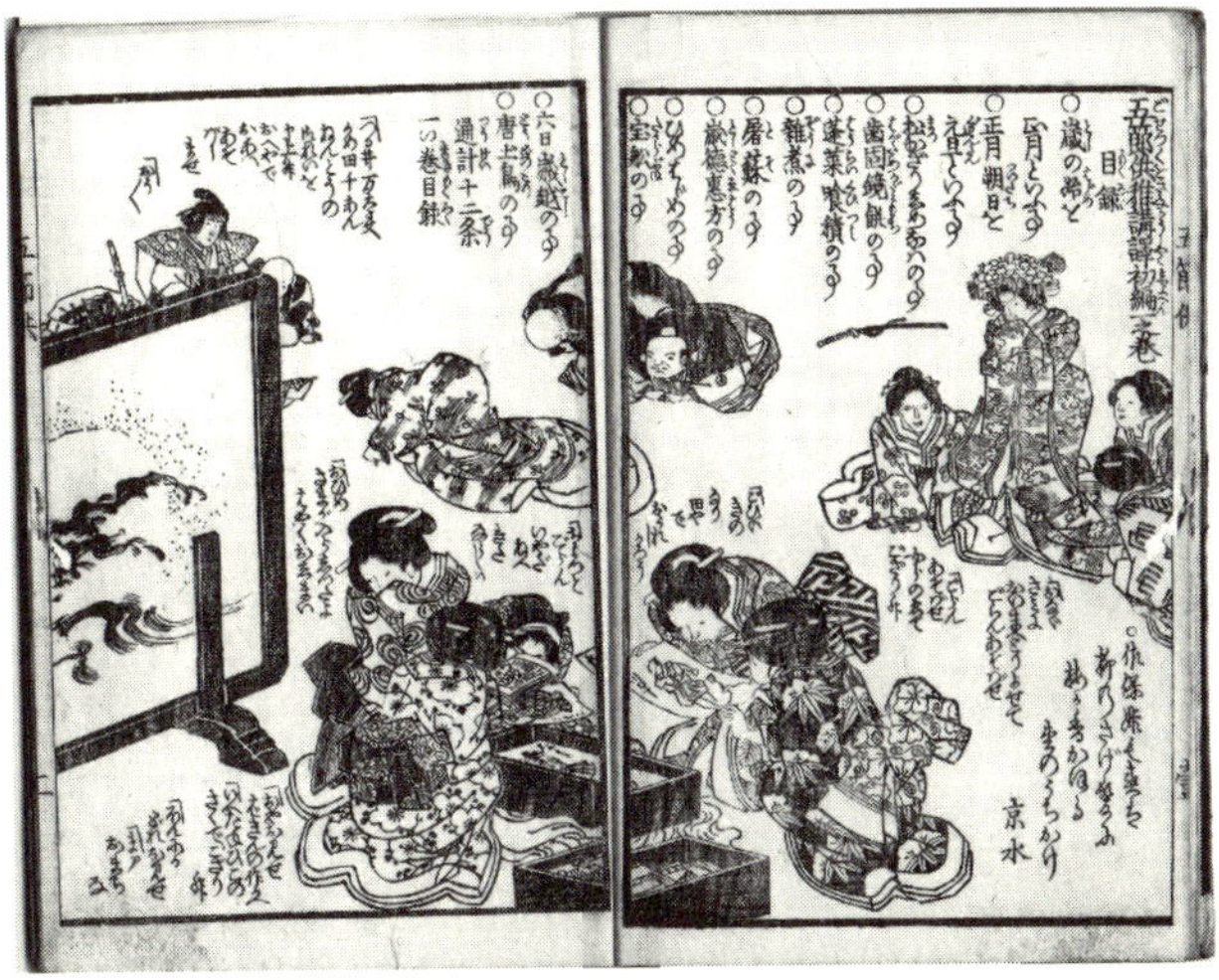

図8　『五節供稚童講釈』初編1ウ2オ
（山東京山作、歌川国芳画、天保三年、向井家蔵）

また正月の絵草紙屋の店先の女性たちの姿も、『其俤《そのおもかげ》嬾《ふたば》丹前《たんぜん》』30ウ（東里山人作、春扇画、文政二年［一八一九］）では甘泉堂、『七奇越後砂子《ななふしぎえちごすなご》』30ウ（墨川亭雪麿作、歌川貞秀画、天保四年［一八三三］）では佐野屋（**図9**）など、それぞれの版元の宣伝が本文末に、めでたい雰囲気を醸し出して登

図9　『七奇越後砂子』30ウ
（墨川亭雪麿作、歌川貞秀画、天保四年、東京大学総合図書館蔵）

場する。

画像の中で女性が向き合っているのは、草双紙に限らない。

柳亭種彦の『偐紫田舎源氏』（国貞画）では、今様「源氏」を図る物語内容に合わせて、古物語や絵巻を手にする姿がしばしば見られ、姫君など身分の高い女性の部屋には、立派な文箱に収められたそれらの書物があしらわれている。たとえば遊女・阿古木が、手文庫の上に置かれた大型の冊子に身を持たせ掛けて眠り（十三編表紙、天保五年［一八三四］）、少女の紫上には、侍女が絵草紙「鼠の嫁入」を見せ（十四編2ウ3オ、天保六年［一八三五］）、身分の高い姫君と腰元が、本文中に見える「唐守」「かくや姫」といった古物語の冊子や絵巻類と共に描かれる（二十三編表紙、天保八年［一八三七］、(注8)）など、伝統的な教養や身分装置としての読書が配され、凝った趣向となっている。

この傾向は、時代の下る山東京山の合巻でも引き継がれ、『娘庭訓《むすめていきん》金鶏《こがねのにわとり》』初編（京山作、二世国貞画、安政四年［一八五七］）の表紙では、腰元たちが姫君のために、書棚から大型の美しい本を取り出している。

また、当時の娘たちの実生活を写して音曲本も見られ、たとえば雪麿の『土筆長日落書《ふでつばなひながのらくがき》』表紙（国貞画、天保七年［一八三六］）では、若い女性が琴の本を開いている。

このように女性の身分も採り上げる本の種類もさまざまであるが、文化の末年頃の合巻には、既に女性の読書図が少なからず現れ出していた。そしてその女性たちが手にする書物は年を追って草双紙が増え、天保期の長編合巻の時代には、もはや草双紙を読む女性像が主流となっているのである。

具体的な書名も、たとえば仙果の『油町製本《あぶらちょうでき》菜種黄表紙《なたねのきびょうし》』（貞秀画、天保五年［一八三四］、**図10**）本文最終丁で、物語内容とは無関係に「女のおほくもあらぬ本《ほん》ゆゑごあいきやうに」描かれた娘お照が持つ『偐紫田舎源氏』のように、流行作が書き込まれもした。

これらの女性たちの草双紙読書図の代表として、『教草《おしえぐさ》女房形気』十一編（京山作、国貞画、嘉永五年［一八五二］）表紙を挙げたい（**図11**）。ここでは、身分の高い奥方や腰元が、葛籠箱に愛蔵する草双紙や浮世絵を手に取って楽しむ冬の光景が、鮮やかに描かれている。女性の楽しい娯楽としての読書光景は、江戸も幕末期に近づくに連れ、日常的に想起されるようになったといえようか。

では「婦幼」「児女」と併称された、もう一方の「子ども」の読書姿は、この時期、どうなっているのであろうか。

実は、合巻時代に入っても、子どもの読書図は、女性読者図の隆盛にもかかわらず、一人の戯作者を除いては、あまり

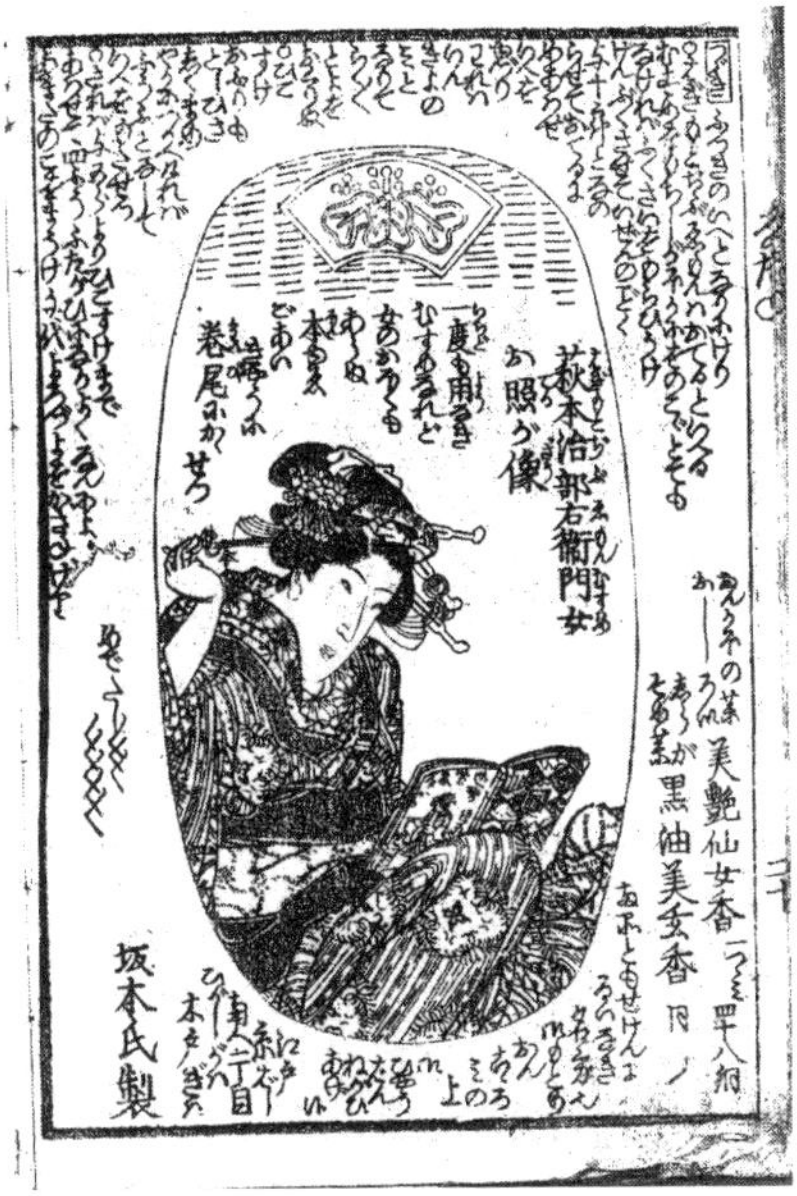

図10　『油町製本菜種黄表紙』20ウ
（笠亭仙果作、歌川貞秀画、天保五年、向井家蔵）

図11　『教草女房形気』十一編表紙
（山東京山作、歌川国貞画、嘉永五年、架蔵）

見られないのである。その一人の戯作者とは、山東京山である。たとえば『籬節《まがきぶし》四季の替歌《かえうた》』（歌川国丸画、文政七年〔一八二四〕）の本文最終丁では、物語は既に前丁で終結を迎え、京伝店などの宣伝が、正月に草双紙を手にするやや年長の兄と幼な子の図柄で描き込まれている（**図12**）。正月の鏡餅の前に草双紙を手に座る幼い姉妹の図も、『大晦日曙草紙』十一編（二世国貞画、弘化四年〔一八四七〕）1オに見られる。しかし実は、これら子どものみの図柄は例外というべきで、子どもたちはほとんどの場合、草双紙を読む女性と共に描かれている。「婦幼」の言葉はこのように生きているのである。

たとえば同じ『大晦日曙草紙』七編（天保十三年〔一八四二〕）1オは、正月の若い娘と幼児（**図13**）、そして十九編（嘉永六年〔一八五三〕）2ウ3オの物語発端部では、奥女中の横に幼な子が草双紙を読んでいる。その他、

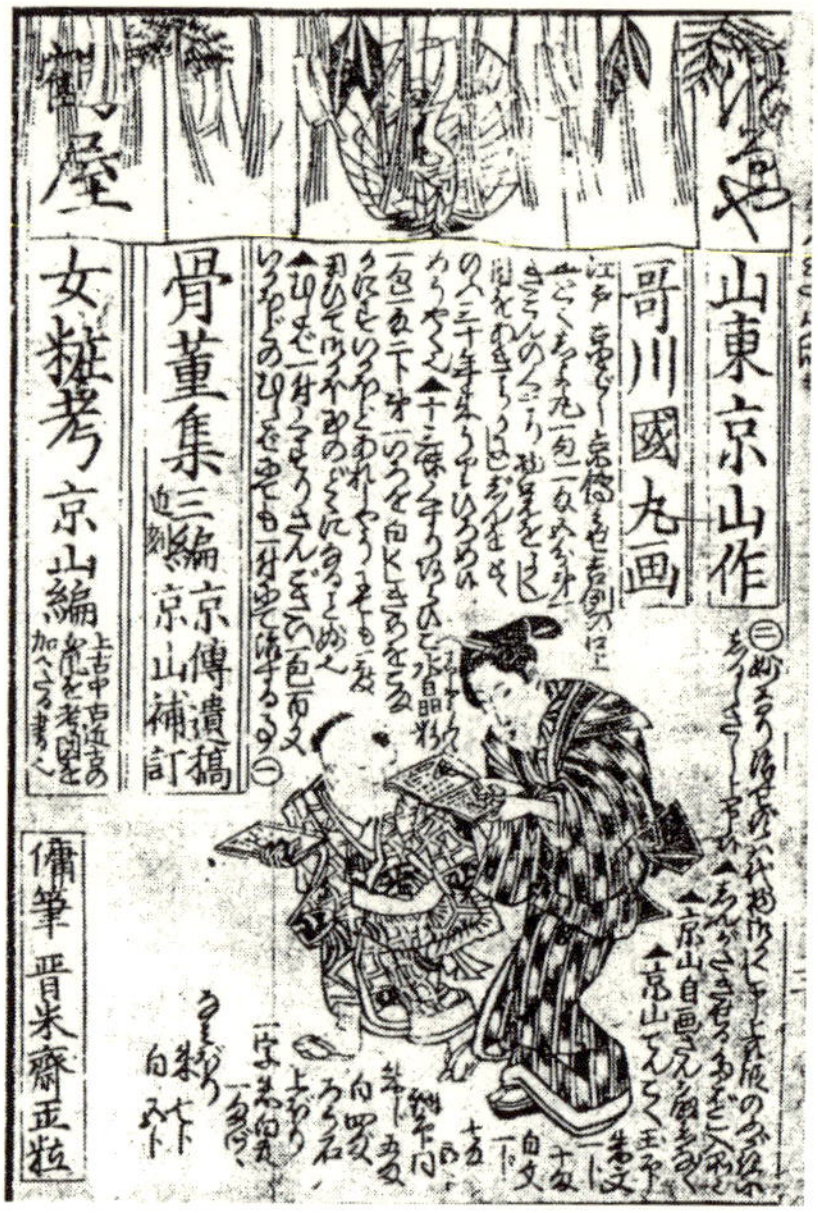

図12　『籬節四季の替歌』20ウ
（山東京山作、歌川国丸画、文政七年、東京大学総合図書館蔵）

図13　『大晦日曙草紙』七編1オ
（山東京山作、二世歌川国貞画、天保十三年、向井家蔵）

『教草女房形気』七編（二世国貞画、嘉永二年［一八四九］）や、『庭訓《にわのおしえ》朝顔物語』初編（二世国貞画、嘉永二年［一八四九］）など、京山の描く幼児は、女性と共に草双紙に親しんでいるのである。

そして京山の他には、作風の似る作者、たとえば仙果の『八犬伝犬の草紙』十三編（二世国貞画、嘉永三年［一八五〇］）1オでも、やはり同じように幼な子が若い女性と草双紙を広げている（**図14**）。他にも数個の用例を見るが、これらはその多くが正月の光景として描かれ、また掲載場所も巻頭または本文最終丁で共通している。ところでこの路線は、京山の自らの合巻への姿勢がもたらしたものと考えられる。『室育《むろそだち》婿入船』（国直画、文化十一年［一八一四］）1オに描かれているのは、娘と幼い坊を育てる若い家族の正月光景である（**図15**）。めでたや春右衛門から、年玉に正月に売り出された草双紙を、坊は貰う。まだ幼い姉も草双紙好きで、

図14　『八犬伝犬の草紙』十三編１オ
（柳亭仙果作、二世歌川国貞画、嘉永三年、向井家蔵）

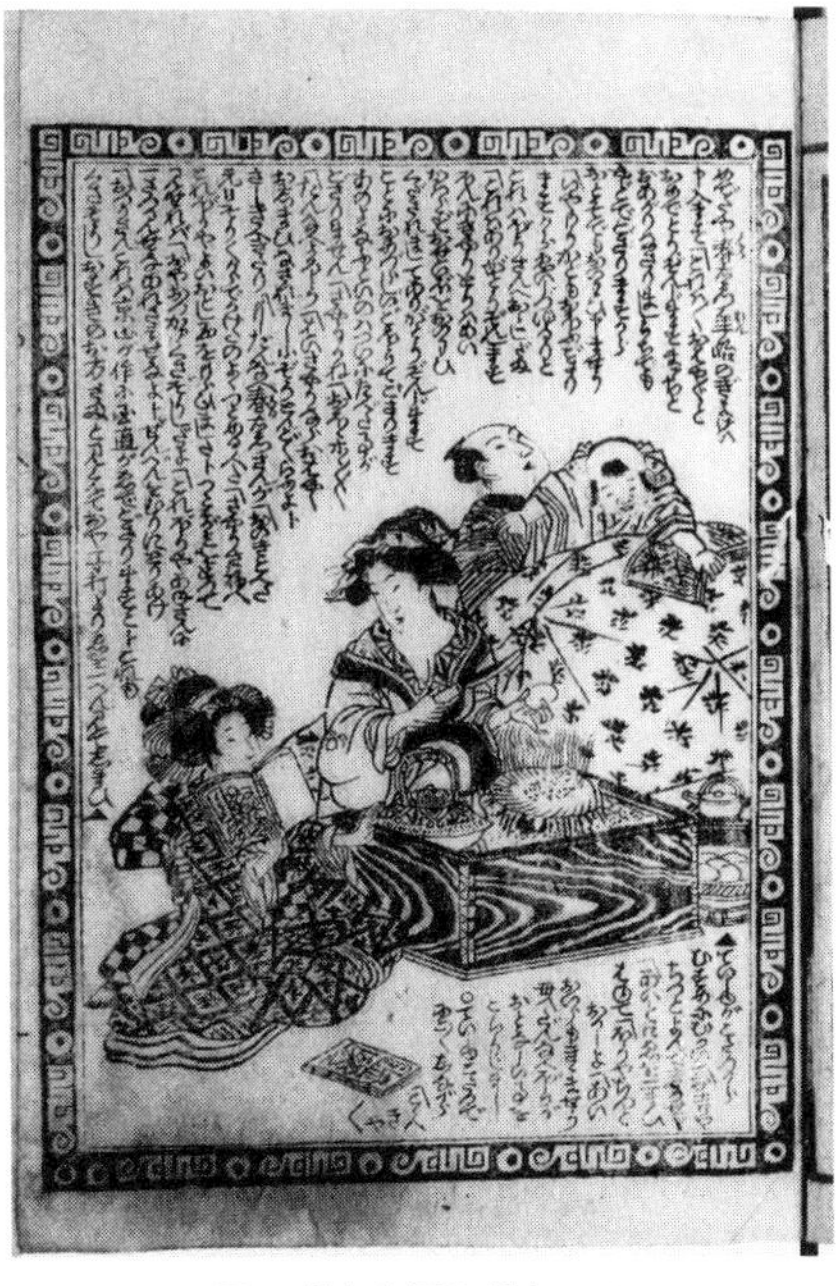

図15『室育婿入船』１オ
（山東京山作、歌川国直画、文化十一年、東洋文庫蔵）

おつかさん、これは京山が作に国直がゑでござりますト、これもくさそうしおすきのお方さまと見えて、おや子打よりゑを一へん見てしま（1オ）

う。つまりは「一家団欒の象徴としての草双紙」を目指す姿勢が、京山には顕著に見て取れるのであり（注9）、その結果が「正月の幼児と女性の読書図」という形に結晶して、京山の特徴として草双紙の絵柄に現れているのである。

さてそれでは、これら幼児の草双紙読書は実景なのかというと、そのあまりの幼さから、この時期の合巻を読むリテラシーを備えていたとは、とても思えない。たとえば本文部分に読書図を捜すと、同じ京山作品でも、『琴声美人録』八編（歌川国輝画、嘉永六年［一八五三］）13ウ14オでは、貸本屋が草双紙を、幼児期を抜けた少女に渡している（**図16**）。草双紙の子ども読者というとよく引かれるのは、三馬の『浮世風呂』二編（文化六年［一八〇九］）にみえる母親の言であるが、それは

三ばん目《め》の兄《あにい》どのは又、合巻《ごうかん》とやら申《もうす》草双紙《くさざうし》が出《で》るたびに買《かひ》ますが、葛籠《つゞら》にしっかり溜《たま》りました（上巻）

とあり、草双紙の読書画像として描かれる幼児よりも年齢が上がり、この『美人録』八編の少女に共通しているように思う。京山は、先述のように、女性と子どもの好みを画像中心に捉える傾向があるが、それにしても画を

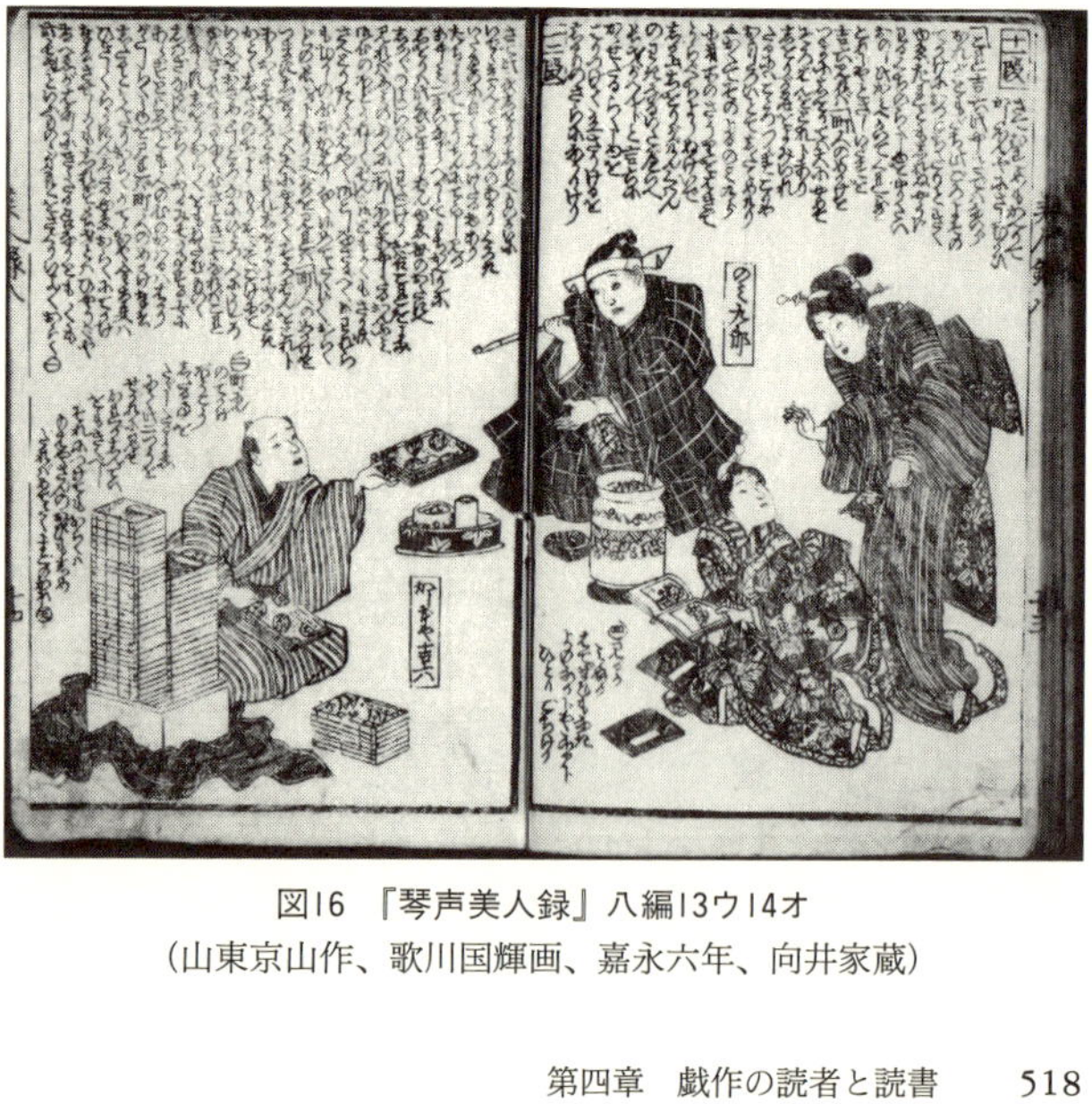

図16 『琴声美人録』八編13ウ14オ
（山東京山作、歌川国輝画、嘉永六年、向井家蔵）

見て親の読み声を楽しむ団欒の風景ならともかく、京山の「子ども」読書はあくまで想像上の産物といえよう。

III　草双紙の女性と子ども読者——表象としての「婦幼」

このように、合巻期の読者は、言説的には「子ども」または「婦幼」中心に、画像的には「女性」中心に示されており、女性向けの読み物という従来から諾われている評価を、裏切ってはいない。では、その女性読者の擡頭は、いつ頃からのことなのであろうか。

女性読者が意識的に戯作内に書き示されるのは、文化の初め頃からであり、丁度それは、草双紙の物語化・長編化、そしてそれに伴う装幀としての「合巻」化現象と並行して見られる。けれども、この「女性読者」の存在を更に遡るなら、既に寛政元年［一七八九］の京伝作黄表紙『奇事中洲話《きじもなかずわ》』（北尾成美画）の発端部において、その存在が具体的に書き込まれている。これは、読者二人がこの物語の絵柄を評する声から始まる異色作であるが、その二人の読者は「女主人」と「女中」という女性二人の組み合わせで、文中に、

　これさもし、おじやうさん。そんねへにつばきを付ておあけあそばすと、あとがおつかひものになりませぬ。
　ちやつとおよし〳〵。（3ウ4オ）

とあり、大家の娘が貸本屋からこの本を借りて読んでいる設定を取っている(注10)。そして馬琴の『鯨魚尺品革羽織』（重政画、寛政十一年［一七九九］、**図17**）でも、冒頭部はお嬢さんと女中の会話で始まり、

　おぜうさんごらん遊ばせ、馬琴作《ばきんさく》としてござります。これがおもしろそうでござります。アレサ、そうあそばすと上中下がまちがひます。モシ〳〵つばきをつけておあけあそばすと、あとでおつかひものになりませぬ。（1オ）

と、『奇事中洲話』に似た文が見られる。

そういえば、黄表紙評判記『岡目八目』（南畝撰、天明二年［一七八二］で、巻頭に据えられた『御存商売物』（京伝（政演）作画、天明二年［一七八二］で既に、主人公の当節はやりの青本（黄表紙）は、

女中さまがた、お子さまがたの御ひいきつよく（3オ）

と特徴を評されていたのである。

ジャンルを変えて浮世絵の女性読書像を追うならば（注11）、湯治場で草双紙に読み耽る女性を描く清長の「箱根七湯名所　きが」が天明元年［一七八一］、そして歌麿の水茶屋の看板娘おちゑが草双紙を読む「江戸高名美人　木挽町新やしき　小伊勢屋おちゑ」は寛政四、五年［一七九二、三］の作である。浮世絵の一枚摺に描かれたこれら草双紙を読む女性像と考え合わせる時、寛政期には既に、草双紙の読者層の中に女性が大きく進出していたと考えても、不思議はないのではなかろうか。とすると、草双紙はその歴史の大半の時代において、女性を大きく読者層の中に持ちながら成長していったジャンルと、いえるのである。

図17『鯨魚尺品革羽織』1オ
（曲亭馬琴作、北尾重政画、寛政十一年、都立中央図書館加賀文庫蔵）

そして、女性読者が草双紙の読者として、もはや等閑視できない存在となるのは、文化の初期頃からであり、すなわち黄表紙から合巻への移行にも、その志向は大きく関係していたと思われるのである。なお、この黄表紙から合巻期に見られる女性読者の構想面への影響については、次項で追っていく。そして女性読者が草双紙享受

の主体としてゆるぎない存在となるのは、文政期に入ってのことと思しい。

それはたとえば表紙にも窺える。

馬琴合巻を追うならば、文政四年［一八二一］の『宮戸河三社網船』（豊国画）では、物語が男性を主要人物としているのとは裏腹に、三枚続の錦絵となる表紙には、船上の三人の女性（役者似顔絵）が美しく描かれている。そして以後、役者似顔か否かを問わず、『諸時雨紅葉合傘』（豊国画、文政六年［一八二三］、**図18**）、『童蒙話赤本事始』（文政七年［一八二四］、国貞画）、『大龢荘子蝶胥笄』（国貞画、文政九年［一八二六］）、『姫万両長者鉢木』（国貞画、文政九年［一八二六］）など、馬琴短編合巻の掉尾となる『代夜待白女辻占』（国貞画、天保元年［一八三〇］）まで、多くの表紙が物語構想と拘わらず、女性の姿を中心に描かれているのである。女性が表紙に描かれるということは、男性読者向けと見ることも可能性としてはあるが、男性読者中心とされた黄表紙時代にはこの傾向が見られず、また女性が遊女に限られてもいず、子どもを抱いて描かれたりもしていることから、これらはやはり女性読者を意識したものと捉えることができよう。

さらに長編合巻時代になると、表紙はさらに読者構成を映していく。**グラフ3「長編合巻の表紙」**は、

図18 『諸時雨紅葉合傘』表紙
（曲亭馬琴作、歌川豊国画、文政六年、向井家蔵）

グラフ３　「長編合巻の表紙」

『琴声美人録』表紙（全16編）

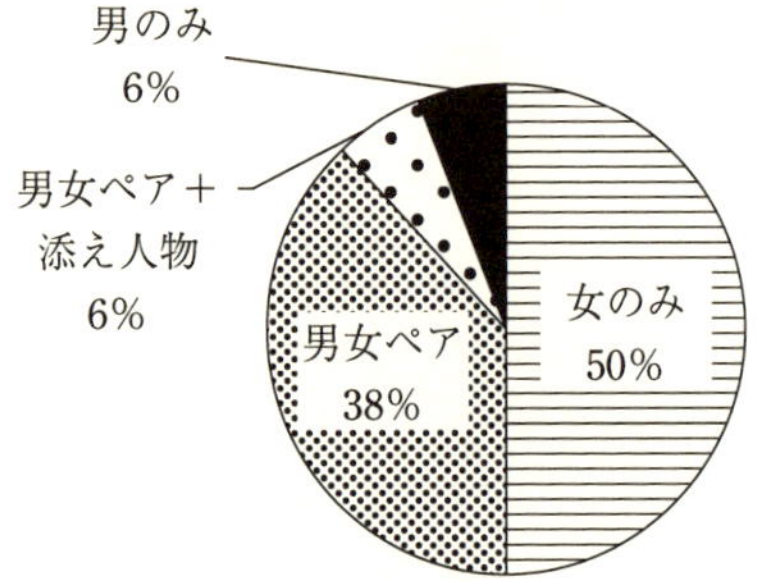

『大晦日曙草紙』表紙（全25編）

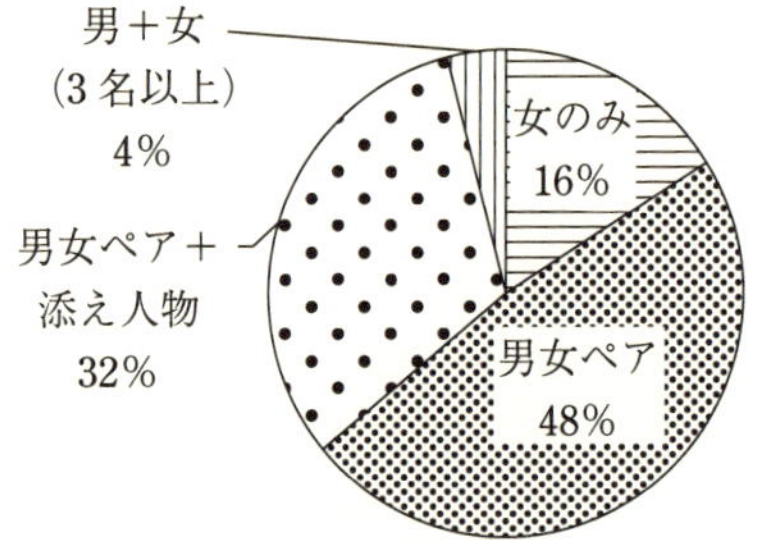

『児雷也豪傑譚』表紙（全43編）

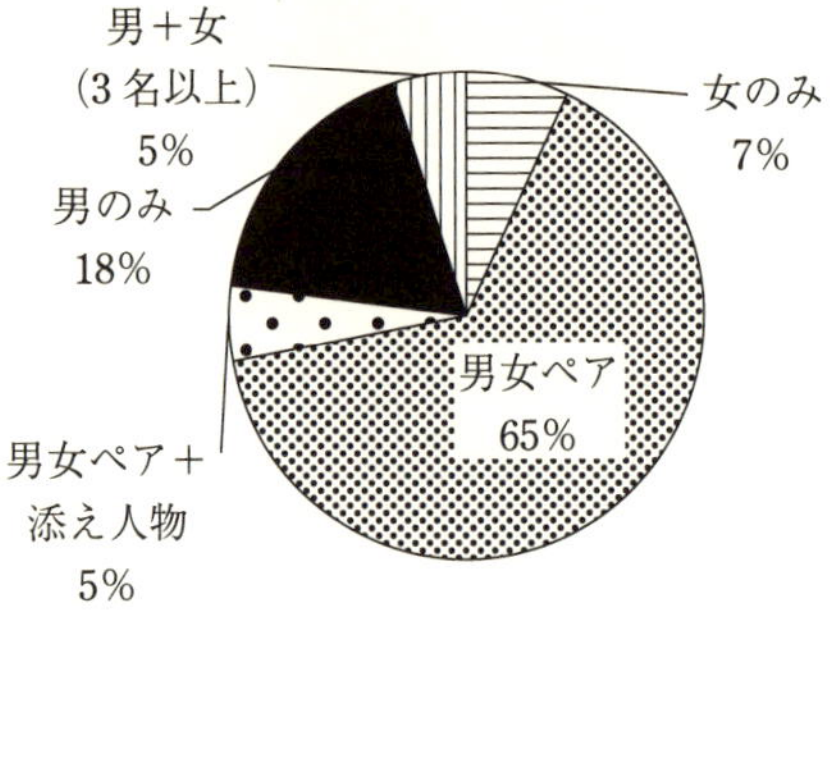

『琴声美人録』（京山作、二世豊国・歌川国輝・芳員等画、初編弘化四年［一八四七］～十六編安政六年［一八五九］）
『大晦日曙草紙』（国貞・豊国・国政等画、初編天保十年［一八三九］～二六編安政六年［一八五九］）
『児雷也豪傑譚』（美図垣笑顔・一筆庵主人（英泉）・種員・柳下亭種清作、国貞・国輝・国芳・芳幾等画、天保十年［一八三九］～明治元年［一八六八］）

の、三作の長編合巻の表紙を分析したものである。すなわち、それらの初板表紙の絵柄を

「女性のみ」
「男性と女性の（恋人のような）ペア」
「男女のペア中心に、それに添えられた脇役的人物が入る」
「男性のみ」
「男女が三人以上、同等に存在」

の五種類に分類し、その割合をグラフ化している。これらを見ると、この三作の享受層の違いが如実に窺われる。すなわち、女性読者を明確なターゲットとしていると思われる『琴声美人録』では、「女性のみ」の表紙が最も多く、さらに「男性のみ」の絵柄も見られる。ところがより家族向け志向の大晦日の逸話を集めた『大晦日曙草紙』では、「男性のみ」の表紙は見られず、「男女ペアに添え人物」の図柄が、あたかも家族を反映するかのように多く見られる。また読者内容が老若男女に亘っていたであろう人気作の『児雷也豪傑譚』では、他に比べて「男性のみ」の表紙絵もけっこう見られるのである。そして三作に共通する特徴として、何よりもこれら末期長編合巻表紙では、「女性のみ」、そして恋を暗示する「男女ペア」がそのほとんどを占めることが挙げられよう。末期合巻が女性好みの作品群であることは、はっきりと表紙からも見て取れるのである。

このように草双紙にとって女性読者は、その歴史の半ば以上において大きく存在し、しかしてこのジャンルの性格形成に深く関わってきたといえる。

では、それら女性読者は、その存在をどのように扱われていたのであろうか。これまでに図版掲示した、草双紙における女性読者像は、そのほとんどが表紙、序文を中心とした巻頭部、そして最終丁の本文末から採り上げたものである。これは、子ども読者への呼び掛けが載る場所と共通する。それらは作者からの挨拶文の載る箇所であり、商品としての草紙を紹介するディスプレイ箇所であり、画像においてことさらに読者を意識して描かれる場所といえよう。それらは、いわば読者への愛想を示した箇所であり、たてまえの文言が飾られる箇所なのである。対して物語の本文中では、より本音が語られる。戯作者の生みだした登場人物は、物語構想の中で動き回り、構想面での世話物・時代物の別をさておいても、より実態に近い姿が描かれているといえよう。

そしてその本文部分に見る女性の読書図は、先述した京山合巻に連なる作品群に見られる、穏やかでめでたい一家団欒の姿以外に、実はまったく異なる様相で、作者の別を越えて描かれているのである。それは炬燵に象徴される女性たちの姿である。草双紙（「ものの本」という表現を含む（注12））を読む女性たちは、黄表紙期に描かれていた男たちの読書のように背筋を伸ばし、時に書見台を用いての読書姿勢は取らない。京山を筆頭とする、一家団欒を表す図柄に描かれる草双紙を読む女性たちは、手に取り、膝に載せている寛ぎの姿が多いが、他の戯作者の描く女性たちに目立つのは、炬燵に寝そべっての読書であり、時に床に頬杖を突きながらの読書である。たとえば『童子訓いろは短歌』（十字亭三九作、貞秀画、天保三年〔一八三二〕）の表紙画（**図19**）のように、床に手を突き、あたりを憚らぬ様子で読み耽る姿が、若い女性たちの娯楽としての読書の姿勢として、広く受け容れられていたと思われる。ちなみに正月の縁先でこの娘が開いているのは、正に該書の一頁である。

炬燵の女性に目を転ずれば、『がくやすずめ』（山人作、歌川美丸画、文化十一年〔一八一四〕）巻一は、夫婦間のいさかいを扱った「いろは短歌」物を踏襲しており、悪妻は炬燵の上に草双紙を広げて、酒飲みの亭主の悪口を吐いている（5ウ）。また『しんさくいろはたんか』（国丸画）には、以下のような場面が描かれる（注13）。悪妻が炬燵に寝転がって銜え煙管で草双紙を広げ、

これはもり治からでたしんはんのくさぞうしよ（2ウ3オ、**図20**）

と下女に話し掛けるのであるが、この図に与えられた題は「女房、ていしゆをしりにしく所」である。馬琴の『信田妖手白猿牽』（豊国画、文政三年［一八二〇］、**図21**）14ウ15オでは、悪妻の後妻おこんは炬燵に寝そべって按摩をさせながら読書を楽しみ、一方、奥の部屋では父親が孝子の少年・伝

図19 『童子訓いろは短歌』表紙
（十字亭三九作、歌川貞秀画、天保三年、国立国会図書館蔵）

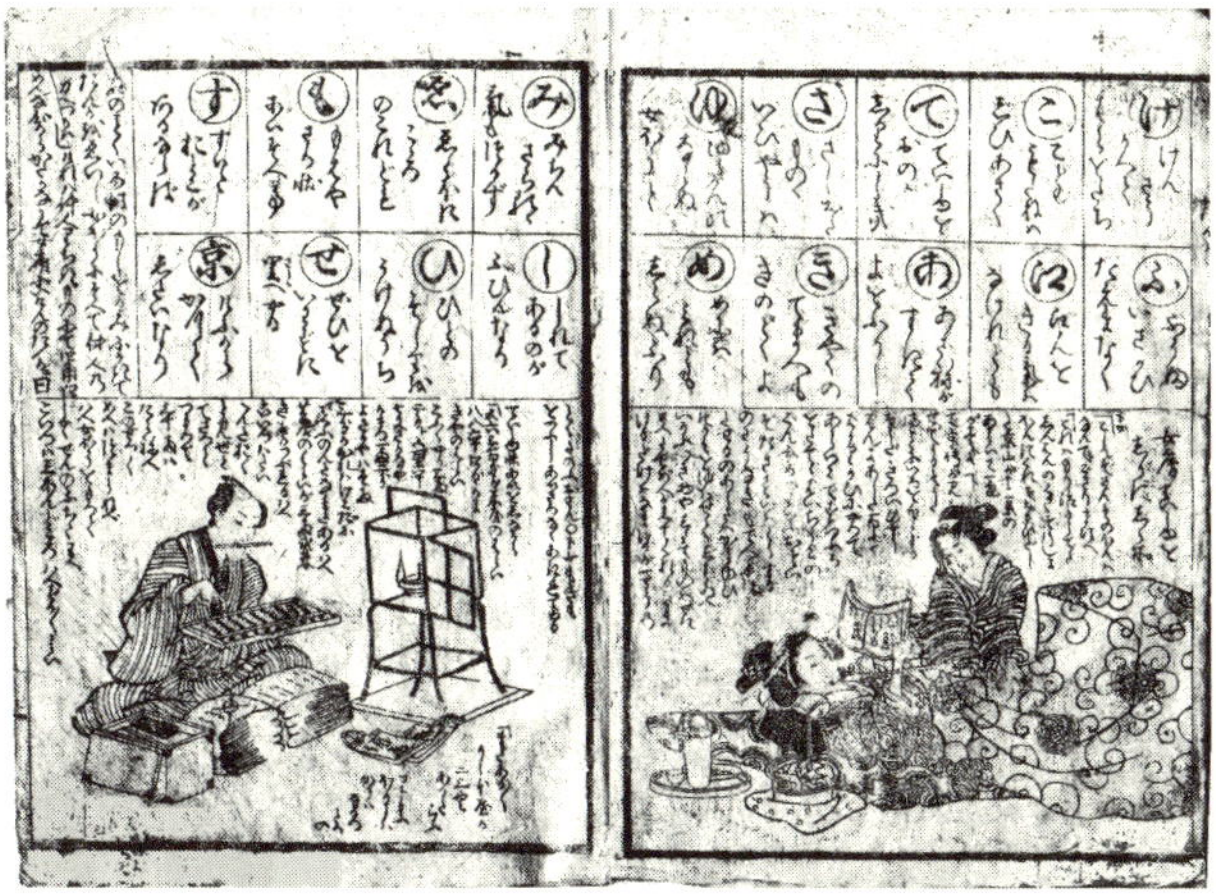

図20 『しんさくいろはたんか』２ウ３オ
（歌川国丸画、向井家蔵）

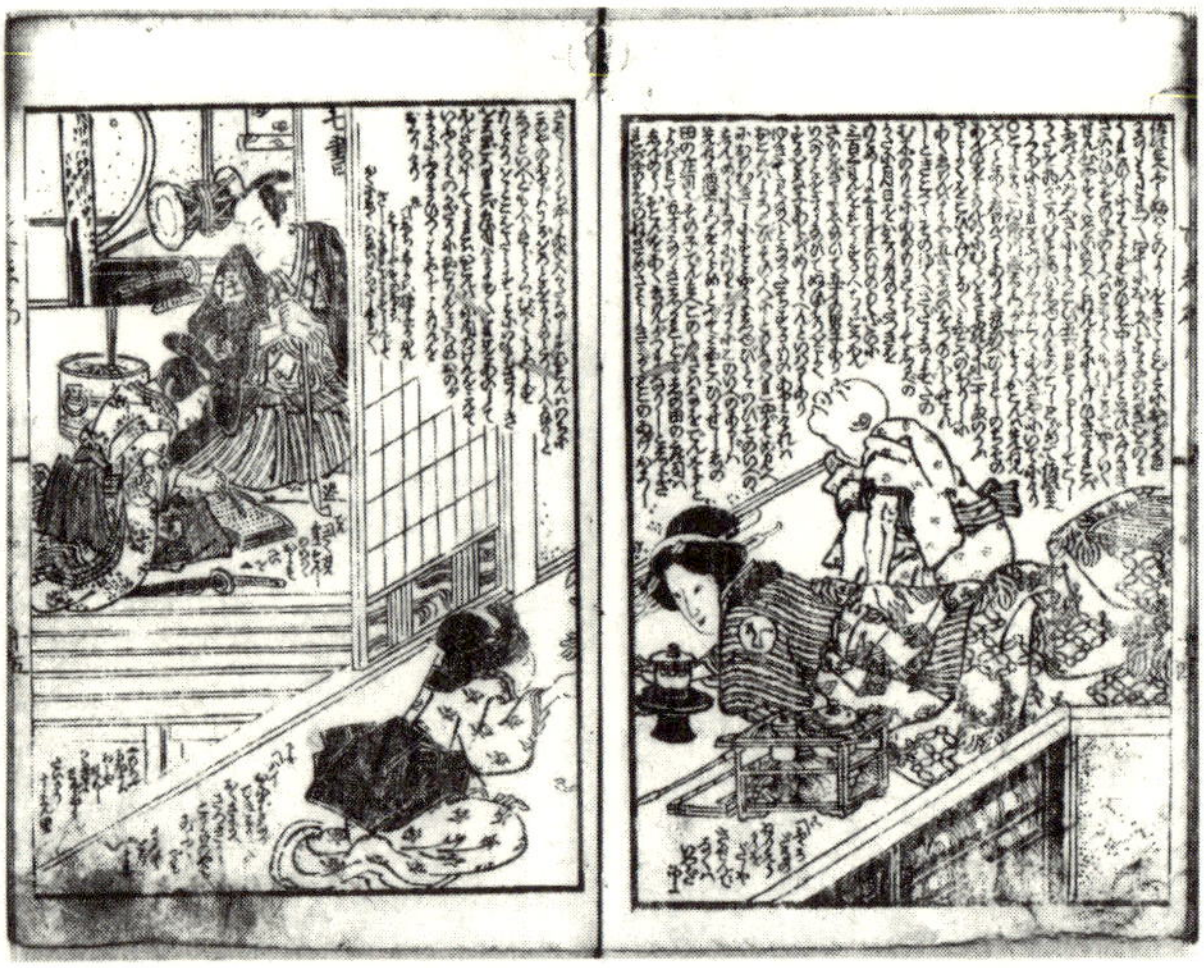

図21 『信田妖手白猿牽』14ウ15オ
（曲亭馬琴作、歌川豊国画、文政三年、向井家蔵）

図22 「気の合う同士春の楽しみ」（部分）
（歌川国貞、安政元年、三枚続のうち左、架蔵）

兵衛に、「孫子」を字指棒を用いて読ませている。

京山合巻でさえ、まったくの例外というわけではなく、『五節供稚童講釈』初編（国芳・国安画、天保三年〔一八三二〕）6ウ7オでは、正月準備に忙しく立ち働く者たちの中で、女房が衒え煙管で炬燵に寝そべり本を広げている。炬燵に入りながらの読書図は、怠惰と悪妻のシンボルとして、象徴的に用いられているといえよう。

実は炬燵に入って草双紙を楽しむ女性の姿は、正月販売を立て前とする草双紙と正月の結びつきの強さから、正月の娘たちを描いた同時期の浮世絵にも多く見られる。たとえば国貞の三枚続絵の「気の合う同士春の楽しみ」（**図22**）を挙げておくが、それらは草双紙の作中よりものどかな光景として描かれており、めでたさを表出しているように思われる。対して草双紙における女性の草双紙読書図は、本文中においては多く怠惰の徴として捉えられ、好意的な視線で描かれることは少ないのである。

合巻期において、読者対象が女性を中心としたものであることを、否定した戯作者はいない。しかしながら、その女性たちへの呼び掛けや画像の取り上げ方には、随分と温度差がある。たとえば山東京伝は、常に草双紙の最新流行を生み出しながら、最終頁の本文末半丁を用いて、子ども衆に、両親の躾や師匠の言葉に背かぬようとの呼び掛けを入れるなど、如才のない戯作者であるが、それでも同時に自らの草双紙執筆を、

わづかに児女《じぢよ》のつれ〴〵を慰《なぐさむ》る而已《のみ》（1オ）

（『妬湯仇討話《うわなりゆ》』豊国画、文化五年［一八〇八］）

と述べる。

柳亭種彦は、女性向けの合巻の新趣向を打ち出した戯作者として高名であり、たしかに『偐紫田舎源氏』は一頭抜きん出た人気作ではあるが、序文では子ども相手の草紙という姿勢を保ち続け、

元来《もとより》はかなき草双子《くさぞうし》（1オ）

（二七編、天保九年［一八三八］、二四編、天保八年［一八三七］にも同様の文あり）

と、自らの代表作を表し続ける。

そして、同時代の合巻界を率いるもう一方の雄である曲亭馬琴はというと、

子供《こども》だましのやうなれど、善《ぜん》を勧《すゝ》め悪《あく》を懲《こ》らす（1オ）

（『駅路鈴与作春駒』国貞画、文化十一年［一八一四］）

と、序文で多く「勧懲」を掲げ、

ナント子どもしゆ、くさざうしでこのくらゐしつかりとしたものはござるまい。わかりましたか（20ウ）

（『月都大内鏡』国丸画、文化十三年〔一八一六〕）

と、自らの作品の質を誇り、女性読者への言及は少なく、表面上は無視に近い態度に終始している。しかし『童蒙話赤本事始』（国貞画、文政七年〔一八二四〕）では、表紙画（**図23**）に、馬琴には珍しく雪の夜に「遊女」が草双紙を読む姿を用いているのであるが（注14）、

はゞかりながらわかさま方のおんなぐさみにしんぜられても、きのどくらしきさし合なし。只此ひやう紙《し》のけいせいのみ、まだちうもんをせざるまに画工のふですさみになるものにて、さくしやのはらにはなきことながら（30ウ）

と、「遊女」の自作草双紙を読む姿への怒りを、書かずにはいられない。

対して作品中で最も多くの女性への呼び掛けを行い、表紙や挿絵部分で好意的な草双紙の女性読者像を描いたのは、幕末期の山東京山であり、東里山人や墨川亭雪麿などがそれに続く。けれどもその京山にしてから、たとえば『娘庭訓金鶏《こがねのにわとり》』二編（二世国貞画、安政五年〔一八五八〕）では、母親と幼い童女が共に草双紙を見る画像に付けて、序文の末尾に

心ある人にはづかしかくばかりはかなきふみの草に老つと（1オ）

と、八八歳の身で詠じているのである。

戯作者たちは、いかに人気作を書こうと、草双紙の筆を執ることを誇ることはなく、ましてや「婦幼」を相手の作品創造を恥じている姿勢を、示し続けるのである。

図23 『童蒙話赤本事始』表紙
（曲亭馬琴作、歌川国貞画、文政七年、向井家蔵）

このように「女性」読者への戯作者たちの対応を追ってくると、「婦幼」のもう一つの要素であり、草双紙においても、その全歴史を通じて第一に称えられ続ける「子ども」読者の実態も、同時にその正体を露わにして来るのではないだろうか。

「子ども」読者とは、主に黄表紙以降の草双紙を通じて、最も目に付く序文や巻末最終丁の場所における作者からの挨拶文の中に、その幼さを強調されながら挙げられ続けていく存在である。しかしながら、草双紙の中にその実態となる読書画像はほとんど見られず、また物語内容の複雑さや長編化などからも読者としての資質を欠き、幻の読者層といえる存在なのである。実際の草双紙の読者としては、黄表紙時代に新しく加わった「大人」、すなわち「教養ある大人の男性」は作中で言及されることはなく、合巻時代の主流となる「女性たち」は、「子ども」と組み合わされる「婦幼」「児女」として作者から提示され、画像としてはさまざまな女性の姿が表紙や巻頭・巻末にめでたく愛敬のある添え物として描かれ、そして物語中には否定的な意味合いで、読書する姿が登場するのである。

なぜこのように、草双紙の読者は示されるのであろうか。「子ども」が表すもの、それは「草双紙」の読者が「子ども」なのではなく、「子ども」読者という表象が、「草双紙」に相応しいものとして、捉えられるからではないだろうか。

なぜ「子ども」なのか、その答えは、草双紙そのものの地位と絡まっている。江戸期の文化が、おしなべて上下関係を持つ対立的概念の中で捉えられることは、周知のところである。それは書物に関するならば、たとえば用字の「漢字」と「仮名」であり、本文内容の「韻文」と「散文」であり、ジャンルの「伝統」と「新興」であり、読者の「男性」と「女性」、「大人」と「子ども」であり、総称としての「雅」と「俗」となろうか。**「「メイ**

ンカルチャー」と「サブカルチャー」あるいは「雅」と「俗」」は、江戸の書物を巡る二分極をごく簡単に図化したものである。「雅」と「俗」は、つまりは現代の「メインカルチャー」と「サブカルチャー」を、本来的なヒエラルキーの中で表す言葉といえよう。

そしてこの表を見るならば、草双紙というものが、いかに「俗」を代表する書物であるかが、改めて確認されよう。「草双紙」とは、総体的に仮名のみに依存し、文章の理解を画像で補うものであり、したがってリテラシー能力の低い大衆層を相手としたものであり、常に流行を追う娯楽のための小冊子であり、多くの「俗文学」の中でも際だって「俗」に偏った小説群なのである。「戯作」という「俗文学」ジャンルの中でも、最も「俗」であることを、草双紙は、その読者対象が「子ども」であると表出し続けることで、示しているといえよう。「子ども」読者は現実の「子ども」を指すのではなく、「子ども」で代表される、教養から遠く離れた読者層を示す言葉として、機能しているのである。

「メインカルチャー」と「サブカルチャー」
あるいは「雅」と「俗」

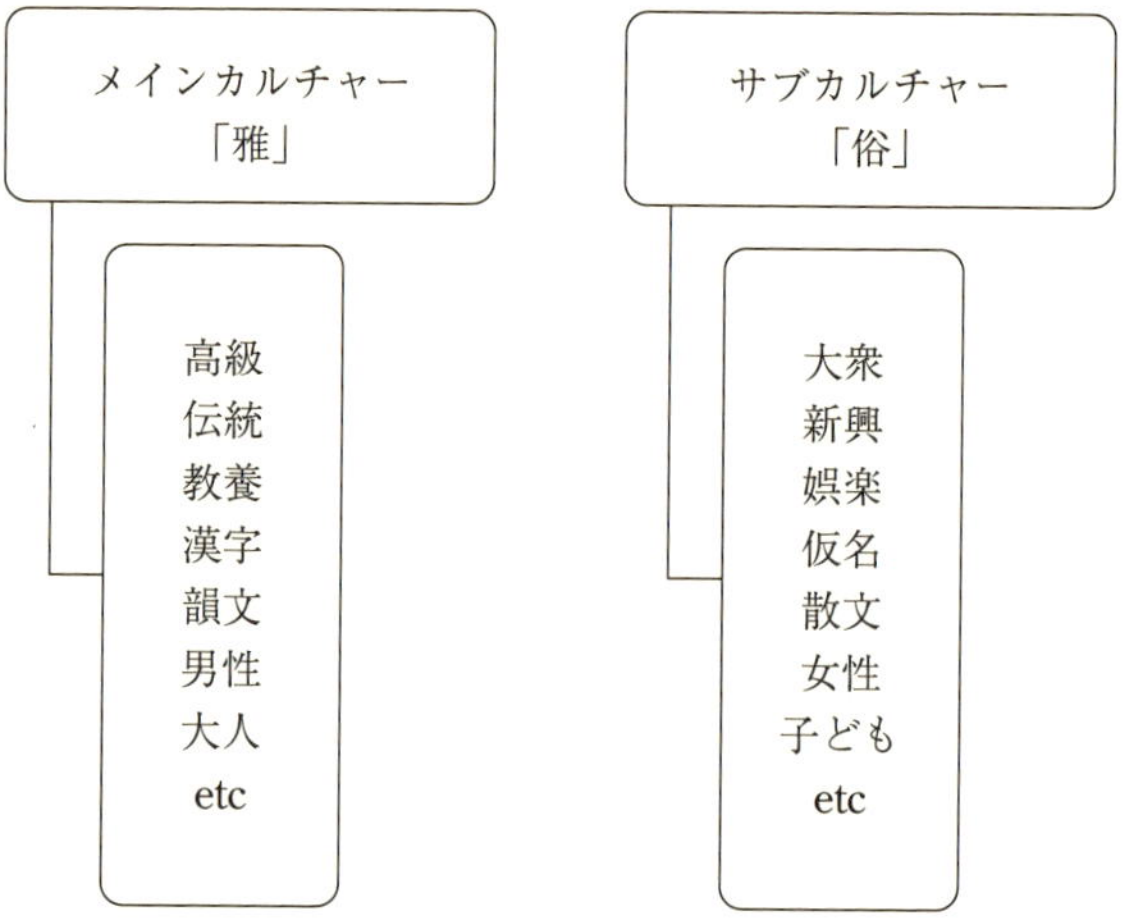

そしてその延長上に、「婦幼」「児女」という言葉は存在する。なぜ「女性」は常に「子ども」と組み合わされるのか。一見すると、「婦幼」「児女」の文字は、子どもと母親の結びつきの強さ故の、自然な熟語のように思われる。しかし、父親が家庭の中心として日常的に位置していた江戸期において、草双紙を自ら読める時期の子ど

もであるなら、現代とは比べものにならぬほどに、父親との距離は近しい。「婦幼」「児女」の画像としての組み合わせが、まだ未婚の若い振袖姿の女性と幼な子、それも女児である場合が多いのは、この疑問への答えを明確に与えてくれる。合巻期「草双紙」の現実的な愛読者である「女性」は、その教養の乏しさから「子ども」に類する者として扱われることで、作者からの挨拶文に登場させることが可能だったのである。

なお贅言ながら、事情は他の戯作ジャンルにも共通する。読本『南総里見八犬伝』において、馬琴がその起筆に、

　個小説《このせうせつ》を作《つくり》、因を推《おし》、果《くわ》を説《とき》て、婦幼《ふよう》のねふりを覚《さま》すものなり

（肇集巻一「再識」、文化十一年〔一八一四〕）

と書き、

　畢竟《ひつきやう》文字《もんじ》なき婦幼《をんなわらべ》の弄《もてあそ》びにすなる技《わざ》にしあれば

（第九輯下帙中巻第十九「簡端贅言」、天保九年〔一八三八〕）

と、卑下しつつも自らの文体の工夫を述べた文は、これらの事情を如実に示している。

閑話休題。

このように見ると、黄表紙時代に新しく読者になったとされる「男性」が、なぜ「女性」読者のように作中で言及されることがなかったのか、その答えも自ずと明らかである。草双紙は『金々先生栄花夢』の登場により、読者層を「大人《たいじん》」、すなわち「立派な大人の男性」に変えたという。しかしながら、それ以後もその「大人《たいじん》」である読者への呼び掛けは、草双紙の中で行われなかった。「男性」読者への作者からの挨拶が避けられた理由、それは草双紙の「むだ」を追求する遊びの姿勢、すなわち「俗」性が、「大人《たいじん》」が表向きに対応する書としては、

あまりに価値を持たないものだからである。「大人《たいじん》」が本来、手にすべきでないものを手にし出したことへの驚き、それこそが『金々先生栄花夢』の与えた衝撃なのであり、そのことへの憚りが、戯作者たちの筆から読者への挨拶を差し控えさせた要因と考えられよう。かつて、マンガが大学生に読まれるということが、驚きをもって語られたことがある。そのことと同じ現象が、『金々先生栄花夢』の登場によって引き起こされたのである。そして、マンガ雑誌の読者ターゲットがいくら年齢層を上げていってもなお、「少年ジャンプ」であり「少年マガジン」であり続けるように、草双紙も、「子ども」のものとしての言挙げをされ続けた、ということである。

実際の読者層を見るならば、寛政元年［一七八九］の筆禍事件によって、草双紙の読者対象は「おとな」から「子ども」に戻ったかというと、もちろんそのようなことはない。マンガ同様、一度上げた草双紙読者の年齢層は、もはや下がることはない。『稗史億説《くさぞうしこじつけ》年代記』（三馬作画、享和二年［一八〇二］）は、草双紙の歴史を振り返る趣向の作であるが、

　くさざうしは大人のみるものときはまる（10ウ）

とあるように、既におとなの読み物としての評価は定まっていた。そしてその読者年齢層が上がっても、教養ある男性、すなわち「大人《たいじん》」のみが読んだということでも、決してあり得ない。『不按配《ふあんばい》即席料理』（京伝作画、天明四年［一七八四］）で、作者京伝は十四歳の妹・黒鳶式部の名を借りて述べた序文中で、

　稚《おさなき》も老《おひ》たるも、通《つう》も不通も、猫《ねこ》も杓子《しやくし》も、深《み》山烏《からす》も白鷺《しらさぎ》も、豈艸双紙《あにくさぞうし》を見さらん（1オ）

と述べている。弟の京山も『先読三国小女郎』（文化八年［一八一一］、前出）では、巻頭部の「ゐそうじ評判記」中に、前述の女性と子どもの読者の他に、「赤本好」「見ごうしや」「わる口」「わけしり」として老若の男性たちも並べている。宝田千町も『讐討児《かたきうちこの》手柏《てがしわ》』（重政画、天保五年［一八三四］、なお馬琴『敵討児手柏』の改題本）で、本書の効用が「小児」「壮男」「大人婦女」「老たち」に及ぶと記す。草双紙は娯楽本として、社会のさまざ

まな階層の老若男女に親しまれ、ただその主流が、時代の流れに沿って男性から女性中心に移り変わっただけのことである。しかしながら、表だっての読者はこのように「子ども」を中心として、書き記され続けたのである。マンガと草双紙はその短編から長編への歴史的展開も、滑稽から伝奇性への推移も、読者層の変遷も、そして周縁メディアとの提携関係、更には恐らくは新興メディアに活力を奪われていくその終末期の様相さえもが、似通っている。しかし京伝が、

戯作者《けさくしゃ》ばかり羨《うらや》ましからぬものはあらじ。人には絲瓜《へちま》の皮《かは》のやうに思はるゝよ。詩歌連俳《しいかれんはい》。古叓来歴《こじらいれき》。何《なん》でもよりどり十九文と。ならべたてゝは見すれども。つひあやまりてはり弱《よは》く實學者《じつがくしゃ》に出あひては一言も、流《なが》しにいづるどふ鼠《ねずみ》のごとく。尻尾《しつぽ》をまいて逃《にげ》つべし（1オ）

（『作者胎内十月図』文化元年［一八〇四］、前出）

と述べた苦渋は、現在のマンガ家にはもはやほとんど存在しない。

ショウペンハウエルは「良書を読むための条件は、悪書を読まぬことである」と述べ、「悪書は精神の毒薬であり、精神に破滅をもたらす」と決めつけた（注15）。この姿勢は、戯作への江戸期の評価を彷彿とさせる。しかしながら、悪書の判断は社会的視点により大きく変化していく。物語の本質が無聊を慰める娯楽性にあると考えるならば、草双紙の読者はその本来の姿を取り戻し、さらには現代日本のサブカルチャーの世界進出に繋がる姿を、遠い昔に既に示していたのではないだろうか。

注1　『東京大学所蔵　草雙紙目録　初編（〜五編、補編）』（近世文学読書会編、日本書誌学大系67、青裳堂、1993〜2006年）

注2　木村八重子「赤小本から青本まで―出版物の側面―」（『草双紙集』新日本古典文学大系83、岩波書店、1997年）では、この時期の子ども読者についての考察がなされ、『丹波爺打栗』新版目録についても言及されている。
注3　『江戸の戯作絵本　一～四、続巻一、二』（小池正胤、宇田敏彦、中山右尚、棚橋正博編、社会思想社　教養文庫、1980～85年）
注4　このうち寛政四年刊の二作は馬琴による代作で、二作共に子ども読者への言及が見られる。また寛政十一年、文化三年の各一作には「児女」とあり、正確には「女性と子ども」が読者として言及されている。
注5　『近世子どもの絵本集　江戸篇』（鈴木重三・木村八重子編、岩波書店、1985年）の本作解説による。
注6　14「浮世絵における女性読書像の変遷」を参照されたい。
注7　「婦女子」という言葉は「女性」と「子ども」とも解釈されうる。
注8　『偽紫田舎源氏　上下』（新日本古典文学大系88、89、岩波書店、1995年）の鈴木重三氏による校注を参照した。
注9　山東京山の合巻の作品傾向については、津田真弓『日本の作家33　山東京山』（新典社、2005年）に負うところが多い。
注10　『江戸の戯作絵本　三』（注3）収録中の宇田敏彦氏の解説を参照した。
注11　14「浮世絵における女性読書像の変遷」を参照されたい。
注12　草双紙の中では、文中から明らかに草双紙である場合でも、挿絵中では文章のみの書物として描かれている場合がしばしば見受けられる。
注13　本作については拙稿「『しんさくいろはたんか』考」（『日本學研究　13輯』、檀国大學校　日本研究所、2003年）を参照されたい。
注14　小池正胤氏は本作の注釈において、この表紙の説明を行っている（注2『草双紙集』）。
注15　ショウペンハウエル『読書について　他二篇』（齋藤忍随訳、岩波文庫）、134頁。

付記
　本稿を成すに当たり、『東京大学所蔵　草雙紙目録』編集作業の中心であり続け、図版への興味を与えてくれた大竹寿子さんに心からの感謝を申し上げます。

13　楚満人と馬琴——草双紙におけるヒロイン像の変遷

合巻時代の草双紙がその読者対象を女性中心に置いていたことは、よくいわれている。しかし前節にみたように、いちはやく寛政期の半ば以降には、女性読者の姿が眼に付くようになっている。では女性読者の登場は草双紙の歴史とどう関わり、女性を読者とすることで草双紙の物語構想はどのように変化していったのであろうか。本節では、黄表紙期の戯作者として南仙笑楚満人を、そして合巻期からは曲亭馬琴を採り上げ、その作品の中に見られる女性主人公《ヒロイン》の描かれ方の変遷を追っていく。読者という視点から照射することで、敵討譚の伝統的解釈を離れた読みを試み、新たな戯作観を提唱したい。

なお、本節では数多くの草双紙作品を扱うことから、梗概を記す場合も引用同様に文字面を下げて提示する。

Ⅰ　楚満人の敵討物草双紙

南仙笑楚満人の黄表紙『敵討義女英《ぎじょのはなぶさ》』（歌川豊国画、寛政七年〔一七九五〕。以下、作者、絵師、刊年を記すが、未詳の場合は不記）は、これ以後の草双紙における敵討物流行の端緒となった作品で、棚橋正博氏が『黄表紙総覧』（注1）で詳述される如く、

> 『義女の英』大に名あり、十余年廃れたる敵討を再興し、是より年々に続出し、文化に至りて大に行はるゝは、楚満人の功と云ふべし。（『増補青本年表』(注2)）

以降、文学史的に大きく扱われてきた。しかしながら、草双紙研究の中で本作ならびに作者・楚満人への評価は高いとは言えず、

> この作品（『義女英』稿者注）をもって南仙笑楚満人は敵討物中興の祖とされるが、時流を見抜く才能があってのものではない。……凡庸な作家であったが、たまたま作風が時流に合致して、敵討物の伝奇性が黄表紙の長編化を促し、やがて合巻へ移行させるきっかけを作ったという点で記録される作家である。

という神保五弥氏の見解(注3)が今なお大方の趨勢である。

ではなぜ、楚満人の作品は人気を呼んだのであろうか。何が当時の草双紙読者の琴線に触れたのであろうか。「時流に合」うとは、なにがしかの新しみが必ずや備わっている筈である。『義女英』を再読してみよう。

『義女英』は不思議な構造を持つ作品である。物語は以下のように展開する。

（梗概）桂新左衛門とその惣領息子・浅太郎、そして舟木逸平とその息子・茂之介は湯治場で知り合う。湯治場を去る日、二人の息子は些細なことから密かに果たし合いをし、浅太郎は茂之介に討たれるが、親たちはこのことを知らなかった。浅太郎の死骸を見つけた新左衛門は舟木逸平を敵と思い、次男・岩次郎に敵討を遺言して病死する。一方、茂之介も、浅太郎に切られた傷が元で亡くなっていた。

岩次郎十七歳の時、花見で美しい娘・小しゅんと恋に落ちる。岩次郎は小しゅんに敵討の仔細を打ち明け、小しゅんはその敵が父であることを知る。小しゅんの手引きで舟木逸平を討つことになった岩次郎は、屋敷に忍び入り、指図の通りに寝ている者の首を掻く。しかしそれは小しゅんの首であり、父の代わりになるという書き置きがあった。これまでの経緯を知った岩次郎は自害しようとするが、止められる。岩次郎は逸平

の養子になり、家は栄える。

このように、本作は果たし合いをした息子同士が物語の前半で共に死んでおり、小池正胤氏も述べる如く（注４）、「敵討物」と言い切るにははなはだ疑問のある作品である。

　では本作の主題はどこにあるのか、それは書名に瞭然としている。すなわち、中心となるのは「義女」つまり小しゅんという美女の輝く姿なのであり、物語の山場は小しゅんが恋人・岩次郎の手によって覚悟の死を迎える場面にある。そしてこれは岩次郎から見れば敵の首を討とうとする場面であるが、読者はつとにこの場面が敵討とはならないことを知らされている。なぜなら、恋人・岩次郎の求める敵が父であることを小しゅんが知って以後、物語は小しゅんの視点から語られ続け、「しる人のてにあふぞうれしき」（13オ）と書き置きを残す小しゅんに連れ添うからである。小しゅんが身を潜ませる床に岩次郎が忍び込む場面から、語りの視点は岩次郎に代わる。あらかじめ悲劇を知らされている読者は、屋根の上に娘の首を掲げている岩次郎の姿を、挿絵（**図１**）でまず確認することであろう。その後の物語構想はあまりにあっけない。物語の山場は既に終わっているのであり、物語の終焉は後始末でしかないからだ。

　岩次郎と小しゅんの話型が「文覚発心譚」であることはいう

図１　『敵討義女英』13ウ14オ
（南仙笑楚満人作、歌川豊国画、寛政七年、都立中央図書館加賀文庫蔵）

までもないことであり、この伝承が江戸文学の中で数多く見られることも周知のところであろう。この遠藤盛遠による袈裟御前殺害の話は『源平盛衰記』巻十八に載るが、江戸期にあっては近松門左衛門の浄瑠璃『戸羽恋塚物語』がより耳慣れたものであることが、中山右尚氏(注5)により解説されている。しかしいずれにせよ、貞節な妻(袈裟御前)が突然の男(盛遠)の横恋慕に遭い、恋の成就を強要された挙げ句に進退窮まり、夫を殺せば意に添うと男を欺き、その夜、夫の寝間で覚悟の上で討たれてしまう。恋する女を自らの手で殺した男は、これを契機として発心するという「文覚発心譚」は、『義女英』ではかなり趣きを変えて使われている。すなわち、この男が「盛遠」または「文覚上人」である必要性は失われ、したがって発心譚としての側面は用いられない。代わって、「義理に窮した女が覚悟の上で恋する男に殺される話」として使われており、これ以後の草双紙には、「文覚発心譚」はほぼこの話型で取り入れられている。この変奏が楚満人に始まるかどうかはともかく、このように一対の恋人の悲劇に変わることで、「文覚発心譚」は「恋」のエピソードとして、ことさらに緊迫した場面展開を持つことになる。相思相愛の仲で、男は自らへの恋心の証として女がすべてを捨てることを信じて疑わない。しかし、恋の勝利者になるための刃の一振りで、男は永遠に女を失ったことを知る。美女の生首という凄惨な画像を伴い、凝縮した感情のうねりが、一夜の床の場を物語のクライマックスに仕立て上げるのであり、本作が『敵討義女英』と題される所以である。本作は「敵討」という世界の中で、「恋」を趣向として組み立てられた物語であり、主人公は小しゅんという女性なのである。

このような「女性」を中心とした「敵討譚」は、楚満人以前にはどのように存在していたのであろうか。

まず『義女英』刊行の寛政七年[一七九五]以前の黄表紙作品を見ると、「敵討譚」作品は少ない。朋誠堂喜三二の言を借りれば、

金々《きんく》先生《せんせい》栄花《えいくわ》の夢《ゆめ》を見《み》ひらきしよりこのかた、絵双帋《ゑそうし》は大人《たいじん》に処《しよ》し、通《つう》とむだと隆《さかん》に行《おこな》はれて、実録《じつろく》世に用ひられす（1オ）
（『太平記万八講釈』序文、北尾重政画、天明四年［一七八四］）

という中で、「敵討譚」は魅力に欠ける題材なのであろう。ちなみに棚橋氏の『黄表紙総覧』を用いて、単純に「敵討」の付く書名を拾い上げてみると、寛政六年［一七九四］以前の二一年間に全体の19％弱の二六作が掬えたのみで、反対に『義女英』以降の黄表紙期間の十三年間には62％強の一一三作が載っており、『義女英』以降、急激に敵討譚をその内容とする作品が増えたことが確認される。またこの二一年間の敵討作品の内容も、たとえば忠義の下僕の敵討（『敵討千代の浜松』安永五年［一七七六］、『敵討於花短冊《おはなたんざく》』寛政元年［一七八九］他）など、それも作画者ともに未詳の作が多い。その中で『敵討雪月花』（天明六年［一七八六］）は、父を討たれた娘・さがの、遊女となっての苦労を描いた敵討譚であり、女性の働きが中心とはなっているが、やはり作画者不明で、むしろそれ以前の楚満人黄表紙の影響を受けた作品のように思われる。

対して、赤本、黒本・青本の初期草双紙には女性登場人物が活躍する敵討物が多く見られる（注6）。たとえば浮世草子『女非人綴錦』に因む女性の非人となっての敵討譚が『女非人敵討』（寛保二年［一七四二］か）、『女敵討古郷錦《こきようのにしき》』（富川吟雪画、安永二年［一七七三］か）など。次に小夜中山説話を用いて、殺された身重の母から生まれ出た女児が長じて親の敵を討つ話が『娘敵討念刃《おもいのやいば》』（観水堂丈阿作画、宝暦十一年［一七六一］）、『敵討禅衣《おいずる》物語』（富川房信画、明和四年［一七六七］か）、『雔討女筆雲龍《かたきうちにょひつのうんりよう》』（明和七年［一七七〇］）と、多く見られる。また複数の女性たちが力を合わせての敵討も『敵討連理の梅』（富川房信作画、明和前期）、そして安永五年［一七七六］刊なので黄表紙作品に入るが、『敵打矢口利生《やぐちのりしよう》』もこれらの流れに類する作品である。楚満人の描く『義女英』に通じる「女性の活躍する敵討譚」は、黄表紙時代を越えて古く初期草双紙時代に連なる系譜に位置するのであり、楚満人の草双紙は「古風」（注7）な作風といえよう。

しかしながらこれらの初期草双紙作品では、画師名のみが記述されている場合が多いことからも明らかなように、未だ挿絵《イメージ》を中心として構成されており、文章《テキスト》は描かれた各場面の脇に物語の進展を粗く述べるに止まっている。この様相はどれほど複雑な構想を持っていようと共通しており、情感を盛り込んだ物語性を重視した楚満人作品には似るべくもない。たとえば、敵討の使命を伝える場面を比べてみる。まず『雔討女筆雲龍』では、書道家・南梅子に育てられたお筆が母の敵を討つ。そのお筆に敵討の使命を伝える場面を掲げる。

かくては重々《ぢうぐ》三代のかたき、女なからもうたではみらいのさわりなりと、南海子かい〳〵しくむすめけんじゆつさせし心さしこそたのもしけれ。（9ウ。以下、翻字は読みやすくするために適宜、句読点を補う）

次いで『敵打矢口利生』では、殺された夫の敵を、妻のおつやが息子茂吉に伝える場面を引く。なお物語では結局、敵の平蔵が殺したもう一組の夫婦の娘夫婦（その婿はおつやの生んだ息子）、おつやの父親の計五人によって敵討が行われ、入り組んだ構想になっている。

かういんやのことし。茂吉十五才になりけれは、母のおつや、夫卜介八かころされしことを茂吉にかたりきかせる。（5ウ）

対して『義女英』からは、岩次郎が小しゅんに自らの宿望を明かす場面を引く。

あるよ、岩次郎こしゆんにかたりけるは、それがしは此五月なかばごろ、かみをおろしてすがたをかへんと、かねてあんしゆ一音とふかくやくそくせり。されどもわれ、まことはしゆつけのこゝろなし。ふかきのぞみあつて此くにへくだり、たよるべき所なく、いつわりてけふまではとゞまれ共、のぞみのてかゝりなく、むなしくすがたをかゑん事はくちおしければ、此ところをしばらくたちのくべし。かならずうらみ給ふまじ。おしつけほんもうをとげ、御身をちゝ竹筍斎《ちくしゆんさい》に申うけ、たれはゞからずちきらんとかたりしかば、こしゆんきいて、さてはのぞみありとは、かたきをたつね給ふとおぼへたり。此こくちう何人にても、ちゝのしり給はぬ事はよもあらじ。かたきのなはなにと申とたづねければ、今はかくすべきにあらずと、ありし事どもつぶさにかたり、たづぬるかたきは舟木《ふなぎ》逸平《いっぺい》といふものなりといゝければ、こしゆんおゝきにおどろき、ちゝの竹筍齋《ちくしゅんさい》、わかきときは舟木逸平といゝけるものを、いかゞせん、ちゝのなをつゝみなばいとしき人ののぞみかなはず、ちゝにしらさばその人のためあしかりなん、しよせんわがみ命をすてんにはとかくごする。（11ウ12オ）

前二作と『義女英』の違いは大きい。『義女英』で、楚満人は登場人物の心情に重きを置き、叙情性あふれる語りを志しているのである。

　このように楚満人の『敵討義女英』は、懐かしさを感じさせる題材ながら、その物語性はかつての初期草双紙には見出せないものであり、革新的な作品として登場したといえよう。

　次に、楚満人の草双紙作品を、「敵討という世界の中で、女性を大きく扱って描く」という観点を以て、その初作から辿ってみたい（注8）。まず楚満人の草双紙作品をその内容から、A「敵討物」、B「軍記・一代記物」、C「その他」の三種に分類してみる。A「敵討物」は、「敵討」を物語の枠に用いて創案された作品であるが、敵討は遂行されずに自刃や天の助けで敵が没するもの、敵討自体が誤解であったなどの理由で途中で消滅する作も散見される。B「軍記・一代

グラフ1　楚満人の黄表紙における内容変遷

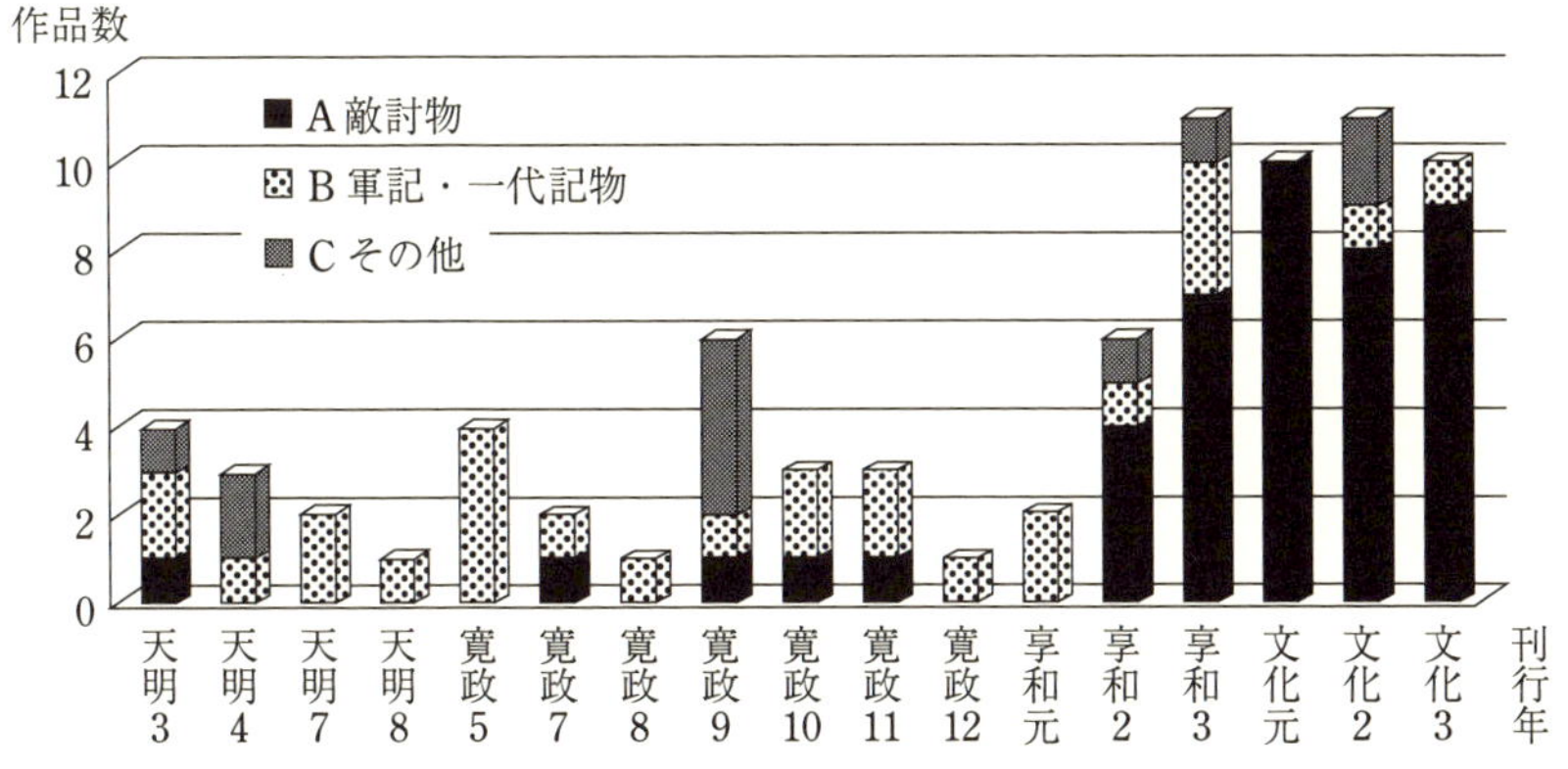

記物」は、既に著名な内容を再構築した作品群であり、C「その他」は民話に取材したり、滑稽感を中心に据えたり、パロディ作品など、統一感がない。**「グラフ1　楚満人の黄表紙における内容変遷」**は、黄表紙作品における刊年による内容の変化をこの三種類の分類によって示したものである。なお楚満人にはいまだ完全な作品目録が備わらず、グラフは棚橋氏『黄表紙総覧』に載る初板本を主に用いた。分類は内容的に境界線上の作品もあり、おおよその区別と考えられたい。グラフを辿ると、草双紙作品を手掛けだした天明三、四年［一七八三、四］には、いまだ自らの方向性を打ち出せずに種々の作風を試みているが、二年の草双紙休筆期間を経た天明後期にはB「軍記・一代記物」の作品が多くなり、手堅い売れ行きを狙う姿勢が見られる。なお『黄表紙総覧』によると、楚満人は寛政元年から四年の間、草双紙作品が見られない。そして寛政七年［一七九五］に大当たりの『敵討義女英』が刊行されるが、その後も寛政期にはC「その他」の作品も多く、いまだ決定的な軌道を見出せないようである。それが寛政十一年［一七九九］頃からは、ほぼA「敵討物」中心の作風を示し、それに連れて草双紙界での流行作家としての位置も不動のものとなっていく。以下、このA「敵討物」を中心に、楚満人の黄表紙作品における物語構想を追っていく。

『敵討三味線由来』（北尾政美画）は、天明三年［一七八三］に刊行された楚満人の草双紙初作四作品の中で、最も複雑な物語展開を持っている。

（梗概）三味線師匠の娘・おいとは、三味線の秘伝を父から伝えられる夜に、悪心の弟子・戸村八十八に父を殺される。おいとは廓に身を売って傾城・朝妻となり、相沢左金次を恋人とするが、左金次が国許に帰り、別れの歎きから盲目の身となる。敵・八十八を見つけた朝妻は見事に敵討を果たし、左金次と結ばれる。

このように、本作は「女性中心の敵討譚」であると同時に、娘の「恋」を扱い、三味線という江戸の女性たちに親しい音曲を重要な要素に用いている。『義女英』に通じる作品構造を持っていることは明らかで、しばしば見受けられるように、初作がその作者の方向性を明確に示した例といえよう。

楚満人は、翌四年にも『八橋調能流《やつはししらべのながれ》』（北尾政演画）という同傾向の作品を出している。これは、

（梗概）琴を修業中の才右衛門とおとみは恋に落ちるが、おとみは国主の横恋慕に遭い、意に従うように苛まれる。おとみを失った才右衛門は悲観して人跡絶えた山中に庵を結ぶが、琴の秘曲を奏でると、それを聞いた化物たちがおとみを才右衛門の元に連れてくる。二人は東に行き、師匠を頼って琴を作り、豊かに暮らす。

なお師匠の弟子の一人が八橋検校であり「八橋之像」が載る。これは敵討物ではなくC「その他」の分類に採ったが、内容的には前年の『三味線由来』に続く作であり、やはり娘の「恋」を主題に、音曲を重要な小道具として用いたものである。しかしながら評判作とは成り得なかったようで、その後しばらくA「敵討物」は書かれていない。

そしてほぼ十年後の寛政七年［一七九五］に『敵討義女英』が刊行され、大好評を博したわけであるが、それによってすぐに楚満人がこれに類する作品を頻出したわけではない。けれども、この後に出されたA「敵討物」作品には、やはり一つの繋がった傾向が見出せる。

たとえば寛政九年［一七九七］の『敵討姨捨山《うばすてやま》』（豊国画）は、こんな物語である。

（梗概）岡田九左衛門の妻・まきのとは、身を隠した夫を殺されたと誤解し、夫の復讐のために無実の夫婦を惨殺してしまう。それを契機としてまきのとは悪女となり、盲人を殺して金を奪い、その金で宿屋を開く。しかしやがて、殺した夫婦の二人の娘・おうめとおきくに敵討をされる。

ここでは物語の主筋は女性たちによって紡がれており、悪女としてのまきのとの凄惨な姿が印象的である。しかしながらまきのとの殺人の発端は誤った判断によるものであり、最初から善悪の対立関係があるわけではなく、

やはり敵討譚としては異例のものといえよう。

翌十年［一七九八］の『敵討柳下貞婦《りゅうかのていふ》』（豊国画）も、やはり勘違いの敵討を契機として物語が進む。

（梗概）忠臣・丹生三左衛門は主君に謬って殺される。三左衛門の息子・三次郎は、主君の身代わりとなって姿を消した松原助左衛門を、父の敵として狙う。三次郎は遊女・お貞を妻にして、夫婦で敵を討とうとするが、三次郎は病気となり、お貞は夜鷹となって夫を助けるも、三次郎は病没し、お貞は自害する。その知人・信田丈介が敵討の遺志を継ぐが、やがて事の仔細が判明し、丈介は三左衛門の娘と婚姻する。

ここでは『義女英』同様に、敵討そのものが誤解の上に作られており、したがって終末での敵討もあり得ない。そして書名は明らかに柳の下で身を売った「お貞」に依っており、お貞の夫への真心が称讃されているのである。

敵討は、初期の作品を中心として、一組の男女が力を合わせてなされるものが主流である。それは殺された親の娘とその恋人であったり、若い夫婦であったりする。たとえば『敵討時雨友《しぐれのとも》』（歌川豊広画、享和二年［一八〇二］）では、三国の廓に売られた娘・おるいは恋仲の小太郎に助け出されて共に敵を討ち、『敵討蟒蛇榎木《うわばみえのき》　前後編』（豊国画、文化二年［一八〇五］）では、速水右源太に殺された父と兄の敵討を使命として育った幼い梅五郎は大蛇の手から逃れ、長じて右源太と密通した継母・綱手に殺されようとする娘・若菜を助け出して共に敵討を志すが、綱手は大蛇に飲み込まれて死ぬ。また『讐討梛葉山《かたきうちなぎのはやま》』『岩窟《がんくつ》出世話』（豊広画、享和三年［一八〇三］）は前後編作で、田形三郎は洞穴に落とされて殺されるが、観世音の力で救われ、妻・つくもと幼い里若丸を守って悪党を討つ。このような男女のペアは敵討の場でも共に戦い、幸せな結末を勝ち取るのである。

ところで、楚満人の特徴として、男女ペアの他に、女性が中心の敵討が、特に享和の末頃から多くみられるようになる。それらは女性たちと子どもの組み合わせが中心であり、「婦幼」の敵討として捉えられよう。たとえば『敵討安積車《あづみのくるま》』（豊広画、享和三年）では、悪人・福原藤蔵によって関五右衛門とその忠僕・浪介、岩見吉之丞が次々と殺されるが、妾・おつまとその妹で廓で傾城となった白瀧、さらに娘・お幸の三人の女性が、おつまの幼い息子・卯之吉と共に敵・藤蔵を討つ。『仇敵《あだかたき》意《こころ》写絵《うつしえ》』（豊広画、文化元年［一八〇四］）では、小牧新右衛門とその息子・新九郎は悪臣・大田幸内に殺され、新右衛門の妻・おつやと新九郎の妻・およつの姑嫁コンビが、およつの幼い息子・新之介を連れて幸内を討っている。『敵討三人姥《ろうじょ》 前後編』（豊広画、文化三年［一八〇六］）では、祖父と両親、叔父を殺された幼い孫の小太郎を、双方の祖母と乳母の三人の老女が育て上げ、ついに悪人・白磯忠太を討つまでを描く。（**図2**）はその敵討場面であるが、三人の老女はそれぞれ刀で敵に切りつけており、その力強さは尋常ではない。

　楚満人の女性主人公たちは、環境によって貞女にも、そして悪女にもなる。たとえば『敵討梅之接《つぎほ》』（豊広画、享和元年［一八〇一］）では、こんな具合である。

（梗概）木倉武右衛門の娘・立田は儀田金吾に恋をし、父は娘・立田の縁談を申し込んだが、金吾には既に許婚・岩越がいた。嫉妬の鬼となった立田は岩越の家に乗り込んで彼女を殺し、その凶行を知った父・武右衛門は岩越の父を殺し、こうして悪人父娘はその場を去る。岩越の母と妹は敵討を志すが、母は返り討ちに殺され、金吾と妹娘が敵を追い詰める。

図2　『敵討三人姥』24ウ25オ
（南仙笑楚満人作、歌川豊広画、文化三年、向井家蔵）

敵を討つ妹娘も悪女となった立田も、共に強い女性であり、物語を牽引していく。これ以前に『敵討沖津白浪』（豊国画、寛政十年［一七九八］）の花房も、夫の死後に密通し、殺人を犯し、やがて遊女屋を営む強烈な悪女であり、殺した男の息子とその許婚に敵を討たれる。楚満人は悪女の話も好んで編み出しているのである。

　このように、女性たちの活躍は彼女たちにより強い力を与えることになり、強い女性主人公《スーパーヒロイン》の姿が楚満人の草双紙作品にはしばしば登場する。『龍田山女白浪　前後編』（豊広画、文化二年［一八〇五］）では、父の眼病を治すためにその治療薬の真珠を盗んだ孝行娘のおつるが、やがて大泥棒になっていく。おつるが桧原家から盗み出した香炉に絡んで桧原庄大夫は殺され、その息子・庄五郎の敵討を助けるおつるは、後悔の中に自害して果てる。**（図3）**は若殿と傾城・折琴を助けるおつるの勇姿であるが、強い女性たちの究極の姿といえようか。強い女性たちは悪女の性格が強く、『敵討姨捨山』のまきのとや『敵討梅之接』の立田のように、敵役として描かれることが多い。けれども、たとえば『敵討水潜《みずくぐる》紅錦《からくれない》』（豊広画、文化元年［一八〇四］）では、父の種村幸右衛門を殺された妹娘・お沢は兄の幸介と共に敵を討つが、二人は家に伝わる水練の妙手であり、お沢は兄と同等に悪党に刀を振り上げて戦っている。楚満人の草双紙作品の敵役を担う女性たちは、当初からの根生いの悪女は少なく、

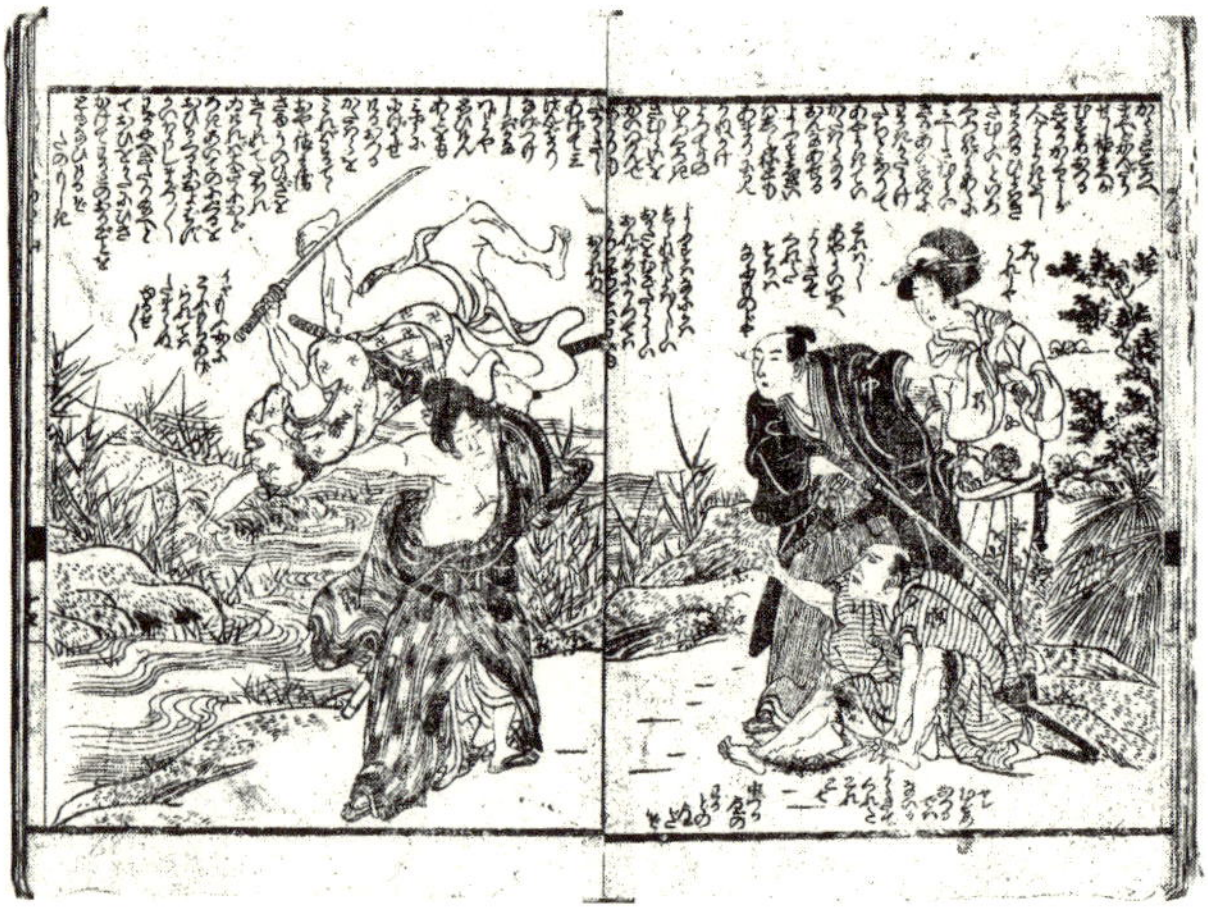

図3　『龍田山女白浪』13ウ14オ
（南仙笑楚満人作、歌川豊広画、文化二年、向井家蔵）

その立場で悪女に変身するのであり、与えられた環境の中でより強く変わっていく。そしておなじ傾向が敵討を志す側の女性主人公にも見られ、やはり女性たちはより力強く変身していくのである。

楚満人作品の今ひとつの特徴として、ヒロインが身を売る設定が多いことが指摘できる。悪人に廓に売られ（『敵討時雨友』）たり、敵討の助けとして金を得るために我が身を捨てて遊女（『敵討沖津白浪』）や夜鷹（『敵討柳下貞婦』）となるものの、彼女たちは真情溢れる恋人を見つけ出し、時には恋人を殺される悲劇に見舞われる（『敵討安積車』）こともあるが、簡単に売女の身分を抜け出して、物語の結びでは幸せを摑む。享和三年［一八〇三］の『五人揃目出度娘《ごにんそろえめでたむすめ》』（豊広画）は、性格の異なる器量よしの五人姉妹の五様の行く末を描くが、四人は女伊達、手習師匠、学者、大商人の嫁となり、末娘は親の人参の代金を作るために廓へ身を売るが千葉家の若殿に身請けされて奥方に収まり、彼女の元に別れ別れとなっていた一家が集まるというめでたい作である。Ａ「敵討物」の作品ではないが、女性のさまざまな出世の中で遊女が最も大きな幸せを摑むという、現実に離反した太平楽な女性観がほの見える。草双紙の女性主人公《ヒロイン》に、通常の女性の平凡な一生を越えた活躍を担わせるため、遊女という異界を通らせるという安易な設定方法が、戯作者としての楚満人の資質を見せているともいえよう。

ところで楚満人の代表作であるが、『義女英』を凌ぐ人気を得たものとして『仇報《かたきうち》孝行車　前後編』（豊国画、文化元年［一八〇四］）と『三組盃《みつぐみさかずき》　初中後編』（豊広画、文化二年）が挙げられよう。両者共に他の草双紙中にその評判が載せられており（『恋湊客入船《こいのみなときゃくのいりふね》』（欣堂間人作、歌川国丸画、文政七年［一八二四］）、『菊寿童霞盃《きくじゅどうかすみのさかずき》　十編』（山東京山作、二世豊国画、嘉永二年［一八四九］）他、（注9））、以後の草双紙が洒落た都会的な感覚を離れて伝奇的な物語展開を中心とし、かつ長編化していく契機を与えた作品として語られている。その内容を見ると、まず『仇報孝行車』は以下のような物語である。

（梗概）郷士の粟飯原五郎太夫は、貞実な妻・照葉と暮らしていたが、他に妾・おさいとの間に喜之松という子どもがいた。浪人の小田村伊介が照葉に横恋慕し、照葉が意に従わないことから五郎太夫を殺す。夫を殺された照葉はその下手人をおさい母子と勘違いし、二人を閉じ込めて責める。二人は辛うじて逃げ出すが、おさいは腰が立たなくなり、喜之松はいざり車に母を乗せて逃れる（**図4**）。二人は苦労の末に熊野権現に辿り着き、権現の利益によりおさいは本復する。

一方、残された照葉は伊介と再婚していたが、夢に五郎太夫が現れたことから、自分が前夫の敵を後夫にしたことを知る。敵討を図った照葉は、腰元に経緯を告げて暇を出し、その腰元の父がおさい母子を尋ね出して委細を告げる。残された照葉は覚悟の自刃をしており、おさい母子が伊介を討って敵討を果たす。

そして『三組盃』は、

（梗概）飛騨国では、橋立家と千枝家が対立していた。橋立家の老臣・大松林左衛門と千枝家の家臣・筒井小源太は和睦の話し合いをするが、その帰途、林左衛門は同家中の若侍・西森弥三郎に射殺される。弥三郎が小源太の家に逃れたことから、大松林左衛門の妻と二人の子は小源太を父の敵と思い込む。兄・文四郎と妹・お沢の二人が後顧の憂いなく敵討に旅立てるよう、林左衛門の老妻は自害する。一方、小源太は千枝家を離れる。

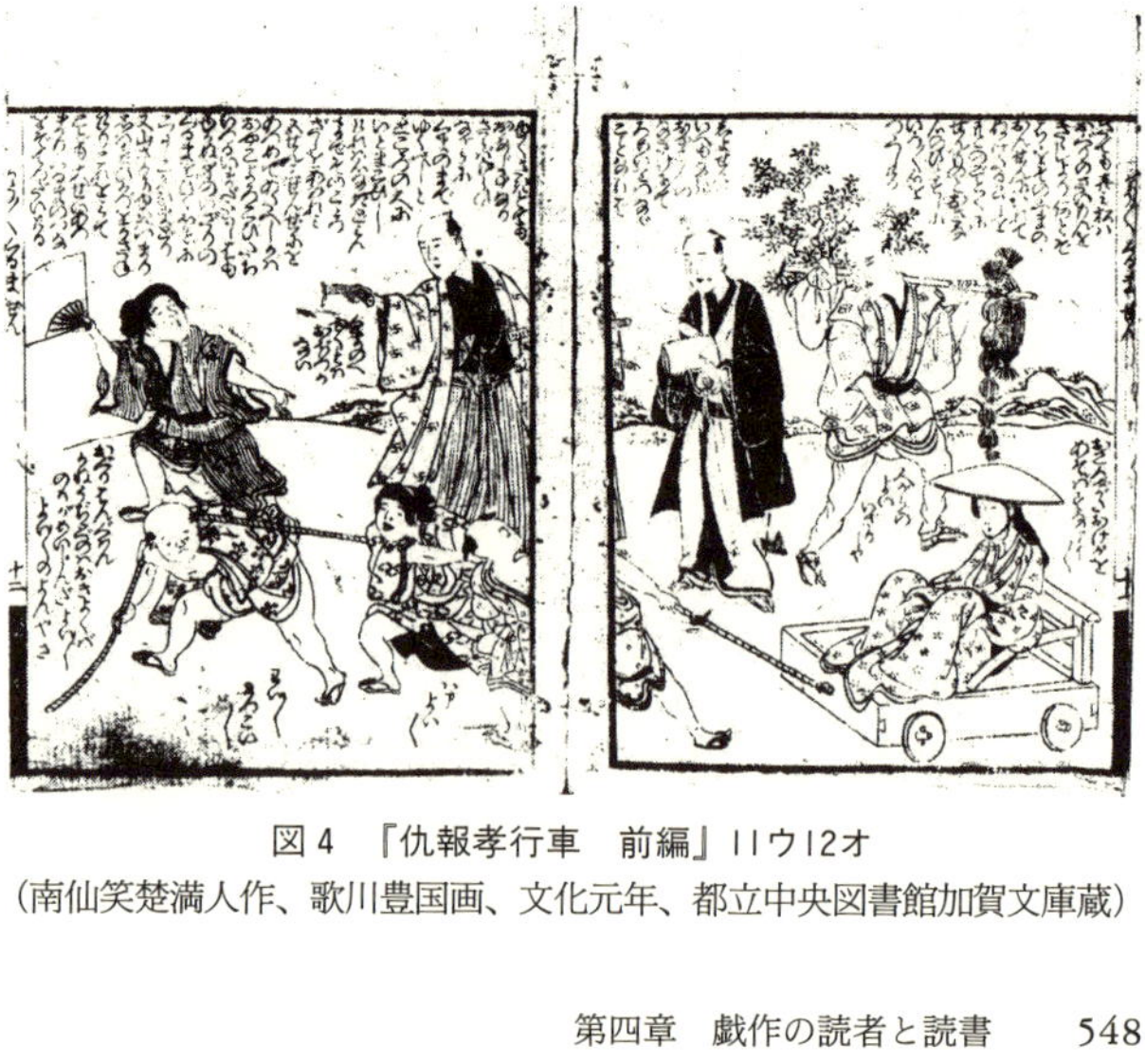

図4　『仇報孝行車　前編』11ウ12オ
（南仙笑楚満人作、歌川豊国画、文化元年、都立中央図書館加賀文庫蔵）

文四郎とお沢は小源太を求めて旅をするが、盗人の家に宿り、そこから逃げていく途中で悪者たちに苦しめられ、その地に去年から住んでいた弥三郎に、文四郎は殺されてしまう。残されたお沢は、浪人・篠原幸平の妻となり、一子・幸太郎も生まれて年月が流れた。ある時、お沢は、夫・幸平が実は筒井小源太であることを知り、知らずに敵の妻となったことで自害しようとするが、小源太に止められ、真の敵を教えられる。

橋立家では西森弥三郎を帰参させ、千枝家では小源太を戻して、両家の戦いが始まる。その時、お沢と十三歳に育った幸太郎が現れ、両軍が見守る中で、親と祖父の敵として弥三郎を見事に討ち取る（**図5**）。橋立家と千枝家も和睦し、皆が繁栄する。

『三組盃』は殊に入り組んだ内容を持ち、両者は一見、まったく異なった様相の物語展開を持っているように思える。しかしながら、

①敵討の事情に誤解があり、間違った相手を敵と思うこと、

②敵同士の立場の者が婚姻関係を持つことから女性主人公が死を覚悟すること、

③母と子の組み合わせによって敵討が敢行されること、

さらに何よりも

④女性中心の敵討譚として物語が展開すること

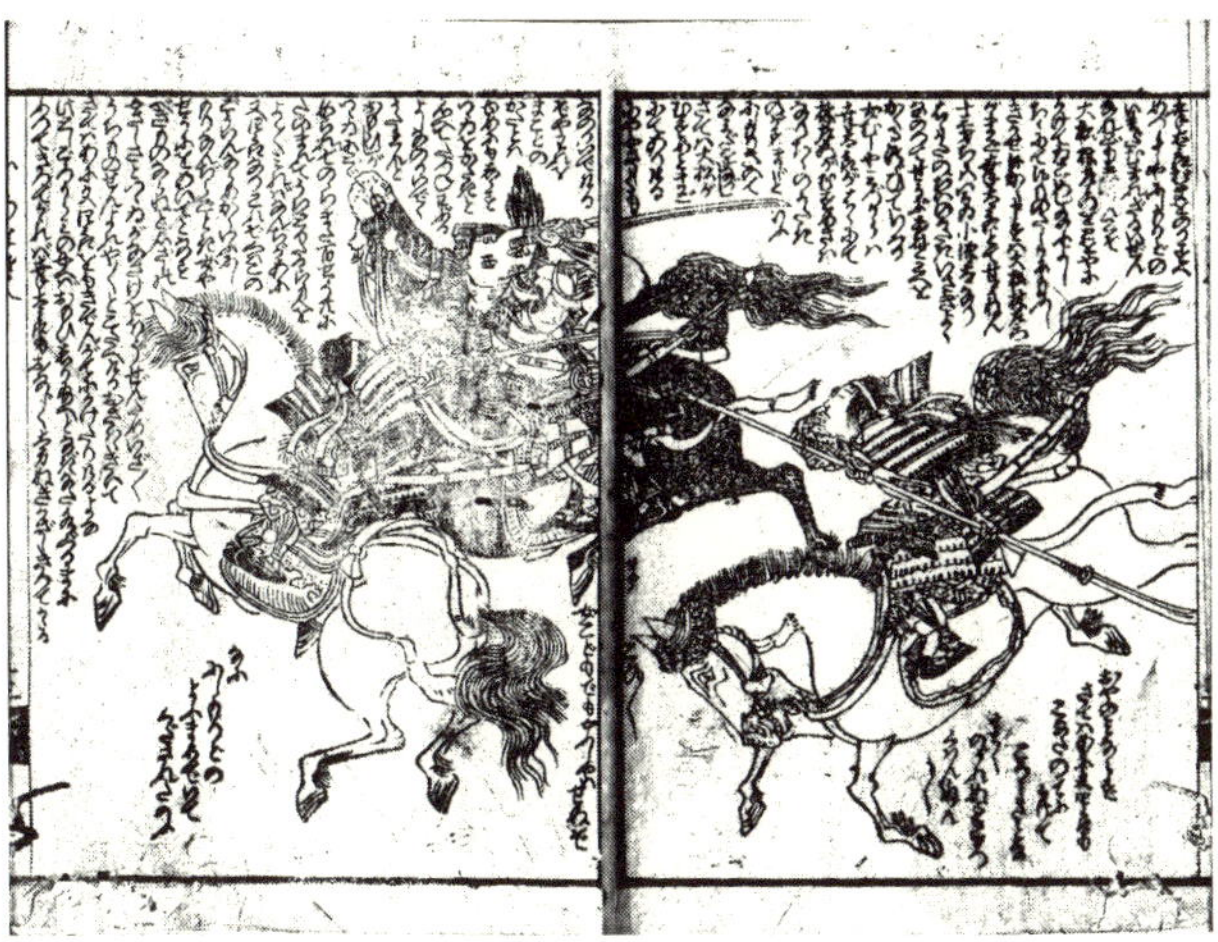

図5　『三組盃　後編』12ウ13オ
（南仙笑楚満人作、歌川豊広画、文化二年、向井家蔵）

など、多くの共通項を持っているのである。またこれらの要素は、③母と子の敵討を除いては、実は『敵討義女英』でもすべて同様に見られるものであり、楚満人草双紙に通底する要素といえよう。すなわち、これまでにも見てきたように、楚満人の草双紙作品は、刊行年を追ってその作風が大きく変化することなく、基本的な要素があちこちの作品に取り入れられ、同じような作風で終始しているのである。

では楚満人作品の一番の特徴とは何なのだろうか。たとえば『仇報孝行車』は、書名から推し量ると、孝子・喜之松が小栗判官の故事に倣って母・おさいの腰を治そうと、母をいざり車に乗せ、人々の喜捨を得ながら熊野権現に向けて進む姿が見せ場となるのであろう。すなわち母子の苦悩極まる旅道中なのであるが、（図4）に見られるように、おさいの乗るいざり車は、喜之松が扇を手に音頭を取って更に幼い複数の子たちによって引かれているが、人々の暖かい眼差しに支えられ、それほどの悲惨さは感じられないのではないだろうか。続く雪中で母子が行き倒れる場面など、悲惨な状況は続くものの、物語の終結部の敵討場面では、敵・小田村伊介に背面から刀を向ける喜之松より、むしろおさいが中心となって戦う姿が描かれているのである。また粟飯原五郎太夫の本妻・照葉は、思い掛けずに元夫の敵を後夫とするが、その男・伊介は照葉には何の危害を加えるわけでもない。敵のありかをおさいに知らせる手はずを調えた後、正気を失った振りをした挙げ句に自害する照葉は、うろたえて彼女の身を案じる伊介の前で、喉に刀を突き立てながら「アヽ、ひいやりとよいこゝろもちじや」（後編20ウ）と言ってのける。おさいも照葉も共に襲いかかる悲劇を一身に担う立場ながら、最終的にはそれらの辛苦を跳ね返す凛とした強い女性として描かれているのである。同じ傾向は『三組盃』にも見られ、大松林左衛門の妻は、息子・文四郎が母の身を案じて敵討に出立しない姿を見、「あとにこゝろのひかれざるやふにじがひせばやとかくご」（前編15オ）する強い母である。また（図5）のように、敵討場面では、やはり妹娘のお沢（画面左の馬上）は臆することなく、「にしもりどの、よふまめでいてくだされたのふ」と刀を翳している。楚満人草双紙の女性主人公《ヒロイン》たちは、繰り返し襲ってくる艱難の中で、それを切り抜けようとする才知と勇気を持つ、世の常識を越えて強く戯画化された人物たちなのである。

『敵討鶯酒屋　前後編』(豊広画)は文化三年[一八〇六]の作なので、黄表紙作品としては最も遅い刊行となるが、この作には、「あはれなる物がたりにござ候」(前編15ウ)という楚満人の広告紹介文が載り、この頃の楚満人草双紙が「あはれ」をキーワードとして捉えられる傾向がある(注10)。この『鶯酒屋』は、このような話である。

(梗概)花形介太郎は、主君の飼鳥の飼育を引きうけていたが、山越佐左衛門の娘・あげはとの許婚を主君に命じられる。しかし介太郎は奥方の腰元・まゆみと言い交わしており、困惑する。大崎数馬はまゆみに横恋慕し、聞き入れられないことから介太郎の預かる殿の飼鳥を放し、不義の罪で介太郎とまゆみを罪に陥れ、自らの家に二人を預かる。数馬はまゆみに言い寄るが拒絶され、介太郎を殺そうとする。まゆみは辛うじて介太郎に手紙を投げ入れ、二人で逃げようとするが、まゆみは帯が松に掛かって逃げられず数馬に惨殺され、介太郎一人が数馬の屋敷から逃れていった。

数年後、数馬は今度はあげはに執着し、聞き入れられなかったことから山越家の重宝を盗み出し、その罪から佐左衛門は自害する。あげはは父の遺言によって家を抜け出す。しかし途中で女衒につかまり、そこを抜け出すと狼に追われ、さらに雪の急流に行き着くが、かろうじて川を渡り、介太郎の元に辿り着く。あげはと介太郎の二人は夫婦となり、数馬を討つために酒屋を開く。知人の助力を得て、力を合わせて二人は数馬を討ち取る。

取り分けての評判作ではないが、前後に二人の女性の苦悩を配し、女性中心の物語展開を持ち、夫婦が力を合わせての敵討など、楚満人草双紙としての特徴を充分に有する作であることは諾われよう。ところで、はたして彼女たちの物語は「あはれ」という言葉でまとめられるのであろうか。たしかに前編で槍で突き殺されるまゆみは、悲惨な一生を遂げる。しかしながら、まゆみは恋人の介太郎に迫り来る危難を知らせようと、ちょっと見ではわからぬようにカタカナで手紙を書き、石に付けて介太郎の元に投げ込み、自らその夜の逃亡を提案した積極性を持つ女性であり、介太郎はまゆみの主導によって動いている。また後編のあげはは、次々と襲い来る苦難の中を逃げていくが、最後に急流に行く手を阻まれ、雪の重みで此方の岸に倒れていた竹にしがみつき、雪を払いのけた勢いで向こう岸に飛んでいく果敢な女性である。敵討の場ではあげはが敵・数馬の右腕を、介太郎が左腕を切り落として敵を討ち取ってもいる。彼女たちの智慧と力を兼ね備えた姿は、「あはれ」という言葉をはるかに超えていよう。そもそもヒロインが二人登場することも、前半で悲惨な死を迎える女性は、後半の女性にその志を引き継がれることで、合わせて一つの勇敢なヒロイン像を形作っていると考えられるのである。楚満人草双紙は、統合するならば、「女性中心の物語」といえるであろう。

では楚満人の草双紙に溢れる勇敢な女性たちの敵討は、現実社会をどのように投影していたのであろうか。平出鏗二郎の『敵討』(注11)に載る「江戸時代敵討事蹟表」から女性の関わっている敵討事例を抜き出してみると、全一〇四例の中で十四例が該当し、全体の13・5%を占める。「**表　江戸期の女性敵討**」はその十四例をまとめたものである。なお、本稿で問題にしている敵討は、この表では時期的に№8までの事例が該当しようか。これで見ると、江戸期の敵討の中で女性が絡んだものも少なくないように一見、思われる。また前期に比して中期頃から母と子の組み合わせが増え、楚満人草双紙の内容変遷に沿うように見える。しかし、女性の敵討は「女の敵討といへばまた一層評判されたものであり」(注12)、この表に載る、特に前半期における敵討は、戯作の中にそれぞれ数多く取り入れられ、その意外な展開から事実性が疑われるものや、注ABのようにそれぞれ「碁太平記白石噺」や「鏡山」ものとして演劇に取り込まれて巷間に名を馳せた事例も含まれる。また平出氏もすべての事例を集めたわけではなく、著名な敵討を集めており、実際には女性が敵討に関わる率は遥かに少なかったと推測される。楚満人は、現実ではほとんど起こらない女性が活躍する敵討譚を、自らの流儀の中でさまざまに書き連ねていったのである。

なぜ楚満人の敵討物草双紙は好評を博したのであろうか。また『敵討義女英』以前に出た同じ流れの初期の作品『敵討三味線由来』はなぜ当たらなかったのであろうか。その答えは、楚満人作品の内容を辿れば、自ずと浮かび上がってくる。それは草双紙の読者層の変

表　江戸期の女性敵討

No.	元号	西暦	討手の姓名	敵の姓名	敵討の立場	分類
1	元禄年中	1690	尼崎りや	岩淵伝内	娘	男女ペア
2	享保七年	1722	大森たか（松葉屋瀬川）	源八	妻	女のみ
3	享保七年	1722	伊東はる 鉄平（助）	大西助次郎	娘＋男	男女ペア
4	享保八年	1723	姉妹二人 虎蔵（助）　※注A	田辺志摩	娘＋男	男女ペア
5	享保八年	1723	山路　　　※注B	沢野	奉公人	女のみ
6	享保頃？	1725	清水新次郎 遊女秋篠（助）	軍蔵	友人の男＋遊女	男女ペア
7	明和二年	1765	茂助 つや	吉兵衛	妻＋息子	母子
8	寛政十年	1798	崎山みき 崎山はる	崎山平内	妻＋娘	母子
9	天保六年	1835	山本りよ 山本九郎左衛門	亀蔵	娘＋叔父	男女ペア
10	天保九年	1838	徳治 やす	坂下喜十郎	娘＋その夫	男女ペア
11	嘉永六年	1853	とませ 宥憲	源八郎	娘＋その息子	母子
12	嘉永六年	1853	たか	与右衛門	妹	女のみ
13	安政三年	1856	橋本いの 橋本清吉 橋本伸之助	与次右衛門	妻＋息子たち	母子
14	万延元年	1860	いち ひで 庄四郎	喜代次	妻＋娘＋叔父	母子

注A　宮城野・信夫の敵討　注B　おはつの敵討

化であり、天明三年［一七八三］刊の『敵討三味線由来』時代に洒落と機知を求めた男性中心とされる読者が、寛政七年［一七九五］の『敵討義女英』刊行時には、既に女性が大きくその中に位置するようになっていたということであろう。先述のように、苦労を重ねながらもそれをはね除けて積極的に自らの道を切り拓き、見事に敵を討つ女性主人公《ヒロイン》の物語という楚満人草双紙の基本的構造は、すべて女性読者に喜ばれる、女性を中心として描かれたものとしてまとめられる。このように「女性向けの草双紙の確立」こそ、楚満人草双紙の一番の功績なのであり、それはこの時期の読者層の変化に最も早く対応した草双紙群といえるのである。

新しく大勢を占めてきた女性読者たちに向けての草双紙執筆という傾向を、他の戯作者たちはどのように受け止めていたのだろうか。式亭三馬と十返舎一九を採り上げ、「女性を中心とした構成」という観点からその黄表紙作品を見てみよう。

まず三馬であるが、『義女英』刊行と同じ寛政七年［一七九五］に四季山人の名で『碁太平記白石噺』（豊国画）を出している。これは書名から明らかなように姉妹の敵討を描く同名浄瑠璃の内容を記しただけのもので、三馬の新趣向が見られる作ではない。しかし好評で、数度に亘って再板されている。そして三年後に書かれた『吾嬬《あづま》街道女敵討《かいどうおんなかたきうち》』（豊国画、寛政十年［一七九八］）では、女性の敵討譚が語られているのである。内容は、

（梗概）新井弾正左衛門は富士天竜軒の養子で美少年の金弥に言い寄るが聞き入れられず、金弥を殺す。また弾正左衛門は百姓・正兵衛も殺す。正兵衛の娘・お関とその弟・庄之助は父の敵討を目指して剣術に励む。しかし剣術の師の天竜軒は眼病となって弾正左衛門に殺され、絶望した庄之助は自害する。お関は金弥の兄・金吾と力を合わせて弾正左衛門を討つ。

というもので、娘が父の敵を恋人の助力で討つという、楚満人作品に通う内容を持っている。本作は好評で、影

響作も見られる（注13）。しかし、三馬は序文の口上で、

作者名人ならぬ下手作者のみにて、諸通子様方思召には叶ひがたくと奉存候処、やほでよひとの御評判被下置、難有仕合奉存候。当春も何がな趣向と存付候へ共、下手作者の義ゆへ、幸ひ去る御ひゐきしやれきらひやぼ好の御方さまゟ御望にまかせ、至てきまじめなる敵討取組奉入御覧候。（1オ）

と、「野暮」な作であることを強調しているのである。文化二年［一八〇五］の『親讐胯膏薬《おやのかたきうちまたこうやく》』（豊広画）は、内容的には「敵討」を徹底的に茶にした作で、楚満人作品のような女性を主人公に据えて一貫して敵討の行方を追う作品とは全く異なる。その序文（1オ）で三馬は、敵討物ばかりがはやり、版元は敵討作品ばかりを求めるとの愚痴を述べ、流行の敵討物がいずれも同じ趣向であるがその先端を行くのは楚満人の作品であり、対して、

此本の作者三馬はきまじめなる事をきらひて、敵討のさうしとはともに天をいたゞかず（2ウ）

とまで述べている。三馬にとって、敵討物の老実《きまじめ》な内容はあまりに「野暮」で受け容れがたいものであり、草双紙はあくまで「洒落」と「機知」を楽しむものなのである。

では一九の対応はどのようなものであったのだろうか。まず享和二年［一八〇二］の『車川話種本《はなしのたねほん》』（一九画）は、

（梗概）盗賊・伝八は篠原平内の娘・お吉に言い寄るが、彼女には既に許婚の繁川市二郎がいたことから聞き入れられず、伝八は平内を殺して逃げる。残されたお吉と弟の弥六は市二郎と共に敵を求めて旅に出るが、弥六は返り討ちに遭う。お吉と市二郎、それに末弟・太助は伝八を討つ。

という「女性の敵討譚」ではあるが、物語はお吉が中心となって動くわけではなく、一九自身が本作を「実録を纏めた」ものであると記している。この敵討についてはこれ以上の資料を知らないが、ともあれ一九自身の創作譚ではないらしい。同年刊の『讐敵《かたきうち》夜居鷹《よずえのたか》』（喜多川菊麿画）は、

（梗概）佐久間源十郎は姿東馬を殺して逃げる。東馬の息子・東三郎と妹・おたねは敵・源十郎の行方を求めるが、東三郎の眼病治療のためにおたねは夜鷹となる。おたねには客の中で清介という恋人ができるが、兄の東三郎は自害する。おたねは清介と共に源十郎を討つ。

このように女性が中心となり、夜鷹となった女性主人公《ヒロイン》に書名が因むなど、楚満人草双紙を彷彿とさせる作品である。しかしこの最終丁は、一九と絵師の菊麿が向かい合う図柄で、その上部に、

此かたき打、書肆栄邑堂のちうもんにまかせかきつゞり御らんにいれ申候。それゆへわるいところはみな栄邑どうのわざにて、わたくしのしつたことにてはござなく候。そのためおことはり、さやう。（15ウ）

とあり、版元の主導によって作られた内容であることが強調されている。もちろん、版元が個人の好みを押しつける筈もなく、当時の読者傾向を踏まえた細かい要請がなされたのだろう。けれども、一九自身はいまだその新しい動向を受け容れることに否定的だったのである。そして翌享和三年［一八〇三］の黄表紙では、たとえば『安倍川敵討　前後編』（一楽亭栄水画）は、父の山田石之進を殺された姉娘・お金と妹娘・お吉による、恋人の大三郎の助力を得ての敵討譚である。外見上は楚満人作品に似るが、その実、お金は飯盛女に、お吉は妾に、大三郎は非人となる艱苦溢れる内容ながら、無理のある展開で成功作とは言い難い。また『敵討桔梗原』（豊広画）は、岡田平内を殺された妾・おはなとその子・平太郎の敵討であるが、中心はこの年に行われた善光寺如来開帳に因んだその霊験にあり（注14）、女性の活躍を主軸に描いた作とはなっていない。むしろ『色外題空黄表紙《いろげだいうわきびょうし》』（一楽亭栄水画）は、最終丁に「門人ゑい女作／十返舎一九校」とあり、棚橋正博氏によると「一九の後妻おえいの名を借りて女流作家の作品としたもの」である（注15）のが注目される。序文に、

則作者《すなはちさくしゃ》も美《うつく》しい髱《たぼ》の一件書尽《いちまきかきのめ》す。手《て》のある婦人《しろもの》御覧《ごろうじ》ませと。野生《わっち》が申叓《もうすこと》しかり。（1オ）

と見え、一九も婦人相手の作品ということを考慮せざるを得なかったと思われる。なぜなら、その翌年、すなわ

ち文化期に入ると、一九は女性を物語の中心に据えた作品を書き出すからである。その内容を詳述する紙幅の余裕はないが、文化元年［一八〇四］の『恋仇討《こいのあだうち》狐《きつね》助太刀《のすけだち》』（豊国画）は博多小女郎に題材を得た女性二人の敵討譚、『風薫婦仇討《かぜかおるおんな》』（永鯉画）は宮城野と信夫の姉妹の敵討、そして二年の『復讐《かたきうち》阿部《あべの》花街《くるわ》』『恋仇被形《こいのあだうちかけ》容《すがた》』『朧月安西堤《あんざいづつみ》』（喜多川月麿画）は全三編の作品で、殺された玉脇主膳の妻・おしょうと息子・和三郎、娘・おなみによる敵討で、楚満人草双紙に似通う内容を持つ。その序文に、

　板元《はんもと》の注文《ちうもん》皆《みな》復讐《かたきうち》。われらのかくのははたき打。されど作者の痩我慢《やせがまん》。是は出来るがそれは出来ぬと。そんな不自由《じゆう》なことをいはぬが。（1オ）

とある。読者の嗜好を第一に掲げる版元の注文を受けて、それに迎合する作品を書く姿勢が見られるのである。いまだ女性中心の物語として上出来の作品は見られないものの、翌年刊の『嵐山花仇討』（豊広画）には「為朝のおゆり」という女伊達も登場し「強い女性」という趣向も見られる。この作は好評で、再摺されたらしい（注16）。そして同年の『怜悧怪異話《きのきいたばけものがたり》』（一九画）の序文には、

　唯御客といふは御子達と女中方を目当《めあて》とし。かきさへすれば間違《まちがひ》なし。こゝを以て、今讐討《かたきうち》小説《せうせつ》の時花《はやる》こと。其証拠《しやうこ》眼前《がんぜん》也。（1オ）

とある。この表現が、文化期に入り、序文に読者としての「婦幼」という言辞が頻出しだす風潮の中にあることはいうまでもない。いまや草双紙の読者は「御子様」に代表される娯楽としての読書を必要とする大衆、とりわけ女性たちが主流となっていたことは、もはや一九の眼にも避けられない現実であったろう。

末期黄表紙において、なぜ紋切り型を抜け出せない楚満人草双紙のみが受け容れられ、他の戯作者たちがこの手法を取り入れなかったのか。それは三馬と一九に見るように、一流の腕を持つ戯作者たちが、新しい読者の主

流、すなわち女性たちに的を絞った娯楽作品を書くことに快く肯んぜなかったからである。それ以前にようやく手に入れた、都会的な美的感覚を盛り込むことによって得た戯作の、娯楽ではあっても教養ある士太夫も時に手に取る冊子という位置から、女性と子どもに代表される教養から遠く離れた一般大衆向けを強調した草双紙への変遷は、現代のサブカルチャーへの高評価からは想像すべくもないほどに、戯作者たちにとって受け容れにくいことだったのだろう。

しかしながら草双紙は版元にとっては大切な売り物であり、戯作者にとっても作り続けねばならぬ品である。時代に連れて草双紙の販売数は増え、合巻期になるとますます大量に流通するようになり、その商品としての価値は高まるばかりである。一九ならずとも、おのずと新しい読者に向けた新しい作品が考案され続けていくことになる。

楚満人に話を戻すと、彼は文化四年［一八〇七］三月に亡くなっている。楚満人の作品は合巻期にも刊行されるが、やはり黄表紙作者として、その本領はあったというべきである。では合巻期において、女性を中心とした話は、どのように作られていったのであろうか。

II　馬琴草双紙における女性主人公《ヒロイン》

馬琴は草双紙の執筆を寛政三年［一七九一］『尽用而二分狂言』（豊国画）から始め、黄表紙時代に八四作を生み出している。しかしながら、代表作を持つことはできなかった。黄表紙に求められた、笑い《ユーモア》と機知《ウィット》を用いて、通という都会的な切り口で洒落た感覚を示す、短編に合う作品構造に馴染むことができなかったからである。馬琴の本領は虚構の物語世界を構築することにあり、それは長編でしか活かされないものであった。文化期に入るや否や、黄表紙は大きく変化する。楚満人の敵討物の好評を経て丁数が増え、それに見合う装幀として合巻化が考案され、そしてその背後に女性読者の擡頭が見られる。馬琴は、ようやく伝奇物語を盛る器にふさわしいだけの長尺を持つようになった草双紙を舞台に、どのように自らの作風を創り上げていったのだろうか。

まずは末期黄表紙における馬琴草双紙を、やや詳しく見ていくこととする。

馬琴が黄表紙作品の中で、複雑な筋を持つ伝奇的な物語を展開するようになったのは、文化元年［一八〇四］からのことである。この年刊行の五作の中で『敵討弐人長兵衛』（重政画）と『小夜中山宵啼碑』（豊広画）の二作がそれである。『弐人長兵衛』は、

（梗概）山中三右衛門の次男・三之助は、兄の佐次郎と父を枯木の源八に殺される。少年の三之助は憐れんだ番随院長兵衛に養育され、狐に助けられて源八を討つ。

という「少年の敵討譚」である。

また『宵啼碑』は、

（梗概）鶴見稲九郎は川井庄司成信の妻・いはねに横恋慕し、庄司を殺して、やがていはねも手に掛ける。しかし臨月のいはねから女の子が生まれたため、やむなくその子を養育する。その後、いはねの死体からはもう一人の男の子が生まれ、その子・乙八郎は観音寺の上人に育てられ、成長の後に敵討の旅に出る。乙八郎はある家に泊まり、その家の娘・小波に惚れられるが、小波は養父こそ乙八郎の敵・稲九郎であることを知る。小波の手引きで忍び込んだ乙八郎が寝床の上から討ったのは、養父・稲九郎の身代わりとなった小波であった。乙八郎は稲九郎と勝負して勝ち、親の敵を討つ。そこに観音が身代わりになった小波も無事に出てくる。乙八郎は家を継ぎ、小波は出家する。

というもので、楚満人が『敵討義女英』で用いた「文覚発心譚」が同じ型で用いられているのが注目される。し

かしながら、本作は『義女英』とは異なり、物語の照準はあくまで乙八郎に当たっている。恋するのは小波であって乙八郎は応じず、したがって双子の兄妹ではあるが二人の「恋」も成り立たず、小波は出家して終わる。この作も前作同様に「少年の敵討譚」なのである。

翌文化二年［一八〇五］も、四作の黄表紙作品のうち二作が敵討物の複雑な展開を持つ。『奉打札所誓』（喜多川月麿画）は、

（梗概）岸井津右衛門は生活苦から、妻のおかねを捨てて、江戸へ出る。残されたおかねは女児を産むが、夫を捜しての旅の途中で大杉くだ右衛門に殺され、女児は矢藤丹三郎におすてと名付けられて養育される。おすて十三歳の時に丹三郎は没し、妻のおたにはくだ右衛門と通じて、おすてを追い払う。おたにはくだ右衛門と出奔するが、その途中でくだ右衛門に殺される。そこに来たおすては義母・おたにの死骸を見つけ、その首を持って旅を続ける。その夜、刀屋に宿ったおすては父・津右衛門と邂逅し、翌日、刀を研ぎに来た男からかつて二人の女を殺したという話を聞き、津右衛門とおすてはその男・くだ右衛門を討って敵討を遂げる。

というもので、「女性の敵討」を描いた楚満人作品に倣う内容となっている。しかし、その語り口は楚満人とは異なり、後半部の主人公はおすてではあるが、彼女を巡る恋などの暖かいエピソードは描かれず、おすてはひたすら「あはれ」で「けなげ」な存在であり続ける。また梗概では除いたが、津右衛門譚と丹三郎譚がそれぞれ別個に大きく扱われており、更に物語は十三歳の少女の敵討を讃える七言律詩と同時に「津右衛門りっしん」（15ウ）というせりふで閉じられている。作者・馬琴の眼はおすて以上に津右衛門たちに注がれており、楚満人には見られなかった「父と娘」の敵討譚なのである。

そして『復讐阿姑射之松』（豊広画）は、勝井浦之進の三人の男子の中で次男の富次郎が異人に攫われ、たぐ

い稀な文武の力を得、やがて兄・七兵衛の敵を末弟の数馬と共に討つという、やはり「年若い青年の敵討譚」である。

文化三年［一八〇六］になると、馬琴の四作の黄表紙はすべて複雑な構想の敵討物となっている。その中で『敵討鼎壮夫』（重政画）は、三人の力自慢の男たちの中で起こる三つ巴の敵討譚である。物語の後半では、その三人の中の一人を敵として、他の二人の男の弟・三次郎と妹・みさごが共に男の行方を追い求めるのであるが、本作の特徴は、この外見からはカップルに見える二人が、実は敵同士の関係であり、共通するもう一人の敵を討つために同行しているという設定にある。旅の途中で三次郎は病死し、残されたみさごはようやく敵を討つものの、尼となって物語は終わる。楚満人作品に見られる男女が力を合わせての敵討とはまったく異なる、お互いに心を許すことのない男女が旅を続けるという、哀れな若い女性の物語が展開しているのである。

さらに特徴的なのは『大師河原撫子話』（重政画）である。「みほとけのれいげんによりてしゆじゆのやくなんをのがれ、つひにおやのかたきをうちて名を天下にしられたる女」（5オ）の由来を述べた本作は、

（梗概）善助、お梶夫婦は一子・お露を生む。善助は大熊を殺して村長となるが、お梶はその殺された熊から生まれた熊の子をお露と一緒に育てる。お露十二歳の時、善助は誤って妻を殺してしまう。善助はお苫を後妻とするが、彼女は浪九郎と密通して逃げてきた者だった。お苫はお露に濡れ衣を着せて、その指を切る。さらにお苫は浪九郎と共に善助を殺し、お露を攫わせる。お露は熊に助けられ、ようようのことで甚之助の元に辿り着き、その妻となる。やがてお露は男児を産むが、お苫の奸計により、お露は赤子と共に家を追い出される。しかし大師河原で水を飲もうとした時に、お露の切られた指が伸びる。甚之助はお露母子を探し出し、お苫たちを討とうとする。お苫は子どもを人質にして威すが、熊が出てきてお苫を殺す。厄除大師が因果を諭し、一家は幸せに暮らす。

という、女性がその夫の手助けによって敵を討つ話なのであるが、この物語では女主人公のお露は母が憐れみを掛けた熊や夫・甚之助に助けられる存在であり、ひたすら苦難を受け続ける哀れきわまりない女性として描かれているのである。なお、本作は版元を替えて二度以上の再板が行われており、好評作だったと思われる。

　このように、たとえ女性の敵討物を描いていても、馬琴は彼女の活躍を中心に物語を組み立てるわけではない。むしろ「少年の敵討」が暖かい眼差しで描かれ、女性主人公の恋愛は避けられる。代わって、この時期の馬琴は、敵役の周囲に男色を描くことが多く(注17)、主人公たちの「恋」に対する視線は冷たい。そしてこの時期の馬琴草双紙に見られるさまざまな特徴は、後代の作に類型を何度も見出せることから(注18)、馬琴作品の祖型をなす時代と思われる。すなわち、このような物語途上での女性主人公《ヒロイン》たちの活躍にも拘わらず、最終的には男性主人公《ヒーロー》の方に重きを置いた語りの姿勢は、本来の馬琴の面目であったと考えられるのである。楚満人と馬琴の違いは、かくまでに大きい。

　しかしながらこの文化初頭の馬琴は『小夜中山宵啼碑』で、

　夫《それ》、あることをあるがまゝにかくはけさくにあらず、なきことをあるがごとくつくるを真《しん》のけさくといふよし、明の謝肇淛《しやちやうせい》もいへり。(1ウ)

と、草双紙が「正風」(1ウ)に帰したおかげで、小説本来の虚構の物語構造が採れることを喜び、自らの戯作における物語空間の豊かさを誇る姿勢を示す。そして『武者修行木斎伝』では、

　予《よ》むかし著作《ちよさく》に遊《あそ》びて滑稽《こつけい》に飽《あき》、今亦著述《いままたちよじゆつ》を楽《たのしみ》て筆硯《ひつけん》に倦《うま》ず。(序文、1オ)

と、文化三年〔一八〇六〕の段階で、ようやく書くことに楽しみを感じ出した心情を吐露している。戯作の執筆に落ち着き場所を見出した馬琴は、この後、さまざまな試みに挑戦し、草双紙においても人気作者へと変貌していく。文学史的に合巻期と称される文化四年以降の馬琴草双紙に目を移そう。

文化前半期の馬琴合巻は、世の趨勢に倣い、特殊な例を除いては、敵討を物語の主軸に据えている。まずは文化四、五年の敵討物作品を見ていく。

文化四年［一八〇七］の作では、『敵討鼓瀑布』（豊広画）は父と母、母方の祖母と父方の祖父を殺され、自らも生き埋めにされた幼い男児の、叔父の助けを得ての敵討で、「少年の敵討譚」である。これに対して『嶋村蟹水門仇討』（豊広画）では、魔猿の子である悪漢・ましだ丸を、源高国の姫・音姫と馬之介の一組の男女が、忠臣たちの犠牲に支えられて討っている。

『敵討岬幽壑』（勝川春亭画）は、

（梗概）父を殺された娘・びわが売られて傾城となり、廓で客としてきた男・小吉の真情に触れ、後に自らの力で廓を抜けて小吉と夫婦になり、共に仇を討つ。

話である。敵討の旅の途中でびわの兄・宇次郎も敵の手で殺され、一対の夫婦が力を合わせて敵討をするという、明らかに楚満人作品に倣った構成である。しかし、夫となる小吉にも売茶翁に擬えられて充分な話の膨らみが与えられており、「女性の敵討譚」ではあっても女性主人公の動きが男性主人公の働きを圧することはなく、むしろ衒学性と遊戯性の強い内容となっている。

翌文化五年［一八〇八］の作品では、怪奇性や猟奇性が強まっていく。

たとえば『小鍋丸手石入船』（豊国画）は、長鶴家の御家騒動に絡む敵討譚で、父を殺された幸之進が家族の自死や苦難の末に、長鶴家の長男・小鍋丸と共に悪人たちを退治する。

『敵討児手柏』（豊国画）は、祖父と父母、そして兄を殺され、一人残った末息子が知人の助けを得ての敵討譚であるが、口のきけない兄が母によってその腕に敵の悪事を彫り込まれ、殺された後に腕から敵が分かることや、河童の霊薬譚などが盛り込まれ、その猟奇性が目立つ作である。

これら少年の敵討譚の他に、男女の敵討も眼に付き出す。たとえば『敵討白鳥関』は、養父と実父母を殺された青年の敵討で、捕らえられて弓となる白鳥や、長介鯨、人面瘡など盛り沢山のエピソードが物語を彩る。そして物語の最後で、主人公は共に養育された娘と結婚している。

『歌舞伎伝介忠義説話』（春亭画）は、主人の敵を討つ忠僕・伝介の話だが、主人から与えられたおやま人形が田舎娘の姿となって伝介の妻となる奇譚で、人形の妻の助けで伝介は敵討を果たす。

そして『敵討身代利名号』（葛飾北斎画）は、悪人・蜘塚治部九郎に父・藤坂知右衛門を殺された実太郎と、やはり父を殺された貌美葉《かおよば》という、一組の若い男女の敵討である。実太郎は一度、敵に殺され、貌美葉も必死の事態に追い込まれ、ようやく十字名号の奇瑞により敵討が達成されて、二人は結ばれる。

このように、文化四、五年の作品を見ると、それ以前の作では見られなかった、男女が助け合って敵を討つ構想が多く見られるようになっている。彼らは夫婦であったり、共に育った仲であるが、物語の最後に結ばれて一家は栄える。馬琴草双紙の中で、女性も男性と同じように敵討の中で活発な活躍をしだしたわけである。しかしながら、それらは敵討を力を合わせて遂行する男女の物語というよりも、むしろ怪異と伝奇性が目立つ作品群となっている。

そしてその怪異に匹敵するだけの力を持つのは、敵討を行う主人公たちよりもむしろ、敵役を担う女性たちと思われる。馬琴草双紙では、通常の人間が嫉妬や誤解から「悪」に染まるわけではなく、「悪」は生来の気質である。面白いことに、悪女の夫は必ずしも同類とはいえないが、悪女の血を分けた息子はほとんどの場合、悪の性質を生まれ持っている。すなわち、人の善悪は血縁によって継がれることが多く、固定的で強固な属性なのである。物語の悪女の生き方は、たとえば『敵討鼓瀑布』の悪人・鳴滝軍二の母・のぢ江は、青年となった軍二を置いて若党と駆け落ちするが、落ち行く先で奉公した主人の後妻に収まり、密通相手の若党を甥と偽って側に置き、やがて逃げてきた息子も匿う。『敵討身代利名号』の蜘手も敵役の治部九郎の母であるが、その治部九郎は母の蜘手にぴったりと寄り添って生きている。蜘手の最期は善側の実太郎に殺されるのであるが、その際にも彼女は実太郎の向こうずねに嚙み付いて実太郎を破傷風にさせている。げに恐ろしき怨念である。さらに『小鍋丸手石入船』のなしもとは、長鶴左衛門の妾だが、自ら生んだ大鍋丸に長鶴家を継がそうと種々の悪事を企む。彼女は密通相手の甲良典膳を兄と偽っていたが、実は大鍋丸は典膳との間にできた子である。義理の息子の小鍋丸を殺そうと画策し、忠臣たちを手石の岸から突き落とすが、我が子の大鍋丸は、珍しいことに母の悪性を受け継がず、その恐ろしい姿を嘆いて自害している。

これら強い悪女たちの存在は、既に楚満人の草双紙に見られたものである。しかし楚満人が善側の女性にも勇気と智慧に満ちた強さを与えたのに比して、馬琴は身内を殺されて敵討をせねばならない女性に、怪異による助けや、神仏の冥助といった外部からの強さを与えたのみであった。物語はあいかわらず、女性に厳しい描き方で動いている。

このような作風の一方で、文化期の馬琴は、もはや避けられない風潮としての女性読者の擡頭に、いかに対応するかに腐心している。たとえばそれは、草双紙の登場人物を役者似顔絵を用いて描くという方法である(注19)。芝居好きの女性たちを強く意識したこの手法は、馬琴の創案によるものではない。しかしながら文化四年[一八〇七]に初めて、伽羅油屋の景物本『不老門化粧若水』(歌川国貞画)において華々しく取り入れられたこの手法は、商品宣伝のためのたわいない内容ながら、役者似顔絵の上手である国貞の画像の効果も大きく、清新な味わいを見せている。ちなみに本作は、国貞の草双紙初作である。伽羅油屋で配られるため、きわめて女性に特定された読者向けのものである本書は、好評によりすぐに書肆から改題再板されている。本書の刊行は、馬琴に女性読者の存在を強く印象付けたに違いない。以後、文化八年［一八一一］まで、馬琴作品には役者似顔絵を取り入れたものと非似顔絵作品とが併存するが、文化九年以降、馬琴は短編合巻の全作品に役者似顔絵を採り入れている。この姿勢は他の戯作者を圧しており、馬琴の草双紙執筆における販売を意識した努力の大きさを物語ってあまりある。文化の後半期、馬琴は自らの草双紙における方向性を探り、さまざまな試作を重ねている。どのようにして、楚満人が描いた、女性読者の人気を煽る、強く魅力的な女性たちを生み出すか……、このことは馬琴にとって大きな課題としてのしかかっていったのではないだろうか。

その答えの一つは、今までにも見られた「強い女性主人公《スーパーヒロイン》」の追求にあったと思われる。文化六年［一八〇九］に出された『小女郎蜘蛛怨苧環』（春亭画）は、全三編十二巻の中編合巻で、物語も他の六巻物に比してより複雑な展開を持っている。

（梗概）多田頼行は夢の告げにより、懐胎している妾・待宵を、家臣の卜部寿太郎に見送らせて家から出す。しかしその途中で待宵は悪人・なだ右衛門に殺され、生まれた男児は、来かかった老婆に養育される。寿太郎は主家を放逐されるが、道で見かけた孝心厚い貧しい少年・重松に娘・小手巻を許婚る。なだ右衛門の悪計で寿太郎は殺され、小手巻は連れ去られる。一方、多田家では頼行が重病となり、託宣によって待宵の産んだ男児を見つける。それは重松だった。（上編）

小手巻は博多の津で傾城・小女郎となっていたが、いまだに重松のみを思っていた。今は多田家を継いで頼重と名乗っていた重松は小女郎に再会し、小女郎を身請けして多田家に迎える。しかしその旅の途中、蜘蛛塚に住む牝蜘蛛が小女郎を殺し、その体に乗り移った。多田家で、頼重の奥方・さやかの前は嫉妬もなく小女郎を迎えたが、小女郎はさやかの前を殺そうとし、さやかの前とその子・宝丸は城を抜け出る。小女郎はその後、多くの人を殺してその血を啜り、頼重も密かに討とうとする。（中編）

さやかの前たちは忠臣・源五兵衛一家に守られ、その妻子が身代わりとなって死に、辛うじて落ち延びる。また多田家は頼重の悪評から城を攻められ、頼重は切腹する。小女郎は今や牛の大きさの土蜘蛛となり、さやかの前も殺す。多田家の四名の忠臣は、若君の宝丸を守り、名剣の鬼切丸を山姥から与えられ、葛城山に向かう。葛城山では土蜘蛛は小女郎の姿で、都から多くの美少年を捕らえて来て、淫楽の限りを尽くしていた。しかしついに土蜘蛛は四人に討たれ、宝丸に止めを指される。宝丸は多田家を継いで栄える。（下編）物語は土蜘蛛の化けた美女・小女郎の悪事の限りを描き出し、この大悪党の前では上編での悪人・なだ右衛門はいかにも小悪党に成り下がる。本書は天保十二、十三年［一八四一、二］に再板されており、その後も売り出しを重ね、好評だったことが窺われる。

そして翌文化七年［一八一〇］刊の『姥桜女清玄』（春亭画）は、巷間に広く知られた「清玄桜姫」譚を題材に、男女の性を入れ替えることを新趣向とした作である。

（梗概）萍畑六の美しい娘・清花は、隣家に住む寡婦・ふる衣の娘・小雪を殺してしまう。父・畑六の意向で清花は顔を焼かれて醜くなり、玄々上人の下で清玄尼として修行に励む。その後、清玄尼は火傷が治る。一方、ふる衣の息子・袖平は孝行者で、静原兵吾に仕えていた。畑江判官の娘・ほだし姫は桜江姫之介清春と婚姻することとなるが、一族の鉾江大之進は姫に横恋慕していた。姫之介が清水寺に詣でた時、清玄尼は姫之介の姿を見て深く思い染め、その執着の心から火傷の跡が現れ、鬼女の様相となる。清玄尼は自らの庵に逃げてきたほだし姫を憎み、姫の乳母・道芝を食い殺す。やがて清玄尼は袖平に殺され、姫之介とほだし姫は結ばれる。

この作は後に五代目岩井半四郎が清玄尼を演じる歌舞伎芝居「隅田川花御所染」（文化十一年［一八一四］初演）を生む契機となり、清玄の執着の姿は「女清玄」ものとして定着する。**（図6）**は、美しい若衆姿の桜江姫之介に挑む、破戒比丘尼となった清玄尼の姿である。

この頃の馬琴草双紙では、『山中鹿介稚物語』（春亭・小川〈北尾〉美丸画、文化六年［一八〇九］）、『松之月新刀明鑑』（春亭画、文化七年）、『相馬内裏後雛棚』（勝川春扇画、文化八年）をはじめ、ほとんどの作品中に多くの女性たちが登場して活躍している。しかしながら、馬琴の語りの視点は、彼女たち中心に注がれているわけではない。敵を討つ側の女性主人公《ヒロイン》にまつわる話柄がすべての展開を支えることはなく、馬琴草双紙のすべてに共通する特徴として、全体を貫く敵討譚を凌駕するほどの豊かな脇筋が何本も張り巡らされ、巧緻な物語世界を構築しているからである。つまり、善側の女性たちの活躍は複雑な物語世界の中で霞むのである。その中で馬琴は、まずは悪女としての強さの描写を磨いていった。そしてその契機となったのが、前述の『小女郎蜘蛛怨苧環』と思われる。小女郎の場合、怪異がその身に乗り移ることで、人としての限界を越えて、魔性に通じる力強さを担わせられたのである。『小女郎蜘蛛』の小女郎を彷彿とさせる強い悪女たちは、その後の馬琴作品の中で、『敵討賽八丈』（国貞画、文化六年［一八〇九］）の岩浪や、『鳥籠山鸚鵡助剣』（美丸画、文化九年［一八一二］）の八橋、『皿屋敷浮名染著』（鳥居清峰画、文化十一年［一八一四］）の雄波など、さまざまな姿で登場し、物語世界に跋扈していく。

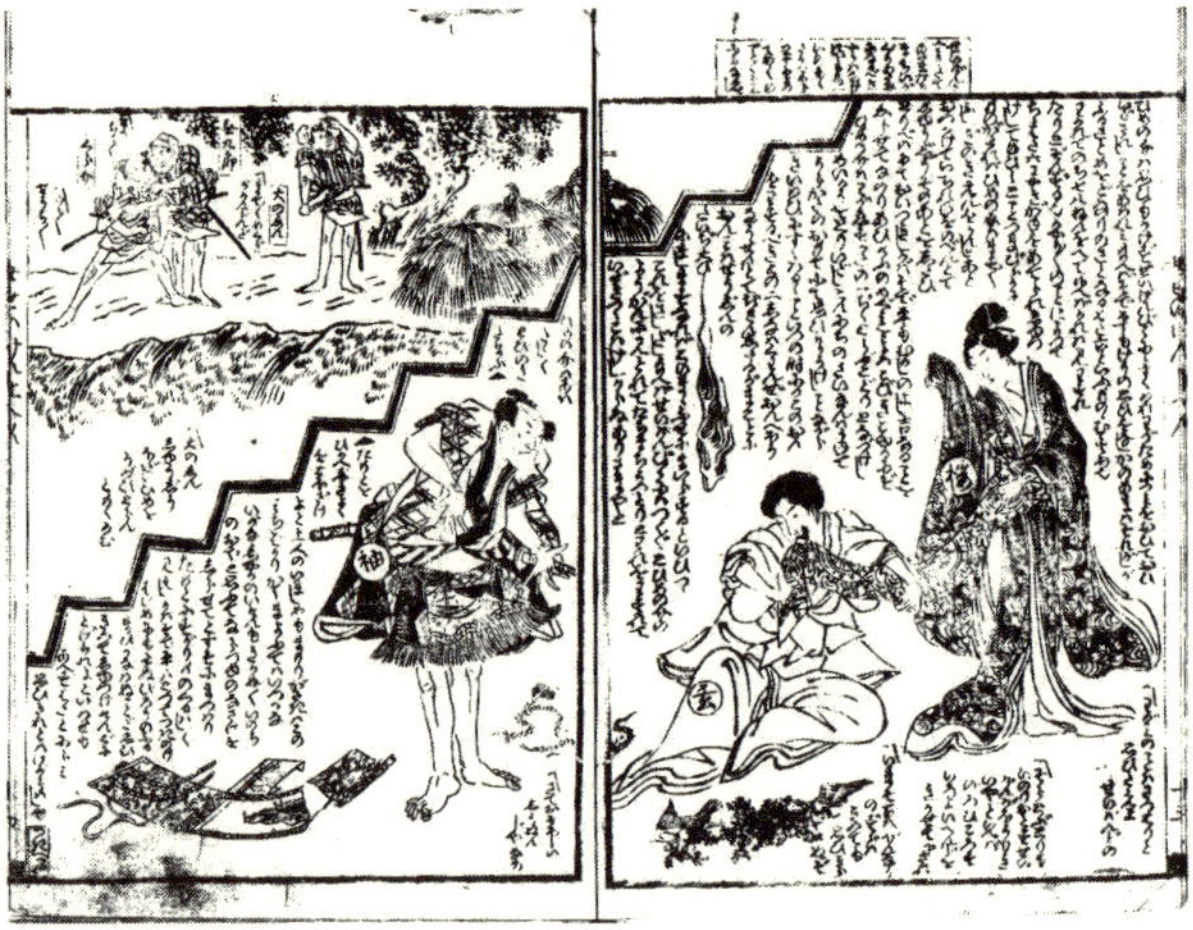
図6　『姥桜女清玄』13ウ14オ
（曲亭馬琴作、勝川春亭画、文化七年、向井家蔵）

それと同時に、以後の馬琴草双紙に大きな影響を与えたのは、『女清玄』に見られる、芝居や伝説を通じて広く流布した人物の、性を取り替えて再構築する手法である。花の盛りの清水寺に現れた美しい桜姫に執着して堕落する若い男の僧「清玄」を、美しい男に心を奪われ鬼畜の姿に成り変わっても男を追い求めていく若い尼僧「清玄尼」の物語に変える手法は、かつて楚満人作品で使われていた、「女盗賊」や「女伊達」などの男性化した女性の活躍に通うものではある。しかし『女清玄』の手法はさらに異様で、怪異性と猟奇性を持ち、馬琴の草双紙世界に向いた手法であるといえよう。この男女の性を逆転させ、新しい物語世界を生み出す手法は、いまだ定着した呼称を持たないように思われる。本稿では以後、この手法を「リバーサルジェンダー（reversal gender）」（注20）と呼ぶことにする。以後の馬琴草双紙には、このリバーサルジェンダーを筆頭として、「性の越境」を扱う作品がしばしば登場してくる。

リバーサルジェンダーは互いの性を取り替えるのであるから、主人公となるのは女性に限らない。伝説上の著名な女性は男性となり、その場合は新しく紡ぎ出される物語の主人公は男性となる。そして文化の十一年頃まで、馬琴のリバーサルジェンダー作品は、むしろ男性に転化した人物を主人公に据えている。以下、リバーサルジェンダー作品を追う。

『行平鍋須磨酒宴』（春扇画、文化九年〔一八一二〕）は、須磨での「在原行平（男性）と松風村雨（女性たち）」の逸話が、在原行満の娘・行平姫（女性）を守る角力取りの松風（男性）と村雨（男性）兄弟の敵討譚に変えられている。物語は在原行満の娘・行平姫とその許婚・藻塩の介という一組の恋人に、行平姫に横恋慕する岩波典膳を絡ませ、前半部ではそれぞれの側に付いて角力の勝負に臨んだ松風（男性）と村雨（男性）兄弟の苦難が描かれる。しかし一番の見せ場は松風の妻・爪琴が、兄弟の刀を引き摑んで自らの腹に突き立てて二人の戦いを止め、死んでいく悲愴な場にある。二人の若い兄弟は角力取りであることから大前髪を付けて描かれ、以後、共に行平姫に忠義を尽くす。このように物語は松風と村雨兄弟を主人公としている。なお本作は後に改題再板されており、好評だったと思われる。

『巳鳴鐘男道成寺』（豊国画、文化十一年［一八一四］）は、「安珍（男性）清姫（女性）」の道成寺説話を用いており、盗賊・清媛《きよひめ》夜叉五郎（男性）に父・安田庄司を殺された弥二郎（男性）が、山伏となって安弥《あんちん》（男性）を名乗っている。ここでは、男女の性の逆転は、「道成寺」の恋に狂う少女・清姫から、いかつい男性の悪党・清媛への変化のみであるが、実は安弥は名女形・五世半四郎の似顔で描かれており、小桜という妻を持つにも拘わらず、最後まで前髪を持つ少年の姿となっている。女性にみまごう美少年の敵討譚なのであり、やはりリバーサルジェンダーに類する作品といえよう。しかし物語は他の馬琴作品同様に、安弥と清媛のみを中心とするのではなく、忠臣の死や潮の満ち干を映す硯といったさまざまな逸話に彩られ、道成寺とその鐘は安弥と妻・小桜が清媛を討つ場面の舞台として、その面影を見せるのみである。

そして文化十二年［一八一五］の『女護嶋恩愛俊寛』（歌川国直画）以降、馬琴のリバーサルジェンダー作は、女性を主人公としたものが多くなっていく。この『恩愛俊寛』は、「平家物語」や芝居などで名高い「俊寛」に登場する、鬼界が島に取り残される俊寛僧都を中心とした平判官康頼、丹波少将成経の三人の男性を、浪速大領盛清の妻・添水前（俊寛尼）と平左衛門尉安頼の妻・東屋、そして丹波将監成経の妻・安良井の三人の女性に変えている。三人はやはり鬼界が島に流され、「俊寛」原話に見える亀王（男性）と有王（男性）の二人の童僕は、この『恩愛俊寛』では、浪速大領盛清と添水前の間にできた亀尾姫（女児）と蟻尾丸（男児）の姉弟に移し替えられている。物語は浪速家の御家騒動であるが、その災いの元凶となるのは盛清の妾となった美女・朝妻で、物語全体が女性たち中心の展開となっている。

ところで、馬琴作品には、リバーサルジェンダーのみならず、近接する「性の越境」を扱う草双紙も見られる。

文化十二年［一八一五］の『比翌紋目黒色揚』（豊国画）は、（梗概）権八小紫の遺骸を埋めた比翼塚から、男女の両頭の赤子・紅白《さきわけ》が生まれる。その赤子はやがて切り離されて男と女の二人となるが、男の紫三郎は女性のような、女の平井は男のような性格で、二人は慕い合っていた。平井は悪人を殺し逃げていく道で、番随院長兵衛の後家で女俠者のお蝶に助けられる。悪人の武惣太は悪心の女俠者・白鞆婆々に平井を殺させようとする。最後に平井は紫三郎と差し違え、魂魄は比翼の鳥となって塚の中に消える。

ここでは一人の体に男性と女性の二つの頭が備わる「アンドロギュヌス（両性具有）」の姿で主人公・紅白が描かれ（**図7**）、二個の体に別れた後も、紫三郎（男性）と平井（女性）の外見と内心はジェンダー的に交差している。なお本作では、女俠者のお蝶が活躍するが、自作合巻で女伊達を登場させるのは初めてだと、馬琴は作中で述べている（2ウ）。この紅白、そして女俠者のお蝶も、共に五世半四郎の似顔で描かれていることは注目されよう。

文化十四年［一八一七］の『伊与簀垂女純友』（春扇画）は、逆賊・藤原純友（男性）の乳母の心魂が入った伊豫旗姫（女性）が、女性版「純友」として悪の権化となる話である。

図7　『比翼紋目黒色揚』1ウ2オ
（曲亭馬琴作、歌川豊国画、文化十二年、向井家蔵）

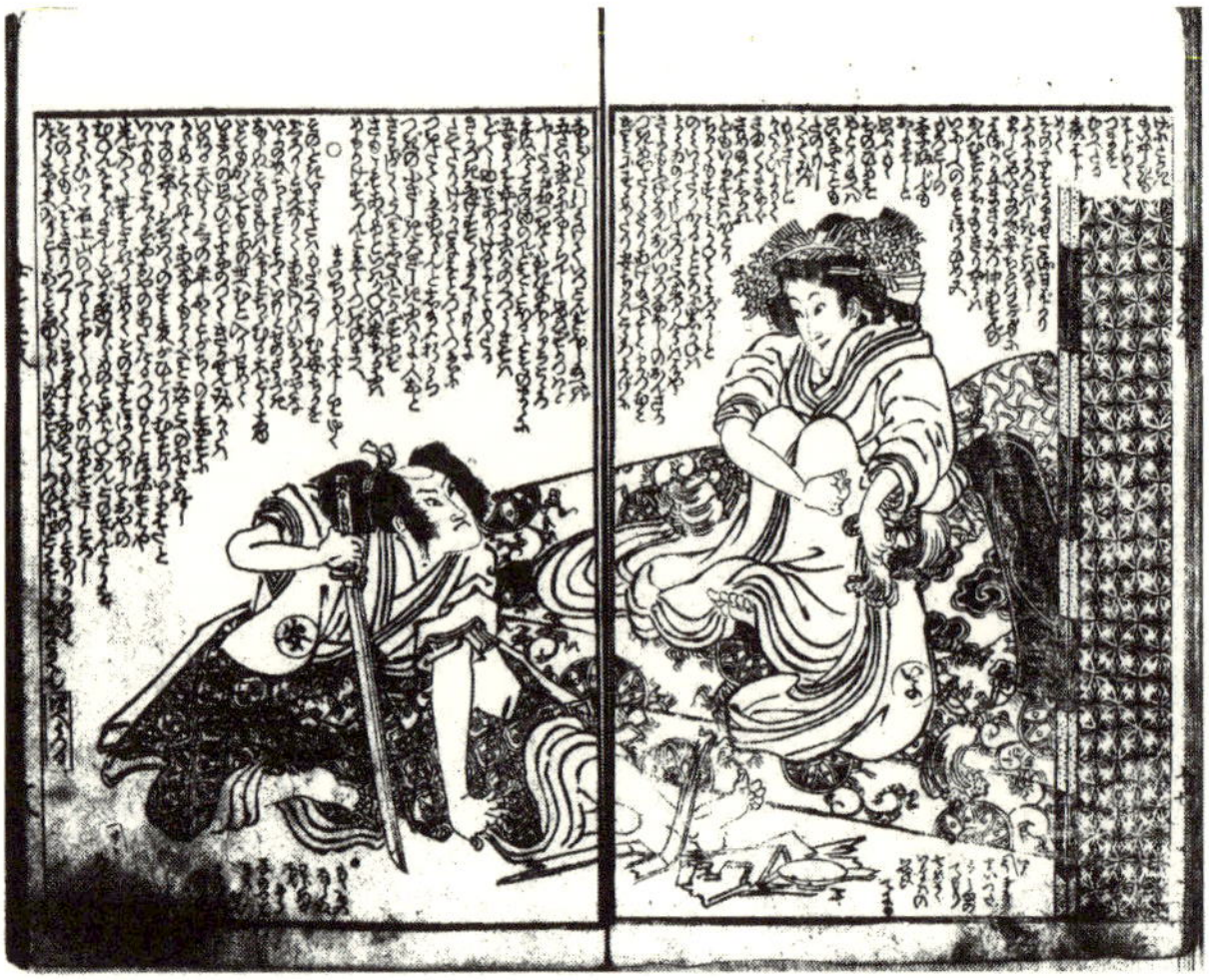

図8 『伊与簀垂女純友』17ウ18オ
（曲亭馬琴作、勝川春扇画、文化十四年、向井家蔵）

（梗概）藤原純友の忘れ形見・伊豫旗姫は信心堅固な尼だったが、純友の奥方の乳母であった老婆の心魂が入り込み、謀反を志す。伊豫旗姫は純友の忠臣・伊賀寿次郎と共に源満仲と橘安ちかを狙う。更に桃園姫を殺して姫に成り代わって伊豫国主の安ちかに嫁ぎ、婚礼の夜に安ちかを殺す。その後、力を得た伊豫旗姫は一党を集めて悪事を尽くし、たとえば安ちかの弟・小石丸にも閨の伽を命じるが、最後は満仲に滅ぼされ、悪婆の姿に変わって死ぬ。

（図8）は婚礼の床で、毒酒を飲ませて夫・安ちかを殺す伊豫旗姫の姿であるが、立て膝で嘲笑いながら自害する夫を見つめる伊豫旗姫は、『小女郎蜘蛛怨苧環』の小女郎に通じる究極の悪女の姿を示しているといえよう。貞順な女性が、悪の魂に乗っ取られることで自ら怪異に変じる時、その力は最も強くなるのである。

『鶴山後日囀』（国貞画、文化十四年〔一八一七〕）は、当麻寺の蓮糸曼陀羅を織ったと伝える「中将姫」（女性）伝説を用いており、横萩家の中将丸（男性）の苦難が綴られている。中将丸には蓮姫という美しい許婚がいるが、中将丸の姿はやはり五世半四郎似顔絵で描かれ、前髪立ての十六歳の美少年である。

文政期に入ると、『籠二成竹取物語』（春扇画、文政三年〔一八二〇〕）は、雀となったと伝えられる「藤原実方」伝説をはじめ、浄瑠璃「伽羅先代萩」、「かちかち山」や「舌切雀」などの昔話に取材したにぎやかな作品であるが、かぐや姫（女性）の代わりに角弥《かくや》姫太郎（男性）という若者が登場する。なおこの姫太郎は関三十郎の似顔で描かれ、すでに成人した青年の役回りも演じている。また籠細工の見世物を当て込んで作られており、馬琴草双紙の中にあってやや特殊な作品といえよう。

文政五年［一八二二］の『女阿漕夜網太刀魚』（溪斎英泉画）は、漁師の安濃平次の後妻・あこぎが、盲目の身となった主君のために良薬の大真珠を得ようと、禁制の安濃津に網を入れて名剣を入手するという、「阿漕が浦」説話の漁師（男性）をあこぎ（女性）に代えた作品である。本作ではあこぎの活躍の他に、あこぎの長男の妻が女侠客であったりと、強い女性が活躍している。

そして長編合巻の時代が始まる。『殺生石後日怪談』（豊国・国貞・国安・溪斎英泉画、文政八［一八二五］〜天保四年［一八三三］）は、読本と草双紙の中間形態を狙った作品で、文字のみの丁と通常の文字と挿絵が共存する丁が備わり、内容的にも馬琴の他の作品に繋がるさまざまな特徴を包含した問題作である。しかしあまりに多くの趣向を盛り込みすぎ、その展開は錯綜している。物語は、玉藻の前の執念が美女のお紫《むら》に入ることから始まる。その中で取り替え子や、源頼家の妾・二色前の自害した体から男の子が生まれるなど、それまでの作に散見する設定が見られるが、本稿で注目したいのは、頼家と二色前の間に生まれた一旗《ひとはた》丸（男児）が女の子として育てられ、一方、その弟の上総広嗣と妻・常夏の間に生まれた一旗《いちはた》姫（女児、のち浪子姫）が妙之介（男児）の姿で育てられるという設定である。二人は共に同年の美少年と美少女であるが、一旗丸（男児）は少女の姿をしていても性格的には女性性を持たずに文武の両道を会得しており、男に襲われていた妙之介（女児）、すなわち浪子姫を美しい女装姿のままで助け出す。**（図9）**は中央で男たちを蹴散らかしている少女が一旗丸（男児）、そして左方で刀を支えに座り込んでいる少年が浪子姫（女児）である。本作ではこのように「トランスジェンダー

（異性装）」が描き込まれているのである。

長編合巻時代に入って後も、これらの手法は短編合巻では、『大穌荘子蝶胥笄』（国貞画、文政九年［一八二六］）、『今戸土産女西行』（国貞画、文政十一年）、そして『代夜待白女辻占』（国貞画、天保元年［一八三〇］）の三作で用いられている。『蝶胥笄』は二世代に亘る因縁譚で、前世と後世で主人公の性が代わる。とはいうものの数世代に亘る生まれ変わりによって因縁を晴らす趣向の作品では、馬琴のみならず、この「性の逆転」は時に見られる現象ではある。また『女西行』は、「富士見西行」に因んで富士山に関わる命名をされた人物が揃う。口絵に「女西行」が裏富士という末娘（女性）、「江口の君」が江口君次郎茂成（男性）で描かれることから、西行と江口の君のエピソードに準える趣向が窺える。しかし裏富士は物語の中では途中から行方不明となり、終結の場で尼姿で再登場するという脇役であり、「女西行」という書名がやや浮き上がる作品となっている。これら二作が「リバーサルジェンダー」手法を持ち込んでいるのに対して、『白女辻占』では、「アンドロギュヌス（両性具有）」の魔物が登場する。主人公・鄆田屋生作が囲う妾・夜船と妻の白川が通じる丁稚の摩之介は、生作の目からはどちらの姿にも見える。挿絵では一つの体の上半身が二つに分かれ、美女の夜船と前髪持ちの美少年・摩之介となって描かれているので

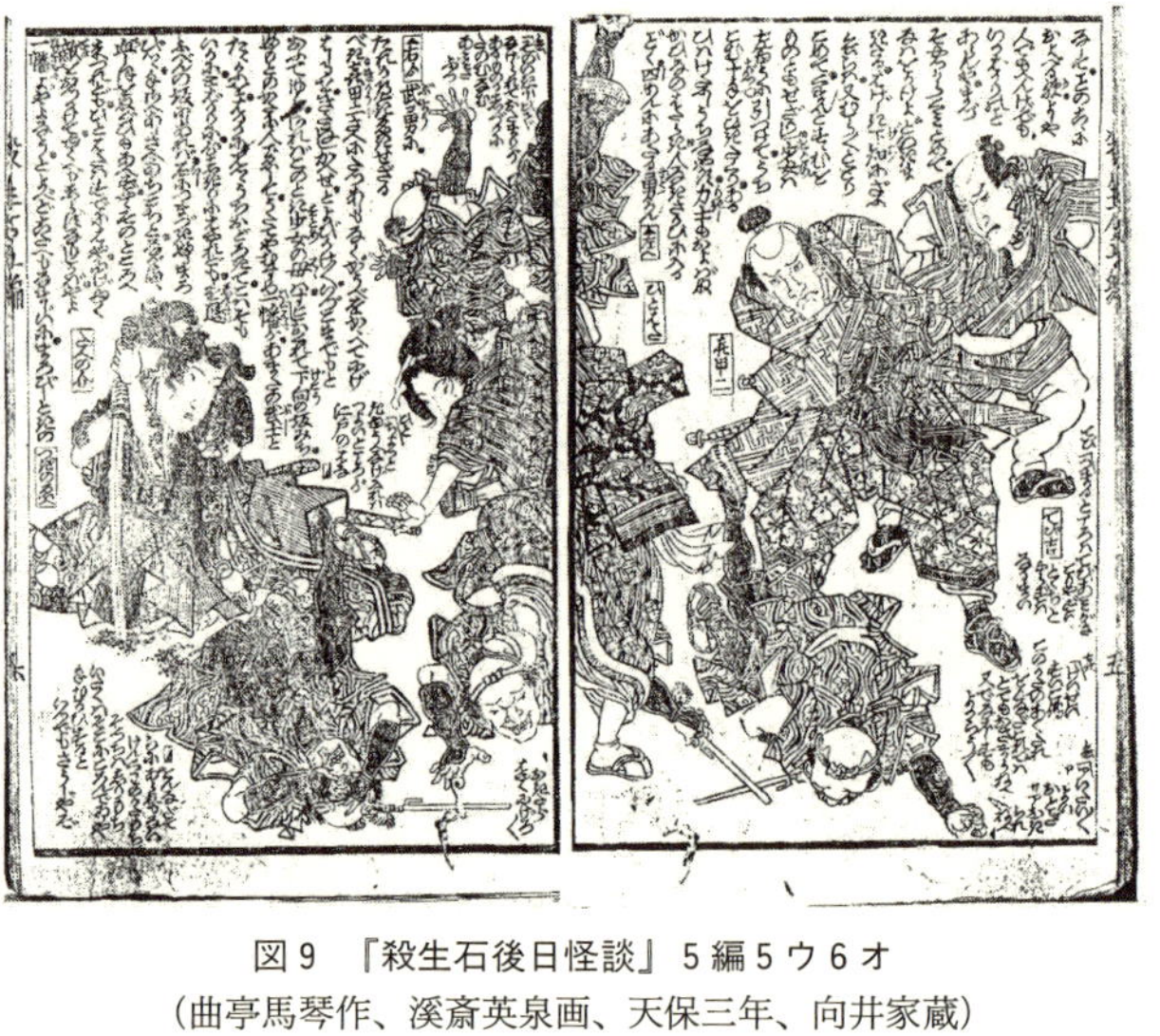

図９　『殺生石後日怪談』５編５ウ６オ
（曲亭馬琴作、溪斎英泉画、天保三年、向井家蔵）

ある。なお、馬琴の短編合巻はこの『代夜待白女辻占』で終わり、以後は長編合巻だけが出され続ける。「性の越境」という手法はこれら末期の作品では物語の構想全体を覆う主軸とはならず、その存在をやや軽くしているものの、このように、馬琴の合巻においては、最後まで見られる重要な手法なのである。

以上、馬琴草双紙における、「リバーサルジェンダー（性の反転）」、「トランスジェンダー（異性装）」、そして「アンドロギュヌス（両性具有）」という「性の越境」を試みる作品を見てきたが、これらが馬琴の合巻において意識的に繰り返し作り続けられてきたことが提示できたかと思う。

馬琴が多くの作に用いたこの「性の越境」という手法は、もちろん馬琴の独創によるものではない。初期草双紙には、「女鳴神」や「女四天王」等、リバーサルジェンダーを趣向とする作もいくつか見られ、また歌舞伎芝居ではその発生や女形の存在から、ジェンダーの反転手法は少なからず見受けられる。他の戯作者も、たとえばジャンルを異にするが柳亭種彦の初作である読本『奴の小まん』（優遊斎桃川画、文化四、五年〔一八〇七、八〕）に見える異性装《トランスジェンダー》を始め、少なからぬ数の同手法の作品が見られる。しかしながら各戯作者の刊行作品中での採用頻度は、役者似顔絵の使用同様に、馬琴は他の戯作者を圧しており、この手法が馬琴作品に与えた影響も大きい。馬琴が刊行した合巻は短編六二作、長編八作の計七〇作となるが、数量的にはその中で20％の作品が、これら「性の越境」を採り入れているのである。それらは、元の説話や伝説から、性を逆転させた主人公の命名と、そして元話にまつわる著名なエピソードを取り込んでいる。たとえば『行平鍋須磨酒宴』の須磨における二人の兄弟であったり、『女護嶋恩愛俊寛』の島流しにあった俊寛尼が、他の二人が許された後も島に残されたり、といった具合である。原話をどこまで取り込むかは、作によってさまざまであるが、それぞれに原話の特徴を示す姿勢は見出せ、その上で奔放な馬琴草双紙の世界が展開されているのである。

馬琴がこの試みを通して作品中に見出していく方向は、大きく二つに分けられる。強い女性主人公《ヒロイン》への志向と、美しく若い男性主人公《ヒーロー》への嗜好である。前者、すなわち「強い女性」は、前述のように楚満人作品に既に見出せる傾向であるが、馬琴によってより強められ、すごみを帯びていく。もともと悪女の描写に長けた馬琴ではあったが、「性の越境」という手法を用いることにより、男性の属性と考えられてきた激しい残虐性を女性たちにも容易に持たせることができたのである。「性の越境」を取り込んだ草双紙では、男性も女性も、ジェンダー属性を越えた活躍が自然に描かれ得た。この結果、女性の敵役の悪の力は強められることとなる。男性の悪役がどこか間が抜けた行動を取り自滅していくのに比して、悪女たちは徹底して冷淡で、権力を楽しむ豪胆さを持って描かれる。また善側の女性主人公たちも、数々の苦難に晒されつつも、男たちの争いを自らの命を差し出して止めたり（『行平鍋須磨酒宴』）、肉体が滅びても執念が他の体に宿って命を継ぐ（『殺生石後日怪談』）など、伝奇性を好む馬琴作品の影響を受け、肉体の限界を越え、時に世代を越えて活躍していく。楚満人の女性主人公《ヒロイン》たちが素朴で明るい強さを持っていたのに比し、馬琴の描き出す女性主人公《ヒロイン》たちは、時に怪異の力を借りて、眩暈のするほどにけざやかで悲壮感溢れる強さを持っているのである。

また後者、すなわち「美しく若い男性」は、馬琴草双紙における敵討物の内容が複雑化し、時代、世話双方の要素が取り込まれ、結果として敵討の側面が薄められ、より起伏に富んだ物語が作られたことに対応している。男性主人公であっても、必ずしも力による勝利は必要とはされず、美しい容姿があれば、充分に主人公としての価値が確立されるのである。女性のような華奢な桜江姫之介（『姥桜女清玄』）や、前髪を付けた若者（『鶴山後日囀』）は、あたらしい男性主人公《ヒーロー》の姿を示していると言えよう。

この「強い女性主人公《ヒロイン》」と「美しく若い男性主人公《ヒーロー》」という二つの方向は、実は「性の越境」を示す作品だけではなく、馬琴合巻の多くの作品に指摘できるものである。そしてこれらが男性と女性というジェンダー特性の反転として捉えられることから、まさにこれまでに挙げた「性の越境」系列作品の創作を通じて、馬琴が磨き上げ、会得したものと推測されるのである。なお、これらの人物の具体的な面影として、挿絵に用いられた五世半四郎似顔絵の果たした役割は大きい。この女形の存在こそ、この時期の新しい草双紙の主人公像を陰から支えるものであったことを附言しておく。

ところで、「性の越境」作品は、なぜ女性向けといえるのであろうか。まず馬琴は、これらの作品では「女性」を前面に打ち出した命名を取っている。たとえば性を転換させて女性主人公が中心となるものでは、『姥桜女清玄』『女護嶋恩愛俊寛』など、すべて「おんな」を付けてそのことが強調されている。対して女性から男性への転換を中心とした作では、『巳鳴鐘男道成寺』を例外として、『行平鍋須麿酒宴』『鶴山後日囀』など、作品名からそのことは窺えないのである。馬琴は明らかに、「おんな」ものとして、これらの作を創り上げていると言えよう。そして馬琴を離れるならば、この「性の越境」を用いた作品構成は、時代を超えて、少女または女性向け作品に窺える現象として指摘される。たとえば、少女マンガが手塚治虫の『リボンの騎士』に始まり、池田理代子『ベルサイユのばら』で花開いた(注21)経緯を振り返るならば、そこに多くの「性の越境」を用いた作品群が浮かび上がってくる。また現代の女性向けサブカルチャー作品であるやおい小説（またはＢＬ(注22)）を一種のリバーサルジェンダー作と捉えることも可能である。すなわち、「性の越境」は、日本文化における女性向け作品の中で、大きな位置を占め続けているのであり、馬琴草双紙はその江戸期における一つの先蹤といえよう(注23)。

そして馬琴がこの手法を会得して行き着いた先に、馬琴草双紙での最大の当たり作『傾城水滸伝』（豊国・国安・貞秀画、文政八［一八二五］～天保六年［一八三五］）がある。本作はいうまでもなく、中国小説『水滸伝』の登場人物を、女性は男性に、男性は女性にと改変したリバーサルジェンダー作品である。物語は、「勧懲」に重きを置くこの時期の馬琴作品の傾向を受け、三世姫を盛り立てる忠義譚へと翻案されている。けれども『水滸伝』の百八人の豪傑のうち女性は三人のみであるので、畢竟、原作『水滸伝』からは遠く離れて、ひどく荒々しい女性たちの破天荒の活躍ぶりが描かれることとなる。（**図10**）は友代と妙達の戦いの場（二編）である。馬琴は、

一、『傾城水滸伝』、年々評判宜候に付、版元大欲心に付、…（中略）…。『水滸伝』のにしきゑ、百枚出申候。この外、狂歌のすり物などにも、女すいこ伝の画多く、髪結床の障子・暖簾などにも、『水滸伝』の画をかき候世情に成り候。…（中略）…此節、女の気づよきものを、アレはけいせい水滸伝じやなどゝ申候。御一笑。（文政十年十一月二三日　篠斎宛馬琴書翰、（注24））

と述べ、その売れ行きは、

『水滸伝』は頻りに世の婦女子迄うれしがり、正月廿日迄に、六千部うれ候よし。（文政十年三月二日　篠斎宛馬琴書翰、（注25））

と爆発的なものであった。馬琴は、自らの戯作への女性読者の存在を表立って云々することは避ける戯作者である。しかし化政期合巻の読者層を考え、作風を見、また現存する草双紙に書き込まれた持ち主の署名に女性の名前が少なくないことなどに鑑みる時、『傾城水滸伝』の読者は「婦女子迄」ではなく「婦女子」そのものであったと推測する。本作は、今日でこそその評価は高いものとはいえないが、当時の合巻の中で『偽紫田舎源氏』と

図10　『傾城水滸伝』2編14ウ15オ
（曲亭馬琴作、歌川国安画、文政九年、向井家蔵）

並ぶもう一方の頂点を示す作品といえよう。

それでは馬琴の中で、これら「性の越境」を用いた手法は、どのように位置していたのであろうか。これは、衒学性を好み、凝った伝奇小説を企む馬琴の個性らしくないものではある。どのようにして、馬琴はこの手法の着想を得たのだろうか。稿者は、その発端を、遠く楚満人の黄表紙『絵本巴一代記』（豊国画、寛政五年［一七九三］）に見出す。本作は書名から推測されるように木曽義仲の愛妾・巴の一代記だが、馬琴の後序が付けられている。冒頭の楚満人の序文に、

せいてうにしたがつてならびなき美人《びじん》にして、その力《ちから》百斤《ひやくきん》をおもしとせず。馬上《ばじやう》のたつしや強弓《つよゆみ》の精兵《せいひやう》にて、うちものとつてのはやわさ、国中にならぶものなかりける。（1オ）

とあり、これは『傾城水滸伝』の女性主人公《ヒロイン》たちそのままの惹起文といえよう。本書は少なくとも文化元年［一八〇四］、四年と数度の後摺本が見られ、好評を得た作品である。いまだ処女作を書いたばかりの若輩の馬琴が大先達の楚満人作品の序文を書いたのは、京伝の推挽によると向井信夫氏は推測しているが（注26）、戯作者を志す二十代の馬琴にとり、楚満人の当り作に関わったことは、強い印象を残したのではないだろうか。その二年後の『敵討義女英』による楚満人の急激な人気の獲得を、馬琴はおなじ戯作者の立場で見聞きし続けており、身近な手本として思い浮かべざるを得なかったであろう。

文化期の馬琴は、先に見たように、みづからの特徴を確立すべく、さまざまな工夫を凝らして呻吟している。その中で『小女郎蜘蛛怨苧環』（文化六年［一八〇九］）の成功は、馬琴に楚満人に端を発する「強い女性」の力を印象付けたと思われる。そしてその先に、「性の転換」という手法が見出される。これは一見、しごく安易な手法である。しかし『姥桜女清玄』（文化七年）の好評、さらには本作を脚色した歌舞伎芝居「隅田川花御所染」

（文化十一年［一八一四］）の成功は、この「性の転換」という手法が、女性たちの興味をそそるための著しい効能を内包することを、馬琴に知らしめたのではないだろうか。

これら文化後半期の馬琴の心情変化を辿る時、文化十一年刊の『皿屋敷浮名染著』は、その転機を伝える貴重な作品と思われる。その自序には、

狂人《きやうじん》を逐《お》ふて走《はし》るものは、こゝろ狂《くる》ふにあらずといへども、その態狂人《かたちきやうじん》に等《ひと》し、童子《どうじ》の為《ため》に書《しよ》を綴《つゞ》るものは、貌既《かたちすで》に老《おとろふ》といへども、そのなす所童子《ところどうじ》に似《に》たり、視《み》るもの愚《ぐ》なりとして必是《かならずこれ》を笑《わら》ふ、その智《ち》には及《およ》ぶべく、其愚《そのぐ》には及《およ》びがたし、余童子《よどうじ》の為《ため》に書《しよ》を綴《つゞ》れども、未嘗童子《いまだかつてどうじ》の意《こゝろ》を得《え》ず、多《おほ》くは以《もつて》かたしとせらる、吁実《あゝじつ》に難哉《かたいかな》、

文化　壬申年二月中旬稿／十一年甲戌正月発兌　曲亭馬琴㊞（1オ全文）

とある。文化期になると、京伝を始め、多くの戯作者が草双紙の序文において、その読者を「婦幼」と著す例が増える中で、馬琴はむしろ頑なに「子ども」や「童」に呼び掛ける姿勢をとり続ける。それら教養の乏しい読者に向けての執筆を自らの職業とした苦悩と、その中で矜持を捨て、読者の嗜好に応えることができない煩悶が、この序文からは溢れ出ている。そしてこの序文の上部には横一文字に、右から「嗤・（輪の画）・（鎌の画）・ぬ・嗤」と、絵文字を含めた言葉が入れられている。この部分を播本氏は、「作者の「愚」を「嗤」われても、一向に「構わぬ」という洒落か」とされる（注27）。ところで本作には稿本（天理大学附属天理図書館蔵）が現存している。その稿本でみると、この部分は貼紙訂正されており、その下は右から「（鎌の画）・嗤《わらへ》・（輪の画）・嗤《わらへ》・ぬ」と付け仮名がついており、「嗤へ、嗤へ、構わぬ」という挑発的な文言が読み取れる。「嗤」はあざけり笑いであり、意味は鮮明といえよう。序文の原稿が記されたのは、文化九年（壬申）二月であり、文化九年［一八一二］刊の作品から、馬琴の短編合巻ではすべての作に、登場人物を役者似顔絵で描く手法が採用されている。本

作執筆の頃、馬琴は戯作者として、自らのこだわりを捨ててあえて「愚」を取り、読者の嗜好に迎合し、売れる作品を追求しようとする姿勢を固めたのではないだろうか。その背後には、適齢期を迎え出した子どもたちを抱え、瀧澤家を筆一本で支えねばならないという強い自覚があったことと思われる。馬琴が「性の越境」という手法を積極的に採り入れる姿勢は、文化十一、二年から顕著に窺えるようになるのである。そして文化十三年［一八一六］の『月都大内鏡』（歌川国丸画）で馬琴は、

ナント子どもしゆ、くさざうしでこのくらゐしつかりとしたものはござるまい。わかりましたか、又、らいはる〳〵。（30ウ）

と、少女と子どもたちを前に机に座り、自らの戯作を解説する姿で物語を閉めている。草双紙執筆における自らの確乎たる方策を見出した自信が、窺えるのである。

馬琴の戯作において「性の越境」が大きく扱われたのは草双紙が中心であり、読本の場合ははるかに少ない用例しか見当たらない（注28）。しかし、『八犬伝』中の人気犬士である信乃や毛野の少年期には、トランスジェンダーの手法が取り込まれており、彼らが馬琴の培ってきた「性の越境」の系譜に属する存在であることは、間違いあるまい。そして馬琴の成熟させた「男性を凌ぐ強い女性たち」の姿は、『椿説弓張月』の白縫や『開巻驚奇俠客伝』の姑摩姫、『南総里見八犬伝』の伏姫や浜路など、読本作品において多くの女性主人公《ヒロイン》の姿に投影されているのではないだろうか。

一方、草双紙の世界では、馬琴を離れて、多くの伝奇長編合巻がこの流れを受け継いでいく。幕末期の二大人気合巻、『白縫譚』（柳下亭種員・笠亭仙果　他作、三世豊国・二世国貞　他画、嘉永二年［一八四九］〜明治十八年［一八八五］）における蜘蛛の妖術を操る若菜姫や、『児雷也豪傑譚』（美図垣笑顔・英泉・柳下亭種員　他作、

国貞・国芳　他画、天保十年〔一八三九〕～明治元年〔一八六八〕で蛞蝓《なめくじ》の術を用いる美女・綱手が、馬琴が磨いた怪異性に富む「強い女性」の系譜を受け継ぐことはいうまでもない。これらの作においては男女のトランスジェンダーを用いた趣向も時に見られ、この「性の越境」手法の魅力が時代を越えて存したことを証しているのである。

女性読者に向けての草双紙創作は、楚満人から馬琴に繋がる「強い女性」という流れの他に、大きく異なる今ひとつの手法を発達させている。それは山東京伝の鋭敏な時代を見る眼によって触発され、柳亭種彦によって洗練され、山東京山や柳亭仙果によって、より穏やかな内容に収斂されていく系統である。それらはたとえば舞台に出かけずとも歌舞伎に遊ぶ楽しさを教え、娯楽として俗化された古典を楽しみ、我が家の平安を寿ごうという世界である。これらの作品を論じる余裕はないが、この系譜においても、戯作者それぞれが大きく異なる特徴を有する。女性向けの草双紙は、一つの特徴で語り尽くすことができない、多くの側面を豊かに抱えている。それは人情本が、「泣本」というよく知られた呼称から逸脱する側面を、あまりに多く持つのと同様である。そして女性文化の多様性は、現代にも直接的に繋がっていると思われるのである。

注1　棚橋正博『黄表紙総覧　前・中・後・索引編』（日本書誌学大系48―1～4、青裳堂書店、1986～94年）。なお『敵討義女英』は中編に載る。
注2　大久保葩雪編『新群書類従七　書目』（国書刊行会、1906年）
注3　神保五弥「南仙笑楚満人」（『日本古典文学大辞典　第四巻』岩波書店、1984年）
注4　小池正胤「南仙笑楚満人の敵討物」（『文学・語学　29』全国大学国語国文学会、1963年6月）

注5　中山右尚『敵討義女英』解説（『江戸の戯作絵本　四』教養文庫　社会思想社、１９８３年）

注6　『叢　草双紙の翻刻と研究』１〜29号（近世文学研究「叢」の会編　１９７９年4月〜２００８年2月）、および『草双紙事典』（叢の会編、東京堂出版、２００６年）等を参照した。

注7　楚満人自身、『化物大閉口』（寛政九年）序文で、自らを「すこしこふう」と評している。なお、この事を棚橋正博氏は注1の『敵討義女英』解説で採り上げている。

注8　楚満人は多作の戯作者であるが、いまだ作品の正確な年表が作成されておらず、本稿では山崎麓『日本小説年表及総目録』（国民図書、１９２９年、本書は朝倉無声著『新修日本小説年表』の改訂版）、および棚橋正博著『黄表紙総覧　前・中・後編、索引編』（注1）等を参照した。

注9　棚橋正博『黄表紙総覧　後編』（注1）中の本作解説を参照。

注10　注4の小池氏の論文をはじめ、注1の棚橋氏の本作解題など。

注11　平出鏗二郎著『敵討』（歳月社、１９７５年）

注12　注11『敵討』、50頁。

注13、14、16　棚橋『黄表紙総覧』（注1）の本作解題を参照。

注15　棚橋正博『黄表紙解題　後編』（注1）の本作解題、203頁より。

注17　『敵討弐人長兵衛』、『復讐阿姑射之松』、『武者修行木斎伝　前後編』（歌川豊広画、文化三年）に男色が描かれている。

注18　たとえば『小夜中山宵啼碑』に見られる諸要素は、馬琴の草双紙と読本において、さまざまな変形を見せて採用されていく。10「馬琴戯作における想像力の原型―馬琴と「小夜の中山」伝説」を参照されたい。

注19　1「化政期合巻の世界―馬琴合巻と役者似顔絵」を参照されたい。

注20　または「reversal of gender」。ちなみにGerard Genetteは「Palimpsestes, La litterature au second degre」第61章で物語の性別転換について〝transsexuation〟と述べている（Glynne Walley氏より示教）が、邦訳『パランプセスト　第二次の文学』（和泉涼一訳、水声社、１９９５年）ではこの手法を固有名詞として扱わず、「性別の変化」と訳していることから、本稿では別語を用いた。

注21　押山美知子『少女マンガジェンダー表象論　〈男装の少女〉の造型とアイデンティティ』（彩流社、２００７年）を参照。

注22　永久保陽子『やおい小説論　女性のためのエロス表現』（専修大学出版局、２００５年）を参照。

注23　それ以前に「とりかへばや物語」があるが、本作は「異性装」そのものへの興味が中心に据え置かれており、本稿で扱う作品群とは、性格をやや異にする。

注24　『馬琴書翰集成 第一巻』（柴田光彦・神田正行編、八木書店、２００２年）、204頁。
注25　同注24、194頁。
注26　向井信夫「寛政年代に於ける馬琴著作の二三について」（『ビブリア　61』１９７５年10月）
注27　播本眞一「皿やしき浮名の染著」解題部分（「早稲田大学所蔵合巻収覧稿　二十二」『近世文芸　研究と評論　56』１９９９年６月）、172頁
注28　たとえば『小説比翼紋』（北斎画、文化元年、中型読本）では、主人公の権八は、彼を保護する幡随長兵衛の案により女装して廓に潜み、そこで遊女・小紫に馴染む。すなわち、美少年の権八によるトランスジェンダーが仕組まれており、北斎による挿絵では権八と小紫が二人の美女として並んで描かれている。

14　浮世絵における女性読書像の変遷

絵画の誕生は自然発生的なものであろう。しかし、それが宗教や建造物に付随した目的を離れて、娯楽的な鑑賞物として描かれるようになってからも、ながらくその描写対象は眼前に捉えられる実景ではなく、伝統的なテーマ（画題）を、決められた要素を盛り込みながら描き上げるものが、大方を占めていた。この現象は、いうまでもなく、日本だけに限られるわけではない。それが江戸期において、歴史的または想像上の情景ではなく、当代の市井風俗を描こうとする町画師たちが現れ、その絵が「浮世絵」という呼称を得て巷間に広まっていったことで、日本絵画における近代化が始まったと捉えられることも、周知のところである。ここに絵画は絵空事の世界ではなく、移り変わる社会を反映する鏡としての役割をも、持つようになったといえようか。

そこには、それまでの絵画では取り上げられることのなかった、市井の人物の些末な出来事さえもが描き出され、日常の記録としての側面が絵画にもたらされたわけである。しかしながら、もちろん絵画である以上、それは現実そのままではなく、理想化も、虚構化も、デザイン化もなされている。絵画に根本的に備わる象徴性から逃れることは、普遍的に不可能なことである。その意味では、その時代の事実の実写を絵画に求めるのは、所詮、無理なことといえる。けれども、そうであるからこそ、私たちは浮世絵を通じて、当時の社会がその対象に与えた価値判断を窺えるのではないだろうか。日常世界の身近な流行を描き出そうとする画師たちによって、浮世絵の中に描かれた女性読者の姿を追うことで、江戸期における表象としての女性読書図の意味を捉えてみたい。

取り上げたのは、江戸の菱川師宣、上方の西川祐信らによる創成期浮世絵から、明治中頃の大蘇芳年や豊原国周などに到る作品であるが、浮世絵とひと口にいっても、肉筆画と版画、それも一枚摺と板本などさまざまな種類に分かれ、その作品数は膨大である。またその描出対象も、役者画や美人画、風俗画、風景画、本草画、英雄画など、さまざまである。それらすべてを博捜することはいわずもがな、大方の代表作に目を通すことができたかさえ覚束ない。しかし現在、「女性と書物の取り合わせ」、ひいては「女性の読書風景」そのものが描かれている浮世絵として、三〇〇作品ほどのデータベースを作成している。これらから、ある傾向を読み取ることは可能であり、それが浮世絵における大方の方向性を示しているといっても、過言ではあるまい。

本稿では、浮世絵画像に見る「表象としての女性読書図の変遷」を見ていく。対象とした作品は一枚摺を中心として、代表的な肉筆作品や絵本からも適宜、採取したが、絵本類以外の文章が中心となる板本は、本稿ではほとんど取り上げていない。したがって、女性の読書図が挿入されることの多い女性用往来物（女訓書を含む）、錦絵摺付表紙（合巻）や浮世絵師による各丁の挿絵が本文部分と同等の重みを持つ草双紙類も、本稿では基本的に除いている。また春画は、章を分けて考察することとし、まずは一般的な美人画・風俗画を中心とする浮世絵画像を追っていく。

表1「浮世絵における女性読書図」は、本稿で用いた、女性の「読書図」、および「女性と本」に関わる浮世絵を、総覧できるようにまとめたものである。すなわち、女性と本が描かれている図柄を対象として広く集め、またそれ以外の関連画像も若干、拾っている。関連画像については、表1中に※を付してその内容を記した。

表1の項目は、上から、

「作品番号」は、刊行年をおおよその基準に、全作品に通し番号を振ったものである。

その他、基本的な解説として「作品名」「種類」「画師」「刊行年」を示した。

「作品名」は、仮題の場合は（仮題）の注記を付した。

「種類」は、肉筆、一枚摺、シリーズ物、続物、絵本（墨摺・色摺）などの区別を書き入れた。しかし、たとえば肉筆のシリーズ物などについては特記しておらず、大略の区分を示すのみとしている。

「画師」は、特に注記がない場合は初代の画師とし、二代以降のみ代数を記した。

「刊行年」は、推定も多く、おおよその目安として見られたい。

次いで附属事項として、以下を加えた。

「読書対象か非か」は、画像が女性の読書光景を写しているか、またはそれ以外、たとえば床の間や違い棚などの調度品として描かれているかを○×で表した。

「女性層」は、その画像に描かれる女性たちがどのような社会層に属するかを大雑把に記したが、判然としない場合も多く、これもおおまかな目安と考えていただきたい。

「本の種類」は、書名の判読できるものは「　」内に入れ、作品ジャンルが推定できるものは「和歌」「物語」などの文字で記した。

この**表1「浮世絵における女性読書図」**は、探索日数にしたがって数量が増え続けるので、これが最終的なものではもちろんない。しかしながら全体的な推移をあぶり出すには、これで充分と考えるものである。以下、個々の画像を取り上げる時には、表1の作品番号、画師、刊行年、および肉筆についてはその所蔵も共に記載していくこととする。

表I「浮世絵における女性読書図」

作品番号	作品名	種類	画師	刊行年	読書対象か非か	女性層	本の種類
1	十二源氏袖鏡	墨摺絵本		明暦2年	×	見立紫式部	「源氏物語」
2	高屏風くだ物語	評判記	菱川師宣か	万治3年	○	遊女	
3	女式目	墨摺絵本		寛永頃	○	上流婦人	源氏物語
4	読書美人図	肉筆		寛文期	○	遊女か	「源氏物語」？
5	吉原風俗図巻	肉筆絵巻	菱川師宣	延宝〜天和期	○	遊女	大本。和歌or物語？
6	絵本このころぐさ	墨摺絵本	菱川師宣	天和2年	○	上流婦人	「伊勢物語」、「徒然草」、和歌
7	千代の友鶴	墨摺絵本	菱川師宣	天和3年	※	上流婦人	草紙
8	美人絵尽 伊勢	墨摺絵本	菱川師宣	天和3年	○	見立伊勢	
9	美人絵尽 清少納言				○	見立清少納言	
10	団扇絵づくし 1ウ	墨摺絵本	菱川師宣	天和4年	○	遊女	「徒然草」
11	団扇絵づくし 14オ				○	上流婦人	「源氏物語」、「伊勢物語」、「古今集」、「万葉集」
12	遊楽人物図貼付屏風	肉筆	菱川師宣	天和・貞享期	○	上流婦人	
13	書見美人図	肉筆	菱川師重		○	上流婦人	
14	和国百女	墨摺絵本	菱川師宣	元禄8年	○	上流婦人	「源氏物語」、「伊勢物語」…
15	姿絵百人一首 相模	墨摺絵本	菱川師宣	元禄8年	○	女性	
16	姿絵百人一首 藤原興風	墨摺絵本			○	女性	
17	太夫と禿図	一枚摺	奥村政信	宝永頃	○	遊女？	
18	美人読書図	肉筆	懐月堂安度		○	上流婦人	

19	色紙短冊売(仮題)	肉筆	鳥居清倍		※	※非読書図（女性の短冊売の想像図）	
20	縁先清掻きの図	一枚摺	奥村利信	享保2年？	○	遊女	音曲本「松の内」
21	浮世須磨	一枚摺	奥村政信		×	見立紫式部	
22	掛物三幅対　現の遊	シリーズ物	西村重長		×	遊女	
23	琴の音	一枚摺	石川豊信		○	遊女	音曲本
24	百人女郎品定　公卿の室	墨摺絵本	西川祐信	享保8年	○	上流婦人	
25	百人女郎品定　大名の姫君				○	上流婦人	
26	百人女郎品定　女医者				○		
27	百人女郎品定　遊君				○	遊女	「源氏物語」
28	三美人若衆寵愛図	肉筆	西川祐信		※	※非女性読書図（若衆が「玉かつら」を読む）	
29	絵本常盤草	墨摺絵本	西川祐信	享保15年	○	町女	
30	室内遊興図	肉筆	古山師則	宝永～延享期	○	遊女	音曲本
31	おとずれ図	肉筆	水鷗子		○	上流婦人	物語か
32	草紙を持つ美人	肉筆	鳥居清忠	享保～寛保期	○		草紙
33	色紙短冊売（仮題）	一枚摺	伝奥村政信		※	※非読書図（女性の短冊売の想像図）	
34	画本和歌浦　藤原元真	墨摺絵本	高木貞武	享保19年	○	上流婦人	
35	絵本小倉錦　大中臣能宣	墨摺絵本	奥村正信	元文5年	○	上流婦人	
36	絵本小倉錦　権中納言定頼				○	上流婦人	
37	読書美人図	肉筆	宮川長春		○	遊女	
38	絵本十寸鏡	墨摺絵本	西川祐信	延享5年	※	※非女性読書図（寺子屋風景）	
39	二美人図	肉筆	宮川一笑		○	遊女か	音曲本「宮古次豊後」
40	歌留多遊び図	肉筆	宮川一笑		×	遊女	
41	絵本鏡百種　ほどほどに	墨摺絵本	西川祐尹	宝暦2年	○	中上流婦人	
42	絵本鏡百種　とにかくに				○	中上流婦人	

作品番号	作品名	種類	画師	刊行年	読書対象か非か	女性層	本の種類
43	立美人画幅（仮題）	肉筆	二代鳥居清倍	宝暦頃？	○	若い女性	百人一首（女性往来物）
44	絵本花葛蘿　伊勢	墨摺絵本	鈴木春信	明和元年	○	遊女か	
45	絵本操節草	墨摺絵本	鈴木春信	明和元年	※	※非女性読書図（手習風景）	
46	絵本江戸紫　てつき	墨摺絵本	石川豊信	明和2年	○	女性	
47	華よそほひ　8才	墨摺絵本	富川房信	明和2年	○	遊女	「源氏物語」
48	華よそほひ　玉づさ				○	遊女	「伊勢物語」
49	華よそほひ　たちばな				○	遊女	
50	華よそほひ　あづまや				○	遊女	「源氏物語」、「八代集」、「太平記」
51	華よそほひ　くれなゐ				○	遊女	音曲本「河東節」
52	華よそほひ　みちのく				○	遊女	「古今集」
53	華よそほひ　24才				○	遊女	
54	華よそほひ　きく園				○	遊女	「新古今集」
55	華よそほひ　勝やま				○	遊女	
56	華よそほひ　しけさと				○	遊女	浄瑠璃本
57	華よそほひ　岩手				○	遊女	音曲本「河東節」
58	華よそほひ　ひとえ				○	遊女	「徒然草」
59	華よそほひ　花の井				○	遊女	
60	華よそほひ　小式部				○	遊女	音曲本「芦刈」
61	座敷八景　琴路の落雁	シリーズ物	鈴木春信	明和3年頃	○	若い女性	「琴曲集」
62	五常　智	シリーズ物	鈴木春信	明和4年	※	※非女性読書図（手習風景）	
63	五常　信				○	見立紫式部	

64	見立三夕　寂連法師	シリーズ物	鈴木春信	明和4、5年	○	遊女	
65	詠歌見立紫式部	一枚摺	鈴木春信	明和4、5年	○	若い女性	「明題和歌全集」
66	あやとり	一枚摺	鈴木春信	明和4、5年	×	若い娘	「風流絵合」
67	琴を弾く女	一枚摺	鈴木春信	明和4、5年	×	中上流の娘	「徒然草」
68	風俗四季哥仙　卯月　雲外郭公	シリーズ物	鈴木春信	明和5年	○	遊女	音曲本「よしの草」
69	掛軸を見る遊女	一枚摺	鈴木春信	明和5年	×	遊女	
70	浮世美人寄花・山しろや内はついと	シリーズ物	鈴木春信	明和6、7年？	×	遊女	
71	詠歌三美人	一枚摺	鈴木春信		○	見立紫式部か	
72	絵本青楼美人合　ときはと	色摺絵本	鈴木春信	明和7年	○	遊女	「源氏物語」
73	絵本青楼美人合　ひな鶴				○	遊女	
74	絵本青楼美人合　恋山				○	遊女	
75	絵本青楼美人合　歌川				○	遊女	「ねなし草」
76	絵本青楼美人合　すかた野				○	遊女	音曲本「秋の七草」
77	絵本青楼美人合　なには津				○	遊女	
78	絵本青楼美人合　みやこの				○	遊女	音曲本「竹の露」
79	絵本青楼美人合　千代鶴				○	遊女	「徒然草」
80	絵本青楼美人合　あけまき				○	遊女	「絵本福神浮世袋」
81	絵本青楼美人合　もろこし				○	遊女	「吉原大全」
82	絵本青楼美人合　錦木				○	遊女	「風雅集」
83	芝居桟敷	一枚摺	駒井美信		○	女性	芝居番付
84	浮世六芸略・書	シリーズ物	礒田湖竜斎		○	女性	
85	雛形若菜の初模様「大かなや内なをえ」	シリーズ物	礒田湖竜斎		×	遊女	

作品番号	作品名	種類	画師	刊行年	読書対象か非か	女性層	本の種類
86	雛形若菜の初模様「つた屋内みちのく」	シリーズ物	磯田湖竜斎		○	遊女	百人一首
87	雛形若菜の初模様「松葉屋内松の井」				○	遊女	
88	絵本世都之時　鶯と梅、柳	墨摺絵本	北尾重政	安永2年序	○	上流町人	
89	絵本世都之時　虫干し				×	上流町人	
90	絵本世都之時　寒声				○	上流町人	音曲本
91	絵本世都之時　置炬燵				○	芸者	音曲本
92	稽古帰り二美人図	肉筆	北尾重政		○	芸者か	音曲本
93	芸者	一枚摺	北尾重政		○	芸者	音曲本
94	青楼美人合姿鏡　松葉屋	色摺絵本	北尾重政 勝川春章	安永5年	○	遊女	
95	青楼美人合姿鏡　扇屋				○	遊女	「類題和歌集」、「古今類句」
96	青楼美人合姿鏡　丁字屋				○	遊女	「湖月抄」
97	青楼美人合姿鏡　おなじく（春14）				×	遊女	
98	青楼美人合姿鏡　おなじく（春19）				×	遊女	
99	青楼美人合姿鏡　大海老屋				○	遊女	
100	青楼美人合姿鏡　角大黒屋				○	遊女	
101	青楼美人合姿鏡　新かなや				○	遊女	「古今集」
102	青楼美人合姿鏡　大俵屋				○	遊女	「琴日抄」
103	青楼美人合姿鏡　中近江屋				○	遊女	

104	青楼美人合姿鏡　角金屋				×	遊女	
105	役者夏の富士	墨摺絵本	勝川春章	安永9年	○	良家の女性	芝居番付
106	箱根七湯名所　そこくら	シリーズ物	鳥居清長	安永10年頃	○	湯治客	音曲本
107	箱根七湯名所　きが				○	湯治客	「化物箱入娘」
108	婦女風俗十二ケ月図　四月杜鵑	肉筆	勝川春章	天明3年	○	上流町人	栄華物語
109	婦女風俗十二ケ月図　五月蛍火	肉筆			○	上流町人	狂詩本か
110	婦女風俗十二ケ月図　十一月白雪	肉筆			○	上流町人と幼児	草双紙
111	青楼名君自筆集・滝川　松人	シリーズ物	北尾政演	天明4年	○	遊女	
112	新美人合自筆鏡　てうしやひなつる	シリーズ物	北尾政演	天明4年	○	遊女	
113	新美人合自筆鏡　瀬川　松人		北尾政演	天明4年	○	禿	
114	新美人合自筆鏡　まつかね屋内東家　九重		北尾政演	天明4年	○	遊女	「里かぐら」
115	雪月花美人三幅対・月	シリーズ物	勝川春章	天明期	○	見立紫式部	
116	六歌仙　遍照	シリーズ物	細田栄之	天明末頃	○	若い女性	草双紙
117	春遊柳蔭図屏風（左隻）	肉筆	勝川春章		○	若い女性	
118	衝立二美人図	肉筆	勝川春章		○	良家の女性	和歌関係か
119	虫干し図	肉筆	勝川春章		×	良家の女性	「源氏物語」か
120	ねこじゃらし美人図	肉筆	勝川春潮		○	良家の女性	「源氏物語」か
121	遊里風俗図	肉筆	勝川春章	天明7、8年	○	禿	草双紙
122	美人十二ひとへ	シリーズ物	細田栄之	寛政初期	○	女性	
123	読書図	肉筆	勝川春章		○	良家の女性	「源氏物語」
124	絵本栄家種（絵本）	色摺絵本	勝川春潮	寛政2年	※	※非女性読書図（寺子屋風景）	
125	美人鑑賞図	肉筆	勝川春章	寛政元～4年	×	良家の女性	

作品番号	作品名	種類	画師	刊行年	読書対象か非か	女性層	本の種類
126	江戸高名美人　木挽町新やしき　小伊勢屋おちゑ	シリーズ物	喜多川歌麿	寛政4、5年	○	水茶屋の娘	草双紙
127	遊君七小町　兵庫屋	シリーズ物	喜多川歌麿		○	遊女	
128	青楼雪月花　玉屋内花むらさき　しらへ　てりは	シリーズ物	喜多川歌麿	寛政5年	○	遊女	
129	青楼美人六花仙　越前屋唐土	シリーズ物	細田栄之	寛政6、7年	○	遊女	和歌関係か
130	青楼美人六花仙　松葉屋若な				○	遊女	
131	青楼美人六花仙　丁字屋舞鶴				○	遊女	和歌関係か
132	遊君和歌三神　松葉屋染之助	シリーズ物	鳥高斎栄昌	寛政6〜8年	○	遊女	
133	七賢人略美人新造揃　てうじや内とき哥	シリーズ物	細田栄之		○	遊女	草双紙
134	風流略六歌仙　喜撰法師	シリーズ物	細田栄之		○	女性	和歌関係
135	遊女読書図（仮題）	肉筆	細田栄之		○	遊女	
136	見立邯鄲	一枚摺	喜多川歌麿	寛政7、8年	○	遊女	
137	五節句　七月	続物	喜多川歌麿	寛政期	○	若い娘	女性往来物
138	子宝五節遊　七夕	シリーズ物	鳥居清長	寛政8、9年	○	若い娘と女児	女性往来物
139	今やう美人娘あわせ	一枚摺	歌川豊清		×	姫君	
140	三美人	肉筆	歌川豊広	寛政末期頃	○	女性	音曲本
141	人を待つ美人（仮題）	肉筆	葛飾北斎	寛政末年頃	○	芸者	音曲本
142	稽古	一枚摺	喜多川菊麿	享和期？	○	若い女性	音曲本
143	初夢	続物	歌川豊国	享和初期	○	遊女	「源氏物語」、女性往来物か
144	青楼六家選　丁字屋唐琴	シリーズ物	喜多川歌麿	享和元、2年	○	遊女	

145	絵本時世粧　奥方	色摺絵本	歌川豊国	享和2年	○	上流婦人	
146	絵本時世粧　和歌の師匠				○	和歌の師匠	
147	教訓親の目鑑　理口者	シリーズ物	喜多川歌麿	享和2年	○	娘	「絵本太閤記」
148	風流子宝合　昼寝	シリーズ物	喜多川歌麿	享和2年	○	母親	
149	江戸名物錦画耕作　画師・板木師・どうさ引	シリーズ物	喜多川歌麿	享和3年	※	※非女性読書図（錦絵創作過程の女性版想像図）	
150	江戸名物錦画耕作　摺工・店先・新板くばり	シリーズ物	喜多川歌麿	享和3年	※	※非女性読書図（錦絵販売の女性版想像図）	
151	吉原十二時絵巻	肉筆	細田栄之	享和～文化期	○	遊女	草双紙
152	風流てらこ吉書はじめけいこの図	続物	歌川豊国	文化初期	※	※非女性読書図（寺子屋風景）	
153	円窓の美人図	肉筆	葛飾北斎	文化2年	○	町娘	
154	琴棋書画図	肉筆	勝川春好	文化3年	○	遊女	「湖月抄」
155	新吉原仮宅・扇屋内　華まと	シリーズ物	菊川栄山		○	遊女	
156	当風若三人　衣通姫	シリーズ物	菊川栄山		○	女性	
157	風流近江八景・勢田	シリーズ物	菊川栄山		○	女性	
158	風流発句五節句　梅ケ香に…	シリーズ物	菊川栄山		○	遊女	草双紙
159	机に椅る遊君図	肉筆	歌川豊広		○	遊女	誹諧か
160	和歌を詠む美人図	肉筆	北尾正美	文化3年	○	遊女	和歌
161	青楼美人春手枕　鶴屋内橘	続物	菊川英山	文化期	○	遊女	草双紙
162	江戸の花　娘浄瑠璃	シリーズ物	喜多川歌麿	文化期	○	娘浄瑠璃	音曲本
163	見立て荘子（仮題）	一枚摺		文化期	○	遊女	
164	美人若三人	続物	菊川英山	文化期頃	○	遊女	
165	扇屋内　花沢　田みの　花人	続物	菊川栄山	文化期頃	○	遊女	
166	玉屋内　花岡　吾妻　千秋	続物	菊川英山	文化期頃	○	遊女	

作品番号	作品名	種類	画師	刊行年	読書対象か非か	女性層	本の種類
167	当世新内美人仇合・若木仇名草	シリーズ物	菊川栄山		×	※非女性読書図（コマ画に新内本のシリーズ）	
168	当世新内美人仇合・二重衣恋占				×	※非女性読書図（コマ画に新内本のシリーズ）	
169	風流七小町・草紙洗小町（無板元）	シリーズ物	菊川栄山		○	女性	
170	風流七小町・草紙洗小町（泉市）	シリーズ物	菊川栄山		○	芸者	
171	北斎漫画　二編（女性の姿態さまざま）	版本	葛飾北斎	文化12年	○	遊女	音曲本
172	風流古筆石摺山水見立・三幅対	シリーズ物	勝川国長	文化末～文政期	○	町家の妻女	草双紙「美人仙女香」
173	奉納提灯・鶴屋内橘	シリーズ物	歌川国貞	文政初年	○	遊女	
174	東すがた源氏合　紅葉賀	シリーズ物	菊川英山	文政元年	○	若い町娘	「都羽二重拍子扇」
175	北斎漫画　八編（太った女性たち）	版本	葛飾北斎	文政元年	○	女性たち	
176	柳下母子納涼図	肉筆	紫霞斎藤麿		○	子供と母親	絵本
177	若三人	シリーズ物	菊川英山		○	若い娘	
178	美艶仙女香　うたたねの	シリーズ物	溪斎英泉	文政3年？	○	若い町娘	「都羽二重拍子扇」
179	秋葉常夜燈	続物	溪斎英泉	文政5年頃	○	芸者か	音曲本
180	当世好物八契　草双紙	シリーズ物	溪斎英泉	文政6年	×	若い町娘	「八犬伝」「街道茶漬腹内幕」
181	当世好物八契　撥と新内本				×	若い町娘	新内本
182	当世好物八契　絵本番付				×	若い町娘	絵本番付
183	当世会席尽　日本橋恵比寿庵	シリーズ物	溪斎英泉	文政9年頃	○	若い町娘	絵本番付
184	傾城道中双六（鬼外楼選、五柳亭	双六	五亀亭貞房	文政10年	○	遊女	

	徳升戯述）花紫と長登の二名						
185	吉原八景　堅田落雁　姿海老屋内七人	シリーズ物	渓斎英泉	文政期	○	遊女	「賎機帯」
186	東名所芝八景	シリーズ物	二代歌川豊国	文政期	○	若い女性	
187	傾城江戸方格　不忍池　海老屋内七人	シリーズ物	渓斎英泉	文政期？	○	遊女	音曲本
188	傾城江戸方格　玉屋内花紫				×	遊女	
189	七遊女　江都　吉原	シリーズ物	葛飾北斎	文政期頃	○	遊女	草双紙
190	当時高名会席づくし　雑司ヶ谷みようがや	シリーズ物	歌川国貞	文政期頃	○	女性	
191	勝景鏡　日本橋	シリーズ物	歌川国貞	文政期頃	○	女性	草双紙
192	江戸の花浮世　両国青柳	シリーズ物	歌川国貞	文政期頃	○	町家の妻女	「うつぼ物語」
193	契情道中双録　尾張屋内満袖	シリーズ物	渓斎英泉	文政期頃	○	遊女	
194	あだくらべ美人五節句	シリーズ物	錦葩楼国兼		○	遊女	
195	和漢美人競・祇園於梶	シリーズ物	歌川国安		○	茶屋のおかみ	
196	傾城見立八景・明石浦	シリーズ物	歌川国安		○	遊女	
197	琴と三味線を弾く女（摺物）（仮題）	摺物	歌川国貞	文政期頃	○	芸者か	音曲本
198	風俗女水滸伝　百八番之内（炬燵）	摺物	歌川国芳	文政末期頃	○	町方の女	「通俗忠義水滸伝」
199	栄草当世娘	続物	歌川国貞	天保初期	○	若い娘	女性往来物「百人一首」
200	草双紙	一枚摺	渓斎英泉	天保期頃	○	若い娘と幼児	草双紙
201	四睡図	肉筆	高尾蕉庵	天保期頃？	○	遊女と禿	
202	二美人（団扇絵）（仮題）	一枚摺	貞秀	天保期頃	×	女性	
203	絵草紙を読む町娘（仮題）	竪2枚	渓斎英泉	文化12〜天保13年	○	若い町娘	草双紙

作品番号	作品名	種類	画師	刊行年	読書対象か非か	女性層	本の種類
204	風流相生尽　菜の花に蝶	シリーズ物	歌川国貞	文化12～天保13年	○	芸者	音曲本
205	傾城江戸方格　玉屋内花紫	シリーズ物	渓斎英泉	文化12～天保13年	×	遊女	和歌か
206	江戸自慢美人揃	続物	貞景	天保2年	○	若い町娘達	「偽紫田舎源氏」
207	江戸自慢全盛揃	続物	貞景	天保2年	○	遊女たち	人情本か
208	江戸音曲歌合　十寸見要集	シリーズ物	渓斎英泉	天保期頃	×	※非女性読書図（コマ画に河東節「十寸見要集」を用いたシリーズ）	
209	新版娘庭訓出世双六	双六	渓斎英泉		○	手習師匠	
210	美人東海道　掛川宿	シリーズ物	渓斎英泉	天保13年	○	飯盛女	「八犬伝」
211	美人東海道　藤川宿				○	女性	
212	美人東海道　池理鮒				○	奥女中	「源氏物語」
213	風流見立六ケ撰	シリーズ物	歌川国貞	弘化期	○	若い女性	
214	難有御代の賀界絵	シリーズ物	歌川国貞	弘化期	○	若い町娘	草双紙
215	初春のあした	続物	歌川国貞		○	若い町娘	草双紙
216	睦月わか湯の図	続物	歌川国貞		○	風呂屋の若女房	草双紙
217	江戸名物尽　曲亭馬琴　著述の物の本	シリーズ物	渓斎英泉		×	※非女性読書図（コマ画に「曲亭馬琴著述の物の本」とある）	
218	鎌倉御所弾始ノ図	続物	歌川国貞	天保14～弘化4年	×	身分の高い女性	物語や和歌か
219	百人一首「花さそふ嵐の庭の…」96入道前太政大臣	シリーズ物	歌川国貞	弘化4年頃	○	娘	音曲本
220	五節句之内文月	シリーズ物	芳虎		○	町娘	「永寿百人一首」
221	風流春乃興	続物	歌川国貞	弘化・嘉永期	○	奥方と奥女中	絵巻、物語類か
222	神無月顔見世の光景	続物	歌川国貞		○	町家の娘と女児	絵本番付
223	園の梅ゆかりの早咲	続物	歌川国貞	嘉永5年	○	若い女性	

224	山海愛度図会　つづきがみたい	シリーズ物	歌川国芳	嘉永5年	○	若い町娘	草双紙
225	六陽盛　泰安（団扇絵）	一枚摺	歌川国貞	嘉永6年	○	武家の側室	「偽紫田舎源氏」
226	気の合う同士春の楽	続物	歌川国貞	安政元年	○	町娘たち	音曲本、草双紙
227	当盛見立人形の内　二かい座敷の図	続物	歌川国芳	安政3年	○	遊女	
228	当世四季の詠　春之部	シリーズ物	歌川国貞	安政5年	×	奥女中達	物語や和歌か
229	浄瑠璃入都どどいつ	版本表紙			○	女性	当該書か
230	開化どどいつ	版本表紙			○	女性	当該書か
231	しのびごまはうたのしん猫	版本表紙	了古		○	女性	当該書か
232	草紙洗小町	シリーズ物	玉蘭斎貞秀		○	町女房	百人一首（女性往来物）
233	文書と遊女図	肉筆	三代鳥居清忠		×	遊女	
234	麻疹養生伝	一枚摺	歌川貞秀	文久2年	○	病気の女性	麻疹本（草双紙）
235	二十四好今様美人	シリーズ物	歌川国貞	文久3年	○	芸者	双紙
236	開化教育鞠唄　下（1コマのみ）	おもちゃ絵			○	町娘	
237	大津絵ぶし	版本表紙		慶応期頃	○	町娘	「大津絵ぶし」
238	新板おどけいろは歌	版本表紙	松旭	幕末頃	○	女性	「いろはうた」
239	読書する女性像（仮題）	一枚摺			○	女性	洋書か
240	開花人情鏡　孀婦	シリーズ物	歌川国周	明治11年	○	若後家	「開化人情鏡」
241	開花人情鏡　勉強				○	若い女性	洋書
242	開花人情鏡　弄絃				○	女性	音曲本
243	見立多以尽・洋行がしたい	シリーズ物	月岡芳年	明治11年	○	上流少女	洋書
244	見立多以盡　とりけしたい				○	鉄火な女性	かなよみ新聞
245	江戸土産之内・絵さうし見世	シリーズ物	歌川芳幾		○	※非女性読書図（絵草紙やの店先の女性達）	

作品番号	作品名	種類	画師	刊行年	読書対象か非か	女性層	本の種類
246	全盛自華三十六花撰	シリーズ物	歌川芳幾		○	遊女	
247	潤色三十六花撰	シリーズ物	歌川国周	明治14年	○	娘	
248	本朝七賢女之図	続物		明治期	○	見立清少納言	
249	近世人物誌　天璋院殿	シリーズ物	月岡芳年	明治19年	○	天璋院	謡本
250	東けい三十六会席　しんばし小鶴	シリーズ物	歌川国周		○	芸者	音曲本
251	幻燈写心競　洋行	シリーズ物	楊洲周延	明治23年	○	若い女性	洋書
252	美人画（仮題）	一枚摺		明治25年	○	上流女性	和歌か
253	千代田の御大奥　歌合	シリーズ物	楊洲周延	明治27～29年	○	奥女中達	和歌
254	今様の美人	一枚摺	楊洲周延		○	上流女性	「徒然草」
255	美人風俗十二カ月	シリーズ物	楊洲周延	明治29年	○	上流女性	洋装本
256	今様寿語誌二枚続	続物	水野年方		○	洋装の上流女性	洋装本

表1を参考に女性読書図の変遷を辿るに当たり、そこに見られる読書の性格によって、大きく三つの時期に分けて捉えていく。まずは江戸の菱川師宣と上方の西川祐信を中心として、鈴木春信登場までの時期を第一期（初期）とし、次いで春信の時代から喜多川歌麿の登場する寛政期あたりまでを第二期（中期）、次代の歌麿の活躍も含めて、歌川派中心となる時代を第三期（後期）という区分である。

この第一期は、浮世絵の歴史で見るならば創成期にあたり、肉筆は色鮮やかであるが、版画では墨摺一色や紅絵、紅摺絵などの少ない色数での彩色が見られる程度である。

第二期は明和二年［一七六五］の春信による多色木版摺、すなわち錦絵の考案から、さまざまな技術を駆使して錦絵が完成されるまでの期間に相当し、その掉尾を歌麿作品の誕生と捉えておく。

第三期は北尾派や勝川派の活躍が見られる安永〜寛政期頃の黄金期、さらに天保期頃までの北斎と歌川派の幅広い人材により、庶民の末端にまで浮世絵が行き渡った爛熟期、そして以後の明治期までを含めた衰退期と、浮世絵がもっとも社会の中に浸透した時期である。

つまり、本稿での時代区分は、浮世絵そのものの歴史区分ともほぼ重なる。しかし、これは意図したものではなく、女性読書図の中の大きな変化が、浮世絵の変遷とパラレルに起こっているということであり、それ自体、浮世絵の風俗画がいかに社会の趨勢を摂取していたかを証していることになろう。

Ⅰ 第一期（初期）の浮世絵

では、第一期（初期）の女性読書図から見ていく。なお釈文は適宜、漢字変換し、句等点を補った。

初期の浮世絵では墨摺絵本の中に女性読書図が見られるが、それらの多くは和歌と結びついて描かれている。たとえば**8**、**9**『**美人絵尽**』（菱川師宣、天和三年［一六八三］）では、歌人の**8**「**伊勢**」が庭に面して文机の上で本を広げており、**9**「**清少納言**」も室内で他の女房たちと共に書を広げている。この『美人絵尽』は彼女たちの絵姿を下部に、人物説明と和歌を上部に載せているのだが、彼女たちの風俗は十二単に身を包み、克明ではないにせよ、平安期の様相で描かれている。

しかし、このような古代風俗で描かれるのは、女性用往来物（女訓書）を除いては少数派で、次第に当時の風俗に見立てられて描かれるようになっていく。たとえば**15**、**16**『**絵姿百人一首**』（菱川師宣、元禄八年［一六九五］）は、上部に「百人一首」に採られた和歌とその解釈を、下部に図像が入る意匠で、**15**「**相模**」（**図1**）では、歌人「相模」に見立てた今様風俗の美女と若い娘の、本を読む姿が描かれている。ちなみに、本図で美女が取っている、膝をかるく立ててその上に本を置く読書姿勢であるが、初期を中心に多く見られ、ゆったりとした読書姿勢として捉えられていたようである。また**16「藤原興風」**では、興風に見立てたらしい男が、やはり前述の膝台に本を載せ、それに向き合う形で美女が共に本を読んでいる。そして彼らの風俗はすべて、江戸期の人物見立てとして描かれている。このように当代の風俗で描く傾向は本書に留まらず、時代が下るにつれて、古代の衣裳や髪型で描かれることは稀になっていく。

たとえば**35**、**36**『**絵本小倉錦**』（奥村正信、元文五年［一七四〇］）では、**35「大中臣能宣」**の和歌「見かきもり衛士の焚く火の夜はもへ昼は消つゝものをこそ思へ」（以下、釈文は適宜、句読点を加え、漢字に置き換えて示す）と解釈、歌に因んで「物思ひ女」の美女が、蚊帳の中から半身を出して蛍籠を手に本を眺める様子が、当世風俗で描かれており、**36「権中納言定頼」**では、やはり定頼の和歌「朝ほらけ宇治の川霧たえ〴〵にあらはれわたる瀬々の網代木」と、その解釈などの文章と、脇息にもたれかかる美女と侍女が、古風ではあるが、平安期とは異なる江戸期に近い風俗で描かれている、といった具合である。

状況は一枚摺の浮世絵でも同様で、たとえば**21「浮世須磨」**（奥村政信）では、琵琶湖に面した石山寺の縁先

図Ⅰ　15『絵姿百人一首　相模』
（菱川師宣、『日本風俗図絵２』）

で、紫式部に見立てた今様の美女が、文机の前に座っている。女性たちは、描かれた人物の時代背景に拘わらず、今様の風俗で描かれていく。なお、「浮世須磨」のような「見立」図は、浮世絵のみならず、日本画の中で全時代を通じて盛んに見られるが、その見立が当代の風俗に向かうところに、「浮世」絵としての側面が如実に現れる。女性読書図では、特にこの「見立紫式部」、すなわち「琵琶湖に模した湖に面した座敷で文机に向かう女性像」とそのバリエーションが、**1『十二源氏袖鏡』**（明暦二年〔一六五六〕）第一図の紫式部像以下、扱った三期すべてにおいて見られることを、付記しておく。

また初期の浮世絵読書図では、先ほどの『絵姿百人一首』『絵本小倉錦』を始め、絵本類は「百人一首」と密接な関係を保っているように思われる。少し時代は下るが、**43「立美人画幅」**（二代鳥居清倍、**図2**）は、縁先で当世風の美女が、絵入「百人一首」の草紙を読んでいる光景である。「百人一首」は、時代を追って「素材」としての扱いから離れ、当代女性の「読書対象」として描かれるようになっていく。彼女たちの手にする「百人一首」本の意匠の多くが、上欄に文章、下欄に図像が入る形態で描かれており、「女性往来物」と強く結びついて、画像に向いた書物としての位置を持っていることが、推測される。

視点を移して、初期の女性読書図では、どのような階級の者が、どのような本を読んでいたのかを、見てみよう。

6『絵本このころぐさ』（菱川師宣、天和二年〔一六八二〕）では、

よしある人のむすめには、御乳、乳母、腰元なとをつけて、手ならひ、又は伊勢物語、徒然なとを読み習はしむ也。あるつれ〳〵

図２　43「立美人画幅」
（二代鳥居清倍、架蔵）

に、君女《かんちょ》、恋《こい》の部《ぶ》の哥書を取り出して読みて講釈し給ふ。乳母、腰元、つゝしんで聴く。…（中略）…乳母、腰元、聞てもつともと感じける。

とあり、上流階級の姫が『伊勢物語』や『徒然草』を読み、かつ腰元たちに講釈を与えている（注1）。

また14『和国百女』（菱川師宣、元禄八年〔一六九五〕、**図3**）には、

図3　14『和国百女』（菱川師宣、『日本風俗図絵1』）

殿様、他国あそばされて御留守のうち、寂しさのまゝ御なぐさみの為にとて、古今、万葉、伊勢物語、源氏、狭衣、栄花物語、もしほ草、かずある草子を手づから読ませられし事、本意なれ。徒然草などには、かの吉田の兼好法師の文がらをおもしろく作りをきし事なとを聞くに付けても、女は髪のめでたからんこそとはあり。また伊勢物語には、業平の事を始め終はり書きしるせり。かりそめのたわむれあそびにも、草子を読みて慰さむこそ良しといへり。

とある（注2）。「よしある」上流階級の女性たちが、『伊勢物語』や『源氏物語』などの物語類、『古今集』や『伊勢物語』などの和歌に因む書物を中心として、古典教養に繋がる書物に親しんでいる図である。

24、25『百人女郎品定』（西川祐信、享保八年〔一七二三〕）では、**24「公卿の室」**が書見台に本を置き、25「大名の姫君」（**図4**）も床に本を置いている。読書は上流婦人にふさわしい良い風習として描かれているのであ

る。

そしてこれら上流階級の女性たちと並び、否、それ以上に多く見られるのが遊女たちである。遊女らは、より華やかな紅摺絵などの品にも、多く見られる。

たとえば**20「縁先清掻きの図」**（奥村利信）では、遊女が河東節の音曲本『松の内』を膝に三味線を弾き、**22「掛物三幅対　現の遊」**（西村重長）では、書物は読書対象としてではなく、三人の遊女のうち二人の図柄で、床の間のあしらい品として描かれている。**4「読書美人図」**（出光美術館蔵）は、遊女と断定はできないが、豪華な衣裳に身を包んだ女性が脇息を脇に、書見台に本を広げている。本は金泥で霞などを描いた縹地の古風な体裁で、『源氏物語』などの物語であろう。**37「読書美人図」**（宮川長春、出光美術館蔵、**図5**）は、禿を横に座らせた高級遊女が、ゆったりと寝そべって、床に本を広げている。また絵本に目を転じても、たとえば前述の『**百人女郎品定**』には、**27「遊君」**に、遊女たちがくつろいで本を繙く姿が描かれている。

すなわち、この時期には、女性と読書または本の組み合わせは、公卿や大名の奥向きなどの「上流婦人」と「遊女」の風習として描かれているのである。このことは、この時期の

図4　25『百人女郎品定　大名の姫君』
（西川祐信、『近世日本風俗絵本集成』）

図５　37「読書美人図」（宮川長春、出光美術館蔵）

浮世絵の描写対象自身が、これらの華やかで高級な女性を中心としていることから、一見、当然の現象と思われるかも知れない。けれども、採り上げた『和国百女』や『百人女郎品定』は共に、上流の女性に偏らず、多くの女性風俗を紹介したものである。その『百人女郎品定』には、一般女性が計二五図、遊女が計二〇図載るが、そのうち四図に読書姿が描かれているものの、これまでに採り上げなかった他の一枚は**26「女医者」**で、実用目的で本草書を見ている図である。つまりさまざまな階層の女性を採り上げても、実用の一例を除いては、上流女性と遊女のみが書物と共に描かれているのであり、やはり読書という習慣が両者に結びつく風習として考えられていたと、断言できよう(注3)。両者は一見、社会的に両極端の存在のように思われるが、そうではなく、中野節子氏が説くように、女子用往来物には「公家女性の風俗が理想的に位置付けられ、遊女風と共に伝統による独特な傾向を保っていた」(注4)のであり、公家や大名家の女性たちと遊女は、共に女性を華やかに代表する者として、社会的に捉えられていた。描かれる遊女は高級遊女であり、上流の遊客を相手とする、最高の教養を持つ女性たちとして、扱われているのである。

ところで、浮世絵に描かれた上流女性たちは、本当に公家や大名家の婦人たちなのであろうか。たとえば『和国百女』の奥方たちは、いかに殿の留守とはいえ、あまりにしどけない風情を見せている。町画師である浮世絵師にとって、邸の奥に過ごす上流婦人を垣間見る機会は、ほとんどなかったであろう。また遊女のほうは、いまだその風俗が固有のものとなっておらず、彼女たちの美々しく着飾った姿を、他の階層の者と見分けるのは難しい。となると、上流婦人として描かれた女性たちも、実際には遊女をモデルにした美女画像だったと、いえるのではなかろうか。

そして彼女たちに読まれているのは、和歌、特に「百人一首」が多く、他には『源氏物語』を筆頭とする物語類で、中世から培われてきた、古典を中心とする女性にとっての教養書であった。本稿では追わないが、**3**『**女式目**』などの女訓書には、「げんじ物語よみ見給ふてい」として上流の女性たちが『源氏物語』を広げる場が見られ、『源氏物語』はやはり特別な書であったことが伺えるのである。

第一期の女性読書図は、このように、女性の中でも憧れの対象である「上流女性」と「高級遊女」によって営まれる、「高貴な行動」として捉えられる。読書対象は、上流の女性たちにとって必須教養であった和歌と物語類などが描かれている例が多く、他には遊女の場合に音曲本が開かれたりもする。また彼女たちはおおむね、ゆったりと膝台の姿勢を取ったり、書見台や文机などに置いた本を前にするなり、書物と向き合う形での読書状況が描かれている。書物は読まれたり、床の間などに置かれ、持ち主である女性たちの高い文化性を提示しているのである（注5）。

II　第二期（中期）の浮世絵

この時期の浮世絵は、鈴木春信の登場によって一気に多色摺りの錦絵へと変わっていく。書肆・蔦屋耕書堂のたぐい稀な出版ジャーナリズムとしての感性と相俟って、多くの多色摺豪華絵本が出され、それまで肉筆のみに見られた鮮やかな彩色が一枚摺にも取り入れられ、浮世絵は版画作品でも美麗な美術品へと進化していったのである。

この第二期に目立つのは、何といっても、江戸吉原の遊女たちの読書である。この時期特有の、遊女に和歌や発句をあしらう意匠で作られた豪華な絵本類に、それは顕著に表れる。

遊女たちと本が描かれた図柄を追ってみる。

いまだ錦絵以前の墨摺絵本であるが、たとえば**47〜60**『**華よそほひ**』（富川房信、明和二年［一七六五］、（注6））には百人の遊女が描かれ、そのうち十四人（14％）が本を読んでいる。彼女たちの読書対象は**48**「**玉づさ**」が『伊勢物語』、**52**「**みちのく**」が『古今集』、**54**「**きく園**」が『新古今集』、**58**「**ひとえ**」は『徒然草』で、**50**「**あづまや**」は読書中の書名は不明だが背後に保存箱入りの『源氏物語』『太平記』『八代集』が見える。彼女たちの読書は、和歌と物語を中心とした古典教養書が多いわけである。また**51**「**くれなゐ**」と**57**「**岩手**」の河東節など、音曲本を手にしている者も見えるが、それらは遊女として身につけるべき、技能習得のための実用書としての性格を持つ読書といえよう。

次いで鈴木春信の豪華な多色摺絵本**72〜82**『**絵本青楼美人合**』（明和七年［一七七〇］）では、一六六名の吉原の遊女が、彼女たちの読んだ発句と共に描かれているが、そのうち十一名（6・6％）が本を手にしている。書名がはっきりと読み取れるほどに書き込まれた図柄が多く、たとえば**72**「**ときはと**」は『源氏物語』、**79**「**千代鶴**」は『徒然草』、**82**「**錦木**」は『風雅集』というような古典的な和歌や物語類の他に、**76**「**すかた野**」は『秋の七草』、**78**「**みやこの**」は『竹の露』と音曲本を手にしており、伝統的教養書と実用的な音曲本を中心とした従来の読書内容が健在である。けれどもそれ以上に注目されるのは、同時に**75**「**歌川**」が前年に後編が刊行されたばかりの天竺浪人（平賀源内）の『ねなし草』、**80**「**あけまき**」（**図6**）が春信自身の新刊の絵本『絵本福神浮世袋』（注7）、**81**「**もろこし**」が一昨年刊行の『吉原大全』、というように、最新流行の書物を手にした光景も描かれていることである。錦絵という新しい美の創造と共に、春信の時代そのものを取り込もうという姿勢が、実際の遊女自身が手に取っていたであろう新刊書との組み合わせという方法で、描き込まれているのである。

本書は、錦絵創出者で時代の最先端を駆けた春信が、「江戸っ子」たちの登場とその江戸讃美という時代の波に乗り、華やかな江戸風俗の中心として吉原の遊女を採り上げ、春信自身の鋭敏な都市感覚を誇る姿勢が、時代に先駆けて最先端の書物を持つ遊女の姿というかたちで表れた絵本なのであり、独自の存在を示した書といえよう。

しかしながら、この新進の気風は、六年後に出された北尾重政と勝川春章合作の多色摺絵本**94〜104『青楼美人合姿鏡』**（安永五年［一七七六］）では、踏襲されていない。けれどもこの書は、遊女と読書という結びつきの強さで見るならば、突出している。この書では全四三図中の実に十一図（25・6％）において、本は遊女の手に取られたり、調度品として彼女たちの部屋を飾っているのである。後にも採り上げるように、春章という画師は優雅な女性の読書図を多く描き、女性の上品さを書物との組み合わせに見出す傾向があるように思われる。

この中では、**101「新かなや」**の「二の綾」は『古今集』を手に取り、**102「大俵屋」**の「かつらの」（**図7**）は『琴日抄』を読み、**95「扇屋」**の「にほまち」は『類題和歌集』と『古今類句』を、**96「丁字屋」**の「丁山」は

図6　80「あけまき」
（『絵本青楼美人合』、鈴木春信、『近世日本風俗絵本集成』）

保存箱入りの『湖月抄』を室内に置くという具合に、以前の遊女同様に、古典教養書と実用的な音曲本のみが手に取られている。そして遊女たちは読書だけではなく、室内の調度品として書物が描かれることも多かった。ここに見られるのは、前期にそのまま繋がる、遊女の「高級性」を示す装置としての書物なのである。ただ、『源氏物語』がもはや縹色に金泥で模様の描かれた風雅な原典ではなく、その注釈書『湖月抄』で読まれるところに、手の届かない現実性の薄い存在ではなくなった遊女たちの姿が、映されているといえようか。

遊女と本という組み合わせは、シリーズ物でも、多く見受けられる。たとえば磯田湖龍斎の出世作となった**85～87「雛形若菜の初模様」**シリーズでは、**86「つた屋内みちのく」**が「百人一首」関係の本を読み、他にも**85「大かなや内なをえ」**や**87「松葉屋内松の井」**など、表1では三枚のみを取り上げたが、他にも本をあしらわれた図柄の遊女図は多い。また北尾政演（京伝）の豪華絵本**112～114『新美人合自筆鏡』**や、細田栄之の**129～131「青楼美人六花仙」**などにも同じ傾向が見受けられる。

図７　102「かつらの」（『青楼美人合姿鏡』、北尾重政・勝川春章合作、架蔵）

シリーズ物のみならず、もちろん一枚摺や肉筆においても、遊女と書物の取り合わせは見られる。春信の**68「風俗四季哥仙　卯月　雲外郭公」**では、遊女と禿が描かれているが、禿は六年前に刊行された長唄本『よしの草』と三味線を手に持ち（注8）、歌麿の肉筆画136**「見立邯鄲」**（ブリュッセル王立美術歴史博物館蔵、寛政七、八年〔一七九五、六〕頃）では、「邯鄲」のコマ絵を置き、遊女が文机に仮名文字の列が美しい物語系の冊子を広げて眠り、夢に女中たちに囲まれた豪華な駕籠が彼女を迎えに来る様子が描かれている。けれども、おおよそで見るならば、書物は、遊女たちをテーマとしたシリーズ物を中心に、彼女たちの読書対象としてよりも、装飾品として描かれている場合が多いようである。

第二期では、読書する女性は遊女のみに留まらない。それまで見られなかった新しい階層の女性たちも、本を手に登場してくる。それは、武家階級や、上流の町人階級の女性たちである。

たとえば春信の一枚摺を見ると、61**「座敷八景　琴路の落雁」**（明和三年〔一七六六〕頃）では、武家の娘と侍女が琴を挟んで座り、侍女は音曲本『琴曲集』を開いている。また65**「詠歌（見立紫式部）」**（明和四、五年〔一七六七、八〕頃）では、紫式部に見立てられた娘と侍女たちが琵琶湖に面した座敷にいるが、文机の上には『明題和歌集』が置かれている、といった具合である。

さらに興味深いのは勝川春章の肉筆作品で、108〜110**「婦女風俗十二ケ月図」**（天明三年〔一七八三〕、MOA美術館蔵）は、全十二枚中の十枚が現存しているが、そのうち三枚に本があしらわれている。すなわち108**「四月杜鵑」**では寝屋の女性の手元に『栄花物語』が置かれ、109**「五月　蛍火」**でも女性たちが本を手にし、110**「十一月　白雪」**では、炬燵に入った母が膝上に幼な子を抱いて黄表紙（草双紙）を見ており、他に行成表紙を持つ絵本らしき本も置かれている。これらはそれぞれ、豊かな家庭婦人たちの姿を優美かつ繊細に描いており、書物は飾りというよりも、彼女たちの日常を窺わせる小道具として配されている。

また123**「読書図」**（東京国立博物館蔵、**図8**）は、「習字図」と対に描かれた作品であるが、この作では二人の上品な町家の女性が、字指し棒を使って『源氏物語』を読んでおり、寺子屋などで使われた書物の読み方が、より年長になっても踏襲されていたことが窺われる。春章の肉筆作品には、見とれるような品位溢れる女性たちの読書姿がしばしば描かれ、女性読書図のまさに白眉といえよう。

その他、上流町家の女性たちと書物の組み合わせは、日常の微笑みを誘う情景にも見出せる。たとえば墨摺絵本**88～91**『**絵本世都之時**』（北尾重政、安永二年［一七七三］）では、四図で女性と本が描かれているが、**89**「**虫干し**」は庭に面した部屋で虫干しが行われている場面で、綱に掛けた衣裳の他に書物も縁端に広げて置かれ、女たちが楽しげに働き、侍女が瓜を剝いている。同様に虫干し図が書物を中心に描かれたものとして、春章の肉筆**119**「**虫干し図**」（フリーア美術館蔵）があり、虫干しという季節の仕事の折に、女性たちがついでに開かれた物語類の読書を楽しんでもいるのである。

図８　123「読書図」
（肉筆、勝川春章、東京国立博物館蔵）

また少女たちに目を遣ると、**137**「**五節句　七月**」（喜多川歌麿）や**138**「**子宝五節遊　七夕**」（鳥居清長、寛政八、九年［一七九六、七］頃）は、共に七夕の風習を描き、まだ幼い少女たちは『女大学』などの女性往来物を広げている。実用書として、音曲本の他に女性往来物が以後、しばしば若い女性の傍に見受けられるのである。

ところで春章の**110**「**婦女風俗十二ケ月図　十一月　白雪**」に出た草双紙であるが、この江戸という土地で大きく成長した大衆読み物が、はじめて浮世絵に登場するのは、管見の限り、鳥居清長の**107**「**箱根七湯名所　きが**」（安永十年［一七八一］、**図９**）である。箱根の木賀温泉で、湯治場の貸本でもあろうか、女性がその年に出た黄表紙『化物箱入娘』（伊庭可笑作、安永十年［一七八一］）を読んでいる図である。ちなみにこの『化物箱入娘』

の画師は清長で、自らの新作宣伝にもなっているのであるが、ここにはもう教養としての読書はなく、湯治場という特殊な空間ではあるが、余暇を楽しむ娯楽としての読書が描かれているといえよう。

その後も鳥文斎栄之の一枚摺**116「六歌仙　遍照」**（天明末期頃）では、若い女性たちが膝の上に草双紙を載せているが、その横の娘は寝そべっており、くだけた読書風景となっている。

そして喜多川歌麿の**126「江戸高名美人　木挽町新やしき　小伊勢屋おちゑ」**（寛政四、五年［一七九二、三］、**図10**、（注9））が登場する。これは木挽町の水茶屋の当時十八歳の評判娘おちゑが、草双紙（黄表紙）を読む図で、家庭の秘蔵娘とは異なって、行き交う人々の目を惹きつけてやまない評判娘と、その年の最新の話題を盛り

図9　107「箱根七湯名所　きが」
（鳥居清長、神奈川県立歴史博物館蔵）

図10　126「江戸高名美人　木挽町新やしき
小伊勢屋おちゑ」
（喜多川歌麿、千葉市美術館蔵）

込んだ草双紙との取り合わせが、江戸の町の流行の最先端を象徴しているのである。
この寛政期末までを女性読書図における第二期（中期）としておく。

このように第二期では、読書または本と共に描かれる女性たちは、「遊女」が中心となっている。初期にもう一つの中心となっていた公家や大名の奥方などの高貴な「上流婦人」は、もはや描かれることはない。その代わりに、より身分の低い「武家や町人の女性たち」も登場し始めているが、彼女たちの周りには侍女が付き、豊かな家庭であることが窺える。

彼女たちが読んでいるのは、前代に引きつづいて『古今集』などの歌集類に『類題和歌集』のような和歌を作る際の参考資料、さらには『源氏物語』や『伊勢物語』『徒然草』のような古典的な教養を培うために必要とされた書物と、実用書としての音曲本がほとんどである。これらは吉原の遊女たちにとっては、職業上、必要とされる教養や知識を身につけるためのものであると共に、優雅さや高級性を演出する部屋の調度品としての役割をも担っており、これ見よがしに保存箱に入れられた書籍が、彼女たちの背景に飾られたりもしたのである。

彼女たちはいまだ読書にいそしんでいるが、その読書姿勢は、膝台を使いゆったりとした時間を楽しむような風情は薄れ、風俗のあしらいとして読書風景が描かれているかのように、日常のさりげなさの中に置かれている。読書はもはや前代のような特権階級のものではないが、やはりある程度の高級感を持った行動であり、書物はいまだ、読書する人の優越性を示すシンボルとも成り得たのである。

けれども、新しい時代の波と共に、この高級性を打ち壊すような読書が、登場し出していた。それは平賀源内や吉原に関係する新しい書物……、つまり「戯作」の登場である。そしてその戯作の画中への取り込みは、春信という画師においては時代に先んじて見られる。このことは、錦絵の創出が、春信に親しい平賀源内を中心とした、新しい江戸という土地の創作活動と密接に繋がっていたことを示していよう。戯作の読書という方向性は、第三期にそのまま受け継がれていくが、浮世絵における娯楽としての読書女性の描出法は、春信によって、既に作られているといえるのである。その後を追うように、日常の中で、戯作類が女性たちの生活の中にも忍び入ってくる。これらの戯作類は、流行風俗として女性の手に取られ、浮世絵の中に溢れ出す。新しい読書の時代が、もうすぐそこに来ていた。

III 第三期（後期）の浮世絵

本稿で第三期（後期）とした浮世絵は、江戸後期から明治期と時代も長く、描出対象も幅広いが、「女性読書図」または「女性と本」のみを追うため、扱うジャンルは美人画と風俗画が中心となる。したがって、国貞や国安、国周などの歌川派の画師や、菊川栄山、溪斎英泉たちを中心とした作品を主に、見ていくことになる。なお、この時期に傑出する葛飾北斎は女性読書像を描くことは少なく、歌川広重に至っては、画風から窺われるように女性読書図は稀有であり、画師による描かれる対象の違いは大きい。

この時期の浮世絵を、いくつかのグループに分けて追うが、まず従前の「遊女」と本または読書の組み合わせから始めよう。

遊女にとっての必須技能の修練として音曲本を読む姿は、相変わらず多く描かれる。たとえば溪斎英泉の作品で見ると185**「吉原八景　堅田落雁　姿海老屋内七人」**では、遊女「七人」が三味線を手に長唄『賎機帯』を開いているが、この「七人」は187**「傾城江戸方格　不忍池　海老屋内七人」**でも、やはり三味線を手に音曲本を繙いている。208**「江戸音曲歌合」**シリーズは、その名の通り種々の音曲本が取り上げられ、その中の208**「十寸見要集」**では、遊女に河東節の同書がコマ絵としてあしらわれている。

英泉を離れると、同様のシリーズ物として、たとえば167～168**「当世新内美人仇合」**は、コマ絵に新内本を用いており、167**「若木仇名艸」**では、しどけなく立つ遊女に、同書がコマ絵としてあしらわれている。

一方、伝統的な歌集や物語類を対象とした遊女たちの読書も、やはり描かれ続けている。歌川豊国の143**「初夢」**（享和初期、**図11**）は、正月の遊郭の一室で、初夢を見ている遊女の脇の文机には『源氏物語』が載り、今一人の若い遊女は、女性往来物と見られる書物中の「百人一首」らしいページを開けている。このような女性往来物は、この第三期には若い女性のかたわらによく描かれ、教養的な内容の書物であるにもかかわらず、座右の書として愛されていたことが窺われる。

次いで肉筆では、勝川春好の154**「琴棋書画図」**（文化三年［一八〇六］、(注10)）は、吉原の一室で、琴棋書画の四芸が遊女や芸妓によって行われる、華やかな構図が描かれているが、短冊に和歌を記している若い遊女が文机に『湖月抄』を置いている。北尾政美の160**「和歌を詠む美人図」**（京伝賛入、文化三年［一八〇六］、フリーア美術館蔵）も、同様に文机に向かった遊女が短冊を手にしているが、机上と床の上に置かれているのは歌集らしい。歌川豊広の159**「机に椅る遊君図」**（日本浮世絵博物館蔵）は、貝絞り模様の象嵌塗の机に、異国人物を描く硯屏や孔雀の羽を置く凝った道具立てと共に、ゆったりと座る遊女の背後には飾り棚に書物や巻物、そして机上には俳書らしい書物が描かれている(注11)。このように歌集などの韻文や物語類をあしらわれた図柄は、一枚摺よりもむしろ肉筆類に多く見られる。肉筆画は版画に比し

図11　143「初夢」（歌川豊国、『浮世絵大系（ヴァンタン）豊国』）

て高価であり、それなりの置き場所を与えられるであろうことから、伝統的な意匠による注文が多かったことが推測される。そこに描かれる遊女と、和歌を初めとする韻文や物語類の取り合わせが、時代の中で幾分か改まった正統的なものと考えられていたことを、示しているといえよう。

これら前代から続く構図の他に、時代の風潮は、新しい映像をも生みだしている。たとえば鳥文斎栄之の133**「七賢人略美人新造揃　てうじや内とき哥」**は、正月の遊郭の一室で、若い遊女「とき哥」と禿が草双紙（黄表紙）を読んでいるが、床に置かれた一冊には「此主つる」の文字が読み取れる。草双紙は、禿自身の持ち物らしいのである。

また菊川英山の作を見ると、158**「風流発句五節句　梅ヶ香に」**は、衣桁に軽く凭れた遊女が立ったままの姿勢で草双紙を読み、その足下にも続きであろうか、やはり草双紙が一冊見える。161**「青楼美人春手枕　鶴屋内橘」**では、おいらん道中の夢を見ている遊女「橘」の横で、妹女郎たちが暇つぶしに本を手にしているが、その中の一人は床に草双紙を広げて読み耽っているのである。

第三期に取り上げた肉筆は多くないが、鳥文斎栄之の151**「吉原十二時絵巻」**（太田記念美術館所蔵）中の一コマでは、やはり暇な遊女が草双紙を広げている。

このように、遊女が手に取る書としては、従来の歌集や物語類、音曲本の他に、流行を追う軽い読み物、すなわち江戸戯作も多く見られるようになっている。遊女たちの読書状況は、書物と向き合うばかりではなく、暇つぶしや仕事の傍らに、崩れた姿勢で本を読むことも多くなっていることが、目に付くのである。

そしてこれら遊女たちの読書図に交じって、さまざまな娘たちが、本を手に登場している。彼女たちはやがて、遊女を押しのけて、大きな存在感を持ち出す。次に、娘たちの姿を追ってみよう。

まず音曲本から見ると、歌麿の162**「江戸の花　娘浄瑠璃」**は、表1では杜若の団扇を手にした一枚のみを挙げたが、見台に床本を置き、三味線をあしらった娘浄瑠璃を描くシリーズである。204**「風流相生尽　菜の花に蝶」**では、芸者が炬燵に音曲本を広げて、三味線を手にしている。彼女たちは、趣味としての読書ではなく、職業に必要なものとして、三味線と音曲本を添えた姿がさまざまに描かれているのである。

町娘に目を遣ると、菊川英山の174**「東すがた源氏合　紅葉賀」**（文政元年［一八一八］、**図12**）では、若い娘が、行燈の灯りで一中節の『都羽二重表紙扇』を読み耽っている（注12）。この『都羽二重表紙扇』は、溪斎英泉の178**「美艶仙女香」**（東西庵南北賛入）でも、やはり若い娘が読んでおり、「仙女香」と共に本書の宣伝も意図されたようだ。浄瑠璃では一中節と共に、前述の英山のシリーズ物167〜168**「当世新内美人仇合」**に見るように、新内も人気が高い。この時期、音曲や踊りの稽古は、娘のグレードを上げ、より上級の奉公口を得るために役立つものであり、娘を持った親は芸事を身に付けさせることに熱心だった。こうして音曲本は、遊女と町娘、そして当然のこととして音曲で身を立てる娘たちの、必需本となっていたのである。

ついで伝統的な歌集や物語類であるが、こちらは数を減らし、読者も、若年よりもやや年増の女性が多くなっている。たとえば葛飾北斎の肉筆153**「円窓の美人図」**（文化二年［一八〇五］頃、シンシナティ美術館所蔵）は、

図12　174「東すがた源氏合　紅葉賀」
（菊川英山、架蔵）

北斎には珍しい女性読書図で、娘が俳書らしい冊子を見ている。鳥文斎栄之134**「風流略六歌仙　喜撰法師」**では、文机に向かった武家の女性が、『源氏巻』とある書物を右手に置いて、短冊に向かっている。歌川豊国の多色摺絵本145～146**『絵本時世粧《えほんいまようすがた》』**（享和二年〔一八〇二〕）にはさまざまな女性風俗が二四図載るが、中で145**「奥方」**と146**「和歌の師匠」**が、書物に向かっている。双方、書名は読み取れないが、歌集や物語類であろう。192**「江戸の花浮世　両国青柳」**では、行燈の明かりの下、町家の妻女が『うつほ物語』を前に座っている。渓斎英泉の212**「美人東海道　池理鮒」**（天保十三年〔一八四二〕）では、奥女中が『源氏物語』を積み上げて読んでいる。

しかし、これらの読書図以上に注目されるのは、大奥を思わせる奥方や奥女中など、深窓の女性たちに書物が取り合わされた想像図である。たとえば歌川豊清の139**「今やう美人娘あはせ」**は、姫君が文車の綱を引く構図で、文車の中には書物や絵巻物が積まれている。国貞221**「風流春乃興」（図13）**は、奥方と奥女中たちの正月光景で、高価な蒔絵が全面に施された文机には絵巻物と書物が載り、奥方はおそらく『源氏物語』であろう本を手に取っている。また同じく国貞の228**「当世四季の詠　春之部」**は、殿を囲む奥女中たちで、豪華な蒔絵の文車に、帙や箱入りの書が積まれている。なお後者は「源氏絵」で、これらは草双紙『偽紫田舎源氏』の人気にあやかって出た、想像上の豪奢な世界である。これら自身が、草双紙の影響下にあることは、忘れてはなるまい。

またこの時期にも、引き続き、女性用の往来物を手に取る絵も見られる。歌川芳虎の220**「五節句之内文月」**では、若い女性が『永寿百人一首』を手に立ち、玉蘭斎貞秀の232**「草紙洗小町」（図14）**でも、やはり若い町娘が、書箱の上に分厚い女性用往来物を広げて、下部に「百人一首」、上部に源氏物語の解説らしきものが載るページを繰っている。彼女たちは、和歌や物語を、原典や解説書ではなく、女性用の教科書である往来物を通して、享受しているのである。少女たちも、たとえば199**「栄草当世娘」**（歌川国貞）では、左右の女性たちが蚕や布の世話に余念がない中で、中央の年若い少女は文机を広げて手習の稽古らしく、女性往来物の分厚い「百人一首」を

図13　221「風流春乃興」（歌川国貞、架蔵）

図14　232「草紙洗小町」（玉蘭斎貞秀、架蔵）

広げている。この「百人一首」の裏表紙には「此ぬしいづみやいち」と、版元の宣伝が仕組まれているのも微笑まれるが、少女から年配の女性まで、女性往来物は親しまれる読書対象として存在していた。

これら伝統的な女性の読書に比して、新しく登場し、大きく女性読書図の位置を占めるようになっていくのが、やはり草双紙を代表とする戯作類である。

この時期を代表する画師の歌川国貞から見ると、**216「睦月わか湯の図」（図15）**は、正月の湯屋の初湯光景で、中央部には、おひねりの山を盛った三宝のかたわらで、若妻が草双紙を開いて番台に座っている。また**191「勝景鏡　日本橋」**でも、羅宇を掃除する娘の横で、もう一人の娘は熱心に草双紙に読み耽っている。**214「難有御代の**

賀界絵」（図16）では、若い町娘が燈火の灯りを頼りに、草双紙に読み耽っている。

正月の光景の中に草双紙が描かれることも多い。国貞作品を追い続けると、**215「初春のあした」（図17）**は、三人の若い女性が描かれ、中央の町娘は草双紙を読んでいる。草双紙と正月の関わりが深いのは、立前上、草双紙が正月発売のものであったことによるが、娘の手元には、紙の帙を広げて取り出された草双紙も置かれ、草双紙の販売形態と、その袋を破って新しい草紙を手にする正月のめでたさが、窺えるのである。**226「気の合う同士春の楽」**（安政元年［一八五四］）も、やはり正月の室内で、炬燵に入った三人の娘たちはそれぞれに、三味線を爪弾きながら音曲本を広げたり、寝そべって煙草を吸い付けながら草双紙を楽しんでいる。

炬燵に入る三人の娘と言えば、歌川貞景の**206「江戸自慢美人揃」**（天保二年［一八三一］）にも描かれているが、

図15　216「睦月わか湯の図」
（歌川国貞、三枚続、架蔵）※なお図は中央部の一枚

図16　214「難有御代の賀界絵」（歌川国貞、架蔵）

こちらでは、一人の娘は炬燵の上下に、同年刊行の草双紙『偽紫田舎源氏　五編』とまるまった猫が置かれており、最新流行の書を楽しむ娘たちの姿が活写されている(注13)。なお、この図は遊女版も出されている。**207「江戸自慢全盛揃」**（天保二年〔一八三一〕）がそれで、こちらは炬燵は囲んでいないが、扇屋の三人の遊女たちが、身を乗り出すようにして、人情本らしい草紙を読み耽っている。すなわち、この時期には、読書図に関するかぎり、遊女も町娘も、同様に扱われているのである。

他の画師に目を移すと、歌川国長の**172「風流古筆石摺山水見立・三幅対」**の中央の一枚では、町家の年配の女性が、「美人仙女香」と題された草紙を火鉢に当たりながら読んでおり、これは前にも出したように「仙女香」の宣伝作にもなっている。溪斎英泉の**200「草双紙」**では、若い娘がはしゃぐ幼児に草双紙を手渡し、**203「絵草紙**

図17　215「初春のあした」
（歌川国貞、架蔵）※なお図は中央部の一枚

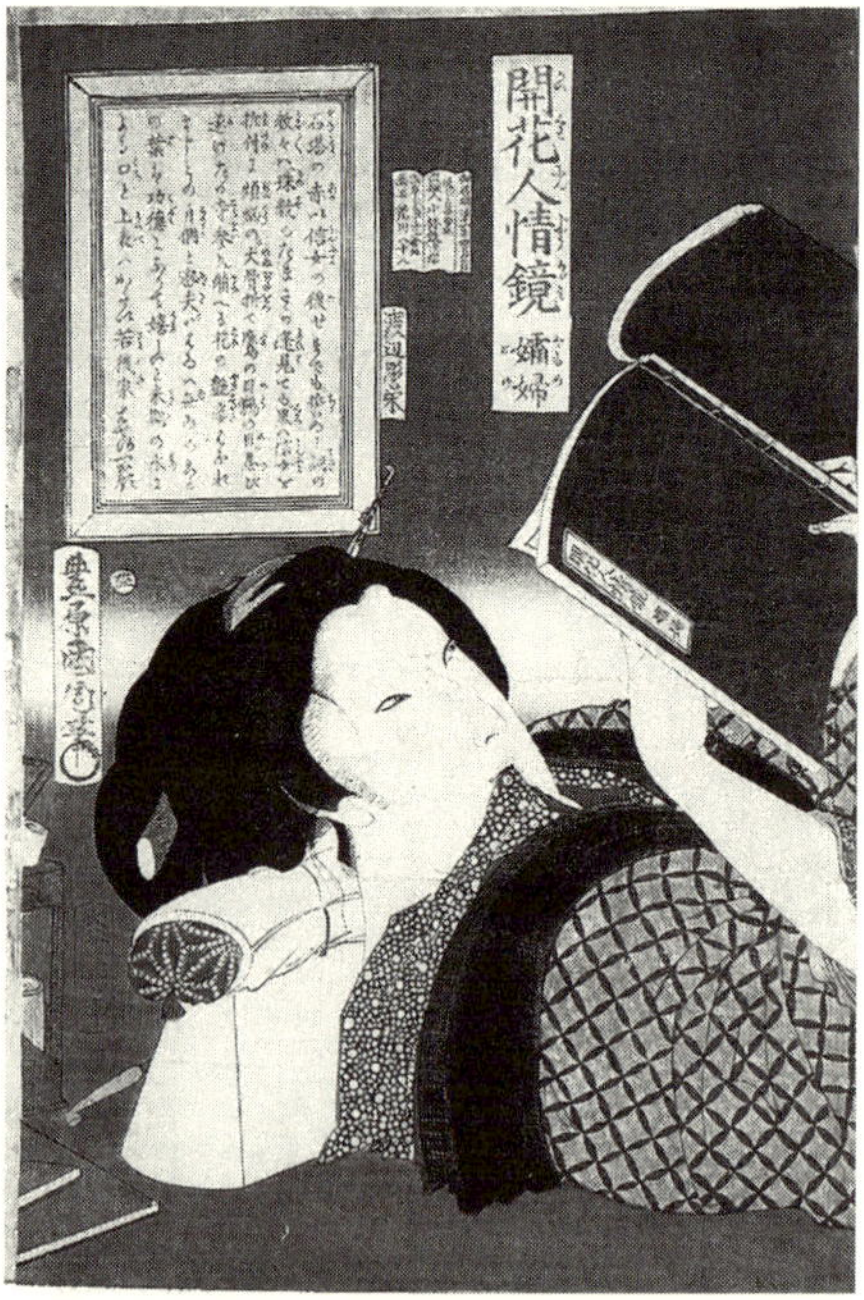

図18　240「開花人情鏡　孀婦」（歌川国周、架蔵）

を**読む町娘**」（仮題）は、竪二枚の中に大きくやや猫背の立ち姿で、町娘が草双紙を読む姿が描かれている。彼女たちは、文机に向かって草双紙を読んだりはしない。立ちながら、又は何か仕事をしながらでも、読書に熱中し、暗がりの中でも一筋の灯りを見つけては、本を開いている。読書は、ここでは、女性たちによって積極的に選び取られた習慣なのであるが、反面、読書姿勢は崩れ、他者の目を意識することもなく、楽な姿勢で好き好きに本に向かっているのである。

女性の読む戯作は草双紙に限らない。読者ターゲットとして意識的に女性を掲げた人情本は、幕末期女性たちの愛玩品であったが、描かれた画像では草双紙との差異が少なく、確定できる作品は少ない。その中で、歌川国周の**240**「**開花人情鏡　孀婦**《やもめ》」（明治十一年〔一八七八〕、**図18**）は、年若く夫に先立たれた女性が、人情本「開化人情鏡　孀婦」を読む女性として、描かれている。

その他、女性の熱狂的な支持を集めた芝居関係では、**183**「**当世会席尽　日本橋恵比寿庵**」（溪斎英泉）や、**222**「**神無月顔見世の光景**」（歌川国貞）などで、女性たちが絵本番付を手に描かれている。番付類は書物とは異なるものではあるが、女性の手に取る読み物として言及しておく。

溪斎英泉の**180**～**182**「**当世好物八契**」（文政六年〔一八二三〕）では、八枚のシリーズの中で三枚が、そのコマ画に本（前述の番付を含める）を採り上げている。**180**「**草双紙**」（**図19**）では、狆を肩に乗せた町娘が描かれ、添えたコマ画には英泉が画師となっている新刊草双紙『街道茶漬《かいどうちゃづけ》腹内幕《はらのうちまく》』と共に読本『南総里見八犬伝』が見える。**181**「**撥と新内本**」では、洗い髪の女性が簪を手に描かれ、コマ画には三味線の撥と音曲本、**182**「**絵本番付**」では、若い娘が羽子板と羽子を手に、コマ画に絵本番付が描かれている。ここでは若い女性たちの好みとして、芝居と音曲に並んで、読本と合巻の区別もなく「草双紙」として括られた戯作が選び取られているのである（注14）。

町に溢れる娘たちの手に取る物として書物が描かれることで、娯楽以外の読書図も、それなりの影響を受けていく。幕末期に大量に出された、どどいつや端唄などの粗悪な紙質で作られた版本表紙には、女たちがこれらの安価な音曲本を読む姿が、けばけばしい彩色と粗い描線で描かれているものが多い。表1には例として**229「浄瑠璃入都どどいつ」**、**230「開化どどいつ」**(図20)、**231「しのびごまはうたのしん猫」**などを、揚げておいた。ここには、かつて遊女たちが手にしていた音曲本の優雅さは、まったく失せている。

そして同様に、戯作を読む女性たちは、たとえその読書対象が士太夫であると高言した曲亭馬琴の『南総里見八犬伝』であっても、それに呼応して姿勢を正して読んだりはしていない。英泉の**210「美人東海道　掛川宿」**(天保十三年［一八四二］)では、掛川宿の飯盛女が自堕落に髪を直しているが、彼女が入っている炬燵には、こ

図19　180「当世好物八契　草双紙」(溪斎英泉、架蔵)

図20　230「開化どどいつ」(架蔵)

の年に刊行された『八犬伝』巻五〇〜五一下が乗っている（注15）。

読書する女性たちは、どのように見られていたのであろうか。

喜多川歌麿の**147「教訓親の目鑑　理口者」**（享和二年〔一八〇二〕、**図21**）は、第三期のごく初期に描かれたものであるが、やや年増の娘が、寝ころびながら読本『絵本太閤記』を読んでおり、その知的側面を採り上げた「利口者」という題を与えられている。けれどもその詞書きを読むと、

> 巴女の武勇は女の勇にあらず　紀の有経が娘　在後中将にかして夫の河内へかよふをりんきはせづして　風ふかは沖津しら波たつた山夜半には君かひとりゆくらん　とよみしうたにて　夫の中将かこゝろもおれて　ついにかわちへ行のおもひはとゞまりけるとなり　**すべて女の真実は男の武勇なるべし　いらざるかうよふの出情にて　文の通用あしく　ぬいはりにうとく　糸竹に妙手なるも　とり廻しは理口にみゆれども行すぎたる事なるべし**（太字は稿者による）

と、利口な娘よりも、縫い物が上手で家を守る女が良いとして、この娘を非難しているのである。**240「開花人情鏡　孀婦」**を、思い出してみよう。彼女は、夫の没後に貞節を守らず、ひそかに通う男も既におり、その生き方が、読書に興奮する女性として、描出されていた。すなわち、草双紙や人情本などの戯作に熱中する女性

図21　147「教訓親の目鑑　理口者」
（喜多川歌麿、慶応義塾蔵）

は、決して賞賛される存在ではなく、社会の規範から逸脱する危険性を秘めた者であり、時に蔑視の対象とも成り得る存在なのであった。読書はもはや、賞賛すべき習慣ではなく、怠惰に繋がり、時に女性を堕落に導くものとしての性格も、帯びてくるのである。

このように第三期になると、浮世絵に女性読書図が、多く見られる。それらは遊女に限定されるのではなく、町娘や芸者をも含み込んで、読書が女性たちの嗜好に合う習慣、すなわち女性たちの好む娯楽として、描かれているのである。

Ⅳ　春画・春本の読書図

これまで取り上げてきた浮世絵は、通常の刊行品を中心としており、春画・春本の類を含んでいない。しかしながら、「読書風景」、または「書物が描かれた浮世絵」を求めると、実はその中に、これらを含めざるを得ないほどに、書物の描き込れた春画・春本は数多い。

これらの春画・春本は、肉筆はもちろん、板行されたものも、書誌面から見るならば、一つの型に収まらずあらゆる版型が見受けられる。春画は画師によって作成されるが、春本は大きく、画師によって絵と文が作成される絵本形式と、戯作者の手で本文部分が作られることも多い読み物主体の読和本に、分かれる。前者は、三冊本で、豪華な口絵と、その後に付文が入るものが多いが、他の版型のものも少なからず見られる。そして後者は、大きさも半紙本、中本、小本、横本とあらゆる種類が見られ、かつ内容的にも、草双紙、人情本、滑稽本、読本、洒落本や根本など、あらゆるジャンルに通う作品が見られる。それらは、無秩序に装訂のバリエーションを変えているのではなく、その内容に従って、戯作の各ジャンルによる装幀をそのまま踏襲している。林美一氏が説くように、春画・春本は江戸期小説のあらゆるジャンルに亘って作られており、春本は所属する戯作ジャンルの書誌形態を守って作成されているのである(注16)。すなわち、春本はそれだけの一ジャンルを形成しているとはいえず、それぞれの小説ジャンルが、その作品群の周縁作として、性的な内容を中心とする春本も持っていたと、考えるべきなのであろう。事情は、春画においても、同様である。本稿では、表の浮世絵に対して、ひと続きの裏の浮世絵として、春画を中心に若干の春本を加えて、そこに見られる読書図、または書物の描かれた作品を見ていきたい。

ところで、この春画・春本という分野は、これまで長らく秘匿すべきものとして対処され、展示に際しても、展示室の横の囲われた一部屋でひそかに並べられたり、絵図の一部がことさらに隠されたり、いかにも不自然な扱いがなされてきた。しかし近年、これまでとは打って変わって数多くの関係書物が売り出され、当惑するほどに、巷間に修整なしの図像が溢れている。この種の作品紹介が月を追って増える現状で、対象作の数も、調査によって増えていく。本稿では一〇〇作品を以て表を作成し、考察を加えることとするが、これによっておおよその方向性は見出せると考える。

表2「春画・春本における読書図」は、それらの作品をまとめたものである。浮世絵(一般)を取り上げた表1とは異なり、ここでは女性と男性を問わず、書物が描かれた作品を集めている。また画像面を中心に考え、本文部分が主となる読和本は見本例として挙げた数作を除いて取り上げていない。**表2「春画・春本における読書図」**の項目は、**表1「浮世絵における女性読書図」**にほぼ倣うが、「女性層」の代わりに「読者の種類」を入れ、男女の別とごくおおまかな属性を記した。

春画の中に「春画を見る春画」がけっこうあることは、既に白倉敬彦氏が例図を豊富に挙げて、「春画をどう読むか」(注17)の中で紹介しておられる。本稿で採り上げた春画・春本は、白倉氏のこの論考や『絵入春画艶本目

表2　「春画・春本における読書図」

★印＝632頁参照

全体No.	作品名	種類	画師	製作年	読書対象か非か	読者の種類	本の種類
1	倭国美人あそび	墨摺絵本	菱川師宣	寛文12年	×	上流の男女	書名なし
2	華の語ひ	墨摺一枚摺	菱川師宣	延宝7年頃	×	男女	不明
3	花のこがくれ	墨摺絵本	菱川師宣	天和4年	△	妻	音曲本か
4	欠題（第3図）（仮題）	墨摺シリーズ物	杉村治兵衛	貞享元年頃	○	若い女性	不明。文字のみ
5	欠題（第6図）（仮題）				△	若い男女	本
6	読書の秋	墨摺	杉村治兵衛	貞享初年頃	○	上流の女性	不明
7	好色花盛り（仮題）	墨摺シリーズ物手彩色	杉村治兵衛		○	若い男性	文中に「やさしきさうし」
8	今様枕屏風	墨摺絵本	菱川師宣	貞享2年頃	△	若衆	不明
9	枕絵つくし	墨摺絵本	菱川師宣	貞享2年頃	○	娘と若衆	春画絵巻
10	欠題組物（仮題）	墨摺一枚摺	杉村治兵衛	貞享3年頃	○	上流の女性	不明。文字のみ
11	艶女色時雨	墨摺横本	西川祐信	宝永8年	○	若い女性	春本
12	閨屏風（第10図）	墨摺シリーズ物	鳥居清信	正徳元年	○	老人の男性	春画絵巻
13	夫婦双乃岡	墨摺絵本	西川祐信	正徳4年	○	見立紫式部	不明
14	好色土用干（A図）	墨摺絵本	西川祐信	享保6年	○	町家の男女	春画絵巻
15	好色土用干（B図）				○	女性	春本
16	欠題艶本A（仮題）	墨摺絵本	西川祐信	享保6年頃	○	尼	春本
17	欠題艶本B（仮題）	墨摺絵本	西川祐信	享保6年頃	○	娘	春本
18	艶女色時雨	墨摺絵本	西川祐信	享保前期	○	女性	春本
19	欠題絵巻（仮題）	肉筆絵巻	西川祐信	享保中期	○	若い女性	物語系か？
20	春画秘戯図（第9図）	肉筆シリーズ物	宮川長春	享保15年頃	○	男女	春本か
21	閨の雛形（第6図）	漆絵シリーズ物	奥村政信	寛保2年頃	△	若い男女	不明
22	閨の雛形（第8図）	漆絵シリーズ物	奥村政信	寛保2年頃	△	若い男女（お七と吉三郎）	春本「千本桜」
23	艶道日夜女宝記	墨摺絵本	月岡雪鼎		○	若い女性	春本
24	風流三代枕	墨摺絵本	菊川秀信	明和2年	×	貸本屋と女	「論語集註」
25	風流座敷八景（第3図）	シリーズ物	鈴木春信	明和3年	×	若い夫婦	不明
26	艶道日夜女宝記	墨摺絵本	月岡雪鼎	明和期	○	女性	春本
27	欠題組物（仮題）	シリーズ物	鳥居清満	明和頃？	○	男女	不明
28	欠題組物（仮題）	シリーズ物	磯田湖龍斎	明和7，8年	○	尼	不明
29	布団の上で抱合う男女（仮題）	一枚摺	湖龍斎		○	男女	春本
30	今様妻鑑	墨摺絵本	鈴木春信	明和8年頃	○	上流町家の若夫婦	不明
31	色盛閨の錦	墨摺絵本	為永春水	明和末	○	貸本屋と女	春本か？
32	角力大全	シリーズ物	湖龍斎	安永元年頃	○	若い男女	春本「角力大全」
33	吾嬬土産（第4図）	彩色絵本	北尾重政	安永2年頃	×	若い夫婦	横本。文字のみ。
34	艶道増かゞみ	墨摺絵本	司馬江漢	安永2年頃	○	夫婦	不明
35	三十六開仙抄	墨摺絵本	竹原春朝斎	安永3年	△	若い男女	横本。
36	色道取組十二番（第2図）	シリーズ物	磯田湖龍斎	安永4年頃	△	若い娘	音曲本
37	欠題（仮題）	折帖	鈴木春信		△	寝取られている夫　★	不明
38	欠題組物（A図）（仮題）	墨摺シリーズ物	磯田湖龍斎	安永4年頃	×		不明
39	欠題組物（B図）（仮題）				○	若い夫婦	春本

全体No.	作品名	種類	画師	製作年	読書対象か非か	読者の種類	本の種類
40	好色三十二相	シリーズ物	鳥居清長？	安永５年頃	○	男女	春本
41	色物馬鹿本草	墨摺絵本	磯田湖龍斎	安永７年	○	町家の老年の男	不明
42	春宮秘戯図巻	肉筆絵巻	勝川春章	安永８年	○	上流町家の夫婦	物語系か
43	ゆめはんじ	墨摺絵本	北尾政演	天明元年頃	○	禿　★	黄表紙
44	春宵秘戯図（第一図）	肉筆シリーズ物	月岡雪鼎	天明中期	○	上流の娘	不明。物語か
45	艶本枕言葉	墨摺絵本	北尾政演	天明５年	○	貸本屋と女	春本「歌まくら」
46	会本栄家大我怡	墨摺絵本	勝川春章	天明７年	×	幼児　★	絵本。書名不明
47	拝開業よぶこどり（第７図）	シリーズ物	勝川春章	天明８年	○	若い娘	春本
48	好色図会十二候（第６図）	シリーズ物	勝川春章	天明８年頃	×	若い町家の男女	不明。大本
49	御覧男女姿	墨摺絵本	勝川春英	寛政元年	△	男	不明。文字のみ
50	紅嫌的矢遊（仮題）	シリーズ物	鳥文斎栄之	寛政２年頃	×	若い町家の夫婦	不明。文字のみ
51	登仕男女艸トシナミクサ	墨摺絵本	月斎峨眉丸	寛政８年頃	△	若い娘	音曲本
52	会図之腎水（第８図）	シリーズ物	勝川春潮	寛政９年頃	○	若い男女	春本か
53	四季競艶図	肉筆	鳥文斎栄之	寛政後期	×	若い町家の男女	春本か
54	会本色能知功佐	墨摺絵本	喜多川歌麿	寛政10年	×	貸本屋と後家	貸本屋持参の本
55	会本恋濃男娜巻	色摺絵本	喜多川歌麿	寛政11年頃	○	若い男女	書名不明
56	耶密図言葉	色摺絵本	鳥高斎栄昌	寛政12年	○	妻	春本
57	絵本笑上戸（下ノ５）	色摺絵本	喜多川歌麿	享和３年	○	町家のおかみさん	春本か
58	会本手事之発名	シリーズ物	春川五七	文化２年頃	○	町家の女性	春本
59	男女戯れ（仮題）	一枚摺	菊川栄山		○	若い女性	春本か
60	絵本つひの雛形（第６図）	シリーズ物	葛飾北斎	文化９年頃	○	若い男女	春本「陰陽和合玉門栄」
61	絵本ひよく枕	一枚摺	菊川英泉	文化10年頃	○	遊女と遊客	不明。文字のみ
62	喜能会之故真通（中第７図）	色摺絵本	葛飾北斎	文化11年	○	奥方	書名不明
63	喜能会之故真通（下第１図）	色摺絵本	葛飾北斎	文化11年	○	妻	染見本帳
64	絵合錦街鈔	シリーズ物	菊川英山	文化12年	○	遊女	不明
65	恋模様	一枚摺	菊川英山	文化14年頃	○	若衆と女性	絵本
66	恋模様（第１図）	シリーズ物	菊川英山	文政元年頃	○	若い男	不明
67	恋模様（第６図）				○	若い男	草双紙（合巻）
68	恋模様（第11図）				△	女師匠	音曲本
69	十開之図	シリーズ物	渓斎英泉	文政６年頃	○	町家の男女	不明
70	抱き合う芸者と男（仮題）	一枚摺	柳川重信		○	芸書と男	不明
71	本を読む男女（仮題）	春画	柳川重信	文政期	○	遊女と遊客	春本
72	色女男思	色摺絵本	歌川国虎	文政８年	○	おかみさん	春本
73	艶本華の奥（10図）	シリーズ物	渓斎英泉	文政９年	○	妾の女性	春本か
74	絵本おつもり盞（中巻第３図）	色摺絵本	歌川国虎	文政９年	○	男性	春本か
75	泉湯新話	色摺絵本	歌川国貞	文政10年	○	湯治場の男女	春本

76	玉の盃（15ウ・16オ）	墨摺絵本	二代歌川豊春	文政11年	○	町家の後家	春本
77	三国女夫意志	色摺絵本	歌川国貞	文政11年	○	伝法な女性	春本
78	当盛水滸伝（上冊口絵）	彩色絵本	歌川国芳	文政12年	○	男性	春本
79	真情春雨衣（二編下挿絵）	墨摺絵本	梅の本鶯斎	天保元年	○	若い女性	不明。絵と文字
80	どうけ百人一首（おとこがた）	彩色絵本		文政〜嘉永期	○	奥女中	春本
81	どうけ百人一首（開の中は）				○	若い娘	春本
82	どうけ百人一首（穴突かせ）				○	男女	春本
83	肉筆春画帖（第２図）	肉筆画帖	歌川国貞	天保３年	×	若殿と腰元	不明
84	肉筆春画帖（第１１図）				○	若殿と腰元	春画絵巻
85	華古与見（地之巻口絵）	色摺絵本	歌川国芳	天保６年	△	若い女性	音曲本「あさ皃うり」
86	華古与見（地之巻口絵）				○	女性	不明。文字のみ
87	華古与見（人之巻口絵）				○	夫婦	春本か
88	春情妓談水揚帳	色摺春本	歌川国貞	天保７年	○	男性	不明
89	春色入船帳（中巻第３図）	色摺絵本	歌川国芳	天保８年	○	町歌の女性	春本か
90	娘節用（春本）中の一図	春本	溪斎英泉		○	若い女性（見立琴高仙人）	春本
91	春色初音之六女（下之巻口絵）	色摺絵本	歌川国貞	天保13年	○	湯屋でくつろぐ女たち	春本か
92	炬燵の男女（仮題）	一枚摺	溪斎英泉		○	町家の人妻	春本
93	大黒天（仮題）	一枚摺			○	若い娘	春本
94	春情心の多気（口絵）	墨摺絵本	一円斎国麿	弘化３年	○	若い娘	文字のみ
95	春雨日記	色摺絵本	恋川笑山	嘉永期	○	奥女中と若い男	春本
96	春色多満揃	色摺絵本	歌川国麿	嘉永期	○	後家	春本
97	正写相生源氏（中之巻口絵）	色摺絵本	歌川国貞	嘉永４年頃	○	若い娘	春本
98	正写相生源氏（中之巻口絵）				○	奥女中	不明。文字のみ
99	艶色品定女（口絵）	色摺絵本	二代歌川国盛	嘉永５年頃	×	殿と若い女性	物語系か
100	風流枕拍子（上巻口絵）	色摺絵本	歌川国麿	安政期	○	若殿と姫	春本

録』（注18）から採取したものも多く、半数以上を占めている。したがって、その表2の分析結果として、読書図の中で春画を見る図柄が、通常よりやや多めに出ているかも知れないことを、あらかじめお断りしておく。

しかしながら、稿者はここ十数年来、春画を含む浮世絵における読書図を探索してきたが、春画・春本での多さを看過できずにおり、白倉氏紹介作による結果の偏向は、多くはないものと考えている。また読書主体が、女性のみならず、男性の例をも採ったのは、春画・春本では、男女一緒に描かれている図柄が圧倒的に多いからであり、その中で、読書主体の性差がどのように現れるかを見るためである。

個別に作品を追うと、春画・春本

は、男女の交接場面が描かれる場合が、圧倒的に多い。けれども、たとえば人情本系の読和本などでは、**79**『**真情春雨衣**』（吾妻雄兎子作、梅の本鶯斎画、天保元年〔一八三〇〕）や**94**『**春情心の多気**』（女好庵主人作、一円斎国麿画、弘化三年〔一八四六〕）など、娘が頬杖を突いて本を読んでいたりするのみで、交情風景はほとんど描かれないものもある。しかしそれらは例外というべく、本表の多くは房事の中に書物が描き込まれているものである。

まずそれらに書き込まれた書物の書名を追ってみる。

22「**閨の雛形**（**第8図**）」（奥村政信、寛保二年〔一七四二〕頃）は、若いお七と吉三郎が情交中であるが、政信作の春本『千本桜』が開かれている。**45**『**艶本枕言葉**』（北尾政演、天明五年〔一七八五〕）は、貸本屋と女性客で、「これはことしのしんはん歌まくら、此うちのできめよふ」というせりふから、艶本『歌まくら』(注19)を見ていると分かる。北斎の**60**「**絵本つひの雛形**（**第6図**）」（文化九年〔一八一二〕頃）では、炬燵に憩う男女が交情中であるが、「陰陽和合玉門栄」という春本が滑り落ちている。**32**「**角力大全**」（磯田湖龍斎、安永元年〔一七七二〕頃）では、抱き合う男女の傍らの炬燵に、この『角力大全』を書名とする春本が書き込まれている。

春本以外の書名を探すと、**24**『**風流三代枕**』（菊川秀信、明和二年〔一七六五〕）では、貸本屋らしき男が『論語集註』に身を凭せ掛けて、町家の婦人と交合している。しかしこれは、読書対象として書物が描かれているわけではない。**85**『**華古与見**（**地之巻口絵**）』（歌川国芳、天保六年〔一八三五〕）では、娘のかたわらに三味線があり、娘は稽古本『あさ皃うり』で顔を隠している。

書名が判明するのはこの六図（6％。以下、用例数がそのまま％）のみであるが、そのうち四図までが春本、それも画師に関わる作が多く描かれているのであり、楽屋落ちの楽しさを目指したものといえる。それ以外の春画・春本に描かれる具体的な書名は、表1で扱った浮世絵一般で判明する書名数に比して、あまりに少ない。すなわち、ここで扱われる書物には、その具体的な個別性は要求されていないのである。

個々の書物から目を離してジャンルで見ると、音曲本は表1の浮世絵一般と同様に見受けられる。それらはたとえば磯田湖龍斎の**36「色道取組十二番（第2図）」**（安永四年［一七七五］頃）では、男が若い娘にのしかかっているが、娘は三味線の稽古中で、まだ教本が開かれたままの状態という図柄である。音曲系の書物は計五図（3、36、51、68、85）に見られ、それらの女性たちは楽器と共に描かれている。

その他、表紙や冊数から物語系と見られるものも若干、見受けられる。交接中の男女ではなく、その傍にいる人物、たとえば**46『会本栄家大我怡《えいがたいがい》』**（勝川春章、天明七年［一七八七］）では、室内で戯れ合っている男女の脇の縁側で、幼児が草双紙を開くなど、春本とは異なる本を見ている図柄も計三図（他に37、43）ある。なお、このように、読者人物が画中に描かれたカップルではなく第三者である場合は、表中の「読者の種類」欄に★を付している。

また高級感をあらわす調度として、貴人の部屋の調度品の中に書物が描かれているものもある。たとえば師宣の**1『倭国美人あそび』**（寛文十二年［一六七二］）中の一図では、小栗判官と照手姫が室内で抱き合い、その背後の床飾りに書物が描き込まれている。また歌川国貞の**83「肉筆春画帖（第二図）」**（天保三年［一八三二］）の、武家の若殿と腰元の部屋にも、書物が描き込まれているというような具合である。貴人ではなくとも、場や人物に相応しいものとして、書物が単に置かれている図は、取り方によって異なるが九例（1、2、8、25、47、50、53（注20）、83、99）ほど見受けられる。それらは、書物の形を持つのみで、内容が分かる描き方はされておらず、「あしらいとしての書物」といえよう。

しかしながら、これらを除くと、彼らの読書は、白井氏の述べられるように、春画や春本であることが圧倒的に多い。表2の中で、開いた頁に男女の絡みが描かれているものや、文中から春本と推定されるもののみを見ても、計四七図が該当する。実に半数近くが、春画・春本を読書対象としているのである。閉じた表紙や白地のページのみが描かれている作も、この傾向から推すと、春画・春本として描かれていると読み取るべき場合が多いのかも知れず、割合はより上がるものと思われる。

ところで、これら読書が描かれる構図の中で、その読書対象を春画・春本に限定する契機となったのは、管見の限り、西川祐信の描く絵本類と思われる。表2の1から8まで、師宣や治兵衛の描く春画・春本では、画中の人々が手にする本には、その具体的な特徴が描き込まれていない。対して、初期の作品で、はっきりと春本と分かる書物を読む11、14、15、16、17、18は、すべて祐信の作品なのである。祐信絵本が後代の春画・春本に与えた影響は、これまで言及されている以上に、大きいのではないだろうか。

閑話休題。

そして、これら春画や春本を読む画像を更に分析すると、読書主体に極端な偏りが見られる。すなわち、男性のみが書物を読んでいる図は、極端に少ないのである。杉村次兵衛の**12「閨屏風（第10図）」**（正徳元年［一七一一］）は、年配の客が遊女のかたわらで横になって春画絵巻を見ており、歌川国虎の**74『絵本おつもり盞（中巻第3図）』**（文政九年［一八二六］）では、春本らしい絵草紙に見入る男の背後に尼姿の姫が凭れ掛かり、歌川国芳の**78『当盛水滸伝（上冊口絵）』**（文政十二年［一八二九］、**図22**）では、複雑な図柄だが、炬燵で腹這いになって春本を見る男が女に手を伸ばしている。男性が読書主体となるのは、これら三図のみなのである。

一方、女性が読書主体となる図柄は、多い。**16『欠題艶本A（仮題）』**（西川祐信、享保六年［一七二一］頃）では、艶本を読んでいた尼君は眠ってしまい、その背後から男が交わっている。**57『絵本笑上戸（下ノ5）』**（喜多川歌麿、享和三年［一八〇三］、**図23**）は、町家のおかみさんが春本らしい書物を読み、後ろから若い前髪の男が乗り掛かっている。**58『会本手事《てごと》之《の》発名《はな》』**（春川五七、文化二年［一八〇五］頃）中の一図「あづま男に京女郎尻から」は、交情図だが、女性の前の炬燵の上には春画絵本が広げられている。その他、女性が春画・春本を読んでいる図は計二〇図（11、15、16、17、18、23、26、56、57、58、59、72、73、80、81、89、90、91、93、96）に上る。

そして注目されるのは、男性との房事で描かれる女性がそれらを読む図のみならず、女性のみが一人で春画・春本を広げている図が、少なからず見られることである。たとえば**11**『**艶女色時雨**』（西川祐信、宝永八年〔一七一一〕）中の「かた手つかい」図では、女性が春本を見ながら張形を使い、**15**『**好色土用干**』（西川祐信、享保六年〔一七二一〕）中の一図では、女性が縁先の座敷で、春本に見入っている。後期の**80**～**82**『**どうけ百人一首**』（**81**は図**24**）

図22　78「当盛水滸伝（上冊口絵）」（歌川国芳、架蔵）

図23　57「絵本笑上戸（下ノ５）」（喜多川歌麿、架蔵）

中の二図も、やはり女性が春本を手に手淫中の図で、**93「大黒天（仮題）」**も春本を読んで寝てしまった娘を大黒天が狙っている。女性読書図の中で計十図（50％）が、女性が一人で春画・春本に対する図柄となっているのである。

次に、男女が共に見ている図に移る。菱川師宣の**9『枕絵つくし』**（貞享二年［一六八五］頃）では、師匠の留守に女性や若衆が一緒になって春画絵巻を見ており、磯田湖龍斎の**39「欠題組物（B図）」**（安永四年［一七七五］頃）では、若夫婦が蒲団の上で抱き合いながら、春本を見ている。溪斎英泉の**92「炬燵の男女」**（仮題、**図25**）では、夫婦が炬燵の中で交わっているが、炬燵から春本が滑り落ちている。男性と女性が共に春画・

図24　81「どうけ百人一首　開の中は…」（架蔵）

図25　92「炬燵の男女」（溪斎英泉、架蔵）

春本を見る図は計二四図（9、14、20、22、29、31、32、39、40、45、48、52、60、65、71、75、77、82、84、87、92、95、97、100）で、すなわちほぼ四分の一が該当する。

そしてその中でもさらに、男性が女性に春本を見せている図が目に付く。たとえば**84『肉筆春画帖（第11図）』**（歌川国貞、天保三年［一八三二］）では、若殿が腰元に春画絵巻を見せようし、**100『風流枕拍子（上巻口絵）』**（歌川国麿、**図26**）でも、殿が膝に抱いた姫君に春本を見せようとするなど、女性が積極的か否かは図によって様々ではあるが、男女が一緒に描かれていても、女性を中心にして書物が描かれていることが多いのである（数え方によるがほぼ三分の一が該当）。

以上が、表2に載るおおよその画像紹介である。

この**表2「春画・春本における読書図」**を、時代的推移を中心に追ってみると、そこから浮かび上がる読書図の変遷は、**表1「浮世絵における女性読書図」**とは、かなり異なっている。表1の浮世絵一般では、時代を三分割してその変化を見た。表2の春画・春本も、表1の年期区分をそのまま用いて、同様に分けてみよう。すなわち、第一期が22「閨の雛形」まで、第二期が42「春宮秘戯図巻」まで、第三期がその後を占めることとなる。その変化を比較したのが**グラフ1「各期の作品数の割合」**である。

浮世絵一般では、第一期から第三期まで段階的に該当作品数が増え、女性読書図の増加が明らかであったのに

図26　100「風流枕拍子（上巻口絵）」
（歌川国麿、『浮世絵艶本集成　五　風流枕拍子　歌川国麿』）

対して、春画・春本における読書図では、そのような変化はみられない。浮世絵の草創期から、該当作品数は少なくはないのである。そしてその傾向は、内容を分析してみると、よりいっそう鮮明になる。**グラフ2「春画・春本の読書図における読者主体」**は、読書対象が春画・春本となるものの割合、そして読書主体を「女性」「男性」「男女一緒」の三種に分けて示している。この**グラフ2**においても、一定の方向性が見出せず、むしろ第一期と第三期の共通性が窺えることが、読み取れよう。また、おおよその傾向を測れば、それぞれの占める割合は、極端な変異を見せるわけではなく、三期に亘り、ほぼ同じ

グラフ1　各期の作品数の割合

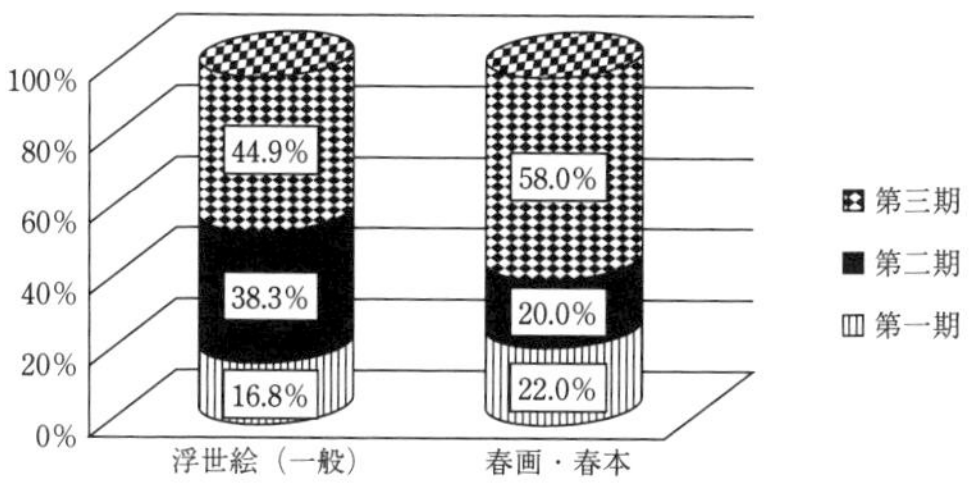

	第一期	第二期	第三期
表1「浮世絵」	43	98	115
表2「春画・春本」	22	20	58

グラフ2　春画・春本の読書図における読者主体

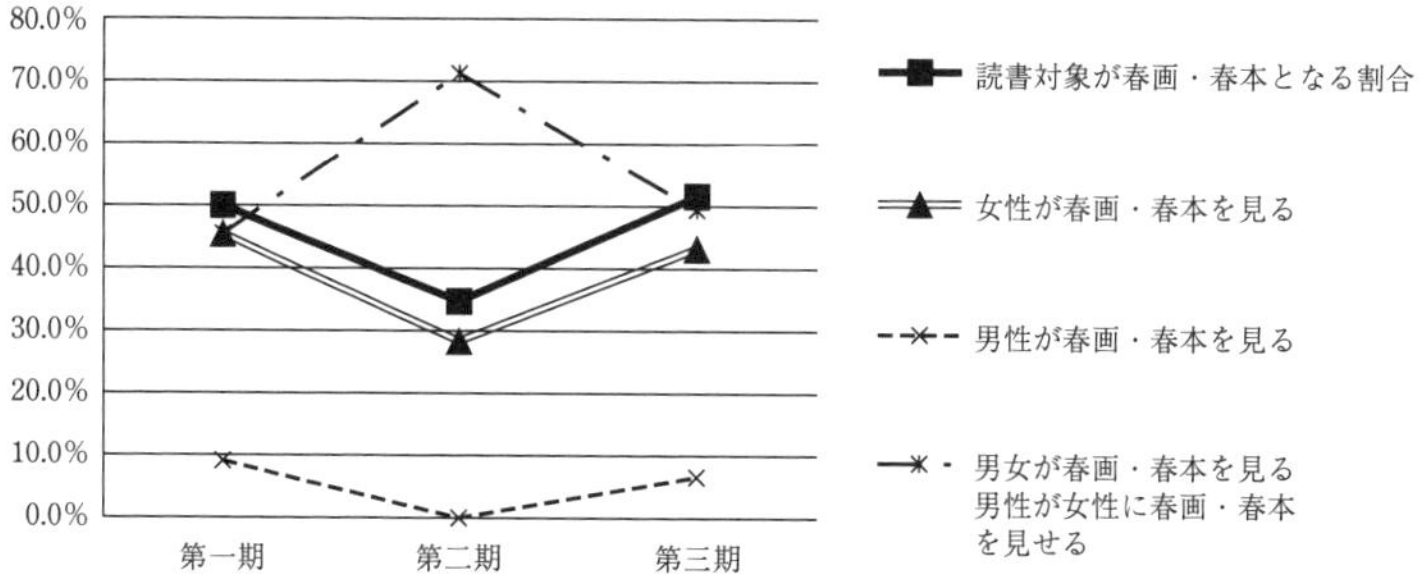

区分	第一期	第二期	第三期
作品数	22	20	58
読書対象が春画・春本	10	7	30
女性が春画・春本を見る	5	2	13
男性が春画・春本を見る	1	0	2
男女が春画・春本をみる 男性が女性に春画・春本を見せる	4	5	15

ような様相を見せているのである。今まで、この春画・春本の画像紹介で、各図の番号も付けて記しておいたのは、その対象内容の分布が、時代的に偏らずに見られることを示すための措置である。このように、春画・春本における読書図は、読書対象と読書主体で見る限り、時代区分の変化をほとんど持たず、同じような構成の図柄を常に、見せ続けているといえるのである。春画・春本を、浮世絵一般から切り離す由縁である。

V　表象としての女性読書図

浮世絵一般に視点を戻そう。

表1「浮世絵における女性読書図」から読み取れる、女性の読書の「社会的価値」とは、どのようなものだろうか。表象としての女性読書図の変遷を、「読書対象」としての書物の内容、「読書主体」としての読者の階級、そして「読書環境」として読書の姿勢の、三点から見ていく。

まず第一期（初期）には、「書物対象」は伝統的な歌集や物語類を中心としており、「読者階級」は高貴な身分の女性たちと、社会的に女性として最高価値を備えているとされていた高級遊女たちであり、「読書姿勢」はゆったりと書物に向かい合っていた。すなわち、「読書」は名実共に女性の「高級性の象徴」として捉えられ、教養としての読書が中心となっていたといえよう。

第二期（中期）になると、「読者階級」では遊女中心に読書は支えられ、読まれている「読書対象」は、初期に続いて、伝統的な書物と実用性の高い音曲本が中心である。「読書の姿勢」は、日常のさりげなさの中で読まれ、特にあらたまったり、ゆったりとした姿勢を取ることは少なくなる。遊女以外の家庭の女性たちも登場するが、彼女たちは侍女を侍らせており、中流以上の女性たちである。読書は教養と実用の双方の面で必要とされ、いまだ高級感を保ってはいるものの、かっての贅沢な輝きは失せている。

そして第三期（後期）に入ると、「読書対象」は、それまでの伝統的な歌集や物語類、実用性を持つ音曲類や女性用往来物の他に、新しく世に出回っている戯作類を手にする女性たちが、大きく登場する。彼女たちは遊女であり、芸者であり、町娘であり、おかみさんであり、大奥の女性であり、さまざまな階級の女性たちが、書物に親しんでいる。その中でも数が多く、注目されるのは、町娘の草双紙に熱中する姿である。彼女たちは今や、働きながら、時には人目を盗んで、一筋の灯りを頼りに、書物を読み耽っている。その姿勢は崩れ、床に置かれた書物に覆い被さるように読んだり、炬燵に寝そべって読んだりもしている。まさに「娯楽としての読書」が描かれているのである。「娯楽としての読書」は、他から称揚されることもなく、むしろ怠惰や、時には堕落にさえ繋がるものとして、描かれていく。

このように、浮世絵における女性読書図は、「教養」から「娯楽」への変化の中で、その価値を減じ続けていく。娯楽としての読書対象は、江戸という土地で生まれた「戯作」（江戸後期小説）類であり、その中心は「草双紙」である。この展開を促した大きな要因が、草双紙に現実に見られる「読者層の変化」にあることは、いうまでもない。すなわち、「合巻」時代の草双紙の読者が、女性中心とされている現象である。なお、この戯作の読者については別稿で取り上げる（注21）。

しかし、果たしてそれだけで、「娯楽としての読書」が、これほど強固に「女性」に結び付くのであろうか。春画・春本における読書図は、この疑問に一つの示唆を与えてくれるのではないだろうか。

表2「春画・春本における読書図」で採り上げた一〇〇図からは、何よりも女性と好色本の結びつきが目立つ。春画・春本の類で、描写対象として、男性よりも女性が主体となるのは、当然のことなのであろう。また描かれる女性像が、実態は如何にあれ、「好色な女性」というフィルターで色付けされ、その結果として、女性が張形

や春画・春本と共に描かれることも、容易に首肯されよう。しかし、なぜ女性と「春画・春本」は強固に結びつくのであろうか。

ところで、女性と「春画・春本」と書いたが、実はそれは正しくない。表2において春画または春画絵巻を見ている図は9、12、14、84の計四図あるが、その中で12は老年の客が春画絵巻を広げ、他の三図では女性も共に描かれているものの、春画を実際に手にしているのは男性のみなのである。すなわち、春画・春本の中で女性が対象としているのは「春本」であり、「春画」は管見の限り、見出せなかった。女性が結びつけられているのは、「春画」ではなく、「春本」なのである。そしてその「女性が春本を積極的に読む」意匠が、第一期から第三期まで、満遍なく見られるという現象は、注目に値するのではないだろうか。

対して、たとえば男女の交情図にしばしば見受けられる小道具として、「炬燵」を取り上げてみる。炬燵の画像は、安永元年［一七七二］頃刊の湖龍斎の春画**32「角力大全」**が他より三〇年以上遡るものの、他は文化期以降に58、60、62、63、74、78、87、92、93と盛んに登場している。つまり、春画・春本にも、当代風俗の流行が反映されているわけである。

それに対して、「女性と春本」という組み合わせは、あまりに固定的に時代を超えて、保たれ続けている。このことは、いまだ「娯楽としての読書」が庶民層にまで行き渡らない元禄文化の頃おいから既に、「読書」が「女性」に結びつくものとして、自然に受け止められていたことを、意味しているのではないだろうか。少なくとも春画・春本という裏の世界で見る限り、女性は常に「本」と共にいたのである。そしてその読書が、春画・春本に描かれる「娯楽としての読書」である限り、既に第一期の段階で、それは必ずしも高級な営為とのみは、いえなくなっていたようである。

さて、表1で取り上げた浮世絵一般における女性読書図の変遷は、どのような背景をもっているのであろうか。江戸期の文化が「雅」と「俗」の二つの領域に分かれ、それぞれが伝統文化と新興文化を表していることは、中村幸彦氏の言説に土台を置き、中野三敏氏によって強く主張されているところである。そして「雅」から「俗」への文化の中心軸の変化が、ほぼ文運東漸現象と時を同じくして見られることも、今さら言を俟たないであろう。すなわち、十七世紀の江戸初期文化が、「雅」の範疇として、伝統的な物語や韻文を中心に、上流階級に支えられ、十八世紀において「俗」との混淆現象が見られ、十九世紀において散文、すなわち戯作を中心とする大衆文化が、庶民階級によって支持され主流になる流れである(注22)。その流れを簡便に示す図として、中野三敏氏作成の**「雅と俗」**を拝借しておく。

表1の浮世絵一般に見る女性読書像の変遷は、当初の「雅」の領域にあった上流女性たちの物語や和歌を中心とする「教養としての読書」が、やがて中流女性たちの手に移り、文化・文政期の江戸の戯作文化の影響を受けて、庶民が「娯楽としての読書」、すなわち「俗」の文化に浸りきる様相を、鮮明に提示しているのである。

対して表2の春画・春本において、おなじく十七世紀から十九世紀の作品を扱いながら、そこに見られる読書傾向に何らの変化が見られないのは、実はそれが終始、「俗」の「俗」たる世界、サブカルチャーの領域から出ないものだからと考えられる。春本を手にする女性は、当初からメインカルチャーには関わりのない世界に生きているのであり、変化のしようがない閉じた世界の住人なのである。

ところで、「雅」から「俗」へと降りてきた女性の読書は、もはや、絶対的な高

雅と俗

（中野三敏『写楽』（中公新書 1886）より）

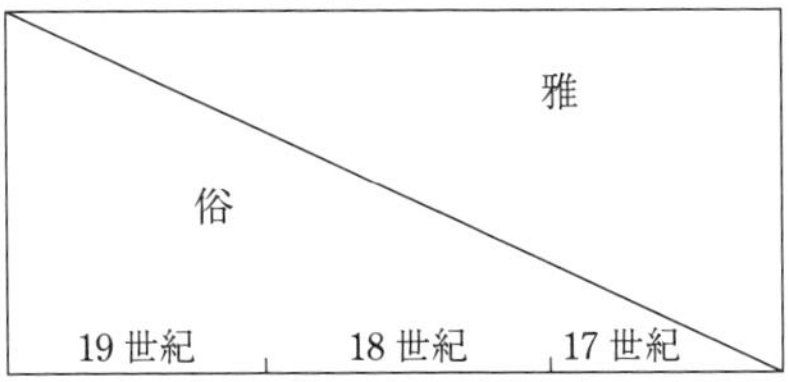

級性を失ったのであろうか。もちろん、「俗」の時代にも、「雅」の残り香は見られる。しかしながら、「俗」によって駆逐された「雅」は、時代の遺物として、過去を夢見る源氏絵や、良家の子女の付属品としての機能しか、見せていないのであろうか（注23）……。

そうではない。読書に勤しむ女性たちは、やがて新しい「輝かしい読書対象」を見出す。歌川国周の**241「開花人情鏡　勉強」**（明治十一年〔一八七八〕、**図27**）で、少女が机上に置き、大蘇芳年の**243「見立《みたて》多《た》以尽《いづくし》　洋行がしたい」**（明治十一年〔一八七八〕、**図28**）で、少女がうっとりと見とれている書物……。文明開化に触れた少女たちが手にしているのは、もはや日本の書籍ではなく、洋書なのである。

楊州周延の**251「幻燈写心競《げんとうしゃしんくらべ》　洋行」**（明治二三年〔一八九〇〕、**図29**）では、背景の幻燈写真に見立てた円形の

図27　241「開花人情鏡　勉強」（歌川国周、架蔵）

図28　243「見立多以尽　洋行がしたい」
（月岡芳年、向井家蔵）

中に外国の建物風景が見え、その前で、机に向かった貴婦人が、机上に数冊の洋書を広げている。長い江戸期が終わり、明治という新時代が根付く頃、洋装に身を包んだ女性たちが、凛として本に見入っているのである。エリートとして選ばれた女性が、選ばれた書を前に、机に向かう図……、これこそ初期の、公卿の室や高級遊女たちの読書に通う姿勢を、示しているといえよう。

しかしながら、これらの洋書は果たして、「雅」の対象たり得るのであろうか。洋書は、その時代に先駆ける先端性、未知の外国から貪欲に知識を摂取するための実用性という側面において、その光彩を得ているのであり、優雅な伝統文化とはかけ離れた存在のものなのである。

一方、243「洋行がしたい」と同シリーズ中の**244「見立多以尽　とりけしたい」**（明治十一年［一八七八］、図30）

図29　251「幻燈写心競　洋行」（楊州周延、架蔵）

図30　244「見立多以盡　とりけしたい」
（大蘇芳年、向井家蔵）

では、伝法な様相の女性が、頬杖を突きながら、床に置いた仮名垣魯文の小新聞「かなよみ新聞」の記事に熱中している。

ここに新しい時代の、新しい読書の二極化が始まる。

注1　本図については、二〇〇五年読書画像ワークショップにおいて、長友千代治氏が「日本近世の読書図」の中で採り上げている（インターネット上のpdf資料による）。

注2　この画像については、Peter Kornicki「Unsuitable books for women? Genji monogatari and Ise monogatari in late seventeenth-century Japan」（『MONUMENTA NIPPONICA』VOLUME60 2005）で採り上げられ、江戸期の女性の読者について考察されている。

注3　その他、たとえば19「色紙短冊売」（鳥居清倍）、33「色紙短冊売」（伝奥村政信）のような、書物や短冊類を売り歩いている美女の絵姿類が見られるが、これらは、本来は男の職業風俗を、美女に置き換えた想像図であり、後代まで見られる現象であるので、本稿では参考作品として表に載せるに留める。

注4　中野節子『考える女たち――仮名草子から「女大学」』（大空社、１９９７）、86頁。

注5　初期には、他に28「三美人若衆寵愛図」（西川祐信、個人蔵）など、若衆が書物（本図では『源氏物語』中の「玉かつら」）を読む姿が数図、見られる。

注6　本書は揃本は稀覯本で、本稿では佐藤悟「『華よそほひ』考」（「日本・中国・ヨーロッパ文学における絵入本の基礎的研究及び画像データ・ベースの構築」実践女子大学文学部、２００６）に載る影印を用いた。

注7　春信作品については、『鈴木春信　青春の浮世絵師　江戸のカラリスト登場』（小林忠監修、千葉市美術館他、展示目録、２００２）の資料解説を参考にした。

注8　春信は、69「掛け軸を見る遊女」のように、読書と言うよりも、部屋のあしらい品として本を描くことが多く、読書そのものとしては、「五常　義」で、色子（したがって本表には載せていない）が手にする『絵本写宝袋』のような凝ったセンスを見せ、一筋縄ではいかない姿勢が窺える。

注9　歌麿作品については、『喜多川歌麿』（浅野秀剛、ティモシー　クラーク、千葉市美術館他、展示目録、１９９５）の解説

編を参考にした。

注10　『肉筆浮世絵　第四巻　春章』（山口　桂三郎、集英社、１９８２）による。所蔵者については不記載。

注11　『肉筆浮世絵選集』（日本浮世絵博物館編集、学習研究社、１９８５）の鈴木重三氏の作品解説を参照した。

注12　『浮世絵大系　国貞／国芳／英泉』（集英社、１９７６）の鈴木重三氏の作品解説を参照した。

注13　注12に同じ。

注14　他の五枚は「反物」「箱入雛」「短冊」「拳酒」「歌留多」。

注15　「後期錦絵の洋装——写実と幻想」（新装版『図説日本の古典19　曲亭馬琴』集英社、１９８９年5月）の鈴木重三氏の解説を参照した。

注16　林美一著『艶本江戸文学史』（河出文庫、１９９１）

注17　白倉敬彦「春画をどう読むか」（『浮世絵春画を読む　上』中公叢書、２０００年11月）

注18　白倉敬彦著『絵入春画艶本目録』（平凡社、２００７年6月）

注19　図中に「うた丸がまくらはあんまりづが大きいの」とあり、歌麿の「歌満くら」（大錦十二枚）かと思われるが、これは天明八年刊で本作より三年後の公刊とされており、疑義が残る。

注20　本図では、床の間の本箱の蓋に「枕艸子」とあり、単なるあしらいの域を若干、超えている。

注21　12「草双紙の読者——婦幼の表すもの」を参照されたい。

注22　中野三敏『写楽　江戸人としての実像』（中公新書、２００７年2月）に拠る。

注23　たとえば表１の252「美人画」（仮題）、253「千代田の御大奥　歌合」（楊洲周延、明治27〜29年）では、共に奥方や幼女、奥女中たちが描かれ、違い棚には巻物や物語らしい書物が置かれている。また、254「今様の美人」（楊洲周延）では、上品な女性が『徒然草』を広げている。

（補記）

表１「浮世絵における女性読書図」は以下の資料、

・『原色浮世絵大百科事典』（全11巻）、原色浮世絵大百科事典編集委員会編、大修館書店、１９８０〜１９８２年

・『浮世絵聚花』（全19巻）、小学館、１９７８〜１９８５刊

・『浮世絵大系　愛蔵普及版』（全17巻）、集英社、１９７５〜１９７６年

・『名品揃物浮世絵』（全12巻）、ぎょうせい、１９９１〜１９９２年

・『近世日本風俗絵本集成』（全16巻）、臨川書店、１９７９〜１９８１年
・『肉筆浮世絵撰集』（上下冊）、日本浮世絵博物館編、学習研究社、１９８５年
・『江戸風俗図絵集』（上下冊）、国書刊行会、１９８６年
・『江戸風俗図絵』黒川真道編、柏美術出版、１９９３年
・『三代豊国作品目録』長田幸徳、２００１年
・『国芳作品目録　錦絵篇』長田幸徳、２００２年
・『英山：日本浮世絵博物館所蔵』日本浮世絵学会編、１９９６年
・『鈴木春信…江戸のカラクリスト登場』図録、小林忠監修、千葉市美術館他、２００２年
・『北斎展』図録、東京国立博物館、２００５年
・『肉筆浮世絵』（全10巻）、集英社、１９８２〜１９８３年
・『THE PASSIONATE ART of KITAGAWA UTAMARO』図録、大英博物館、千葉市美術館、１９９５年
・『栄山』図録、日本浮世絵博物館、１９９６年
・『国芳』鈴木重三編著、平凡社、１９９２刊
・『青楼美人合姿鏡』北尾重政・勝川春章作、蔦屋重三郎・山崎金兵衛、１７７６年
・『北斎漫画』（全３冊）、永田生慈監修、岩崎美術社、１９８６〜１９８７年
・長友千代治「日本近世の読書図」（講演記録、読書画像ワークショップ２００５年、www.cirm.keio.ac.jp/media/contents/2005ws-nagatomo.pdf）
・佐藤悟「『華よそほひ』考」（『日本・中国・ヨーロッパ文学における絵入本の基礎的研究及び画像データ・ベースの構築』（実践女子大学文学部、２００６年）

その他、各種展示および展示目録、浮世絵販売目録、個人蔵の浮世絵類、影印版、各種論文中の図像などを用いた。

表２「春画・春本における読書図」は、表１の使用資料に加えて、

・『枕絵　浮世絵揃物』（上下冊）、小林忠編、学習研究社、１９９５年
・『定本　浮世絵春画名品集成』（全11巻）、林美一・リチャード・レイン共同監修、河出書房新社、１９９６〜２０００年
・『春画と肉筆浮世絵』小林忠・白倉敬彦編著、洋泉社、２００６年
・『絵入春画艶本目録』白倉敬彦著、平凡社、２００７年
・『張形と江戸をんな』田中優子著、洋泉社新書、２００４年

・『江戸名作艶本』（全12巻）、学習研究社、１９９５〜１９９６年
・『浮世絵艶本集成』（全５巻）、美術出版社、１９９８年
・白倉敬彦「春画をどう読むか」（『浮世絵春画を読む』（上下冊）、白倉敬彦、田中優子、早川聞多、三橋修著、中公叢書、２０００年）

その他、各種展示および展示目録、浮世絵販売目録、個人蔵の浮世絵類、影印版、各種論文中の図像などを用いて作成した。

付記

本稿は２００６年９月にCambridge大学で行われたPeter Kornicki教授主催ワークショップ「Women and the book in Japan from the 16th to the 19th centuries」での発表を元としている。Peter Kornicki氏および、浮世絵について御教示下さった松村倫子さんに御礼申し上げます。

「雅と俗」図の転載をご許可くださいました中野三敏氏に感謝申し上げます。

曲亭馬琴著作年表

※本表は曲亭馬琴の刊行著作を中心とした年譜である。再板、改題本などについては、初板本の項に注記した。
※著作には現代仮名遣いで書名の読みを（　）内に示したが、長編では初編のみに付した。
※書型は、草双紙は中本型、読本は半紙本型以外のもののみを記したが、草双紙で上紙摺や貸本屋向けなどの半紙本型と併存するものについては、これを記さない。

元号	西暦	年齢	事跡　◎非刊行著述　☆関連刊行書	刊行著作　（著者関係注）〈画工〉〔版元〕
明和四	1767	1	六月九日、旗本松平鍋五郎信成の深川水場の屋敷に生まる。幼名は春蔵、後に倉蔵。父は瀧澤興義43、母は門30、長兄左馬太郎（興旨）9、次兄常三郎（興春）3。	
安永年間	1772〜1780	6〜14	この間に、妹蘭（のち秀）と菊が誕生。 六、七歳より画冊子を好み、筆とる技を嗜む。 四年、三月二六日、父興義が病没51。 五年、長兄は故あって浪人、倉蔵は家督を継いで松平家の嫡孫八十五郎に童小姓として仕える。 九年、八十五郎の呵責ひどく、部屋の障子に「木がらしに思ひたちけり神の旅」と書き付けて出奔。	
天明年間	1781〜1788	15〜22	元年、叔父田原忠興に依って元服し、興邦と名乗る。 四年、市中を浮浪し、俳友・読書	

年号	西暦	年齢	事項	著作
			同好の家に寓居する。 五年、六月二七日、母の門が病没48。 この頃、仕官しては職を辞すことを繰り返す。 六年、八月四日、仲兄興春が急逝22。 ◎七年、『俳諧古文庫』二巻編（元年「弔鶯辞」、六年「鶏忠誄」「招魂悲歌」などを含む）	
寛政二	1790	24	前年入塾の官医山本宗英の塾を去る。 秋、山東京伝を訪れて入門を乞い、以後しばしば訪問、また逗留する。 ◎元年、「罔両談」（羅文序）を編す。	
寛政三	1791	25	秋、深川の寓居が洪水に遭い、半年、京伝方の食客となる。 初冬の頃、京伝の草双紙の代表をする。	（草双紙（黄表紙）） ・『尽用而二分狂言』（つかいはたしてにぶきょうげん）二巻二冊、（京伝門人大栄山人作）、〈豊国〉〔甘泉堂〕
寛政四	1792	26	三月、京伝を通して書肆耕書堂蔦屋重三郎の番頭として抱えられる。 名を解と改め、字を瑣吉（左吉）とする。	（草双紙（黄表紙）） ・『実語教幼稚講釈』（じつごきょうおさなこうしゃく）三巻三冊、（京伝名・馬琴代作）、〈春朗（北斎）〉〔耕書堂〕
寛政五	1793	27	六月、興旨35、添19を娶る。 七月、耕書堂を辞して、飯田町中坂の商家伊勢屋の寡婦・百（会田氏）に入夫し、名を清右衛門と称す。しかし商家を嫌って加藤千蔭の門人となり、書を学ぶ。	（草双紙（黄表紙）） ・『竜宮羶鉢木』三巻三冊、（京伝名・馬琴代作）、〈重政〉〔仙鶴堂〕 ・『銘正夢楊柳一腰』（めいわまさゆめやなぎのひとこし）三巻三冊、（馬琴序、无名子（馬琴）作）、〈政美〉〔仙鶴堂〕 ・『登阪宝山道』（のぼりさかたからのやまみち）二巻二冊、（无名子（馬琴）作）〈政美〉〔仙鶴堂〕

曲亭馬琴著作年表

			これより戯墨の潤筆と手習の師などによって生計を立てる。 ☆噺本『戯話華靨』一冊（鬼武作、馬琴序校）〔耕書堂〕 ☆噺本『落咄梅の笑』一巻一冊、〈村瓢子作、馬琴序校〉、〔耕書堂〕 ☆黄表紙『絵本巴女一代記』半紙本五巻三冊、（楚満人作、馬琴後序）〈豊国〉〔永寿堂〕	※右二部五巻は、後に『伊賀越乗掛合羽』と合刻改題再刊。 ・『鼠子婚礼塵劫記』（ねずみこんれいじんこうき）三巻三冊（京伝序）、〈豊国〉〔甘泉堂〕 ・『花団子食気物語』（はなよりだんごくいけものがたり）三巻三冊（京伝校）、〈重政〉〔瑞玉堂〕 ・『荒山水天狗鼻祖』（あらやまみずてんぐのはじまり）三巻三冊、〈政美〉〔瑞玉堂〕 ・『御茶漬十二因縁』（おちゃづけじゅうにいんえん）三巻三冊、〈春英〉〔伊勢治〕 （噺本） 『笑府衿裂米』（おとしばなしえりたちごめ）一巻一冊、〈政美〉〔耕書堂〕 ※嘉永六年に再板
寛政六	1794	28	十月、長女さき（幸）、誕生。	（草双紙（黄表紙）） ・『福寿海无量品玉』（ふくじゅかいむりょうのしなだま）三巻三冊、（唐来山人跋）〈春朗（北斎）〉〔耕書堂〕
寛政七	1795	29	四月、妻・百の養母・はる没。 夏、耕書堂の需めにより初めて読本を作る。 ◎初春、長兄・羅文（興旨）と両吟、「俳諧和漢歌遷行」を著す。	（草双紙（黄表紙）） ・『心学晦荘子』（しんがくみそかそうじ）三巻三冊、〈重政〉〔仙鶴堂〕
寛政八	1796	30	二月二五日、次女ゆう（祐）生まれる。 これより数年、盛んに俳諧百韻興行を羅文・蘇山・狐遊らと行う（この年は正月二五日、二月二日、三月三日、三月二三日、五月二六日、六月十日等）。	（草双紙（黄表紙）） ・『報復讐獺狂夫』（かたきうちおそのたわれお）三巻三冊、〈重政〉〔仙鶴堂〕 ・『堪忍五両金言語』（かんにんごりょうこがねのことば）三巻三冊、〈重政〉〔仙鶴堂〕 ・『曲亭増補万八伝』（きょくていぞうほまんぱちでん）二巻二冊、〈重政〉〔仙鶴堂〕 ・『小霖雨見越松毬』（しょぼしょぼあめみこしのまつかさ）二巻二冊、〈重政〉〔仙鶴堂〕 ・『墨川柳禿筆』（すみだがわやなぎのきれふで）二巻二冊、〔仙鶴堂〕 ・『四遍摺心学草紙』（しへんずりしんがくぞうし）三巻三冊、〈重政〉〔耕書堂〕 （読本） ・『高尾船字文』（たかおせんじもん）中本五巻五冊、〈長喜〉〔耕書堂〕 ※天保六、七年に中本で再板、〈国貞〉〔柴屋文七〕
九	1797	31	正月十六日、二月十三日、三月二	（草双紙（黄表紙））

寛政			五日などに百韻を興行する。 十一月、長兄興旨（羅文）の次女・蔦生まれる。 十二月二七日、長男・鎮五郎（興継）生まれる。 ◎二月、俳諧「老鳥菴評批言の弁」を著す。 ◎三月、興春追悼「夢見艸」（羅文編、馬琴補正）を著す。 ◎七月、「風月菴主に答る文」（雪碇との応答）を著す。 ☆秋、『吉原細見』一冊〔耕書堂〕に馬琴序。	・『彦山権現誓助剣』（ひこさんごんげんちかいのすけだち）五巻五冊、（傀儡子作）〈重政〉〔耕書堂〕 ・『北国巡礼唄方便』（ほっこくじゅんれいうたほうべん）三巻三冊、〈重政〉〔耕書堂〕 ・『竜宮苦界玉手箱』（たつのみやこくかいのたまてばこ）三巻三冊、〈重政〉〔耕書堂〕 ・『武者合天狗俳諧』（むしゃあわせてんぐはいかい）二巻二冊、（傀儡子作）〈重政〉〔耕書堂〕 ・『楠正成軍慮知恵輪』（くすのきまさしげぐんりょのちえのわ）三巻三冊、〈重政〉〔耕書堂〕 ・『加古川本蔵綱目』（かこがわほんぞうこうもく）三巻三冊、〈重政〉〔仙鶴堂〕 ・『押絵鳥癡漢高名』（おしえどりあほうのこうみょう）二巻二冊、〈重政〉〔仙鶴堂〕 ・『大黒楹黄金柱礎』（だいこくばしらこがねのいしずえ）二巻二冊、〈重政〉〔仙鶴堂〕 ・『安部清兵衛一代八卦』（あべのせいべいいちだいはっけ）三巻三冊、〈重政〉〔仙鶴堂〕 ・『庭荘子珍物茶話』（にわそうじちんぶつちゃわ）二巻二冊、〈重政〉〔仙鶴堂〕 ・『无筆節用似字尽』（むひつせつようにたじづくし）三巻三冊、〈重政〉〔仙鶴堂〕 ※天保十年、〈国芳〉で再板
寛政十	1798	32	八月十二日、長兄興旨（羅文）没40。「羅文居士病中一件」一巻あり。 ◎「俳諧有也無也之関」（羅文写）に識語する。 ◎この頃、「著作堂俳書目録」を著す。 ☆黄表紙『浴爵一口浄瑠璃』（在原艶美作）〈重政〉〔仙鶴堂〕に馬琴序。	（草双紙（黄表紙）） ・『御慰忠臣蔵之攷』（おなぐさみちゅうしんぐらのかんがえ）二巻二冊、〈重政〉〔仙鶴堂〕 ・『時代世話足利染』（じだいせわあしかがぞめ）三巻三冊、（傀儡子作）〈重政〉〔仙鶴堂〕 ・『足利染拾遺雛形』（あしかがぞめしゅういのひながた）二巻二冊、（傀儡子作）〈重政〉〔仙鶴堂〕 ※右二作は前後編、後に合冊し『鏡山旧錦絵』五巻五冊と改題再板。 ・『麁相案文当字揃』（そそうあんもんあてじぞろえ）三巻三冊、〈重政〉〔仙鶴堂〕 ・『大雑書抜萃縁組』（おおざっしょかきぬきえんぐみ）三巻三冊、〈重政〉〔耕書堂〕 ・『増補獼猴蟹合戦』（ぞうほさるかにかっせん）二巻二冊、（傀儡子作）〈重政〉〔耕書堂〕

・『鼻下長生薬』（はなのしたながいきのくすり）三巻三冊、〈重政〉〔耕書堂〕

寛政十一　1799　33

八月十日、羅文（興旨）一周忌追善百韻を興行。
◎「笠の露」（羅文追悼文集）を編す。
☆読本『絵本大江山物語』中本三巻三冊、〈重政〉〔仙鶴堂〕に馬琴序。
☆洒落本『猫射羅子』一冊（正徳鹿馬輔作、傀儡・正徳子序、千差万別跋）〈子興〉
☆随筆『ひともと草』（大田南畝に「草市」「吹革祭」「天王祭」を入れる。なお文化三年序あり。

（草双紙（黄表紙））
・『无茶尽押兵』（むちゃづくしおしのつわもの）三巻三冊、〈重政〉〔仙鶴堂〕
・『東発名皐月落際』（えどのはなさつきのちりぎわ）二巻二冊、〈豊国〉〔仙鶴堂〕
・『鯨魚尺品革羽織』（くじらさししながわはおり）三巻三冊、〈重政〉〔仙鶴堂〕
・『彼岸桜勝花談義』（ひがんざくらはなよりだんぎ）三巻三冊、〈重政〉〔仙鶴堂〕
・『料理茶話即席説』（りょうりちゃわそくせきはなし）三巻三冊、〈重政〉〔仙鶴堂〕
・『風見艸婦女節用』（かざみくさおんなせつよう）三巻三冊、〈重政〉〔耕書堂〕
・『世諺口紺屋雛形』（よのたとえくちからこうやひながた）三巻三冊、〈子興〉〔耕書堂〕
（噺本）
・『戯聞塩梅余史』（おとしばなしあんばいよし）（人日序）〈子興〉〔耕書堂〕
※文化十二年に『春の寿』〈国芳〉と改題再板、後、『再咲一霄譚』と改題再板

寛政十二　1800　34

六月二三日、三女くは（鍬）生まれる。
九月から十月、相模の浦賀、厚木。伊豆の下田を遊歴する。
◎『戯子卅六歌撰櫓色紙』大本一冊、稿本成る（未刊。大正十年、稀書複製会）。
◎「夢の秋」（羅文追薦）を著す。
☆黄表紙『絵本尊氏勲功記』十巻五冊、（北尾政美作）〈政美〉〔仙鶴堂〕、馬琴序・閲。
☆黄表紙『絵本楠二代軍記』十巻五冊、（北尾政美作）〈政美〉〔仙鶴堂〕、馬琴序・閲。
☆春本『艶本多歌羅久良』三冊、〈喜多川歌麿〉〔山口屋忠助〕、馬琴序および上冊本文作。

（草双紙（黄表紙））
・『銭鑒貨写画』（ぜにかがみたからのうつしえ）三巻三冊、〈重政〉〔仙鶴堂〕
・『譬喩義理與褌』（たとえのふしぎりとふんどし）三巻三冊、〈重政〉〔仙鶴堂〕
・『人間万事塞翁馬』（にんげんばんじさいおうがうま）三巻三冊、〈重政〉〔仙鶴堂〕
・『視薬霞報条』（みるがくすりかすみのひきふだ）三巻三冊、〈重政〉〔仙鶴堂〕
※天保八年、〈国芳、ただし表紙は国貞〉で再板
・『胴人形肢体機関』（どうにんぎょうからだのからくり）三巻三冊、〈重政〉〔耕書堂〕
・『備前擂盆一代記』（びぜんすりばちいちだいき）三巻三冊、〈重政〉〔耕書堂〕
・『花見話虱盛衰記』（はなみばなししらみせいすいき）三巻三冊、〈豊国〉〔山口屋忠介〕
（浄瑠璃）
・『化競丑満鐘』（ばけくらべうしみつのかね）半紙本三冊、〈重政〉〔耕書堂〕
※天保元年以前に、画をあらたにし再板
（滑稽本）
・『戯子名所図会』（やくしゃめいしょずえ）半紙本三冊、（京山跋）〈豊国〉〔仙鶴堂〕
（絵本）

和暦	西暦	年齢	事項	著作
				・『俳優廿二相』（やくしゃさんじゅうにそう）一冊、〈豊国〉〔耕書堂〕 （雑） ・『国尽女文章』（くにづくしおんなぶんしょう）中本一巻一冊、自筆板下、〈重政〉〔仙鶴堂〕 ・『山東弌凮煙管簿』（さんとういっぷうきせるのひながた）一枚摺、〔耕書堂〕
享和元	1801	35	六月、妻百の実母はつ没。 ◎「絵本天神記」を綴るが、版元鶴屋喜右衛門、継いで画工重政も没して未刊に終わる。	（草双紙（黄表紙）） ・『足手書草紙画賦』（あしてがきそうしのえくばり）三巻三冊、〈重政〉〔仙鶴堂〕 ・『教訓跡之祭戯単』（きょうくんあとのまつりのばんづけ）三巻三冊、〈重政〉〔仙鶴堂〕 ・『敵討蚤取眼』（かたきうちのみとりまなこ）三巻三冊、〈重政〉〔仙鶴堂〕 ・『買飴紙鳶野弄話』（あめをかったらたこやろばなし）二巻二冊、〈重政〉〔仙鶴堂〕 ・『浪速秤華兄芬輪』（なにわばかりうめのふんりん）二巻二冊、〈子興〉〔仙鶴堂〕 ・『父讐宇津宮物語』（おやのかたきうつのみやものがたり）三巻三冊、（傀儡子作）〈豊国〉〔仙鶴堂〕 ・『五齣浄瑠璃酒肆』（ごだんつづきじょうるりざかや）二巻二冊、（傀儡子作）〈豊国〉〔仙鶴堂〕 ※右二作は前後編。弘化四年に五巻合冊、『宇都宮黄金清水』として〈芳虎〉〔耕書堂〕で改題再板と「戯作者考補遺」（木村黙老）に見えるが、未見。代わって、弘化四年『父讐宇都宮譚』前後帙八巻四冊、〈芳虎〉〔錦橋堂〕あり ・『曲亭一風京伝張』（きょくていいっぷうきょうでんばり）三巻三冊、〈重政〉〔耕書堂〕 ※享和九年に再板 ・『春之駒象棊行路』（はるのこましょうぎのきみち）三巻三冊、〈重政〉〔耕書堂〕 ・『絵本報讐録』（えほんかたきうち）三巻三冊、（玉亭主人作）〈豊国〉〔山口屋忠介〕 （絵本） ・『画本武王軍談』（えほんぶおうぐんだん）中本十巻五冊、〈重政〉〔仙鶴堂〕
享和二	1802	36	五月九日、江戸を発って京摂を遊歴する。なおこの旅が生涯一度の大旅行である。 ◎「潮来曲後集」（曲亭門下狂言堂傀儡子・椒芽田楽法師）を稿	（草双紙（黄表紙）） ・『養得茄名鳥図会』（かいえたりにわこめいちょうずえ）三巻三冊、〈重政〉〔仙鶴堂〕 ・『種蒔三世相』（たねまきさんぜそう）三巻三冊、〈重政〉〔仙鶴堂〕 ・『初老了簡年代記』（しじゅうからりょうけんねんだいき）三巻三冊、〈長喜〉〔仙鶴

			す。 ◎『羇旅漫録』（京摂旅行の記録）三巻三冊を著す。 ※明治十八年、渥美正幹稿〈川辺花陵・渡部小華〉〔畏三堂〕にて刊行。 ◎『劇場画史』人物之部（盧橘仙の像賛、狂詩三六首）を題す（未刊）。 ・絵本『絵本智迦良児布』十巻五冊、〈春亭〉〔仙鶴堂〕に馬琴序。 ※後に前編二五丁を『画本武王軍談』中本十巻五冊、（馬琴序）〈重政〉〔仙鶴堂〕と改題再板。さらに後に後半二〇丁を『鎧草筆一本』〈春亭〉と改題再板。	堂〕 ・『太平記忠臣講釈』（たいへいきちゅうしんこうしゃく）三巻三冊、（傀儡子作）〈豊国〉〔仙鶴堂〕 ・『忠臣講釈後坐巻』（ちゅうしんこうしゃくござのまき）二巻二冊、（傀儡子作）〈豊国〉〔仙鶴堂〕 ※右二作は前後編 ・『野夫鴬歌曲訛言』（やぶうぐいすうたのかたこと）三巻三冊、〈子興〉〔仙鶴堂〕 ・『世帯評判記』（せたいひょうばんき）三巻三冊、〈豊国〉〔耕書堂〕 ・『六冊懸徳用草紙』（ろくさつがけとくようぞうし）三巻三冊、〈重政〉〔耕書堂〕
享和三	1803	37	『たゝび草』（七杉堂奇淵撰）に発句「松かせのはつれ〱や雁のこゑ」入集。 ◎「蓑笠雨談」三巻を編述する。 ☆絵入根本『役者浜真砂』〈松好斎〉〔文金堂〕に馬琴序。	（草双紙（黄表紙）） ・『阴兼阳阳珍紋図彙』（かげとひなたちんもんずい）三巻三冊、〈重政〉〔仙鶴堂〕 ・『俟待開帳咄』（まちにまったかいちょうばなし）三巻三冊、〈豊国〉〔仙鶴堂〕 ・『臍沸西遊記』（へそがわかすさゆものがたり）三巻三冊、〈秀麿〉〔仙鶴堂〕 （その他） ・『俳諧歳時記』（はいかいさいじき）横本二巻二冊、〔文金堂他〕 ※嘉永四年、藍亭青藍補『増補改訂　俳諧歳時記栞草』横本四巻四冊、〔敦賀屋九兵衛他〕として増補改訂版を刊行 ・『醴新書』（あまざけしんじょ）（享和三年自序） ※明治三〇年、井上勝五郎発行の活字本あり
文化元	1804	38	八月、長兄羅文七回忌、追善之俳諧連歌独吟表六句を墓前に手向く。 文化の初より別号を蓑笠隠居とする。	（草双紙（黄表紙）） ・『敵討弐人長兵衛』（かたきうちににんちょうびょうえ）三巻三冊、〈北鄒酔飽人（重政）〉〔耕書堂〕 ・『松株木三階奇談』（まつかぶきさんかいきだん）三巻三冊、〈北鄒酔飽人（重政）〉〔耕書堂〕

年号	西暦	年齢	事項	著作
			◎（〜嘉永元年）「著作堂雑記」を記す。	・『五人拍鄙言』（ごにんばやしひなものがたり）三巻三冊、〈重政〉〔仙鶴堂〕 ・『新研十六武蔵坊』（しんはんかわりましたじゅうろくむさしぼう）三巻三冊、〈重政〉〔仙鶴堂〕 ・『小夜中山宵啼碑』（さよのなかやまよなきのいしぶみ）三巻三冊、〈豊広〉〔仙鶴堂〕 （読本） ・『小説比翼紋』（しょうせつひよくもん）中本二巻二冊、〈北斎〉〔仙鶴堂〕 ・『曲亭伝奇花釵児』（きょくていでんきはなかんざし）中本二巻二冊、〈※未詳〉〔松茂堂〕 （絵本） ・『絵本漢楚軍談』（えほんかんそぐんだん）前編五巻五冊、後編五巻五冊、〈紅翠斎（重政）〉〔仙鶴堂〕 ※文政十二年に二冊、〈国芳〉、袋入合巻として再板 （浄瑠璃） ・『雩雲の道行』（ゆうだてやくものみちゆき）一冊、〈長喜〉 （随筆） ・『蓑笠雨談』（さりつうだん）前編三巻三冊、〔耕書堂〕 ※嘉永三年に『著作堂一夕堂』と改題再板
文化二	1805	39	『月氷奇縁』（馬琴の半紙本型読本の初作）大く時好に称い、是より読本流行し、竟に甚しきまでに至る。 十月、大坂の人形座にて『稚枝鳩』を「会津宮城野錦繡」に作り興行、繁昌する。 ◎『女筆花鳥文章』一巻を中川新七の需めに応じて著すが、その後を知らず。 ☆噺本『蛺蝶児』一冊、（阿金堂一蒔著、新作落語）〈阿金堂〉〔中川新七〕に馬琴序。	（草双紙（黄表紙）） ・『奉打札所誓』（うちたてまつるふだしょのちかい）三巻三冊、〈月麿〉〔耕書堂〕 ・『妙黄粉殻道明寺』（みょうきなこごめどうみょうじ）三巻三冊、〈長喜〉〔耕書堂〕 ・『復讐阿姑射之松』（かたきうちあこやのまつ）前編三巻三冊、後編二巻二冊、（傀儡子清友作）〈豊広〉〔仙鶴堂〕 ・『猫奴牡忠義合奏』（ねこのつまちゅうぎのつれびき）三巻三冊、〈豊国〉〔仙鶴堂〕 ※弘化二年に『猫児牝忠義合奏』として馬琴新序付〈国芳〉〔仙鶴堂〕で再刻 （読本） ・『月氷奇縁』（げっぴょうきえん）五巻五冊、〈流光斎如圭他〉〔文金堂〕 ・『稚枝鳩』（わかえのはと）五巻五冊、〈豊国〉〔仙鶴堂〕 ・『石言遺響』（せきげんいきょう）五巻五冊、〈北馬〉〔中川新七・平林堂〕 ・『四天王剿盗異録』（してんのうしょうとういろく）十巻十冊、〈豊国〉〔仙鶴堂〕

年号	西暦	年齢	事項	著作
				※天保六年に前編五巻一冊で宝文堂再刊
文化三	1806	40	三月、『勧善常世物語』五巻中の二巻、『三国一夜物語』五巻、江戸大火にて板木焼失。 八月、著述繁多に付き、手習稽古の童子を断る。 秋、衆星閣角丸屋甚助、『園の雪』彫刻の遅れから劂人米助を町奉行書に訴え、故に馬琴も吟味を受ける。 十月、甚助、馬琴方へ謝罪に来る。 ☆読本『絵本西遊全伝』初編巻冊、(口木山人訳述)〈大原東野・豊広〉〔文金堂〕に馬琴序。	(草双紙(黄表紙)) ・『武者修行木斎伝』(むしゃしゅぎょうもくさいでん)前編三巻三冊、後編三巻三冊、(門人嶺松亭校)〈豊広〉〔仙鶴堂〕 ・『敵討鼎壮夫』(かたきうちかなえのますらお)前編三巻三冊、後編二巻二冊、〈酔放逸人(重政)〉〔仙鶴堂〕 ※『北圃三勇士伝』五巻一冊、〈貞重〉と改題再板あり ・『敵討雑居寝物語』(かたきうちざこねものがたり)前編三巻三冊、後編三巻三冊、〈酔放逸人(重政)〉〔仙鶴堂〕 ・『大師河原撫子話』(だいしがわらなでしこばなし)前編三巻三冊、後編三巻三冊、〈酔放逸人(重政)〉〔仙鶴堂〕 ※天保十二年、〈国貞〉〔紅英堂〕で再板、また天保十年までに〔錦森堂〕で再板 (読本) ・『新編水滸画伝』(しんぺんすいこがでん)初編前帙、六巻六冊、〈北斎〉〔盛文堂・衆星閣〕 ※〔万笈堂・群玉堂〕の後摺あり ・『勧善常世物語』(かんぜんつねよものがたり)五巻五冊、〈北馬〉〔柏栄堂〕 ※後に絶板。文政六年、一部〈英泉〉にて〔文永堂〕再刻。群鳳堂・群玉堂の後摺あり ・『三国一夜物語』(さんごくいちやものがたり)五巻五冊、〈豊国〉〔慶賀堂〕 ※後に〈国直〉で〔文永堂〕再刻。文政九年に〔青林道〕再板 ・『盆石皿山記』(ぼんせきさらやまのき)前編、中本二巻二冊、(嶺松亭跋)〈豊広〉〔鳳来堂〕 ※柏原屋儀兵衛、五冊の後摺あり ・『敵討誰也行燈』(かたきうちたそやあんどう)中本二巻二冊、〈豊国〉〔雙鶴堂〕 ※文化十三年、『再栄花川譚』〔瑞錦堂〕として改題再板。文化四年、『敵討記念長船』中本二巻二冊として改題再板か
文化四	1807	41	正月、「花咲松」(塙保己一著)の謄写終わる。 「絵本観世音利生記」五冊を著す。 子息琴嶺(興継)、前年より清水	(草双紙(合巻)) ・『敵討岬幽壑』(かたきうちみさきのほら)六巻二冊、〈春亭〉〔耕書堂〕 ・『敵討鼓瀑布』(かたきうちつづみがたき)六巻二冊、〈豊広〉〔仙鶴堂〕 ※弘化二年、『稲葉山鼓ケ滝』四巻二冊、(宝田千町作)〈国芳〉〔寿鶴堂〕として改

赤城に四書五経の句読指導を受け、金子金陵に画を学び、この年位より書法を佐野東洲に学び、東洲没後、荒木適斎に付く。

題再板
・『嶋村蟹水門仇討』（しまむらがにみなとのあだうち）六巻二冊、〈豊広〉〔仙鶴堂〕
・『不老門化粧若水』（おいせぬかどけはいのわかみず）二巻一冊、〈国貞〉〔万屋四郎兵衛〕
※伽羅油屋万屋四郎兵衛の初春景物本、袋入り十丁物。文化六年、『匂全伽羅柴舟』〔文寿堂〕と改題再板
（読本）
・『椿説弓張月』（ちんせつゆみはりづき）前編六巻六冊、〈北斎〉〔平林堂〕
※〔群玉堂〕の後摺あり
・『墨田川梅柳新書』（すみだがわばいりゅうしんしょ）六巻六冊、〈北斎〉〔仙鶴堂〕
・『敵討裏見葛葉』（かたきうちうらみくずのは）五巻五冊、〈北斎〉〔平林堂〕
※〔中村屋幸蔵、文淵堂〕で一部改刻再板
・『新編水滸画伝』初編後帙五巻五冊、〈北斎〉〔盛文堂・衆星閣〕
※二編以下は高井蘭山訳、〈北斎〉で九編全九〇巻に及ぶ
・『新累解脱物語』（しんかさねげだつものがたり）五巻五冊、〈北斎〉〔文金堂〕
・『園の雪』（そののゆき）五巻五冊、〈北斎〉〔衆星閣〕
※〔群玉堂〕の後摺あり
・『刈萱後伝玉櫛笥』（かるかやこうでんたまくしげ）中本三巻三冊、〈北斎〉〔木蘭堂〕
※後に『石堂丸刈萱物語』〔双鶴堂〕と改題再板
・『盆石皿山記』後編中本二巻二冊、〈一竹斎建竹跋〉〈豊広〉〔鳳来堂〕
※〔柏原屋義兵衛・三木佐助〕の後摺あり

文化五 1808 42

『三国一夜物語』『弓張月』『南柯夢』『佐鼠伝』などの歌舞伎狂言・新作浄瑠璃にしたものが数多興行される。
九月、耕書堂より「合巻作風心得之事」の書翰を受ける。
◎「家廟遺墨」三巻を制作する。なお、文政七年に修復。
◎「返魂余紙別集」二巻成る。な

（草双紙（合巻））
・『敵討白鳥関』（かたきうちしらとりのせき）六巻二冊、〈豊広〉〔甘泉堂〕
・『歌舞伎伝介忠義説話』（かぶきでんすけちゅうぎばなし）七巻二冊、〈春亭〉〔山城屋藤右衛門〕
※全編、薄墨入
・『敵討児手柏』（かたきうちこのてがしわ）五巻二冊、〈豊国〉〔蘭香堂〕
※天保五年、『讐討児手柏』六巻三冊、（宝田千町作）〈二世重政〉〔正栄堂〕として再刊。さらに『河童相伝』六巻三冊、（宝田千町作）〈二世重政〉〔正栄堂〕と改題再板
・『敵討身代利名号』（かたきうちみがわりみょうごう）六巻二冊、〈北斎〉〔仙鶴堂〕

文化六　1809　43

お、文政七年に修復。
☆読本『駅路春鈴菜物語』二巻二冊〈曲亭門人節亭琴驢作〉〈豊広・俵屋宗理〉〔柏栄堂〕に馬琴補綴。
☆読本『善悪邪正甚三之紅絹』五巻五冊、〈馬琴門人川関楼琴川作〉〈春亭〉〔洛藤舎〕に馬琴補綴。
☆読本『双名伝』前編五巻五冊、〈蒿窓主人作〉〈小石軒一指〉〔耕書堂〕に馬琴校合。
☆読本『高野薙髪刀』中本二巻二冊、〈歓醼間士作〉〈北嵩〉〔衆星閣〕、後に『花吹雪高嶺復讐』〈馬琴作〉〈北斎〉として改題再板される。

京の書肆大菱屋宗三郎・山科屋次七合刻にて、「南柯話飛廻り双陸」を印行、大いに流行する。

大坂書賈文金堂河内太助、『南柯夢』の歌舞伎狂言の正本を刊行。
◎「藻屑物語批評并小序」一冊を著す。

・『小鍋丸手石入船』（こなべまるていしのいりふね）六巻二冊、〈豊国〉〔仙鶴堂〕
（読本）
・『括頭巾縮緬紙衣』（くくりずきんちりめんかみこ）三巻三冊、〈豊広〉〔鳳来堂〕
　※文政十四年、『柳巷話説』〈国芳〉と改題再板あり
・『椿説弓張月』後編、六巻六冊、〈北斎〉〔平林堂〕
・『雲妙間雨夜月』（くものたえまあまよのつき）五巻六冊、〈豊広〉〔柏栄堂〕
　※〔群玉堂〕〔文永堂〕の後摺あり
・『頼豪阿闍梨怪鼠伝』（らいごうあじゃりかいそでん）前編五巻五冊、〈北斎〉〔仙鶴堂〕
　※〔群玉堂〕の後摺あり
・『松浦佐用媛石魂録』（まつらさよひめせきこんろく）前編三巻三冊、〈豊広〉〔仙鶴堂〕
・『巷談坡堤庵』（こうだんつつみのいお）中本三巻三冊、〈豊広〉〔慶賀堂〕
　※文化七年、『粂平内坡堤菴』三巻五冊と改題再板あり
・『三七全伝南柯夢』（さんしちぜんでんなんかのゆめ）六巻六冊、〈北斎〉〔木蘭堂〕
　※〔群玉堂〕の一部改刻後摺あり
・『敵討枕石夜話』（かたきうちしんせきやわ）中本二巻二冊、〈豊広〉〔慶賀堂〕
・『俊寛僧都嶋物語』（しゅんかんそうずしまものがたり）前後編八巻八冊、〈豊広〉〔柏栄堂〕
　※〔堺屋国蔵〕〔河内屋真七〕の後摺あり
・『頼豪阿闍梨怪鼠伝』後編三巻四冊、〈北斎〉〔仙鶴堂〕
・『旬殿実々記』（じゅんでんじつじつき）上下十巻十冊、〈豊広〉〔木蘭堂〕
　※安政四年、〔群玉堂〕の再刻あり
・『椿説弓張月』続編六巻六冊、〈北斎〉〔平林堂〕
（草双紙（合巻））
・『小女郎蜘蛛怨苧環』（こじょろうぐもうらみのおだまき）十二巻三冊、〈春亭〉〔仙鶴堂〕
　※天保十二年に上冊、十三年に中・下冊が〈国芳、表紙は国貞〉〔甘泉堂〕で再板
・『奉賀助太刀』（ほうがのすけだち）十巻三冊、〈豊広〉〔甘泉堂〕
・『山中鹿介稚物語』（やまなかしかのすけおさなものがたり）十巻三冊、〈春亭・美丸〉〔洛藤舎〕

				・『敵討賽八丈』（かたきうちまがいはちじょう）六巻二冊、〈国貞〉〔耕書堂〕 ※天保十一年、六巻三冊、〈国貞〉〔紅英堂〕で、画を替えて再刻 （読本） ・『松染情史秋七草』（しょうぜんじょうしあきのななくさ）五巻五冊、〈豊広〉〔文金堂〕
文化七	1810	44	正月、京伝が京山と共に馬琴宅を訪れ、『夢想兵衛胡蝶物語』中の遊女の記事に付き、馬琴を非難する。 四月、日暮里青雲寺に筆塚を建てる。 秋、息子琴嶺（興継）と江ノ島参詣。 播磨の儒医五嶋一彦が「赤水余稿」一巻を著し、馬琴を誹謗する。馬琴はこれを文政二年に知る。 ◎「騳鞭」（三馬『阿古義物語』前輯、文化七年刊の評）を著す。	（草双紙（合巻）） ・『松之月新刀明鑑』（まつのつきしんとうめいかん）六巻二冊、〈春亭〉〔甘泉堂〕 ・『打也敵野寺鼓草』（うてやかたきのでらのたんぽぽ）三巻一冊、〈春扇〉〔甘泉堂〕 ・『姥桜女清玄』（うばざくらおんなせいげん）六巻二冊、〈春亭〉〔仙鶴堂〕 （読本） ・『夢想兵衛胡蝶物語』（むそうびょうえこちょうものがたり）前編五巻五冊、〈豊広〉〔蛍雪堂〕 ※〔平林堂〕〔中金堂〕〔群玉堂〕の後摺あり ・『椿説弓張月』拾遺五巻六冊、〈北斎〉〔西村源六〕 ・『昔語質屋庫』（むかしがたりしちやのくら）五巻五冊、〈春亭〉〔文金堂〕 ※〔文永堂〕の後摺あり ・『常夏草紙』（とこなつぞうし）五巻五冊、〈春亭〉〔木蘭堂〕 ※文政九年、〔文魁堂〕再板あり。〔群玉堂〕の後摺あり ・『夢想兵衛胡蝶物語』後編四巻四冊、〈豊広〉〔蛍雪堂〕 ※〔平林堂〕〔中金堂〕〔群玉堂〕の後摺あり
文化八	1811	45	三月、長女幸（さき）に養子を迎えるが、八月に縁組みを解除する。 子息琴嶺（興継）、侍医山本永春院に医を学び、改名して宗伯と称す。のち、学医鈴木良知などに付く。また儒学は太田錦城・蒲生君平・亀田綾瀬などの講を聴く。 ◎英平吉の需めにより「金比羅利生記」を綴る。	（草双紙（合巻）） ・『相馬内裏後雛棚』（そうまだいりのちのひなだな）六巻二冊、〈春扇〉〔甘泉堂〕 ・『梅渋吉兵衛発心記』（うめしぶきちべえほっしんき）六巻二冊、〈春扇〉〔仙鶴堂〕 （読本） ・『椿説弓張月』残編五巻六冊、〈北斎〉〔平林堂〕 （随筆） ・『燕石襍志』（えんせきざっし）大本五巻六冊、〈琴嶺〉〔文金堂〕 ※〔文永堂〕の後摺あり ・『烹雑の記』（にまぜのき）前集大本二巻四冊、〈琴嶺他〉〔柏永堂〕 （絵本） ・『竹馬の鞆』（ちくばのとも）三巻三冊、〈北馬〉〔双鶴堂・柏栄堂〕

年	西暦	年齢	事項	著作
文化九年	1812	46	正月下旬、長女にふたたび養子を迎えるが、五月、縁組みを解除する。 六月、「蛇田の碑正偽弁」を謄写する。 ☆『実語教絵抄』一冊、〈玉山〉〔文金堂〕に曲亭蟫史序あり。 ※嘉永四年の再板あり。	※天保九年、『絵本武者合』〔和泉屋半兵衛・紙屋利助〕と改題再板 （草双紙（合巻）） ・『浪葩桂夕潮』（なみのはなかつらのゆうしお）五巻二冊、〈春扇〉〔甘泉堂〕 ・『傾城道中双陸』（けいせいどうちゅうすごろく）六巻二冊、〈春扇〉〔甘泉堂〕 ・『行平鍋須磨酒宴』（ゆきひらなべすまのさかもり）六巻二冊、〈春扇〉〔仙鶴堂〕 ※天保十一年、『藻塩草須磨書替』（麓谷作）〈貞秀、ただし表紙は国貞〉と改題再板 ・『千葉館世継雑談』（ちばやかたよつぎぞうだん）六巻二冊、〈国貞・春亭〉〔栄林堂〕 ・『鳥籠山鸚鵡助剣』（とこのやまおうむのすけだち）六巻二冊、〈美丸〉〔仙鶴堂〕 ※天保十年、『佐野渡怨敵懸橋』（緑亭仙橘作）〈貞秀〉と改題再板 ・『敵討仇名物数奇』（かたきうちあだなものずき）三巻一冊、〈春亭〉〔仙鶴堂〕 ※文化十一年、三巻三冊の黄表紙仕立の再摺あり （読本） ・『青砥藤綱模稜案』（あおとふじつなもりょうあん）前集五巻五冊、〈北斎〉〔平林堂〕 ・『占夢南柯後記』（ゆめあわせなんかこうき）八巻八冊、〈北斎〉〔木蘭堂〕 ・『青砥藤綱模稜案』後集五巻五冊、〈北斎〉〔平林堂〕 ・『糸桜春蝶奇縁』（いとざくらしゅんちょうきえん）十巻十冊、〈豊清・豊広〉〔木蘭堂〕 ※〔宝聚堂〕〔群玉堂〕の後摺あり
文化十年	1813	47	夏以後、諸種類の鳥類や犬を飼う。 ◎「おかめ八目」（京伝の読本『双蝶記』評）を著す。 ◎「をこのすさみ」（種彦の読本『綟手摺昔木偶』評）を著す。 ☆この頃、狂文集『春窗秘辞』一帖（淇澳堂主人編）に飯台狂先酔墨として一文を載せる。	（草双紙（合巻）） ・『敵討勝乗掛』（かたきうちかつにのりかけ）六巻二冊、〈春扇〉〔甘泉堂〕 （その他） ・『役者用文章』（やくしゃようぶんしょう）一巻一冊、〈陽春跋〉〈秀麿〉〔中村屋幸蔵〕 ・『金比羅利生記』（こんぴらりしょうき）一冊十一丁、〔万笈堂〕か
年	1814	48	春、小恙あり。夏に至り尤も溜飲	（草双紙（合巻））

年	西暦	年齢	事項	著作
文化十一			に苦しむ。 二月、山本法印、息子琴嶺（興継）を剃髪せしむ。 三月、市村座にて『姥桜女清玄』の翻案歌舞伎「女清玄」、また秋に中座にて『青砥藤綱模稜案』を模した歌舞伎狂言「定結納爪櫛」を興行する。 ◎『巣鴨名物菊乃栞』一冊（立川焉馬編）〈美丸〉〔錦森堂〕に馬琴狂歌六首が載る。	・『皿屋敷浮名染著』（さらやしきうきなのそめつけ）六巻二冊、〈清峰〉〔仙鶴堂〕 ・『巳鳴鐘男道成寺』（みになるかねおとこどうじょうじ）六巻二冊、〈豊国〉〔甘泉堂〕 ・『駅路鈴与作春駒』（えきろのすずよさくがはるこま）六巻二冊、〈国貞〉〔岩戸屋喜三郎〕 （読本） ・『八丈綺談』（はちじょうきだん）五巻六冊、〈北嵩・重宣〉〔山青堂〕 ※〔宝玉堂〕の後摺あり ・『南総里見八犬伝』（なんそうさとみはっけんでん）肇輯五巻五冊、〈重信〉〔山青堂〕 ※〔文溪堂〕の一部改刻再板、〔群玉堂〕の後摺あり
文化十二年	1815	49	五月から七月、息子興継、山青堂に同行し伊勢参宮をする。 十月、妹菊の夫田口久吾没。 ◎「論蜀解錮」（兪文豹作『吹剣録』の評）を著す。 ◎「无益の記」（春鳥虫についての雑稿）を著す。 ◎「両子寺大縁起」一巻を稿す。	（草双紙（合巻）） ・『蘆名辻蹇児仇討』（あしなつじいざりのあだうち）六巻二冊、〈国丸〉〔仙鶴堂〕 ・『比翼紋目黒色揚』（ひよくもんめぐろのいろあげ）六巻三冊、〈豊国〉〔甘泉堂〕 ・『女護嶋恩愛俊寛』（にょうごのしまおんあいしゅんかん）六巻二冊、〈国直、表紙は豊国〉〔丸屋文右衛門〕 （読本） ・『赫奕媛竹節話節』（かぐやひめたけのよかたり）六巻二冊、〈重信〉〔栄林堂〕 ・『朝夷巡嶋記』（あさいなしまめぐりのき）初編五巻五冊、〈豊広〉〔文金堂〕 ※〔群玉堂〕の後摺あり ・『皿皿郷談』（べいべいきょうだん）五巻六冊、〈前北斎戴斗〉〔木蘭堂〕 ※安政五年、〔群玉堂〕八巻八冊の再刻、他に五巻九冊の摺などあり
文化十三年	1816	50	九月七日、山東京伝没56、翌日葬送。ただし馬琴は子息興継を代参させ自らは不参か。 ◎「五色題発句合の評余」を著す。 ◎「能楽考」を著す。	（草双紙（合巻）） ・『毬唄三人長兵衛』（てまりうたさんにんちょうべえ）六巻二冊、〈国貞〉〔文寿堂〕 ※一部削除の後摺あり ・『月都大内鏡』（つきのみやこおおうちかがみ）六巻二冊、〈国丸〉〔双鶴堂〕 ※天保年間、『春霞月乃都』〔大阪・加賀屋〕と改題再板 （読本） ・『南総里見八犬伝』二輯五巻五冊、〈重信〉〔山青堂〕 ※〔文溪堂〕の一部改刻再板、〔群玉堂〕の後摺あり
	1817	51	二月、次女祐、伊勢屋喜兵衛（号	（草双紙（合巻））

年号	西暦	年齢	事跡	著作
文化十四			は田辺）に嫁ぐ。 三月、深川の屋敷で旧主の松平兵庫頭信行に見参する。 十月、傷寒の大病を患い、二〇日あまりにして辛くして本復。 ◎櫟亭琴魚校「犬夷判記第二編稿料」成り、馬琴が校合。 ◎「両子寺略縁起」板下を清書し、豊後に発送する。	・『達模様判官贔屓』（だてもようほうがんひいき）六巻二冊、〈豊国〉〔仙鶴堂〕 ・『伊与簀垂女純友』（いよすだれおんなすみとも）六巻二冊、〈春扇〉〔甘泉堂〕 ・『鶴山後日囀』（ひばりやまごにちのさえずり）六巻二冊、〈国貞〉〔文寿堂〕 ※『鶴山雪間之若草』『中将丸蓮糸功』、『鶴山利生台』、『ひばり山利益の仇討』などの改題再板あり ・『盤州将棋合戦』（ばんしゅうしょうぎがっせん）六巻二冊、〈春扇〉〔甘泉堂〕 ・『百物語長者万燈』（ひゃくものがたりちょうじゃのまんどう）六巻二冊、〈春亭〉〔栄林堂〕 ※弘化元年、『白鼠忠義物語』六巻二冊、〈貞重〉〔金幸堂〕と改題再刻 （読本） ・『朝夷巡嶋記』二編五巻五冊、〈豊広〉〔文金堂〕
文政元年	1818	52	八月、子息宗伯（興継）、母を伴い神田明神下に移居し、一家の主となる。 ☆『犬夷評判記』横本三冊（櫟亭琴魚著）〈重信〉〔山青堂〕（『八犬伝』『巡嶋記』二編までの評答）。	（随筆） ・『玄同放言』（げんどうほうげん）一集大本三巻三冊、〈琴嶺・崋山〉〔文溪堂〕
文政二年	1819	53	三月、仙台の工藤真葛姥（只野綾子）、書翰を寄せる。 ◎真葛「独考」を批評添削して「独考論」二巻を著す。 ◎「伊波伝毛乃記」一巻を著し、京伝の生涯を記す。 ◎松前老侯のため、「駿馬錦帆之記」を著す。	（草双紙（合巻）） ・『春海月玉取』（はるのうみつきのたまとり）六巻二冊、〈豊国〉〔仙鶴堂〕 ※『白狐珠取物語』〈表紙は菱川清春〉で改題再板 （読本） ・『雪調貢身代鉢木』（ゆきのみつぎみがわりはちのき）六巻二冊、〈春扇〉〔甘泉堂〕 ・『南総里見八犬伝』三輯五巻五冊、〈重信〉〔山青堂〕 ・『朝夷巡嶋記』三編五巻五冊、〈豊広〉〔文金堂〕 （雑） ・『義経千本桜』（よしつねせんぼんざくら）四六丁三冊、（仙鶴堂主人約述、馬琴校閲）〈豊国〉〔仙鶴堂〕、ただし実際は馬琴代作
文政三年	1820	54	正月、画工北尾重政没82。 九月、子息宗伯（興継）、松前志摩守の出入医となり月俸数口を受ける。松前侯老美作守の御意によ	（草双紙（合巻）） ・『弘法大師誓筆法』（こうぼうだいしちかいのひっぽう）六巻二冊、〈国貞〉〔錦森堂〕 ・『信田妖手白猿牽』（しのだづまてじろのさるひき）六巻三冊、〈豊国〉〔仙鶴堂〕

年	西暦	年齢	事項	著作
			り、馬琴の志願ここに半ば達す。 ◎「福井義休遺弓記」を著す。	・『安達原秋二色木』（あだちがはらあきのにしきぎ）六巻二冊、〈豊国〉〔栄久堂〕 ・『籠ニ成竹取物語』（かごになるたけとりものがたり）六巻二冊、〈春扇〉〔甘泉堂〕 （読本） ・『南総里見八犬伝』四輯四巻四冊、〈重信〉〔山青堂〕 ※再板時には五輯巻一を加えて五巻五冊とする （随筆） ・『玄同放言』二集大本三巻三冊、〔文溪堂〕 ※板木は文政十二年に焼失
文政四年	1821	55	十二月、松前侯が旧領に復し、翌年、宗伯を侍医として倶して行かんとすれど、辞して懇命に随わず。 ☆読本『刀筆青砥石文鸞水箴語』六巻八冊、（櫟亭琴魚作、馬琴編削）〈国直〉〔平林堂〕	（草双紙（合巻）） ・『宮戸河三社網船』（みやとがわさんしゃのあみふね）六巻三冊、〈豊国〉〔仙鶴堂〕 ・『六三之文車』（ろくさがふぐるま）六巻三冊、〈豊国〉〔甘泉堂〕 （読本） ・『朝夷巡嶋記』四編五巻五冊、〈豊広〉〔文金堂〕
文政五年	1822	56	閏正月六日、式亭三馬没47。 四月、子息宗伯、松代侯出入医師筆頭として譜代の家臣並、近習格となる。 ◎「吾仏乃記」（瀧澤家の克明な家譜）を著す。	（草双紙（合巻）） ・『女阿漕夜網太刀魚』（おんなあこぎよあみのたちうお）六巻三冊、〈英泉〉〔甘泉堂〕 ・『月宵吉阿玉之池』（つきよよしおたまがいけ）六巻二冊、〈豊国〉〔仙鶴堂〕 ・『照子池浮名写絵』（かがみがいけうきなのうつしえ）六巻三冊、〈英泉〉〔錦森堂〕
文政六年	1823	57	正月、宗伯、病痾はじめて発る。以後七年、病厄に苦しむ。 この頃、上下の歯が一本もなくなる。 ☆滑稽本『滑稽臍磨毛』三巻三冊、（嘴天狗百癡作、暁鐘成校）〔長歳房〕に馬琴序。	（草双紙（合巻）） ・『膏油橋河原祭文』（あぶらばしかわらさいもん）六巻二冊、〈豊国〉〔仙鶴堂〕 ・『女夫織玉川晒布』（めおとおりたまがわさらし）六巻二冊、〈豊国〉〔永寿堂〕 ・『諸時雨紅葉合傘』（もろしぐれもみじのあいかさ）六巻二冊、〈豊国〉〔甘泉堂〕 （読本） ・『南総里見八犬伝』五輯六巻六冊、〈重信・英泉〉〔山青堂〕 ※再板時には五輯巻一を四輯に入れ、五巻五冊となる ・『朝夷巡嶋記』五編五巻五冊、〈豊広〉〔文金堂〕
年	1824	58	三月、吉田新六を婿養子として、	（草双紙（合巻））

文政七			長女幸を妻せ、家財職役姓名などすべてを与える。新六、瀧澤清右衛門勝茂と改名。 四月、号を笠翁と改め、五月に剃髪し、神田明神下の新宅に子息宗伯と同居する。 五月、松羅館（西原好和）・海道庵（関思亮）らと耽奇会を起こす。図本を冊子として「耽奇漫録」と称す。 ◎「自選自集雑稿」を表す。 ※昭和二六年、『曲亭馬琴歌集』として活字化。	・『梅桜対姉妹』（うめさくらついのおととい）六巻二冊、〈豊国〉〔甘泉堂〕 ・『襲褄辻花染』（かさねつまつじがはなそめ）五巻二冊、〈豊国〉〔永寿堂〕 ・『童蒙話赤本事始』（わらべはなしあかほんじし）六巻三冊、〈国貞〉〔錦森堂〕 ・『金比羅船利生纜』（こんぴらぶねりしょうのともづな）初編六巻三冊、〈英泉〉〔甘泉堂〕 ・『殺生石後日怪談』（せっしょうせきごにちのかいだん）初編上二一丁、下二三丁、〈豊国・国貞〉〔錦耕堂〕 ※天保四年に三冊で表紙改刻再板、袋入り後摺あり
文政八年	1825	59	正月、好問堂（山崎美成）、輪池堂（屋代弘賢）らと考古考証を持ち寄る兎園集会を起こす。 初めて木村黙老・岩本活東子と知り合う。 この年、耽奇会・兎園会が盛んに催される。 ◎「兎園小説」（「兎園会」の記録）十二巻七冊 ※天保三年まで馬琴が「別集」「別集拾遺」「別集余録」の計二〇巻十四冊を作成。 ◎「元吉原の記」（中村仏庵用）を記す。 ◎「新吉原略説正誤」一冊を記す。 ※「酔間漫語」と題して後に刊行。	（草双紙（合巻）） ・『縁結文定紋』（えんむすびふみのじょうもん）六巻二冊、〈国貞〉〔栄寿堂〕 ・『傾城水滸伝』（けいせいすいこでん）初編八巻四冊、〈豊国〉〔仙鶴堂〕 ※二編と共に文政九年、天保元年に再板。安政四年、『女水滸伝』〔大黒屋平吉〕と改題再板 ・『金比羅船利生纜』二編六巻三冊、〈英泉〉〔甘泉堂〕

年号	西暦	年齢	事項	著作
			◎「明和大火行」（四方山人作）に跋文を記す。	
文政九年	1826	60	狂歌師田鶴丸来訪し、真葛姥の訃報（文政七年）を聞く。 十二月、末娘鍬を渥美覚重に嫁す。青林堂（為永春水）、板木が焼失していた『三国一夜物語』を無断で再版する。 ◎「江戸地名小識」を松平冠山の懇望により記す。	（草双紙（合巻）） ・『大鯑荘子蝶胥笄』（やまとぞうしちょうちょのかんざし）六巻三冊、〈国貞〉〔甘泉堂〕 ・『姫万両長者鉢木』（ひめまんりょうちょうじゃのはちのき）六巻三冊、〈国貞・美丸〉〔錦森堂〕 ・『傾城水滸伝』二編八巻四冊、〈国安〉〔仙鶴堂〕 ※初編と共に文政九年、天保元年に再板。安政四年、『女水滸伝』〔大黒屋平吉〕と改題再板 ・『金比羅船利生纜』三編六巻三冊、〈英泉〉〔甘泉堂〕
文政十年	1827	61	正月、荻生徂徠百年紀に因む耽奇会あり。 三月二七日、子息宗伯、医師土岐村元立の末娘鉄22を娶る。翌日、鉄を路と改名させる。 閏六～八月、中暑のために霍乱を発症。号を篁民と改める。	（草双紙（合巻）） ・『牽牛織女願糸竹』（たなばたつめねがいのいとたけ）六巻三冊、〈国貞〉〔栄寿堂〕 ・『傾城水滸伝』三編八巻四冊、〈国安〉〔仙鶴堂〕 ・『金比羅船利生纜』四編六巻三冊、〈英泉〉〔甘泉堂〕 （読本） ・『南総里見八犬伝』六集五巻六冊、〈重信・英泉〉〔涌泉堂〕 ・『朝夷巡嶋記』六編五巻五冊、〈豊広〉〔文金堂〕 ※以後は松亭金水が嗣作
文政十一年	1828	62	二月二二日、子息宗伯に男子太郎生まれる。 『八犬伝』版元の涌泉堂美濃甚より連絡なし。板木質入れと風聞あり。 四月、宗伯の旧病癇癖が再発。以後、病臥三年。	（草双紙（合巻）） ・『今戸土産女西行』（いまどみやげおんなさいぎょう）六巻三冊、〈国貞〉〔錦森堂〕 ・『傾城水滸伝』四編八巻四冊、〈国安〉〔仙鶴堂〕 ・『傾城水滸伝』五編八巻四冊、〈国安〉〔仙鶴堂〕 （読本） ・『松浦佐用媛石魂録』二集四巻四冊、〈英泉〉〔千翁軒〕 ・『松浦佐用媛石魂録』三集三巻三冊、〈英泉〉〔千翁軒〕
文政十二年	1829	63	三月、江戸大火にて『旬殿実々記』『皿皿郷談』『糸桜春蝶奇縁』『常夏草紙』の板木を焼く。 十一月、『八犬伝』版元を涌泉堂美濃屋甚三郎より引請け、文溪堂	（草双紙（合巻）） ・『傾城水滸伝』六編八巻四冊、〈国安〉〔仙鶴堂〕 ・『傾城水滸伝』七編八巻四冊、〈国安〉〔仙鶴堂〕 ・『傾城水滸伝』八編八巻四冊、〈国安〉〔仙鶴堂〕 ・『殺生石後日怪談』二編四巻二冊、〈豊国・国貞〉〔錦耕堂〕

年号	西暦	年齢	事項	著作
			丁字屋平兵衛来訪。作者に無沙汰にて七輯を売り出せしことを叱り付く。 十二月、文溪堂、涌泉堂同道にて、詫びに来訪する。 是年、子息宗伯の病痾、過半本復するも、なお松前家出仕は稀なり。 ◎「改過筆記」を著す。 ◎「近来流行商人画巻詞書并歌判合附録」一巻（独詠自評）を屋代弘賢の依頼により記す。	・『金毘羅船利生纜』五編、六巻三冊、〈英泉〉〔甘泉堂〕 ・『金毘羅船利生纜』六編、八巻四冊、〈英泉〉〔甘泉堂〕 ・『漢楚賽擬選軍談』（かんそまがいみたてぐんだん）初編四巻二冊、〈国安〉〔永寿堂〕 ※天保四年、〈表紙は国貞〉〔永寿堂〕で再板。嘉永三年『源平和漢染分』初～六編、〈国安〉〔金随堂〕として改題再板 ・『漢楚賽擬選軍談』二編四巻二冊、〈国安〉〔永寿堂〕 ・『風俗金魚伝』（ふうぞくきんぎょでん）初編八巻四冊、〈国安〉〔錦森堂〕 ※天保八年以降に〔松寿堂〕で再板 （読本） ・『近世説美少年録』初輯五巻五冊、〈国貞〉〔千翁軒〕 ・『南総里見八犬伝』七輯上帙四巻四冊、〈英泉・重信〉〔涌泉堂〕 （往来物） ・『雅俗要文』（がぞくようぶん）一冊、〈松軒靖書〉〔永寿堂〕 ※天保十二年、〔青林堂〕で再板
天保元年	1830	64	正月、千翁軒大坂屋半蔵没40。その弟の文溪堂丁字屋平兵衛が以後、『近世説美少年録』の版元となる。 正月、「八犬伝七輯上帙篠斎評」を落手。 閏三月十八日、宗伯の長女つぎ生まれる。 七月、松坂の殿村常久蟹麻呂没52。 八月、長兄羅文の三十三回忌。 十月、木村黙老が鶴屋の紹介で来訪し、対面する。 十月、乾隆五年板『重訂水滸後伝』十巻を、殿村篠斎蔵の明板と対校する。	（草双紙（合巻）） ・『代夜待白女辻占』（だいやまちしろめのつじうら）六巻三冊、〈国貞〉〔永寿堂〕 ・『傾城水滸伝』九編八巻四冊、〈国安〉〔仙鶴堂〕 ・『傾城水滸伝』十編八巻四冊、〈国安〉〔仙鶴堂〕 ・『風俗金魚伝』下編上上帙四巻二冊、〈国安〉〔錦森堂〕 ・『金毘羅船利生纜』七編八巻四冊、〈英泉〉〔甘泉堂〕 ・『殺生石後日怪談』三編八巻四冊、〈英泉〉〔錦耕堂〕 ・『漢楚賽擬選軍談』三編上帙四巻二冊、〈国安〉〔永寿堂〕 （読本） ・『南総里見八犬伝』七輯下帙三巻三冊、〈重信〉〔涌泉堂〕 ・『近世説美少年録』二輯五巻五冊、〈北溪〉〔千翁軒〕 ※天保五年、〔文溪堂〕で再板

天保二年	1831	65	十一月、琴魚殿村清吉没44。 ◎「半閑窓談」一冊（『水滸後伝』批評）を著す。 ◎「明板水滸後伝序評」一冊を記す。	（草双紙（合巻）） ・『新編金瓶梅』（しんぺんきんぺいばい）初集八巻四冊、〈国安〉〔甘泉堂〕 ※天保五年、第一・二集、表紙のみ〔国貞〕とした後摺あり ・『傾城水滸伝』十一編八巻四冊、〈国安〉〔仙鶴堂〕 ・『風俗金魚伝』下編上下帙四巻二冊、〈国安〉〔錦森堂〕 ・『金毘羅船利生纜』八編八巻四冊、〈英泉〉〔甘泉堂〕 ・『殺生石後日怪談』四編八巻四冊、〈国安〉〔甘泉堂〕
天保三年	1832	66	六月二五日、美作守松前老侯没79。「宗伯を愛顧十三年、茲に万事休す」。 七月、歌川国安没。 閏十一月、柳川重信没46。このため、『開巻驚奇俠客伝』二集の出版が遅延する。 この年、『八犬伝』八輯の篠斎・黙老・桂窓の各評来たり、答評を成す。 ◎「水滸伝発揮略評」「水滸後伝国字評六則」各一枚を殿村篠斎の依頼により揮毫。	（草双紙（合巻）） ・『新編金瓶梅』二集上帙四巻二冊、〈国安〉〔甘泉堂〕 ・『傾城水滸伝』十二編上帙四巻二冊、〈国安〉〔仙鶴堂〕 ・『殺生石後日怪談』五編上帙四巻二冊、〈英泉、ただし表紙は国安〉〔錦耕堂〕 ・『風俗金魚伝』下編下帙四巻二冊、〈国安〉〔錦森堂〕 （読本） ・『千代褚良著聞集』（ちょちょらちょもんじゅう）初集八巻四冊、〈国安〉〔永寿堂〕 ・『開巻驚奇俠客伝』（かいかんきょうききょうかくでん）初集五巻八冊、〈英泉〉〔群玉堂〕 ・『近世説美少年録』三輯五巻五冊、〈北渓〉〔文溪堂〕 ・『南総里見八犬伝』八輯上帙四巻五冊、〈重信〉〔文溪堂〕
天保四年	1833	67	四月、宗伯長女つぎを瀧澤清右衛門勝茂と幸夫婦の養女とする。 八月十七日、宗伯の次女さち生まれる。 八、九月、右目が不自由となる。 ◎「禽譜」を記す。 ◎「三遂平妖伝国字評」を記す。 ◎「続西遊記国字評」を殿村篠斎の依頼により著す。 ◎翌年に掛けて、「近世物之本江戸作者部類」を木村黙老の依頼に	（草双紙（合巻）） ・『新編金瓶梅』二集下帙四巻二冊、〈国安〉〔甘泉堂〕 ・『傾城水滸伝』十二編下帙四巻二冊、〈国安〉〔仙鶴堂〕 ・『殺生石後日怪談』五編下帙四巻二冊、〈国安、ただし表紙は国貞〉〔錦耕堂〕 （読本） ・『南総里見八犬伝』八輯下帙三巻五冊、〈重信〉〔文溪堂〕 ・『開巻驚奇俠客伝』二集五巻五冊、〈重信〉〔群玉堂〕

年	西暦	年齢	事項	著作
			より著す。	
天保五年	1834	68	二月、右の眼中不例、見えなくなる。 六～七月、大病の痘痢を煩う。 八月、子息宗伯の急病再発。 ◎「禽鏡」を著す。 ◎「良薬苦言」一綴（木村黙老稿本秘録への批言）を記す。	（草双紙（合巻）） ・『新編金瓶梅』三集上帙四巻二冊、〈国安〉〔甘泉堂〕 ・『千代褚良著聞集』二集四巻二冊、〈二世重政〉〔永寿堂〕 （読本） ・『開巻驚奇侠客伝』三集五巻五冊、〈国貞〉〔群玉堂〕
天保六年	1835	69	五月八日、宗伯没38。渡辺登（崋山）、哺時に来り枯相を写す。十日、深光寺に葬る。 ・「八犬伝桂窓評」および「侠客伝畳翠評」へ答評を記す。以後数年、愛読者の評答グループ数名との間で、主に「八犬伝」を巡る評答類を盛んに行う。 ◎八月、「後の為の記」（宗伯の事跡を嫡孫太郎のために書きとめたもの）を記す。	（草双紙（合巻）） ・『新編金瓶梅』三集下帙四巻二冊、〈国貞〉〔甘泉堂〕 ・『傾城水滸伝』十三編上帙四巻二冊、〈貞秀〉〔仙鶴堂〕 ※嘉永三年、『曲亭翁遺案女水滸伝』十三編、（笠亭仙果作）〈国貞〉で改作再刊、後は仙果により続稿〔松寿堂〕 （読本） ・『南総里見八犬伝』九輯上帙六巻六冊、〈二世重信〉〔文溪堂〕 ・『開巻驚奇侠客伝』四集五巻五冊、〈二世重信〉〔群玉堂〕 ※五集は蒜園主人によって継作される。
天保七年	1836	70	七月、嫡孫太郎のため、金一三〇両にて御家人株を譲り受ける。その資金調達のために八月十四日、馬琴七〇歳賛賀の書画会を興行。また、蔵書を次々と知人等に売却する。 十一月十日、四谷信濃坂に転居。 ◎「異聞雑稿」を記す。 ☆読本『濡燕栖傘雨談』二編十冊、（墨川亭雪麿作）〈二世重信〉〔文溪堂〕に馬琴閲序。	（草双紙（合巻）） ・『新編金瓶梅』四集上帙四巻二冊、〈国貞〉〔甘泉堂〕 ・『新編金瓶梅』四集下帙四巻二冊、〈国貞〉〔甘泉堂〕 （読本） ・『南総里見八犬伝』九輯中帙六巻七冊、〈二世重信〉〔文溪堂〕
	1837	71	五月、『北越雪譜』（鈴木牧之著）	（読本）

天保八			出板。馬琴は四、五年以前に牧之からの補述依頼を断り、山東京山代編により刊行。 七月、長女さきの婿清右衛門勝茂没51。 八月、渡辺崋山の厄を聞く。 この年も、『南総里見八犬伝』の評答盛んに行われる。 ☆『（新撰）養蚕往来』一冊、（山岡霞川作）〔錦耕堂〕に馬琴補。	•『南総里見八犬伝』九輯下帙上五巻五冊、〈二世重信〉〔文溪堂〕
天保九年	1838	72	三月、妻百の癇疾が再発、嫁お路との同居を嫌がる。 三月頃より、老孤眼かすみ、細字の著述不便。 閏四月、四日市長崎屋にて眼鏡を購入。 閏四月、鱗形屋庄次郎を長女さきの女婿養嗣とし、瀧澤清右衛門と改名させる。 この年も、『南総里見八犬伝』『新編金瓶梅』等を巡る評答が行われる。	（草双紙（合巻）） •『新編金瓶梅』五集八巻四冊、〈国貞〉〔甘泉堂〕 •『風俗金魚伝』三編四巻二冊、〈国安〉〔錦森堂〕 •『風俗金魚伝』四編四巻二冊、〈国安〉〔錦森堂〕 （読本） •『南総里見八犬伝』九輯下帙中五巻五冊、〈二世重信〉〔文溪堂〕 •『南総里見八犬伝』九輯下帙下甲五巻五冊、〈二世重信・英泉〉〔文溪堂〕
天保十年	1839	73	六月に、視力が衰え紙一枚を隔てているように物が見え、十月中旬より、眼気が急速に衰える。 十二月、嫡孫太郎が来年の番入を願い出るために金子入用、小津桂窓に愛蔵してきた蔵書の買上を依頼する。 ◎「稗史外題鑑批評」（前年刊行『稗史外題鑑』（岡田琴秀編）に対	（草双紙（合巻）） •『新編金瓶梅』六集八巻四冊、〈国貞〉〔甘泉堂〕 （往来物） •『女筆花鳥文素』（にょひつかちょうぶんそ）一冊、（内山松蔭堂書）〔錦森堂〕

年号	西暦	年齢	事項	著作
			する木村黙老との答評）を著す。	
天保十一年	1840	74	正月、嫡孫太郎の番入費用を調達のため、殿村篠斎、小津桂窓に蔵書の買い上げを依頼。 正月、太郎元服。実名を興邦とする。 去年より、老眼病衰し、厚眼鏡などを購入するが、見えず。『新編金瓶梅』は八集二冊目よりお路代筆となる。 十一月、太郎興邦に番代を仰付けられる。 ◎この頃か、「あとなし物語」二巻（内題）「春の寝覚物語」、（大塩平八郎一件の秘書）を記す。	（草双紙（合巻）） ・『新編金瓶梅』七集八巻四冊、〈国貞〉〔甘泉堂〕 （読本） ・『南総里見八犬伝』九輯下帙下乙上四巻五冊、〈二世重信・貞秀画〉〔文溪堂〕 ・『南総里見八犬伝』九輯下帙下乙中三巻五冊、〈貞秀〉〔文溪堂〕
天保十二年	1841	75	正月、嫁路口述筆記により『南総里見八犬伝』を続稿。 閏正月、屋代弘賢没84。 二月七日、妻百没78。九日、深光寺に葬る。 三月より、衰眼が僅かに昼夜を弁ずるのみ。 六月、石川畳翠没38。	（草双紙（合巻）） ・『新編金瓶梅』八集八巻四冊、〈国貞〉〔甘泉堂〕 （読本） ・『南総里見八犬伝』九輯下帙下編上五巻五冊、〈二世重信・英泉〉〔文溪堂〕 ・『南総里見八犬伝』九輯下帙下編中五巻五冊、〈二世重信〉〔文溪堂〕
天保十三年	1842	76	正月、前年の冬に渡辺崋山が自殺したという確かな風聞を聞く。 五月、鈴木牧之没73。 六月三日、印行書物類・錦絵・合巻・読本などの新板についての改正の書き付けが出る。馬琴、怖れ慎みて戯墨の筆を断ちて余命を送る外なし、と。	（草双紙（合巻）） ・『新編金瓶梅』九集八巻四冊、〈国貞〉〔甘泉堂〕 （読本） ・『南総里見八犬伝』九輯下帙下編下四巻五冊、〈二世重信・英泉〉〔文溪堂〕 ・『南総里見八犬伝』九輯下帙下編下結局四巻五冊、〈二世重信・英泉〉〔文溪堂〕

年号	西暦	年齢	事項	著作
			十月より、嫁路の口述筆記で「吾仏乃記」（瀧澤家家譜）の編撰を始める。なお全三巻のうち前巻は文政五年に起稿。	
天保十四年	1843	77	正月、病臥。二月に重篤となり辞世の歌を詠むが、回復する。 五月、嫡孫太郎、大病を病む。 十二月、為永春水没54。 ◎「吾仏之記」（瀧澤家の家譜、文政五年に起稿、嫁路の口述筆記により脱稿）。 ◎「稗説虎之巻」（齋藤圭屋の読本『木石余譚』第一集六巻の評、路の口述筆記による）	※昨冬の厳例により、この年の新刻なし
弘化元年	1844	78	正月、木村黙老のために『新編金瓶梅』十集を路に代筆させる。 十二月、『猫児牝忠義合奏』（〈国芳〉〔仙鶴堂〕、なお初板は『猫双牡忠義合奏』〈初代豊国〉文化二年）再板のため、新序のうち反歌を扁歌に作る。 この年、画工国貞、師の豊国の名を継ぐ。	
弘化二年	1845	79	正月、『東韃紀行』の沽却を殿村篠斎に依頼。 六月、嫡孫太郎が鈴木安次郎と荒木横町の植木屋の『南総里見八犬伝』講釈を聞きに行く。	（読本） ・『新局玉石童子訓』（しんきょくぎょくせきどうじくん）第一版三巻五冊、〈後豊国（国貞）〉〔文溪堂〕 ※『近世説美少年録』続編、巻一～三上 ・『新局玉石童子訓』第二版三巻五冊、〈後豊国（国貞）〉〔文溪堂〕 ※巻三下～巻五下
三年	1846	80	四月、山東京山が「蜘蛛の糸巻」を著し、中に馬琴誹謗の箇所あ	（読本） ・『新局玉石童子訓』第三版五巻五冊、〈後豊国（国貞）〉〔文溪堂〕

年号	西暦	年齢	事項	著作
弘化			り。 七月、市村座の歌舞伎興行で馬琴戯作を用いた「青砥冊子（稿）」を興行。看板中の「曲亭馬琴子」を「近来高名家」と替えさせる。	・『新局玉石童子訓』第四版五巻五冊、〈後豊国（国貞）〉〔文溪堂〕
弘化四年	1847	81	七月、殿村篠斎没69。 九月、『南総里見八犬伝』の合巻『犬の冊子』初編二編各四〇丁、後豊国画、蔦屋吉蔵刊。文溪堂丁字屋のは『かなよみ八犬伝』と題し、初編二〇丁で近日出板との噂を聞く。 十月、『近世説美少年録』の合巻『御贊美少年始』、後の十返舎一九訳、後豊国画で蔦屋吉蔵刊。	（草双紙（合巻）） ・『新編金瓶梅』十集八巻四冊、〈後豊国（国貞）〉〔甘泉堂〕 ・『女郎花五色石台』（おみなえしごしきせきだい）一集八巻四冊、〈後豊国〉〔甘泉堂〕 （読本） ・『新局玉石童子訓』第五版五巻五冊、〈後豊国（国貞）〉〔文溪堂〕
嘉永元年	1848	82	十月十三日、暁七つ頃より胸痛発り、喘息となる。 十一月六日、暁寅の刻に端然として臨終。享年82。 同八日、遺骸を菩提所の深光寺に葬る。法号、著作堂隠誉蓑笠居士。	（草双紙（合巻）） ・『女郎花五色石台』二集八巻四冊、〈後豊国〉〔甘泉堂〕 （読本） ・『新局玉石童子訓』第六版五巻五冊、〈後豊国（国貞）〉〔文溪堂〕
嘉永二年	1849		十月九日、太郎、朝五時過より煩悶甚敷、巳の上刻に息絶える22。 同十一日、太郎の葬儀、深光寺に葬る。	（草双紙（合巻）） ・『女郎花五色石台』三集八巻四冊、〈後豊国〉〔甘泉堂〕
嘉永三年	1850		三月、殿木順蔵を宗伯の娘さちに入夫させるが、八月に離縁。	（草双紙（合巻）） ・『女郎花五色石台』四集八巻四冊、〈後豊国〉〔甘泉堂〕 ※五集以下は柳下亭種員作、八集以下は柳水亭種清作によって継作され、文久二年十集で完結。

以降	1851～		嘉永四年より、版元文溪堂の依頼により、路が『南総里見八犬伝』の抄録合巻『仮名読八犬伝』の十七編以降二七編までを継筆、〈国芳〉。なお、本作は十六編までは（二世為永春水抄録）〈国芳〉、二八～三〇編は（仮名垣魯文抄録）〈芳幾〉。 安政三年十二月、木村黙老没83。 安政五年八月十七日、路没53。二〇日に葬儀、深光寺に葬る。	・明治十六年、『曲亭遺稿　付馬琴行状記』（松村操編）〔思誠堂〕 ・明治十八年、『羇旅漫録』（渥美正幹校）〈川辺花陵・渡辺小華〉〔畏三堂〕 ・明治二一～二三年、『曲亭雑記』（蓑笠漁隠瀧澤鮮選、学海居士依田百川批判）松軒隠士渥美正軒編輯〔博弘堂〕 ※第五輯上編までの全九巻にて停止。 ・明治四二年、『雀躍』（饗庭篁邨著）〔精華書院〕 ・明治四四年、『曲亭遺稿』〔国書刊行会〕

付記　本年表は『図説日本の古典19　曲亭馬琴』（水野稔他編、集英社、一九八〇年）に載せた原表「馬琴年表」を基に、修正を加えたものである。原表作成に付いては、向井信夫氏、鈴木重三氏はじめ諸氏の御教示、および諸年表・諸論考により作成した。なかでも「馬琴年譜稿」（植谷元、石川真弘、鮫島綾子編、「ビブリア」37、38号、一九六七、八年）の恩恵を受けた。心より感謝申し上げます。

初出一覧

1　化政期合巻の世界――馬琴合巻と役者似顔絵
　『江戸文学』10号（1993年4月）

2　馬琴著作の稿本に見る「役者」と「役柄」
A　馬琴合巻の稿本にみる役者指定における画師とのかかわり
　『語学と文学』27号（1991年3月）
B　馬琴読本の稿本にみる「役柄」
　『読本研究』第五輯下套（1991年9月、原題「馬琴稿本をめぐって――（附）南総里見八犬伝稿本目録」）の前半部を採り入れて改稿

3　馬琴合巻における似顔絵使用役者一覧
　『近世後期戯作――主に化政期合巻――に用いられた役者似顔絵の研究』（1991、2年度科学研究費補助金（総合A）研究成果報告書、1992年3月）に長編合巻部分を加筆

4　『占夢南柯後記』の成立
　『読本研究』第十輯（1996年11月）

5　『占夢南柯後記』稿本にみる画師北斎と作者馬琴
　『近世文学俯瞰』（汲古書院、1997年5月、原題「『占夢南柯後記』稿本挿絵より――馬琴と北斎

――」）を改稿。

6 『南総里見八犬伝』の構想――物語の陰陽、あるいは二つの世界

『芸能と文学』（笠間書院、1977年12月、原題「『八犬伝』――構想よりの接近――」）

7 「稗史七則」発表を巡って

『国語と国文学』657号（1978年11月）

8 『南総里見八犬伝』の執筆

『語学と文学』20号（1981年2月）

9 『南総里見八犬伝』の書誌――初板本と稿本

A 『南総里見八犬伝』の初板本

『近世文芸』29、31号（1978年6月、1979年9月）を改稿

B 『南総里見八犬伝』の稿本

『読本研究』第五輯下套（1991年9月、原題「馬琴稿本をめぐって――（附）南総里見八犬伝稿本目録」）、および、『日本のことばと文化――日本と中国の日本文化研究の接点――』（溪水社、2009年10月、原題「『南総里見八犬伝』稿本に見る挿絵画工」）を改稿

10 馬琴戯作における想像力の原型《アーキタイプ》――馬琴と「小夜の中山伝説」

2001年11月の日本近世文学会秋季大会研究発表「曲亭馬琴と小夜の中山伝説――『八犬伝』伏姫と犬士たちの構図――」を元に書き下ろし

11 瀧澤家の人々――女性たちをめぐって――『吾仏の記』から

『国文学　解釈と鑑賞』66―9（2001年9月、原題「曲亭馬琴――不幸な私生活を越えて」）を改稿

12　草双紙の読者――婦幼のあらわすもの
『国語と国文学』（2006年5月、原題「草双紙の読者――表象としての読書する女性――」）を改稿
13　楚満人と馬琴――草双紙におけるヒロイン像の変遷
『国語と国文学』（2009年8月、原題「楚満人草双紙攷」）に後半部の馬琴部分を書き下ろし、改稿
14　浮世絵に於ける女性読書図の変遷
"The Woman Reader as Symbol : Changes in Images of the Woman Reader Focusing on *Ukiyoe*"（The University of Michigan Press、2010年刊行予定）を大幅改稿
附属「曲亭馬琴著作年表」
『図説日本の古典19　曲亭馬琴』（集英社、1989年5月再刊版）収録の「馬琴年表」を改稿

なお、初出稿のすべてに亘って字句表現や表部分などの改稿を行っているが、改稿部分の多いものについては、「改稿」と記した。今後、もし稿者の所見としてお使いいただく場合は、旧稿ではなく、本稿に依ってくださるようお願いします。

著者紹介

板坂則子（いたさか　のりこ）

1952年生まれ。

東京大学大学院博士課程終了。

群馬大学教育学部専任講師、助教授を経て、現在、専修大学文学部教授。

専攻　日本近世文学文化。

主要論著　『馬琴草双紙集』（叢書江戸文学、国書刊行会、1994年9月）、「曲亭馬琴の短編合巻　1～14」（『群馬大学教育学部紀要』36～41、1987年3月～1992年3月、『専修国文』52～68、1993年1月～2001年1月）、「草双紙の読者―表象としての読書する女性―」（『国語と国文学』、2006年5月）など

曲亭《きよくてい》馬琴《ばきん》の世界――戯作とその周縁

平成22（2010）年2月20日　初版第1刷発行

著者　板坂則子

発行者　池田つや子

発行所　有限会社　笠間書院

〒101-0064　東京都千代田区猿楽町 2-2-3
電話 03-3295-1331（代）Fax 03-3294-0996
振替 00110-1-56002

NDC分類：913.56

ISBN978-4-305-70501-3

印刷／製本：シナノ印刷
（本文用紙・中性紙使用）

落丁・乱丁本はお取りかえいたします
出版目録は上記住所までご請求ください。
http://www.kasamashoin.co.jp

The World of Kyokutei Bakin: *Gesaku* and its Environs

(Abstract)

This monograph aims to trace Kyokutei Bakin's authorial processes through his printed books, manuscripts, journals, letters, and other materials, and to analyze the structure of his oeuvre, discovering the types of ideas that were hidden in his subconscious and revealing a hitherto obscured image of Kyokutei Bakin as an author of *gesaku* (popular fiction). In addition, through examining how the *gesaku* that Bakin thus created were read in his society, I strive to consider the role Bakin's works played in the history of reading.

In Part 1 (Essays 1 through 3), I examine how Bakin created his short *gôkan* by looking at his thoroughgoing use therein of actors' likenesses. I seek to describe the characteristics of Bunka-Bunsei era *gôkan*, as part of a general inquiry into images and text in *kusazôshi*. Part 2 (Essays 4 through 9) narrows the focus to two of his *yomihon, Yumeawase Nanka kôki and Nansô Satomi hakkenden,* looking at manuscripts and printed books in order to examine how Bakin finished and polished his works. For *Yumeawase Nanka kôki*, I compare the manuscript to the printed book in order to trace the process by which the book was written, and thereby Bakin's methods of creation. With *Hakkenden*, I decipher the story's structure according to statements Bakin makes about it within the pages of the book itself, and then trace the writing process. Part 3 (Essays 10 and 11) contains the essay (#10, "Archetypes of Imagination in Bakin's *Gesaku*") that forms the core of

this book's argument. I take up the patterns that formed the basis of Bakin's *gesaku* creations, observable in his *kusazôshi* and *yomihon*, and show how they all have to do with closed-off relationships, i.e. family. I suggest that these have their source in Bakin's position within the Takizawa family, and show that they lead us to the problems of masculinity and femininity we find in his work. Part 4 (Essays 12 through 14) examines how Bakin catered, in his *gesaku*, to the complicated emotions of his female readers. I attempt to engage the reception of his work by readers, tracing how reading was treated by society in an era in which the emergence of *gesaku* had led to the establishment of reading as a form of entertainment, and asking how Bakin created his works in an effort to appeal to the women who were the main readership for late *gesaku*. I am confident that the question of these female readers connects ultimately to the question of subcultures and readers in modern literature.

Finally, I append a detailed "Chronology of Works by Kyokutei Bakin," encompassing his authorial activities.

Each essay is summarized below.

1. The World of Bunka-Bunsei *Gôkan*: Bakin's *Gôkan* and Actors' Likenesses

The illustrations in *gôkan* from the Bunka-Bunsei era (1804-1839) make frequent use of the likenesses of kabuki actors to depict characters. I examine this strategy using works by Bakin.

The use of kabuki actors' likenesses was a technique devised to appeal to the tastes of female readers. Bakin was more active in his use of this technique than other *gesaku* authors, employing it in 52 of his 62

short *gôkan*. Actors' likenesses in *gôkan* may be identified not only by facial resemblances, but also by details worked into the illustrations, such as actors' house crests, kimono patterns known to have been favored by actors, and the like. Actors of great acclaim on the kabuki stage also tended to be given major roles in *gôkan*, with supporting roles being filled by popular young actors. Actors would be deployed in *gôkan* according to the role types associated with them on the stage, such as villains, heroes, and feisty *onnagata* parts. As a result, readers would have been able to predict, to a certain extent, how a given *gôkan*'s story would develop based on the actors whose images it utilized. This was intolerable to Bakin, who was obsessed with the absolute authority of the creator. Eventually, in his long *gôkan*, he moved away from the use of actors' likenesses and sought to attract readers' interest with the intricacy of his plots. Thus we can say that Bunka-Bunsei era *gôkan*, through their use of actors' likenesses, had characteristics in common with modern computer games, offering two or three layers of story structure to enjoy.

2. Actors and Role Types as Seen in Bakin's Manuscripts

Nineteen of Bakin's works are available in manuscript form : two *kibyôshi*, eleven *gôkan*, and six *yomihon*. Here I examine Bakin's handwritten instructions to illustrators and copyists as they survive in these manuscripts, concentrating on the comments that relate to the kabuki theater in order to explore the influence on Bakin of the technique of using the likenesses of actors for characters in fiction, and the nature of the collaboration between Bakin and his illustrators.

A. Relation between Illustrators and Selection of actors as Seen in Bakin's *Gôkan* Manuscripts

Manuscripts survive for both short and long *gôkan*.

The handwritten instructions found therein may be divided into two groups : those that specify the names of actors and role types to be used for characters in the story, and those that contain no references to the theater. These notes do not simply correspond to the use or non-use of actors' likenesses within the work ; even in the longer *gôkan*, which did not use actors' likenesses, the handwritten instructions sometimes specify role types. If an illustrator was well versed in actors' likenesses, Bakin would allow him to choose which actor to use, but there were few artists Bakin trusted to this degree. In his later years, as his sight failed, Bakin took to specifying role types in his instructions as to how illustrators should depict his characters. This shows how dear to Bakin's heart this technique of using actors' likenesses was.

B. Role Types as Seen in Bakin's *Yomihon* Manuscripts

Absolutely no actors' likenesses were used in Bakin's *yomihon*. However, at the manuscript stage, references to characters' role types can sometimes be found in Bakin's handwritten instructions. These specifications are not, as they are in the *gôkan*, indications that a character's personality in the story will be expressed according to the role type indicated ; rather, they are simply instructions as to how Bakin wanted the illustrator to draw the character. For this reason, characters drawn like villains in frontispiece illustrations often turn out, in the story, to be good. Bakin may have utilized role types in the manuscripts of his *yomihon*, but he never allowed this to restrict his characters' movements : the creator, Bakin, always held the reins of the

story, and he was able to move them at will.

3. List of Actors Whose Likenesses as Used in Bakin's *Gôkan*

As a basic resource for research into Bakin's *gôkan*, and the use of actors' likenesses throughout Bunka-Bunsei era *gôkan*, I provide a list of actors whose likenesses were used in Bakin's *gôkan*.

4. Composition of *Yume awase nanka kôki*

A complete manuscript survives of Kyokutei Bakin's *yomihon Yume awase nanka kôki*, published in 1812. This essay examines this manuscript, reflecting on Bakin's compositional techniques as observed therein.

This manuscript, like his others, contains numerous corrections made on separate slips of paper and pasted into the manuscript. It also contains something not seen in others of his manuscripts : at many points he went back and changed a completed passage, cutting and pasting new sections into it. Fortunately, close examination enables us to determine what Bakin had written before his corrections. In this essay, I utilize these materials to faithfully reconstruct the changes that occurred in Bakin's conception of the book as he was writing it. As a result, we learn that while he had originally planned this book to comprise six *maki* (volumes) in all, he later stretched it out to eight *maki*. A chart entitled "Chapter Divisions and Volume Transitions" shows that during the writing process, Bakin's *shô* (chapter) and *maki* (volume) divisions went through four stages on the way to completion.

Tracing the changes in his conception of the book, we learn that, rather than bringing in a new overall concept, Bakin kept adding new

scenes to allow plenty of opportunity to display sentiment, and this is what caused the book to expand past its original design. This tendency of sentimental scenes to multiply is not limited to this work, but can be seen in all of Bakin's major works, most notably *Hakkenden*. As an author of *gesaku*, Bakin was not one to lengthen the warp of his work ; rather, while he was writing he would expand its woof, adding new episodes by way of ornamenting and enriching his fictional world.

5. Bakin the Author and Hokusai the Illustrator as Seen in the *Yume awase nanka kôki* Manuscript

Yume awase nanka kôki was illustrated by Katsushika Hokusai. It is said that Bakin and Hokusai had a falling-out over the writing of this work. In this essay I compare the frontispieces and illustrations in the manuscript to those in the printed work, and record where Bakin wrote instructions in red ink. I note several instances in which Hokusai's illustrations differ from what is written in the text, showing the slackening of attention that can be observed in Hokusai's illustrations from this period. I suggest that this tendency of Hokusai's sparked the antagonism between the two.

6. *Plot of Hakkenden* : The Yin and Yang of the Story, or Two Worlds

In this essay I consider *Hakkenden* through the two fictional worlds visible within it.

Hakkenden has a curious structure, as evidenced by its division into *shû* (volumes), where the ninth *shû* comprises half of the total work. In terms of the story, we can divide the book with the nineteenth *maki* of the ninth *shû*, when the eight Dog Warriors gather at the feet of Chudai.

With this as a boundary, the world of the first half of the book is one in which the characters move Bakin : a "world of feeling." In contradistinction to this, the world of the second half of the book is ruled by Bakin's will. And the episode that is positioned as the beginning of the second half of the book, Shinbei's journey to the Capital, was directly inspired by the death of Bakin's only son Sôhaku, whom Bakin had raised to be the Takizawa family heir.

On the other hand, within *Hakkenden* itself Bakin suggests we see a boundary dividing the fifth *shû* and what precedes from the sixth *shû* and what comes after. If we follow Bakin through the writing process we can see that the fictional world that prevails through the fifth *shû* is one in the creation of which Bakin found the joy of writing fiction. From the sixth *shû* onward, Bakin shows didacticism (*kanzen chôaku, or kanchô*) to be his purpose, allowing it to restrict his design ; the structure depends on the placement of the "War against the Kanrei."

The second half of the story includes bright story elements, but in spite of them we can see that Bakin's gaze was a dark one, continually fixed on doom. In contrast, the first half of the story shows a world crawling with the monsters of the dark, but in spite of this the darkness has an energy that makes this a Yang world. The uniqueness of Hakkenden lies in this inversion of Yin and Yang.

7. On Bakin's Enunciation of the "Seven Principles of the Novel"

The ninth *shû* of Nansô Satomi hakkenden contains a famous passage known as the "Seven Principles of the Novel" (*Haishi shichisoku*), in which Bakin sets out seven rules for authorial creation. This essay traces the circumstances surrounding Bakin's enunciation of the Seven

Principles, as well as exploring their meaning.

The "Seven Principles of the Novel" were the product of Bakin's correspondence with a group of four critics who would write critiques of Bakin's *yomihon,* to which Bakin would then write replies. I have compiled a list of terms connected to the Seven Principles and how these terms are used in the critical exchanges ; this information is in Chart 1, "Terms Related to the 'Seven Principles of the Novel' as Seen in Bakin's Critical Exchanges." From the chart, it becomes clear that the "Seven Principles of the Novel" were in flux right up until the moment they were published, and that after their publication they disappeared without ever being utilized.

Why and when were the "Seven Principles of the Novel" written? The manuscript for this middle section (*chûchitsu*) of the ninth *shû* survives. Within it has been pasted a strip of paper detailing the circumstances surrounding the writing of the "Seven Principles." It says that the first thing Bakin wrote when he returned to Hakkenden after the death of Sôhaku, the only son of the Takizawa family, was this "Addendum" (*fugen*). In other words, the "Seven Principles of the Novel" were something Bakin wrote in the throes of grief over the death of his beloved son, in order to spur himself back into the writing he needed to do to sustain himself : they were in fact a means for Bakin to bring himself back to normality.

8. The Writing of *Nansô Satomi hakkenden*

In this essay, I present a detailed chart summarizing the writing process of *Hakkenden*, making use of the published book, journals, letters, and other materials.

The speed at which *Hakkenden* was published varies greatly between the first and second halves of the book. Great lags occurred in the first half of the book, often due to relations with publishers ; these, combined with Bakin's own health issues, suffice to explain the delays. In the second half of the book, from the ninth *shû* and the "War Against the Kanrei" onward, Bakin continued adding to the story, and of his own volition, not due to publishers' demands—in fact, he was refusing publishers' demands to bring the story to a close. This can be seen as a direct result of the death in 1835 of Bakin's son Sôhaku. After that Bakin clung to *Hakkenden*, investing in it all his pride as an author of *gesaku*, and dedicating himself to it accordingly. In that sense, as in so many others, *Hakkenden* held special significance for Bakin.

9. *Nansô Satomi hakkenden* : A Bibliographic Inquiry : First Editions and Manuscripts

A. First Editions of *Nansô Satomi hakkenden*

Nansô Satomi hakkenden was published in a total of 98 *maki* in 106 fascicles. As one of the most popular books of the late Early Modern period, a large number of copies of the wood-block printed editions survive. From these I have identified those that are closest to first editions, and from them I have chosen five that are in the collections of public or university libraries in order to ascertain the bibliographical characteristics of the first editions.

B. Manuscripts of *Nansô Satomi hakkenden*

Of the manuscripts for *Nansô Satomi hakkenden*, 49 fascicles are known to survive. Beginning with the 46th *maki* of the ninth *shû*, these are in the hand of Bakin's daughter-in-law Michi, to whom he dictated,

as he was losing his sight; these fascicles have rough hand-drawn illustrations pasted into them. These are assumed to have been drawn by Yanagawa Shibenobu the 2nd and Keisai Eisen, who were responsible for the illustations from the 46th *maki* onward. Even after losing his sight Bakin would not leave everything to his illustrators, but made them draw rough versions according to his instructions; then he would make further demands, on the basis of which they would make the illustrations.

The second half of this essay contains bibliographical data on the 49 manuscript fascicles.

10. Archetypes of Imagination in Bakin's *Gesaku*: Bakin and "The Legend of Sayo no Nakayama"

In 1802 Bakin journeyed to the Kyoto-Osaka region, passing through Sayo no Nakayama. In 1804, he published a *kibyôshi* entitled *Sayo no Nakayama yonaki no ishibumi* based on a collection of tales related to Sayo no Nakayama that he had purchased on his trip. The five story patterns on display in this work would continue to appear, in changed form, throughout Bakin's later fiction. They are:

1. A pregnant woman is killed
2. A child is born from a woman's corpse
3. A child is raised by an enemy of the child's parent(s)
4. A girl has affection for, or falls in love with, an older brother or someone else raised with her
5. A boy kills or otherwise hurts his younger sister

These patterns can be seen in four of the eight *kibyôshi* he wrote after 1804 utilizing a serious storybook design. He produced sixty-two short

gôkan and eight long *gôkan*, of which twenty use these patterns. He produced forty-one *yomihon* during his lifetime, of which sixteen adopt these patterns. Bakin continued to use these patterns throughout his life.

These patterns can be divided into two groups. Numbers 1 and 2 derive from the Sayo no Nakayama legend, while Bakin invented numbers 3, 4, and 5. When we explore how these patterns are used in Bakin's fiction, we find that numbers 1 and 2, the death of a mother and the birth of a child from a corpse, connect to Bakin's preference for making his protagonists, as a precondition for their becoming protagonists, suffer the death of their mothers and birth in unusual circumstances. As for the third pattern, a child being raised by an enemy, the person doing the raising is often a good person, in spite of being an enemy to the child's parents, and the children raised by such characters grow up in a variety of ways. Finally, the fourth and fifth patterns, dealing with relations between elder brothers and younger sisters, show protagonists finding love interests, not in their societies at large, but among their intimate relations; they also show women being continually abused by men.

These patterns are not used in this way by other authors of *gesaku*, and can therefore be termed characteristics unique to Bakin's works.

These five patterns are utilized in their mature form in *Nansô Satomi hakkenden*. Fusehime is the mother, pregnant by her husband, the family dog Yatsufusa ; she is killed by Kanamari Daisuke, and from her body children are born (the eight Dog Warriors); these children are led back to the Satomi family by Chudai (Daisuke), the man who killed their mother. In addition, when the Dog Warriors are examined individ-

ually, these patterns can be recognized in the lives of six of them: Shino, Sôsuke, Kobungo, Shinbei, Dôsetsu, and Daikaku. An analysis of *Hakkenden* suggests that the third pattern is actually revealing something about the relationship between protagonists and fathers.

Looking more closely at the five patterns, we can say that the death of the mother is not employed to signify the holiness of the mother, but rather to show that both mothers and wives must go through the cruel trial of death in order to become something the protagonist can truly rely on. The enemy who is a father figure and the sibling relationship that contains both love and hate form a difficult web of relationships within which the protagonist of the story nurtures a concealed independence: this world-structure is characteristic of Bakin's fiction. These traits are something Bakin expressed unconsciously: they cannot be detected on the surface of the respective stories in which they are deployed. They may be described as types that formed the foundation of Bakin's imagination. They create, beneath the bright surface of relationshps that never stray from Neo-Confucian moral precepts, another world, covered by the shadow of what appears to be Bakin's particular curse. Light and darkness, good and evil, intellect and emotion: the doubling they create is, I suggest, a large part of the fascination of Bakin's fiction.

Furthermore, I think that these patterns, invented by Bakin, have beeen carried over directly from early modern to modern literature, for example in the shock that giving birth presents to female protagonists, in the relationship of fathers to authors, and in the surrogate families that can be observed in the writings of various subcultures. The patterns on display in Bakin have meanings directly connected to the

mentality of early modern and modern Japanese.

11. Takizawa family and their women : From *A ga hotoke no ki*

In this essay I construct a genealogical chart of the Takizawa family based on Bakin's family chronicle, *A ga hotoke no ki*, in order to look at the lives of its members. From Bakin's point of view, all of the Takizawa men were filial and obedient, possessors of lofty virtue, while the women are treated as having been more loving than loyal, and living principally for themselves. Studying the family tree, we see that the men tended to be short-lived, while the women tended to live longer and more vigorously, thus going through more than one husband, sometimes several. Exceptions are Bakin's beloved mother Mon and his daughter-in-law Michi, who supported the writing of *Nansô Satomi hakkenden* by taking dictation from Bakin, and both of them were firm, strong women who, in surviving stints as the head of the household, had much in common with Bakin. In other words, Bakin himself was the only male in the Takizawa family with an energy and tenacity to approach that of the women in the family. The hatred and anxiety he felt toward the women in his family combined with the idiosyncrasies he found he shared with the Takizawa women to create a complex familial antipathy. This is the source of the tragic way in which women, and particularly mothers, are depicted in his *yomihon*, and may also have shaped much of the substructure of his fictional world.

12. Readers of *Kusazôshi* : What was Meant by "Women and Children"

While it is commonly thought that the early *kusazôshi* (comic books) were aimed at a readership of children, children are very seldom

depicted or invoked within the *kusazôshi*. Once we enter the age of the *kibyôshi*, children are frequently addressed in the text. However, in this period it is accepted that kusazôshi were aimed at a readership of *daijin* (adults): that is, properly educated men. In the age of the *kibyôshi*, texts frequently address themselves to child readers, but images of children reading are never seen in the illustrations that fill each page ; as far as the images are concerned, readers are mainly depicted as adult males. Most of the reading material depicted is Chinese classics or works of Japanese history, classical fiction, or poetry : in other words, elevating material.

In the age of the *gôkan, kusazôshi* shifted to a predominantly female readership. Texts begin to contain direct addresses to female readers. However, these are usually phrased as references to *fuyô* (women and children), i. e., addressing women and children as one group. Illustrations contain numerous depictions of women reading, and some authors even include depictions of families, including children, reading together in intimate settings. An examination of how female readers are depicted in *gôkan* reveals that when females in the stories are shown reading *kusazôshi*, they are usually in lazy poses, sitting at *kotatsu* (covered braziers), and are sometimes drawn as symbols of the bad wife. Furthermore, without exception authors of *gesaku* disparaged their position as writers of *kusazôshi*, complaining that such works were nothing more than amusements for women.

Why are readers of *kusazôshi* held in such low regard in both the texts and illustrations? It is because *kusazôshi* were reading material of the lowest and most vulgar variety (*zoku*), in contradistinction to elegant, high (*ga*) works such as traditional tales and *waka* : *kusazôshi* were

taken as pertaining to a level of society lacking in cultivation. The "children" that are repeatedly indicated in *kusazôshi* texts are not actual children, but rather symbols of uneducated people : the term "children" was used in this way throughout the *kusazôshi*'s history.

This approach—foregrounding "children" as readers even as the actual age of the readership climbed—prevails in *manga* as well. Therefore, beginning with *kusazôshi* we can see what might be termed a "subcultural" view of readers.

13. Somahito and Bakin : The Development of the Heroine in *Kusazôshi*

How does the rise of a female readership figure in the history of the *kusazôshi*? How did the story patterns in *kusazôshi* change in response to a female readership? This essay examines the development of the female protagonists in *kusazôshi* with particular attention to Nansenshô Somahito, in the age of the *kibyôshi* (prior to 1806), and Kyokutei Bakin, in the age of the *gôkan* (1807 onward).

Somahito's 1795 publication *Katakiuchi gijo no hanabusa* is important as the work that started the fashion for revenge tales in *kusazôshi*, but it is not generally considered a very good work, and its author has always been considered a mediocre *gesaku* writer. However, unlike previous revenge tales, the story of *Gijo no hanabusa* does not center on the revenge itself, but on the tragedy of a girl in love with a youth on a quest for vengeance. In other words, this *kusazôshi* is written from a female-centered point of view, and it accorded with the tastes of the newly emerging female readership. Its pattern, that of a vengeance tale written with a woman at its center, would prevail in Somahito's subsequent works, in which the women would become stronger and more

powerful, until finally he produced several vengeance tales centering on teams of women and children. These, we can say, anticipated the direction the later *kusazôshi* would take in addressing themselves to an audience of *fuyô*, i. e. women and children. Other *gesaku* authors such as Jippensha Ikku and Shikitei Sanba wrote revenge tales that seemed on the surface to be modeled after Somahito's, but most of them were in fact written from the traditional male point of view ; they did not succeed in creating a new trend. Somahito's popularity was a response to the emergence of a female readership.

In contrast, Bakin's *kusazôshi* production came into full swing in around 1800, as *kusazôshi* were getting longer. Bakin's natural tendency was to treat women lightly : he preferred stories that centered on male youths. His early works reflect this. But in the *gôkan* age, from 1807 to about 1814 or 1815, Bakin was continually experimenting in search of an approach that would be accepted by readers. As part of this process, female protagonists came to play increasingly large role ; he began to depict strong women. In addition, he made frequent use of the technique of gender reversal, wherein a well-known story is restructured by switching the genders of the female and male characters ; he employed transgendering, wherein male and female characters exchange their outward appearances ; and created androgynous protagonists, such as conjoined male and female twins with both male and female genitalia. By following this course Bakin assured his status as a popular author of *gesaku*. The most popular of Bakin's *kusazôshi* was *Keisei Suikoden*, in which he switched the genders of the heroes of the Chinese novel *Suikoden* (Chinese : *Shuihu zhuan*), depicting the exploits of female heroes.

Bakin's pioneering use of such techniques for exploring the boundary between genders carries over into modern Japan, in such genres as girls' *manga* and girls' novels; they represent a significant feature of Japanese female-oriented subcultures.

14. Changes in Images of Female Readers in *Ukiyo-e*

In this article I summarize 256 *ukiyo-e* depictions of women with books or women reading, and through them examine changes over time of the image of female reading. I divide the time covered into three periods, and inquire into the social value of female reading in each. I look at changes in the image of female readers from three perspectives: the content of the books shown being read by women, the social class of readers depicted, and the environment and posture in which reading is depicted.

In the first, or early, period, most reading material depicted consisted of traditional poetry anthologies or classical tales, female readers were depicted as either women of exalted status or high-class courtesans, and female readers were shown engaging with books in a relaxed manner. In the second, or middle, period, reading is shown as being supported mainly by courtesans, while the items being read are mainly traditional books, as in the first period, or books, such as music writings, with great practical application. Reading is shown as taking place in a carefree, everyday posture and environment. Besides courtesans, women in households of middle or higher class are also depicted. Reading is seen as necessary both for practical reasons and for self-cultivation, and while it retains an air of high class about it, it has lost the gleam of a leisure activity. In the third, or late, period, women are

depicted reading not only traditional poetry and tales and practical music books or primers for women, but also the newly-popular *gesaku*. Woman of various classes are shown reading books ; most noticeable are depictions of young townswomen absorbed in *kusazôshi*. Reading postures have collapsed, with women depicted as hovering over books placed on the floor, or lying next to covered braziers reading. Reading is depicted as a form of entertainment. Reading for entertainment is drawn in such a way as to connect it to idleness or even, sometimes, to moral turpitude. Thus, as *ukiyo-e* depictions of women reading change from showing cultivation to showing entertainment, the value of reading steadily decreases.

These changes in *ukiyo-e* depictions of women readers reflect changes in the actual readership of Edo *gesaku*, but at the same time they reflect the shift in reading preferences, from the 17th to 19th centuries, away from the elegant (*ga*) to the common (*zoku*). However, the *ga* did not simply or finally displace the *zoku*, and the early Meiji era gave rise to a new image of the upper class : women reading Western books. Western books were not an answer to yearnings after the *ga* represented by traditional culture ; rather, their value was in their practicality as the leading edge of the age, books from which readers could hungrily absorb knowledge from unfamiliar Western countries. On the other hand, we also see images of commoner women avidly reading materials such as the *Kanayomi Shinbun* for their practical and entertainment value. In this way the new female readership in the Meiji era began to be polarized.

I want to express my deep gratitude to my young friend Glynne Walley-a researcher of "Bakin and Nanso Satomi Hakkenden" for doing English translation of Abstract.
(Author's note)

書名索引

表グラフ等一覧

図版一覧

書名索引

＊本文中における江戸期の書物形態の作品のみを提示した。したがって浮世絵の一枚摺やシリーズもの、画帖仕立のものは採用していない。
＊『南総里見八犬伝』は全冊に亘って使用頻度が多いことから省いた。また同様の理由から、4「『占夢南柯後記』の成立」、5「『占夢南柯後記』稿本にみる画師北斎と作者馬琴」では『占夢南柯後記』を、10「馬琴戯作における想像力の原型——馬琴と「小夜の中山」伝説」では『小夜中山宵啼碑』を採っていない。
＊馬琴作品以外の書名には（　）内に著者名を記し、著者不明の場合は〔　〕内に大まかなジャンルを記した。

さ

た

表・グラフ等一覧

図 版 一 覧

＊なお、向井家所蔵本については、2010 年現在、専修大学図書館所蔵となっている。